1979 年 3 月创办晋江地区文学刊物《晋江》文学丛刊

20 世纪 80 年代，陪同黄蓓佳（右）、张抗抗（中）等到晋江陈埭参观乡镇企业

20 世纪 80 年代，和福建省作家协会主席郭风（右二）陪同法国作家到泉州开元寺参观

1982 年 2 月 7 日至 9 日，由《福建文学》编辑部与《晋江》文学丛刊（《泉州文学》前身）联合举行的新春文学创作座谈会。省文联副主席、省作协主席郭风（前排左二），省文联副秘书长张贤华（左一，后任省文联副主席、党组副书记，主持省文联工作），著名作家单复、蔡其矫（前排右一），《福建文学》副主编魏世英（前排右二），编辑张是廉、陈钊淦、章武（后任省文联副主席、书记处书记、省作协主席），福建人民出版社编辑陈金水、高农等，厦门日报副刊编辑陈慧瑛、王者诚等，地区文化组领导以及作者 70 多人参加会议

1982年10月，为邹荻帆率领的诗人访问团解说灵山圣墓。自左至右为陈侣白、吕剑、朱谷忠、青勃、邹荻帆。右一随行记者

1984年夏天，丁玲、楼适夷、秦兆阳、马烽、魏巍、杨沫、陈明、陈登科等著名作家访问泉州。座谈会上向客人汇报泉州地区文学创作情况

1986年，中国散文诗学会年会在四川乐山举行。中左会长柯蓝，中右另一位会长郭风。第三排右四陈志泽

1991年，在《福建文学》创刊四十周年庆祝大会上代表《福建文学》作者讲话。左二香港著名诗人秦岭雪，左三福建省委宣传部副部长许怀中

2005 年，在晋江诗歌创作研讨会上做主旨发言

在纪念中国散文诗九十周年活动颁奖大会上。左起亚楠、陈志泽、刘虔、邹岳汉、海梦、夏马、王幅明

2007 年 11 月，北京中国现代文学馆。在纪念中国散文诗九十周年活动中被评选为"中国当代(十佳)优秀散文诗作家"，发表获奖感言

在纪念中国散文诗九十周年活动中参观中国现代文学馆大师展馆，与许淇(中)、海梦(右)合影

2012年4月，海西作家澎湖参访团赴澎湖参访。在两岸作家文学交流座谈会后合影。前排左起陈志泽、舒婷、曾慧香、潘兴军等；后排左起李莉莉、黄橙、朱鹭琦、张若萌、陈飞跃、须一瓜、卢小波、澎湖作家、陈仲义、蔡飞跃等

参加2013年晋江正月笔会，在五店市和与会的作家们合影

1950年，在晋江磁灶小学的楼上留影

1962年，就读福建师范大学中文系。在学校图书馆楼前留影

1966年，福建师范大学中文系毕业，与女友在福州烟台山合影

1978 年,陪同福建省委宣传部副部长许怀中等到德化九仙山气象站参访留影

1978 年 12 月 8 日,参加《福建文学》平潭创作学习班,埋头写作

20 世纪 80 年代初,在晋江开会期间留影

1982 年,到武夷山参加诗歌研讨会,观云海留影

1984 年,在北京登长城留影

1984 年,在华侨大学举行文学讲座

1986 年，在成都
杜甫草堂

1986 年，在四川
乐山大佛留影

1986 年，到武汉参加全国部分地方文学
期刊联谊会在琴台留影

1986 年，《晋江》文学丛刊易名为《泉州文学》

1987 年，在山海关留影

1987 年 7 月，参加中国作协举
办的北戴河读书班，在北戴河留影

1988 年，在上海鲁迅公园瞻仰鲁迅坐像留影

1991 年 3 月，在长汀瞿秋白囚室外庭院留影

1992 年 6 月，在黄山留影

1992 年 6 月，在绍兴沈园留影

1996 年 10 月，在新加坡留影

1996 年 10 月，在马来西亚蛇庙清云岩留影

1996 年 10 月，在泰国皇宫外留影

1996 年 10 月，在泰国皇宫外留影

1997 年，在菲律宾"中菲友谊门"留影

1997 年，在菲律宾首都
马尼拉黎刹公园留影

1997 年，在香港海洋公园
留影

1998 年，参加八闽采风团
到武夷山采风并留影

2000 年 7 月，在遵义会议
会址留影

2000 年 7 月，在红军四渡
赤水纪念塔留影

2000 年 7 月，在乌江渡留影

2000 年，在贵州采风期间
到茅台酒厂参观并留影

2000 年 7 月，随福建省
文联采风团到贵州。在黄果树
瀑布留影

2012 年 4 月，在澎湖仙人
掌丛中留影

1957 年，在晋江磁灶父亲开设的仁济诊所门前与父亲、三姐合影

1958 年暑假在晋江磁灶与好友吴金埕（右）合影

20 世纪 80 年代初，陪同著名作家王西彦（中）、郭风游览泉州开元寺

1984 年夏，陪同丁玲一行在泉州参访期间，为丁玲题词展纸。左一陈明

1985 年 7 月 17 日，在内蒙古达莱湖与中国散文诗学会会长柯蓝合影

1986 年 12 月 16 日,在泉州与著名作家陈荒煤合影

20 世纪 80 年代末,与著名散文诗作家李耕(右)在泉州清源山弘一法师墓塔前合影

1991 年 9 月 5 日,泉州文艺界欢宴台湾泉州籍教授。左起郑国权(外)、陈泗东、吴捷秋、龚书绵(女)、龚书铎、龚书亮、陈志泽

1996 年 10 月,在新加坡二姨(左二)家留影。左三、左四表姐,左五表姐夫

1998 年 10 月 9 日,与福建师范大学中文系教授、博士生导师孙绍振在德化县石牛山合影

2010 年，与三姐夫潘旭澜（左，复旦大学中文系教授、博士生导师）在丰泽新村家中合影

2001 年 10 月，在福建省第五次文代会上与中国散文诗学会会长郭风合影

2001 年 10 月，与甥女、鲁迅文学奖获得者潘向黎在泉州府文庙合影

与老同学，福建省文联副主席、书记处书记、省作协主席章武（左一），美国闽籍著名诗人王性初（右一）在丰泽新村家中合影

中年的父亲在晋江磁灶房东、"番客婶"庆通姆家留影

晚年的母亲在泉州南俊巷老家门口留影

1958年，母亲到泉州看望大姐一家，二姐（前排右一），陈志泽（前排左一）和三姐（后排右一）从凌霄中学到泉州团聚，并合影留念

1979年二哥（前排左二）从美国回家探亲。与大哥（前排右二）、三哥（前排左四）、大姐（后排中）、二姐（后排左一）、三姐（后排左三）、陈志泽（前排左一）合影。兄弟姐妹七人难得相聚

1979年，一家人与岳母（中）合影

小家庭四人1991春节留影

2023年，中秋节全家福

爱的光焰
陈志泽的文学人生

尹继雄 主编 晋江市社会科学界联合会 编

海峡出版发行集团 | 海峡文艺出版社

图书在版编目（CIP）数据

爱的光焰：陈志泽的文学人生 / 尹继雄主编；晋江市社
会科学界联合会编.— 福州：海峡文艺出版社，2024.11
ISBN 978-7-5550-3881-8

Ⅰ.I206.7

中国国家版本馆 CIP 数据核字第 2024L7G696 号

爱的光焰
———陈志泽的文学人生

尹继雄　主编　晋江市社会科学界联合会　编

出 版 人	林　滨
责任编辑	林　颖
出版发行	海峡文艺出版社
经　　销	福建新华发行(集团)有限责任公司
社　　址	福州市东水路 76 号 14 层
发 行 部	0591-87536797
印　　刷	泉州市精彩数字印刷有限公司
厂　　址	泉州市鲤城区美食街 183 号织造厂内原综合楼一层
开　　本	720 毫米 × 1010 毫米　　1/16
字　　数	431 千字
印　　张	30.25
版　　次	2024 年 11 月第 1 版
印　　次	2024 年 11 月第 1 次印刷
书　　号	ISBN 978-7-5550-3881-8
定　　价	98.00 元

如发现印装质量问题,请寄承印厂调换

生我养我的磁灶(代序)

陈志泽

父亲靠拜师学得当医生的本领,1920年他才二十二岁,就只身离家从泉州到磁灶开设"仁济诊所",行医谋生。不久与我的母亲结婚。也就是说从那时起我们家安在磁灶。1964年3月3日,大约我念大学三年级时,父母亲才结束在磁灶的生活迁回老家泉州南俊巷。那年父亲六十六岁,他在磁灶生活了四十四年。回到泉州后父亲写了两句诗:"虚度光阴六六寒暑,行医磁灶四四春秋。"

磁灶位于泉州之南,是著名陶瓷之乡。过去,闽南的陶器几乎都是磁灶所产。清《西山杂志》记载磁灶陶瓷起于西晋泰始元年(265),至南朝、隋唐以后进一步发展,"故磁灶是以陶瓷而得名"。清乾隆《晋江县志》载:"瓷器出晋江瓷(磁)灶乡,取地土开窑,烧大小钵子、缸、瓮之属。甚饶足,并过洋。"一条清澈见底的梅溪蜿蜒流过古镇。梅溪两岸星罗棋布的陶窑印证了磁灶悠久、辉煌的制陶史。到那里的古窑址,可看到岁月遗落的厚达二十多米的古陶瓷堆积层,看到那些历经千年至今依然生动、传神的大盘、军持、龙瓮、花插、罐、钵、瓶、碗、壶……

父母亲在磁灶生育了七个孩子。大哥陈志新到南京、香港深造"神学"毕业后,还是回到磁灶,在磁灶礼拜堂当牧师几十年,成为晋江宗教界的著名人士。他也有七个孩子,都在磁灶出生、念书、成长。二哥从磁灶到南洋,多年后一家子迁居美国。大姐、二姐、三哥、三姐先后从磁灶到外地念书。大姐、二姐从磁灶到泉州工作后,还是把孩子送到磁灶,让母亲帮忙抚养。

在磁灶,父亲一人衍变成一个家族。

父亲的仁济诊所曾先后租用"大井沟""大厅""小宗"三处,留下我"摇篮血迹"的是"大厅"那一处。最后搬到磁灶小学西侧的一座不规则的平屋,就叫它"小学边"吧。1943年那一天,当助产士的母亲预感到就要分娩了,但此刻,当医生的父亲恰巧出诊去,她得自己给自己接生。这在母亲的一生中是唯一的一次,但她不慌不忙,指挥十几岁的谊姐恩典做接生用具的消毒……很快地,我这个"老七"就一阵啼哭到人间报到了。哥哥姐姐们听到啼哭声不止觉得很是奇怪:"小猫跑到咱家啦?""猫儿怎么哭个不停?"忙里忙外的恩典姐答一句"妈妈生小弟啦",他们才恍然大悟。

我五六岁吧,开始记事。"小学边"这一处的仁济诊所,客厅就是诊室,前面的部分,连着一个药房和一个简易的手术室。后面的部分则连着两间房间,都沉下约一米深,到房间去得下几层台阶。我、三姐和母亲住一间。那是一间靠山坡的小屋。小屋朝外有两个小窗,能看见的,一面是龙眼树遮天蔽日,一面是小学的洋楼高耸。住这样的小屋难见天空、难见阳光,小屋总是阴暗、潮湿。也许老龙眼根须扎得深,把个山坡牢牢抓住,或者那年月不像现在常有暴雨,竟然没有、也不晓得有滑坡将小屋埋住的担心。夏夜,睁大眼睛,透过窗外龙眼树的枝丫,能望见星空漏下的斑斑点点月光……因为要作为诊所,我们家的门是按店铺的模式开的,很大,两旁是红砖砌成的方形柱子。大门外是个凉亭,亭檐下悬挂着油漆铁皮的牌匾,黄底,上书"西医陈养谦"和"助产士史振安"两行黑色大字,引人注目。一条赤土小路从诊所前穿过,另有一条陡峭的小路就在我们房屋的东边。不管白天黑夜,经过我们家的行人络绎不绝。凉亭可供行人歇脚,过往的乡亲常常就在水泥地板和三层光洁的长石阶坐上片刻。我们也常在黄昏后,搭一张竹床,或坐或躺,乘凉到夜晚。仁济诊所朝南,正对着近处鳞次栉比的一户户人家,一片蔚蓝广阔的天空。远方是蜿蜒的山岭,景色旖旎。仁济诊所虽是由普通民房改建的,但还算适用。

随着父母亲医术、医德的传扬,前来求医者越来越多,仁济诊所比别的几家诊所显然要红火。

那时村里人到仁济诊所看病常常没能现交医药费,但父亲总是一丝不苟给诊治。他坐在一张八仙桌旁为病人看病,认真询问病情,神情专注;有时也谈笑风生,那是他获悉病人病情好转的消息,在鼓励病人争取完全康复……父亲行医不避辛劳,不论是寒冬酷暑,还是三更半夜,谁叫出诊都二话没说立即上路,连自己生着病也不推辞。他真正把医生的天职融化在自己的血液中了。常常是天蒙蒙亮，父亲出诊回来了，我睁开惺忪的睡眼，望见他大汗淋漓的样子，翻转身又睡去了，他却接着忙开了……父亲的腰身就是这样被肩上的重担渐渐压弯了。

父亲把当天的收入都投进一张黑桌的方形小窟窿里去，到了晚上，才打开来仔细地清点。不管钱多钱少，他先要拿出十分之一奉献给基督教会，这是他自己定下的雷打不动的规矩；父亲还时常赈济一些特别困难的乡亲，虽不可能丰厚——一般都只有三两块钱，但对于我们这种收入不多支出巨大的人家来说，已是不小的数字。我常常看到父亲一边在聚精会神地打着算盘，一边在做着收支账目。我知道，父亲这是在庄重甚或沉重地弹奏着一支人生的乐曲。

1930年农历七月二日，这是一个父亲时常要提起的日子。这一天发生的事情父亲不晓得说过多少回，我们也早已耳熟能详。那一天晚上有人请父亲出诊，和往常一样，父亲二话没说就出诊了。殊不知这时绑匪正在他的必经之道等着他。父亲被绑架到一座山上，绑匪敲诈他，要他送上一笔钱。消息灵通的乡亲们闻讯即手抢扁担、锄头，自动集合，高声呼喊着父亲的名字上山搜寻，要营救父亲。父亲听不见呼喊他的声音。他被看守在山中的一个岩洞中，只能一次次祈祷。忽然，他发现看守他的人不见了。他十分纳闷，但不敢逃离山洞，还是老老实实待着，直到有人从洞口探头、喊叫，他知道是乡亲们救他来了，才爬出洞口，然后感动地高声喊叫："谢谢乡亲，谢谢乡亲……"父亲总是把一些"奇迹"挂在嘴上，念念不忘上苍的恩赐，念念不忘磁灶乡亲的关爱。父亲刻苦钻研医术，能创造性地中西医结合，提高医疗效果。他治好过不少疑难病症，还做过较复杂的手术。因而，诸如"妙手回春""造福乡民"之类的牌匾，或横或竖挂满了诊所的墙壁。在我的印象中，仁济诊所虽是一幢普通的平屋，却如同宫殿般堂皇、华丽。

父亲的仁济诊所，我们陈家的基业所在，我们陈氏家族的根。

我在磁灶度过快乐的童年。我的一双细腿很会跑，是个地地道道的野孩子。磁灶的山山岭岭我几乎都跑过，常常忘了回家。那种独轮车上载着特大水缸或大大小小陶器从蜿蜒村道走向远方的景象给我留下深刻印象。制作陶器的手工作坊是我最爱玩的地方，陶工一双泥手，拨动转盘，变魔术似的，一会儿就能摸捏出一件陶器来。每一回我都看得出了神，禁不住想伸手去摸摸。这时陶工会急忙制止我:"不能摸,还得放到窑里烧呢!"后来,我就常往瓷窑跑。熊熊窑火冲出窑孔,冒着浓烟、冒着蒸气的瓷窑对我更具有吸引力——如果碰上出窑,我会弄来番薯,包上蘸了水的草纸埋进刚从窑里扒出来的滚烫的砂子里。烤熟番薯,喷香喷香的。不久前我写了《伫立在磁灶窑址》《金交椅山的传奇》《〈晋江县志〉汹涌着磁灶古陶》几篇散文诗,追根溯源,一些体验就是来自当年钻制陶作坊和看运载陶瓷的景象。《思念磁灶,怀想晋江》(二十三章)是我陆续创作的赞美磁灶、讴歌晋江的散文诗,不言而喻,都来自磁灶、来自晋江的生活感受。

我的学校磁灶小学与我家只隔着一条小路,它是一所古老的小学,一座洋楼和紧靠它的旧大厝很有气派,又有宽广的大操场。我们就时常在大操场做体操、玩游戏。我念小学二年级时有一回听见校长夫人——我的语文老师在和母亲聊天时对我母亲说:"你这孩子造句很巧!"我牢牢记住这句话。那时还没有作文课,只有造句,被老师发现有造句的天才,是一件了不得的事,我对语文课的学习更来了兴头。念三年级时,我的班主任、语文老师苏黎水——一位声音洪亮的高个子,突然要我到他办公室里练唱歌,他为我弹风琴伴奏。后来他让我在全校的文娱晚会上独唱,我真的壮着胆子上台去唱,竟然博得热烈的掌声。我念四年级,苏老师没有跟班再教我的语文和音乐,让我难过了好多天。到了高年级,我的作文开始"崭露头角"。毕业那一年语文老师是洪庭坚,他的语文课上得好,我的作文时常得到他的讲评。我的初考作文写得很顺手应归功于他。我在磁灶小学受到的良好教育与培养,还有那个吴老师因为我时常在课堂上乱说乱动,下令大个子同学对我实行武力的"穷凶极恶";那个郭老师上体育课时用接力棒打了我的手臂,立即凸起的红艳艳肿块和他其实挺好看的面孔,都成为我心灵的珍贵存储,甚或我文学人生可供随时开掘的资源。

我们家里总有基督教会的老年女会友前来帮忙家务。她们大都日子过得较为窘迫,自愿到我们家,帮助缝缝补补、洗衣服、煮三餐,做些杂活。母亲乐得有个帮手,从心里感激她们,她们也真心关爱我们,胜似亲人。

小学毕业后,我到陈店的凌霄中学念初中,还是生活在晋江的土地上。每星期六下午放学后,我们一群磁灶的同学结伴说说笑笑步行回家。星期日下午得提前到校。十三四岁的孩子有多恋家啊!我总是巴不得迟些走,三拖两拖上路,还走在路上天就暗了下来,这时心情更是黯淡。肩上背着的够一个星期吃的咸菜、肉酱之类,越来越重,真是"路头灯芯路尾秤砣"啊!越走越觉得乏力,但不管怎样还得走啊,走不出家门,离不开故乡,不是好儿男啊!磁灶以她的真爱哺育我走向人生的勇气和能力,我的一篇《村口》这样写道 :"少年的我,每次离家都不情愿。/走到村口朝前望,一片迷茫,/那一道赤土的坡像洪流硬是将我冲了下去,/坡上的老榕树/颤抖的手抓不住我的衣袖……/随着洪流漂游,就到了古石桥。/桥把我托了起来,让我从她身上走过,/高一脚低一脚走向远方的学堂。"表达的就是这种感受。

说我在这一个阶段对于文学产生浓厚兴趣并产生"创作"欲望是没错的。我的作文开始引起语文老师的注意。为了迎接中考,他"抓"了十个作文题,竟然要我为这十个作文题写作文提纲给全班同学作为参考。这是一件异乎寻常的事,"初生牛犊不怕虎",我竟然不知天高地厚地做了。我的十篇作文的提纲被语文老师张贴在教室的墙壁上。这对我来说,等于第一次发表作品。

我到泉州五中念高中的三年每个周末都迫不及待骑一辆笨重的自行车一阵风似的赶回磁灶父母身旁。到福州念福建师大的头两年只能等寒暑假才能回家了,第三年磁灶的家搬回泉州,从此只能把磁灶存放在不尽的思念中了。

也不知是工作太忙了还是怎的,几十年过去,我没再回磁灶。直到退休,有一天突然像触了电似的想立即扑进它的怀抱。走,马上走,一刻都不能等。

到了磁灶头一件事就是寻找故屋,却四顾茫然,不知路要怎么走。土地上耸立起密集的富饶,包装了斑斓的华丽。所有的空间都被占满,所有的黄土都被覆盖。但土地终究是土地啊,它不沉浮,不迁徙!我们家的故屋终究找到了,那一刻,只觉得乡风簌簌,我霎时泪流满面……有了头一次阔别后的初访,第二次,第三次就顺利多了。我都先拜谒故屋而后寻找一些童年常去的地方和父亲常走的地方。有一次我试着询问一位耄耋老人:"老阿伯你认识陈养谦医生吗?"老者回答:"认识,认识!他早就回泉州顾老了。"我告诉他:"二十几年前'过身'了。"老者神情惊愕:"你是?"我答曰:"我是他儿子。"他牵过我的手,一定要我到他家喝杯茶,我婉谢了,我还得爬个小山坡去,寻访当年的老房东的"番客婶"庆通姆的水泥大洋楼呢,还得跑几个地方呢。

退休后我曾三次独自一人到磁灶寻找当年的记忆。我还会再到磁灶的，从我的重重叠叠的梦里走出，一次次走进崭新而真切的梦里……

往事不但不如烟，而且成为实实在在的财富。我为我曾经生活了二十多年的土地，为生我养我的载入"世界文化遗产"名录的磁灶，为我拥有她丰厚、宝贵赠予而骄傲和自豪。

当年那一只啼哭的"小猫"已嬗变为白发苍苍的老人，庆幸的是，我还能沿着磁灶那一条通向"海上丝绸之路"的赤土小道往前走，走进并不暗淡的文学晚境。

深谢晋江社科联为我出版《爱的光焰——陈志泽的文学人生》提供帮助，深谢尹继雄主席的费心选编和刘志峰先生的认真编审并热情洋溢写了《一位值得感恩的文坛师长》。这是视我为晋江子民的厚爱。又是对于我六十年及今后更长年月文学创作的巨大激励。这一本书，这么多的文学评论家、著名作家、诗人，这么多的师友，评论、推介我的文学作品，不但值得我反复学习，化为不断总结、提高的不竭动力，我想广大读者、文学爱好者也能从中获得启迪与裨益。

2024 年 3 月 10 日写于丰泽斋

目录
CONTENTS

5

■ 附 录

第一辑

论陈志泽的文学创作

陈志泽散文诗集《相思树》序

柯　蓝

一

许多人告诉我,福建是散文的家乡,也是散文诗的家乡。等我到福建几个地方跑了一圈之后,亲身体会到福建山区和沿海地区,风景优美,四处充满着诗情画意,我才明白为什么福建地区的文学工作者,和其他地区比较起来,出现了较多的散文和散文诗的青年作家,较多的优美动人的散文和散文诗。福建地区出现的这一现象,引起了我的注意和深思。我想:要寻找产生这一现象的原因,也许可以列举出很多因素。但最根本的一条,恐怕还是文学艺术的源泉,只能来自生活。散文和散文诗的昌盛、繁荣,是这儿生活所决定的,是这儿特定的风土人情所决定的,是这儿人们的理想和追求所决定的。

二

我在福建晋江地委招待所里,第一次读到陈志泽的两首散文诗,那是发表在晋江地区刊物《晋江》上的。夜晚,招待所的人都入睡了。我读着读着,想起这两首散文诗的作者,就是白天陪伴我一起参观开元古寺的那位热情的青年人。“文如其人”,陈志泽同志在散文诗中用昂扬的激情所描写的字句,正同他热情地站在你面前,用亲密的微笑,在向你描述他家乡的可爱一样。热情是充沛而真实的,语言是朴素的,也许还带一点稚气,但却使你感到它是出自一个人的心灵深处。如

3

果要说我当时的读后感,我那天晚上,确实非常兴奋。我的心情也许还一直保留着那天白日在开元寺参观给我的激动。一千多年前的开元古寺,驰名中外,有不少在别处古寺中看不到的佛像雕塑艺术,而那位曾秀川同志,她几乎是溶进了自己的全部感情,向我们介绍了许多开元寺所特有的、令人沉醉的东西。当时我就想到,曾秀川同志以她的身心,再创造了关于一些开元寺的传说和故事,正同我现在全部翻阅了陈志泽同志共约一百多首散文诗之后一样,我也想到,陈志泽同志也像曾秀川同志一样,把他的全部身心,把他对他的家乡的情意,再现在这些散文诗之中了。这两位我在泉州初认识的新同志,他们都是如此忘我地把自己的身心,全部投进了自己所从事的事业。古话说:"精诚所至,金石为开。"陈志泽同志以他这种孜孜不倦、执着的态度,特别是从他扑向散文诗这一形式时,所表现出他所涉及的题材的广泛、开阔,为他在散文诗上取得成功打下了很好的基础。希望他不断努力,挖掘得更深些、更深些。

三

从现在全国散文诗创作的情况看,在文艺百花园中这一朵独特的小花,近年来得到了迅速的发展,全国各报刊发表散文诗的数量这两三年超过了过去的五年、十年。从出版上看,不但有散文诗单行本问世,还有散文诗的成套丛书出版。〔"黎明散文诗丛书"第一辑(十人集)已由花城出版社出版。第二辑也正在编辑中,不久将由湖南人民出版社出版。〕这说明散文诗受到群众的欢迎,而且一支创作散文诗的队伍,也在逐渐形成,并不断扩大。这是一件非常令人鼓舞的事情。现在显得比较突出的问题,是要求文艺评论能对散文诗的创作,进行及时的指导。无论年老的、年轻的散文诗作者,对散文诗这个还不定型的文学样式,需要进行刻苦的学习和探索。譬如说,如何进一步划分抒情散文和散文诗的区别?现在的划分是从字数的长短,来做一个硬性的规定。(我就曾经表示过三五百字以内是散文诗比较妥善的形式。)这当然可以讨论。但从散文诗的通篇题材、结构,文字的运用,语句的连接,恐怕也应有它自身的特点。单从语句上说,我认为它应该和散文不同,接近于诗,可以跳跃,但又不受诗约束。此外,如何使散文诗更能迅速反映时代的要求,更好地鼓舞人们为建设四化做出贡献,这是属于运用这一特定的短小的文学形式,如何反映广阔的群众生活的问题。这种形式和内容的统一,要求散文诗作者付出更多的时间和劳动代价。当然,这并不是一下子就可以解决的。但现在,我认为应该把这个问题提到重要的议事日程上来了。

散文诗作者应该到祖国四化建设的第一线去,应该去熟悉、研究今天的新时代、新的群众斗争和生活。只要实践再实践,这些问题自然会找到答案。我利用写这篇小序的机会和青年朋友们共勉,并预祝我们在散文诗的创作道路上,获得丰收。

1982 年 3 月 8 日于北京

(原载《厦门日报》1983 年 7 月 22 日;作者系中国散文诗学会原会长、《红旗》杂志原文艺部主任)

诗的散文与散文的诗

孙绍振

人们通常把生活比作艺术的土壤，说明生活是一切文学艺术形象的源泉。生活又是艺术家的劳动对象，艺术家的任务是把土壤转化为花朵。土壤和种子结合了才能转化为花朵，生活只有和作家的心灵结合才能产生艺术的形象，才能有独特的不可重复的创造。

读着陈志泽这几年的散文诗，我为他这一种劳动创造的丰收感到高兴，自然可以想象得出他在把生活转化为形象的过程中经历的艰难。我有些激动，而且相信，柯蓝同志为他的散文诗集《相思树》所写的序言中提及他第一次读到志泽的散文诗激动得彻夜不眠，那不是客套。

志泽这几年，奉献给读者的毕竟是相当繁茂的花朵啊。散文诗这种艺术形式，他可算是个忠臣。虽然，他也写过诗、散文和报告文学，但他把散文诗作为他生命的一部分，在这个领域里建立了根据地。

志泽写散文诗的这几年，我正经历着从一个外乡人获得具有福建人的眼光和情味的过程，他的散文诗正好帮助我完成了这个过程(当然还有其他一些诗人、作家)。我正在对先前不以为意的福建，特别是闽南的乡土风味变得敏感起来。我渐渐地对闽南看来"闭塞"却相当深厚的文化传统发生了感情。今天回忆起来，20世纪70年代末80年代初，我正经历着从外乡人的文化心理为福建文化传统同化的过程。也许正因此，志泽的散文诗中那最杰出的一部分特别引起我的共鸣(当然他其他方面的作品我也是很欣赏的)。

志泽曾经有过并不太短的写诗经历。诗的概括性和诉诸内心的特点，使他不善于正面地对现实生活做太具体的表现。当他要表现更具体一点的东西，他就改变对生活的加工方式，走向了散文诗，他开始创造一种介于诗和散文之间的两栖类形象,他的笔开始在写实与想象两个领域交界的地方驰骋起来。那些曾经激励过他,对他的心灵最亲切的生活,而又为诗所不能容纳的,在他的散文诗中焕发出了光彩。

在志泽的散文诗中,那最能博得读者欢心的正是在他心灵中"熟透了的"乡土生活,自然,也是经过他的心和手顺利地净化了的生活。那侨乡的祭奠仪式,那三合土的陵墓、横抱的琵琶、泣血的响盏,那荔枝手帕的民间爱情故事,那在归侨心中回荡的月下的南曲,那漆篮上描绘着的传统戏曲人物并不是本来就有这么多艺术的情趣的,这一切明显是经过了点化,是作者赋予了艺术的生命。那崇武渔女的花头巾、宽大的单色裤,用现代化城市的眼光看来,也许并不十分美妙,但是在志泽笔下却别有一种亲切的情味,这种情味是艺术的,在生活中粗心的人是很容易忽略过去的。那泉州古伊斯兰教圣墓也许很残败了,对一般的来访者很可能很平淡了,可是在他的散文诗中却唤起了我们对生活的沉吟和深思。

艺术往往要比生活有更多的感情、更多的想象,能启迪读者更多地想到生活,而且比生活中想得更多、更美。"我走在这一条路上,也许脚印就叠印着那郑和前来行香祷告的脚印。"没有这样的神思飞越的想象,也许很难谈得上对艺术的创造。巴乌斯托夫斯基说过,能够称得起为艺术的作品总是能使读者的五官变得更敏锐。那些石棺上本来是可见的古兰经文、云月图案,那微风摇动的树影,好像我们本来没有看到,而是经过作者提醒才猛然意识到它们的存在,才体会到它们深长的意味似的。

要把生活变成艺术,作者的心灵就不光是感应,而且要调动生活的积累,这就得有一颗敏感的多情的心和活跃的想象。志泽多年写诗的经历在这时就起作用了,志泽的散文诗常常得力于诗的想象,好像很轻易地便把生活实感升华了。

正是在诗的想象领域中,志泽有了可喜的创造。当情采和文采取得比较统一的时候,他就写出了他最好的散文诗。这里的情是诚恳的、真挚的,显然是长期积累的。每当志泽写到家乡风习、山川名胜时,也许是情动于衷而溢于言吧,这时他常常有奇妙的想象。

志泽在散文诗创作过程中还逐渐掌握另一种手法,那就是写实的手法,而且在运用这种手法时,志泽所达到的艺术境界并不亚于诗的想象,有时还比想象的境界为优。在这类作品中,更多的是散文,但并不缺乏诗意。就笔法来说也是诗一样缜密的。这里的形象,并不像散文那样浮在字面上,而是在字里行间,或者叫作"象外之象"吧。比之想象性的散文诗,此类作品有更广阔的天地,同时需要更多的生活实感,也要求比较切实的表现。没有对生活的奥秘微妙的领悟,没有对心灵微波的真切体验,光凭想象的变异和绚丽的文字是不成的。一个散文诗的作者,应该在写实和想象两个方面都是能手。而且(也许是我的偏爱),写实性的散文诗,似乎有更广阔的发展余地。我特别欣赏志泽的《乡音》(《青年文学》1982年第2期)。当我读到《乡音》时,我觉得这在志泽的散文诗作中是带着突破性的。生活在这里上升了,它的过程没有被回避,那些在诗的想象中容纳不下的情节性的成分被净化为诗了。这篇作品涉及一个司空见惯的现象,那就是,老一辈华侨说外国话,家乡语言的腔调老是不改,而新一代的在海外生长的华侨说祖国的家乡话却带着浓重的洋腔。生活的现象在志泽笔下不再是现象,志泽没有借助诗的想象但仍以诗的概括力按诗的逻辑给予这样的矛盾以抒情的演绎。他把一个小侨女放到家乡的"望夫岩"上,聆听渔歌号子,领略海娘娘的神话传说的情趣,接受传统戏曲和家乡南曲的熏陶,在洞箫的沉郁、唢呐的欢快中,看地方色彩极浓的舞狮……

有一天,孩子们忽然觉得,小客人的家乡话讲得那么好了,"洋腔"被渔歌号子荡走了,被银波碧海洗净了,被家乡南音携去了。

这是一种乡土感情极浓的生活境界,同时又是艺术境界。这其间的因果关系,不能完全用语音学的科学规律来解释,其中一大部分要归之于感情的作用,艺术的逻辑性所特有的自由在这一章的结尾就更明显地表现了出来:"孩子呢?这才理解,为什么父亲讲起外语,家乡的腔调老是改不了。"只有"呆子"才会怀疑这样的判断的可靠性。在我看来,在志泽的作品中,数此类作品最可珍贵。在这类作品中,志泽真正用自己的喉嗓,唱出自己独有的不可重复的曲调。

又过去了近十年,志泽创作的发展比我想象的更快,他在泉州乃至闽南建立了根据地以后并没有守着根据地不动窝。不知道什么时候,我开始意识到,他的笔接触到泉州的风土民情的宝库,同时也接触到他自己的心灵的珍藏了。他在思索的深度上有明显的进展。总的来说过去的作品以情景交融取胜,今天,除了情景交融以外,还多了一点隽永的哲理,有些篇幅,则以情理交融见长。在散文诗中能将情、景、理交织起来在省内外并非多数。就是叙事的一些篇章如《慈母心》《海边纪事》也明显地表现出前所未有的警策性和概括力。在接近诗的一类作品中,意象和心象的组合,显然比之以前的作品更为有机一些,更多一些韵味。他以他那种独特的睿智,揭示出来的人生价值、生命体验都融汇着他特有的心理气质和闽南文化那温文尔雅又深沉、持重的风貌。

他的心灵似乎永远有两根弦在跳动,一条是郭风式的孩子气的童声独唱,使人想到童话中清澈的溪流穿过玛瑙似的卵石,而另一条则是越来越持重的男低音,使人想到古老的沉钟在海的底层不倦地发出生命的呼唤,虽然这二者都是志泽生命的组成部分,也许还都不可缺少,但是我却更喜欢后者。例如《遥望》等作品。他的作品,之所以能令我欣赏,不仅仅由于我长期在闽南人中生活,在情感上已经归化了,而且也由于,那平凡的甚至琐碎的闽南生活,在他笔下升华了,上升到了艺术境界。他的散文诗领域发展得非常宽广,早已走向整个中国乃至东南亚,但是在艺术上,仍然是和闽南气质有联系的那一部分写得最为动人。

泉州人既为古城文化传统而自豪,又把不怕风险的目光投入深不可测的海洋。闽南乡土气质,一方面是面向过去的、封闭的,一方面又是面向未来的、开放的。二者不但并不互相矛盾,反而水乳交融。志泽的乡土情结,并不是初始的感知的原生的表露,他的情绪、感觉、知觉、情趣都经过他的想象诗化了。连同他的文字,也都被提炼得相当的"洁净"(这是郭风用来形容最好的散文的话)。最突出的表现是,连他叙事性的散文诗都写得相当透明。

平淡中见出诗意比之在激情中表现诗意要难得多,志泽在这方面有了比他早期更为圆润的风格,在他写得最成功的时候,能构成一种不着痕迹的境界,这很使我这样一个老资格的读者感到高兴。

(原载《福建文学》1983 年第 5 期;作者系福建师范大学文学院教授委员会主任、博士生导师,2022 年 8 月获"文科资深教授"称号)

闽南侨乡风土人情美

——读陈志泽的散文诗手记

廖得为

　　散文诗,作为一种不断发展而日益多样化的文学样式,正在进一步走向生活。福建省青年作家陈志泽同志的一些散文诗作,就是力图把抒情和写实结合起来,用以表现和抒发闽南侨乡的风土人情,因此,他的散文诗飘散着南国侨乡泥土的芬芳……

　　闽南侨乡,无论是悬崖峭壁的山野,还是风沙扑脸的渔村,到处都有相思林迎风飘拂,它是侨乡人民世世代代用家乡水、故乡情、游子泪哺育成长的,是闽南侨乡风土人情美的一种象征。志泽同志不少优美的散文诗,正是抓住"相思"这一侨乡的特征来抒写的。请看他的《相思树》:

　　　　在海滨贫瘠的山野上,面对夹带着沙石的狂风和凶猛的狂潮,相思树,你刚强的筋骨决定了你的坚定;你柔美的身姿决定了你的机灵,你不愿意离开故乡的土地,勇敢而乐观地站立着,卫护着田园、房屋、果实和鲜花……

　　　　哦,相思树,你是这样的以你的强烈的爱情和深邃的启迪而引人思念、眷恋……

　　志泽同志笔下的相思树,蕴藉的是对祖国和故乡的忠诚和爱的坚定。

　　志泽同志生长在著名侨乡——泉州古城,从小深受闽南风土人情的熏陶和启迪。20 世纪 60 年代初期,他就在《厦门日报》发表处女作。由于他的勤奋,并坚持散文诗创作面向生活、面向人民,所以能对侨乡的风土人情美作多方面的观察、探索、体验和开拓。

他的力作,有好似"无色的血""滚烫的浪""欢笑的泉"的《游子泪》(《散文》1981年8月);有海外赤子对祖国母亲慈爱怀着永恒记忆的《乡情》(《文学报》1982年11月18日);有"花开灿若云霞,少女般妩媚、战士般威武的刺桐树"(《故乡情》,《厦门日报·海燕》);伴随着月夜洞箫的"望夫岩"、"别离岭"上那迎风吟唱的翡翠林、"断肠岭"上的老榕树、古老的洛阳桥、姑嫂塔、琵琶、远飘四海重洋的南音,还有闽南侨乡儿女别具情致的"花巾""发髻"等,他都从真实的抒写中提炼出爱国爱乡的真情实意,并赋予鲜明的时代气息。

志泽的散文诗,往往寄爱国之情于"乡情",寓时代气息于今日侨乡的乡土气息,以朴实而优美的艺术形式,表现了新的历史时期的爱国主义的主题。他在《故乡情》中描绘的一个"从死神的手中挣脱而返回祖家的台湾船长",他从思乡到爱国,从爱国到渴望祖国的统一,这是海峡两岸人民共同的心愿!

志泽笔下的海峡的风,"轻声地叙述着祖国的期待,把海峡那边的亲人搂抱、亲吻"(《海峡风》,《作品》1982年7月);他抒发的海峡两岸渔民在海上心心相贴之情,是为着用"热血和泪水凝铸那统一的时刻"的到来(《约》,同上)。作者从古老而又新生的"千丈飞虹"的洛阳桥,看到了"中华民族奋发的智慧和气魄"(《洛阳桥》,《厦门日报·海燕》);就连泉州侨乡妇女发髻上横插的银簪,也会诉说当年侨乡妇女怀着对炎黄民族的赤诚,用它们作武器同入侵的倭寇拼杀的传说。这也说明,作者正在扩大艺术视野,加深对生活的审美认识,并努力开掘所认识和所描写的事物的内在审美价值。

没有生活,便没有艺术。然而,这并不是说,有了生活就有艺术的一切。为了创造性地运用生活中各种栩栩如生的事物来塑造生动感人的艺术形象,还须对各种文艺形式进行探索。对此,作者也做了有益的尝试和努力。

作者对散文诗的艺术追求,并不抒发某种朦胧的情绪或教人捉摸不透的主观感受,也不是表现某种虚幻或感伤的人生哲理,而是以比较独特的艺术观察力、探索力和丰富的想象力,去捕捉侨乡风土人情美的形象,把写实和抒情有机地结合起来。如《头巾》(《海峡》1982年第2期),表现了侨乡劳动妇女特有的心灵美和顽强的美的创造力,体现了虚实相生相见的艺术特色。

当然,志泽的某些篇什,对所抒写的人和事的审美体验还不很深,开掘也不够,艺术形式也有待于进一步探索和创造。

(原载《厦门日报》1983 年 3 月 25 日)

谈散文诗辑《闽南乡音》

苏　晨

泉州匆见匆别，于兹已近两月。日前寄下之《福建文学》1983 年 5 月号，先已收到。遵嘱拜读了内刊大作《闽南乡音》散文诗一组八章。

《闽南乡音》，较具历史感。崇武岛古老的城垛、通往伊斯兰先贤圣墓的道路、古色苍然的石亭和石棺、日夜思索着的老君岩、东西塔的风铃、古船、后渚港，都是你描写的对象，都凝注着你对往古的沉思。你在《老君岩》里说：思索是生命的源泉。其实，艺术也不例外。由于有历史感的渗透，也才使得你的这些篇章，较之一般的吟风弄月者深刻多了。历史感，在近年的文学作品中有着相当明显的表现，是构成粉碎"四人帮"后文学潮流的一大特色。对这样一批作品，也有称之为"反思文学"的。这些，顺便一提也就是了。还说回你的"一组八章"，其间集中了你的思考，怕也一定程度地集中了你不少一代同伴儿的思考吧！但是，当前也有不少这样的作品，尤其是一些不太想卖力气的青年人的诗作，往往把"历史感"变为一种抽象的理念，一种与现实感相对立的东西。你的作品以思索把昨天、今天和明天贯穿起来，这很好。如《崇武岛》，就不但有古老的雉堞、箭窗，以及它们记录下的古代人民英勇斗争的壮烈故事，更有一式洁白的石屋，和那耀目的屋顶上的红瓦，那岛上渔民在新的时代里所谱写的新的乐章。再看《晨光里的对话》的这一段："我说古船兄弟，把你过去的光荣献出来，博物馆是你的岗位。在大海的新航道上，已有多少巨轮乘风破浪！凭着铁钉和桐油灰已难于驰骋远洋……"这是说，你没有关进历史的房间里出不来，而是穿过时间的长廊一直向前走，表现了我们这一代人的宽阔的胸怀和深邃的目光。所谓历史感，不是发思古之幽情，历史只有透过时代精神才能表现为警策的力量。

《闽南乡音》，抒情性也较强。那飞动的想象，颇具抒情的语言，固不待说。形象的描摹上，也看得出是在努力避免那种"照相"式的刻板处理。如描写渔民、村姑的这一段：

> 哦，闯过惊涛的渔民敞开胸襟在石板铺成的小街上穿行，张开脚趾的赤脚踩踏出一串串柔和的乐声，在日光的映照下，教人特别欣赏大海赠予他的紫红色的肤色和格外明亮的目光。

头扎花头巾的村姑一群群走进鱼腥飘逸的乡村，宽大鲜艳的单色裤，是她们奇特的长裙，腰间饰挂的银链那么别致，大约是缆绳的象征吧，黄色的斗笠整日地戴着，这是一种什么习惯——晴天里，也谨防那可能突发的急风狂雨？因为濡染了作者的主观抒情色彩，形象也就显得更为鲜明了。

抒情贵真。这在《祭奠》《家乡戏》《漆篮》《乡音》这四章里表现得也许更真挚动人。晋江之畔的元宵佳节，那荔枝手帕的爱情故事和起伏跌宕的南音；玲珑剔透、远销海外的漆篮；起舞的防风林，欢乐的长渠水，盐碱滩上吹送着的柑橘的芳香……"与血相连的故乡，与心相连的故乡，与语言相连的故乡"，故乡种种，都掺和了作者的一往情深。

《祭奠》一章，更以独特的选材和处理，倾心地抒写了对社会主义祖国的热爱，对统一祖国的渴望。唔，任何艺术的创造都有具体写实和抽象变形两途，而恰到好处时它们也都一样能唤起人们的美感，我们不能撇开对具体内容的适应性来妄判其优劣。但是对于以诗为内核的散文诗说来，我总以为不管怎样感情是色彩是必不可少的。

还说些什么呢？对了，诗与散文比较，有一个显著的特点是集中。唯其集中，才能把思想凝聚到一个光点上，感情也会因此显得更为饱满、强烈。历史感足以使作品来得深沉和凝重，但是失于散，也往往达不到应该达到的深度。那么，"一组八章"里有没有这方面的缺欠可以研究？说实话，我以为也还是有些的。有些地方，在思想表达上，尚能从中再提炼出某些哲理性的东西来，就会更耐咀嚼了。君不见纪伯伦、泰戈尔、鲁迅,他们的散文诗创作都很注重哲理的概括。

可是话又说回来,散文诗既然同时具有散文的因素,故有忌散的一面,又有须散的一面。作为散文诗的外壳——语言、结构,显然都可以而且应该比诗有更多的自由、更大的伸缩性。人工美是一种美,自然美也是一种美;对称美是一种美,不对称美也是一种美。散文美好像就更偏重于自然美、不对称美,美在它的优游自如、错落有致。思想的活跃和感情的丰富,为打破色调的单一提供了基本条件。但是在技巧上,大胆打破结构的匀称、段落匀称、句子的匀称,我以为也很重要,如此说来,你是否感到过《闽南乡音》中有些具体形象描写和景色描写,也有点儿平均用力呢?句子太重对偶和排比,很容易接近单调、呆板,跳跃不足,缺少变化。如"老君岩,我同你的忘年交情深意长""更多地制作吧,好在每一个良辰吉日盛满新生活的丰硕,盛满风调雨顺、国泰民安的吉祥,手提肩挑、喜气盈盈大步行走在侨乡的大道上""月光镀,清风染,亮晃晃,甜蜜蜜,清凉凉,酥痒痒地向我心头涌来"。这些,我就以为也许不无研究的余地。有人说,过于均衡,节奏太强,是散文诗语言的大忌。有人说,即使诗的语言,在发展中也是趋向于口语化、非节律化的。凡此,皆不知君以为然否?当然,"口语化"不是拒绝提炼。应该说"返璞归真"的提炼,是属于更高层次的。如此说来,"一组八章"中的"真够厉害呀!你这番话我算先收进了保寿孔""劳累更不值得一提了……"可能也就是那种还该经过一番提炼的了。"清水出芙蓉,天然去雕饰",也得首先是芙蓉。

再说几句收尾的话吧。我以为散文诗是散文和诗的结合,不是凑合;散文为躯壳,诗为灵魂。散文诗是以散漫的抒情完成其美学使命的。怎样把两者结合得更好,正是散文诗创作艰难与喜悦之所在。

我还以为无论是散文,还是诗,在中国都是源远流长的。但是散文诗由来并不发达。发轫于魏晋六朝的小赋,或许可以称作古代的散文诗?只是自新文学运动始,本来意义上的散文诗才以独立的形态出现。可是几十年来进展如何,君自知之。近年喜见中国散文诗的创作出版似有一番异军突起之势,如我们花城出版社也出了《曙前散文诗丛书》《黎明散文诗丛书》各一辑多种,皆八闽散文诗魁首郭风兄主编。我这次八闽之行,也有一个印象是八闽之地似为中国散文诗作家最大集群之所在。如是，则中国散文诗创作的进一步繁荣，大有赖于八闽诸君矣！

祝新一年创作继续丰收！

1983 年 12 月 12 日于广州海珠桥脚

（原载《晋江》文学丛刊 1984 年第 1 期，选入《三角梅集》，海峡文艺出版社1986 年 3 月出版；作者系花城出版社原副社长、原副总编辑）

花和树

——读书录之一

郭　风

　　今年春节,福州街头的节日气氛似乎显得比往昔更见热闹和欢乐。在我家里,今年所种的水仙花又似乎开放得更见生气勃勃和清丽。晚间到八一七路,从灯影间领略在传统节日里流露出来的万众的欢情,心中受到很大鼓舞。回到家里,兴奋情绪久久不能消散,便在灯下读友人的新著,那水仙花的淡香时时扑面送来,更感到今年的节日过得分外充实。心中高兴之至。

　　我曾在《福建文学创作丛书出版感言》的一篇短文里,表达我对于出版这套丛书的感奋之情;那时才出满第一辑的十本作品集。不觉之间,丛书第二辑所收录的若干册作品集也陆续出版了。也许由于我自己长期从事散文创作,以致对散文集的出版尤感欣慰。丛书的第二辑中,除了冰心同志的《我的故乡》、郑朝宗同志的《护花小集》为散文集子外,我正是在春节前夕同时收到陈文和同志的散文集《花魂集》、陈志泽同志的散文诗集《相思树》的。上面所提到的春节夜晚读友人的新著,便指的是这两本书籍。我要再说一遍,这使我十分高兴。

　　陈志泽和陈文和两位同志的散文、散文诗写的大半是闽南漳、泉一带的风土人情、文物、古迹以至历史和革命传统。陈志泽同志说:"她(散文诗)自然应该是多种多样的。但我更喜欢具有乡土特色的地方风俗画。"是的,在传统的佳节的夜晚里,读着《花魂集》《相思树》就像在翻阅一帧一帧洋溢乡情的风俗画,有一种特殊的亲切感。但是,这些风俗画,不仅仅勾勒侨乡的情意,水仙和兰的花魂;不仅仅是描绘九龙江的风光,崇武岛和深沪湾的潮声;不,这一帧一帧的乡土风俗画,表达了颇为广阔的题材领域、情感领域乃至对于人生哲理的揭示和寻求;而最为难得的,是所有这些都比较强烈地洋溢着时代气息和人民的意愿,

因此这些作品绝不是一般的表达乡情的风俗画。陈文和同志在勾勒着水仙花的"花魂"时,歌唱道:

有人说,是春天,带来了花朵;也有人说,是花朵,装点了春天。人们喜爱花朵,是和热爱社会主义的春天紧紧联结在一起的。

陈志泽同志在尽情地歌颂家乡元宵的花灯夜时,含蓄而激动地写道:

我突然觉得在我们不远的前方,有一条灿烂辉煌的大道,有一个五色缤纷的前程……

由于朴素地唱出时代的呼唤和人民的心声,作品便成为能取得众多的读者的心之共鸣的诗篇。

九龙江和晋江流经的地区,那里有我国最古老和中外文化交流的灿烂的历史,有民主革命时期的光荣传统,在当代,是我们建设四化的金三角洲,我觉得闽南地区的散文、散文诗的花朵一定开放得更加美丽,散文、散文诗的绿树一定更加苗壮地成长起来。新春寄意,不胜神驰。

1984 年 2 月 6 日,福州

(原载《厦门日报》1984 年 2 月 24 日;作者系福建省文联原副主席、福建省作家协会原主席)

明丽而浓烈的诗情

——读陈志泽的散文诗

郑 锹

　　福建是散文和散文诗的家乡。近年来,除了老作家郭风仍在散文诗园地辛勤耕耘外,一批中青年作者迅速成长起来。在这批散文诗作者队伍中,陈志泽是引人注目的一位。他写过诗,也写过散文,而后在散文诗的创作领域渐渐显露其才华。如同春天、夏天过后便是秋天一样,经过近二十年的准备,他终于迎来了丰收的季节。《相思树》,便是他第一个散文诗的结集。

　　相思树有坚韧的性格,有很强的生命力,它不需要人们提供更多的条件,却以它对于家乡的热烈的爱,不断地开放星星点点朴素而美丽的金黄色的小花。陈志泽也深深地爱他的家乡,从这点出发,他和相思树的心相通了,感情交流了,而且竟然达到了彼此相知而又相思的地步。他在家乡的土地上生长,对家乡人民的生活熟透了,因而对于家乡的风物、家乡的变化和家乡人民的思想感情,具有一种特殊的艺术敏感。一些人们认为平凡的、习以为常的事物,都能吸引他敏锐的目光,引起他丰富的想象和联想,并且激发他美好的诗情。于是,月夜的南曲,在他的心中"荡起了彩色的涟漪";元宵的花灯,在他看来是一朵朵"霜雪不能摧残的花";在千年古船旁,他想到"在大海的新航道上,已有多少巨轮乘风破浪";面对五里长桥,他呼喊人们"快用双手开辟让四化飞奔的坦荡大道"。他以自己的独特感受告诉我们,家乡是美好的,家乡的未来是美好的。

　　泉州是文化古城,闽南地区是著名的侨乡,而台湾同胞和闽南人民也本是同祖同根。因而,我们看到,古城胜迹、侨乡风情以及家乡人民对海峡彼岸亲人的声声呼唤,经常成为陈志泽散文诗中着力表现的题材,而且经过他的提炼,都化为优美动人的歌。现在常有人笼统地谈论"乡土文学",其实同样取材于乡土生活,同样表现浓烈的乡思、乡情,可是由于作者对人民的态度和对社会主义的态度不同,其作品就显然具有不同的性质,发挥不同的功能。那么陈志泽的呢?我们注意到,他在反映乡土题材时,能够不同程度地触及家乡所发生的社会主义的变化,以及由此而产生的人的思想面貌的变化。在他的笔下,家乡的山水、家乡的人都因这个深刻的变化而充满春意和诗情。《乡音》中那位回乡老华侨听到南曲时是那样感慨万端,因为它"再不是往昔那如泣如诉的悲哀,撒三两声鹅卵石路上木屐碎心的拍打、孤灯亮处辛酸的叫卖;再不是如疯如癫的喊叫,因海边白衣妇人的招魂戛然而止,却止不住惊恐和愤怒漫山村"。古老的乐曲今日换了新声,这生动地反映了家乡的变化。正由于此,南曲才能这样地撩人情思。在《游子泪》中,那游子泪曾经是无色的血,今天也变成欢笑的泉。作品动人之处在于,它使人们把对家乡的爱和社会主义的爱紧密联系在一起。还值得注意的是,他善于把家乡的历史、现在和未来联系起来思索。既让我们看到郑和、郑成功以及许多不知名的先辈所写下的繁荣和骄傲的历史,又清醒地告诫人们不要沉湎于光辉的过去,而放松现在的努力。他希望我们从先辈的赫赫业绩中汲取信心和力量,去改变目前还存在的落后面貌,创造美好的未来。他在《晨光里的对话》中,为我们设计了一场东西塔和古船的对话,颇有寓言意味。他先写东西塔的一串风铃把古船从梦中摇醒,又借东西塔的口指出,我们应把过去的光荣送进博物馆,"凭着铁钉和桐油灰已难于驰骋远洋"。在充满生动、诙谐的情趣中,把人们引到面向世界、面向未来的高处。而在《崇武岛》中,作者却用了另一副笔墨。他以明快的线条勾勒了那古老城垛上的雉堞和箭窗、战胜狂风而巍然挺立的洁白的石屋,勾勒了在战斗和劳动中创造美的头扎花头巾的村姑和一身紫红色肌肤的渔民。而后,面对大海涨潮的壮丽情景,他写了以下的诗句:"历史携带着战斗的美、劳动的美在不息地奔涌向前,悲叹怎能不被淹没?高耸的礁石一阵阵抒发出大海的欢笑,而明月无声,在碧波中默默地尽情描绘明天的美景。"整篇作品,表现出一种庄重的气氛和高昂的格调。还有一点,他的散文诗总是饱含着深沉的乡思、乡情,而这种乡思、乡情又都在一定程度上反映了人民共同的愿望和要求。他善于真切地表现海外华侨踏上家乡的土地时那种如痴如醉的心情,善于质朴地反映海峡两岸久别亲人彼此间的热切思念。在这方面,《祭奠》是很出色的。它没有多少想象和联想、夸张和铺叙，而只是细致地、深情地描叙一个带悲剧性的场景：当风暴把一艘台湾渔船撕成碎片之后，乡亲们怎样噙着泪，按家乡的习俗为死者祭奠。"生，长相别离；死了，才回到故园！"在这低声叹息的背后，隐含着多么强烈的盼望祖国统一、亲人回归的思想感情。总之，既具有鲜明的地方特色，又富于时代感；既流动着浓重的乡思、乡情，又表达了人们热爱社会主义祖国、热爱生活的共同心声。这两方面的统一，构成了陈志泽创作的一个显著特色。这也是他在探索如何以散文诗的短小形式反映时代精神、表现人民群众的愿望和要求方面，为我们提供的一个有益的经验。

陈志泽曾经尝试用较长的篇幅来表现人物，抒发情怀，但往往提炼得不够，并不很成功。而他的许多优秀作品，都显得短小、集中、凝练。我们看得出，他力求创造鲜明的形象，在对自然景物的抒写中，在细小而动人的生活场景的描叙中，寄托深邃的情思。它是具体的，同时又是概括的；是个别的，但又能反映某些带普遍性的真理。当然，散文诗不仅要求诗的集中和凝练，而且要求散文的自然和舒展。可是这种自然和舒展是相对的，而且有一定的限度。同诗歌比较起来，散文诗可以对经过选择的各种生动的细节做比较充分的刻画，作者的思想感情也可以有层次、有波澜地发展。但它毕竟不是奔腾万里的江河，而是在一定的渠道里跳跃着、欢笑着的溪流。如果我们以为它可以像散文那样大开大合，让激越的情思在上下数千年、纵横几万里的天地间飞驰，那也许是对散文诗的一种误解。《漆篮》是状物的，作者抓住特色，一路写去，不可谓不精细；然而用笔精简，层次井然，显得非常集中概括。他先写漆篮由"薄如纱，细如丝"的竹篾编制而成的精巧外观，后写它用生漆、桐油涂抹的动人光彩，再写它坚固严实、耐酸耐碱的实用价值，又通过漆篮上各种各样的绘画反映它所凝聚的侨乡风情。最后，经过作者的点化，这个普通的漆篮竟成为永不衰亡的"美好和幸福的希望"的象征。作者希望人们更多地制作，好让乡亲们盛满"新生活的丰硕"，手提肩挑，大步走在侨乡的大道上；或者送向五洲四海，好让远在异国他乡的游子盛满"故乡的风情"，探亲访友，体味那永不能忘怀的悠久的民族习俗。再如《云海》，它是写景的，作者以三章短小的篇幅，不仅生动细致地抒写黎明时分大自然景色的变化，而且有声有色地表现了阳光和云浪之间力量的消长。最后水到渠成，点明他在"十年动乱"这场惊心动魄的较量中所领悟到的人生哲理。它告诉人们,一切像云海一样的反动势力虽然可以喧嚣于一时,但在党和人民的力量面前,它终于要暴露出不过是一些轻飘飘的水汽而已。同时,他虽然用了抒情的笔调,却也表现出解剖自己的勇气,含蓄地写到在云烟水气终于消散时他"从迷茫中归来"。无论是他所领悟到的哲理,还是思想深处所受到的触动,都同鲜明如画的景色描绘交织在一起。从陈志泽的《漆篮》《云海》这些作品的成功,我们可以认识到,散文诗虽然不可能以浩瀚的篇幅,正面反映生活中的矛盾和斗争,但它可以触及社会生活甚至重大题材的某些侧面;虽然它形式短小,但却可以表现出坚实的内容和雄浑的气势。因小见大,在散文诗的创作中,得到更为普遍的、广泛的运用。

我们知道,想象和写实在创作中总是互相联系、互相渗透、互相补充的。虽然诗要求丰富的想象,但它写人、叙事时也可以惟妙惟肖、真切感人;散文给人以更多的生活实感,然而由于生活激情的驱使,作家构思时也往往精骛八极、心游万仞。只是比较而言,诗的想象成分多一点,散文的写实成分多一点。而作为散文诗,诗的想象和散文的写实,则更是经常结合在一起的。作者可以把自己美好的思想感情、奇特的想象,融进真实的细节描写之中;也可以在对一个景物或一个生活场景做真实的描绘之后,凭借想象的力量,把人们的思想引到更深、更远的境界。即使是神话、寓言、幻觉、梦境,我们也能从中找到生活的依据。这里,应当着重说明的是,想象并不意味着生活的不足,也不可能掩盖生活的不足。相反,如果没有生活的坚硬翅膀,没有由于生活的触发而产生的感情的风,想象就不可能自由飞翔。如《投邮》,作者在乡亲们走向邮筒的瞬间,想到党的侨务政策的春风给侨乡带来的一系列变化,想到信里可能要向海外亲人报道的种种喜讯。于是,投进邮筒的竟然是"侨办电站""复活的茶岭"和"欢庆的锣鼓"。信的内容是想象的,是可能有的,但却充满了生活的实感。想象和写实的结合,在《谒圣墓》中得到淋漓尽致的表现。作者对路上的花树,有云月图案和古兰经文的石棺,墓前的石亭以及半圆形的岩石回廊,都做了精细的刻画。而且在景色描绘时,展开丰富的想象,融进激越的诗情。他想到一千年前穆罕默德派使者带来阿拉伯人民的友谊以及当年郑和为了同样目的而下西洋的雄烈气势,想到前辈扬帆远航、搏击风浪的勇敢和意志以及他们为了家乡的繁荣而付出的智慧和辛劳。他审视着脚印,觉得自己正走着前人所走过的道路，而古往今来许多人的脚印在这里相重叠。这样，展现在我们面前的虽然只是一条路，但他却让我们看到各国人民为了播种友谊、创造幸福而奋斗不息；展现在我们面前的虽然只是一行脚印，但他却让我们看到历史的脚印在延续不断。写到这里，我想起了杜甫的"咫尺应须论万里"的著名诗句。如何在咫尺的画幅上，展示广阔的天地，这是我们的艺术家所努力追求的一种境界。要做到这一点，除了要求我们的艺术家必须具有坚实的生活基础和崇高的思想情操外，我想，想象和写实的结合，能够使散文诗因小见大的手法，具有更加丰富的表现力。而陈志泽的散文诗创作，也正往这个方面进行着不懈的努力。

比起诗和散文，中国的现代散文诗还很年轻，今天它仍在不断地发展完善之中。我们看到，陈志泽和其他散文诗作者一起，正认真地进行自己的探求和创造。他根据所要表现的内容的需要，尝试着用各种笔墨，写出特点各异的作品。有的近于散文，有的近于诗；有的庄重深沉，有的生动诙谐；或绚丽如朝霞，或质朴如布帛；或篇幅较长，试图以散文诗的形式叙事写人，或三言两语，表现由生活激流的冲击而在心灵深处飞溅起的智慧的浪花。但是，我们也不难发现其共同点，这就是他的那些优秀作品都表现了对于家乡和家乡人民的美好心意，都充满着明丽而浓烈的诗情。同时，根据内容的需要，他的抒情方式也是多种多样的，或者如《崇武岛》，面对大海落日的动人景色，直接抒发自己的情怀；或者像《老君岩》，把感情倾注于石雕座像，使之成为具有感情和生命的历史老人，千百年来专注地思考着人生；或者像《家乡戏》《乡音》，作者不直抒胸臆，却以台湾同胞或海外华侨为抒情主人公，让他们倾泻像千顷波涛那样浓重的爱国思乡的情感。他还注意把情和理、情和趣结合起来，《晨光里的对话》饶有情趣，而《云海》寄寓着深刻的哲理，却也写得富于抒情味。总之，就像千姿百态的山谷中有一道溪水流贯其间一样，他的创作既有多种笔墨，又有共同特点，在变化中求统一。这正是他艺术上逐渐趋于成熟的一个表现。

散文诗既不属于散文，也不属于诗，而是散文和诗结合后所产生的一种新的文学样式。它兼有散文美和诗歌美，既要求诗的凝练、诗的想象和诗的感情，也要求散文的质朴、散文的自然和散文的舒展。现在有人提出散文诗其中包括陈志泽的散文诗创作过分诗化的议论，这未必符合实际。从它 20 世纪 60 年产生、发展的历史看，一方面，正如许多同志所说的，中国现代散文诗最初是诗体解放的产物，是伴随着五四新文学运动突破古典诗律的限制，要求自由充分地表现诗的精神、诗的情绪而出现的。先是刘半农提倡"于有韵之诗外，别增无韵之诗"，接着鲁迅、郭沫若都创作了一批真正称得上"用散文写的诗"。在当代的散文诗作者中，我们知道，郭风的许多作品原来是当作诗写的，后来因突破诗的限制而写成散文。胡昭和蓝曼也有同样的经验，他们或是在有了一种诗的意境，而又感到诗的韵律的束缚，或是完成诗作之后，在诵读时产生局促不安之感，这时，他们便常常想起散文诗。其他如肖岗，表明他追求的是"让诗获得散文的舒展"。而耿林莽则说得更为直截了当："当着诗的韵律成为闻一多所说的'戴着镣铐跳舞'的'镣铐'时，我便要按照自由多变的脚步行走了。"他们共同的创作经验是，既要体现诗的本质，又要突破诗的韵律的限制。而另一方面，也有许多作者热情地在散文中寻觅诗，力求用美得近于诗词的散文，表现人们深邃的情思。鲁迅"有了小感触，就写短文"，瞿秋白则辛勤地记录"心弦上的乐谱"，他们都为我们留下了一批散文诗珍品。当然，这种努力还产生另一个结果，就是一些精致而富有诗意的抒情小品的出现。虽然对于那种"在散与不散之间"的散文来说，它是另一种创造，可是因此也带来了散文是否过分向诗靠拢的议论。但是，作为散文诗，无论是要让诗获得散文般的舒展，还是要让散文获得诗一般的凝练，却从来没有放松过对于诗意、诗情的追求，而只是要求突破诗的韵律的束缚，或要求具有一种"韵在骨子里"的内在的韵律，使之同诗比较起来多一些散文的质朴和从容、自然和舒展，以使作家从生活中获得的诗意、诗情可以有更加充分的表现。陈志泽有些作品不那么精彩，像《捕鲨》《重归》和《复船山抒情》这些篇章，也正是由于提炼得不够，停留于表面现象或事件过程的描述，而缺乏诗意、诗情。同时，在文艺为人民服务、为社会主义服务的原则指导下，我们的作家在散文诗创作中同样有进行创造性劳动的广阔天地。特别是由于作家的创作个性不同，所要反映的社会生活不同，对生活的具体感受不同，我们看到，不仅作家之间各自具有不同的风格，如郭风之清新隽永、柯蓝之富有哲理意味，即使是同一作家的这一部分和另一部分作品之间，也常常表现不同的特点。至于目前较少见到波特莱尔那样写实性较强的散文,也只能说我们的园地里还缺少一个、两个品种,而无须匆忙做出散文诗可能"走向衰亡"这样耸人听闻的预言。中国有深厚的散文和诗的传统,有深厚的古典和现代的散文诗传统,只要我们的作家坚持深入生活,勇于创新,我们的散文诗就不会衰亡。

陈志泽写过诗,也写过散文,这无疑有助于他更好地把握散文诗表现艺术的一些特点,并使他从事散文诗创作时有了一定的艺术积累。但是,他在散文诗创作实践中之所以能够获得较大的进展,更重要的原因还在于,他有来自生活、来自人民的理想和信念。我们看他在《老君岩》中所写的一段文字:

> 你看见了人民创造历史的画卷,在心中铭刻下多少经典。你把一个个故事悄悄印记在苍松的年轮。你把富有哲理的诗情,应和那深奥的林涛竹韵深情地吟哦,而后珍藏在黛青色的岩石下面。你慈祥而刚毅的面容透出对故乡前程的信念,你飞动的须髯飘荡着心头深深的叹息,那高高的鼻梁显示着敬祝人们安康长寿的良好心愿。你炯炯的目光要遍阅故乡未来更加美好的篇章!
>
> 啊,我也要更加认真地思索人生,更加坚信人民辉煌的信仰了。

同许多中青年作者一样,他步入文坛的过程,也是他对人生的思考和对艺术美探求的过程。令人高兴的是,他在这个思考和探求的过程中,没有因我们工作中的一时失误而对共产主义的信仰产生动摇,没有因现实生活中仍然存在缺点而产生哀怨。相反,他更深刻感受到人民创造历史的伟大力量,而且陶冶了不断追求劳动的美、创造的美的健康情趣。同时,他能够勇于解剖自己,自觉地清除资产阶级所散布的思想迷雾对自己的影响。因而,他的许多成功之作都表现出乐观的情绪、奋发的精神和对美好未来的向往。正如柯蓝同志在为《相思树》写的序中所说的,福建"散文和散文诗的昌盛、繁荣,是这儿生活所决定的,是这儿特定的风土人情所决定的,是这儿人们的理想和追求所决定的"。陈志泽的散文诗创作也表明,由于他自觉地置身于家乡人民中间,因而他能"更加坚信人民辉煌的信仰";他对着大海敞开胸襟,因而他的歌声中常伴和着"大海的欢笑"。只要坚持和发扬中国现代文学同人民群众保持密切联系，同党的事业共同前进的传统，那么他在创作中有些地方提炼得不够或者有些作品的语言还显得比较嫩等一些缺点，都是容易克服的。只要把他的这个集子同油印稿加以比较，我们就可以看到，他为了在艺术上精益求精而作的艰苦努力。

他在《思念长安山》中写道：“啊，长安山，你为我脱去幼嫩的外壳，你给了我坚强的筋骨，你给了我满腔对生活的情和爱，你永远伴随着我在生活的道路上驰骋。”对于自己学习、成长的地方，他是这样的难以忘怀。他思念长安山，长安山也思念自己的儿女们。

〔原载《福建师范大学学报》（哲学社会科学版）1984 年第 1 期；作者系陈志泽就读福建师范大学中文系时“文选与习作”课任老师，福建师范大学原校长助理、教授〕

灯下寄语

——陈志泽散文诗集《绿风》跋

刘湛秋

我很愿意读福建作者写的散文诗。

也许，因为我没去过福建，而又神往那片美丽的土地，所以期冀从文字中得到某种宽慰。

也许，因为我和这些作者比较熟悉，自然产生了某种亲切的感情。

并不完全如此。我觉得，真正感染我的是福建散文诗作家笔下那独有的"福建味"。他们以各自的色彩强烈而集中地散发出那股福建的气息。这在其他省中是不多见的。

就我所熟悉的福建的几位散文诗作家，他们风格迥异，但却都执着地写福建。他们对福建那种不可替代的爱恋始终浮动于他们的笔波之中。他们以福建人的感情方式、福建人的观察角度，去描绘福建人和自然、福建的生活和习俗、侨乡的微笑和眼泪。这样，他们所写的"一年四季都是绿色的"闽南的风，"像慈祥的老人"的榕树，"发髻上盘戴着鲜艳的花串"的闽南妇女，甚至温暖的蔷薇色的海水，都不可能不闪耀奇特的艺术光彩。

我并不主张文学的完全"乡土化"，或把表现人、社会、自然的文学局限于某种区域文学，但是，一个作者写他最熟悉的人和山水，倾注自己内心深处最深厚的感情去描绘自己所眷恋的对象，必然会打动读者。在文学的百花园里，一个作者如果献上了自己的花，即使它很微弱或不那么香，那也就足够了。

如何选择主题和题材常常是艺术家困惑的事情。首先，要追求新鲜感。这是必须思索的问题。但是这种新鲜感并不是来自题材本身的新奇或耸人听闻，这种新鲜更多在于新的发现、新的理解、新的立意。同样的题材是可以千变万化、不断翻新的。因此，我就想，这么多散文诗家都去写福建，是否就会把福建写"滥"呢？当然，如果写得表象，那会令人生厌的；如果观察和感受敏锐，则会把福建写得更多姿、更吸引人。

我和陈志泽并不相识，是他写的关于福建的散文诗帮助我认识了他。从通信中，看得出他是热情而好学的人。他长期生活在自己的家乡泉州，这几年，他勤于散文诗创作，产量颇丰，他的散文诗集《相思树》几乎全是写福建的。我想，他不必苦于题材写尽，而应更多地考虑怎样写得更深、更新；不要过于匆忙抓住一点就描绘，就做哲理式的抒情，努力把散文诗写得更开阔、更有诱发力。

我不喜欢为别人集子写序跋，但这次是黎明散文诗丛书编委会集体分工的任务，想了想，仅以这几行也许算题外的话寄语我的福建的散文诗朋友吧！

（原载《福建日报》1985年9月22日；作者系《诗刊》原副主编）

好一棵相思树

——谈陈志泽的散文诗集《相思树》

叶公觉

　　泉州古城里,长起一棵挺拔俊秀的相思树。它的每一片绿叶、每一朵黄花、每一粒红豆,都饱含着栽培者的心血和汗水。这位种树人说:"我爱相思树。每一回我来到相思树前,都要想起她的情意绵绵的传说,一支支动人魂魄的相思和人民意愿,因此这些作品绝不是一般的表达乡情的风俗画。"(《花和树》)在这些画中,作者注入他满腔真情,在真情的驱策下,他的妙笔才能生花。他的"热情是充沛而真实的,语言是朴素的,也许还带一点稚气,但却使你感到它是出自一个人的心灵深处"(柯蓝:《相思树·序》)。心灵的歌声录在画版上,成了一幅幅动人的故乡风俗画,这正是陈志泽散文诗创作的一个显著特点。

　　陈志泽散文诗的又一特点是以古照今、深沉凝重的历史感。

　　描写故乡胜景,有多少题材可写啊!作者写《谒圣墓》,缅怀前贤的功业,而在缅怀中又突出了"脚印":"我走在这一条路上,也许脚印就叠着古时伊斯兰教徒的脚印?""我走在这一条路上,也许脚印就叠着郑和前来行香祷告的脚印?""我在墓前沉吟,自古至今,有多少脚印在这里重叠呢?刺桐城呵,你繁荣和骄傲的历史是多少人用一生的智慧、一生的辛劳抒写的呢?人民永远不会忘记他们……这里延续不断的脚印是献给他们的一朵永不衰败的鲜花!"鲁迅说过,发思古的幽情,往往是为了现在。作者谒圣墓时的翩翩联想,也是用古代圣贤的业绩来对照今日人民的创造。今天的创造是超过前人的,但这正是在前贤精神的鼓舞下而获得的。就像脚印一样,一个又一个叠印下去,脚印就是勤劳奋发,脚印就是献给前贤的祭奠鲜花!联想是巧妙的,由于有了历史感的纵深渗透,所以这首散文诗就不同于一般的吟风弄月、怀古伤情之作了。

陈志泽散文诗中贯串的历史感,使作品显得深沉凝重。他把故乡的今和昔紧紧扣在一起思索。就听那南曲乡音吧,昔日是如泣如诉的悲哀,撒三两声鹅卵石路上木屐碎心的拍打,孤灯亮处辛酸的叫卖;而今美妙的南曲传来,月光镀,清风染,亮晃晃,甜蜜蜜,清凉凉,酥痒痒,因为古曲换了新声。有过去的沉重,更显出今日的欢快;有今日的热烈,更显出过去的凄清。作者善于选取故乡风物中富有精神激励作用的传说。《相集》中以照相背景的形式记下了姑嫂塔、刺桐树、古沉船三件古老之物。姑嫂塔的传说使人伤心,因为姑嫂叠石望海,盼亲人归来,最后叠石成塔,亲人未归,姑嫂血泪流尽,绝望投海。这是旧世界给我们留下来的一幅惨状。刺桐树威武高大,长着尖刺,花开如霞。传说中倭寇入侵,刺桐树挺身而出,绿叶捏紧铁拳,尖刺挥出长矛,红花喷泻怒火,果子怒洒弹丸,使敌人丢盔弃甲,狼狈逃窜。这是故乡树木给后人留下的一副不屈不挠、英勇抗敌的英姿。古沉船告诉我们,在八百年前,祖先们"每岁造舟通异域"的智慧和骄傲。所以看这本相集,就是"在翻阅着故乡的文明和骄傲"。这种古代的文明和骄傲,将激励今人去努力创造新的文明。因此,陈志泽散文诗的基调是深沉凝重中有昂扬雄壮。

陈志泽的散文诗,已经得到当代散文诗界的注目。近几年来他在报刊上发表散文诗三百余首,既有可观的数量,又有相当的质量。他就像一棵生命力无穷、摇曳多姿的相思树。愿泉州古城里的这一株相思树日见葱茏、黄花灿灿,结出更多鲜艳夺目的红豆来!

（原载《文学报》1985 年 5 月 16 日;作者系江苏省著名文学评论家）

他用自己的声音歌唱

——陈志泽散文诗片论

王慧骐

在文学天才身上……其实,我认为,在任何天才的身上,重要的东西却是我想称之为自己的声音的东西。是的,自己的声音是重要的。生动的、自己特有的声调,其他任何人喉咙里都发不出的音调是重要的。

——屠格涅夫

迄今为止,他的文学生涯似乎都是以此为目的:寻求"自己的声音"。二十年过去了,他写过诗,也写过散文。最终,他选择了散文诗。在这块园地上,他又辛勤耕耘了几年,收获的,是一本散文诗集《相思树》(福建人民出版社出版)和未曾结集的近百篇作品。

散文诗的音域,并不如人们所想象、所期望的那般开阔,虽然,早先曾有过柯蓝悠扬的"早霞短笛"、郭风清新的"叶笛诗韵",而且近年来也的确出现了一种笛声四起的可喜局面。但是,要在这里找到真正属于自己所特有的声部,用"自己的声音"来歌唱,显然不是一件很容易的事。

那么,陈志泽是否达到了他孜孜以求的目的,有着"自己的声音"呢?

回答是肯定的。

一

陈志泽的散文诗,就题材而言,大致可分为三类。其中,抒写侨乡风情和海峡两岸相思之情的篇章占了较大的比重,它们可以说是诗人的"特产",其逐渐形成并趋于稳定的艺术个性,在这里显露得十分明了。再一类是抒写日常生活中所思所感的,多数近似于小品的性质,记录了诗人一颗敏感、多思的心在生活中由于某种触发而燃亮的火花,其中固然不乏佳作,但在陈志泽的全部创作中,这类作品似乎只是占据了次要的位置。

由取材着眼点的不同,常常可见作者追求"自己的声音"的努力。在陈志泽之前,采用散文诗这一样式,表现侨乡风情这类题材的作品,并不多见。陈志泽以他对故乡和台胞的一片挚情,以他特有的诗意感受力,开辟了一块烙有自己个性纹章的疆域。他在这些作品中,描摹着故乡诗意盎然的风物人情,倾吐着对海峡彼岸人民的赤诚的情和爱。人们读过之后,会自然而然地得出一个结论:只有生活在这块充满了诗情画意的土地上,并且把生命的根须深深地扎于人民群众之中的作者,才能从自己所熟悉的故土和生活中寻找到诗意的源头,才能写出这般浸透着对故乡文化传统和风习的特有感情的作品。

当陈志泽比较自觉地将创作的取材范围逐渐稳定于"侨乡风情"和"海峡涛声"两个方面时,实际上也就开始了自己艺术个性的张扬和艺术风格的建树。题材的特异,使他在日见斑斓的散文诗创作园地里引起了人们的注目。他的作品,给这个园地吹来了一股清新和饱含特殊芳馨的风。读这些作品,我们感受到,陈志泽不愧是描绘闽南风情的能手和传播海峡涛声的信使。在他的笔下,"闯惊涛的渔民敞开胸襟在石板铺成的小街上穿行,张开脚趾的赤脚板踩出一串串柔和的乐声"(《崇武岛》),"流萤。鸣蛙。从海岛剧场飘出了优雅、欢快的南曲……"(《渔村曲》)《故乡胜景(六章)》如同一位热情的导游,引我们在领略如画般的风光景物时启悟人生的哲理,而且在精神世界里进行了一次睿智的散步;《郑成功畅想曲(六章)》则让我们面对历史的遗迹,一任思绪在昔日、现实和未来之间腾跃;山光水色,风俗人情,醇厚,朴实,本来就十分迷人,经过作者巧笔点染,更具有一番动人的魅力。另一方面,海峡两岸中华儿女的相思和依恋,台湾同胞对于祖国的向心力,在陈志泽的散文诗中,得到了淋漓酣畅的表现。他是那样熟谙台胞的心理、情感:"啊,大海彼岸的大陆是我情牵梦绕的家,那留着'摇篮血迹'的故乡是生我养我的根。"(《一个台湾船长的手记·思念》)连那心灵的颤动都被准确而生动地捕捉到了:"又到了分手的时刻了,相约着下回的见面。一双双眼睛,闪耀着火星,恰似船桅上那半明半灭的灯！"(《约》)他的作品时常勾勒出激动人心、催人泪下的场面,手足之情,拳拳之心,相思之意,一经他的传达,原来陌生的变得如此亲切,在读者的胸臆卷起阵阵波澜。

二

　　陈志泽的散文诗中,时常出现闽南和沿海地区的风俗画、风情画,这种可贵的、富于个性色彩的艺术追求,是经过诗人的熟虑深思,渗透了其审美理想和美学情趣的,因而呈现为自省后的自觉状态。这样就能从一定程度上对陈志泽的创作为何乐于此道做出解释了。实际上,《相思树·后记》的"夫子自道"是再明了不过的:"我更喜爱具有乡土特色的地方风俗画,能不能说,愈是具有乡土特色就愈有个性,也就愈能打动人、感染人?"显然,诗人的旨归仍在于建立自己的"个性",喊出"自己的声音"。因此,诗人反复吟咏的叫人目不暇接、眼花缭乱的花灯,精工制作的漆篮,五花十色的头巾,月夜幽幽的洞箫,还有那海滩上举行的祭奠、侨乡妇女奇特的发髻……这些凝聚着诗意的风物、风情,不仅给作品抹染上了浓重的乡土特色, 显示了鲜明的个性风采, 而且为作者借以抒发情怀提供了很好的契机。从作品中可以清楚地看出,志泽并非孤立地、静止地去描摹上述的一切,否则,他的创造性劳动就只局限于采风的意义上。诗人不是从民俗学的角度看取这一切的,而是以诗学的眼光,穿透民俗学的表面内容,掘取诗意的内涵。所以出现在作品中的花灯、漆篮等器物,不仅仅是一般的民间工艺品,而是传统文化的象征、诗情诗意的载体。作者的情志,正是由此得以升华、腾跃和尽兴地抒发。而作者的艺术个性(或者说是风格)也正是通过这些富有个性色彩的生活风情画,获得了成功的展示。

三

　　陈志泽的散文诗,在抒情和描摹中,往往渗透着一种历史感。这一特点使得他的作品平添了一种撼人心魄的力度,给人以深刻和厚实的感觉。《游子泪》中,游子的泪由"无色的血"经"滚烫的浪"到"欢笑的泉"的变化,饱含了历史的沧桑;《乡音》中借老华侨回乡第一夜时的感触,透露了时代大踏步向前的足音。类似的作品在陈志泽的创作中占了一定的数量,它通过两个时代、两个社会的对比,将历史的发展变化用凝缩而形象的笔触勾勒了出来。即使面对现实抒怀之时,也仍然以历史感作为基础,从而表现清晰的历史意识,让历史透过时代精神的折射表现为警策的力量。还有一些作品,也许应划入"怀古"之列,如《郑成功畅想曲》《老榕》《故乡胜景》《郑成功展览馆寄情》等。尽管相当的篇幅用于对历史、往事的缅怀和沉思,但目的则是触指现实的。作者借助于主观抒情,将历史与现实巧妙地联结起来,通过对往古和先贤的追思,把人们引到面向世界、面向未来的高处,做更深沉、更遥远的遐想,从而意识到一种强有力的新时代所赋予的使命感。正如作家苏晨在致作者的一封信中所指出的那样:"你没有关进历史的房间里走不出来,而是穿过时间的长廊一直向前走,表现我们这一代人的宽阔的胸怀和深邃的目光。"(见《晋江》文学丛刊,1984年第1期)这种历史感,是一种值得珍视的精神元素。就陈志泽而言,它的获得,自然与他所选取的题材关系甚密。崇武岛古老的城垛、伊斯兰的圣墓、东西塔的风铃、古船、后渚港……这一系列特定的题材需要作者具有历史感,并让它在作品中体现出来。但是,陈志泽并非全然仰仗题材的先天的赐予,而是积极能动地向这个方向努力。我们也曾读到过一些题材与此相同或相近的散文诗,却很难感受到这种深刻隽永的历史感。细细咀嚼,可以体会得出,这种历史感与陈志泽对于故乡古老的文化传统和勤劳淳朴的人民的挚爱是分不开的。诗人以生长在刺桐城泉州这块土地上引为自豪,他的笔触一旦涉及与故乡有关的内容时,总是充满着灼热的诗情,如数家珍,如话家常。而正是这种实在的沉甸甸的感情,牢牢地抓住了读者的心,使得我们在领略这一幅幅奇异的风俗人情画时,深为其中所寄寓和融贯的历史感所折服。

四

陈志泽的散文诗,具有强烈的抒情色彩。与郭风的清新淡雅、柯蓝的晓畅明朗不尽相同,也与陈慧瑛的韵味悠长稍有差异。他的作品是赤子的心音,热烈、明丽,洋溢着青春的活力,喷吐着炽烈的情思,使读者明显感受到汹涌而来的情感潮汐。

究其原因,除了他擅长于描摹故乡的风俗画、风情画,渲染秀丽的乡情之外,更重要的还在于他的抒情方式的主观性。

固然,引发诗情的某一个具体事件,或某一个场面,具有客观性,但诗人一旦由于客观物象的触发,情感的闸门打开之后,就择取自己惯用的抒情方式而不囿于客观物象本身,在主观世界里畅游。具体说来,这种主观性在志泽散文诗中比较多地表现为:一、直抒胸臆,一任情感的潮水奔流;二、借助联想和想象,晕化诗的意境。

袁枚在《随园诗话》中说过:"诗人者,不失其赤子之心者也。"志泽在日常生活中,当他以诗的触觉搜寻、发现诗意的时候,始终怀着这样一颗"赤子之心"。每每有这种情形:一簇思想的火花,一个偶然的物象,一种突然而生的情愫,由于"赤子之心"的感应、升腾,蓄之于内,不吐不快,只有直抒,方能骋怀。这时,他的诗人般的激情宣泄而出,滚烫的语言形成一股如江潮奔泻而下的磅礴气势。例如《乡情》,共六节,其中有五节均以"乡情是什么"的设问起句,紧接着以一个暗喻答之。在铿锵整齐的节奏中,抒情色彩越来越浓。作者对乡情的理解,借助于复沓式的诗行,得到了激情充盈的表现。

这里的直抒胸臆,同我们在一些蹩脚的散文诗中见到的假大空式的装腔作势的抒情,是截然不同的。陈志泽善于选择敞露胸襟的契机,为蓄积已久的情思开闸。古人论文,讲究行于所当行,止于不可不止。抒情亦然。天马行空,独往独来,是直抒;有所凭借,有所依托,亦可成为直抒。譬如《郑成功展览馆寄情》,"情"之生发,因郑成功展览馆而有所"寄情",但其"情",又显然是诗人心音的自然流露,读完全篇,诗人的豪情壮志,不是都坦陈在我们面前了吗?

散文诗与诗有着与生俱来的血缘关系,所以,其审美特征很多地方与诗相似。没有想象就没有诗,这是已为实践反复证明了的道理。缺乏想象和联想能力的散文诗作者是跛足的,这大概也是可以置信不疑的了。具有丰富、独特想象力的作者,踏进散文诗的园地,便会觉得天空多么辽阔。摆脱了诗歌形式的约束,增添了散文的自由、洒脱,想象力可以纵情驰骋,任意施展其不尽的魅力了。

从志泽的散文诗中,可以毫不费力地寻到他想象的翅膀掠过的轨迹——"断肠岭"上的老榕树,成了"熟悉侨乡历史的老人,你看他那么矍铄壮健地站在高高的讲坛上,正激情满怀地发言……"(《老榕》);由台湾渔民常到大陆故乡"避风",过渡到"一片片的心帆呵,你到哪儿躲避这感情的风暴?!"(《避风》)本不相关的物象,通过想象与联想的彩线,联结在一起,作品的境界为之一变,腾跃起动人的诗意。

想象,还可以在似乎没有诗意的地方找到诗的种子,催生出蓊郁的诗丛。脚印,可以说是司空见惯的,很难从中发掘出什么诗意。但《故乡胜景·谒圣墓》中所写的脚印,就令人刮目相待:"我走在这一条路上,也许脚印就叠着郑和前来行香祷告的脚印?"一句既出,诗味无穷。写得如此别致,斟酌一下,又觉得深意含蓄其中,诱发起人们许多奇思妙想。

想象,与比喻这种修辞格之间关系甚密。想象的翅膀,常常因为披上了比喻的彩衫,腾飞起来,更显美丽非常。志泽散文诗中的很多想象既优美又独特,多得益于他别出心裁地选用喻体,这些显得与被喻体十分和谐、贴切的喻体,是诗人从独特的生活领域中,迁想妙得,采撷来的,鲜活而富有生气。

五

散文诗与诗有不少共同的美学特征,但又毕竟有着包括诗在内的其他文学样式不能替代的艺术魅力。志泽的散文诗大多诗意盎然,而在内容和形式上又表现出一般抒情诗所没有的自由、洒脱,笔势纵横,仪态万方。

他善于从日常生活中选取细节,将某种情思寄寓其中,由此构成散文诗的"诗眼"。《侨乡掇拾·信》中捕捉住身在异国的老华侨接到故乡来信时的不同反应,把海外游子思念祖国的深情写得仿佛立于纸上:

> 父亲双手捧接——铅样沉。粗气直喘,汗涔涔。
> 母亲一把抢过——贵似金。不住地抚摸,笑连声。
> 可是,轮到要拆,却又颤抖地放下,一家人,惊恐攫住了心!

富有特征性的性格化动作，反映了人物彼时彼地复杂微妙的心境。一连串的笔墨集中在这封信上，犹如聚焦镜头，将诗意凝聚在一瞬间的场面中。

同时，他还善于在散文诗里天衣无缝地安设一些戏剧性的情节，并用极其洗练、含蓄而又富暗示性的语言加以表现，使作品洋溢出生活诙谐的情趣。《果园喜剧》一章便是典型的例子。作品以轻松愉快的笔墨，描写了两位事业与爱情共进的青年农艺师，在"秘密"被巡夜人撞见时所表现出的那种"突如其来"的"也是充满诗意的""狼狈"，写得饶有趣味，也极富生活气息，令人读之发出会心的微笑，并获得美的享受。

在散文诗的表现手法上，陈志泽苦心经营，做了不少大胆的追求和探索，体现了风格多样化的趋向，他的作品，在格局上，"长篇"与"短制"皆有，整齐与错落并存。《晨光里的对话》采用鲁迅《过客》式的"对话体"；《归侨父女返故里》有短剧的况味；《赏月手记》，则是"手记体"。抒情主人公，有的是诗人自己，有的则由诗人充当替身。因而，将陈志泽的作品集中在一起，呈现在我们面前的，便是一个丰富多彩、活泼生动的艺术世界。

志泽的散文诗，喜用排比、复沓句式，这是由其作品浓烈的抒情色彩所决定的。这类句式，较为成功地表现出了诗人感情的浓度和强度，使作品具有一种流走的气势。与之相应，他的语言也富有色彩感和力度，有时短促，有时繁复，或似紧锣密鼓，或似急管繁弦，交相错杂，自有其撼人心旌的节律。

六

如果说陈志泽的散文诗尚有不足的话，我认为，比较明显的有两点：其一，在表现"侨乡诗情"和"海峡涛声"的题材时，他显得那么轻松自如、驾轻就熟，但在触及除此而外的一些题材时，笔触便显得有点拘谨、生涩。因而这些作品中所表现的"自己的声音"就显得比较微弱。其二，也许是作者过于偏重句子排列的工整和对偶，因而有些作品显得比较单调、呆板，缺少变化，朗读起来感到别扭，给人一种刻意雕琢的感觉。

志泽的散文诗创作目前处在这样一种状态：相当多的作品已经表现出他正走向成熟，但也有部分篇札暴露了他某种程度的稚嫩，他的作品大多达到了较高的水平线上，但众口称誉的拔尖之作尚不太多。如何在已有的水平线上有新的突破，使自己的作品进入更高的艺术境界，这是陈志泽面临的新课题。

他已经有了"自己的声音"。然而，艺术的追求是无止境的，成功属于不倦的探求者。我们期待着志泽用"自己的声音"唱出更加圆熟的新曲！

写于 1984 年 12 月

(原载《海峡》1987 年第 4 期；作者系江苏文艺出版社原副社长，现为新华报业集团图书编辑出版中心主任)

致陈志泽信

吴　然

志泽兄：

您的大著《绿风》，给我寂寞的病室以温馨。这是一册多么精致的散文诗集。我惊慕您从平凡中发掘哲理和在世态风情中倾吐诗情的本领。《铁轨》中写道：

> 她从不奢想从地上站立起来，她乐于紧贴地面。正因此，她是带给大地生命的动脉呵！

《旧轮胎》中有这么一段：

> 在码头，轮胎以它自己的涵养调剂着时常发生的碰撞和摩擦。它已不能奔驶在万里征途，却在另一个似乎很不重要的位置上，默默无闻地担负着它最后的工作……

这些朴素的诗句所包含的深刻的人生哲理，很能给人以启迪。我觉得这是您对某种心境的描写。在人际关系变得十分微妙，甚至叫人感到困惑的今天，"以它自己的涵养调剂着时常发生的碰撞和摩擦"的轮胎，是值得赞美的。您歌唱山林，"深扎在地下的根须像集成电路那样纠缠交错，但决不互相咬啮"。"不互相咬啮"这样的呼声，简直使人想起鲁迅"救救孩子"的呐喊！在我们的生活中，有多少以"互相咬啮"为乐事的家伙啊！

志泽兄，记得我早起慢跑（最近住院停了），也常常有你在《足音》《跑步交响曲》写到的那些思绪萌生于脑，但我没有写出来，你写出来了，写得那么好！呵，志泽，我仿佛听到你沙沙的足音，带来一股暖流，带来一串串久盼的喜讯，带来一阵打开心灵门窗的风……我感谢你，在我住院治病的时候，你以《绿风》和《足音》给了我多少关切的感受！至于叙写侨乡风情的那些美丽篇章，它们使我心驰神往。你娴熟地处理这方面的体裁，并成为你的散文诗的一个重要领域，很少有人企及。在台湾当局允许台胞来大陆探亲的今天，这类题材颇有驰骋的天地。

读完全书，觉得个别篇章还略嫌松散，节奏感还不够强，如写长城，又如写天安门的。（因书被几位小护士借去，记得不太准了。）记得诗人朱湘说过，节奏，境地，辞藻，这是散文诗的元素。他甚至说，不加上节奏，散文诗这名词就没有存在的根据（大意如此）。从节奏里，我们可以读到音响，读到旋律什么的。节奏是一种美。节奏把散文诗和一般的抒情散文区别开来。不知兄以为然否？

我于 11 月 4 日住院治疗，服中药，并辅以针灸、艾灸等传统疗法。二十天来，已有明显好转。服大量的苦不堪言的汤药、粉药，我本人也成了一剂对朋友们来说是难得的"良药"：无病要注意锻炼、健身，有病要早治！住院系统治疗，比一般看门诊要好得多。望兄也住一段时间，系统地、认真地治一治。肠胃关乎全局，不要下不了决心。我每天穿着病号服，在庭院散步，思想空空然，什么也不想，一任阳光瀑布洗涤。我常想到你，不要让肠胃再猛来一次打击了。你可以住短一点，可能的话，还可以学学气功。病中我看完了《老子》并《四书》，多有启发。"工欲善其事，必先利其器"嘛。器者，身体也！

祝贺《绿风》的出版！

吴　然

1987 年 11 月 25 日

（作者系著名儿童文学作家、散文诗人，中国作家协会第二届、第五届全国优秀儿童文学奖获得者）

哲理和乡情的吟唱

——陈志泽的散文诗集《绿风》读后

史　赋

生活以她的优美令我陶醉。

生活以她的壮阔令我振奋。

生活以她的深邃令我遐思。

1983 年,陈志泽出版第一本散文诗集《相思树》时,在后记中就创作缘起为我们表露了他的心声。四年多来,当"优美""壮阔""深邃"的当代斑斓生活仍熙熙攘攘地触感着他的创作神经时,他的那种"陶醉""振奋"与"遐思"有增无减。他以他的才智和敏锐,孜孜矻矻探寻社会、人生的光点与亮色,为我们奉献着清新、隽美的新佳构。如今,他的另一个散文诗集子《绿风》(漓江出版社)又于月前正式出版发行了。

《绿风》分两辑。"足音"是第一辑。这一辑表现的多是作家对生活的思索。当我们追随作家的笔触,去感受作家于琐碎的日常生活、于祖国的山川名胜、于烟波浩渺的大海所寓寄的深邃哲理时,我们不能不为作家在审视生活、掘挖意蕴、突显个性等诸多方面所表现出来的思想艺术才力而惊异。过去,在我们所看到的一些散文诗作家的一些以揭示生活底蕴为内容的散文诗篇章中,我们发现,他们往往是择选大自然中的一些诸如云呀雨呀、花呀草呀之类的东西作为自己的情感对应物。虽也不乏佳作,有些,甚至翻出了相当的新意。但是,由于对应物的本身已不鲜见,加上一些散文诗作家有为诗而诗的创作倾向,往往先是一些客体的表层描述,然后着附理性的主体情感,因而,期待作家留有更多的想象空间和咀嚼韵味的广大读者,对这类作品便产生一种强烈的不满和厌倦。陈志泽的哲理散文诗创作,正是在这一意义上的一种彻悟和超越。他的《足音》《竹筏》《一瞬》《台风》《山林,本来是这样的》等篇,除了情感对应物的独特外,描述客体与情感主体的交合程度几乎到了水乳欢融的地步,便是一个例证。而他的《长城》《游十三陵》《晨过长江》等类似旅游短札的篇章,在同类作品中之所以显得不俗,正是因为字里行间熔铸着现实感和历史感极强的深刻思考。更可贵的是,作家在《过"一线天"》《海的回答》《橹》等一些佳构中,直率、坦诚地裸露了自己的灵魂,并在深深的自责中作严厉的自剖。这种严厉的自剖,于读者,无疑是一种深刻的警示。而这类作品的审美价值,正是通过这种深刻的警示凸现出来的。

第二辑是"绿风"。这一辑,作家用相当细腻的笔触,描绘了足下土地故乡的诸多风物和种种风情,寄蕴了他对故乡的一种炽热的情爱。当代散文诗坛的祭酒柯蓝称这种炽热情爱的抒写为"恋情的倾诉",并热情肯定这种"倾诉",说它在同类作品中显得"别具一格"。这,绝非过誉之词。让我们看看作家笔下的《闽南女》吧!"大海因为她们的泪水而变得苦涩,激荡着浊流;大海因为她们的欢笑而不住翻卷,开放永不凋谢的浪花;大海因为她们胸怀的宽阔而更加雄浑、壮大无际涯,因为她们的心变得更美而更加迷人……""雄浑、壮大无际涯"的大海成了"闽南女"的饰物!在这里,作家对家乡妇女的礼赞简直倾注了最为真挚的深情。但他没有粉饰生活,他在对她们进行热情颂扬的同时,也叙写了她们多舛命运中的不幸的一面:"大海有时对于她们真够残酷无情",有时就在"已经看得见心上人儿的笑脸,风暴也可能追赶而来,将她们热切的希望掀翻、埋没"。由此可见,之所以称作家"对侨乡恋情的倾诉""别具一格",重要的一条,就是作家已不满足于家乡风情风物的一种表层的描绘和讴歌,而用更多的笔触,去联系、表现家乡以及生活在这块土地上的人的命运和思考。这一点,在《发髻》《亭》《海峡路》《拉网》《每月十五的正午》《就为了这一天》等篇什中,都可找到有力的例证。

虽然《绿风》在一些个别的篇章中,厚重与含蓄还稍感不足,但从总的看来,不能否定,陈志泽的散文诗创作,确已形成了自己的一些鲜明的特色

(原载《泉州晚报》1987 年 12 月 1 日;作者系泉州市作家协会原副主席)

绿风吹过……

——散文诗集《绿风》读后

王东明

在散文诗园地，陈志泽可以算得上一个勤奋的耕耘者了。四年多前栽植的《相思树》仍然枝繁叶茂，一派葱茏，如今，《绿风》(漓江出版社出版)又带着春意向人们吹来。

散文诗集《绿风》分为"足音""绿风"两辑。"足音"一辑多抒写作者对日常生活的感受和思考，感物于怀，兴意山水，诗情浓郁，理趣盎然，是其特色。严格说来，这并非陈志泽所独擅，而是散文诗家共有的当行本色，但陈志泽毕竟有其不同凡响之处，他善于为主观情志的抒发寻找、选择一个出人意表的中介，或者由日常习见的物象自出机杼，翻出新意。《一瞬》表现的是一种对生命价值和人生意义的沉思。一瞬，作为时间刻度，原是极为抽象、难以把握的。但是，在作者笔下，借助于一组意象，一瞬又变得那么实在、清晰，它的价值和意义一下子显示出来了。《猴山看猴》"卒章显志"式的格局似乎表明细腻见长的陈志泽并不缺乏机智的一面，由铁丝笼里假山上的猴子笔锋陡转到人类，不单可以说是迁想妙得，甚至称得上犀利。"我仔细地观赏……呵，猴子的神态常常那样地像人……"用语寥寥，意味深长。作者好像故作平淡之笔，却使整个作品蕴涵着一种思考的迫力。

相对而言，我更喜欢"绿风"一辑。陈志泽是泉州人，闽南的秀山丽水，孕育、催生了他的诗情，无怪乎每当吟咏起故乡的山光水色、风物人情，他总是那样一往情深、诗兴横溢。他写古城名胜，写侨乡新貌，写闽南女的发髻，他一气为泉州写了五章散文诗，字里行间充满着对故土的一片赤诚和挚爱。然而，他的感情并不狭隘，在对泉州往古的追思中，融入了对现实的关注。他追求创作的乡土特色和风俗画效果，但并不以涂抹风俗为满足，而是将思考切入其中，增加了散文诗的分量。

表现海峡两岸同胞手足之情的篇章在第二辑中占了相当的比例，一位国民党高级官员从台湾回到故乡，"我是一只流萤，几十年提着生命的灯笼，千万度寻找那回归的路呵！"(《乡恋》)"多少年了，每月十五的正午……这个时刻支撑她数十年的生命。"(《每月十五的正午》) 沿海渔民时常和台湾渔民一道拉网，"拉网哟，拉！拉起一个深藏在心中数十年的愿望，神圣、灿烂、鲜活，就像我们从海天尽处拉起的一轮旭日……"(《拉网》)铭心刻骨的思恋，催人泪下的场景，被作者刻画、渲染得酣畅淋漓，富有感人的艺术魅力。

在海峡两岸热望统一的今天，陈志泽的这部分散文诗有着不可小觑的意义。早在《相思树》集中，陈志泽就为我们传递过海峡涛声。几年过去，相思逐渐部分地变成了团圆的欢乐，《绿风》吹送着海峡的春消息。一册不厚的散文诗集，从一个侧面为历史的沧海桑田留下了一幅速写。由此，我们不难看出陈志泽为开拓散文诗创作的境界所做的努力，它们不是野草闲花，不是清玩雅兴，而是世相的剪影、人生的启示。散文诗正在艰难地前行中升华着自己的艺术品格，散文诗家也正在为散文诗的振兴繁荣进行着艰苦的探索。

值得注意的是"绿风"一辑中不少篇章的叙事成分有所增加，《第二次婚礼》《就为了这一天》等都有一定的情节。这表明散文诗与诗结合而生的宁馨儿的躯体里，散文因素，或者说散文基因，具有强大的生命力。散文诗一度曾经过分地"诗化"而失步邯郸，近年来一些散文诗家为确立散文诗独立的审美品性付出了辛勤的劳动，偏近散文的散文诗作为散文诗的一路有了很大的发展。陈志泽的这些作品使我相信，随着叙事成分的增加，散文诗从内容到形式都可能发生一系列演变，散文诗作为一种短小的文学样式，将会负载更多的人生体验，而散文诗的艺术世界也终将变得丰富、阔大。当然，这种增加有个限度，因此，必须相应生成一整套新的艺术规范。就陈志泽而言，叙事成分增加，使他的散文诗具有浓厚的生活气息，传达出风俗画特有的韵味，丰富了他的艺术表现力。陈志泽散文诗别具一格的艺术风采，亦得益于此。

"啊，闽南的风，她永不消退的翠绿孕育着富饶"，这是陈志泽对故土的歌吟，我这里引来，权作对陈志泽的期望。《绿风》孕育着富饶，何时再看到它的收获呢？

(原载《光明日报》1988 年；作者系复旦大学文学院副教授)

心灵的火石

——读陈志泽的散文诗集《爱的星空》

李安东

新时期以来的文学中，散文诗的发展最为缓慢。虽然人们不否认散文诗是一种较好的文学品种，但尝试者不多。这多少与诗和散文的联姻有关系。相对而言，诗往往是年轻人的艺术，它希望创作主体是性情中人，拥有充沛的激情和丰富的想象力，既能拥抱大乐又心甘情愿被大苦煎熬，表现出一股令人心神不定的艺术冲击力，其语言要求更为精练；而散文似乎更适合老年人作为，它希望作者能有丰富复杂的人生阅历，感情最好是狂澜内藏，表达乃深沉老到，流溢出一种达观而理悟的境界，其语言看似散淡和漫不经心。要将上述两种糅合一起，并扬其长，并避其短，难度之高是可想而知的。这种不易讨巧的高难度文学操作往往是事倍功半，所以很少有人敢于全身心地投入，而陈志泽就是这样一个少有的勇敢者。

一分耕耘一分收获。陈志泽多年来一直专注于散文诗的创作，先后出版了两本散文诗集《相思树》和《绿风》。现在他又奉上了《爱的星空》，显示了他对散文诗刻骨铭心的追求和繁富缤纷的实绩。作为代表作，《爱的星空》充分体现了作者的创作艺术风格。作者曾经说过这样一段话："似乎只有散文诗才能那样迅速、细腻地记录灵感的电光火石、思想的脉搏和心灵的律动。借助散文诗，我弹奏生命的乐章，挥洒欢乐的甜蜜、痛苦的血滴和泪珠。"这种真诚意识增加，《第二次婚礼》《就为了这一天》等都有一定的情节。这表明散文诗与诗结合而生的宁馨儿的躯体里，散文因素，或者说散文基因，具有强大的生命力。散文诗一度曾经过分地"诗化"而失步邯郸，近年来一些散文诗家为确立散文诗独立的审美品性付出了辛勤的劳动，偏近散文的散文诗作为散文诗的一路有了很大的发展。

陈志泽的这些作品使我相信,随着叙事成分的增加,散文诗从内容到形式都可能发生一系列演变,散文诗作为一种短小的文学样式,将会负载更多的人生体验,而散文诗的艺术世界也终将变得丰富、阔大。当然,这种增加有个限度,因此,必须相应生成一整套新的艺术规范。就陈志泽而言,叙事成分增加,使他的散文诗具有浓厚的生活气息,传达出风俗画特有的韵味,丰富了他的艺术表现力。陈志泽散文诗别具一格的艺术风采,亦得益于此。

"啊,闽南的风,她永不消退的翠绿孕育着富饶",这是陈志泽对故土的歌吟,我这里引来,权作对陈志泽的期望。《绿风》孕育着富饶,何时再看到她的收获呢?

(原载《文汇读书周报》1991 年 3 月 30 日;作者系复旦大学中文系、复旦大学台港文化研究所副教授)

繁富缤纷的花朵

——陈志泽散文诗集《爱的星空》序

郭　风

　　陈志泽同志早期的若干散文诗，往往被目为描绘侨乡乃至所谓海峡两岸的作品。这种提法，可能较为明快地概括陈志泽作品的某种特点，但容易把文学创作之极为生动的、几乎无法言传的创造过程，以及作品之极为生动的、丰富的内涵给淡化了，甚至给人只能留下一种单一化的僵硬印象。

　　志泽同志的散文诗的确有相当的篇章是以他的故乡泉州为背景的。泉州，具有极为丰富的文化素质。譬如，它是宋元时期的世界最大贸易港之一，它有极为灿烂的中外文化、贸易交流的史迹，它有极为众多的宗教遗迹，世界上各种宗教和宗教的流派，几乎均可以在这里找到寺院建筑，甚至名僧的墓地，它拥有众多的民间传统艺术：戏曲、剪纸、雕刻以及南音和民间舞蹈；泉州地区出现过诸如李卓吾等杰出的思想家，何朝宗、江加走等杰出的艺术家；也可以远溯至宋元，泉州地区便有自己众多的儿女远涉重洋，在东南亚乃至北美的许多国土上开拓出新的天地，以致至今在某些国家里，闽南语成为国内民间主要语言之一种。我一口气写下这些情况，无非想说明，志泽同志以泉州地区的文化和风土为背景，写下他的散文诗，是很自然的文学景象。

　　但是，如果在文学作品中，特别是在散文诗这样的严肃文体中，仅仅如像我刚才在上面所写的那样，记述甚至积聚一些文化现象，或者只描绘乡土景色，即如果文学作品仅仅这样地工作，将令人不堪忍受。志泽同志不仅仅满足于使作品里充满着诸如泉州地区的色彩、情调和声响等（这些，当然是使作品具有某种特色的因素），而且更重要的是他在表现独特的乡土生活的同时，也贯注了深刻的思索，许多作品达到情、景、理的交融，这是十分难得的。读他的散文诗，就像翻阅一帧帧洋溢着乡情的风俗画,有一种特殊的亲切感,表达了颇为广阔的题材领域、情感领域乃至对人生哲理的揭示和寻求;而最为难得的,是所有这些都比较强烈地洋溢着时代气息和人民的意愿,绝不是一般表达乡情的风俗画。

志泽同志有首题为《家乡戏》的散文诗,在我看来,与其说是写台胞的思乡心情,不如说是诗人自己在故乡的某些生活体验被转化成为诗的花朵。

"那元宵睇灯'上下楼台火照火,往来车马人看人'的热闹景象唤起多少乡思,叫人兴奋的心跳呵。那荔枝手帕的爱情故事如此动人地搬演,忽然叫人倍觉庄重、严峻!在人生的旅程中,故乡不也许我以定情的荔枝?那无比的甘美从未枯干!我,陈三般愿做奴仆苦苦等待,倾注着爱的坚贞。啊,我等待的时日已经这样久长……"

显然,这里所表达的情感,已不只是一位台胞的思乡之情。它有更深刻的"涵盖"面,因之具有抒情诗的特殊品格。

这些年,随着他生活经历的扩大以及人生阅历的逐渐加深,他的散文诗天地中间开放的文学花朵,愈见繁富、缤纷。在这里,我想指出的是,他的作品有些看来是有关旅游题材的,譬如说《乐山大佛》,或是《海思》,描绘了乐山大佛和北戴河海景,但这些作品一如他早期有关乡土或侨乡题材的作品,其中有浓化了的情感,有历史思考以及哲理的阐发,因而已被赋予文学品质。他在散文诗领域内还有若干开拓,例如,《女外科医生》《乘坐"波音"》等,那便是描绘我们这个时代的人——特定的人的心灵状态,那是把小说的某种职能引到散文诗中来。陈志泽散文诗体现出来的艺术想象的丰富可能得益于汲取"现代派"诗歌的有益成分(例如超时空的想象)。他写中年知识分子追求艺术方面的突破,把"无聊的时光"看作"很饥饿,舔人血色,啮人肉"而"奋力拥抱红日,喷溅的火星赠你勋章"(《痛苦》);他写举国上下改革开放的声音叫"月亮欢乐地飞动,星星游来游去碰击赞叹的银铃,巍巍高山昂起头,深情地倾听,兴奋地任凭风拂扬森林的鬒发;滔滔大洋拍击海洋的金钹,把动人魂魄的旋律溅上太空"(《这一个声音》),较为鲜活、自然。他的叙事散文诗写得很出色,表现出选材的严谨,具有很强的警策性和概括力,如选入《中国新文艺大系·散文集》的《乡音》,记叙游子从海峡彼岸归来,母子相见一霎的动人场景的《慈母心》和妻子思念阔别的丈夫,每月十五的正午到海边听潮,期望听到丈夫声音的《听潮》等。

我赞成志泽同志所说的,"我既要比较专注地从事散文诗创作,就必须努力地探求和尝试散文诗的多种题材、多种手法、多种格调"。深信他的散文诗创作能不断地取得更大的进展。

(原载《文艺报》1991 年 5 月 11 日;作者系中国散文诗学会原会长、福建省文联原副主席、福建省作家协会原主席)

散文诗集《阳光与灯影》序

孙绍振

志泽把他的第四个散文诗集《阳光与灯影》放在我面前,我不禁惊奇于他的丰产和猛进。我突然想起了他第一个集子《相思树》出版以后我为他写评论时的心情,那时也是惊奇的。不过那时主要是惊奇于他居然能从泉州看出那么多的诗意来。老实说,最初他写闽南、写泉州我是不以为然的,总觉得是不会有出息的。

这可能与我是个外乡人,特别是我的坎坷命运有关。泉州这个地方是跟我最痛苦的一段经历联系在一起的。我在北京大学中文系王瑶先生名下研究生当得好好的,突然通知改为助教,然后更突然地通知我去"支援"华侨大学。我出发的时候只知道华侨大学在福建,过了上海,在火车上才打听到这个学校在泉州,可泉州在哪里,我就不知道了。但是凭着 20 世纪 50 年代末大学生那种"好男儿志在四方"的浪漫热情,我抱着一种"献身"的理想来到闽南了。那时正是三年困难时期,但困难,乃至肚子不饱并没有使我沮丧,相反,我在一种全民奋斗的氛围中感到民族的自豪,甚至有时十分庆幸能赶上在这样一个艰难的环境中使自己和全民族一起得到磨炼。20 世纪 60 年代初,满怀激情而缺乏实践经验、充满干劲而又耽于幻想注定了我是要碰钉子的。然而钉子碰得那样惨,不能不与泉州当时在文化上的闭塞有关,正是这种闭塞使得某些干部不合党性的跋扈作风得以恶性地泛滥,其结果是我和另一个同事一次又一次地挨批,每逢风吹草动我们就成为所谓"路线斗争的焦点"。就在这样的风风雨雨中像走钢丝一样走到了所谓的"文化大革命"爆发,这时的灾难就不用说了,最后与全国许多大学教师一样落得个"斗批走":学校解散了,我下放到戴云山下真正地在农民中过了整整三年。到了最后那一年我已经有点颓唐了，眼看着不少大学又复办了，自己又人生地不熟，总得回去教书才是啊，在这个时候，唯一能使自己摆脱困境的就是文学创作了。于是我开始写一些古典色彩与民歌情趣并重的诗。正好德化县文教科把我调到县城一所中学去教书，志泽那时大学毕业不久，在县文化馆工作，居然有兴致在编一本小小的文艺刊物。我记得他还十分欣赏我写的一首《好竹出好笋》的诗，并且拿去发表。我至今记得，我当时十分兴奋的心情。这是我大学毕业以后发表的第一首诗。

我们自然谈得来，不仅仅因为文学，而且因为牢骚，我惊异地发现我们的牢骚往往相同。由于我年长于他，阅历较他为广，我时常从他眼中看到，在发牢骚时，他对我的信任和尊重。说实在，那时在别人眼中看到信任和尊重在我已经是很陌生的了。我的那些学生在几次反复以后都对我敬而远之了，愈是曾经崇拜过我的，愈是躲得远，有的甚至在某种形势的逼迫下也许是装着对我表示仇恨。在这样的心理背景下，志泽留在我记忆中的印象就十分珍贵了。

后来我调到福州，他的散文诗也慢慢见诸报刊。最初，我看到他写那么多泉州和闽南，有点不相信会有什么发展余地，总觉得有点小家子气，有时甚至担心热衷于乡土的小天地会把他的本来已经显露出来的良好禀赋憋死。然而，不知道什么时候，我开始意识到，他的笔接触到泉州的风土民情的宝库，同时也接触到他自己的心灵的珍藏了。正是因为这样，我还出于为他庆幸的心情替他的《相思树》散文诗集写了一篇评论，其中，就特别赞赏了他的乡土风味：

> 在志泽的散文诗中，那最能博得读者欢心的正是在他心灵中"熟透了的"乡土生活，那侨乡的祭奠仪式，那三合土的陵墓、横抱的琵琶、泣血的响盏，那月下的南曲，那漆篮上描绘着的传统戏曲人物，用现代化城市的眼光来看，也许并非充满诗意，但是经过志泽的点化却别有一种亲切的情味，在生活中粗心的人是很容易忽略过去的，可是在一个热爱家乡文化和风习的诗人看来，却是充满艺术的潜在量的。那泉州古伊斯兰教圣墓也许是很残破，对一般来访者很可能是平淡的，可是在他的散文诗中却引起了我深沉的吟味和思索。

那时我正经历着从一个外乡人获得具有福建人的眼光和情味的过程，志泽的散文诗正好帮助我完成了这个过程（当然还有其他一些诗人、作家）。我正在对先前不以为意的福建，特别是闽南的乡土风味变得敏感起来。我渐渐地对闽南看来"闭塞"却相当深厚的文化传统发生了感情。今天回忆起来，20世纪70年代末80年代初，我正经历着从外乡人的文化心理为福建文化传统同化的过程。也许正因此，志泽的散文诗中那最杰出的一部分特别引起我的共鸣（当然他其他方面的作品我也是很欣赏的）。总的来说，我对志泽的孜孜以求的东西不敢小觑了。

这以后志泽创作上的发展也证明了他选择的方向并不属于小家子气的。这几年来，我作为一个朋友十分欣慰地看到他在省内外逐渐有了影响。对散文诗这种艺术形式，他可算是个忠臣。虽然，他也写过报告文学、诗和散文，但他把散文诗作为他生命的一部分，他在这个领域里建立了根据地。

这几年来，志泽创作的发展比我想象的更快，他在泉州和闽南建立了根据地以后并没有守着根据地不动窝。他在思索的深度上有明显的进展。总的来说过去的作品以情景交融取胜，今天，除了情景交融以外，还多了一点隽永的哲理，有些篇幅，则以情理交融见长。在散文诗中能将情、景、理交织起来在省内外并非多数。由于与哲理的结合，他真的避免了那只限于即景抒情的小家子气。就是叙事的一些篇章如《慈母心》《海边纪事》又明显地表现前所未有的警策性和概括力。在接近诗的一类作品中，如《海峡水》，意象和心象的组合，显然比之以前的作品更为有机一些、更多一些韵味。

他的许多作品近年来不像过去那样以华彩的语言取胜了。他写得比较好的作品往往显得比较质朴、厚重而且简约。过去我推崇过他叙事性的散文诗，他在这类作品中练出一手非常有特色的写实手法，一种简洁、淳厚的风格在逐渐形成之中，这成为他的一种特点，也是一种追求。

随着人生阅历的增加，近来他更致力于一种随感式的即兴。过去他得心应手的那种即景之作渐渐在他的作品中减少了重要性。即心灵之兴的作品主要得力于对心灵深处的思绪捕捉。有时他能以稍纵即逝、电光火石的心灵微波中抽绎出相当宏富的情思来，他以他那种独特的睿智，揭示出来的人生价值、生命体验都融汇着他特有的心理气质和闽南文化那温文尔雅又深沉、持重的风貌。在他的心灵似乎永远有两根弦在跳动,一条是郭风式的孩子气的童声独唱,使人想到童话中清澈的溪流穿过玛瑙似的卵石,而另一条则是越来越持重的男低音,使人想到古老的沉钟在海的底层不倦地发出生命的呼唤,虽然这二者都是志泽生命的组成部分,也许还都不可缺少,但是我却更喜欢后者。请读者和我一起欣赏他的《遥望》:

　　海不再恸哭了,一片宁静。又是他来到海边遥望吗?海认得他——是的,是他!

　　多少年了他总是习惯到海边——

　　朝着海峡,他的双眼眯成一条缝,那目光有无穷的穿透力!风在拍打龙裤,旗一样飘舞。

　　旭日升起在他的凝眸,又在那两滴不会滴落的泪里熄灭了。

　　明月悬挂在他的凝眸,又消融在那两泓深不可测的深潭里。

　　他常这么站着,站成一座灯塔,要照见归帆;他常这么蹲着,蹲成一块岩石,岩石不朽,他的想望弥坚……

这个塑像居然没有讲一句话,而我从这无话的坚韧中看到志泽心灵中那沉着的力量和未来的希望。

1990 年 1 月 8 日

(原载《阳光与灯影》,海峡文艺出版社 1990 年 10 月出版)

乌龙茶般的隽永

——读散文诗集《阳光与灯影》

潘向黎

虽然对散文诗作家陈志泽的名字早已熟悉,但他的新作《阳光与灯影》,却给了我发现新大陆的喜悦。

以前读过他的《相思树》《绿风》《爱的星空》三部作品集,既为那些对闽南侨乡风土人情的优美吟咏而感动,更为他执着于散文诗领域的耕耘而赞叹——难怪评论家、诗人孙绍振说他是散文诗的"忠臣"了。

《阳光与灯影》中,除了保留以往的特色外,明显地显示出一种新的艺术风貌。读着读着,会感到挚爱生活的心灵独特的体验,而且融进了一个曾经沧桑的中年知识分子的情愫。

无论是抒发爱国之情的《太阳礼赞》,还是寓情于景、借物明志的《列车在行进》,还是写景状物为主的《山溪》《乌龙茶之韵》,无不带着一个中年知识分子思索的音韵。更难能可贵的是,他把笔直接伸向复杂、微妙的内心深处。《痛苦》《寂寞》《白日的猫头鹰》写出了对生活的深刻感受,表现了以无聊空虚为痛苦,在寂寞中追求理想的高尚情操,也勾勒了中年人肩负重担而未受重视甚至遭误解的处境。这个主题使我想起了小说《人到中年》,中年知识分子生态与心态在其他领域(小说、报告文学、散文等)已见不鲜,而在散文诗领域还罕有涉及。陈志泽的探索可谓风气之先了。

与这种心态相应的,是他在艺术风格上趋于简约、淳厚、富于哲理。也许是岁月流逝的冲刷,使他不复年轻浪漫的情调,而体现了一种经过历练的智识与坚定。对生活深刻的感受、独特的认识,与他特有的气质,结合成一种敏锐、警策、蕴含深情的特色。

"泛锾的水没有力量,只能酿造泡沫。/无聊的时光很饥饿,舔人血色,啮人肉。"奇特的想象,简练明了,不见一丝雕琢。

"有人以为给你寂寞,你就会窒息,就会腐烂。没料到,你是立定,你是扎根,你是默默生长,于是,寂寞的树,如初开放繁花,如期结出硕果。"质朴的语言,透着心灵坚定的光辉,可作内心独白读。

写汽车在山路上遇上野鸽子而停下——"它心地善良地等待一个轻盈、安详的、绝非惊恐逃遁的起飞……"体察入微,抒发的是细致敏感的诗人情怀。

不用再举例了,比起以往的情景交融的华美,陈志泽现注重的情理交融的隽永更有力度、更可回味。

他在吟咏家乡名茶的《乌龙茶之韵》中写道:

假如不站到高处,它得不到那么多的雨水,那么醇的风,那么多情的云雾,那么柔美的阳光——当然,它因此也得遭受冰霜的逼迫。

假如不站到高处,也许可以长成艳丽的花,然而,它决成不了名茶!

愿陈志泽站到更高的高处,更多地吸取生活的阳光雨露,用他的笔做出更新、更醇、更美的奉献!

(原载《文汇读书周报》1991 年 8 月 30 日;作者系上海市作家协会副主席、鲁迅文学奖获得者)

生命的交响乐

(中国台湾)龚书绵

　　笔者于 1991 年秋,二度回故乡泉州探亲。在文艺界联谊会席上,承陈志泽先生慨赠《相思树》《绿风》《爱的星空》《阳光与灯影》等多部散文诗集。我视之为珍贵的礼物,带回台湾时常翻阅,有如听到一阵阵梵音,理趣十分庄严;又如见到一泓智慧的泉源,汩汩流淌……

　　本来人生的苦乐参半,可是,苦与乐,在侨乡诗人陈志泽先生的笔下,都化为祥和与愉悦。他对生命充满无限的憧憬,看大千世界中的乡族,以及对大自然一切生态和环境,时时给予深挚的关怀——用一枝收放自如的笔,记述了历史和时代的光影, 更多的是, 抒写出对故土的情亲。他放眼周遭, 特具一种敏锐和清思——从碧绿的庭院、燕子的呢喃、枝头的花果、千年的榕树,到早晨的清露、向晚的斜阳、粼粼波光、海鸥的飞翔,乃至于海峡的天风……都是诗人关注的景点。他对于社会层面,则具有"民胞物与"的胸襟——他关怀矿工的儿子,捎信给海峡对岸的小朋友,拜访以捕鱼为生涯的船家,走入大草原的无边无际。

　　志泽先生能从丑陋中见到美丽,从泪眼里看到笑容,更善于从人生悲愁的方面挖掘出喜感来! 他挥洒着沛然莫之能御的激情,为了艳丽的花开而狂喜,旋即也为了花谢而叹息;更放开视野,端详故国芳香的黄土,也声声歌颂文化璀璨的故乡。

　　泉州,这文化悠久的古城,人文荟萃,是孕育诗人的地方。背山面海,气候温和,诗人常到山中去,为的是观岩石、闻鸟声;他览尽了新绿,也追寻鸟儿的踪影;从满目枫红想到赋诗,听到涧流而与之惜别。看海的日子,他了悟苍穹的浩瀚、宇宙的无边,他踏遍了海洋、山峦、小涧、清溪,都倾心和他们面对面弹奏心曲,由这瞬间的感受,透过文字的录存,再传达到每一位读者的心湖,泛起了涟漪,波光四射……

明明处身于市井的环境中,但宁静的心,则时时可以听到天籁,几乎已走遍了天南地北,唯在字里行间,并不带丝毫尘埃——志泽先生的作品,其气质极似此境。他有许多童心的天真——听到母亲在呼唤,寻觅甜蜜的人生;从儿童的歌声里,展开了未来的希望。即使是无言的青山,诗人都将它拟人化。在(《清源山的微笑》)诗人对山灵絮语,抒发着诗情,也流露出哲思。

他描述自己对于生活认真的态度:"生活以她的优美令我陶醉,生活以她的壮阔令我振奋,生活以她的深邃令我遐思。只要有机会,我都要深入生活的各个角落,矿井、海洋、草原、边疆、山区、农村,以及名山大川都曾留下我的足迹,我也因此激动和兴奋而引吭歌。"志泽先生的散文诗,便是他歌唱时美丽的记忆。

笔者认为,他善用多种题材、多种手法、多种格调——有时以一种"歌德"式纯洁的怀思,来叙写散文诗。像《等待》《刺桐花魂》及《握》等多篇,令读者感受到,而回旋于时代的激流里;有时又似浪迹天涯的游子,踽踽独行,喃喃自语,对着心海在呼唤、在期待、在抒怀,如《二弦独奏》《海峡之波》《琵琶弹唱》等多篇;有时更以洒脱豪迈的胸怀,面对无垠的海空,抒写人生的感受——《海思》一篇意境何其辽阔。总之诗人记叙时代生活的各种景象,发现社会、自然和人生所蕴含的真善美。犹记得前辈哲学家说过一句话:"思想占了我们生活的最大半,且为人类历史的精华。"而散文诗是最浓缩、最婉约,也最能表现瞬间感觉以及思想旋律的一种文学类型——举头望悠悠的夜空,数不清天上点缀着的繁星,谁是那最亮的华盖?北斗?天牛?好一片灿烂夺目,无比晶莹!

陈志泽先生既是诗人,也是散文的高手,真是一位实力派的作家。世上的一切事物,在他的笔下栩栩如生。他的感悟,无一不可入诗——包容着多元化,以及生活时空的点点滴滴,描写深刻,多彩多姿。如此繁复的内涵,象征其心灵的世界,谱出动人的生命交响乐。

(原载《台湾日报》1992 年 12 月 31 日、《华声报》1993 年 3 月 9 日;作者系台湾某高校教授)

色彩斑斓的画廊

——读散文集《泉州漫笔》

黄建斌

福建人民出版社出版的《泉州漫笔》构筑起一座描摹泉州的画廊。作者陈志泽同志满怀对家乡炽热的爱,柔毫上饱蘸着浓郁的色彩,描绘泉州清新的山水风物。一幅幅变幻无穷,有风景画,如"悲歌怨诉凝成辛酸故事"的姑嫂塔;有风俗画,如充满激情的拍胸舞,富有淳厚高雅风情的元宵节……

《泉州漫笔》中的散文大部分是游记。这些游记寄寓着作者丰富的感情,或抒发情怀,或畅叙意趣,不仅再现了大自然的美,而且潜移默化着读者的心性,唤起爱自然、爱家乡、爱生活和爱祖国的激情。

写这一类的文章,作者的笔墨不是停留在事物的表面上,而是带着深厚的感情,进入所谓"有我之境"。如作者笔下的九日山、安平桥等,都融汇了作者对风景古物的理解与思考,无疑扩展了文章的思想境界。

泉州是历史文化名城,许多景物总是带有一定时代的印记。作者面对历经沧桑的景物,发思古之幽情,这是很自然的,但他不满足于怀古,在探寻中,他穿越时间隧道,由历史状况想到现实世界。如写洛阳桥,在畅游历史长河的同时,讲述了洛阳桥的传奇故事,然后,他回到了眼前的景物。这样的今昔对比,即景生情,信笔点染,把景物与社会生活紧密结合,立意高远,从而也使作品具有豪爽率直的气度和风韵。当然,这种挥洒自如的笔法,主要源自作者日常并非轻松的生活积累。他除了从现实生活中获取知识外,还从书本、见闻方面,积聚较多的知识。正是这样,他才能熟悉泉州的历史知识与掌故,说来如数家珍。因此,在处理题材等方面,他可以运用自如。书中涉古论今,或史实,或传奇,或历史人物,或传说神仙,借题发挥,联想丰富,使这集子增加了不少光彩。此外,文中还有不少篇幅叙写泉州独特的风情,如南音、木偶戏、拍胸舞等,具有古朴的情调,同时也有时代的气息。

《泉州漫笔》的最后部分,以《游踪拾零》为标题,收了三十篇散文诗。作者在字里行间奔放自己的激情,并升华为哲理。如他别出心裁地写闽南妇女的发髻"是用勤劳而灵巧的手自己建造的小花园。四季常新的花朵保持着绚丽和芳香"。从而,他疾呼"年老又有什么关系!最宝贵的是美的追求从未衰老——要色彩和芳香,还要有保卫它的英勇精神……"(《发髻》)

显然,作者的想象是丰富的,善于用诗的比喻描摹出种种难以言传的形态,并构筑洗练精纯的艺术境界。我想,陈志泽同志近些年正精耕细作于自己建造的散文诗小花园里,孜孜地追求着这种美境。我们祝愿他放开歌喉,更好地唱出祖国日新月异的变化,"行走在红土地上,像是被点燃了似的,胸中有热腾腾的希望在激荡,在燃烧……禁不住要朝前奔跑!"(《红土地》)

(原载《福建日报》1992年11月24日;作者系福建少年儿童出版社原社长)

作家的另一种笔墨

——陈志泽《论评·赏析·杂弹》序

俞元桂

　　同其他专业的内涵一样,文学也是一个庞大的家族,它的中心是文学创作。文学创作有许多样式,如小说、诗歌、散文、戏剧等,它们又各有分支。文学创作比肩的兄弟则有文学评论和研究,其中也可分别为若干方面,如文学资料工作、作品选编、作家作品评介、作品评论与序跋、作品赏析、文学研究和著述等,形成了一排台阶或系列。文学教学是文学与教育的联姻,文学教师必须兼备写作与评论两方面的智能结构。从事文学事业的人,既要专精之一,又要争取一专多能。其所以能一专多能,或由于其人具有较好的素质,但更重要的是有心人在学习过程中自觉地发展自己,努力去挖掘自己的潜力,在工作实践中锻炼出更多的本事。

　　中国现代文学泰斗鲁迅先生就是一位多能者。他的短篇小说和杂文是现代文苑中的瑰宝。他还是一位伟大的文学评论家和研究家,一位卓越的编辑、翻译家和文学社团的组织者。他重视文学资料工作,他选编《唐宋传奇集》,他在编辑的书刊中写了不少作品简评和附记,还有经后人编集而成的《古籍序跋集》和《译文序跋集》,他的《新文学大系·小说一集导言》,他的《汉文学史纲要》和《中国小说史》等,都具有典范的意义,在文学工作的许多方面都花与心血。不要忘记他还是一位驰名的大学文学教授,其杰出成就是不可企及的。他的广博学识和"俯首甘为孺子牛"的精神,永远值得人们的敬佩和学习。

　　志泽同志上中学的时候,对写作就有十分浓厚的兴趣,就读福建师范大学中文系时,他的文学才能获得了许多老师的赏识。毕业后,他回到泉州,从事文学刊物编辑和文联、作协的组织工作,虽然与我颇少联系,但我从报刊中得知他在散文诗创作方面取得很大的成绩,而且不断收到他惠赠出版的集子。好几位泉州籍福建师大中文系毕业生都有自己的成就,这自然是他们自己努力的结果,作为老师,心情上是十分愉快的。不久前,接到志泽来信,问我是否可以为他新结集的书写序,这自然是义不容辞的。为自己学生的作品作序,我以为这是一种很好的享受,比欣赏阳台上盛开的花朵还够味。不久,我接到他寄来的书稿,里面主要是关于文艺论评、赏析、序跋、杂谈之类的文章,我在披阅的过程中,意识到这些是他散文诗创作之外,在刊物编辑、文艺交流和文学组织活动等方面的成果,是他的另一种笔墨。在这些稿件中,我似乎看到了字里行间透出来的斑斑的汗迹,看到了他书室深夜的灯光,以及他在文艺交流活动时的笑影。不知道他是否受到鲁迅精神的启发,我注意到他在有意识地发挥自己的潜能。在我看来,这是更充分地实现人生自我价值的最好办法。现在文人是辛苦的,其经济效益抵不上歌星的一曲情歌,不少人对爬格子的事是弃之唯恐不及的,人各有志,不能相强,志泽辛勤工作所结下来的这些果子,就很值得鼓励和珍惜。

志泽的书稿主要是作品的评论和序跋,还有以散文笔调写的谈文说艺和关于散文、散文诗的艺术形式和作品的赏析。

志泽同志论文谈艺持有鲜明的观点。他强调作品必须反映大时代的精神,传达群众的呼声,而且要有一定的深度;他主张文艺工作者必须深入生活,取得第一手的题材,从而获得深刻的感受;他以为作品应该充分表现作者的个性特点,体现文艺的多样性。他赞成作家从丰厚的民族优秀传统中吸取营养,同样也要学习外国的现代的艺术手法;他赞赏作品中凝练的艺术构思等。所有这些观点,我以为都是对的,走的是文学创作的康庄大道,也是包括志泽自己在内的许多作家所走过的道路。当然,文苑中的路绝不是单一的,有的要走捷径、走曲径、走幽径,甚至行不由径,而他们的创作因其新面目得到轰动效应。例如现在有些作家主张避开政治,远离崇高,调侃语言,给他们作品制造出陌生感,用以吸引读者,新招数可能层出不穷,不过我以为同戏剧、舞蹈、体育一样,在其训练的阶段,总要循规蹈矩,一招一式都不能马虎,在文苑中先走正路,或者说要有一批人坚持走正路,这是十分必要的。从这个角度上看,志泽同志的文学评论,就显示出它的重要意义。

一个人要尽量发挥自己的潜能,因个人的境遇和兴趣也不能不有所约束。志泽同志的创作和论评大都以散文诗、诗和散文为范围,而散文诗的写作又比较留意于闽南侨乡的抒写,多能还须一专,这样有利于不断深化,无疑是一种可取的办法。多侧面地描述闽南的风土人情和文化,不只是创作乡土文学所必需,新的时代还寄予它更大的希望。闽南的乡情牵涉海峡的彼岸、东南亚地区以及世界的许多国家的怀乡游子呵!这块宝地有着巨大的磁场,将有力激发起千万人对祖国的向心力,而优美的散文诗和散文则是抒写这块宝地的最合适的文体,因为散文诗美丽文字、绚丽场景所散发的情思,更有利于表现这块宝地的画意诗情。这个集子以不少笔墨来评介散文诗(还有散文、诗等)的艺术样式,并以文坛前辈、文友以及自己的创作作为实例来参照,有心的读者在阅读这个集子之后,定能获得许多有益的启示。

(原载《福建日报》1993 年 4 月 1 日;作者系福建省文学学会会长,陈志泽就读福建师范大学中文系的课任老师、系主任、教授)

故乡的恋歌与多彩的沉思

——评陈志泽的散文诗

曾焕鹏

自出版第一本散文诗集《相思树》(福建人民出版社,1983)至今,短短的十年间,陈志泽又以奋飞猛进的创作实绩,先后捧献出《绿风》(漓江出版社,1987)、《爱的星空》(海峡文艺出版社,1989)、《阳光与灯影》(海峡文艺出版社,1990)、《浪淘沙》(广西民族出版社,1992)四本散文诗集和一本散文随笔《泉州漫笔》(福建人民出版社,1991)。读了这些集子,你不能不深切感到:作者向我们所袒露的,既有着一种深情绵邈的眷恋和讴歌乡土的诚挚情怀,更有着一种关注世情、思索人生的深厚胸襟。它们像一双彩翼,满载着诗情与哲思,导引着陈志泽的散文诗创作腾飞到一个令人羡慕的艺术高度。

陈志泽早期散文诗的创作意趋,一开始就格外注重从自己所熟悉、与自我生命血脉相连的乡土题材出发,留意去营构那"具有乡土特色的地方风俗画"(《相思树·后记》)。这理应是一个正确的艺术选择,因为愈是具有乡土特色就愈能增强艺术个性。具体说来,陈志泽早期散文诗题材取向的个性特色,主要表现在两个方面:

其一,吟咏侨乡游子的思乡之情,抒写海峡两岸的血缘之根。如《游子泪》,作者通过对游子暗夜飘浮离乡、异国思念故土、晚年回归团聚三个特定情境的形象勾画,分别写出了"游子的泪呵",是"无色的血""滚烫的浪""欢笑的泉"的深刻内涵。故之,作者笔下的"游子",是一个凝聚着万万千千远在异国他乡的炎黄子孙饱尝人世离愁别恨的辛酸血泪的典型形象。《游子心歌》《归侨父女回故里》《这就是你呵,唐山》等作,都是这方面的例子。这类作品,往往是想象和激情的融汇合一,因而真切的体悟、适度的表现便成为通往成功之途的两道关卡。应该说,陈志泽还是熟谙此中奥秘的。比如《回乡》,作者写亲人们按时到华侨大厦迎接久别归来的老叔和老婶,却只见老婶独自一人走出了车门:

> 她从挎袋里小心翼翼地捧出一只盒子,一只精致的唐山瓷的骨灰盒。那神情像是挽扶着老人。
>
> 她的嘴唇又嗫嚅着分明在对他说,回乡了,回乡了,千真万确……
>
> 她分明在说,你听到了吧,你思念的乡音,骨肉亲人的话语:你闻到了吧,你思念的故乡的气息……
>
> 这一夜,在为归客"洗尘"的宴席上,众亲戚为他们预备了两个席位,桌面上摆上了两双筷子、两把汤匙、两只酒盏。

作者顺时推进地撷取了两个特定的情境:归乡相会与洗尘宴席,而表达的方式则迥然有异。细析之,第一个情境重在场面的突现和细描,作者从人物的动作、神情乃至心理都做了逼真神肖的刻画。也即细描中推出了生活的原貌,心里奔涌着情感的波流。而第二个情境则只侧重在氛围的点染和勾画,点到即止,留出空白,让余味蕴藉在读者的心屏。在这里,作者对抒写对象的体悟和表现,应该说是真切和适度的。但也不必否认,这类作品,由于这一类作品不是作者的亲历,也就难免存在着一些想象偏离生活原貌,过于直露的篇什。

其二,善于拽住闽南奇特的民情习俗与乡土风物走笔,并注重开掘出蕴含其中的艺术潜在量。眷恋和热爱乡土的情怀,使得故乡那些淀积着古老文化之精髓的习俗和风物,在陈志泽的眼中都变得十分美好且富有诗情和画意。他赞叹闽南女那绚丽多彩的《头巾》,是为了"让更多的鲜花飘飞在这四季如春的闽南";赞美元宵节那艳丽神奇、璀璨夺目的《花灯》,是千百年来"狂风不能扑灭的灯,霜雪不能摧残的花";赞颂那编制得如此精密秀丽、玲珑剔透的《漆篮》,盛满着"古老侨乡的浓郁风情",盛满着"新生活的丰硕"。而将闽南奇特的民情习俗抒写得最为淋漓尽致的,当推《壮哉,闽南拍胸舞》这篇散文诗。此作以一种华彩绚丽的语言、激烈滚烫的情感、奔放流泻的句式,意气风发地把闽南拍胸舞那雄浑的声势、豪迈的舞姿、壮美的气魄绘声绘色地展现在我们面前:

啪！啪！啪啪！

把那贮藏的都拍打出来、召唤出来，让一切火热、欢怡、豪迈痛快淋漓地蹦跶。起舞、流淌！

把那浓缩的都冲泡出来，斟满亿万个金杯玉盏，任人津津有味地畅饮！

把那辑录的美景放映出来，展现绚丽的画卷，叫刺桐树迸发花枝、东西塔摇响铜铃，叫日月飞动、天地焕彩！

啪！啪！啪啪！

那拍打胸脯的汹涌澎湃的青春活力，如同裂岸惊涛般奔突在字里行间，那鼓荡着风浪勇敢向前的美妙音韵妙音如同天空深情的电闪，叩击着每一个读者的心胸。诗人就这样将声色与形态、联想和想象，包容着特定的文化气韵和情感体会，化为澎湃的波涛倾泻出来："闽南啊，只有你，才有如此豪迈的情感，才有如此雄浑的奔腾，才有如此壮美的气魄——拍胸舞！"

客观地说，在陈志泽整个散文诗创作的历程里，正由于他在早期创作中即注重对故乡充满深情厚谊的抒唱，才使他很快成为一个引人注目的散文诗人。但这并不等于说他的创作取向就这么单纯、狭窄地局限在故乡这帧迷人的画幅之中。事实上，陈志泽在吟咏故土习俗风物的同时，也不忘向着缤纷繁复的社会吹奏着他那支沉思的"春风牧笛"。从整个创作历程上看，可以说自《绿风》始，陈志泽的散文诗除继续流动着那股浓郁的亲切的乡土气息外，更多地便是对灵感的电光火石、思想的脉搏和心灵的律动的记录，也即较多地转向抒写关于社会与人生的一种"多彩的沉思"。这表明作者已明智地走出相对狭窄的"相思树"的地域局限。而将创作的视界拓展到了更为宽广的、"绿风"轻拂的"爱的星空"，去探求"阳光与灯影"交织的社会人生的真谛，去撷取时间的伟力"浪淘沙"时筛存下的思想的珠子。

因而，敏锐、深情地注视时代生活的各种景象，以发现社会、自然和人生蕴含着的哲理与诗意，便成为陈志泽散文诗自觉的艺术追求。如果我们从艺术传递的角度加以考察，则不难发现其注视时代生活和各种景象，大体上采用了两种表现形式:触景式的顿悟与随感式的即兴。其实,这两种表现形式在其早期散文诗作中就有所实践,只不过数量没有近作这么繁多,艺术传递的途径也略有不同。早期触景式的顿悟之作,如《云海》《山径》;随感式的即兴之作,如《山中夜思》《引路的人》,都以"我"的亲历实察为创作契机,写的都是自我人生历程上的"亲见之景""亲历之事",抒发的也都是朴素自然而真明晓的人生感悟。而近作已不再拘泥于亲历实察的限定,较偏向从心灵悸动中抽绎出宏富多棱的生命体验和人生哲思,且带有越来越浓烈的象征隐喻的成分。请看他的《白日的猫头鹰》:

在白日,本来就显得很丑的猫头鹰十分疲沓,连眼睛也懒得睁开,哪有一点鹰的样子?

它在一处不显眼的树丛呆立着,可是睡去了?

它在想着它所承受的厌恶?或在沉醉于难得的赞美?荣与辱它可是从未顾及……它在反思——在那过去了的时光,可曾有过什么缺憾?例如,十分狡猾的蛇可曾从利爪下溜走……

它在想着一轮圆月深情的、圣洁的祝福,在夜空中荡漾开来的灿烂涟漪?

每一天,它都需要这样在太阳的照耀下的似睡非睡的宁静的思考、养神,为了在暗夜降临之后那勇猛的频频出击!

作者是用一种隐喻、象征的笔法,表达对社会人生的感触或领悟。对其寓意的理解应是宽泛的。或许可以这样理解,作者是在抒写经过历练的一代中年知识分子对艰辛岁月的智识与哲思,以及追求人间幸福的坚定信念和无畏情操;或许也可以这样理解,作者是在劝诫人们,虽然或暂被世俗的偏见所恶,或正受难得的"赞美",但"荣与辱"皆不必去认真"顾及"。重要的是,应"反思",更应继续"出击"……简言之,喻义不确指和理解的宽泛性,正是陈志泽散文诗近作于"多彩的沉思"上所做的一种有意追求。《一瞬》《平静》《掩》《猴山看猴》《海思》《被出卖的贝壳》《蛇的习惯》《蛇纹》《酒楼里的海鲜》等一大批篇什,都是这方面的实践之作。大概仅从这些题目,我们也可看出,在陈志泽的散文诗近作中,随感式的即兴之作在数量与质量上已远超触景式的顿悟之作。也许这正说明随着年龄的增加和阅历的丰富,作者对社会人生的真善美与假恶丑的思索深度以及感受程度,正飞跃到了一个更为深刻的级次。

与这种艺术传递侧重点的转移密切相连的是文本形式的多变与多样。从这十几年的创作实绩来看,陈志泽对散文诗本质形式的求新多变还是有所追求的。虽然总体上较偏重哲理性散文诗和抒情性散文诗的创作,但同时他也创作了许多叙事性散文诗、报告体散文诗、联组性散文诗、对话体散文诗以及飞翔着纯心的儿童散文诗,切实实践着他给自己许下的艺术诺言:"努力地探求和尝试散文诗的多种题材、多种手法、多种格调。"(《阳光与灯影》后记)但实事求是地说,他对散文诗艺术形式的选择实践还没做出更为令人注目的创作实践,缺乏诸如柯蓝于联组性散文诗、李耕于理念性散文诗、钟声扬于情节性散文诗上的执着探索与实践的韧性。这是他题于新近出版的散文诗集《浪淘沙》扉页上的一章散文诗:

> 你从绿叶的微笑中看到树林的欢欣。
> 你从倏地飞起的鸟声中听出花园的惊悸。你截取一段劲风,读懂季节给你的信札。
> 你任凭骤雨的轰击,偶尔弯下腰拾起思想的珠子。

有这种对生活中千姿百态、无穷无尽的美敏锐的表现和深情的表现的艺术才华,应该是每一个散文诗人企盼的最佳的创作境界。可以毫不夸饰地说,陈志泽的散文诗创作已进入了这种艺术表现的佳境,倘若再重视艺术形式的出新多变和相得益彰,相信陈志泽的散文诗创作一定会有个令人瞩目的质的飞跃!

(原载《散文诗世界》1993年第6期;作者系泉州师范学院文学院教授)

谈陈志泽的文学评论

王耀辉

志泽的文学作品集《守望》要出版，嘱我写个序，我感到很高兴。但是由于患病多年，只能把过去写的旧稿做些修改，以表达我高兴的心情和对他的文学评论的粗浅看法。

志泽是在福建省，特别是在闽南特异乡土中孕育和成长起来的作家，他的性格和他的散文、散文诗作品都带有闽南人的淳厚和丰富的情感色彩。加上故乡特异的风俗民情和文化素质，构成了他作品的独特风格。

志泽从事散文和散文诗创作，已有很长的历史。中学时代，他就善诗文。大学时代又进一步打下了他从事文学事业的基础。大学毕业后，他在文学创作方面精益求精，认真观察和体验生活，努力学习中外文学名著，不断提高自己的生活素养和艺术素养，创作出大量作品，逐渐在国内外产生广泛的影响。但他的大部分时间都在从事文学编辑和文学组织工作，除了文学创作取得突出成就之外，志泽还是一位孜孜不倦的文学编辑者和热心的文学组织者。十多年来，他一心扑在文学编辑和文学组织上。他把培养文学青年当成是他头等大事。从编辑《泉州文学》的前身《晋江》文学丛刊开始至今，经过他的手的稿件上千上万，他都认真批阅、细细挑选，他把发现一位青年作者或一篇好作品当成是他自己平生的乐事。为了培养青年作者，他组织举办各种研讨会、青年作者培训班，在杂志上出专辑，对他们进行认真辅导。目前许多青年作者活跃于福建省甚至全国文坛，可以说都和志泽及他的同事们心血的浇灌分不开。应该说，文学创作只是他的"副业"，文学编辑和文学组织才是他的第一职业。是否可以这样说，这也是志泽与文学评论结缘的重要原因？他写文学评论大都出于提高作者文学创作水平和总结作家创作经验的考虑。志泽的文学评论写作似乎还可以追溯到大学时代,那时福建师大中文系创办一个《闽江论坛》,系里指定志泽任主编,我当指导老师,那时志泽就对文学评论产生兴趣,也开始显露出文学评论的才华。几十年过去,志泽的文学评论不但放不下来,还有一发而不可收之势。

首先是他对散文诗的理论进行深入的研究和探讨。他的《论评·赏析·杂弹》一书就体现了他在这方面研究和探索的成果。他对散文诗的研究和探索的观点,一是:"散文诗是诗和散文的化合";散文诗除诗的气质之外,"诗的其他要素,如诗的构思、立意,诗的想象,诗的抒情,诗的语言,诗的音乐性等,都是应该具备的。只不过,这时,应舍去不适合散文诗这一文体的东西(例如分行、押韵、节奏较为急促等),恰到好处地有机地汲收,同从散文那里汲取来的美学特点很好地化合"。如若不然,不如写散文好了;但散文诗如果不能"很好地汲取散文的功能,做到诗与散文的完美结合","不如专心一意去写诗好了"。我以为他的观点比较准确而辩证地揭示了作为"独立文体"的散文诗的特质。

其次,志泽提出优秀的散文诗"具有飘逸美的同时也具有凝聚美"的观点。他认为这两种美,是由散文诗汲取了散文和诗最佳的美学特点所决定的。飘逸美"符合抒情要求";而凝聚美适合散文诗的篇幅短小,构思巧妙、独特而富有哲理,前者舒展,后者集中。两者似乎有矛盾,也是散文诗难写的原因;但如果两者不统一,散文诗也就不能成为散文诗。我认为这个要求是合理的,也正说明志泽很好地抓住了散文诗这种"独立文体"的美学特征。

再次,是散文诗的"时代感"问题。志泽认为散文诗的"时代感"是很重要的,必须"强化"。因为"散文诗完全可以而且应该表现具有强烈时代精神的雄伟的社会生活,给人以有力的感召"。这一点很可贵。有一段时间,有些人强调文学要抒写"性灵",把社会生活、时代精神都抛到九霄云外。"性灵"要不要?当然要。但文学如果不表现社会生活,就好像鲁迅所讽刺的,拔着自己的头发要离开地球一样。这是不可能的。人生活在社会上,必然要受到社会生活的影响、受到时代精神的感染,一切情感因素,无不受到社会生活、受到时代精神的拨动。文学作品总是要使人看后受到感动的,不管他是高兴或是悲伤。文学作品应具有审美功能,要提供人们一种愉悦,要鼓励人们扬善去恶,不然文学就失去它的意义。志泽的散文诗理论看来比较传统,但他并不保守。他主张"吸取西方现代主义文学的表现手法,展开更神奇的艺术想象的翅膀,更有魅力地飞翔……"他自己的确这样做了,他的代表作《爱的星空》就有意识地追求"多种多样的艺术情调和风格",在"加强主体意识,在反映客观世界的同时,更注重人的心灵的展示"(《爱的星空·后记》)。他的努力已经取得很好的效果。

志泽的文学评论涉及散文诗、诗歌、散文、报告文学、小说等,都有他自己的特色。例如体现在他的诗评中的"诗意象"说、散文评论的"炼意""叙事""细节"等功能和报告文学的"场景"描写、人物塑造等要素的艺术分析……既有很强的针对性又相当有见地。由于具有丰富的创作体验和对每一位评论对象的熟悉和了解,他的评论便写得扎实而不空泛。他力求做到,既要有思想内容的发掘和概括,更要有艺术表现的鉴赏和分析;既要说出"怎么样",还要道明"为什么"。这样的文学评论对评论对象和读者才有帮助。至于写法,他在《〈面向秋野〉与谈文说艺的散文集》一文中已有表达,即"见解精湛的文艺随笔和清新优美的抒情散文的结合","深入浅出地谈论问题,有时甚至现身说法地叙述自己的感受,使读者易于接受和乐于接受"。他在努力这样做,并取得较好的效果。

著名学者俞元桂教授在为志泽的《论评·赏析·杂谈》所作的序言中说:"有心的读者在阅读这个集子之后,定能获得许多有益的启示。"这是对志泽的文学评论的肯定。衷心希望志泽在文学创作和文学评论两个领域里都取得更大成果。

(原载《泉州文学》1994 年第 1、2 期,2001 年 10 月修改;作者系华侨大学中文系原主任、教授)

散文诗的新拓展

——读陈志泽散文诗随想

叶公觉

我的面前摆着五本散文诗集:《相思树》《绿风》《爱的星空》《阳光与灯影》《浪淘沙》,作者陈志泽。我与陈志泽相识于 1984 年武夷山散文笔会,相交十年来,他每出一书即赠我一册,使我有幸系统地读了他的诗作。我为他的第一本散文诗集写过一篇评论,发表在 1985 年的《文学报》上,那时主要赞赏的是他的闽南风采、泉州特色。而今陈志泽新作不断, 而且他的诗风在原有基础上也有所转变和拓展,我觉得是十分可喜的。

一

首先要肯定的是陈志泽以一颗热恋故乡的心写出了对故乡的一曲曲恋歌和颂歌,这样的诗作占有他散文诗的重要一席。我至今仍认为陈志泽对故乡的“相思”是值得的,他正是从泉州故乡起步,然后走向全省乃至全国的。他笔下的泉州风情人物,是具有个性的“这一个”,别人不能替代他。他自己曾说过:“我更喜爱具有乡土特色的地方风俗画,能不能说,愈是具有乡土特色,就愈有个性,也就愈能打动人、感染人?”从某种意义上来讲,这是对的,但如果一味地只是停留在一种浅层次的歌颂, 对表面风情的浮光掠影式的描绘, 那是必然显出小家子气来的。陈志泽努力克服了那种肤浅的赞美诗式的模式,而以多层次多角度的笔触来描绘自己的泉州、闽南故乡。他除了一般地描写故乡风物的色彩、形态之外,能对风物包容的内涵做出恰如其分的思考和点示,这是难能可贵的。如写闽南那块闻名于世的“风动石”,他写了各种力量对它的作用,它都得动一动。作者以拟人化

71

的手法写出了风动石的想法："不动，我不是要承受更大的冲击、碰撞或逼迫吗？但太动，我就要滚到一边瘫在那里。世界真不安宁，总有那么多的推推搡搡，不管推搡来自何方，我站稳在岩石的地面上，只是动动而已。可知，我抖落身上一些风化了的碎片，此刻，我也在摇动你，摇动他，我能探测和感知一些奥妙——关于人的心灵，关于天空中的日月星辰和流云……"这样写来就绝不是单纯地写故乡之景了，而是有了更深的内涵。

二

随着个人年岁、人生经验和阅历的增长，陈志泽的散文诗中出现了跨出泉州、跨出闽南的画面广阔的作品，他的足迹到哪里，那里就有新的情景出现在他的散文诗中，他写姑苏、写雁荡、写太姥山七星岩、写长城、写北京，写祖国的东西南北中。这些作品都能情景交融，而尤其值得注意的是他不再停留于景物描绘时的即景抒情，而引发出某些富有哲理内涵的意蕴来。比如他写苏州虎丘山上的"憨憨泉"，并不着意去刻画憨憨泉的外在景象，而是从憨憨泉名来历的传说中引出意来。高山缺水，一个憨直的农民"用两只手挖"，用一颗心挖，凭着一股"憨劲"，要挖出泉水来，而寺里的主持却说他不愿下山挑水，挖泉是妄想，如能成功，他愿化作蛤蟆一只，"而今，泉在那儿，蛤蟆匍匐在一边。清甜的泉水给人以滋润。僵死的蛤蟆任人踩踏"。

由憨憨泉引出的意蕴尽在不言中，读者由此能体味到丰富的哲理意味。

三

如果说上一类散文诗是由外景而引发内感的话，那么，陈志泽还有一类散文诗是直接表现自己的内心感受的，而且这类散文诗表现的不是恋情、友谊之类早已有人表现过的个人情绪，而是直接在散文诗中表现痛苦、寂寞这样的情绪。他巧妙地借用某些形象的依托，用象征或明喻、隐喻之类的手法来表现内心情绪，结合了直接描写的笔法，把内心的感受用散文诗的语言倾吐出来。

在《痛苦》一诗中,他把痛苦时的"无聊"暗喻为一匹野兽,要"舔人血色,啮人肉"。而后又直抒胸臆,说"痛苦使人清醒,痛苦使人振作"。因为"艰难的喘气",是"一曲召唤成功的歌",汗水流泻以后,才能使毛孔畅通,"生命鲜活而奔放"!从痛苦中突破,就反而获得坚强和奋发!

《寂寞》写得哲理性更强,他认为"经受寂寞,就是在默默地创造出一个清净的世界"。而"真正的寂寞是真正的富有",有人以为寂寞会使人窒息、腐烂,没料到,有人却能在寂寞中立定扎根、默默生长。"于是,寂寞的树,如期开放繁花,如期结出硕果。"

这两首散文诗以作者深刻的感受为基础而从胸中自然流出,带有浓烈的哲理意味,充满理趣,而又以格言警句式的散文诗句表现出来,更使散文诗显得深刻而富有厚度、力度。

四

历来的散文诗都讲究意象、意境,运用象征、比喻等手法,尽可能地把散文诗写得充满诗情画意,描写生活时往往挑选那些反映新生活新气象的画面,以甜美的喜气、柔美的秀气见长。而陈志泽的某些散文诗,却独辟蹊径,选取特殊的镜头,刻画特殊的人物,给人的不是甜美温柔,而是辛辣尖锐。如《辣味豆(三章)》就是这样的作品。

第一章《卖走私表的女人》写了她的声音:"沙哑的神秘";写了她的外形:牛仔裤、大开领,开放的性感;写了她的眼神:没有亮光,有些倦意。而结尾句点得好:"她卖了不少的表,更卖走了那么多的青春时光!"一句话把作者的感叹恰到好处地流露出来,他为这个卖走私表的女人而惋惜,也在给其他很多卖各种各样货色赚取不正当收入的女人以警示。

第二章《启发》既写了那个做报告拖长腔"啊"的"他",也写了那些听"他"报告点头晃脑的"他们"。其实,这是画出了一幅世相图,也是一幅漫画。在中国,有多少个"他",有多少个"他们",正是在那长腔的"啊"声不断的报告中虚掷自己的青春和生命!"他"是那样的装腔作势,"他们"是那样的装模作样,似乎在演一出滑稽戏似的。终于，"他们"开始用织针把"他"的报告戳得支离破碎，用喧笑使"他"的声音烟消云散，用递上台的纸条使"他"颤抖！

第三章《跟随》写的是一个跟在首长屁股后面忙得不亦乐乎的人物。他充满了虚荣心，一会儿承受着掌声，一会儿飞驰着小车，一会儿忙着敬酒，一会儿看戏迟到，接受观众的注目礼，而他就在这走马灯似的繁忙中得意扬扬……这是写的一种人，也是写的一个社会现象。作者在这一篇散文诗中像一个不动声色的讲笑话大师，自己还板着脸，而听众禁不住喷发出一阵大笑。在笑声中对这位忙碌的"跟屁虫"充满了一种轻视和嘲讽。

这三篇散文诗不以语言的华丽典雅取胜，也不以意象的蕴蓄隽永见长，而是以明白如活的语言、生动形象的画面，写出了三个不正常的社会画面、三类不正常的社会人物，作者把杂文式的笔法，活用到散文诗中，使散文诗的题材领域和表现手法有了新的大胆的拓展。这三首散文诗真不愧为三颗"辣味豆"！

五

陈志泽的散文诗创作，正在从华彩、精致一路表面好看走向质朴、深厚的内在的丰实，这是一种返璞归真的回归，也是一种螺旋式的上升。不能单看字面的绚烂与平淡来评判散文诗的优劣，这里的平淡，其实不是平淡，乃是绚烂之极也，是一种散文诗内在的绚烂境界。

陈志泽曾在《给散文诗人》中写道：

> 你从绿叶的微笑中看到树林的欢欣。
> 你从倏地飞起的鸟声中听出花园的惊悸。
> 你截取一段劲风，读懂季节给你的信札。
> 你任凭骤雨的轰击，偶尔弯下腰拾起思想的珠子……

这四个部分从纵向看是有先后的，陈志泽的散文诗正是从微笑欢欣中起步，而逐渐能"听出花园的惊悸"，到后来，则能读懂"季节"给他的"信札"了，而最后，是"弯下腰拾起思想的珠子"。这就是富有哲理的成熟思想的珍珠,但从横向看,这四个方面也是散文诗可以同时并存的题材领域,你可以欢歌,你也可以沉思,同一个作者对不同的事物或在不同的心态环境下完全可以写出不同的散文诗来。所以我无意于贬低陈志泽前期的散文诗,但对他后期的富有力度和创新感的散文诗抱有积极的支持和赞美态度。

愿陈志泽不断开拓散文诗新的题材领域,不断采用新的表现手法、语言手段,写出更精彩耐读的散文诗来!

(原载《福建文学》1994 年第 4 期)

精短散文的魅力

——《大地与履痕》序

叶公觉

我与志泽 1984 年相识于武夷山散文笔会,那是《散文》月刊及《福建文学》《海峡》杂志联合举办的全国性的散文笔会。我躬逢其盛,与郭风、何为、石英、李耕……诸名家朝夕相处,论文谈艺,赏景抒怀,从邵武的紫云溪畔到武夷的桐木关前,从弯弯九曲清溪到巍巍黄冈山顶,从深山教堂遗址到大竹岚蛇园……一幕幕生活场景至今仍历历在目。就连师友们纵谈散文时的语气声调也似乎还在耳边回响。我与上海的几位文友刘征泰、李连泰、乐维华同住一室,忽一日,走来一位潇洒飘逸的男士。他就是陈志泽,来自古城泉州。他赠给我一本他的散文诗集《相思树》。我与志泽友谊的篇章就从那时开始。以后他每出一本书即寄赠给我,我的书架上已有他的七本著作;我也曾为他的散文诗写过多篇评论,在《文学报》《福建文学》等报刊发表。

与志泽相交十又一年,志泽留给我的印象是玉树临风的身材、热情爽朗的性格、才华横溢的诗人。如今他的又一本著作——散文集《大地与履痕》即将出版,我当然应欣然从命为之作序。

读毕集子里的一篇篇精短散文,我的眼前似繁花纷飞,种种感受纷至沓来。

我首先觉得志泽选编精短散文集出版的做法很好。精短散文具有立意精深、结构巧妙、语言洗练等魅力,选编精短散文集自然别具特色。这样的集子能编得精粹,不但可降低书的成本,更重要的是对读者的负责,读者不必花太多时间就能集中欣赏一位作家的上乘之作。这个集子只有十二万字的篇幅,却那么独特、厚重和耐看。它不仅仅保持了作者善于把握时代脉搏、热情讴歌壮美人生,感情充沛、真挚的特点,在思想深度的开掘、题材领域和文路的拓展以及表现手法的多样等方面又有新的探索和突破。

志泽不愧是一个散文诗作家,他的笔触常带抒情,他的文字多有诗意,即使在他的散文中,仍飘荡着诗的精魂。

集子中许多旅途随笔,在形式上介于散文与散文诗之间,力求二者的融汇,还注意融入文史的精华,提炼寓意,我很喜爱。如《四川六章》《武汉小品》《黄山四题》《杭州五记》《绍兴漫笔》等,都以精短的篇幅(有的只有五六百字),选取某个视角,以抒情的文笔,写出了独特的个人感受。"我爱你中国"一辑,赞美改革开放的祖国,笔调情致空灵而飘逸,在散文的敦厚朴实中融入浓郁的诗意。《无花的三角梅》用的是散文笔法,但其内涵含蓄而不外露,使人联想到鲁迅《野草》中的《秋夜》《好的故事》《腊叶》等篇章。散文只是其貌,诗才是其实。这一篇散文力作,既是作者生活实况的描绘,又具强烈、深邃的象征意味。作者对于三角梅满怀赞美,那么,剪、砍三角梅的描写自然就否定了"我"的狭隘和自私。作品结尾处"我在砍它时,三角梅的枝丫,三角梅的刺,将我刺伤",是真正从生活中提炼的饱含感情和具有深刻内涵的妙语。

集子中那些记事、写人、感悟人生的随笔,似乎更能体现志泽的散文笔法。你看《我家那一杆秤》,平凡之极,普通之极,似乎家家都有的一杆老秤,但志泽在铺叙的基础上有更深一层的感悟。《老同学》《诧异》对老同学之间的情谊和交往则写得使人感同身受,如历其境。至于对讣告、红包、赠书等的感受,也很能拨动处身这个社会中人们的心弦,而特别富有生活情趣和家庭温馨气息的是《我的家》一辑中写妻子、儿女的那一组散文。这几篇散文看似写得毫不经意,但却生动形象。所写几个家中人物呼之欲出。《顾问》中妻子的形象鲜明,语言质朴而贴切。《家有小女》中对女儿的钟爱之情溢于言表,而且颇富情趣。而《"劳碌命"之叹》中描画出望子成龙、为儿子操心的当今父母的心态。作品中不少段落十分精彩,让人读之忍俊不禁。

从这些看似信手拈来实则精雕细琢的篇章中,可以看出志泽对生活的观察细致入微,对生活的把握精到扼要,对生活的感悟敏锐深刻,对生活的描写活灵活现鲜明生动。

至于志泽所写的说文谈艺的文艺随笔,那是另一种笔法的文章。一般将此类文章归入文艺评论或随笔类,也有归入杂文类的,如鲁迅先生的杂文集中就收有不少文艺随笔,但将此类文章归入"大散文"的行列之中,也是可以的。尤其是志泽的文艺随笔大多是谈散文诗和散文创作的,大多是从切身的创作实践中总结出来的经验,这些文章写得有见地、生动活泼,对于散文诗和散文的作者是有启发和教益的。

对于志泽的连出大著,我十分钦佩。在夏日酷暑中,翻读书稿,掩卷长思,草写序文,遥望南天,友情依依。

我期待着读到志泽更多更好的新书!

1995 年夏日挥汗写于常熟看山楼

(原载《泉州晚报》1995 年 2 月 6 日)

散发着浓浓的生活气息

——读《大地与履痕》

张咏白

陈志泽精短散文集《大地与履痕》生动地显示出作者对生活的态度、体验、感悟，散发着浓浓的生活气息。

志泽感叹自己是"劳碌命"，"总是忙"。我则从另一角度看到他很贴近生活并热爱生活，积极地投入和参与到日常生活中，积累了丰富的素材，才能描绘出那么多妙趣横生的场景来。他风趣地自豪地自称"资深的买菜人"——"我懂得货比三家，先是在菜市场兜一圈，问问价格，知道今日行情，二趟才开始选定目标"；买海蟹他也练就一身"绝活"："来到菜市场，一溜子海产摊，哪一摊货色最好，我扫一眼，也就八九不离十了……不是十足新鲜的，别想混进我的菜篮子"（《蟹缘》）。类似这样的描述还有不少，就像那条流淌在你身边、十分熟悉的日常生活之河，一下子就能够认同与欣赏。

志泽同志热爱生活，所以能坦诚地面对生活而揭揭自己的"短处"，说说家人的"不是"。他承认自己"脾气不好"，"缺乏涵养"（都有实例），自我剖析道："……我也为自己有时变得世故而羞愧，例如我有时点头，但心里并不赞成，我有时也说假话。"（《成熟》）当然，肯定是他为人处世的很次要的一面，而且他并非在这里做"深刻检查"。他很警惕："但愿我多一些真诚和正直，切不可过'成熟'，那是要腐烂的。"（《成熟》）

在家里，志泽有一位志同道合的好伴侣，一个"任你粗声闷气、火烧火燎难侍候，她就是毫无怨言的顾问"（《顾问》）；"个性特强"的女儿小时候就"从不求饶，别想叫她认错"（《家有小女》）；儿子嘛，"学习成绩每况愈下，他却照样潇洒地打球、唱歌，竟然自编自跳'霹雳舞'得了奖"，"高考渐近，可我的家中还是琴声依旧"(《"劳碌命"之叹》)。家事娓娓道来,令人别有一番艺术享受和亲切感。

对于一生操劳的父母,对自己有着"海一样的亲情"的父亲,当志泽因为"子欲孝而亲不待"而在"心头烙下了的永远的歉疚",感到"从此失去了心的依傍"时(《父亲的信》《清明节的思绪》),纸上流露的感情何等悲切、真挚而感人!对于质朴、热情的磁灶乡亲那样地关心帮助我们一家(从外乡来的一家),"给我们家带来亲情和欢乐"(《难忘的乡情》),作者表达出多么深沉、真切的珍惜之情!许多散文作家都众口同声地主张"真情是散文创作的主旨",志泽同志叙述的这种亲情和乡情,就都是人间的真情、可贵的真情。

写短文章,我认为,有时甚至比长篇大论费劲。它要剪裁、提炼素材,它要精心谋篇布局,还要写得有情趣、有韵味、有文采,才有艺术魅力、可读性。而关键是要"有生活"。对于生活,散文作家周同宾说过一段经验谈:"生活中,苦甜酸辣,香臭腥咸,八味俱全。散文家须咀嚼生活,咀嚼透了,作品便有味。"志泽同志把他咀嚼过的生活中的人和事写得有滋有味了。

(原载《泉州晚报》1997 年 4 月 25 日;作者系北京大学外文系教授)

向着新高度超越

——陈志泽散文诗集《绿风》读后

方航仙

从《相思树》到《绿风》，我们可以看到散文诗作家陈志泽正朝着中国散文诗发展的美好前程，带着一股闽南侨乡强劲的"绿风"，一路追求、奋进的态势，是令人欢欣和敬佩的。

作为描绘闽南风情的能手和传播海峡涛声的信使，他的《绿风》依然引吭高歌那绿荫如盖的榕树深深扎进故土的"根"和那流淌不绝的饱含浓厚乡情的"泉"。正因为他的散文诗"根"深"蒂"固，其诗情方能如泉喷涌，未曾涸竭。在他的笔下，即使是同景同物，也能被写出五彩缤纷的散文诗来。他面对泉州这个历史文化名城三种不同名称(鲤城、温陵、刺桐)，能一气写了五章意蕴各不相同的篇章便是明证。作家驾驭侨乡题材的能力，可谓笔端所至，皆出华章！

令人高兴的是，《绿风》使我们听到了作家向着新的高度超越的坚实的足音。如果说，作家过去的散文诗，主要的视点是放在侨乡故土风物人情上，那么现在的视野拓开了，他的目光所触是整个社会。他唱的已经不单纯是侨乡风情之歌，而是立足侨乡，面对人生发出了真善美的诚挚的呼唤，表现了作家以当代意识为主导的忏悔意识和忧患意识，作品的内容开始向着更深层次开掘，使其内涵增强了时代感和哲理分量。因而，作品具有更高的审美价值。集子里这类作品不少，《猴山看猴》就是一篇很有分量的佳作。它从自然界写到人类界，从猴写到人，作品要告诉读者的是：人不能像猴那样"把铁丝笼看作树林""把假山看作花果山"而悠然自乐，也不能自我禁锢，而要勇敢地冲破种种"假"的束缚，去创造更美好的生活。这种深刻而丰富的内涵，必然引起读者内意识的深省和警醒。

柯蓝在《黎明散文诗丛书》第四辑前言中指出："中国散文诗已经形成两大流

派。一是偏近散文的散文诗。一是偏近诗的散文诗。"志泽的作品属于"偏近散文的散文诗"。但在《绿风》中却有不少"偏近诗的散文诗"。如《足音》《山林,本来是这样的》《一点》《茶》《古塔》和《海的回答》等,尤其是《浮》。志泽所表达的浓厚的情与深邃的理天衣无缝地溶化在形象之中,在于整个作品富于现实感和历史感的深沉思考,在于正直的人格和人类的良知在作家主体意识中得到了升华。

值得称道的还有一篇《榕之曲》,它可以视为一篇成功的乡土作品。它既"进入乡土,又超越乡土",作家敏捷的思维、娴熟的技巧和特具的风格得到了集中而完美的体现。

纵观志泽的散文诗,略觉有些篇章不够含蓄,以致失去了空白美,因而在不同程度上它们降低了作品的审美价值。然而,这并不影响他对散文诗的不懈追求与探索,不影响他所已经取得的成功。

（原载《厦门日报》1987 年 12 月 11 日;作者系泉州黎明大学中文系教授）

理想化与现实性的矛盾统一

——陈志泽散文集《牵你的手》序

孙绍振

新时期来临以后不久，志泽就把他比较满意的一组散文诗送到我的案前。使我大为惊异的是,其中最令我感动的竟是十一二年前我最为反感的泉州的那些古老的民俗和传统的仪式和器物。至今仍然留在我脑海中的就有那写祭奠仪式的细节,漆绘的花篮,泣血的响盏。我突然觉得这一切不但不土,而且很美。这个印象,是如此强烈,以至于我在很长一段时期老是念念不忘。直到 20 世纪 80 年代中期,我才悟出了其中的奥妙:他的作品,之所以能令我欣赏,不仅仅由于我长期在闽南人中生活,在情感上已经归化了,而且也由于,那平凡的甚至琐碎的闽南生活,在他笔下升华了,上升到了艺术境界。

第一次我给他的散文诗作评介时,我就强调过在他的散文诗中,有一种闽南的乡土情绪。在我印象中,志泽是双重的忠臣(当然不是古书说上的"贰臣")。一是臣属于闽南乡土的,二是臣属于散文诗的。他的散文诗加速了我的情感向闽南归化,使我不知不觉之间从一个斜着眼睛看闽南人的外乡人变成了一个染上闽南乡土文化癖的人。

他的散文诗领域后来发展得非常宽广,早已走向整个中国乃至东南亚,但是在艺术上,仍然是和闽南气质有联系的那一部分写得最为动人。

泉州人既为古城文化传统而自豪,又把不怕风险的目光投入深不可测的海洋。闽南乡土气质,一方面是面向过去的、封闭的,一方面又是面向未来的、开放的。二者不但并不互相矛盾,反而水乳交融。志泽的乡土情结,并不是初始的感知的原生的表露,他的情绪、感觉、知觉、情趣都经过他的想象诗化了。连同他的文字,也都被提炼得相当的"洁净"(这是郭风用来形容最好的散文的话)。最突出的表现是，连他叙事性的散文诗都写得相当透明。

平淡中见出诗意比之在激情中表现诗意要难得多，志泽在这方面有了比他早期更为圆润的风格，在他写得最成功的时候，能构成一种不着痕迹的境界，这很使我这样一个老资格的读者感到高兴。但是，对于丰富的生活，他的散文诗的境界似乎太稳定。也许这是散文诗这种文体有局限。可能正是出于对这种局限的不满足，近年来志泽又把相当一部分的生命投入了散文。

他的散文的好处是没有烟火气，没有散文诗容易流露的刻意的痕迹。

从一种文体转换向另一种文体，不仅是文体的形式的变换，而且是想象和感觉方式的改变。从某种意义上来说，是对自己已经获得的成绩的挑战。志泽已经人到中年，我深深感到这种勇气中还包含着他对自己的信心。

在散文中出现的志泽，并没有和他在散文诗中的形象重复，也不是放大，而是另外一个志泽。

我曾经在一篇文章中说过，在诗中的舒婷是理想化了的，在不断地进行着灵魂的升华的，而在散文中的舒婷却是一个世俗的、现实的舒婷。我本以为这是舒婷所特有的，但是在读了志泽的散文以后，竟然发现，志泽同样把他自己理想化的一面和现实性的另一面分配给了这两种文体。这不是说他的灵魂与肉体发生了分裂，这两个侧面是统一的。这种统一可以借用他一篇散文的题目来表示：《走不出故乡》。在散文诗中，他的乡土自恋的情结只有和谐统一，而在散文中，则几乎充满了矛盾。可贵的是，他的一些精致的"牢骚"居然和他对乡土的诗化抒情没有产生冲突，相反结合得相当紧密。他对故乡既一往情深，又有一些无可奈何的不满，几次有脱离故乡远走高飞的机遇都因为种种说不清道不明的缘由，而失之交臂，一种矛盾的而又缠绵的情绪油然而生：

> 于今，每当我闭起眼睛，不愿看一些"圣人"的表演，每当我感叹自己才疏学浅，无所作为，每当我的脚步在古城平坦的、窄小的，却又弯弯曲曲的小巷踟蹰，我会后悔当年我为什么迈不开步，此刻天已经晚了。我几次想起，我应该对叶赛宁说一句：要能走出故乡也是胜利，甚至，是更重要的胜利。

然而他终于没有胜利,从这样的缠绵的矛盾里,读者不难看到志泽不仅在文体感有了新的体验,而且对自己的灵魂的疆域也有了新的拓展。这种拓展具体表现为对于诗化想象边界的突破,如果读者在《赤脚情结》中还不能充分感受的话,我相信在《我当理发师》中就很清楚了。在这里,他的想象不再受诗化模式的局限,居然不由自主地幽默了一番。通篇写自己如何为自己的妻子理发的情趣,其中的自嘲(这在《我和铁马》中也有表现)和人伦之乐,时有妙趣。当幽默的"丑化"和抒情的美化自然地结合起来,读者就不难感到他性格中轻松的一面了。平时总是相当严谨的志泽的灵魂深处居然还有这样一支矿脉,这实在值得读者和志泽一起庆贺。

志泽的散文中常常冒出来一些颇有睿智的议论,这种议论比较自如、自由、自在,明显与散文诗中那种格言式的警句不同,没有格言式的高度概括,却有颇为隽永的人生的况味和文化思考。这样他的散文就不限于叙事抒情而且也把智性的思考容纳了进去。在《两三点雨山前》中由新加坡保存古老建筑使他想到新与旧的契合之美,都得力于深沉而又不张扬的议论。而这种不张扬、不夸张,又恰恰有利于他把这一切与所擅长的抒情结合起来:

> 那一天我们陪杜小姐游清源山回来并不太晚,可放眼古城辽远的天空,竟已点缀了几颗小星。不亮,但还挺醒目的。偶尔有雨珠飘洒,清凉清凉。我忽然记起"七八个星天外,两三点雨山前"的句子,心想,我前面写下的一些平淡的"见闻",可能够不上是什么天上的星星,可说它是山前的三两点雨滴也许还恰当,还有点味儿?

从诗的境界中走向散文的人,往往容易张扬,志泽的可贵就在于这种不沉迷于夸张的自如、平静的心态,如果要有所发展,我想志泽应该在这一方面努力。从他现在的散文中,我已经触摸到了他在艺术上潜在的能量。

(原载《海内外文学家企业家报》1998 年 9 月 15 日)

"好剑"锋从磨砺出

——读陈志泽散文集《岁月的回声》

叶公觉

作家陈志泽从 1984 年出版第一本著作至今,每出一书即寄赠给我,如今读到了他的第九本著作——散文集《岁月的回声》。陈志泽首先从散文诗步入文坛,在散文诗领域,他可谓文名卓著。我曾为他的散文诗写过几篇评论,在《文学报》和《福建文学》等报刊发表。从 20 世纪 90 年代起,陈志泽的写作范围逐渐扩大,由散文诗而散文、评论。他的作品艺术特色也起了变化。如今读了他的出炉新书《岁月的回声》,我想谈谈他近期散文的一些特点。

首先,在他的部分作品中仍然保持了散文诗的精练和诗意,并且在诗意的基础上,又加强了哲理性,而且哲理性也从过去的明白转向后来的模糊、含蓄和多义。如《心迹》和《杂感录》中的某些篇章,特别是《兽皮祭》和《鼠之死》二章,具有一种含蓄和内在的哲理性。也许读者各人读后会产生各种不同的感受,它没有明确的答案,而如一道多解的数学题,各人自有各人解。据孙绍振先生说,这两篇作品曾经得到过柯蓝先生的称赞,我没有读到柯蓝先生的文章,但我想也许柯蓝先生也是称赞陈志泽的散文诗有了新的开拓吧?

其次,陈志泽的另一部分散文也逐渐摆脱了加长式的散文诗的模式,不再停留于咏叹调式的赞美,不再一味地寻觅诗意,而重在写实,写一切真实的东西,有的写真实的人生经历,有的写真实的家庭琐事,有的写真实的心灵感受,有的写真实的家国之思……关键是写出了平常散文作者写不出、不敢写、不愿写的种种真情实事、独特感受。从这些写实性极强的散文中,突现了作者的个性,从这些散文中可以看到一个活生生的陈志泽。如《我当理发师》写他为妻子理发的趣事,《无缘跳舞》写他不跳舞的尴尬,《与酒告别》写他从善饮酒到戒酒的过程。尤其是《逃避评奖》写出了他从想得奖到不再热衷于得奖的心路历程,其间的好些真实思想和感受一般作者是不愿写也写不出的,而他却坦然写出,毫不忸怩。另一篇《走不出故乡》也写出了他几次将要调离故乡到省城工作而最终未成的过程,这在一般的作者也是不愿如实写出的,而陈志泽却直言不讳,坦露心声。这些地方都显示了陈志泽散文在写实方面的独到和勇敢。

除上述两点外,《岁月的回声》中有不少描写风光景物的散文,还有不少记述人物的散文,还有不少为他人的作品集所写的序言等,都是各具特色。而我总的印象是陈志泽的散文手法自由随便,不拘谨,他正放开手脚灵活自如地写各种类型他认为值得一试的散文样式。真如他在本书的代跋《最易最难是散文》中所说的那样,散文的"易"写,当然不能误解为漫不经心地写来就能写出佳作,散文的自我性、散文的坦诚真实一定要赤裸作者的灵魂,一定要将灵魂的震颤传递出来。而散文之"难",也并非不能克服的,只要付出踏踏实实的劳动、锲而不舍地追求,是可以变难为易的。而散文的"最易"不正可以充分利用吗?试想想,我们放开了手脚没有?我们自由了没有?怕是远远不够的。切勿光是念"好剑好剑",而把好剑束之高阁啊!

陈志泽的这些关于散文的"难"与"易"的看法,无疑在支持着他的散文写作实践,他以他的多姿多彩的散文作品,显示了他正把这柄"好剑"越磨越快,正把这柄宝剑挥舞得心应手,他正是"利用散文之'最易',克服散文之'最难',就到了接近写出好散文之时了"。

诚然,古人早已说过:"散文易学而难工。"也可以说"最易最难是散文"。但如因难而不写,对于作家来说,显然不行;但如因易而瞎写糊写,不选材不提炼不浓缩,如鲁迅批评的那样"以创作丰富自娱",恐怕写出的作品如一壶白水,毫无味道。最好是因易而写,由易入难,由易克难,越写越好,越写越精。陈志泽正在这条路上迈步向前。

(原载《泉州晚报·海外版》1998 年 11 月 25 日)

陈志泽《人生意象》序

耿林莽

人生百态,意象纷纭。对于一个无所用心者流,浑浑噩噩,混度春秋,世事无非过眼云烟,何足牵心? 而在享乐主义物欲横流中徜徉自得的幸运男女,乐还乐不过来,谁还关注他人的悲欢荣辱、幽怨愁闷呢?

作家则不同,诗人则不同。"风声、雨声、读书声,声声入耳;家事、国事、天下事,事事关心",敏感多思,一往情深。霞升日落,风起云飞,从大千世界到小巷人家,自读万卷书到行万里路,目光所及、脚踵所至,都能引发情思,萌生想象,坠入思考,从而勾勒出丰满的诗意画图、多彩的人生意象。陈志泽兄新著《人生意象》,便是由此而来。叙事、抒情,议论风生;散文、随笔、诗和散文诗,文体风采,不拘一格,纵横驰骋,旷逸多姿,随作家生活阅历思考体验和艺术修养的益臻成熟,清新平易处每含隽永深远的情思。值兹新卷面世,海天遥隔,谨志数语,聊表祝贺之忱,是为序。

1999 年 8 月 9 日

(原载《海内外文学家企业家报》1999 年 12 月 30 日;作者系中国散文诗学会副主席、青岛市作家协会名誉主席,著名散文诗作家、文学评论家)

品味"回声"

——读陈志泽散文集《岁月的回声》

耿林莽

陈志泽同志曾有散文集题名为《岁月的回声》。岁月易逝如流水,人在其中漂泊,常在不经意中走过一段又一段人生的路,每觉平淡,甚至乏味。但驻足回眸,或侧耳谛听,重新咀嚼往事,却会"温故而知新",提炼出一种境界、一种品位。这便是"回声"了吧?志泽的许多作品便是这种"回声"。看似平淡,却自有一种韵味,这便是作家的功力所在了。散文这一文体,贵在于平淡中见浑厚,质朴中隐蓄着美。志泽散文的基本风格,或者说,他的散文的价值,他作为一位散文家的风范和潜力,我觉得便在于此。

书中一些篇目写的是日常生活,身边的人与事,都是从一些日常生活的回忆中,流贯着人间真情,毫不张扬、夸饰,娓娓道来,更觉亲切温馨。有的则隐约透露出怀旧情结,这种怀旧似不只是赤子情怀,且有处于现代化、商品化后,人们思想深处的某种失落感,其意味就更值得体会了。

志泽是一个热情的人,或亦有其矜持和严肃。他的散文的风格多取平易近人的陈述,有长者风范,但偶露忧患情思,偶出幽默反讽,偶寄隐喻之意,却分外深沉,常能入木三分,或扣人心弦。每读到这些地方,不禁油然而生一种感情的共鸣,而对他的散文之美学根基,心领神会,深感敬意。并期望他在今后的创作中,能有更多更深的发掘和展开。

譬如,《无花的三角梅》,一点点从容不迫地铺叙它的生长,它的"老不开花",直到邻家刀砍,直到"主人"自家也下了狠心去"砍"。但是"在我砍它时,三角梅的枝丫,三角梅的刺,将我刺伤……"这个结尾多么出人意料,却又不加任何"发挥",戛然而止,其深意尽在不言中,由读者体会:生命的自由生长,是任何暴力无法阻遏的！

　　志泽的作品常在现代化的喧嚣繁华中发现人类的烦忧，表现出一个真正的作家在现代化狂潮涌动中可贵的良知和清醒，我觉得，这是今日的作家最容易丧失的东西。志泽在《快乐的死亡与痛苦的苗壮》中所揭示的思想之深刻性及其现实意义，似亦在此。他还有一篇《永远的比干》，写比干精神。这篇文章比较长，看得出他为此文涉猎了大量资料，投入了巨大精力。这本身便是令人感佩的。我想，志泽不会是单纯为怀念一位古人而挥动笔墨，他是怀着一种现实的忧思来呼唤这种精神的。孙绍振先生对志泽散文"不沉迷于夸张的自如、平静的心态"深致好评，我想这是他的人格和文学品格的基本风貌的体现，是能够得到保持和发展的。在此基础上，于比干精神的介入和弘扬上，不妨有所增强，他的散文之思想深邃性和厚度，以及孙绍振先生"已经触摸到了"的他在"艺术上潜在的能量"，还会进一步提高。

（原载《福建文学》1999 年第 11 期）

多彩的人生意象

叶公觉

陈志泽在他的散文作品中，"邀请阳光和彩霞、爱情和花朵、风雨和雷电，邀请我的沉思、赞美和憎恶"前来相聚。真善美在他的前方召唤，那绚丽和芳香撞动他手中的笔，引出他的描绘和赞美；假恶丑在他的身旁推搡，使他的心灵颤抖，掀起他笔下的波澜。社会景观，引发情思，感悟顿起，议论风生，诗情盈胸，妙笔传神，象征隐喻，含蓄隽永，不拘一格，纵横驰骋。这是我的读后感。

陈志泽首先从散文诗步入文坛在散文诗领域，他可谓文名卓著。从 20 世纪 90 年代起，陈志泽的写作范围逐渐扩大，由散文诗而散文、评论。他的作品艺术特色也起了变化。

我以为，陈志泽的散文创作具有如下几个特点。

一是他的部分作品中仍然保持了散文诗的精练和诗意，并且在诗意的基础上，又加强了哲理性，而且哲理性也从过去的明白转向后来的模糊、含蓄和多义。他的一些散文作品具有一种含蓄和内在的哲理性。也许读者各人读后会产生各种不同的感受，它没有明确的答案，而如一道多解的数学题，各人自有各人解。

二是他的另一部分散文注重写实、写一切真实的东西。有的写真实的人生经历，有的写真实的家庭琐事，有的写真实的心灵感受，有的写真实的家国之思……关键是写了平常散文作者写不出、不敢写、不愿写的种种真情实事、独特感受。从这些写实性极强的散文中，实现了作者的个性，从这些散文中可以看到一个活生生的陈志泽，如《我当理发师》写他为妻子理发的趣事。《走不出故乡》写他几次将要调离故乡到省城工作而最终未成的过程，这在一般的作者是不愿如实写出的，而陈志泽却直言不讳，坦露心声。这些地方都显示了陈志泽散文在写实方面的独到和勇敢。

三是象征。陈志泽较多地运用了象征的手法,使散文更富有深邃的内涵,使读者更可发挥广阔的联想,最好的例子是《被运载的奶羊》。全文不长,分为五节。第一节写奶羊原来的生存环境,放牧在山坡,有开阔的天空、轻盈的白云,有甜嫩的草叶、香脆的草根,还有清风梳理它们的细毛、爱抚它们的身体。第二节写奶羊被运载着走街串巷现挤羊奶。从它们的乳房中雪白的奶像喷泉一样地流出。第三节写奶羊在被挤羊奶时十分安详,还咀嚼着地瓜藤和干草。第四节写现挤的羊奶洁白、浓稠,冬夜喝烧开的羊奶热腾腾、香喷喷。第五节写本来性格温顺的奶羊,有一头忽然十分暴躁,通过与卖羊奶人的对话,才知道这是一头刚生下小羊羔不久的奶羊,它的小羊羔被卖给酒店做"羊肉煲"了……作者在散文中不做任何点题式的议论,而只是描写奶羊的形象,让读者从形象中去联想和感悟。可以说这是一篇比较纯粹的文学散文,这里既有对奶羊的歌颂,也有对奶羊的怜悯。它们吃的是干草,挤出来的是浓稠洁白香甜的奶,但是它们被主人理所当然无动于衷地对待着,小羊羔被卖作"羊肉煲",羊奶被现挤现实现钱,主人发财了,奶羊消瘦了,这篇散文明显带有象征色彩,可以说是象征散文,奶羊似乎象征被压迫被剥削者,它们获得的报酬(干章)和它们做出的贡献(羊美和羊奶)相去甚远,读后使人产生心灵的颤动,情不自禁地发一声喊:请公正地对待这些奶羊!救救这些奶羊!作者管告诉我此篇写作的本意,奶羊有暗指过去年代知识分子的意思,散文中没有点明、说穿,这更好,含蓄的象征意味更浓。此文写奶羊的形象,十分细腻,用五个镜头写出了奶羊在不同环境下的形象和情景,结尾写卖羊奶人的话,使散文收束得更精警而耐人寻味,这确实是一篇不可多得的优秀的文学散文、象征散文。《鹦鹉之死》只描写鸟的生活,直至全文结束,作者也不发一言、留下悠长的余音,让读者去品味其中蕴含着对爱情生活的象征意义。《一只樟木箱》也是只叙旧事的来龙去脉。作者却不站出来做任何引申。不发议论,反而耐读,使读者对那一块冒充樟木的普通木板被蛀虫蛀蚀引起联想,也许这正象征着现实生活中的某种事物?《与东西塔对视》中写东西塔相对默默无言,但却有心灵的交流,在散文中写到夜深人静时东西塔竟会对话,其实这是一种爱情的象征。

象征就是用具体事物表示某种抽象概念或思想感情。作为文艺创作的一种手法，是指通过某一特定的具体形象以表现与之相似或相近的概念、思想和感情。陈志泽在散文中很好地运用了这种手法，并获得了相当的成功，上述数例已足以说明这一点。

四是感悟。陈志泽的散文在描写现实生活的基础上引发感悟，并做哲理之思，如《困兽》，从阳台上铁罩内常有一个人写起，悟出了许多东西，"我觉得他那阳台的铁罩是一个铁笼子，他，就是铁笼里的一匹困兽……"然后，他寻找这个人怪异寂寞地遗世独立的根源："是否人类社会越是走向现代，种种怪异越必然产生？""善于拼搏的人去争夺金钱了，无可奈何者则因困惑而寂寞"，"寂寞是物欲横流冲击而成的漫漫荒漠"。最后，作者自己忽然感悟到："我常常要这么絮絮叨叨地提出问题而又回答不了，我把自己推进了一个深深的泥塘，我，不也是一匹货真价实的困兽吗？"这篇散文中，陈志泽从普通的现实生活图景中，引发出深深的感悟与思索，他的思考有深刻性，有个人的独特见解。同样在《卧倒之憾》一文中，他对"卧榕""卧人"的不枯萎、不消沉虽有赞扬，但他更提出了新的见解，认为"卧倒总是缺憾"，因为时代在飞速前进，不管是树或人，生命都要获得更广阔更蓬勃的生机，"让树干和脊梁骨都挺立而不要卧倒——挺立才是最美的！"诚然，可诅咒的是使人卧倒的环境，新的时代应该改变这样的环境，使人人都不必卧倒，能尽情地向上伸展，拥抱广阔的天空。陈志泽在这里又发出了与众不同更深一层的感悟之言。

五是文学眼。陈志泽的作品中常常出现使人感到眼前一亮的"文学眼"的闪光。我说的所谓"文学眼"，即是文学作品中的画龙点睛之笔、动人心魄之处。上文所引的独特感悟，即是"文学眼"的一种表现形式。这在他的诗歌中也常有体现，如《红海洋》："那疯狂的浩劫刺伤了历史的动脉，神州成了红海洋，翻滚着血的浪……"他对"文革"中的一片红有他独特的视角和理解。再如《木偶》："别看戏演得活灵活现博得笑声，一演完就被顺手一扔，随即装进一盒盒木箱，就像装进棺材那样凄清！"可谓别具只眼。在散文、散文诗、诗歌之间本有相通的文学灵魂，陈志泽在这些作品中很好地赋予了它们以灵魂，以独特的"文学眼"使作品熠熠生辉。

（原载《福建文学》2000 年第 6 期）

陈志泽四十年文学创作笔谈（十七篇）

何少川等

前言：日前，泉州市著名作家陈志泽文学作品自选集《守望》由作家出版社出版，该书分两册，一册为《评论与歌吟》，由纪实文学、文学评论两卷选本组成；另一册为《走不出故乡》，由散文随笔、散文诗、诗歌、儿童文学四卷选本组成。该书是作家陈志泽从事文学创作四十周年的纪念本。陈志泽系中国作家协会会员、泉州市文联副主席、泉州市作家协会主席。至今，他已出版散文、散文诗、文学评论集《相思树》《爱的星空》《岁月的回声》等十三部，由其主编的诗集、散文集、散文诗集等五部，曾获国家特级征文奖、华东地区优秀文艺图书奖、福建省优秀文学作品奖等多项。该书的出版引起了不少作家的反响，本报现摘录何少川等人对其人其作的评论，以飨读者。

何少川（福建省政协副主席，省委原副书记、省委宣传部原部长，著名散文家）：

我利用春节期间读了志泽同志的《守望》，书中有一些佳篇吸引着我。在《守望·走不出故乡》中，那些描写故乡的篇章，我读了倍感亲切。泉州丰富的自然景观和人文世态，在他的笔下得到了较全面地反映，这是他长期扎根故土，坚持创作实践的结果，可喜可贺。作品对故乡一草一木的关爱，感情真挚，着笔细腻，联想丰富，具有感染力。从这些作品中，读者不仅能得到艺术的享受，而且能够形象地了解这座名城的悠久历史和秀美山河，是很有意义的。在《守望·论评与歌吟》中，那些对散文诗的评介，言简意赅，不少结合自己创作实践的体会，有自己的见解，值得引起重视。

郭　风(中国散文诗学会会长、中国作家协会名誉委员,福建省文联原副主席、作家协会原主席):

今天,是 2002 年 2 月 9 日。我收到陈志泽同志的《守望》二册。今天,既是 21 世纪第二年的年初, 又是辛巳年的岁暮。使我感到浓重的吉祥的传统节日气氛间,收到志泽同志惠寄的这份不寻常的礼品,格外高兴。这两册书,一共分六卷,收录了志泽同志四十年来所作散文随笔、散文诗、诗歌、儿童文学以及纪实文学和文学评论等多种文学体裁的精选作品。手执此分上下两册出版的选集,可一览志泽同志作品的精华而无遗了。对于此书的问世,特表深切的祝贺。

1991 年 6 月间,我曾在《文艺报》发表《繁富缤纷的花朵》一文,评介志泽同志的散文诗既显得繁复多样,又体现一种特点即对于事物的哲理思考。我以为此等拙见,可用于个人对于志泽同志所作其他文体的看法。志泽同志的作品显得丰富多彩,又展现作家对于人生、社会以及文学创作等现象的哲理思考,这就使得他所作的各种文体均具有独特的深刻性,使得其所作具有一定的生命力。

潘旭澜(上海复旦大学中文系教授、博士生导师、台港文学研究所所长,著名散文家、文学评论家):

在志泽从事文学创作四十周年之际,他的自选集《守望》由作家出版社出版,作为他的热心读者,我是很高兴的。志泽由写诗走进文坛,以写散文诗而闻名遐迩,继而以散文随笔广受瞩目。《守望·走不出故乡》这个书名,说明了他的情志之所系,也概括了作品的特色。唯其"走不出故乡"而走遍了北京、天津、上海、广州、香港,走遍了全国各地,乃至在东南亚华侨华人中都甚有影响。福建作家中,像他这样漫步于全国各地报刊的,为数不多。他的作品,人们已写了几十篇评论。这里我特别想说的是他的新作《南音这一条溪》。他对南音的感悟、理解,可谓博闻约取。而又不卖弄,不掉书袋,一边将心贴在南音里,一边向读者娓娓而谈。倘要写个万把两万字也不在话下,可他只用了五千多字,就写得那么清楚、到位、富于诗意。我觉得,这是非常难得的"大文化散文"。它标志着志泽创作有很大的突破,达到一个令人惊喜的高度。

章 武(福建省文联副主席、作家协会主席,著名散文家):

马年新春,我收到的第一份礼物便是志泽君二厚册六大卷的文集《守望》,我当即打电话表达我的惊喜和欣羡之情。志泽君是我的同窗,也是我在文学起跑线上一道出发的战友,只是他跑得比我轻松,比我潇洒,比我快,也比我远,这对于老在原地踏步的我来说,自然是一种激励和鞭策。

志泽君可谓右手写诗、散文诗,左手写散文、纪实文学,还不时腾出双手写儿童文学、写评论。他目光四射,视野开阔,多副笔墨,不拘一格。既能"咬定青山不放松"有所坚守,又能"登高壮观天地间"放眼远望。这种锲而不舍的精神,与时俱进的追求,不能不令人心向往之。

尤为令人感动的是,志泽君还甘当人梯,为泉州市的许多文学新秀写了那么多严肃认真的文学评论,其意义当随时间的推移而愈显长远和珍贵。当然,这也是我们这些将老而未老的同辈人一种共同的责任。

耿林莽(中国散文诗学会副主席,著名散文诗、散文作家):

《守望》二册,选志泽四十年创作之精粹,蔚为大观。他的散文随笔,每于平淡中见浑厚,质朴中隐含美。从大千世界到小巷人家,自读万卷书到行万里路,目光所及、脚踵所至,便能引发情思、萌生想象、进入思考,从而勾勒出丰满的诗意画图、多彩的人生意趣。他的散文风格多取平易近人的陈述,不事雕琢,有长者风。偶露忧患情思,或出幽默反讽。寄托隐喻之意,却颇见深沉,常能入木三分,或扣人心弦,油然而生感情的共鸣,这便是功力之所在了。

戴冠青(泉州师范学院中文系主任、教授):

纵观《守望》二册作品集,我认为,他的创作大致可以分为两个时期,以1990年为分界线。1990年之前的作品以诗歌和散文诗为主,这时期的大多作品,表现的是作者对生活中美好事物的独特捕捉和咏叹,特别是对家乡风土人情的写意,用笔精警,想象丰赡,充满了诗情画意。这时的陈志泽是以一个浪漫诗人的形象出现在读者面前的。

1990 年之后的作品则以散文和随笔为主,这一时期的作品更多了一些哲学意义上的思考, 特别是那些写于 20 世纪 90 年代末期的散文。如《被运载的奶羊》。形而上的哲学思考让陈志泽 20 世纪 90 年代后期的散文呈现出一种十分厚重的艺术力量,它对读者心灵的冲击是巨大而独特的,其基本格调是苍劲的沉郁的。也许可以这样说,这个时期的陈志泽已经以一个哲学诗人的睿智在和读者对话,他引发读者去重新审视自己所处的环境和生活,其内涵是深邃和多元的。

秦岭雪(香港著名作家、诗人):

四十载勤恳耕耘,守住诗的田园,守住刺桐城的热土,守住如潺潺溪流一般柔和清亮的文本,于是,有了这六卷既扎实而又飞越,既感性而又深刻的《守望》。志泽是一位"有心思"的作家,他往往从细微处着笔,少金戈铁马之声,却绝不浮浅。这全得力于"言外之意",也即是鲁迅所说的"开掘要深"。他不满足于眼前的旖旎风光,咏物言志,寄兴高远,自有境界,从平静中透露出不凡。志泽又是一位严谨的作家,不恃才,不放肆,精心构思,从妥切裁剪,妙于遣词用句,大量的文字可以作为范文展读。

志泽还是一位有奉献精神的园丁。他深情地注视着温陵文坛。他的许多议论文字评说的不是巨匠经典而是故乡文坛崭露头角的新人。分享他们的喜悦,同时以自己丰富的经验弥补他们的不足,给予种种鼓励。在这方面,令我想起我的导师——肖殷先生。

朱以撒(福建师范大学艺术系教授、著名散文家):

四十年来笔耕,得《守望》二册,展示了作家擅长各种文体的写作能力,如书坛好手能做五体书。比较而言,散文诗和散文优于其他文体,小楫轻舟,渐觉风光。文中透露着轻盈和宽松,还有浅浅的忧郁。不以气势胜,多用心于语言的锤炼,匠心镕铸,红笺小字,说尽平生意。

朱学群(泉州市社科联主席):

陈志泽先生以"走不出故乡"作为《守望》散文随笔、散文诗、诗歌、儿童文学四卷的副标题。走不出故乡,似有抱憾?可是,难以抵御的故乡的魅力,又使作家无论在守望中、在旅途上、在踟蹰时,在古巷、在陋室、在岬角、在江岸,都禁不住要以圆润柔畅的笔触,甜美清纯的节拍,一草一叶总关情,凡人琐事也入诗的诗心慧眼,抒写出贴切亲近、自如可喜的诗文来。没有刻意雕琢的痕迹,没有激人拍案兀起的烟火气,总是那么娓娓道来,如数家珍。其中间或有一些理寓、忧患、讥评、反讽,也都在宽厚、敦仁、宁静的情态中,让读者自己去见仁见智,并不求以深沉凝重坠人,或以愁红惨绿瘆人。

陈志泽先生体味到故乡的魅力是笃实、绵长、甘之如饴的,在不经意间,就要牵动古城乡土清远的回音,海峡情脉真切的共鸣。故乡,有时候就是这种不与愿违的回音和共鸣,使文学的意味在回音和共鸣中成为深长、甘醇。

林如求(福建省文学院副秘书长,《福建文学》原副主编,小说家、散文家):

陈志泽同志的散文乡情浓郁、乡音优美,充满了对生活的全新感悟;行文平实,不惊不乍,娓娓道来,如唠家常,却又韵味悠长,意境平中见奇……

方航仙(黎明大学中文系教授):

四十年来,可以看出陈志泽在不断地开拓着自己的创作领域,路子很宽。他的作品写的是他所见所闻所思的周边的人、事、景、物、史,很少写惊天动地、泣鬼神的"大题材",然而细心的读者会发现,他的作品都是从"情"出发,升华为"理"和"德",最后又升华至"精神"。因此,会自然地(或潜移默化地)触动读者的灵魂深处,以致使读者无法拒绝地紧跟着作者获得一次思想情操的升华。由此,是否可以认为,陈志泽的许多散文作品为真正的"道德文章"?"以德治国"的今天正需要这样的"道德文章",因为它可以提高民族的道德水平,可以升华民族精神,可以净化民族心灵,而这正是一位严肃作家义不容辞的历史责任。我想陈志泽做到了。他没有辜负作为一名作家的天职,因此值得祝贺。陈志泽为人、为文都朴实无华。他讲究技巧和技巧的创新,但从不盲目追求"时尚文风"。他的作品做到在质朴无华的文字中蕴含着深沉的思考。可谓其文如其人,达到文品与人品的一致,难能可贵!陈志泽有的作品不够含蓄,结尾处点破了题旨,留下"蛇足"。我以为,

《被运载的奶羊》《无花的三角梅》《守望》《走不出故乡》《这一个声音》《茶色玻璃》《江边，山的注视》等许多篇章，写得含蓄深邃，达到了思想性与艺术性完美结合，称得上是他的四十年经典之作。

曾焕鹏(泉州师院中文系副主任)：

陈志泽的文学评论主要有两个系列：现代散文诗名篇赏析和当代作家创作评论。前者从艺术构思入手，并结合自我创作体验，因而分析细致，感受细腻，有一种透视心迹般的准确性。后者数量多且特点较为显著：1.评论的几乎都是本地作家，这易于将所熟悉的情况转化为评论内容。但正因为所评论的都是熟面孔，碍于面子，有些论评中批评的话语便相对少了。2.善于发现评论对象的"美点"，这是陈志泽文学评论最值得受肯定地方。比如评论泉州籍台湾女作家龚书锦的散文创作，他根据作家的身世和经历，指出其作乃是一种"乡土情结与人生体悟"的结合；评论洪辉煌、许谋清的对话录，他根据作品的创作初衷和文坛的现状，高度评价这一组对话录所独具的"大散文的风姿"。3.力求以散文笔法写评论，因而读来朴实、亲切、易懂，但理论深度有时便相对削弱了。

陈柳傅(《海峡姐妹》编辑部编辑、散文家)：

我很喜欢志泽《守望·走不出故乡》的许多篇章，譬如《高楼与人》。初读《高楼与人》之一《关切》时，我非常震动。《关切》所表现的对人的丰富的善良、善意给我的印象极深。如今"系统"地读到《高楼与人(八篇)》，我感受到其中的深厚内涵。

不知是志泽有意寻找，还是无意间的构建，《高楼与人》好像是一个完美与完整的整体。它有多方面的观察、多元的思考；有几副笔墨的描写甚至包括诗情(以及用散文诗形式)的发挥。第一篇《感受高楼》有点序幕之感。第二篇《困兽》剖析了别人，也溶进了自己。《痛恨蟑螂》一篇似乎是对自己"高楼"的展示，也让自己暴露一下心态，于是才有《奇异的风景》的"俯视"。记得两年前读完《关切》——没有一句多余的七百字随笔，我立刻打电话告诉他我心里的感受。志泽说，这篇只是以"高楼与人"为题的一篇——我当时心里一亮，"高楼与人"这是一个多好的发现！现代化使人们的居住形式从"平面"变成"立体"。有人说，高楼的形式使人与人之间隔阂了。《高楼与人》好像告诉我：高楼的形式使人与人之间关系多样化了。以往的平时，现在能仰视、俯视，甚至一下子都能平视、仰视、俯视，还有"听觉"因立体也增强了，丰富多彩了，连可能有某种的"隔阂"，对有心人而言也成为增添美好的"朦胧"，于是人与人之间有了新的美学。

那次志泽在电话里谈及一个散文最高境界是"写心灵"与散文要"写得新"的文坛。我一下子感受到他这几年对散文的思考。能愈写愈好，就是最终写出愈鲜活的心灵。

李灿煌（泉州市作家协会副主席）：

我喜欢读志泽抒写乡土的散文诗。著名散文诗作家郭风说：我们不一定要标榜某种乡土文学，但许多好的散文诗作品具有某种乡土色彩。志泽的散文诗大多属于此。他选取的题材是乡土的，但他在深沉的爱与痛苦中酿造出来的作品又超越了乡土，唤起乡土之外读者的普遍共鸣。《祭奠》《惠安女》《家乡戏》《谒圣墓》《月夜洞箫》《琵琶弹唱》等作品，不是一般地方风物风俗风情的重现，而是从"一个伤口或是一个笑口涌出的一首歌曲"（纪伯伦语）。他的作品中一系列有关闽南乡土的语境中透出了生命，透出了精神，颤动阅读者的心。志泽的散文诗有如苏轼诗云："诗从肺腑出，出辄愁肺腑。"

徐南鹏（福建省委组织部干部、诗人）：

我首先觉得这是淳美的精神食粮，应该为这么厚实的作品集的出版表示祝贺！

读着志泽先生的作品，我的脑际飞过一句话："让翅膀飞起来，让心落下来。"我感觉得到，他钟情于泉州的风土人物，坚信泉州的土地是厚实的、肥沃的。在这片土地上，他几十年来一直怀着近于自恋的情怀耕耘、劳作、收获、思想，小心地表达自己的感悟，努力地实践一位启蒙者的职责，并因此得到尊敬。我以为，开篇的散文《守望》正是他自己的画像。一个怀抱理想的人，一个辛勤劳作的人，一个淡薄人生的人，从文及人，所展示出来的，不也正是泉州这片土地的品质吗？厚德载物，人品高尚其文也华。

潇　琴(中国作家协会会员)：

《守望》涉猎多种文学样式，不拘一格，灵活运用，且都有建树。我尤其喜读其中的散文诗。陈志泽先生的散文诗文字凝练，富有节奏感与张力，激情充沛诗意盎然，饱含哲理；有的气势如大海波涛汹涌，有的缠绵如小桥流水涓涓，且各有特点，可谓大手笔。身为作家协会主席，他长期从事文学组织工作，热心于培养青年作者，为此写下了大量的文学评论。他的评论不搞时髦的词汇轰炸或故作高深，不搞长篇大论，而是针对作者作品中的利弊，进行鼓励与批评，有一针见血的效果。有些评论还融入自己创作的经验与切身体会，读之令人受益匪浅。

叶公觉(江苏省文学评论家)：

读陈志泽先生的文学作品自选集《守望》二册六卷，深感他是一个文学园地的忠诚守望者。对于他的文学创作，我已写过评论文章多篇在《文学报》《福建文学》等报刊发表，我的观点简而言之：陈志泽以诗、散文诗、散文、文论等多方守望文学这心灵的家园。他诗情盈怀，妙笔传神；他感悟在胸，议论风生；他不拘一格，纵横驰骋；他辛勤耕耘，热汗滴洒；他喜获丰收，瞩望远方……

陈志泽是一个无愧于文学家园的成功守望者！

(部分原载《泉州晚报》2002 年 3 月 19 日,部分原载《泉州青年报》2002 年 3 月 19 日)

《泉州随笔》序

潘旭澜

志泽从事创作三十多年,出版了十多部集子,文学界和读者多有好评。他着意于写泉州的风土人情,对家乡的挚爱使人感动。这些具有浓郁乡土特色的散文、散文诗,我读来感到特别亲切有味。我年轻时从泉州来上海,至今快五十年了。每读志泽作品,泉州的名胜古迹、宗教寺庙、梨园南音、故事传说、风俗、特产、饮食,尤其是那些成为中华民族文化的骄傲和象征"海上丝绸之路"起点的国宝,便奔来眼底,注到心头,往往有"月是故乡明"之思。它们有文化而不掉书袋,有诗意而不说梦话,清丽简洁,雅俗共赏。作者指点江山,从容讲解,让人们从中领略一个历史文化名城的沧桑,追寻一片神奇土地的魅力。

(原载《海内外文学家企业家报》2002 年 3 月 30 日;作者系复旦大学中文系教授、博士生导师,台港文学研究所所长)

从浪漫的情愫传达到睿智的生命思考

——陈志泽散文的心路轨迹

戴冠青

美国现代著名作家塞林格有一部再版了五十余次的畅销小说《麦田的守望者》,借一个玩世不恭的美国少年之口,传达了作家试图对现代社会中日渐被销蚀的某些美好东西的守望之情,虽然这种守望是焦虑的、无奈的,但充溢字里行间的那种执着却令我们感动万分。

2001年是陈志泽从事文学创作四十周年,他出版了两部带有总结性质的新作品集,并均冠名为《守望》,这使我马上联想到了塞林格的《麦田的守望者》,陈志泽是不是也在向我们传达,四十年来他一直是一个文学麦田的守望者?翻阅着这两部沉沉的著作,我同样读出了塞林格式守望的艰辛和无奈,但我更读出了陈志泽自己的坚贞和执着。

文学是一片麦田,没有勤勉的耕耘就不会有收获。从20世纪60年代初期开始,陈志泽就一心扑在这片文学麦田里辛苦劳作,笔耕不辍。四十年来,他出版了十三部作品集,发表了数百万字的文学作品,包括散文、随笔、诗歌、散文诗、儿童文学、报告文学和文学评论,作品多次获奖,并被收录多种选集。这累累硕果,给读者带来丰富的艺术美的熏陶和人生哲理的启迪,同时也使他成为海内外知名的重要作家。无须讳言,在文学田园日渐寂寞的今天,经济大潮的风起云涌,难免也会给作家带来许多别样的诱惑,让人眼花缭乱、心旌摇动,但他终究还是矢志不移地坚守着自己心目中的这一片文学麦田,就像他的散文《守望》中那一个"如痴如醉"地"守望山垅"的农人。我一直以为,《守望》中的那一个农人就是作者本人的象征,"昔日同他进山的伙伴一个个进城吃'皇粮'去了,当官、做生意去了,唯有他离不开这山垅。背一竹筒饭菜、扛一把锄,天还没亮就进山。他天天这样"。

也许作者就是试图借助这一个孤独得有些另类、执着得有些悲壮的农人形象，来表白自己的心迹和追求。

散文家郭风曾说："志泽同志的作品显得丰富多彩，又表现出作家对于人生、社会及文学创作等现象的哲理思考，这就使得他所作的各种文体均具有独特的深刻性，使得其所作具有生命力。"确实如此。但纵观陈志泽洋洋洒洒的十余部作品集，我认为，他的创作其实大致可以分为两个时期，以1990年为分界线。1990年之前的作品以诗歌和散文诗为主，这时期的大多作品，表现的是作者对生活中美好事物的独特捕捉和咏叹，特别是对家乡风土人情的抒怀写意，如《家乡戏》《风动石》《泉州思绪》《小小的花园》《崇武岛》《惠安女》《刺桐花魂》《壮哉，闽南拍胸舞》等，"从大千世界到小巷人家，自读万卷书到行万里路，目光所及，脚踵所至，便能引发情思、萌生想象、进入思考，从而勾勒出丰满的诗意画图、多彩的人生意趣"。这一选材特征与陈志泽的审美价值取向是分不开的。因为这时期他年轻、敏锐，对生于斯长于斯的闽南故乡这一片美丽的土地充满爱恋和热情，正如孙绍振教授所说："在我的印象中，志泽是双重的忠臣（当然不是古书上说的'贰臣'）。一是臣属于闽南乡土的，二是臣属于散文诗的。"即使是闽南妇女套着一圈艳丽小花的发髻也能引发他独特的想象和感悟：

在闽南侨乡，许多妇女都梳扮着奇特的发髻。

这是用勤劳而灵巧的手自己建造的小小的花园。四季常新的花朵保持着绚丽和芳香。

那据说曾刺向入侵倭寇的银簪斜插着，日光下熠熠闪亮更平添了一番妩媚……

年老了又有什么关系！最宝贵的是对美的追求从未衰老——要色彩和芳香，还要有保卫它的英勇精神……

就这样，一个不起眼的闽南服饰文化在陈志泽独特眼光的观照下，通过这篇题为《小小的花园》的散文诗，在短短几百字的篇幅中揭示出了一种韵味涵永的闽南精神，让人浮想联翩、心驰神往。这就是陈志泽散文诗创作的精巧所在，用笔精警,想象丰赡,感悟独特,充满了诗情画意,动人地表现出作家对生活的热爱和创作的激情。但我觉得,陈志泽这一时期的作品其基本格调主要是明朗的纯净的。可以说,这时的陈志泽基本是以一个浪漫诗人的形象出现在读者面前,他带给我们更多的是一种纯粹得让人感动的心慧的启迪和情操的熏陶。

1990年之后的陈志泽其作品则以散文和随笔为主。我以为,这一时期的作品就不是那么纯净和明朗了,虽然其选材仍然来自琐琐细细的日常生活,然而却更多了一些哲学意义上的思考,特别是那些写于20世纪90年代末期的散文。如《走不出故乡》,写的是自己大半辈子一直在寻求着走出故乡,到更广阔的天地去发展,而且也有许多机会在召唤着自己,然而因为种种牵制,最终还是走不出故乡,于是,"我几次想起,我应该对叶赛宁说一句:要能走出故乡也是胜利,甚至,是更重要的胜利……"读到这里,有思想的读者不能不为之怦然心动,作家在这里表现的已经不仅仅是走不走得出故乡的问题,我们分明读出了一种无法摆脱牵制的无奈和尴尬。是的,人生中常常有许多牵制,让你无法按照自己的意愿去生活,你不时在试图挣脱这种牵制,然而,常常你就是挣不脱。这种人生的沧桑感使这篇三千来字的散文显得沉甸甸的。再如《被运载的奶羊》,通篇运用象征手法,写一只奶羊,它的奶被卖给人喝,刚生下来的小羊却被卖给酒店做羊肉煲。这种让人痛苦的对立和反差使我看到了一种尖锐的异化现象,羊似乎有了人性,它是那样的无奈和无助;人却充满了兽性,可以随便剥夺另一种生物的哺乳权和生存权。于是我们不能不和"羊"一起思索着,"人是什么玩意儿"?这种形而上的哲学思考让陈志泽在20世纪90年代后期的散文呈现出一种十分厚重的艺术力量,它对读者心灵的冲击是巨大而独特的,其基本格调是苍劲的沉郁的。也许可以这样说,随着阅历的丰厚和对社会认识的透彻,这个时期的陈志泽已经是以一个哲学诗人的睿智在和读者对话,他引发读者去重新审视自己所处的环境和生活,去思考人应该怎么活着,其内涵是深邃和多元的,其艺术表现也显得比较大气和老辣。从我个人来说,我就特别喜欢他这个时期的作品。

法国现代美学家安东尼·阿尔托认为:"艺术具有为时代的焦虑提供组织的职责。在心灵深处没有隐藏起时代心灵的艺术家,不知道自身充当了替罪羊的艺术家,不知道自身就是磁化、吸引、承担其时代游弋的愤怒以便发泄其心理疾病的愤怒的艺术家,就不是艺术家……"陈志泽自己也认为:"我选择文学,几分为了使命几分为了自我——自我精神家园的充实和美好……"由此我认为,四十年来,陈志泽在这片文学麦田里筚路蓝缕地耕耘和守望,在丰富地表现我们这个沸腾时代的同时,也成就了一个时代的艺术家。

(原载《文学报》2002年9月26日;作者系泉州师范学院教授、福建省高校教学名师、泉州市作家协会名誉主席)

从诗性走向智性

孙绍振

在一些读者的印象中,陈志泽是个地道的泉州乡土作家。但是,他这个乡土作家却并不"土"。从外表上看,他非但不土,相反却相当文雅。年轻时候的他,"白净面皮",一个标准的"奶油小生"。我想,就是这种书生气质,决定了他的创作生涯的开端和诗性分不开。

当然,不论写诗还是写散文诗,他的主题在相当长的一段时间里,是离不开他的泉州乡土的,生活在这样一个非诗的年代,他虽然一直守望着乡土,但是,他却不能一贯守望着诗歌。早在 20 世纪 80 年代初期,他就从诗歌转向散文诗,这是他后来走向散文的必要的过渡。

在他有了一点影响的时刻,我为他写过评介文章。我觉得他的特点在于:用洋气的诗歌语言来抒写那些最"土"的民俗。他最能博得读者欢心的是他心灵中"熟透了的"细节,那侨乡祭奠仪式,那三合土的陵墓、横抱的琵琶、泣血的响盏、月下的南曲,这一切在我这个外乡人看来,是并没有多少诗意的,但经过他的心灵同化,就有了不凡的韵味。他追求的风俗美,往往有画面美特点,所以我说,他的散文诗常常有点像"散文画"。

但是光有画面,毕竟太单纯了,无法充分容纳他对于乡土的感情,也很难充分表达他的人生况味。从 20 世纪 90 年代起,他开始拒绝在诗性中徘徊,逐渐走向散文。虽然,他的主题仍然"走不出故乡",但是他的确不再以诗意的单纯的眼光去观察生活,去贴近内心世界。他的形象变得复杂了。从一种文体走向另一种文体,不仅仅是形式的变换,而且是感觉方式的嬗变和自我想象的更新。虽然他常常离不开抒情的,但是,诗性的和谐、透明的意境逐渐减少,现实的矛盾和深思、调侃逐渐增加。他有时还发一点牢骚，但这些牢骚并不粗糙，也就没有和他的抒情笔调发生冲突。熟悉他的读者会觉得他的笔触变得厚重了，这显然得力于他适时地从情感的渲染转入颇为睿智的深思。这种沉思的议论，好处在于比较自如、自在，没有抒情成分那样夸张，有时还有一些颇为深邃的体验，渗透着颇为隽永的人生况味。

从写诗过来的散文家，往往对于抒情过分依赖，常常免不了陷入滥情，而陈志泽之所以能够超越这个陷阱，就是得力于他用人生体验的概括来节制、深化情感。在他的近作中，智性的深沉，表现得比较突出。复旦大学教授潘旭澜称赞他的《南音一条溪》说："他对南音的感悟、理解，可谓博闻约取，而不卖弄，不掉书袋。一边将心贴在南音里，一边向读者娓娓而谈。倘要写个把两万字也不在话下，可是他只写了五千字，就写得那么清楚、到位，我觉得是非常难得的大文化散文，它标志着志泽创作有很大的突破，达到一个令人惊喜的高度。"这无疑是很中肯的。

把志泽的二三十年的辛劳，仅仅以创作成绩来概括，其实是并不全面的。他同时还是一个文学创作的组织者，严格说，志泽的正式职业是《泉州文学》的编辑，从 20 世纪 70 年代末至今，他的生命就是在阅读稿件、选择稿件、组织作者、编辑刊物中度过的。他把全部的热情献给了发现、培养和奖掖青年作家。他已经为差不多四十多个青年作家写过序。读者们可能难以想象，就连我这样一个算来资格比较老的作者，在福建发表的第一首诗，就刊在他主编的《德化文艺》上。他和我推敲语言的情景，已经成了心灵的宝藏。他对工作是这样的尽心，付出的劳动是如此巨大，我们虽然常常见面，却也不能不注意到，他浓密的头发就在忙忙碌碌的奔波中稀疏下去了。

当然，这一切都是有回报的，放在我眼前这本他的自选集《守望·走不出故乡》就是证明，泉州那一片繁荣的文学创作净土也是证明。

（原载《福建日报》2003 年 7 月 9 日）

从家乡起步的歌者

——陈志泽的散文诗

李标晶

　　陈志泽是新时期以来涌现出的颇有成就的有自己特色的散文诗人，已出版《相思树》《绿风》《爱的星空》《阳光与灯影》《岁月的回声》(散文与散文诗合集)等。

　　陈志泽曾在《给散文诗人》中写道："你从绿叶的微笑中看到树林的欢欣。/你从倏地飞起的鸟声中听出花园的惊悸。/你截取一段劲风，读懂季节给你的信札。/你任凭骤雨的轰击，偶尔弯下腰拾起思想的珠子。"从纵向上看，这正是陈志泽散文诗创作发展的轨迹；而从横向上看，又概括了他散文诗创作的题材领域。我们可以循着这样的线索来考察陈志泽散文诗的创作道路。

　　《相思树》收录了一百多首散文诗，描写的主要是作者的家乡泉州的风物，凝聚着诗人热爱故乡的深情。相思树有坚韧的性格、顽强的生命力，它以星星点点朴素而美丽的黄色小花装点着泉州这座历史悠久的闽南名城。陈志泽在相思树中，找到了寄托自己热爱家乡情思的栖息之地。他在家乡的土地上成长，对家乡的风物、家乡的变化和家乡人民的思想感情，具有特殊的审美敏感。家乡的平凡的、习以为常的景物习俗，都能引起他丰富的想象和联想，激发起他美好的诗情。于是，那在归侨心中回荡的南曲，也同样在他心中"荡起彩色的涟漪"；元宵的花灯，在诗人眼里变成了一朵朵"霜雪不能摧残的花"。那侨乡的祭奠仪式，那三合土的陵墓、横抱的琵琶、泣血的响盏……经过诗人情感的过滤和理性的点化，都具有了活生生的艺术生命，都在传达着诗人对家乡真挚的深情。他反复地抒写着《乡音》《乡情》《故乡行》《家乡戏》《故乡胜景》。古城胜迹、侨乡风情以及家乡人民对海峡彼岸亲人的声声呼唤，经常成为陈志泽散文诗中着力表现的题材。

他不仅表达自己对故乡悠久的历史积淀的深刻缅怀，还写出时代的发展给故乡带来的喜人变化。把故乡的今和昔紧紧扣在一起思索，使作品具有深沉凝重的历史感。《谒圣墓》缅怀前贤的功业，而在缅怀中又突出了"脚印"："我走在这一条路上，也许脚印就叠着古时伊斯兰教徒的脚印？""我走在这一条路上，也许脚印就叠着郑和前来行香祷告的脚印？""我在墓前沉吟，自古至今，有多少脚印在这里重叠呢？刺桐城呵，你繁荣和骄傲的历史是多少人用一生的智慧、一生的辛劳抒写的呢？人民永远不会忘记他们……这里延续不断的脚印是献给他们的一朵朵永不衰败的鲜花！"诗人在谒圣墓时，浮想联翩，从一沓沓脚印想到今人前进的脚印上正叠印着古代圣贤的业绩，后人在前贤精神的鼓舞下，创造出超过前人的成就。就像脚印一样，一个又一个叠印下去，脚印就是勤劳智慧，就是献给前贤的祭奠的鲜花。《乡音》中那位故乡老华侨听到南曲时是那样感慨万端，因为它"再不是往昔那如泣如诉的悲哀，撒三两声鹅卵石路上木屐碎心的拍打、孤灯亮处辛酸的叫卖；再不是如疯如癫的喊叫，因海边白衣妇人的招魂戛然而止，却止不住惊恐和愤怒漫山村"。而今，美妙的南曲传来，月光镀，清风染，亮晃晃，甜蜜蜜，清凉凉，酥痒痒，因为古曲换了新声。家乡发生了深刻的变化，南曲才更显示出撩人的情思。《相集》以照相背景的形式记下了姑嫂塔、刺桐树、古沉船三件古老之物。姑嫂塔是因为姑嫂叠石望海，盼亲人归来，叠石成塔，亲人却未归，姑嫂血泪流尽，绝望投海，这一传说使人伤心。刺桐树威武高大，长着尖刺，花开如霞。传说中，刺桐树挺身而出，绿叶捏紧铁拳，尖刺挥出长矛，红花喷泻怒火，果于怒洒弹丸，使敌人丢盔卸甲，狼狈逃窜。故乡的树木给后人留下了一副不屈不挠、英勇抗敌的英姿。古沉船传达了八百年前，祖先们"'每岁造舟通异域'的智慧和骄傲"。所以，看这相集，就是"在翻阅着故乡的文明和骄傲"。在深沉凝重中，不乏昂扬雄壮。《晨光里的对话》为我们设计了一场东西塔和古船的对话。先写东西塔的一串风铃把古船从梦中摇醒，又借东西塔的口说出，应把过去的光荣送进博物馆，因为"凭着铁钉和桐油灰已难于驰骋远洋"。诗人用风趣的语言，把人们引向世界和未来。

陈志泽的乡情散文诗饱含着乡思、乡情。这种乡思和乡情，有时是通过海外华人以及海峡两岸亲人的亲热思念表现出来的。《祭奠》深情地描述了一个带悲剧性的场景:当风暴把一艘台湾渔船撕成碎片之后,乡亲们噙着泪,按家乡的习俗为死难者祭奠。"生,长相别离;死了,才回到故国!"在这无奈的叹息中,饱含着盼统一、思回归的深情。这一主题,在他的第二部散文诗集《绿风》中,发展为表现海峡两岸手足之情和团圆欢乐的旋律。一位国民党高级官员从台湾回到故乡,发出了这样的感叹:"我是一只流萤,几十年提着生命的灯笼,千万度寻找那回归的路啊!"(《乡恋》)几十年离散的妇人,多少年了,每月十五的正午,都到海边,只因为"他离家时曾这样约定"。"这个时刻支撑她数十年的生命"(《每月十五的正午》)。诗人有感于两岸渔民一道拉网,写下《拉网》:"拉网哟,拉!拉起一个深藏在心中数十年的愿望,神圣、灿烂、鲜活,就像我们从海天尽处拉起的一轮旭日……"刻骨铭心的思恋,催人泪下的氛围,被作者渲染得淋漓尽致。

随着阅历的增加,陈志泽把"敏锐、深情地注视时代生活的各种景象,发现社会、自然和人生所蕴含的美"(《爱的星空》第156页,海峡文艺出版社1989年版)作为自己创作散文诗的追求。这样,他的散文诗的创作题材就逐渐冲破了写家乡的拘囿,而有了新的拓展。《绿风》中第一辑"足音",他跨出泉州、跨出闽南,他的足迹所及,就有新的情景出现在他的散文诗中。他写姑苏,写雁荡,写太姥山七星岩,写长城、十三陵、长江,写北京,写祖国的东南西北中。诗中不仅即景抒情,而且引发出哲理意蕴。而更引人注目的是那些感物于怀,意兴山水,诗情浓郁,理趣盎然,抒写作者对日常生活的感受和思考的散文诗,善于为主观情志的抒发找到一个出人意表的中介,或者从日常生活习见的物象中,发掘新意。如《一瞬》:

　　　　你不易觉察到它。它悄悄地从你身旁疾驰而过,一瞬、一瞬……
　　　　或许只有当蓓蕾在不经意间突然在枝头上绽开红花,
　　　　流星倏地划过天空,
　　　　导火索燃烧到了尽头,
　　　　闪电猛然撕开雨夜的帷幕,
　　　　只有当球桌上那最后的决赛,决定成功的最后一击,
　　　　凌空的横杆上那令人震惊的矫健的一跃……
　　　　你才突然感觉到一瞬的绚烂、一瞬的威力、一瞬的庄严、一瞬的宝贵!

啊,这急驰的时光的一闪……

你不易觉察到它,它悄悄地从你身旁驰过,一瞬、一瞬……

它在一笔一笔地写着你的历史——平庸或者璀璨;

它在一丝一丝地带去你的年华——去编织壮美的锦绣或者随风飘散……

一瞬,作为时间的刻度,是很抽象的、难以把捉的。诗人从急驰的时光运动中,选取了一些具体的意象,把一瞬形象化、具体化,让读者感受到一瞬的威力、价值和尊严,从而深刻认识人生、思考人生,去把握生命的瞬间。《猴山看猴》表面是写猴山上的猴子的情态,最后笔锋一转:"我仔细地观赏……呵,猴子的神态常常那样地像人……"作者迁想妙得在看似平淡的笔墨中,蕴含着思想的力量和哲理的光芒。

陈志泽这样的创作思路到了他的第三、四个散文诗集《爱的星空》《阳光与灯影》又有了新的发展。他在《爱的星空》的后记中说:"似乎只有散文诗才能那样迅速、细腻地记录灵感的电光火石、思想的脉搏和心灵的律动。借助散文诗,我弹奏生命的乐章,挥洒欢乐的甜蜜、痛苦的血滴和泪珠。"这成为他散文诗创作的审美追求。他在阳光下去发现生活中的真善美,同时又在灯影下宁静地思索着过去、来日,幸福、爱和憎。对美的发现和对生活的沉思成为他的散文诗的主调。他的题材领域开拓得很广,他写人、物、现象、心境以及感情。浩歌不断的黄河、热浪灼人的舞会、乐山大佛的雄伟、北戴河浪涛的汹涌……不同的题材在诗人笔下或豪迈或壮丽,或温柔或艳丽,体现了诗人对时代社会的深情关注,表达了一种乐观向上、积极进取的人生态度和追求精神。在这些散文诗中流贯着一股较为深刻丰富的哲理意蕴。

陈志泽的《爱的星空》《阳光与灯影》中有一类直接表达自己内心感受的作品。他把笔直接伸向复杂、微妙的内心深处,写出了对生活的深刻感受,融进了曾经沧桑的知识分子的情愫。《寂寞》,把寂寞当成一种精神境界来把捉。"经受寂寞,就是在默默地创造一个清净的世界。""真正的寂寞是真正的富有。"有人以为寂寞会使人窒息、腐烂,但有人却能在寂寞中立定扎根,默默生长。"于是,寂寞的树,如期开放繁花,如期结出硕果。"作者把自己对生活的感受,凝结成格言警句式的语句,饱含哲理,充满理趣。

同样是对社会人生的感悟,陈志泽有一类散文诗,是用犀利的思想、尖锐泼辣的语言,富于启发性地揭示生活的真理,对散文诗的题材领域做了新的拓展,如《辣味豆(三章)》。

第一章《卖走私表的女人》写了她的声音:"沙哑的神秘";写了她的外形:牛仔裤、大开领、开放的性感;写了她的眼神:没有亮光,有些倦意。结尾处,诗人就这种生活现象做了哲理概括:"她卖了不少的表,更卖走了那么多青春时光!"他不仅为卖走私表的女人惋惜,同时也是对其他赚取不正当收入的人的警示。第二章《启发》,"他"做报告时,拖着长腔,"他们"听报告时不时地点头,显出一副因为受到教诲而茅塞顿开的兴奋和喜悦。画出了一幅世相图,独具讽刺意味。最后,笔锋一转:写他的兴致和循循善诱却被"一排排编织羊毛衣的织针戳得支离破碎,被一阵阵喧笑震荡得几乎要风消云散","他被送上去的纸条压得喘不过气,声音有点颤抖……"作者的针砭态度是鲜明的。第三章《跟随》画出一个跟屁虫的可鄙、可笑。作者以不正常的社会现象入诗,用杂文笔法,针砭时弊,扩大了散文诗的艺术容量。

在《阳光与灯影》中有"童心,歌唱着飞翔"一辑,诗人以孩子的童心去感受大自然的美好,让纯真的童心去感受复杂的社会生活,展现了作者别样的情怀。

陈志泽的散文诗具有浓郁的抒情色彩。他的散文诗总是洋溢着青春的活力,喷吐着炽热的情思。这自然与他擅长描摹故乡的风情画、风景画,渲染秀丽的乡情有关,更与他强烈的主观抒情方式相联系。陈志泽的主观抒情方式主要是:

一、直抒胸臆,一任情感的潮水奔流。如《乡情》,共六节,其中有五节以"乡情是什么"的设问起句,紧接着以一个暗喻答之。在铿锵有力的节奏中,抒情色彩被渲染得十分浓郁。作者对乡情的铺陈,借助复沓的句式,得到激情充溢的表现。《崇武岛》,面对大海落日的动人情景,直接抒发自己的情怀。有的散文诗虽有所凭依,有所依托,同样可以直抒胸臆。如《郑成功展览馆寄情》,"情"之所生,因郑成功展览馆而有所"寄",但其"情",又显然是诗人心音的自然流露,诗人把自己的壮志豪情,坦然直陈在读者面前。

二、借助于他物或他人，来抒发情感。如《老君岩》就是如此，诗人把感情倾注于石雕像，使之成为具有感情和生命的历史老人，千百年来专注地思考着人生。再如《家乡戏》《乡音》以台湾同胞、海外侨胞为抒情主人公，让他们倾泻像千顷波涛那样浓重的爱国思乡的情感。

三、借助想象和联想，晕化诗的意境。陈志泽的散文诗常常是把诗的想象和散文的写实结合起来。或者把自己美好的思想感情、奇特的想象，融进真实的细节描写中；或者在对一个景物或一个生活场景做真实的描绘之后，凭借想象的力量，把人们的思想引导到更深、更远的境界。前者如《崇武岛》，以明快的线条勾勒了那古老城垛上的雉堞和箭窗，战胜狂风而巍然挺立的洁白的石屋，勾勒了在战斗和劳动中创造美的头扎花头巾的村姑和一身紫红色肌肤的渔民，面对大海的壮丽情景，诗人浮想联翩，写下这样的诗句："历史携带着战斗的美、劳动的美在不息地奔涌向前，悲叹怎能不被淹没？高耸的礁石一阵阵抒发出大海的欢笑，而明月无声，在碧波中默默地尽情描绘明天的美景。"通过想象诗人把诗的意境推向了更加廓远的境地。后者如《投邮》，作者在乡亲们走向邮筒的一瞬间，想到侨务政策给侨乡带来的一系列变化。想到信里可能要向海外亲人报道的种种喜讯。于是，投进邮筒的竟然是"侨办电站""复活的茶岭"和"欢庆的锣鼓"。信的内容是想象的，但却有生活实感的。再如《这一个声音》既是抒情的，又是象征的。一连串超时空的想象，写出"这一个声音"的强烈反响，壮美而新颖，继而转入"这一个声音从何而来"以及它带来深刻变化的深沉阐发。以"这一个声音"象征改革开放、象征全中国人民的心声。想象的力量，使这首书写重大题材的散文诗并不显得虚泛和枯燥。《海峡水》想象也十分丰富。从海峡水的"明晃晃"想到"多少眼睛在闪闪烁烁"，想到它摄录下的各种图景，"饮上一掬"的各种滋味，想到它忍受痛苦煎熬迸发的惊涛，也想到它满怀希望的沸腾……精练的概括而又达到丰富的艺术体现的效果，每一位炎黄子孙读到它，想必也会是心潮激荡、百感交集的。

陈志泽的散文诗根据内容表现的需要，尝试着用各种笔墨，写出特点各异的作品。有的近于诗，有的近于散文。那些近于散文的作品，也并不乏诗意，如《乡音》《相集》《云海》等。从风格上说，有的庄重深沉，有的生动诙谐；有的绚丽如朝霞，有的质朴如布帛。有长篇，用散文诗的形式叙事写人；也有短制，三言两语，表现生活激流的冲击在心灵深处飞溅起来的智慧的浪花。体式上,有对话体,如《晨光里的对话》;有短剧,如《归侨父女返故里》;还有手记体,如《赏月手记》。

(原载《二十世纪中国散文诗论》,中国社会科学院出版社 2004 年 12 月出版;作者系杭州师范大学中文系主任、教授,江苏省中国现代文学研究会常务副会长)

习俗之美与咏史之思

——读陈志泽的文化散文

曾焕鹏

陈志泽先生近年创作了一系列的文化散文,大抵可分为两类:习俗文化散文与咏史文化散文。

表抒一个地方的习俗文化,这是一个作者稍为留意就能做得到的事,但注重写出习俗文化内蕴的美质,这并不是每一个作者所能做得到的。陈志泽的习俗文化散文难能可贵的,正是努力做到了这一点。如《母亲的稽筐》对母亲养育之恩的思念,这原本是亲情作品大力泼墨的地方,而本文却将此作为行文的表层,内层却是通过对一只稽筐所隐寄着的地方习俗的描述,歌赞普通民众"多么伟大、多么光辉"的"勤劳、质朴的精神"。再如《南音这一条溪》自觉摒弃了以往普通作品大多以南音写乡情的创作套路,将笔墨掘进到了南音的发源、发展和影响的探秘与描叙,笔底融情地告晓我们:南音"既通俗而又得艺术精髓"的表现力,来源于听亲切、学容易,这正是其生命力所在;来源于南音的"平民气质"——平民化与广泛性,这正是南音在表达平民喜好、情趣以及对美的崇尚和追求的本质。视角新颖,美质毕现,遂使本文获得了广泛的好评。

注重写出习俗文化内蕴的美质,这是一种创作追求,更是一种检验习俗文化散文艺术品位的试金石,而抵达艺术高品位的唯一途径就在于表现手法的出新。

像上述所引,《母亲的稽筐》以内外两层的写法将习俗的美质建筑在亲情的坚实基石上,《南音这一条溪》以整体比喻的表达形象地说明南音永远令人亲近,永远不会停滞和干涸的强大生命力。可以说,推重表现手法的出新,已成为陈志泽创作习俗文化散文的一种自觉意识。如《古镇陶魂》以象征之笔,颂扬陶具的憨厚朴实、严谨与耐腐蚀,"与所有劳动者的品格一样";《蓝印花布之美》则以平实之词,呼唤人民应在心中常驻洁净与纯美,鄙视时髦的浮躁;而《永远的寄托》记述闽南"拾骸"习俗时,那让人触目惊心的具体过程都被巧妙地略去了,代之以感受性的侧写;面对着岁月带不走的,人的躯体最坚硬的东西,只觉得它正诠释着什么,但"任你再思索也难透彻啊"!只觉得"心灵的世界充满圣灵的感动,响彻着澄澈的福音……"不仅诗意荡漾地写出了现场心绪的浮动,而且写出了"拾骸"习俗所寓寄着的死者后代虔诚的崇拜和永远的寄托。尤其是文末对亡灵聚会聊天的想象性叙写,既拓展了内容层面,又表抒了对死者深沉的祈愿。

相对于习俗文化散文对美质的探求与表达,陈志泽的咏史文化散文的特点体现在思索的深度和广度上。

敢于与世俗观念相左,坚持自己认为是正确的看法,这是陈志泽的咏史文化散文在思索深度和广度上的一种表现。如《走进灵山》赞赏到异国他乡去播种友谊、创建光明的许多有识之士,他们抵达了不必"落叶归根"的境界:"他们的'叶'没有落在自己的根上,这就格外值得称颂。"再如《读柳永》读到了"应该感谢不让他当官的宋仁宗"的认识高度,而不是憎恨使其一生遭受许多困厄的皇帝,这即是思索深度与广度的一种体现,因为"中国少了一个平庸甚或腐败的官吏而多出一个旷世奇才"。应该说这些识见与世俗观念是不相吻合的,但认识的深刻与在理,使其超越了平庸与俗套,从而获得了阅读的认同与首肯。

善于抒发自我领悟的人生本质,点示历史启人心智的幽深处,也是陈志泽的咏史文化散文在思索深度和广度上的一种表现。如《偶然翻到的书页》有感于现代生活的浮躁和急功近利,吁请我们:"现在的确急需提倡一种精神,一种务实的精神,一种拒绝灯红酒绿的喧嚣、享乐主义的诱惑,专心致志、刻苦钻研,愿为事业和理想献身的精神。"这种乐于付出巨大牺牲,默默潜行,苦苦修行,执着地追求远大理想的精神,其生成之因,作者言简意赅地指出:一靠高洁志向,二靠政府激励。本文的现实意义,在这里是不言而喻的。再如《何朝宗怀想》借艺术大师的成就警示人们,艺术品是"经不起轻狂的碰击或失手摔落的",隐喻对美的深刻认识:需承继和传扬,更需保护和珍惜。

孙绍振在《从诗性走向智性——阅读陈志泽》一文里指出:"熟悉他的读者会觉得他的笔触变得厚重了,这显然得力于他适时地从情感的渲染转入颇为睿智的深思。"这也可以看作是陈志泽文化散文的总体艺术风格。当然,陈志泽的文化散文题材取向还是相对狭窄的, 因为习俗风情与历史文明, 只是文化领域的一隅;凡所选择的表现对象具有较丰富的文化意味,所欲表达的是对写作对象的文化思考,行文具有较浓的文化韵味,都理应在文化散文的视野之中。此外,受题材取向较狭窄的限制, 陈志泽的文化散文数量也不够繁丰。在几十年的创作实践中,陈志泽不断地拓展创作领域,从诗歌、散文诗到散文随笔、序言评文,再到近期的文化散文,这孜孜不倦的拓展身姿,无言地展示着作家在创作实践中自觉突破自我樊篱的一种尝试和努力。

下一步,我们将看到又有哪些突围的成果呢?

(原载《泉州晚报·海外版》2004 年 8 月 5 日)

一条精神的珠链

——陈志泽长篇传记文学《一路走来》读后

史 赋

"呼吸着闽南《相思树》的《绿风》，在《爱的星空》下，怀想《阳光与灯影》中的那份执着，终于完成《泉州漫笔》的崭新篇章——《浪淘沙》；尔后，在《评论·赏析·杂弹》的一阵阵嘉许声里，注目《大地与履痕》，倾听《岁月的回声》，以《泉州随笔》折射《人生意象》，并用《守望》的心态，在喟叹《走不出故乡》的同时，不时发表、高唱《评论与歌吟》，向广大读者《一路走来》……"这是福建省作家陈志泽截至目前，四十多年来辛勤笔耕的一种未必准确却基本真实的写照。所列书名，均为他的业已问世的佳构。而让笔者嚼出这段文字的唯一缘由，则是因为读了他的新著——《一路走来》（作家出版社出版）……

《一路走来》是陈志泽的一部描述自己的长篇传记文学。更准确、更简约地说，是作家的一部自传。就文体而言，则可称之为作家忆写自己的生命如何与文学结缘、并几十年如一日为之倾情的一部长篇散文。这类文字，近些年来，几乎成了演艺圈中某些非作家而又想沾点文名的明星们的"专利"。那些非作家的明星们，自个儿真能动笔的没几个，但他们手中有的是钱，尽可请人捉刀代笔。当然，如此这般，他们"奉献"给读者的，也就只能是一些涂抹了脂粉、矫饰色彩极重的作品。《一路走来》与非作家的明星们的作品不同，它是作家文学追寻历程的生动纪录，其中融注了作家的许多原汤原汁的酸甜苦辣，涵盖了作家对于文学与人生的许多深沉思考，因而显得特别真实、特别亲切、特别感人。这，应该说是《一路走来》的最大的成功之处。

《一路走来》值得称许的另一方面，是它与其他传记文学不同，一般的传记文学，由于写的是杰出人物或有影响的人物，有着较高的"卖点"和眼球吸引度，在传记与文学两者之间的取舍上，往往是重前者、轻后者，而《一路走来》恰恰相反，重的是后者（这也就是我将其称之为长篇散文的主要理由）。的确如此，《一路走来》成书之前，它的很多精美的篇什，由于其所具有的相对的独立性，作家就是将它作为单个的作品发表的。当时，陆陆续续地阅读，只觉得是在读着一颗颗非物性的精神珠子。现在，它结集出版了，让我们看到的，则是一条由很多非物性的珠子串起来的精神珠链。这条珠链，不是普通的珠链，它之对于爱好文学或不爱好文学的人来说，都是能够有所裨益的，因为爱好文学或不爱好文学的人，只要披卷阅读，从书中，均可得到许多关于文学、关于人生的启迪和昭示。

　　《一路走来》是陈志泽的第十四部作品。这部作品当然不是他的巅峰之作。前不久，他已从冗杂的编务中完完全全地摆脱了出来。这，从某种意义上说，其实是给了我们一种期待，那就是在不久的将来，我们将可读到他的更多更具独创性、更为厚重、更为精美的好作品。

　　（原载《福建日报》2006 年 5 月 20 日；作者系泉州市作家协会原副主席、《泉州晚报》原副刊部主任）

新的境界

——读多卷本《陈志泽作品选》

文　芳

陈志泽的文学创作进入一个新的境界，这是不少人的发现。这大约也是具有执着追求的作家，在经过较长时间的创作实践，在进入较为宽松、宁静的状态之后常见的现象吧?陈志泽在继 2003 年作家出版社出版他的"守望"系列(三册)之后，又于近期由北方文艺出版社推出《陈志泽作品选》三册，即《散文诗与创作谈》《随想与心迹》《读泉州》，反响良好。

"散文诗与创作谈"是一本独特的散文诗集。作者将书中每首作品的创作灵感、触发与构思、艺术表现等创作技巧，融会自己散文诗创作的见解、体会写出创作谈附于作品之后。由于作者散文诗的创作历史较长，这些创作谈是作者的现身说法，让读者感受到了作者的心意并得到有益的借鉴。

"随想与心迹"系思想告白体的无标题小品，一些关于生命、爱情、人生、哲理、日常生活以及文学创作、作家作品的思考，一些精神与情感的丝缕。分"晴窗随想录""心迹""做人""印象与论谭""关于读书"等辑，作品糅合随笔、散文、散文诗等文体的美学特点，大都篇幅短小，内涵深刻。《晴窗随想录》共四十五题，简约、精粹而随意，有时自然地融入诗情，有时是素描，有时侧重哲理的思辨，有时是逆向思维的拾掇。作品大多是一篇完整随笔的构思，却只留下"文眼"。如这样的一则："市场上。一筐番石榴，我一眼就看中那颗最好的。我把它挑选出来，却发现有鸟啄食的痕迹。我不但没有放回去，还仔细端详着，心生喜悦。显然，这一颗番石榴以它美丽的色泽和芳香吸引过一只鸟儿，一如现在它吸引我。或者简单一句话:我和鸟儿皆具慧眼，发现同一颗好吃的番石榴。不言而喻，这一颗番石榴让我咀嚼出了特别的滋味……"很朴素的文字，却有味，还有点童心。再如写乒乓球削球手的一则,作者写出削球手一次次"把气势汹汹的球顶回"的"舞蹈"后写道:"在乒乓球赛场上,削球手的姿态是最美的。柔和的弧线是最美的。被动的防御比起主动的进攻,不见得就要失败。"一个雄辩的"镜头"隐含人生的况味,让读者乐于接受,得到启迪。《做人》十三篇,多侧面地写了沉默、回避、感恩、解脱、惭愧、闲适等"做人"的体验,语言犀利而亲切,富有张力。

《读泉州》是一本专写泉州的散文集,泉州二十处全国重点文物保护单位与部分非物质文化遗产以及其他名胜、风情得到集中反映。写作上,既写出一个泉州人对于故乡的感受与感觉,还恰当地融入了文史的精华;既注重审美的艺术表达,写出泉州的独特韵味,又努力挖掘泉州深层次的蕴涵。如《漫步德济门遗址》,作者从德济门遗址这个宋元时期古刺桐城的象征,看到"古刺桐城近在咫尺",因而,"漫步德济门遗址,在广场上平整光洁的当代的石头上行走,放眼那些斑驳的沧桑的历史的石头……看到七百多年的石头灵动起来,感觉到它的温度、它的呼吸……"作品激情满怀,既有史料价值,又有审美与审智的表达。诚如孙绍振教授在评论陈志泽的作品时曾指出的:"那平凡的甚至琐碎的闽南生活,在他笔下升华了,上升到了艺术境界。"郭风说过:"……志泽同志以泉州地区的文化和风土为对象或背景,写下他的作品,是很自然的文学景象……志泽同志不仅仅满足于使作品里充满着泉州地区的色彩、情调和声响等(这些,当然是使作品具有某种特色的因素),而且更重要的是他在表现独特的乡土生活的同时,也贯注了深刻的思索,许多作品达到情、景、理的交融,这是十分难得的。"

(原载《福建日报》2007 年 10 月 6 日;作者系某高校副教授)

大地的歌吟

——读陈志泽长篇传记文学《一路走来》

清 扬

"路漫漫其修远兮,吾将上下而求索。"当我翻开陈志泽老师的长篇传记文学《一路走来》时,这句千古名言映入我的眼眸;当我合上书页掩卷思索时,这句不朽的话语又跳进我的脑海。我知道,我找到了一个精神的坐标。沿着这个坐标出发,我看到了一个老作家艰辛而精彩的文学之路、踏实而丰盈的人生之路。他日复一日地走下去,怀揣着来自生活的简朴的智慧,一路行走,一路歌唱,将炽热的饱满的文字,书写在故乡这片深情的土地上。

这些源自心灵深处打着一个人生命烙印的文字,仿佛是一块块方方正正的铺路石,向远方拓展延伸,铺出一条坚实厚重的道路。而这条道路,以故土为起点,连接着故土的山山水水、风物人情,走过了花开花谢、日落日出,又回到故土,始终走不出故土的怀抱,围绕着故土这一生命的重心来描绘爱的轨迹。

从晋江磁灶的一个叫"大厅"的平屋里出生,到福建师大中文系所在的长安山上大学,到长泰县军垦农场劳动,再到德化山区支教,最后调回泉州工作,这人生的数十载寒暑,他一如既往地奔走在故乡的土地上。故乡的土地像一块巨大的磁石,牢牢吸引着他的脚步。他站在蓝色的海湾边,任凭从海湾吹来的海峡风将他的衣襟轻轻掀起。他站在庄重高大的榕树下,看榕树的枝叶在清风的吹拂下婆娑起舞。他注目一双闻名遐迩的古塔从天光云影里显露出来,呈现出历史的高度。故土,整个地和他的生命纠结为一。行走于故土,摩肩接踵,全是熟人,真是步步逢旧识啊。那个兀立于莲花寺旁,捻须微笑的,不是那个索地建莲花寺的云游和尚吗?那个看着一大片土地沉吟领首的,不是那个慷慨献出土地的桑园主吗?那些喊着劳动号子,倾洒着汗水的,不是建造莲花寺的无名劳工吗?那个写下"悲欣交集",从容地闭起双眼的,不是李叔同大师吗?那个脚步声中生长出倔强和智慧的树和果实,十二岁便写出《老农老圃论》的,不是"一庭明月,两袖清风"的李贽吗?那脚步声和月色一样轻的,不是建筑了连片的艺术宫殿的蔡浅吗?那扛起石头一路走,山道上盛开一路花的,不是质朴能干美丽的惠安女吗?……

有着美丽景物和自然风光的故土,有着丰饶的物产和适宜气候的故土,有着丰富博大的人文和历史内蕴的故土,给了他立足于这片土地、依傍于这片故土的根基。从他的饱蘸浓情的笔墨中,我看到了一幅画面,那就是他的手臂和故乡的一草一木紧紧维系在一起,他的高大的身躯和故乡的山水紧紧贴近。他也是故土的一棵植物吧,他的根深扎在泥土里,他的耳畔有风吹过,那风声里传送来一个令人落泪的声音:找到故乡,就是胜利。

陈志泽老师用热爱与执着找到了他的故乡,他在朱熹曾赞叹"此地古称佛国,满街都是圣人"的泉州,过着宁静无争的日子。但是,找到故乡,仅仅是热爱的开始。要想让自己的精神完完整整地回归故乡,为故乡踏踏实实地做些事情,才是唯一的途径。

年逾花甲的陈志泽老师,回望自己走过的道路,凝视着留在路上的一个个或深或浅的脚印,他怎么也忘不了念小学二年级时,校长夫人、他的语文老师对他母亲所说的那句话:"你这孩子造句很巧!"这句话也许就是他走上文学道路的启蒙,像是一棵小草芽,萌生在他幼小的心里。他忘不了初三那年,来自语文老师的欣赏与信任,他精心列出的中考作文大纲,使那棵小草芽增添了生长的动力。他也忘不了大学里,创办校刊和系刊的经历,这为他日后能成为一名出色的编辑打下了坚实的基础。他还忘不了创办《德化文艺》的日子,他凭着自己的才学和努力,将一本名不见经传的山区刊物办得风生水起,著名作家孙绍振发表的第一篇文字就是以《德化文艺》为根据地的。他更忘不了担任泉州文联副主席、作协主席,编辑《泉州文学》的日子,为了一个活动的顺利开展,为了刊物的如期发行,他一次次骑着他的"大铁马"到处奔波,度过了多少个不眠之夜啊!

我在每一个脚印里头,找到了他文学之路的历程,那是"长风破浪会有时,直挂云帆济沧海"的豪情,那是"问渠那得清如许,为有源头活水来"的从容,那是

"沉舟侧畔千帆过，病树前头万木春"的希冀。那一个个脚印，不正如大江上一张张饱胀的风帆，迎着风浪，一路前行。路途坎坷，荆棘丛生，我仿佛看见，他举步维艰的脚步。漫长的路，繁复的任务，我仿佛看见，他内心的挣扎和倾洒的汗水。然而，我更加欣喜地看见，他一贯的微笑和笃定的自信。

他从晋江磁灶坚忍宽厚行医济世的父亲的仁济诊所走出，他从笃信基督善良倔强的母亲的叮咛中走出，他从勤劳操持家业做他坚强后盾的妻子的目光中走出，他从"和暖"四兄弟真挚暖人的友情中走出。他濡染了身为复旦大学中文系教授的三姐夫对文学的热爱，他师承于著名散文诗作家郭风和柯蓝，他得到文朋诗友的鼓励和帮助，他采风于祖国的灵山秀水，这所有的一切，都成为他踏迹于文学之路，并一往无前的不竭动力。他的脚步，应和着大地的节拍，一走就是四十余载。他在《我是一个守望田垄的农民》中写道："小时我就熟悉农民，念中学、大学以及到军垦农场劳动我还当过农民，我觉得就事情的精神特征而言，我和一个从事耕作的农民，一个守望田垄的农民无异，我甚至为我的这种发现而自我感动。"他守望文学四十年，就像是一个农民一辈子在守望着自己的土地。那是惺惺相惜的守望，那是荣辱与共的守望，那是血浓于水的守望。他的每一个文字，都发出一个共同的声音，那是对文学对故乡的热爱之音，从故乡的土地上升起，在故乡的怀抱久久回响。

正像著名作家孙绍振在一篇评介文章中说到的那样："把志泽二三十年的辛劳，仅仅以创作成绩来概括，其实是并不全面的。他同时还是一个文学创作的组织者，严格说，志泽的正式职业是《泉州文学》的编辑，从 20 世纪 70 年代末至今，他的生命就是在阅读稿件、选择稿件、组织作者、编辑刊物中度过的。他把全部的热情献给了发现、培养和奖掖青年作家，他已经为四十多个青年作家写过序……"

读到这里，我叫了一声"不好"！我怎么这么晚才认识他，错过了多少年学习成长的机会。但我内心里又暗暗叫了一声"好"，文学之路上，尽管迟些，但终究能与陈老师相识，我也将自己当作文学之路上的小字辈，在他的歌吟里，熏陶一种向上的品质，和他一起，聆听大地发出的每一个动人肺腑的声音。

我放下书，走到窗前，午后的阳光照在小区一条狭长的小路上，小路无人，偶尔有一两只鸟雀落下来,显得幽静而肃穆。我知道,这条小路将我的心灵、我的步履与外面的世界联系起来,我每天都要从这条小路走出去,走入我的人生之路、文学之路。"路漫漫其修远兮",且让我也来做一个行走之路上的歌者,用文字、用心灵,叩响这广袤无垠的大地的琴弦吧!

(原载菲律宾《世界日报》2007 年 5 月 17 日;作者系中学高级教师,作家)

浅出深入，以情言志，意在诗外

海 梦

《泉州文学》2008年第3期发表了陈志泽先生以石为题材的作品《石的世界》。这十六章散文诗，写得非常成功，我们能从中学到许多东西。在诗人的笔下，这些石头都活了，有血有肉，充满了思想感情，千姿百态，风韵十足。诗人以物寄情，写出了不同形状石头的不同性格、不同喜怒哀乐、不同的命运。以石为寄托，抒发了诗人对社会的观察，对生活的体验，对人与人之间的关系的认识和对真、善、美的追求。这是值得一读的散文诗精品。

陈志泽先生这组作品的最大特色，是语言通俗化，浅出深入，内涵十分丰富。主题思想是引人向上、向善、向美。用诗的语言诠释人生态度与处世哲学。比如在《被折断的巨石》中这样写道："如果你柔软些，或者适时地弯弯腰；如果你不是最高、最大，或者有时变换一下姿势，做片刻的歇息，你不会被折断在地。/你被折断在地，还是挺直的两截。"这是一章叫人回味无穷的作品，我们会从中感悟到该怎样做人。由此我想到，文学作品的任务是什么？是要以艺术的形象去感化人、教育人、启发人，去培养一代人的高尚情操和先进的思想品质。作家是人类灵魂工程师，作品便是完成精神大厦的施工蓝图。

一篇作品的构思立意十分重要。构思要新，要巧，要奇，要美，要有出人意料的智慧。然后是语言特色。语言文字是表达思想感情的工具，工欲善其事，必先利其器。《石的世界》给我们提供了语言的典范。通俗、易懂、诙谐、优美、含蓄而又精练，张力很大。这种语言风格，很受读者欢迎。语言是作品思想感情飞向读者心灵的翅膀。老一辈作家在这方面有很深的修养，如郭风、耿林莽、李耕、王尔碑、许淇等，他们的作品，语言都十分考究，达到了"多一字太繁，少一字太简"的精度。这种功底是从两个方面修炼而成的，吸取中国传统文化的精华，学习民间群众语言。他们坚守传统文化阵地，又敞开心灵窗户，让海外的阳光花香进来。用现代人的思想感情来认识生活，既不保守，也不崇洋媚外，不故弄玄虚、装腔作势，也不低俗粗浅。作品语言要使人感到亲切、流畅、铿锵有力、掷地有声，如同珍珠落玉盘，余音缭绕，一读难忘。

（原载《泉州文学》2008 年第 5 期；作者系中外散文诗学会原主席，《散文诗世界》原社长、原总编辑）

读陈志泽散文诗三章

耿林莽

陈志泽的《海峡浪》是一篇构思独特的作品。以拟人手法写自然界,原不新鲜,这一章却赋予了指定社会历史的内涵。海峡两岸的对峙和分离这一悲剧性的现实,是诗人们常常触及的主题,志泽没有正面展示,而是从海峡浪的动态捕捉与描述中,投入了强烈的抒情色彩,让浪的每一个动作,均隐含着人们可资联想的深刻内涵。拼尽全力地奔跑,焦躁地探询;它的激动与怒吼、欢喜与微笑,无不使人意会到一种民族情感的投射。尤其是"刚刚亲吻了这边,又匆匆赶去亲吻那边"的心态,是何等的微妙、复杂,包容了多少难言之隐呵。

"海峡呵,它的心分为两半,它怎能安宁",结语提示的沉重分量,更足以发人深省。

时间是一个永恒的主题,诗人、文人们经常对之发出感慨。时间原是抽象的存在,无影亦无形,但在志泽的《时间》里,我们却分明感到了它无所不在的"形象",这是一个出色的创造。这是得之于灵感吧,当然,也是艺术功力的显现。

"一朵刺桐花"飘然自落,"是时间碰了它一下",写得很不经意似的,但实在妙。只不过"碰"了一下,便掉落了。其实时间之于生命的历程,不就是在"一碰"中掠过的吗?

诗人将一枚花瓣拾起,同样不经意似的,夹进写诗的"本子"里,这是对于花瓣的收藏,还是对于时间的收藏呢?恰在不经意中,埋下了深意。

"时间从我身旁擦过",化为一种幻影,这是诗人进一步将"时间"形象化、人性化了,以至于紧紧跟在游人的后面"追赶"。"与时间赛跑"曾被选为一句"口号",由于用得太多,反而显得苍白无力了。而在这里,反其意而用之,变为"时间"

在追赶人，与人赛跑，便有了新鲜感，"我不由得加快了攀登的步伐"，在这里遂有水到渠成之感，而不觉其"陈旧"了。

《最早的鸟声》是从志泽的一组短章中选出来的，我以为是很出色的精练之作。鸟声，不是一般的"鸟语"，而是"向着暗夜""一次次发问"的特殊性质的"质询"，或可算挑战吧。诗人没有铺张，可以说是不动声色地通过鸟声的"鼓起勇气"以及"怯生生"的这些陈述，赋予了这鸟以"先驱者"的姿态，从而又将夜的浓密包裹这一强大的客体也突出了，形成一种对应。我觉得，这章散文诗的笔墨非常经济，可以说压缩得很紧，却自有其很丰富的表现能力。譬如："鸟被暗夜包裹得透不过气来"，有了这一句，"鸟用它小小的喙，把夜幕啄出个洞来"的"力度"便似不费力地突现了。于是"黎明的光亮就透了出来，早晨的气息在天空中流淌了"这一极美的想象，便水到渠成地完成了。这些地方，显示了运用通感手法的成熟和很好的效果。

结尾一段又翻出一层新意，群鸟欢叫的声音淹没了"最早的鸟声"，在一个更崇高的境界中强化了这一最早的鸟的先驱者的光辉。

（原载《散文诗评品录》，华艺出版社 2008 年 8 月出版；作者系中国散文诗学会副主席、青岛市作家协会名誉主席）

我读《耸立》

翟大炳

在《星光》2010年第3期上读到陈志泽写泉州东西塔的20章散文诗《耸立》，觉得意蕴是那样精深广阔。可以这样说，是它的丰富的文化内涵与恢宏的气势令人耳目一新。

众所周知，泉州的东西塔是这个城市的标志性的建筑，也是泉州的城市名片。为了表明它的悠久的历史，《耸立》穿过时间的隧道，从传说开篇，具有浓厚的奇异色彩。

传说既不是真实人物的传记，也不是历史事件的记录（其中可能包含着真实历史的某些因素），而是人民群众的艺术创作。文化学家为什么特别看重传说？因为它既包含讴歌人民创作历史的功绩，也凝聚了人民美好的愿望啊。许多传说把比较广泛的社会生活内容通过艺术概括而依托在某一历史人物、事件或某一自然物、人造物之上，达到历史的因素和历史的方式与文学创作的有机融合，使它成为艺术化的历史，或者是历史化的艺术。一些影响深远的民间传说常与当地的风土人情相结合，并在流传过程中提炼加工，民间传说往往具有传奇的特色，故事情节既与人间现实有直接的联系，其发展又合乎生活的内在逻辑，同时，通过偶然、巧合、夸张、超人间的情节来引起故事的发展，从而使真实情景和奇情异事达到了有机的统一，既富于生活气息，又离奇动人。但传说毕竟是传说，而屹立在泉州的东西塔却是距今有着千年历史实实在在地存在。诗人分别从塔的修建历史、塔的宏伟和它丰富的文化内涵做了介绍并表达了自己的沉思。

此时的诗人恰如《文心雕龙·神思》中所说的那样："寂然凝虑思接千载，悄然动容，视通万里……登山则情满于山，观海则意溢于海。"诗人虽从各个方面用其多彩的画笔描绘他所景仰的东西塔,然而也不能穷其全貌,诗人运用的是象征啊!所谓象征是指以具体的客观描绘显示比它自身更为丰富的内涵,或者说,它是以有限的形式对无限的内容的直观显示。它的潜在意义比字面意义更为丰富。在诗人眼中人格化的东西塔已是世事洞明、道义在肩、顶天立地的巨人!它宏伟、庄重、华彩,胸襟豁达,气宇非凡。它的这一基本特性也就是黑格尔在《美学》中所说的"象征首先是一种符号",它"是直接呈现于感性观照的一种现成的外在事物,对这种外在事物并不直接就它的本身来看"。诗歌中的象征就是如此,诗人是用具体形象来说明抽象的事物和道理。它和比喻有一致之处,它们都是建立在类比的基础之上。所不同的,在象征体中,主体意识占重要地位,其包孕的观念带有极大的超越性。它是暗示的、多义的、不确定的,而不像比喻那样直接和单一。也就是说,象征是双层空间或多层空间,处于共时状态。诗人梁宗岱在《象征主义》一文中曾以屈原的《橘颂》和《山鬼》做比较,认为《橘颂》属于比喻范畴,《山鬼》则是象征,他说最大的区别就是在《橘颂》中,诗人把自己抽象的品性和德行附加在橘树上面,含义有限而易尽;后者则不然,"诗人和山鬼移动于一种灵幻缥缈的氛围中,扑朔迷离,我们的理解力虽不能清清楚楚地划下他的含义和表象的范围,我们的想象和感觉已给它的色彩和音乐的美妙浸润渗透了",他总结道,"它是完全濡浸和溶解在形体里面,如太阳的光和热之不能分离的。它并不是间接叩我们的理解之门,而是直接地,虽然不一定清晰地诉说我们的感觉和想象之堂奥",它是"借有形寓无形,借有限表示无限,借刹那抓住永恒……正如一个蓓蕾报着炫熳芳菲的春信,一张落叶预奏那弥天漫地的秋声一样。所以它所赋形、蕴藏的,不是兴味索然的抽象观点,而是丰富、复杂、深邃、真实的灵魂"。这是由于象征排除一种形象只能表达一种内容的"常规",它除了表达特定形象外,还会因人而异地产生联想,表达出形象之外的蕴含,那些具有潜意识的象征性的形象,还能反映人的特定精神。众所周知,泉州是中国著名的文化历史名城,有着辉煌的过去,在 12 世纪至 14 世纪的唐宋时期又名"刺桐",是当时中国的对外第一大港。它虽位处中国的南方,却是以中原文化(客家文化)为主流,同时,世界各宗教,如佛教、伊斯兰教、基督教(包括天主教)、印度教、摩尼教、犹太教等,随着经济文化的交流纷涌泉州, 泉州文化也受到这些外来文化特别是宗教文化的深刻影响。因此,泉州被称为"世界宗教博物馆"。显现了泉州在中外经济、文化交流中的重要作用,讴歌了中国人民几千年来所创造的悠久而辉煌的海洋文明,是泉州市进行中外学术文化交流的重要窗口。由于历史的沧桑,泉州的世界大港的地位以后被广州等大港所取代,在它沉寂上千年后,终于在改革开放的今天,得天时地利与人和,一个新的大泉州正在扬帆起航。诗人对东西塔的讴歌绝不是仅仅发思古之幽情,而是着眼于当代啊。意大利历史学家克罗齐就说过"一切历史都是当代史"。今天由昨天而来,今天里面就包括昨天,而昨天里复有前天,所以"历史是过去思想的重演"。因此他认为历史学家应该是思想家,诗人虽不是历史学家,但必须是思想者。因此我们不难看出,在陈志泽写泉州东西塔的二十章散文诗《耸立》中处处闪烁着诗人思辨的光芒。不仅如此,更为难能可贵的是诗人在东西塔面前是那么谦卑,他以自省的心态无情地解剖自己:

我来到你的面前,不期然在你的高大与完美之下找到我的渺小、我的平庸。

在男人里头,我的个子还算高,可我的高度在你的面前显得如此可怜——我的高度的顶上还承受着因袭的重压、世俗的撞击。

我的高度仅仅是走向萎缩的短暂与脆弱的一个瞬间。

我站立的没有牢固基石的土地过于松软,能不下陷?

我的高度甚至经不起一个邪恶眼神的抛掷。

而我竟然还在时时寻找更加矮小的比照,获得虚假的骄傲与自足——封闭与守旧的困扰使我不能摆脱低俗。

来到你的面前,不期然在你的高大与完美之下找到我奋发有为的希望,从你没有终点的耸立的气势里找到我人生的激励,拓展的坚信。

因而,我的渺小、我的平庸在你的高大与完美的鞭策下,也就有了更替的寻求;我灵魂的虚空砌入你思想的岩石,精神的脊梁就又挺拔起来……

此时在读者面前,我们似乎看到了一个活生生的罗丹著名的雕像《思想者》的真实版形象。

(原载《世界日报》2010 年 9 月 1 日、《星光》2010 年第 4 期;作者系安徽师范大学文学院教授)

美在天籁

——读陈志泽散文诗札记

翟大炳

散文诗作为一种文体,它的优势是十分明显的:它可以用更多的自由负载着比诗和散文更多的情感和意义, 可以舒展自如地连续地和细致地表现复杂而微妙的内心生活。也可能因此,当上述观念被人们普遍接受时,就极易在散文诗中有了这样的误区,即作者总是在作品中力求表现出更多的意义,于是这样的散文诗就因有了太多的直白意义覆盖结为板块,窒息了作者与读者二度创造的空间,味同嚼蜡。黑格尔也由此担心人们在文艺中过度追求意义而成为哲学的附庸,最终使文艺消亡可能成为现实,这就是有名的"黑格尔难题"。如何破解这个难题?美国汉学家宇文所安特别推崇一首名不见经传的南北朝梁代诗人刘孝绰的《和咏歌人偏得日照》,给了我们有益的启发。全诗如下:

> 独明花里翠,偏光粉上津。
> 要将歌罢扇,回拂影中尘。

这首诗描写了一位伫立在阳光之下粉汗津津的歌女在为客人们歌唱时下意识地做了一个动作,那就是她不用作为道具的扇子息汗,而是用来驱赶那永远驱赶不尽的日影光柱中的灰尘。诗人无意发掘这动作的意义所在,只是认为这一动作很美,美在少女的娇憨是生命的自然流动的原生态,所以宇文所安认为它"毫不掩饰地赞美生命中的偶然,一个没有前因后果的充满随意性的时刻,这种时时刻刻的情趣和美丽"。他还说,"与其严肃、反复地讨论所谓'重大问题',不如用心去发现宇宙人生中那些偶然逸出因果律,既美且新的东西"。宇文所安的上述见解帮助我们看到了陈志泽散文诗中一道独特的风景,那就是他是以"小感触"去表现"大世界"。他在人们熟视无睹的人和事上,揭示了生活的真谛,描绘心情即风景的画面。如《一帮孩子》《看街景的老人》《踮起脚跟看风景的外孙》《爷爷》《老妇人的一桶水》就是这样的佳作。在《一帮孩子》中,诗人从司空见惯的孩子嬉戏中看出他们的天真无邪的"童真",这正说明诗人有一颗"童心"啊:

> ……几十年过去了,孩子已成为老人。步履蹒跚的老人早已告别打打闹闹的童年,但在内心里依旧有许多故事,依旧有许多"泥土仗"在打,依旧为某个心爱的"女孩"而争斗……

在《看街景的老人》中,老人面对街景一动不动的凝望神态,也是我们在日常生活中常见到的:

> 老人眯着眼看前方大街人来人往、车水马龙,看花花绿绿、五光十色,看连成一线的奔驰、逆向的交汇和不谢的浪花,看一阵震响的喧嚣激起的浑浊、废气喷射的烟雾……看行人匆匆的脚步一闪一闪,看跳跃的小孩、蹒跚的老人、浓妆艳抹的美女……

然而在日益发展的市场经济的滚滚红尘中,他们几乎成为被遗忘的群体了,常常是彳亍独行,在回忆中打发时间。

为什么上了年龄的老人喜爱回忆?按照美国汉学家斯蒂芬·欧文(宇文所安)所说,回忆是一种"断片",这些"断片"能打动我们,是因为它起到了"方向标"的作用,"起了把我们引向失去的东西所造成的空间的那种引路人的作用"。作为社会群体中的一员,老年人是不该被遗忘的。他们在漫长的经历中获得的人生经验所起到的借鉴作用是构建社会和谐的宝贵财富,也就是人们所说的以史为鉴可以知得失啊。如果我们的社会有意制造遗忘,那将是一场灾难。诚如人们所认为的,人类最不可救药的便是遗忘,何况那些刻意制造遗忘的人。对于一个人来说,最难忘的是苦难的经历,对一个国家、一个民族更是如此。可以认为,就大多数人而言,他们一生中并不缺乏苦难,但是却缺乏对苦难的记忆。在以色列有半堵墙叫"哭墙",以色列人世世代代在此为他们民族的苦难哭泣。每一次心灵的复苏都从苦难的记忆开始。

对被边缘化老人的关注,就是可贵的人文关怀,而这种人文关怀尤见于陈志泽的那些以小见大写出来的亲情。如《踮起脚跟看风景的外孙》《爷爷的怀抱》《母亲的呼唤》。在前两首散文诗中,我们可以看出他对孙辈们的拳拳之心。诗人对他们的关爱溢于言表:

　　……踮、踮。他像一棵小树在拔节、长高。——不用多久他就有足够的高度可以俯瞰这个世界了。我听到从他的脚下流淌去的时间留下回响:是的,是这样! 黄可,可! 可!

　　　　　　　　　　　　　　——《踮起脚跟看风景的外孙黄可》

　　……雏鸟很快就要飞上蓝天,迎着风风雨雨展翅翱翔,而此刻,一个飞翔的未来就在巢里甜美栖息着——睡梦中,小孙女粉嫩的脸上旋起一朵笑……
　　爷爷的心啊,有大浪涌过。

　　　　　　　　　　　　　　　　　　——《爷爷的怀抱》

在这类散文诗中,我认为《母亲的呼唤》是最为优美的华彩乐章。众所周知,每个人都有母亲,是母亲含辛茹苦地将自己抚养成人,为了自己的孩子,母亲可以舍弃一切。为了突出母亲的无边的大爱,诗人特地选出一个动人的细节,那就是"母亲的呼唤"。

　　母亲的呼唤是长长的、牵引的线。
　　母亲的呼唤是蜿蜒的、平安的路。
　　一天天,一年年。
　　走在母亲的呼唤里,就是走在母亲的慈爱里,就是走在母亲的皱纹里,
　　走在母亲的白发里。

如果说父爱如山，那么母爱就如大海。2009 年网上出现的最热门的网络语言是"贾君鹏你妈妈喊你回家吃饭"，它十分火爆，点击率迅速超过百万，一时形成"贾君鹏家族"。它不就是人们对母爱的认同的效应吗！

这些诗虽是诗人从个人出发的"小感触"，但如果没有深刻的社会和人生体验，没有切肤的生活感触，是不可能从琐碎的日常生活中洞见"大世界"底蕴的。在生活中，几乎每个人都是在母亲的呼唤中长大的，在母亲面前，他们永远是孩子，在母亲生前，母亲的呼唤，儿女可能嫌她唠叨，当她去世后，恰如诗人所言：

后来，母亲到远方去了，什么呼唤都听不到了。

只有在梦里，母亲的呼唤才又那么清晰地响在耳畔。每一回，会突然惊醒，泪流满面：母亲，你应该知道，这些年听不到你的呼唤，已经老了的儿子，心里总还是空落落的。

多么亲切而自然的心声的流露啊！庄子将声音分为三类："人籁""地籁""天籁"。"人籁"是用丝竹管弦这些乐器发出的声音；"地籁"是风吹自然界的各种大大小小的孔窍所发出的声音；而"天籁"则是一种完全自然的、不依靠任何外力而自然产生的声音。他认为"人籁"与"地籁"再好也要受到"怒者"限制，而"天籁"则不受任何约束，它是最美的声音，反映在诗文中，它有着浑然天成的自然之趣。这天籁之音对破解"黑格尔难题"也许是最有益的启示吧！显然这也是陈志泽这些优美的散文诗所追求的最高境界。

（原载《石狮日报》2010 年 3 月 18 日）

生活潜流或情感结构

——评陈志泽的散文诗

崔国发

　　散文诗,因为生活与感觉的遇合、心灵与现实的同构,而拓展出现世关怀的诗思空间,包孕着生活潜能与情感的容量。自大处着眼,从小处落墨,陈志泽的散文诗,善于激情地拥抱那给予他灵与肉的故乡泉州,敏锐地描摹那栩栩如生的时代影像,尽情地抒写世态万象和日常生活的感悟思考,深挚地观照与参透社会人生和心灵的风景。那些与诗人朝夕相处的人与物,那些曾滋养诗人并给予诗人生命的绿风与阳光,那些凝聚着刺桐花魂的情与爱,那些生长在热土上的相思树与榕的气根,那些在大海边遥望怎么也看不够却能悟得出真谛的浪淘沙,那些容易被遗忘的花朵,那些最早的鸟声和宁静的生命,无不借助显意象与潜意象,借助于那些自然、现实和象征性表象,以及富于可感性与表现力的语码,在虚与实的结合、情与事的接洽、主观与客体的交汇、叙事与抒情的和解中,获取某种鼓舞人心的精神力量。

　　散文诗如果没有叙事或情节精简的化入,就有可能显得内容空洞,身躯单薄,甚至可能患上脸色苍白的"贫血症"。相反,散文诗如果就事论事,一味叙事,轻忽意境的建构、哲理的升华和感情的介入,就只能让人难以"吞咽"与"消化",味同嚼蜡,缺乏生动的气韵而令人感到沉闷和枯燥,散文诗也就不成其为散文诗了。为此,陈志泽诗家指出,"高明的散文诗作家能以很强的跳跃性、诗的简洁等手段推进情节,把读者引入自己创造的故事和情景中","叙事散文诗应该有情节,但应该浓缩。只有把握好情节的浓缩程度、虚实关系,用优美而又简练的语言写出,才能收到艺术效果"(陈志泽:《散文诗的三种主要类型》,《容易遗忘的花朵》第116页,大众文艺出版社2009年出版)。即使是在论述抒情散文诗时,志泽先生也是这样论说："抒情散文诗更多的还是通过叙事、描绘美好的风景以及写人抒发作者的情感的，只不过作者这样做时，把景物、人物的活动都化作抒情的波浪。作者要表达的意思最好不要直说、多说，而应让感情和形象'说话'，要不然很可能就索然无味了。克服这样的毛病最好的办法就是牢记要展开想象的翅膀，让形象飞起来。"（同上，第112—113页），抒情而不矫情，叙事而不赘事，把握住"叙"与"抒"的度量衡，处理好"事态"与"心态"的辩证关系，才能使散文诗有血有肉、多姿多彩、入情入心。陈志泽的很多散文诗，如《乡音》《回乡》《壮哉，闽南拍胸舞》《这一支歌献给你》《老华侨素描》《游子泪》《南曲，从寻常人家飘出》《时间》《果园喜剧》《第二次婚礼》《慈母心》《调控》等都是叙事与抒情处理得比较好的作品。"挥挥手作别乡亲，作别清溪水叮嘱的缠绵话语；/挥挥手作别老屋，作别鸡蛋花掩映的'出砖入石'的墙，墙上老式的窗——那注视着我的眼睛；/挥挥手作别修葺一新的先父先母坟茔，作别碑前清烟袅袅的三炷心香……/什么都不带，就像来时没有行装。说一句：乡亲们厉害啊，这些年'打'出去了，在国外，故乡的风物随时都可买到。引起一阵爆笑。心里却还是不能轻松——这段日子太多太多的存储无法卸下，全都带着呵，这重量，山与海难比拟，更有情与爱的丝缕又坚又韧，紧紧地拉着；古榕缠绕的根也缠住我的步履了，天上的云霞跟着我的身影飘飞，再挥手也不肯停歇……/相见时难别亦难，此言凝成两颗滚烫的泪，噙在双眼。/挥挥手作别故乡，大步走了。/人在江湖，总在云烟里奔走，只有故乡才是灵魂栖居的最好家园。一次次的作别，一次次的返回，我在故乡才找到灵与肉不分离的完整的自我……"（《别》）诗人身处侨乡，经常目睹海外华侨离乡做别的情景。远走他乡的游子，离别前要挥别的东西太多了，但作者没有沉溺于叙事，只选取三组有典型意义和美学价值的画面，以"挥挥手作别"，截取了人物、事件和乡间风情的横断面进行实写，形象鲜明可感，接着自然过渡到虚写，水到渠成地抒发自己的感情，结尾两句升华到灵魂的高处，写游子的心觉、感知和领悟，一句"我在故乡才找到灵与肉不分离的完整的自我……"作结，古人云：黯然销魂者，唯别而已矣。故乡是游子永恒的精神家园，这种无法言喻的依恋与迷茫之情同在，人也在离别对象中获得了美的情感与永恒的超越。"顶着一颗辉煌的太阳，每月十五的正午，她都到海边去。/发鬓上的鲜花是一早就采撷的。她曾记得这鸡蛋花是他最喜欢的。他常为她扎成花串盘戴。/大海一听到她的足音就格外的翻腾！/她侧着耳听，果真能听见，从浪尖上传来亲人战栗的话音，伴着心跳和血流的声响。果真能听见，浪涛里饱含着亲人发自肺腑的呼唤，如泣如诉的南曲，海边鹅卵石路木屐断肠的拍打……/多少年了，每月十五的正午，这个时刻支撑着她的生命！她嗫嚅着，对着大海向他说着什么。/大海霎时宁静了下来，那又阔又深的浪，庄重地涌向海的那一边，要把她的话全都带去，一句也不遗落……"（《听潮》）这章散文诗，叙述一位妇女到海边听潮寄情的事。"浪潮"，这一表象，一旦进入诗人的情感结构，原来的表象亦即"海潮"就不是原先的纯自然的物，而是被赋予了意义，成为融聚着诗人感情的意象，一个艺术审美的意象。这时的"海潮"蓄满了思想感情，已转化成为诗人生命的一部分，也成为望海潮的妇女情感表现的一种形式，听见从彼岸卷来的亲人的絮语，带去妇女发自肺腑的呼唤与祝福，叙与抒的复合，始终伴随着诗人内心精神的活动，有着感性与理性的双重内涵，"海潮"这个意象获得到了审美的自在自足，给予诗人和诗中女主人公情感以"栖身之所"。作者在谈到这首诗的创作体会时，说过这样一段话："作为叙事散文诗大可不必追求事件的完整，更无须复杂的情节。跳跃性、抒情性和情感的表达十分重要。大海听到它的足音'就格外地翻腾'，听到它的话语，'霎时宁静了下来，那又阔又深的浪，庄重地涌向海的那一边，要把它的话全都带去，一句也不遗落……'是作者的想象与深情的结果，起到了艺术效果。"（陈志泽：《散文诗与创作谈》第 110 页，北方文艺出版社 2006 年 12 月版）——对情节的浓缩与提炼，对感情的渗透与浸润，二者得兼而相得益彰，似应成为散文诗人认真把握的一个问题。陈志泽的这一类散文诗的成功实践，带给我们以深刻而有益的艺术启示。

（原载《中国散文诗人》2011 年卷；作者系中国作家协会会员、中国散文诗研究中心特聘研究员，著名散文诗作家、评论家）

繁富而纯净的意象创造

——读陈志泽散文诗《仰视与低吟》

文　芳

在《丰泽文学》2010年冬季刊上读到陈志泽长达万言的散文诗《泉州东西塔交响曲》，十分兴奋。据作者介绍，在这之前，《福建文学》2010年第8期以及菲律宾《世界日报》曾以《耸立》为题发表其中部分作品，《散文诗世界》2010年第10期曾以《仰视与低吟》为题发表其中部分作品。此外，《东南早报》《泉州文学》《石狮日报》等报刊也发表了其中的一些作品。省内外报刊陆续发表了《泉州东西塔交响曲》20章散文诗，使这一篇散文诗产生了广泛影响。《丰泽文学》发表的《泉州东西塔交响曲》是全部20章完整的最后定稿的"版本"。这篇很有分量的散文诗，是作者近期乡土散文诗创作的一个新突破、新收获，笔者反复阅读、反复体味，如同听到一部壮阔而绚丽的交响曲，受到深深的感染。我完全赞同著名诗评家翟大炳教授在他的评论文章（《我读〈耸立〉》，载《世界日报》2010年9月1日）"意蕴是那样精深广阔。可以这样说，是它的丰富的文化内涵与恢宏的气势令人耳目一新"的评价。这一组散文诗作品既揉入民间故事等纪实的成分、现实生活的投影，又有深刻的哲理思辨和浓郁的诗意，十分难得。

翟大炳在评论中认为："诗人运用的是象征啊！所谓象征是指以具体的客观描绘显示比它自身更为丰富的内涵，或者说，它是以有限的形式对无限的内容的直观显示。它的潜在意义比字面意义更为丰富。"翟大炳言简意赅地点明了这一组作品的主要艺术手法。黑格尔在《美学》中所说的"象征首先是一种符号"，它"是直接呈现于感性观照的一种现成的外在事物，对这种外在事物并不直接就它的本身来看"。《泉州东西塔交响曲》显示的丰富内涵大大超过东西塔本身。作者是泉州人,熟悉故乡的标志性风物东西塔,他的丰富的人生感悟与体验不言而喻要从东西塔身上发现许多与种种人生感悟与体验相对应的闪光点。更为可贵的是作者在成功运用象征手法显示丰富内涵的同时,通过繁富而纯净的意象创造,较为完美地表达了自己的种种发现与寄托。

翟大炳从《泉州东西塔交响曲》中读出"在诗人眼中人格化的东西塔已是世事洞明、道义在肩、顶天立地的巨人啊! 它宏伟、庄重、华彩,胸襟豁达,气宇非凡"。笔者以为, 陈志泽多层次、多侧面地创造东西塔巨人的意象是多种多样的——出现在读者眼前的东西塔不但是巨人,还是知恩图报的侠客、雕刻艺术博物馆、高高托举向上的信念又有深层次扎根的哲学家,是永远不老的母亲,是故乡人民用双手捧出的、寄托自己理想的巍巍青山,是"站起来"的辉煌典范,是愿把"最微小的生灵都拥入自己的怀抱"的慈爱、宽厚的长者。作者笔下的东西塔具有"接纳所有投向他的纯净和不纯净,明亮和暗淡的目光"的胸怀,具有在风和日丽的时候也竖起耳朵,聆听强大风雨袭来的先兆,发出急剧的预警信号的警觉。他是让"时间吻遍全身"的时间的情人,又是勇于"与时间格斗"的勇士,他还是个"袖珍的符号,到处开放的花朵"。他渴望爱情又坚守意志,既孤独,又有最可靠陪伴的永不枯萎的生命,是不被夜色消融的看得见一切的具有威慑力的灵圣,也是可以让人在高大与完美之下找见渺小与平庸的一面镜子。

塔的建造也别具独特的意象:"把石山切割成条条块块, 一双双手是最锋利的刀。采石场之海,石头翻滚。/石头跳跃着,歌唱着,沿着人造的土坡上升,抵达造塔需要的每一个高度。/土坡之路, 让笨重的石头在空中搭建坚实的梦幻,让彩云间的创造成为大地上雄伟的耸立。/漫长的土坡之路让它的起点——后来繁华的街市得名为'土山街',让它的终点成为山的高峰。/高高的山肩起了塔,'土山'的路就消隐了。只有打石声、铁钎的敲击声、扛石的号子,激荡在历史蜿蜒起伏的隧道。/二十二个春秋,一条接连不断的路,一条向上流的汗水之河。/二十二载寒暑,一座塔,又一座塔。"跳跃性很强、富有张力的叙事也浸润着浓浓的诗的液汁。东西塔之美也就在自然、准确的描述中,凸显美丽、丰满的意象而格外动人:"七宝铜的金色葫芦塔尖,直指苍穹,点燃一轮太阳。/塔顶八方牵扯的铁链,宛如闽南秀女纤纤细手编织的丝绸的穗带,在空中轻软流丽。/平面八角。五层五檐,呈弯弧状向外舒展出花的怒放。挑起的檐,是鲜活的花瓣,盛开的活力四射!"岩石与铁链化作富有灵气的柔美的形象,连檐角挂着的普通的风铃,也融入作者的想象与思索,成了在风和日丽的时候也能够聆听强大风雨袭来的先兆的"竖起的耳朵",给人愉悦与温暖的"会唱歌的灯盏"。更为奇特的是东西塔复杂、多元的意象创造竟然那么和谐、丰满、鲜明:"两个人,两个高大的人。/一对红烛。凛凛然两支钢鞭。/空旷的土地上一对春笋,水灵灵,沐浴着晨光,缓缓地拔节。"扫描之后是进一步的形象刻画:"一幅价值连城的古画。""古典风格的高楼。在大地上隆起的两座青峰。""在我们的生活中间,随时可见,从某个百姓的房屋瞥一眼,双塔就嵌在窗口。在店铺里,在人流中,小小的商标,突然闪现双塔小巧玲珑的身影。""你又是个袖珍的符号,到处开放的花朵。"纷至沓来的意象毫不杂乱而逻辑严谨、雄辩透彻、联系紧密,深深拨动读者的心弦。就连受到塔的震撼与启迪的"我"的意象也那么准确与深刻:"我的高度的顶上还承受着因袭的重压、世俗的撞击。/我的高度仅仅是走向萎缩的短暂与脆弱的一个瞬间。/我站立的没有牢固基石的土地过于松软,时不时下陷。/我的高度甚至经不起一个邪恶眼神的鞭打。/而我竟然还在时时寻找更加矮小的比照获得虚假的骄傲与自足——封闭与守旧的困扰使我不能摆脱低俗。"

《泉州东西塔交响曲》的意象创造之所以既繁富而又纯净,显然得益于现代主义的超时空艺术想象。例如,作者这样表达东西塔的思念与坚守:"飞檐的热唇满是彩霞的浓烈。/门的明眸闪烁着真情的星。/日日夜夜、年年岁岁,渴望走近、渴望相拥、渴望热吻,却始终纹丝不动。你我都再清醒不过:哪怕只是走近一步也要崩溃!"把"飞檐"想象为"热唇",二塔"走近一步也要崩溃",既符合塔外部造型与建筑的特点,又发掘出二塔的苦恋与坚守的内在蕴涵,与作品的题旨高度吻合。再如,作者这样描述塔与时间的抗争:"时间牵引起浩浩长风,不断从塔的心头吹过。/时间也在塔的灵魂里奔突,塔的容貌被隐隐擦伤。/塔落下与时间格斗粉碎了的尘末。/塔留下时间告别的声息和雨水的脚步的斑斑锈迹。"无形的时间,竟然"在塔的灵魂里奔突",把塔的容貌"隐隐擦伤",塔"落下与时间格斗粉碎了的尘末"，"留下时间告别的声息和雨水的脚步的斑斑锈迹"，想象精彩而切合时间的本质特征，具有很强的艺术感染力。

写乡土，而以较大的气魄超越乡土，这是陈志泽近年来乡土散文、散文诗创作的艺术追求。他的《泉州东西塔交响曲》为乡土文学创作提供了值得借鉴的有益经验，值得认真总结。

（原载《散文诗世界》2011 年第 3 期）

浅谈陈志泽的散文诗

李建民

米勒之所以不死,是因了他的现实主义美术风格的典型代表作《拾穗者》。这幅创作于 1857 年的著名油画,描绘了法国农村秋季收获后,人们从地里拣拾剩余麦穗的情景。一百多年后,我们在珍藏于巴黎奥赛博物馆内看到它时还是那么眼眶一热,那是我们看到了典型的乡土,金黄色的麦场,俯身成 45 度角的拾穗人。画面上两人并俯,另外一人半躬着身姿,正专心致志地要俯下身去;三人或背对、侧对着我们,褐、红、蓝三色帽子遮住了大半个脸,以至于看不清她们的辛苦或愉悦。但她们内心的潜静与丰盈,以及"颗粒归仓"之艰辛,早已力透画面。陈志泽先生的散文诗新著《热土·乡音·人》让我想到了那几个拾穗者,要再多一点的话,那就是辽阔麦场边缘可能有的教堂与晚钟。色彩的热烈开始偏橙,情绪的潜静已接近黄昏,而显然是丰收的场景和最后的归仓!

志泽先生自 1962 年开始发表散文诗等文学作品至今也有半个多世纪。而几乎涵盖整个人生的散文诗写作,体现了他的人生追求与执着。而正是这,铸造了他的"中国当代(十佳)优秀散文诗作家"桂冠。去年清明前获志泽先生赠书,清明这一天恰有雨出不得门,于缠绵的情调中读诗是难得的好时机。于是,泡茶读诗,顿时——"热土""乡音""人"纷至沓来,让我应接不暇。

《热土·乡音·人》是一部选编本,而我在其中看到最早的一篇似乎是写于粉碎"四人帮"之后,随之的是 1983 年、1986 年、1989 年、1993 年、1996 年的作品。大多没有标记的,显然是志泽先生退休之后的倾心之作。此前我读过志泽先生的《守望》散文集,我深感退休之后的志泽先生的散文,与前对比,有一种"行在当行之时,止在当遏之际"的放敛。也许与心态的自由有关,也许是摈弃了许多似是而非的教条,然而,我更愿意他是志泽先生的自我困斗与突围,而这人生长途中的励志新造,毋庸置疑必是灵魂的升华与躯壳的浴火重生。难,但有风的涅槃。抱着同样的思索,我进入了志泽先生退休之后的散文诗创作。

一、以变奏的短笛反映宏伟、广阔的时代生活和社会进程,以期取得散文诗题材领域的突破。紧随时代步伐,反映时代生活是这个时代每一个作家都应该认真思索的问题和姿态。"文革"一结束,作者就以《云海》的诗篇开始对"文革"的反思,改革开放的号角唤来了《彩蝶》《这一个声音》《驾着列车飞奔》等作品。这是奔腾汹涌的时代,在这个泥沙俱下的社会进程中,也不乏扭曲生活的变态世况,于是诗人的笔下有了密切关注现实生活的佳作,有批评社会不正之风与真实塑造正面形象的《法院院长与"纸条"》;有批评讲空话、大吃大喝,呼唤崭新气象的《有一种声音》《嘴的功能》等。这两部分作品当下散文诗界最为欠缺、最为贫乏,因而也愈显出它们的价值。写新鲜事物,抒浓烈的生活情愫,以小见大,讴歌时代,讴歌生活,从而拓宽了散文诗文体格局是这一部作品集的显著特色。

二、长章与短歌并行,擅长于日常生活见微知著,多元地抒写自我人格与人生感悟,是志泽先生一贯的努力。无论是 20 世纪 80 年代的《相思树》还是 20 世纪 90 年代的《爱的星空》,"从大千世界到小巷人家,自读万卷书到行万里路,目光所及,脚踵所致,便能引发情思、萌生想象……"(耿林莽语)在《热土·乡音·人》我们依然可以看到他的这种努力。《汗珠》《红蜻蜓》《番石榴籽》《煎中药》《夏日,穿长靴的女子》等都是这么一类作品,这类作品大都是短章。短章散文诗易写难工,角度的切入相当关键。它不应该是无病呻吟式的随意脱口,又应该避免"为赋新诗强说愁"!在这里要说的是事物的本质属性、事物的特征以及散文诗所赋予的诗性引申,明喻或暗喻。《红蜻蜓》由"纤细、幼嫩的脚,轻轻触摸了一下钢铁的尖刺"开篇,可见红蜻蜓在作者内心引起强烈反应的是细脚与尖刺的反差与迎战。这个反差让诗人浮想联翩到实际生活的三个侧面——"热烈地寻找扑向阴森森等待着的险恶之上。机灵的生命歇息在僵硬的死亡之上。触须一样柔软的足,踩在刺杀的企图之上"所构成的阴谋与威慑。是的,生活中不乏这样的遭遇,那么,究竟红蜻蜓能否摆脱这样的窘困?——红蜻蜓就不再起飞了吗?它迷醉于体验着脚下境地的特别与有趣吗?结论是:没有。红蜻蜓在短暂的"直抒欢快的胸臆"之后，"突然，它一飞而起，将围墙与钢丝网重重甩落!"从"红蜻蜓站在尖刺之上"这一生活细节，作者赋予生活的三个侧面，并拾掇到一个生活的启示：柔弱战胜钢刺不是不可能，重要的是不要"迷醉"! 这启示是作者描绘的生活场景给予的，也是红蜻蜓驾驭钢刺又飞起的所蕴含的事物的本质，抽象又生动。生活的繁富提供了意象的繁富，生活的多义也开拓了题旨的繁复。《时间》一诗对花落与风无关，而"是时间碰了它一下"的发现，直接触摸到比风更本质的时间。而《一头站立在田野的公牛》描绘的是一头春耕劳作之后，站立于晚霞余晖的疲惫不堪的公牛，萦绕在作者心中的提问是："一头站立在田野的公牛，它有什么等待?"答案作者自身是明白的，但没有答案的设问无疑是智慧而清醒的! 所以，思想有时需要节制，但前提是必须有导向和启示。

三、反映作者退休生活与心态的诗章，富有哲理，给人以新的视角与启迪。这类作品可看成是作者近期生活的最新体验。它们是《宁静的生命》《寂寞》《你的皱纹》《煎中药》《喧闹的静夜》《谒郭风墓》等。在这些作品中，我们可以看到这么些与老人生活密切相关的字眼，如"宁静""寂寞""皱纹""中药"等生老病死话题。在此，我们始终看不到作者由于退出职场的某种失落与沮丧，也看不到冷落中的怨言，作品的基调是昂扬向上的。——"宁静下来了，生命开始降温，生命在冷静中沉积，而厚实、而充沛。"(《宁静的生命》)——"有人以为给你寂寞，你就会窒息，就会腐烂。没料到，你是立定，你是扎根，你是默默生长。于是，寂寞的树，如期开放繁花，如期结出硕果。"(《寂寞》)——"你的墓简朴，如同你的为人，没有什么特别。唯一特别的是，你的墓碑上，刻有你临终前从女儿为你准备的几副对子中选定的对联：明月清风，厚德载物。"(《谒郭风墓》)这类作品直抒胸臆而沉实、情真，又不乏作者深邃的思索。这都是每一个人可能面临的退休生活，但不都是每个人都能认识和做到的。因为作家自身就是思想者，他们老益辣、老益深、老能做、老敢言，所以能特立独行，甘于寂寞，这也是文人之幸!

四、联组联屏，拟人象征，题材广阔。散文诗组的出现是志泽先生这部作品的一大特色，在现代散文诗领域它有承《读沧海》余绪之意味。这类作品的题材可以说包含了生活的方方面面，亲情、爱情、友情，儿童文学，海峡题材……连矿工的生活也有所反映。作品有《沙粒与雨滴》《扑向爱情》《面对灾害》《海外赤子》《游子情》《鲜花簇拥的妈祖出巡》《海峡,海峡》等。厚重、充沛、深刻是志泽先生在这类作品中充分体现出来的特点,也是他散文诗创作整体概貌的呈现。《海外赤子》《游子情》《海峡,海峡》是情绪上连贯的组歌,它们倾注了作者极大的政治热情和浓郁的乡土人情,是融化了乡情与政治的好作品。《海峡,海峡》尤为突出,该组诗计十三章,写作跨度1982年至1994年。从《海峡浪》《海峡云》《海峡水》《海峡雾》《哥哥——哥哥——》《遥望》《信》《祭奠》《听潮》《夜饮》《慈母心》《拉网》《"五缘之水"注海峡》,可看出原先是独立成章,后拾掇联组。十三章,头尾十三年,以"海峡"派生与连贯,题材厚重,情感充沛。"我看见海峡的浪永无止境地奔跑,拼尽全力在奔跑……海峡浪呵,它的心分为两半,它怎能安宁?"(《海峡浪》)"海峡云啊,你携带着多少深情的嘱托?微微颤动着,慢悠悠飘飞着……"(《海峡云》)"信,常放在桌上——还有一副老花镜。多少次,看了收起,收起了又看。"(《信》)这样的诗句不胜枚举。作者很好地在政治抒情诗上避免空洞教条的说教,又在散文诗的诗意把握上做到形意结合、意由象生!我要着重说到的还有那一组写东西塔的诗章《泉州东西塔交响曲》,有评论赞其"意蕴是那样精深广阔……丰富的文化内涵与恢宏气势令人耳目一新","意象繁富而纯净"。我读《泉州东西塔交响乐》二十章,一开始我就为第一章所震慑:"时光急驰,一朵浪花溅入桑树的梦乡。桑树醒来。天光初露,无风,桑树的枝叶却在战栗。一位云游和尚穿行在桑园的绿帐中,急促的脚步声召唤桑园主黄守恭迎出他的檀樾祠。和尚问:可否献出我身上袈裟一样大的一块地?黄园主毫不犹豫颔首:可。和尚脱下袈裟朝向太阳抛去。袈裟停在半空,影子覆盖了整个桑园。和尚指着影子:这片地,袈裟一样大。黄园主只好把难题托付神明:除非三天内桑树开莲花。莲花如期开放。这一天是桑园的涅槃。浓郁的莲花香从此弥漫了'海上丝绸之路'起点泉州,弥漫了唐垂拱二年(686)动工建寺的一天,弥漫了古城的史册……寺建起来了,名叫'莲花寺'。"这取材于闽南民间传说的叙事,以最简洁的形式切入,具有传奇的震撼又具诗意的空灵,干净又不失繁复,这是我读完该诗的第一感受。读第二章我在眉批上写道:"叙事简洁又不失生动。"以下的一章章都拨动我的心弦。

　　书中我最喜欢的是《弘一法师的告别》,不妨辑录如下:

风拍打着门扉,跌落的晚霞在门槛下的泥土路融尽。

大师躺于窄窄的床上。缀着许多补丁的蚊帐没有放下——他的脸颊消尽了血色,饥饿的蚊子已远远逃离。

大师稀疏的山羊胡也躺下了,不再垂挂世间的杂音。他已多日没有进食。那捣出了丝的柳枝"牙刷"好些时候不用了,在桌角那个竹筒里垂头而泣。

适才,大师写下"悲欣交集"。纸上的叹息霎时冰冷,墨迹却有余温。

他对弟子说:门掩着,三天后你们才进屋来。

他累了。风也累了。有一阵最轻柔的风抚过大师的脸颊之后,他闭起了双眼……

散文之象与诗歌之意如此有机融合,意象透明,意境流韵。这里既有散文白描的生动与质朴,又有诗歌的含蓄与韵味,两者完美结合。"跌落的晚霞在门槛下的泥土融尽""饥饿的蚊子已远远逃离""稀疏的山羊胡也躺下了。不再垂挂世间的杂音""他累了。风也累了",遣词造句工极,是志泽先生所有诗篇的圭臬!

写到这,我又想起米勒的《拾穗者》,那沉实的画面与悠扬的晚钟重重地撞击着我们的心灵!

2013 年 4 月 15 日二稿

(原载《散文诗世界》2014 年第 4 期;作者系泉州市作家协会原副主席、泉州市作家协会顾问)

温暖的"花朵"

—— 读陈志泽散文诗集《容易被遗忘的花朵》

清　扬

　　陈志泽老师的这本散文诗集,是以他的《容易被遗忘的花朵》这首散文诗来命名的。这本集子收录了他2007年至2008年一年多时间所写的一百五十二首散文诗,而他唯独选取这首散文诗来作书名,从某一个侧面也折射了他的精神世界和心灵追求。《容易被遗忘的花朵》,这个题目就为读者设置了一个思考的空间:"这到底是一种什么样的花朵? 这样的花朵又寄寓了作者怎样的情感?"然后读者跟着他真诚而朴素的诉说走进这"容易被遗忘的花朵"的世界,在凝练而丰富的诗意氛围中感受"这些花朵"的内涵与神韵,从而破解内心的谜团,被"这些花朵"暖暖的精神和朴实动人的情怀所打动。作者自始至终都不将这些花朵的名字点破,而这正映照了"容易被遗忘"这个题目。这是无名的花朵,但却是温暖的花朵,从这些"暖暖的洁白的棉花"中,我看到了作者的影子。

　　陈志泽老师在这本集子的后记中写道:"散文诗是寂寞的,因为寂寞,得饱尝艰辛。但正因为寂寞,她终究要走向成熟。寂寞的树将如期结出果实……"这是散文诗发展的道路,也是他散文诗创作的真实写照,也是"一朵温暖而洁白的棉花"暖暖盛放的心路历程。他从1963年开始进行散文诗创作,在散文诗中呼吸和行走,倾听来自散文诗世界澄明的呼唤与倾诉,试图追索自身的清澈与渊厚。他用自己发自肺腑、源于本性的吟唱,圆熟着散文诗的表达,也圆熟着自身的精神境界。在散文诗的百花园中,他只将自己看作是一朵名不见经传的"棉花",用发自心灵的热爱增加散文诗的温度、厚度、纯度,让它贴近人心、温暖人心、感召人心。在2007年被评为"中国当代(十佳)优秀散文诗作家"之后,他依然保有棉花那不事张扬、谦虚质朴的精神内涵,努力将散文诗题材领域向纵深向辽阔拓展,积极挖掘散文诗深刻丰富的哲理意蕴,敏锐、深情地注视时代生活的各种景象,发现社会、自然和人生所蕴含的美。

散文诗集《容易被遗忘的花朵》,便在题材和形式上都做了深层次的演进与探索,既显示出了陈志泽老师散文诗的繁复多样,又凸显了他对于事物哲理性思考的独到特点。正如那洁白的棉花一般,开放在枝头,展现生命的活力;"被弹织、套上了被单,盖在身上",却将"暖暖的精神"和"朴实而生动的田野"熨帖在读者的心灵田野之上。细细览过这本集子,诗风淳朴自然、质地温暖明净,内容涵盖故乡的歌吟、世态的描摹、人情的神思、内心的咏叹,既富于感性,又不乏理性的发掘,是生命感受和生命智慧的有机融合,二者在碰撞中擦出颇具感染力的诗性火花,点亮读者的眼眸,照彻读者的心灵。

在第一辑"拥抱泉州"中,陈志泽老师书写泉州风貌,以真诚而炽热的抒情姿态,将泉州这座历史悠久的闽南名城像一幅多姿多彩的画卷一样铺展在读者面前。而陈志泽老师又像是《崇武海湾》中的一朵浪花,它映照着泉州城的地域风物,这不是单纯的映照,而是心灵的再折射,一种怀着热爱与融合的折射,是明心见性的一种交融。在第二辑"时代掠影与世态描摹"中,陈志泽老师客观冷静地描摹了一幅幅世态万象图,每一首散文诗着墨不多,无论是写物、写人,还是写现象、写心境,都将一支笔探进人物的内心、事物的内核、世相的本质去思索、去探问、去感悟。无论是彰显昂扬积极的精神,还是鞭挞讽刺丑陋的行径,都不忘散文诗疗愈的功能,从不同角度不同侧面激发读者向上的情怀,引领读者参悟人生,直视生活中的寂寞与黑暗,拥有一颗温暖而明净的心。如:母亲一直细心照顾着她。她告别人世时,母亲守在她身边。母亲就像是为了她而活着的,人们都说不幸的她有福了(《一个"弱智"女人的一生》)。一个智力障碍女人的一生,该是怎样悲惨的一生,但有了亲情的呵护,不幸的人却是有福之人。陈志泽老师用温情的笔调来书写一个智力障碍女人的一生,令读者在唏嘘之余,仍心存慰藉、温暖丛生。第三辑"风景与人生",则是心灵对外在景物的敏感反映,四季更替、春花秋月,置身于物景之中,陈志泽老师的心景与之融合,不借助有意识的雕琢,只是真诚而温暖地书写着、吟唱着,对《石的世界》述说,在《清明雨》中浸润心灵,又在《过年的鞭炮声》中发表宣言……感物于怀,寄兴山水,将主观情志自然融合到日常生活中常见的事物中,将读者的思想引领到一个更高、更远的境界。第四辑"热土·人",则更多的是对乡情、乡思的一种诗意表达。乡情、乡思,自古以来就是暖人心怀的一种文学主题,它恰如"慈母手中线,临行密密缝"中的那件棉衣,凝聚了多少温暖的感人的情怀,历久弥新。陈志泽散文诗中不乏这样题材的诗作,闽南自古就是侨乡,而泉州是宋元时期世界最大的海外交通贸易港之一,以泉州为起点的"海上丝绸之路",航线四通八达,外国人来华及华人出国的现象层出不穷,华侨就是这个现象的必然结果。宋朝末年,就有大量的泉州人民迁居台湾,泉州便成为台湾同胞的"祖家"之一。这些华侨虽然身居海外,但对家乡对故土的热爱与思念就像枝繁叶茂的榕树一样蓬蓬勃勃,因此,反映乡思、乡情的文学题材便应运而生,且成为本土作家笔下的主旋律,泉州作家陈志泽的许多散文诗都是在表现海峡两岸相思之情和团圆欢乐的基调。如第四辑中的《举起一盏茶》:"举起一盏茶,就举起乡亲们蜜一样的笑,山村四季不枯的绿;举起一盏茶,也就举起游子的爱恋与信念、花朵开放般诗的灵感,举起茶乡高耸的山岭、深邃的海……"作者由一盏茶展开联想,将故乡亲人的盛情,还有游子心中的爱恋与信念都泡进一杯浓郁的故乡茶中,运用排比将游子和亲人之间的深情厚谊、团圆的欢乐表达得酣畅淋漓。

这本集子中的散文诗《每天》当中有这样一句话:"每天,我都感恩昨天成为不能磨灭的记忆,今天又将有新的经历……"而我,手捧这本集子,我亦感恩:阅读它成为我今天的记忆,从中有新的感悟、新的收获,又将成为我新的经历。陈志泽老师,还有他的书,都像这温暖人心的花朵,以美好的风貌指引我书写与歌唱的四季,指引我心灵的明净与成熟。

(原载《包头晚报》2014 年 5 月 22 日)

天籁与沉钟的交响

——读陈志泽散文诗集《泉州写意》

李建民

陈志泽把几十年写泉州的散文诗汇总在一起,结集为《泉州写意》出版。该书分为"古城月""'海丝'路""泉州雨""侨乡情""海峡风"五辑。"古城月"大约取"今月曾经照古人"之意,写的是历史文化名城泉州的历史人物、历史事件、历史文化;"泉州雨"则借用泉州"四序有花长见雨"的气候特点,以雨象征泉州的风土人情、地方艺术的方方面面。全书可谓是全方位抒写出泉州作为历史文化名城、东亚文化之都、"海上丝绸之路"的起点、著名侨乡、台湾同胞主要祖籍地风姿风貌的读本。

细读《泉州写意》中的散文诗,大至《红土地》《"五缘之水"注海峡》,小至《洞箫》《永春漆篮》等,无不浸透作者对故乡泉州的深情。这情愫对养育他的故乡来说是天籁,对他倾注的心血则是沉钟。热爱与思索从来就不矛盾,思辨与警策交集的是一往情深!"泉州写意"这"写"是描摹,这"意"是升华。

散文诗之介于散文与诗之间,最显著的特征应属写实与写意的结合,是细节的描摹与想象诗化的有机表现。这种融合是自然而然的,是事物情理、物理的自然升华与延伸,而非硬性附赠。好的散文诗在这一点上是不着痕迹的。写实与想象、情味与意味、生活境界与艺术境界的有机统一,构成了陈志泽散文诗显风貌、具风情、融哲理的艺术复调。

写实与想象。

写作对于写实的要求不外乎"真而传神"。真实地反映客观事物的情状,就不仅是时间与空间的问题,它还指涉事物的纹理精神。陈志泽散文诗之写实,是以童稚的声音天籁般地歌吟,尤其在早期更是如此。从其选择的具象即可见清纯——花头巾、银链、茶心、洞箫、芦柑、风动石等泉州随处可见的风物便是例证。但正是这与童年相伴的一事一物给了作者泉州故乡最初的记忆与诗意，同时也伴随其成长。这此消彼长的景象，一会儿是"大海退潮了，抛落下破烂的头巾"，一会儿是"五花十色的头巾飘进了果园，化作挂满枝头的闪亮的珠串"（《头巾》）。或"将几片茶心展现于手掌，我看到了茶心上有茶的血脉密布，茶的最细嫩的心尖蜷缩着，随着芬芳的淡淡飘逸，茶的心在微微颤动……"（《茶心》）在对头巾和茶的写实过程中，我们还看到"茶的血脉密布"和"五谷喜得拔节猛长"，这就是事物的纹理精神。

想象也在此刻展开。"艺术往往要比生活更多的感情、更多的想象，能启迪读者更多的想到生活，而且比生活中想得更多、更美。"（孙绍振《泉州写意·序》）"'郑和堤'在岁月的风雨中渐渐变得矮小，动人的传说却至今高耸。长堤内外，郑和洒下汗水的盐碱地上，庄稼与传说一起茂盛茁壮！"（《郑和堤》）还有"祈祷是热血奔涌的回响。心的搏动召唤浩浩长风。凭借年年两次九日山祈风，刺桐城一腔豪迈勇闯世界！祈风，祈风。虔诚的祈风从未停歇——当年在九日山，今朝在心灵殿堂。"（《九日山》）想象打破了时空的局限，让昔日物象与今日激情融合，交汇成比生活更为壮阔的气象。美也由此迸发。这种迸发是以物理为依据的，历史的机理本具"一起茂盛茁壮"的气象，再加上情感的依据，心灵的殿堂自然供奉虔诚的祭奠！

情味与意味。

情调与意味合称"情味"。那么"情调"又是什么呢？情调是思想感情表现出来的格调，是事物所具有的能引起人的各种不同感情的性质。我之所以说陈志泽散文诗的情味而不说情调呢？原因当然是在这个"味"上。积极向上的情调是自不待说，情味便就成了陈志泽散文诗固有的韵味，这韵味是突兀或绵长，是大风或细雨，在很大程度上决定了散文诗的审美指向。与意味的结合，成就了一种亲切且深长的寓意。平淡且破败的古伊斯兰圣墓，石棺上的古兰经与云月雕刻，在婆婆的树影下翻阅着一种生动，这是未曾消失的宗教，更是不曾磨灭的信仰！就像消失了热焰的火山口，依旧回响着当年的震撼。亲切而深长的寓意在陈志泽散文诗里处处可见，"风拍打着门扉，跌落的晚霞在门槛下的泥土路融尽。大师躺于窄窄的床上。缀着许多补丁的蚊帐没有放下——他累了，风也累了。一阵最轻柔的风抚过,他闭起了双眼……"(《弘一法师的告别》)一个风的意象,一个晚霞的意象,以最轻的方式让弘一法师轻轻地告别人间,这是"累了",是再亲切、再深长不过的挽留!

生活境界与艺术境界。

热爱乡土,故乡就不是一个抽象的概念,它是一个个细微的物件和一闪而至的念想,甚至只是一个不经意的褶皱。作家的使命就是发现蕴藏在这事物之中的艺术的幽微,或者说美。在这里情感的分量最为重要,它是一切艺术从一般到典型,从个别到普遍概括的一个基因。事物依靠情感发酵,也许在散文诗里那个"发"只是一个"点",它依靠情感的力量发酵、升华,《乡音》《侨批》等就是这样的一些作品。《乡音》抓住老华侨乡音不改和他们的后代回乡之后,"洋腔"被渔歌荡走了,被银波碧海洗净了,被家乡南音携去了。把改与不改的新老华侨的声腔那么一个生活细节,放大到渔歌、碧海、南音的艺术逻辑之中,从而找到生活的真谛、艺术的真谛。侨批是闽南侨乡最常见的、华侨通过民间渠道寄钱回家随钱寄达的最最普通的信函,但它是华侨与故乡的联系,凝聚着华侨与故乡的心血,是可宝贵的历史文献。它既记录了中国华侨的苦难史,也承载着一个民族的繁衍史,虽然"已经那么遥远了啊,侨批驮载了村庄几百年的岁月,悄悄走进历史的苍茫"(《侨批》)。面对这"历史的苍茫",生活与艺术几乎同时发现,"而今,它突然在联合国教科文组织世界记忆遗产名录中站起身,同阔别的乡亲回眸一笑,映亮那些早已模糊的时光,启开我童年记忆的门扉……"这不是随意的抒情,是真真切切的"阔别",是早已模糊的"时光",是重开童年记忆的"门扉"!从生活的真切体验中升华的艺术,那么有力,那么直接地撞击我们的阅读与思维!生活与艺术之隔似乎只是"一点",这一点是火柴的一嚓,艺术的意象,美就纷至沓来自此点燃。但是,这样的发现又谈何容易?!

稚声的天籁与古老沉钟的交响,我这样概括陈志泽的散文诗的整个艺术风格与写作特征,理由在于分界陈志泽20世纪与21世纪不同的两个散文诗创作时期的差异,也同时理析一首好的散文诗应具备的品质是:孩子的眼光与老人的思索。我非常喜欢陈志泽日前在《人民日报·大地副刊》上发表的一组散文诗,篇名叫《城市乐章》。整组诗由《静夜,生命的凯歌》《一位公交车司机》《巷头小匠》

《五店市古街》《送小孙女上学》《淘"宝"老人》六章组成。看描写的对象我们不难发现都是些小人物、小题材。作者不是以孩子的目光,也最少是以极其一般的目光面对生活、采撷生活。在看似一般的描摹中,生活是那样的五光斑驳、鸡零狗碎,但生活的底蕴有待发掘。把孩子眼光真切的发现还原给了生活,把老人从事物表象下发现的生活真谛释解给读者,是陈志泽散文诗的致力。《静夜,生命的凯歌》中,老人在静夜被120救醒了,而救护他的医护人员又一阵风似迎接另一辆救护车的到来,"漫长的静夜蜕去一层层月色","城市的夜,静极"。"静极"两字多有分量!《巷头小匠》孩子的眼光发现"屋檐下,一台老旧的缝纫机。还有一筐杂七杂八的小工具、小材料。你踞守在小巷的一头,躲在风的背后,等待着路人寻找的目光"。而老人的视角又发现:"你以灵巧与专注消弭人们生活中的小缺憾,你用自己的双手起起落落唱出劳动的歌。也许你没感觉,每一天,你其实是在为传统美德的破洞裂痕缝缝补补……"貌似简单的生活,因了思考而有了沉甸甸的发现。这一组散文诗其实也是写泉州的,泉州的人文、泉州的事,只是作者来不及收录。这倒让我庆幸:因为到了《淘"宝"老人》,作者的散文诗似乎又进入一个新的格局。这"格局"不是急遽地要表白点什么,不以作者的议论明显地张贴,而是娓娓道来,以总体的营造感受生活、感受人生。因为更多的生活是用来体味的,辛酸苦辣其实是五味齐全。《淘"宝"老人》,一开始就这样起句:"赤膊惯了,大热天,也没有遮拦。有点弯曲的铜色后背,能把阳光之火弹回。"自然生动,又形象含蓄。生活之窘困,阳光之炎热,还用得着惊叹吗?!全然不必。

纵观陈志泽《泉州写意》散文诗集,我看到一个在散文诗领域开疆拓土的老诗人在不懈追求,他不止于当下散文诗的过于屑头的形骸,过于僵硬的四肢,以及魂不附体的哲理。他从泥土中体验亲切,从歌唱中寻觅思考,从冷峻中发出警策,从而提升整个散文诗的体量与分量。我期待陈志泽先生的散文诗创作进入生命的第三周期,叶更绿,花更繁,果实更沉甸。

2016 月 6 月 17 日于湖心苑

（原载《福建日报》2016 年 8 月 26 日）

意义在生长中产生

——读陈志泽先生《散文诗艺术技巧例话》

周庆荣

　　与志泽先生相识并且成为他的忘年交,地点在福建泉州,中间人是我泉州的诗友任剑锋。按辈分算,志泽先生当是剑锋的老师,他在泉州也一直身体力行地对诸多散文诗写作者给予支持和关怀。一个月前,我与他在泉州再度相聚,他说起行将付梓的《散文诗艺术技巧例话》一书,我印象深刻的是他这些年来对散文诗未中断的探索与思考,尤其他谈及散文诗文体意识自觉的重要性,我理解为在强调散文诗文体存在价值时,首先必须从写作者自身对散文诗写作的审度开始。对此,我深以为然。

　　谈散文诗的独立性和其存在意义,我以为首先从我们认真写作开始。志泽先生的这部《例话》貌似从艺术技巧展开对他所选择的具体文本的剖析,其实,更是用心呈现散文诗的文体特征。也就是说,只有首先知道散文诗为何物,方能再进一步探究它的表现力和存在价值。顾名思义,散文诗形式上是以文为诗,它的叙述功能因此可以更多地走进目标事物的细节,而诗意又是其根部属性,所以,如何完成对细节意象性萃取,实现诗的阅读张力,这是需要写作者认真把握的艺术技巧。志泽先生正是从此入手,通过他所选择的现当代国内外的具体文本,来探讨散文诗如何才能更加提高艺术感染力。这样,所谈便言之有物,读者既可欣赏书中一百多章作品,又可通过志泽先生的妙笔领悟这些作品成功写作的秘密。

　　书中含国外文本七章,作者分别是纪伯伦、波德莱尔、泰戈尔和屠格涅夫等,概是因为志泽先生从散文诗文体的鲜明性出发所进行的选择。现代性较强的勒内·夏尔、圣琼·佩斯和美国诗人惠特曼——他善于对目标事物从外向内一边歌唱一边深刻地发现, 发现事物与我们人类社会的真实状况互为依存又能够带来启发或者警示的物语，尚未选入。回顾中国的散文诗展历程，有很长的一段时期，不少写作者只注重歌唱，而忽视了深刻发现对散文诗"以文为诗"的重要性。

国内部分，志泽先生选择从鲁迅开始到20世纪中晚期的郭风、柯蓝等，包括至今仍在孜孜不倦进行写作探索的耿林莽先生，他们都是我们广大散文诗写作者不能忘记的存在。志泽先生把评析对象的重点放在21世纪以来的作者上，他在和我交流时多次强调自己的观点：无论创新还是发展，散文诗未来的希望一定在于年轻人。我在阅读这些作品和他的评析时，能够体会志泽先生力图多元性地呈现当下散文诗的创作状况，隐约感觉到他选择文本时努力做到两个不重复，一是横向的，即散文诗表达方式的雷同；一是纵向的，即具体写作者无法突破自己的写作范式。他特别强调写作者应该注意抒情的适度，事实上我们确实要警惕散文诗写作时过于主动的抒情，虽然修辞对于诗歌非常重要，但若忽略了事物本质的揭示，就会缺少思想的重量。

我非常欣赏志泽先生在本书最后的文论部分内容，我以为这些文章体现了他长期以来对散文诗文体的严肃思考，即散文诗最佳写作应该是散文和诗的元素有机融合。而从近一个世纪中国散文诗的发展过程来看，主要的写作成就大多是这样坚持的，然而，散文诗除了鲁迅作为文本高峰外，在各个时期却都没能走进主流视野。

我呼吁散文诗的各种可能性，在珍惜传统经验的同时，能够有勇气实现鲁迅自谦意思上的"小感触"亦能有大的承载，这样的书写如果对生活中的人们产生不可替代的阅读魅力，我相信即使我们什么也不强调，散文诗自会不再因被偏见而委屈。基于此，志泽先生通过这部散文诗文本例话，通过各种风格的散文诗作品本身以及他独具匠心的评析，表达了他对散文诗的热爱与期待。

（原载《文学报》2017年3月23日；作者系《星星·散文诗》名誉主编、首都师范大学诗歌研究中心兼职研究员）

散文诗的存在

——序陈志泽先生《散文诗艺术技巧例话》

宓 月

陈志泽老师告诉我,他准备将他在《散文诗世界》杂志主持的"佳作赏析"专栏作品结集出版,并嘱我作序,我才恍然发觉时间过得真快,离我们当初的约定已近四年。

2013年初,耿林莽先生因为年事已高,"佳作赏析"栏目又没找到合适人选,不得不暂时停下。"佳作赏析",一直是《散文诗世界》杂志的重要栏目,无论是对刊物,还是对散文诗人,都具有特别意义。它是散文诗人学习的范本、创作的指南。能登上这个栏目,是对散文诗人的肯定和鼓励,是一种特别荣誉。因此,该栏目颇受读者欢迎。

主持这个栏目,必须是散文诗大家,具有敏锐的眼光、包容的心态、博大的胸襟、广阔的视野,以及客观公正的态度、愿为散文诗奉献的精神,否则,很难达到佳作赏析所起到的导向作用。

我知道,主持"佳作赏析"栏目,就像我们当编辑的,是一个辛苦且费力不讨好的事。第一,这是一项需要花费大量时间和精力的繁重劳动。广泛阅读、精挑细选散落在报刊书籍中的佳作,无异于沙里淘金。第二,无论如何客观公正,难免有遗珠之憾,弄不好,可能得罪许多未入选"佳作"的散文诗人。第三,选出了作品,又要评论。每篇佳作,各具特色、风格不一,所费心血可想而知。第四,集选家评家于一身的栏目主持,无异于给读者和散文诗人树了一个靶子,没有被人射击、供人说三道四的承受力,很难坚持下去。不少有成就和声望的大家,一般不会接受这件苦差事。因此,没有对散文诗的热爱和牺牲精神,很难做好这项工作。

我试着邀请陈志泽老师主持这个栏目,没想到陈志泽老师考虑了一段时间后就答应可以试试。他还谦虚地说,不知道能不能干好,但一定会尽力而为。此后,每期两篇佳作赏析,他都会如期通过邮箱发给我。有一次,因电脑故障,他存的文件全部丢失,他不得不赶在出刊前重写了一遍。即使遇上身体不适或者重大节日,他也从未落下过。陈志泽老师的身体不大好,且已年届七旬,给他这样的重担,我时常感到不安。当他知道我的忧虑时,就跟我说:"现在像我这样年龄的人(包括作家),许多人选择玩,或赚钱的事,我不。创作,对我就是最高兴的事。我舍去一些散文和散文诗的创作而集中写'赏析'这个栏目的稿就不会太累,谢谢你的理解与关心,有你这样的朋友,真是荣幸。"我知道,陈志泽老师为了这个栏目,有时觉也睡不好,生怕辜负了我的信任,辜负了大家的期望……

约定的"试试",仿佛昨天的事。这一试,陈志泽老师却兢兢业业地坚持至今,使我非常感动。我能为他做的事就是不打扰、他不干涉他,使他自由选稿评论。我感到欣慰的是,这个栏目深受读者喜爱。常有读者们告诉我,这是他们的"必读"栏目,有时还要认真看好几遍。当一些年轻散文诗人入选这个栏目时,会兴奋地告诉我他们的自豪和感动。有些散文诗人要我推荐作品给陈志泽老师,希望得到他的点评,我每次都婉言拒绝了。这个栏目之所以得到读者和散文诗人的认同,是因为陈志泽老师始终秉持开放、公平的选稿态度,拒绝"人情稿""关系稿",真正选出一些有代表性、有特色的作品来点评,保持所点评的作品是真正的佳作,让读者能够从这个栏目中获得启发和滋养。

陈志泽老师在选稿赏析时,立足当下,兼顾中外名篇和历史沿袭。在《散文诗艺术技巧例话》中收录的一百一十一篇散文诗作品及赏析,既有波德莱尔、屠格涅夫、纪伯伦、泰戈尔、列那尔、鲁迅、周作人、冰心等中外作家经典名篇,又有柯蓝、郭风、李耕、耿林莽、唐大童、海梦、桂兴华、徐成淼、刘虔等老一辈散文诗人的作品,而当前活跃的年轻散文诗作家的作品分量最重。通过这些作品,我们能够窥见散文诗发展的脉络、现实状况,以及散文诗表现手法、艺术风格、表达方式的推进和演变。他的赏析,一文一议,以"局部放大""微观显影"等形式,对作品进行深入细致地剖析,给千变万化的散文诗把脉。同时,通过对佳作的品赏,构建了一个散文诗丛林。我觉得,这本书,既是中外散文诗作品精选,也是散文诗写作理论研究和写作技巧的实例解读。

在多年的编辑生涯中,我切身感受到了散文诗近二十年来的繁荣发展:散文诗爱好者越来越多,散文诗作家越来越多,散文诗作品越来越多,散文诗活动越来越多。但是,繁荣的背后却是鱼龙混杂。朱光潜先生曾列举了低级趣味的五种文艺类型,无病呻吟,装腔作势;憨皮厚脸,油腔滑调;摇旗呐喊,党同伐异;道学冬烘,说教劝善;涂脂抹粉,卖弄风姿。这五种类型,在散文诗界都不同程度地存在。能辨识散文诗佳作,需要火眼金睛,也需要"用心"。

每期编辑这个栏目,我能充分体会到陈志泽老师的"用心"。他每期所选的作品,基本保持一个"老少配"风格,即一位相对沉稳老辣、一位朝气新锐。在单篇点评时,他刻意转换点评角度、评点风格,以避免雷同。写几篇不趋同的赏析容易,但要写上几十上百篇不雷同的赏析,就需要十二分的心血和心智。即便个体创作,到一定的时期,也难免步入"习惯"轨道,用词、用句,包括表达方式,都会不知不觉地自己重复自己。

散文诗之所以拥有越来越多的爱好者,在于散文诗具有无限的灵活性、适应性,能给作者以不设边界的探索试验天地。它的表达方式能够兼收并蓄各文体之长,变化出各种形态,如叙事性、哲理性、小小说式、散文式等。陈志泽老师在赏析作品时,无疑注意到了这一点。他尽可能摒弃个人喜好,努力让散文诗不同的探索试验都有所呈现。这种包容度,对于作品赏析者来说是难度最大的。但陈志泽老师无论是在作品选择上还是评点方式上,都刻意回避着"趋同",甚至始终保持着一种"跨度"。一百一十一篇赏析,是一百一十一种散文诗写作技巧,是一百一十一种散文诗美学探讨。

现在,关于散文诗的话题很多。至今仍有不少散文诗人在焦虑散文诗的"命运",被散文诗文体所困扰束缚,可笑地要为散文诗寻找"合法性",纠结于散文诗的"身份""归属""边缘"问题,似乎辨明了"身份",找到了"归属",解决了"边缘",就能够让散文诗"突围",不被"遮蔽"。我很佩服他们对散文诗的热爱、理想和抱负。我也理解不少散文诗人进退失据的失意彷徨和尴尬寂寞。但我觉得,这些都是伪命题。散文诗的文体之争早已尘埃落定。为散文诗设定人为边界,是对散文诗的伤害。散文诗的存在已说明一切。散文诗没有"危险",危险的是作品优劣,散文诗人的价值取向和美学追求。我始终认为,散文诗的存在是因为散文诗,而非其他。能否"公平对待",不影响散文诗的现实存在。没人能否认和回避散文诗的价值和意义,就像没人会质疑何为诗、何为散文、何为小说。陈志泽老师以一百一十一篇散文诗个案,事实地说明了散文诗的辨识度是非常清晰的。

散文诗与生活密切相关,它是我们在生活中捡拾的点滴诗意。生活不可能持久地喧嚣热闹,短暂地沉寂,就是散文诗的机会。换个角度而言,散文诗是一种奢侈享受。散文诗篇幅短小雅致,语言简洁洗练,叙事精要内敛,富有节奏韵律。在网信发达的现在,散文诗非常适合在小小的屏幕上阅读,在指尖轻轻划动间,匆忙的心灵会被快速击中, 荡漾在诗意的海洋里, 让我们的生活闪烁起思想的辉光。这是散文诗拥有的现代力量,也是散文诗生命力越来越强劲所在。

很多时候,散文诗常常被误认为"小散文",一些报刊编者也将其当作"美文"来刊发。散文诗与诗、小品文、散文最易混淆。晃眼看去,它们好像没什么差别,但作为散文诗人和编辑,它们的界限泾渭分明。

我与陈志泽老师多次通过邮件和电话交换过意见, 他认为:"散文之于散文诗即便只是'外衣',也要讲究什么料子、什么款式,怎么穿这外衣,更何况,散文之于散文诗绝不仅仅是外衣。散文诗界'诗化'一种声音压倒一切,散文诗的百花齐放、多种多样不见了,令人忧虑。"他还说:"散文诗拒绝散文的作用是错误的,道路必然越走越窄,最后消融在诗的大海里。"

在编稿过程中,我收到不少把分行诗接排后当作散文诗,或者干脆将冗长的分行诗当成了散文诗。也有许多散文诗作品被作者当作散文,而许多散文又被作者当作散文诗。散文诗与散文的"形似",给许多创作者造成了困惑。他们常常自己也区别不出自己写的是散文还是散文诗。对于其他报刊,当作散文、美文还是散文诗刊发,并无大碍,因为对一个阅读者来说,影响他阅读心理和阅读感受的,是文字本身,而非其他。但作为专登散文诗的刊物,就必须厘清它们之间的不同,哪怕是些微的差异。

著名诗人、散文家、报告文学作家徐迟先生曾在一次散文诗座谈会上,提出了一个颇具诗人气质的观点:"文到精处便是散文诗。"日本现代著名的诗人萩原朔太郎在其最晚年出版的散文诗集《宿命》的序文《关于散文诗》中也曾谈及:"今天,在我国一般被称为自由诗的文学中,特别优秀的、比较上乘的作品才称得上是散文诗。"我在自己的阅读体验中，也发现在任何文体中，最精彩的句子往往就是散文诗语言。许多优秀长篇小说中的精彩段落，几乎都可称为散文诗。我相信，对于一个真正的作家来说，不管他是有意识还是无意识，散文诗创作都是文学创作的一种修为、一种境界，是自己的思想和想象力不断飞升融合的高点，是穷尽一生来探索的至境。

然而，对于多数散文诗初学者来说，仍然难以把握散文诗的内核。甚至对写作散文诗多年的"资深"散文诗人，依然很难把握好散文诗的"脉搏"。概括起来，主要是两大问题，一是废话、呓语多，二是假大空多。散文诗作为一种更贴近心灵颤动的文学样式，它注定与嘈杂和喧嚣绝缘，是极具个性化的生活体验。但个性化的体验，不是个体的呓语，不是随便捡拾一些日常琐碎的唠叨，那是"废话"，而不是真正的散文诗。口号再响亮，只能在口上呼喊，不能切入心灵。无论我们在散文诗中植入多少"主义""意义"之类的大词，终究空泛无力。散文诗真正的力量，在于通过内省式的探索骤然绽放的思想火花，它可能是细微的，却凝聚了全部的注意力，呈现出了世界的某种本质。好似绣花针，虽然细小，却锐利，一针见血。这是散文诗在分行新诗与散文之间，左冲右突，能够生存下来，且不断拓展地盘的原因所在。

《散文诗世界》杂志从1992年创刊之初，就十分重视"佳作赏析"这个栏目。通过佳作赏析，能够让读者更好地体味散文诗之精妙，让写作者更好地掌握散文诗写作与散文、分行新诗写作之间的区别。"佳作赏析"栏目，可以说是《散文诗世界》杂志的风向标。

陈志泽老师的"佳作赏析"，我每篇都要认真细读，它们本身就是一篇难得的佳作。他选择的作品包容度大，几乎涵括了散文诗自诞生以来，对当前创作最有指导意义的佳作；他所选的作品风格纷呈，甚至有些彼此之间反差极大，这给了写作者、阅读者和理论研究者以多样范例；陈志泽老师还通过深入浅出的个例解析，把每一种艺术风格和特色都探讨得十分透彻，让读者易于接受和认可。

当前，关于散文诗的理论研究很活跃，但不少文章比散文诗还无力。他们既没能全面了解当下散文诗现状，也没做系统深入的调查研究，除喜欢怀抱一些"他山之石"，引用新名词、新概念，使用云里雾里的学术修辞，毫无理论建树，对散文诗创作没有启示性、指导性。而陈志泽老师的《散文诗艺术技巧例话》，无疑填补了这个空缺。书中附录的三篇文章与一组散文诗是"例话"的补充。它们从理论高度，全面集中地阐述了陈志泽老师对散文诗文体的研究和他所秉持的散文诗观并以自己的作品为读者提供散文诗创作的示范与借鉴。

　　陈志泽老师是散文诗界前辈，更是散文诗的忠诚"仆人"。他孜孜不倦为后来者铺设前行的道路，无怨无悔地为他热爱的散文诗默默奉献。我相信，《散文诗艺术技巧例话》出版，将会成为当前不可多得的散文诗创作和学习欣赏的参考书、指导书。借此机会，我要向陈志泽老师表示深深的敬意！祝他与散文诗一样，永葆一颗奔腾不息、探索不息的年轻之心！

2017 年 3 月 18 日

（原载《散文诗世界》2017 年第 4 期；作者系中外散文诗学会副主席兼秘书长、《散文诗世界》主编）

聆听音乐与召唤结构

——读陈志泽"南曲"散文诗札记

翟大炳

在泉州诗人陈志泽的散文诗中,关于南曲的诗作读后令人荡气回肠,久久难以平静。福建南音是曲艺的一种,又称"南音""南乐""南管""弦管",被称为音乐文化的"活化石",唐代琵琶普遍用拨子,且是横抱姿势,福建南音至今保持这一遗制。南曲主要流行于泉州市、晋江、龙溪和厦门市,在中国台湾及南洋群岛华侨居住的地方很盛行,它已形成了南音文化圈。南音不断登上国际或国内的舞台,渐渐受到世界和中国人民瞩目,是国家确定的非物质文化遗产。

在这些诗作中,我们首先看到的,是诗人通过对这些音乐的聆听,引领我们对它背后的寻味和人生的追问。在《琵琶声,从空中淅沥滴下》中,诗人就是如此描述他听南音感受的:

……琵琶声淅沥沥,一滴滴、一串串都落在我燥热的心里。

这是南音的清音,从高楼的顶层——从遥远的年代天空中的密云里渗出,从一条流淌的小溪飞溅,从弹琴者的指间漏下。

从空中淅沥沥滴下的南曲,清凉、滋润;细细、圆圆;凉凉、甜甜。

我爱听这样横抱在怀里慢悠悠、轻软软弹奏的琵琶声。

每天,我都需要它为我燥热的心降温……

我们知道南音属于比较平和的音乐,它很少有动荡激烈的变化。南音强调理与情的整合与反整合以及二者的统一。理与情是南音在传统社会立足的两个文体支点。南音很重视"和"的观念,它追求天地人和、乐器和、声音和。南音"和"的观念起着重要作用。诗人在创作谈中正是以自己切身体会谈南音这一特色的："有感于城市里住在高楼的现代人浮躁的通病，有一天听到住宅对面楼有人弹琵琶，觉得无异于一贴清凉剂，于是有了'感觉'写下一篇。"在诗人看来，这正是南音的可贵之处。它和所有的优美音乐一样，它具有人性化。的确如此，音乐是有生命的，是友人，是恋人，是亲人……它有时如月光下泛着银白色汩汩流着的小溪，向你诉说，为你歌唱；有时如同月光下漾漾的春雨，为你挥洒，为你滋润，落在树梢，飘向花丛，在嬉戏少女的马尾髻上。一位听者在听了肖邦《雨滴》前奏曲时就说："我'看到'的雨中繁茂葱翠的草木，乡村修道院屋檐的一角，那只淋湿了的、静静悬挂着的钟……"

也就有了这人性化的音乐，诗人陈志泽心目中的南曲：

> ……就是一盏明亮的灯。南曲的灯光流过演奏者的心坎，心亮了，眼睛亮了……额头也闪闪发光。
>
> ——《明亮的灯》

它同样也是听者亲密无间的友人：

> ……南曲更是亲爱者、哥们的畅叙和喧闹，多少欢乐在吟唱中激荡，多少烦忧在协奏里消融；愁闷在弹拨中打发，憧憬在吹拉里明丽！
>
> 酿！酿！酿一瓮平民百姓爱喝的生活之酒；
> 酿！酿！酒香扑鼻，酒味渐醇，酒韵浓郁……
>
> ——《酿》

我们不仅可以品味南曲的滋味，还从南曲的演奏中欣赏到目不暇接的千姿百态动态画面。最典型的是，当诗人聆听南曲《八骏马》时，头脑中立即呈现出传说中的周穆王乘八骏马周游天下的一系列画面叠印：

> ……好一匹骏马！马背上不见雕鞍，不见骑者。马，早已回归山间，驮载

167

着的是自己的家园与梦幻……突然，骏马急驰而去，马蹄声化作一路碎银！转瞬，长风又聚成深邃的湖泊，任我纵身跃入，拨浪游弋……

此时的诗人已是神与物游，他与八骏马合二为一了："闲游、嘶风、奔驰，做一匹骏马何妨？"诗人乎？八骏马乎？实在是难分难解。诗中所表现出来的美妙境界与庄子在《齐物论》所描述的庄子在梦中化为蝴蝶一模一样："昔者庄周梦为蝴蝶，栩栩然蝴蝶也。自喻适志与！不知周也。俄然觉，则蘧蘧然周也。不知周之梦为蝴蝶与？蝴蝶之梦为周与？"诗中不断流动变化的画面实际上就是意象的叠加。意象叠加是诗歌中为增强表现力的一种常见的手法。它是意象组合中最常见的一种方式，它是一个意象上投影着另一个意象，两个或多个意象渗透交融成一体，两个视觉意象构成一个视觉和弦，它们结合而暗示一个崭新面貌的意象。这样的意象叠加同样在《月亮的琴声——听刘诗昆弹奏钢琴》中有华彩的表现。在听了钢琴家刘诗昆演奏的《弯弯的月亮》后，在诗人脑海中立即显现出"月亮在天上起舞弄清影"的中心意象，可它不是凝固不动的，而是随着大师的手指变幻无穷，月光白得发亮而又清澈得透明。月光的芬芳沁人肺腑。曾经照耀在李白床前的明月光，正带着琴声流过故乡弯弯的小桥，流过小桥旁边的小船，流过你我的胸膛，把所有人都洗涤得通体透亮！诗人在创作谈中也正是这样阐释的："有了这个主体意象，整个作品的想象就好办了。想象'爱情'，想象'月光'，一连串'流过'，就很合理、有诗意了。"

上述意象叠加之所以有如此艺术魅力，按格式塔心理学家的意见，就在于它是一个"优美格式塔"。它的意思是一个"完型"。格式塔心理学家考夫卡将艺术作品看成是一个有机的整体，其中各个组成部分是相互依存地处于一个有机的统一体中："艺术品是作为一种结构感染人们的。这意味着，它不是各部分简单的集合，而是各部分互相依存的统一整体"，而一个"优美格式塔"，这样的完型必须具有这样的特点："它不仅使自己的各部分组成一种层序统一，而且使这统一有自己的独特性质。对一个优美格式塔做任何改动势必改变它的性质。"茅盾在《蚀》三部曲中是这样描写静女士的："你尽可以说静女士的眼、鼻、口，都是平平常常的眼、鼻、口，但是一切平凡的、凑合为'静女士'，就立刻变而为神奇了：似乎有一种不可得见不可思议的东西,联系了她的肢骸,布满在她的百窍,而结果便是不可分割的整体美。"静女士的美就在于她是一个"优美格式塔";她的美即在部分中,又不在部分中,因为她的眼、鼻、口是那样的平常,根本谈不上美,可是一旦形成整体,这"美"就作为新质显现了。请看《南曲,从寻常人家飘出》。在这首散文诗的前一部分,是诗人以叙述的方式客观地展现了闽南南曲得以发扬光大的背景,在这里,南曲早已融化在他们的日常生活中了,并已内化为自己行为的规范成为原生态艺术了,闽南乡土风情扑面而来:

> 弹唱南曲的闺女,不经意间已是闽南侨乡的南曲名家了,可弹的还是父亲那一把摆弄了一辈子的琵琶,那把扎着红绸子给她做嫁妆的琵琶,她到哪里都用它弹唱。
>
> 最惬意,自弹自唱在自家厅堂。

接下来,便是诗人通过意象叠加的方式给我们展现出由画面组成的一个"优美格式塔":

> ……有山道弯弯,沙溪流转,清潭深不见底。却有乌龙茶的清香,榕树的绿光,瓷的清亮。

有了这样的"优美格式塔",闽南的南曲风情所带来的魅力尽收眼底了。诗人也情不自禁地发出感叹:

> 南曲人怀中的那一把琵琶啊,因而弹奏出韵味。
> 琵琶依偎着的南曲人啊,生命才是那么纯美!

上述的意象叠加和优美的"格式塔",虽是诗人瞬间体悟,只是刹那间完成,却显然有着相当丰富的经验为基础。我们知道主体的经验的形成是一个开放的积累过程,主体的经验作为一种规约性信息,储存在记忆系统中,接受者在听音乐时的瞬间体悟,属于非规约性信息。当接受者获取的非规约性,和自己记忆系统中储存的规约性重合时,便产生相互关联和相互作用,它使隐藏在接受者无意识中的主体经验浮现到意识层面。这种转化不是封闭自足的过程,而是一个自我敞开的过程,一个不断建构的开放系统。叶维廉在《中国诗学》中说:"打开一本书,接触一篇文,其他的书的另一些篇章,古代的、近代的。甚至异国的,都同时被打开,同时呈现在脑海里,在那里颤然欲语。一个声音从黑字白纸间跃出,向我们说话……"我们听音乐不亦同样如此吗?特别是器乐曲,对所有听者说,由于它没有语义符号,它是空白状态,但对于听音乐的人,头脑里并非一片空白,而是有着一系列自觉或不自觉的准备,如审美经验、生活经历、文化水准、欣赏能力等,因此乐曲的不确定性与意义的空白就形成了欣赏者的"召唤结构"。这种"召唤结构",就决定了萨特所说的"读者的水平如何,作品就如何存在"。它就是接受美学家伊塞尔在《本文的召唤结构》中所说的"作品的不确定性和意义的空白促使读者去寻找作品的意义,从而赋予他参与作品意义构成的权利"。也就是说,诗人对南曲的丰富而又极具个人特色的感受,与他的丰富经历和较高的文化艺术修养的积累、储存与独特的性格气质所形成的"召唤结构"决定的。

(原载《美与时代》2011 年 9 月下半月)

打开或进入：散文诗的度量衡

——评陈志泽《散文诗艺术技巧例话》

崔国发

在当下散文诗坛，陈志泽先生是一位在创作与评论上"两翼齐飞"而达到了一定高度的老作家。论散文诗创作，他久久为功，孜孜不倦，迄今他所出版的二十三部著作中，大部分是散文诗集。2007 年，他被中国现代文学馆等单位评选为"中国当代（十佳）优秀散文诗作家"；就散文诗评论而言，他不仅出版了多部文本细析力作，还在专业期刊上发表了散文诗文体繁荣与发展的真知灼见，又先后在《散文诗世界》《文学报》和《中外散文诗鉴赏大观·当代卷》（漓江出版社）等平台上开设专栏，书写例话、鉴赏文本。他深入现当代散文诗创作一线，聚焦中外散文诗创作前沿，标举散文诗精品与名篇，潜进文本深处，或披文以入情，或沿波而讨源，或因枝以振叶，或含英而咀华，由浅入深，由表及里，点面结合，独运匠心，割情析采，引人入胜，显示了一位用心恳切、用情热切、用爱殷切、用智恺切的评论家所具有的深厚学养以及很强的开拓性、建设性和穿透力。

自波特莱尔 1863 年出版《巴黎的忧郁》以降，世界散文诗源起自远古，中国散文诗出现在近代，发展在现代，繁盛在当代，尤其是进入 21 世纪的 17 年，更是开拓了散文诗发展的新境界，注入了艺术繁荣的新活力。到 2017 年，散文诗在中国的发展史已写至百年，百年沧桑，百年流变，一代又一代散文诗人和散文诗批评家，以自觉的坚持、韧性的追索、辛勤的创造和艰难困厄的艺术探险，维护了散文诗的文体尊严，丰富了散文诗的艺术经验，谱写了散文诗的盛世华章，造就了无愧于新时代的散文诗经典。可以说，在推进散文诗文体和推介散文诗作家方面，陈志泽是一位学思践悟、专心致志、身体力行的健将，他是一位诗人，也是一位学人。一卷《散文诗艺术技巧例话》在手，可让你一览中外散文诗艺术韬略，尽享诗体解放与书写变迁新貌,感悟散文诗人文学功底与美学修习的魅力,也是一把打开与进入散文诗堂庑的"钥匙"、度量与衡估散文诗艺术的"标尺"与"秤杆"。

对于散文诗文本来说,陈志泽的眼中便有这样一把标尺,他的心中也有这一杆秤。作品几斤几两,多长多短,是否具有思想的重量和艺术的分量,志泽先生一掂便知,一量即晓。《散文诗艺术技巧例话》(作家出版社2017年4月版)的确是一部真正意义上的散文诗名篇鉴赏录、艺术经与方法论,它收录了陈志泽先生所撰写的文本细析文稿,包括"当代散文诗精品""现代散文诗名篇""外国散文诗经典"三辑,附录部分精选了作者对散文诗文体的认识以及泉州散文诗群巡礼大论。陈志泽先生着眼于真切切而又活生生的艺术实践,在浩如烟海、搜集详赡、汗牛充栋、质量参差不齐的中外散文诗作品中,精挑细选,爬剔梳理,披沙拣金,自成一体,诚属不易。他的评论目中有诗,常常是辩证地看待作品,扬长而不护短,言短而不虚美。他的鉴赏文章,注重对散文诗文本内在纹理与美学肌质的细致探颐,未必装备博大精深的"考古"辎重,也没有旁征博引那些西方文艺理论搞"名词术语大轰炸",而是坚持走平实的路线,亲切自然,如叙家常,举凡平易的文字、质朴的表达,或剥茧抽丝,或条分缕析,或宏观把脉,或微观听诊,采用多角度切入、多向度考辨、多维度拉伸的方法,坚持分析与感悟相结合、学术与创作相结合、理论与实践相结合,一把钥匙开一把锁,做到推心置腹、热情洋溢、感同身受、开卷有益,该书是散文诗文本细读的一个较好的范本,也是中外散文诗发展的一个有力的见证与一个艺术的缩影,读者窥一斑而知全豹,观一叶而知天下秋,在自己的精神境阈,打开了一扇灵魂的窗口与一处文化的空间。

当下,文本细读越来越引起诗评家的高度重视。著名诗歌批评家陈仲义指出:"新批评强调文本中心,强调形式,强调本体论,特别推崇'细读'式进入。"他进一步展开来说:"'细读'是一种'细致的诠释',不主张引入包括作者在内的'外部因素',而是仅仅针对结构、语言、修辞、音韵等文本内部问题。它提倡注解每一个词的含义,重视语境与语义分析,发现词句之间的精微关系,挖掘词语的意象组织(选择、搭配、隐显程度),探究上下文关系及言外之意等等,这样一来,读者仿佛是在用放大镜和显微镜阅读诗歌的每一条纹理。"(陈仲义:《百年新诗 百种解读》第3页,安徽文艺出版社2010年版)我以为,这不仅是陈仲义先生关于文本细读的精辟之论,也暗合陈志泽诗家的"文本细读"之观。从陈志泽《散文诗艺术技巧例话》来看,他取精用宏,由博返约,重在激活人们对于散文诗的理解,以及教给散文诗人写作的方法。恕我有限的阅读视野之孤陋寡闻,散文诗文本细读鉴赏的著作,我个人印象较为深刻的有:耿林莽的《散文诗评品录》《流淌的声音:中国当代散文诗百家精品赏读》、许淇的《闪光的珍藏:外国散文诗名家名作赏析》《中外散文诗鉴赏大观》、王幅明的《中外著名散文诗欣赏》、秦兆基的《中外散文诗经典作品评赏》、龙彼德的《散文诗艺术技巧一百种》、黄恩鹏的《散文诗文本细读》、蔡旭的《散文诗创作手记》、王兆胜的《精美散文诗读本》等,现在又有了陈志泽的这本《散文诗艺术技巧例话》。这些著作中,虽都是散文诗文本细读,但各自所切入的角度和把握的重点却并不相同,有的偏于文,有的偏于质,有的偏于思,有的偏于艺。如王兆胜先生的《精美散文诗读本》,作者在鉴赏、细析时侧重于选取那些具有人生的启示、心灵的点化、精神的升华之作,而陈志泽的这本"例话",则着重于在表现的技巧、修辞的方法、艺术的手段上用力,所关注的重点不是"写什么",而侧重于"怎么写",即考察其艺术手法与写作技法。诚如这本例话的封底页上的内容提要,诸如立意、构思、想象、叙事、意象、通感、比兴、细节、跳跃、断层、白描、象征、暗示、荒诞、朦胧、语言以及简洁、繁富、陌生化、吸取众文体之长等散文诗技巧,都因作者所选取的精品名篇而得到持之有故、言之有物、论之有理的精彩而独到的解读,做出真正属于个人独特眼光的判断,以及富有艺术启迪性的亲切与通透,也做到了如国学大师王国维先生所论及的既"出乎其内",又"出乎其外",入则有生气,出则有高致,包括"修辞技艺的具体操作手段,连同血肉、呼吸、节奏、心跳在内的一切诗歌肌理"(陈仲义语)。

陈志泽先生的审美视野是宽阔的,无论是外国的波特莱尔、屠格涅夫、纪伯伦、泰戈尔、列那尔,还是中国现代的鲁迅、冰心、何为、周作人、李金发、阿垅、高长虹、于赓虞,抑或是当代的郭风、柯蓝、耿林莽、刘再复、昌耀、李耕、许淇、邹岳汉、王尔碑、王宗仁、海梦、徐成淼、蔡旭、陈志泽、刘虔、王幅明、韩作荣、严炎、唐大童、敏歧、桂兴华、王剑冰、黄亚洲,以及当下散文诗实力派周庆荣、皇泯、亚楠、林登豪、箫风、宓月、倪俊宇、陈劲松等诗人的代表性作品,都被陈志泽收入"囊"中,呈现出各种各样的特点、亮点、重点与难点。如作者所说,通过具体作品的切片式研究和解剖麻雀式的例析,切实帮助读者提高散文诗欣赏和创作水平,这本例话因而也具有了一定的学理性、可读性与实用性。如果没有诗的悟性以及对散文诗这一文体更具穿透力的直觉、感悟、灵性,要想取得好的鉴赏效果与引领示范效应,简直是不可能的。由此我想起了著名诗人、诗评家王家新的话:"读诗不仅要有情感和经验的投入,不仅是'灵魂的冒险',这也是一件如海德格尔所说的'手艺活'。在读诗时,我们需要对它的每一个字词都给予关注,更重要的,是要进入到它的精神内核中。只有这样,诗歌这只'漂流瓶'及其所包含的信息才有可能被冲到我们'心灵的陆地'。"(王家新:《中外现代诗歌导读》第 251 页,中国人民大学出版社 2012 年版)现在,我可以欣慰而引以为骄傲地说,在我们"心灵的陆地"上,已经收获到了,陈志泽先生为我们在苍茫的散文诗大海上漂来的一只贮满了感性、知性、灵性、诗性智慧的"漂流瓶"。正是因为陈志泽先生的"打开与进入",才让我们通过散文诗的"度量衡",承接了那带有丰厚的思想的重量与艺术的含量的扛鼎之作。他以诗性智慧破解散文诗写作瓶颈,以文本细析或理论创新引领散文诗创作实践,以艺术精神观照散文诗发展的美好前景,从而闯出了一条差异发展的新路径,激发了散文诗艺术新活力,共建了散文诗突围的新格局,呈现了寻找艺术理想与文化精神价值的最大公约数,同时,也使我们通过这本"例话"找到了散文诗的感觉方式、想象方式和鉴赏方式,为我们如何进入散文诗、怎样领会散文诗提供了可资借鉴的"试金石"。

2017 年 5 月 14 日至 15 日,写于洗心斋

(原载《泉州晚报》2017 年 6 月 20 日)

迸发与超越

——读陈志泽《容易被遗忘的花朵》

文 芳

中国散文诗学会会长柯蓝曾说过："福建是散文诗之乡。"在福建的散文诗作家中，陈志泽是突出的一位。2007 年 11 月，在纪念中国散文诗九十年的系列活动中，他被评选为"中国当代(十佳)优秀散文诗作家"。获奖是个有力的推动，他竟然在一年多的时间创作出 152 首散文诗，结集为《容易被遗忘的花朵——陈志泽散文诗新作选》由大众文艺出版社出版，为中华人民共和国成立六十周年献上一份礼物。

抒情散文诗是陈志泽最早也是直到现在常有佳作出手的写作类型。如《驾着列车飞奔》抒写的是作者乘坐列车在祖国大地驰骋的感受与感觉，他禁不住激情汹涌澎湃，因而抒情浓郁、意象纷呈，"一种实实在在的温热的幸福，就这样随着列车雄伟的步伐撞进我的心房，在我的周身漫溢、弥漫，掀起波涛……"就不虚泛而真实感人。

值得注意的是，多年来，作者一直在努力扩大题材、拓宽诗路，寻求多种多样的表现手法。在读者的印象中，他是一位乡土作家，该书的第一辑"拥抱泉州"，就是描写自己故乡的乡土作品，但它又大大超越了乡土作品的特点，具有鲜明的时代特征、文化含量和哲理的思考，在表现手法上也有创新。更为可喜的是，他知难而进，注重比较难以把握、容易造成诗意减弱的纪实散文诗写作。他的纪实散文诗代表作《乡音》曾入选《中国新文艺大系》，现在，更以这一类型的散文诗频频取胜。他认为，从时代生活的大海里采集浪花，散文诗才能具有时代感，避免过多的"小情绪"和"小摆设"的窘困。书中入选《2008 年中国散文诗精选》的描写侨乡现实生活的《游子情(七章)》就是继《乡音》之后的一组优秀作品。侨乡生活——归侨饮家乡茶"在故土的怀抱里,茶味才还原了被远离扯断了的丝缕"(《举起一盅茶》),"慈善基金会的'金库'不时传出响声",在他看来,是"飞来的游子情,汗水淋淋的游子情,热得发烫的游子情,落在了故乡的胸膛上发出的声音"(《一种很有分量、很动听的声音》)等都是寻常可见的,但经过作者的发掘与演绎,便展现出绚丽的、富有深意的风姿。他大约借鉴了波德莱尔等中外名家运用象征手法的成功经验,特别注重从客体的描摹中寄托主体的发现与心声。书中许多作品借助这一手法含蓄地表达心灵的震颤与人生感悟,取得了良好的艺术效果。如他写自然界的迁徙,象征的是"迁徙,并非逃亡,而是奔向新生"(《迁徙》)。他从一张破损的木沙发修理后重返客厅中心,体验出:"你拯救的不只是一张木沙发。你把一个传统的美德——简单而不容易做到的道理摆正到它应有的位置了。"(《小木匠》)看"一指禅"武术表演,他发现"力的凝聚,气的贯注,使细细的一个指头也具有负载全身的神力——你独立——在一指之上独立"(《一指禅》)。在该书的"时代掠影与世态描摹""风景与人生""热土·人"等辑,我们还可以看到,他对于世态和自我的心态的细腻、深刻解剖与题材的广泛与丰富。

读《容易被遗忘的花朵》,我为作者的创作激情的迸发——更为他散文诗创作的诸多新超越而感奋与赞叹。

(原载《福建日报》2017 年 5 月 10 日)

为你解读散文诗

——序《中外散文诗精品解读》

宓 月

2013 年 10 月,我请陈志泽老师主持《散文诗世界》杂志"佳作赏析"栏目,他不顾年迈,欣然接下这份"苦差使"。今年 10 月,《散文诗世界》因改版暂停这个栏目,但他并没有停下手头的工作,并在微信公众号上继续推出。去年,他把"佳作赏析"专栏作品结集成《散文诗艺术技巧例话》,出版后反响巨大。我对即将面世的《中外散文诗精品解读》依然充满期待,它是《散文诗艺术技巧例话》的延续和丰富,更具国际性和历史感,必将裨益广大散文诗作家和爱好者。

20 世纪 90 年代,我初入散文诗世界,有幸结识了陈志泽老师。交往至今,深感他对散文诗的忠诚与执着。他是散文诗的倡导者、践行者、忠实推广者。在他的创作生涯中,散文诗一直占据着重要位置,先后出版了《相思树》《爱的星空》《热土·乡音·人》《泉州写意》等多部散文诗集。郭风先生曾这样评价他的散文诗:"他在散文诗领域还有若干开拓……把小说的某种职能引到散文诗中来。他的叙事散文诗写得很出色,表现出选材的严谨,具有很强的警策性和概括力。"近年来,他又将大部分精力投入到散文诗的研究评论中,通过专栏、微信公众号推出赏析解读散文诗的系列文章,深受读者喜爱和好评,认为这是最通俗易懂的散文诗欣赏、写作指南。

散文诗作为一种独立文体,发展之路曲折婉转,虽有《野草》《吉檀迦利》《爱之路》等经典出现,但与其他文体相比,明显落寞得多。朱光甫先生主编的《诺贝尔文学奖获奖作家散文诗精品》(百花洲文艺出版社出版),收录了 1901 年至 2010 年诺贝尔文学奖获奖作家散文诗精品七十多篇,可谓学习、欣赏、借鉴的散文诗经典之作。这些作家,除印度的泰戈尔、南非的纳丁·戈迪默等少数几位外,几乎没有出版过专门的散文诗集。纵观他们的作品，散文诗好像他们写作过程中的"边角余料"。譬如马拉美，一生只写过一两首散文诗。及至现代，虽然散文诗作家、散文诗刊物、散文诗选本有了大量增长，每年发表、出版的散文诗作品数量浩繁，但堪称经典的作品仍然不多。

卡尔维诺给经典作品下的第一个结论是："经典是那些你经常听人说'我正在重读……'而不是'我正在读……'的书。"在我看来，经典是突兀在现实洪流中的灯塔和永不沉没的岛屿。对散文诗作家而言，除了创作散文诗，阅读经典散文诗也非常重要。阅读经典，首先要有辨识经典的眼光。陈志泽老师的《中外散文诗精品解读》，不仅解决了我们辨识经典的问题，也帮我们解决了阅读时间不足、阅读范围狭窄的问题。在这本书中，他不是简单地为我们遴选经典、解析经典，而是结合自身写作实践和时代语境的变化，挖掘发现经典作品的独特价值，给我们以新的启示。

《中外散文诗精品解读》既是散文诗精品集，也是散文诗理论文集。其中的九十五篇作品，可分为两大类，一是经典类；二是准经典类，也就是当下散文诗的精品、佳作。其中，外国散文诗二十四篇，占四分之一，国内除鲁迅、冰心外，均为当下散文诗作家的力作。创作与解读同步，对散文诗作家来说是一种鼓励和鞭策，对散文诗初学者来说，又有了可参照的最新标杆。这是本书的特点之一。其二，陈志泽老师没有纯粹地对散文诗进行概念性学院式的解构，而是有的放矢，针对具体作品，贴近当下散文诗写作现场。他及时梳理总结散文诗探索发展的最新成果，有助于我们了解散文诗的现状和脉络，领会把握散文诗的创作技巧和精髓。其三，陈志泽老师所选作品风格不同，题材多样，手法各异，不少作品让人耳目一新。他从不同角度切入剖析，见解独到，解析到位，从理论研究和创作实践上均体现了散文诗创作的无限可能性。

散文诗自诞生以来，就没有什么固定程式，也没有什么写作规律可循。它总是在不断变化之中，仿佛山间迷雾，朦胧中偶然泄露一点真容，很难准确地说出它的形状、姿态。它不断吸纳其他文体之长，力图以最诗意的语言去描述生命的独特感悟。它是诗，却在最接近哲学层面的高处舞蹈。它注定不会在喧嚣热闹处，只能一个人流连在精神高地时偶然出现。陈志泽老师的解读看似"碎片化"，实则展示了散文诗的这种独特魅力。

陈志泽老师是一位富有创造力和自省意识的作家诗人和评论家，他的这些"一家之言"，掀开了散文诗的面纱，引领读者欣赏散文诗的美，激发散文诗作家寻找与自我对话的美妙瞬间。附录中，"陈志泽与他的散文诗"一辑，收录了柯蓝、郭风、孙绍振、耿林莽等多位名家对陈志泽老师和他的散文诗创作与散文诗评论的透视与总结，为我们提供了难得的参照与借鉴。我相信，本书的出版，对散文诗的创作和研究都具有重要意义。

2018 年 12 月 16 日于成都

（原载《泉州晚报》2019 年 1 月 15 日）

解诗求美觅津梁

——序陈志泽《中外散文诗精品解读》

崔国发

　　陈志泽是著名的散文诗人,也是著名的散文诗研究专家。他的散文诗研究,不是凌空蹈虚、玄而又玄的纯学术理论,而是对中外散文诗精品入心、入情、入理、入智、入美的解读。或许,与那些大而无当、不着边际、云锁雾罩、高深莫测的诗学理论相比,散文诗的名作欣赏,对于当下公众更富精神与艺术价值,对于散文诗写作者来说,也更具有重要的启示作用与切实的方法论指导意义。陈志泽曾出版过《守望·论评与歌吟》《散文诗与创作谈》《散文诗艺术技巧例话》等解诗类著作,多年以来为《散文诗世界》杂志开设了"作品赏析"专栏,这次又有《中外散文诗精品解读》问世。所有这些,皆非隔靴搔痒式的泛泛而谈,而是专注于文本的多元化、个性化、学理化的细读;不是宏观上关于散文诗的总体研究,而是倾心于散文诗经典作品的微观剖析。名家眼光,诗学津梁,通过对散文诗的解诗求美过程,寓精微于博大,让我们在艺术美的特质中获致心灵的义化滋养。

　　中外散文诗卷帙浩繁的精品如恒河沙数,经由陈志泽先生历尽艰辛的千淘万漉、剔抉梳理,可谓"吹尽狂沙始到金"。作者在作品赏析中竭力彰显经典性、思想性、美文性、可读性特色,终于炼成了这样一部有着人文视角、诗意情怀、创新精神、文化品格而又深入浅出、文风活泼、品评精到的解诗力作。诗家笔触所到之处,令人击节激赏,读者亦从中多有所感、有所得、有所悟,而于心深处忽生深刻的思想启迪、强烈的艺术共鸣。

　　在陈志泽先生的这部著作中,无论是所萃取的中国散文诗精品,如鲁迅的《火的冰》《影的告别》、冰心的《笑》、郭风的《百合花》、柯蓝的《守林人》、彭燕郊的《一根羽毛的媚舞》、耿林莽的《停电》、许淇的《请埋葬我》、李耕的《蚂蚁与骆驼》、邹岳汉的《暴风雨打在窗外》以及屠岸、牛汉、王尔碑、王宗仁、刘虔、王幅明、徐成淼、海梦、余秋雨、蔡旭、陈志泽、黄亚洲、周庆荣、宓月、秦兆基等的作品,还是遴选的外国散文诗经典,如法国诗人波德莱尔的《头发中的世界》、印度诗人泰戈尔的《吉檀迦利(之七九)》、黎巴嫩诗人纪伯伦的《花之歌》、俄国诗人屠格涅夫的《对话》以及惠特曼、艾略特、兰波、罗曼·罗兰、佩斯、列那尔、阿莱桑德雷·梅洛、聂鲁达、高尔基等的华章,抑或是附录中所收录的作者纪念中国散文诗百年的《欢庆与沉思》《散文诗微语》等专论,都能紧扣多样化与创新性文本与阐释的资源,紧扣作者的生命体验与对于生活本相的真实感受,紧扣散文诗鲜明的本体论的美学特征,深入发掘作品之所以跻身于经典的神韵、气质、理路之奥秘。作者将文本分析、史料考辨、诗意叙述、哲思勘探、美感体认熔于一炉,千锤百炼,参赞化育,学思通透,播扬颖见,坚持从散文的叙事与诗美的抒情有机结合上去洞见散文诗的艺术本质,未必刻意但却巧妙地契合了西方新批评派文本细读的方法和强调主体性以及阅读创造意义的接受美学理论,深耕细作,条分缕析,植根实证,行文谨严、贴切、精简而有所节制。作者在诗海里拾贝,把散文诗的奇珍异珠从长河浪花中打捞出来,进行具有思想的、美学的、文化的价值评估,赋予作为赏析与品鉴者对于文本在义理、意蕴、艺术视域上独特的见解与颖悟,融入主体审美趣味与切身的感受,从散文诗作为文学母体基因上寻觅到精神遗传的密码,从而建构出属于鉴赏者别具匠心的文类秩序与精品谱系。

著名文学评论家、北京大学教授孙玉石先生曾提出"重建中国现代解诗学"的主张,对中国现代诗歌的研究,走的是一条"接近诗美"的道路,强调研究者努力践行"历史的、审美的、文化的三者的结合",他说:"审美的,就是在作家思想、作品意义、文人心态、文学现实的阐释中,更重视文本的审美意蕴和价值挖掘,用自己的有限理解与作家创造的无限世界做审美的沟通与对话,通过自己的体悟、发现和诠释,将这种美再传达感染给更多的读者。我以为在文学作品的各种构成因素中,审美是一切生命的根本。其他都可能淡化消失,而只有审美永恒。"我读陈志泽先生的《中外散文诗精品解读》,以为他对散文诗的解读,与孙玉石教授的解诗学观点不谋而合,解诗求真、解诗求善、解诗求美,不仅是孙玉石教授的学术要旨,也是陈志泽先生对于散文诗精品解读的写作向度与所要寻觅的诗的津梁。

尤其是"解诗求美",对有志于散文诗治学学者而言,"审美的"原则追求是它的灵魂,解诗的过程便是对诗美的解构与建构的过程。

　　陈志泽先生正是从审美之维去破解与发现作品的魅力,力求在中外散文诗精品中寻求美、关注美、尊重美、理解美,引导读者进入多样化的文本,感受散文诗千变万化的美感,并且教会读者如何赏析和写作散文诗,以便更好地提高解诗能力与审美素养。如他在赏析纪伯伦《花之歌》时说:"保持诗的想象、诗美的表达,将花的品格自然升华了。"说冰心的《笑》"充分运用散文诗作为诗与散文完美融合的美学特点与叙事的功能,取得与一般'诗化'散文诗不同的独特效果"。在赏析耿林莽先生的散文诗《停电》时,他说这件作品中"萤"和"鱼"意象的创造,"极富诗意、诗美,极富意趣、情趣"。他在赏析刘虔先生的散文诗《城市:没有围墙的乐章》时说这章散文诗"主体意识浓厚,叙事中融入深刻议论而保持诗美"。在读徐成淼《独舞雷区》时,他指出:"作品华彩的语言、绚丽的描画和充分的想象,产生了浓烈的诗情和诗美和强烈的艺术感染力,令人惊叹!"读到《山中的某一个早晨》,他认为宓月的散文诗创作"以想象型散文诗为主,抒情意味与诗美浓郁,融入议论的成分大,显得灵活多样"。由此可见,陈志泽先生对"诗美"的高度重视。在他的解诗实践中,尤其注意复杂文本的微观研究与细读解析,借此可提高读者对散文诗阅读与接受的素养与能力,使他们获得美感的熏陶和精神的怡悦。可以说,没有诗之真、诗之美和诗之新,便没有散文诗,更遑论精品!因而求深、求美、求新,则构成了陈志泽散文诗解读的鲜明特色。我们有理由相信,他那深入、精彩、独到且富有思想与艺术启迪性的解读文字,一定会受到广大散文诗人和诗歌爱好者的青睐与好评。

（原载《泉州文学》2019 年第 4 期）

散文诗的时代高蹈

——读陈志泽散文诗《沉吟(六章)》

李建民

陈志泽先生是福建继郭风之后,在全国散文诗坛叱咤风云的散文诗人,前后跋涉半个多世纪。进入 21 世纪,尤其是在工作岗位离任之后,不管生命状态是退休还是创作,他都进入一个焕然一新的状态。这是难能可贵的,也是我们所期待的!日前,读他在 2020 年 8 月 24 日《文学报》上推出了《沉吟(六章)》,获益不少,如尝甘露。

散文诗进入 21 世纪,究竟应该是一个什么样的模样?有人说,散文诗是千变万化的,没有定格固然没错。但这似乎不能说明散文诗就没有要求,任它如何作为都可以。散文诗相对于其他文体,可以说是一个新兴家族。正因为"新兴",文体建设才十分重要。在具体的实践和阅读中我们会发现这样一种现象,就是散文诗的发展变化似乎陷于一种相对简单的停滞状态!这种状态有点附会、有点牵强,甚至是顿悟式的来点小哲理就加以解决的;它的诗的部分的发掘与发育,形式体魄的孕育与丰姿、灵魂的设置与供奉,都需要散文诗的实践者不断探索和努力培植。陈志泽先生是这方面的探索者,他孜孜以求于散文诗的时代品质的飞跃,收获自然而然体现在他的作品之中。

让我们来看看他的散文诗新作《沉吟(六章)》。

第一章《母与子》写树籽被风吹落在石缝的生命状态,这是一个窘境。写过或感悟如此窘境的人很多,多数写它的不甘沦落和抗争,以感叹结章。陈志泽不这样写,他写"不承想在荒凉坚硬之上,石头托起了自己挺拔的儿子"。这样来写树籽与石头,就由对立关系转为母子关系。"岁月渐渐把石头切割得遍体鳞伤,破碎之危悄然逼近。树的根加快向四面八方生长,终于长出一张密集的网,紧紧把石头包住……"这种关系的转换,使得两者互相依存呵护,在这里我们看到了貌似对立事物之间内在的生命关联。这是思索的力度,它不停留于表面。而"肥沃的时间"等,诗的形容和运用增多,也是本章散文诗的一个亮点。

第二章《情树,情树》,写的是闽南的榕树。榕树在闽南方言中被称为"情树",作者以方言传情致,在艺术上做了意象的转移。"情树壮伟,自我织造山岭般的树冠,足够迎迓成千上万鸟们的聚拢。"作者紧紧抓住一个"情"字,"情树"的树冠无疑是成千上万鸟的家园。虽然鸟的喧哗使得沉静的树不再安宁,但"情树听懂鸟鸣的全部含义,为自己的生长而欣慰,禁不住以清风的手指捋起长长的美髯"。作者反作正写,巧妙地运用了那个"情"字。

第三章《过程》。从犁尖的耕耘到种子的撒入,从种子的发芽到花儿的退去和结果,"丰满起干瘪","果实终于摇响了有滋有味的铃声,一阵阵呼唤人们的收获",以犁尖"深深浅浅的沟壑稳稳地叙写执掌与信念"。该章一起笔就以哲理提升,种子的梦有寓言和童话的意味,芽眼顶破黑暗又虚以实写,果实摇响的铃声亲切又动人。这"过程"是多么的起伏跌宕。

第四章《挺起胸,行走》,该章描写女人的身姿、体貌、行走,似乎只写女人的一种状态,曲笔却写意志挺拔女子的一生情态——

> 挺起胸,两朵丰满的灯辉耀生命之美。
> 挺起胸,高挑的身姿让山峰也低了下来。
> 笃笃笃,女人款款行走,脚步声一路绽放花朵。

诗人运笔大胆,情感炽热,是一阕赞歌与颂歌。"两朵丰满的灯",老作家展开想象的翅膀,要为生活的女子、心中的女子歌咏一番。极尽描写之功,又一点没有"肥臀丰乳"之憾,全然是生命之美的礼赞!

第五章《残垣与野花》写老破的城墙依偎着向天空倾诉爱恋的野花,这是名贵的花儿所不能达到的境界。"是的,娇贵的花害怕到这里,残垣的坚硬冷峻令它们望而生畏,野花却簇拥而来,献出热烈的真情……"诗人另辟爱情的蹊径,无论贫贱,无论地位与年龄,歌颂爱的坚贞与神圣。看似随意能见的生活图景,没有敞开的联想,没有深深的生活的体验,作者是不会在其中"噙着热泪"的。树、花、城墙,到女人与意识种种方面的,构成一个完全的自我认知体系。散文诗的体系。风格与裂变的体系。

第六章《相信》。有气度,一气呵成!这是我对该章的加注,其中"雨相信大地的承接万无一失,点点滴滴都无一遗漏渗透在泥土的心上或融入流水的行进里",这样的长句在散文诗里实属罕见,它连同作者一系列黄河长江、泰山黄山对大海、对苍穹的相信,而义无反顾地投奔。把我、明天,紧紧与祖国命运维系相连。整章是一幅壶口瀑布的架势,是一曲黄河入海流的旷远,诗美腾挪,温润满篇。

这六章篇制不大,抒情状貌有大有小,小如种子,大似苍穹;作者能小处见大、大处著微实在难得,这也是一个散文诗大家应有的风范!诗,不陈词滥调,阙阙有个人情血烙印、时代韵脚。

2020 年 9 月 28 日

鞭辟近里：陈志泽《中外散文诗精品解读》

范恪劼

《中外散文诗精品解读》是陈志泽先生的第三部散文诗研究专著了。在目前中国散文诗研究仍处于缺乏系统性理论支持的情势下，陈志泽这种立足于具体文本的微观研究与审美解析，无疑对于散文诗写作者与散文诗读者都具有难得的创作启示意义和美感养成助力作用。

笔者一直以为，散文诗作为一种独立存在的文学体裁，是一种诗性与理性自洽、情感与意旨融合、本体与喻指浑然的"有意味的形式"。作为一种相对晚生的特殊文体，散文诗尽管有着题材宽泛形式多样篇幅不拘的优势，但相对而言，它的最佳聚焦点似乎更适宜描摹人生旅程跋涉的足音与风影、映射生活触发情感的涟漪与波动、刻录生命细微沉思的片段与音色；散文诗人的当代写作应该是有效的，亦即应该且必须努力呈现出言说者的精神内核、灵魂印记与众生关怀。更进一步，当一个书写者将个体写作纳入公共传播系统之时，当一个作家要面对历史和现实真实的双重拷问之时，能不能在留出生活光明一角与人性温善一页的位置，能不能将历史暗色的淤积层、生命吞咽的苦涩水、现实颓败的废墟地直面以对淋漓呈现，有没有对历史河床中重大流变的深度体察和把握，有没有对生活巨变中那些日新月异与坍塌沉沦的深刻感知与揭示，有没有对影响乃至改变无数人命运的变数的思考与诘问，有没有对读者精神世界的强烈震撼与启示，不唯验证着写作主体的胆魄与气量、责任与担当，也决定着所交出文本最终的文学审美价值含量。非常欣慰的是，在陈志泽先生遴选的九十五篇中外散文诗作品解读赏析中，笔者感受到了与愚见十分相契的散文诗观——无论是经典的赏析，还是佳作的解读，他都用严格地以"诗之真、诗之美和诗之新"尺度来考量与品评。

"观千剑而后识器,操千曲而后晓声",真诗家才有真诗语。陈志泽先生是成功地实现了创作和研究两个领域的对接和贯通的作家与专家。他是一位在散文诗创作之路上跋涉既久亦且于散文诗写作艺术上研精究微的资深方家,因此,其文本分析之精当、史料考辨之谨严、诗意提纯之贴切、阅读感悟之深邃、审美境界之雅正,不唯尽显其鞭辟入里之独出手眼,亦验证其思虑恂达之架海擎天。

把一部学术性的著作写得有趣有味、耐看易读,这是一种水平,也是一种见识。

(原载《作家周刊》第 75 期,2020 年 8 月 22 日;作者系河南财政金融学院教授)

陈志泽散文诗《时间没去哪儿》评鉴

桂兴华

怎么将抽象变为具象,是诗的特异功能。看不见的时间,鲜活可见了。这首散文诗,高在主题的提炼上:"时间在变魔术似的生长着自己的梦想,在焊接一处处断裂、填补一处处缺憾。"没有深刻的思考,是写不到这一层次的。虚写,比实写难。它要求作者站得更高。而这高,又是很难说清楚。集中精力打歼灭战,紧紧抓住时间,写深写透,十分过瘾。作者笔力老道,句句在弦上,不得不发,没有废话。属上乘之作。你的作品,与你赏析散文诗的系列文章一样精彩。正像谈到青岛的韩嘉川,就会想起耿林莽老师;谈到陈志泽,就会想起郭风老师。名师出高徒。这几年,你的进展,十分明显。

(原载《散文诗新时代》,上海社科院出版社 2023 年 8 月出版;作者系中外散文诗学会副主席、中国散文诗研究会副会长)

乡土情结、文化哲理和生命温度

——读陈志泽散文随笔集《泉州，泉州》《沉吟》

戴冠青

过去的 2022 年是疫情肆虐的一年，但笔耕不辍的泉州名作家陈志泽先生却一下子捧出了两本散文随笔集《泉州，泉州》和《沉吟》，作为自己文学创作六十周年的纪念礼物，献给喜欢他的读者。这已是他的第 26、27 本作品集了。叠在一起，说著作等身，确实毫不为过。一个老作家，从青丝到白发，勤奋笔耕整整六十年，至今依然没有停下"纸上"的跋涉，让人深叹弗如时，又钦佩不已！

两本散文随笔集各收录了作者近年创作的散文随笔一百余篇，每本均有二三十万字。不同的是题材，前者专写泉州，后者写的是其他题材，如果进一步区分，前者以叙事散文为主，后者侧重谈论式随笔。

《泉州，泉州》选入的大多是书写泉州本地风土人情的作品，从泉州的世遗景观、历史人文到传统技艺、特色小吃等，几乎被一网打尽。作者用动心的审美观照和动人的散文语言，向世界展现了泉州作为世界文化遗产和"宋元：中国的世界海洋商贸中心"的丰富和美好。一册在手，几乎可以走遍泉州，甚至可以穿越时空，去领略泉州的前世今生，让人深受感染、心向往之。

与许多浮光掠影的泉州书写不同，蕴藉的文化哲理性可以说是《泉州，泉州》大多数篇章的主要审美特征。这种文化哲理性让泉州风物的书写呈现出了历史的凝重感，具有一种独特的艺术力量。作者曾说："早在 20 世纪 80 年代，我就多次提倡散文与文史相结合，即散文作家学习文史，文史家学习散文，取长补短、互为吸取。特别是散文作家更应该努力做到这一点。这本《泉州，泉州》可以说是我在这方面长期实践的产物，我力求审智与审美的到位和文史精华的支撑，让作品的思想与艺术感染力更强些。"

作者确实是这样实践的。例如《南音这一条溪》这篇被选入《〈福建文学〉六十年作品典藏·散文卷》和《新中国散文典藏》的散文中，作者独辟蹊径地以溪流作比，以乐器开篇，追本溯源，由古及今，娓娓动人地揭示出了这一唐宋古乐穿越时空的生命力就在于它的民间性和平民性，"时光永远流驶，南音这一条属于平民百姓的溪流永远令人亲近，永远不会停滞、干涸"！而且通篇抒写灵动而深邃，十分耐人寻味。如下列对南音乐器的描述：

> 南音的琵琶是横抱的，我们现在只能从敦煌壁画和汉魏石刻上看到这样古老的演奏姿势，只能从唐画《韩熙载夜宴图》和隋乐女俑中，寻觅那从演奏者的怀抱中，从那捻、拨、勾、剔的纤纤细指间飘荡出来的缠绵、忧伤的曲调——据说，乐律上，南音的管门融入隋唐的"清商三调"，它的音韵可追溯至晋……
>
> 南音的二弦依然是魏晋时期奚琴的模样。嵇康首创它时，琴杆、琴筒、琴轸均为竹制，琴弓亦为竹丝，竹的和鸣，其声极为古朴。于今，二弦演奏者微闭双目颤巍巍拉动琴弓，手指在二条丝弦上轻重快慢变幻着拍击或按揉出独特的音韵，仍能把你引入幽远的深山。
>
> 尺八，又叫"洞箫"，选用石竹、观音竹、茉莉花竹制作，一尺八寸长。它是我国晋代竖吹乐器的遗制，可从《晋书》和魏晋墓砖上竖吹乐器的图案得到印证……

这段书写既表现出作者对家乡南音熟稔于心的深情，又以丰富的知识点开阔了读者的眼界，透露出了一种文化散文的独特韵味。

像这样蕴含着哲理韵味的篇章在《泉州，泉州》中可以说随处可见。《牡蛎的贡献》一文，从让海神贪吃而被罚的美食牡蛎煎，到洛阳桥的"种蛎固基法"，再到牡蛎干的乡愁味，还有可入药的牡蛎壳，在简短的篇幅中，小小的貌不起眼的牡蛎被作者揉入历史的咏叹，独有韵味。《摩尼教草庵记叙》则通过丰富史料的支撑，揭示了光明不能被灭绝的哲理。还有《泉州的树》《侨乡楼语》等也写得相当丰富，前者以树为喻，写出了一种坚韧的泉州精神；后者借楼抒怀，感叹泉州华侨的爱乡爱国情愫。在抒写中,作者十分注重细节的捕捉,例如:"这种大洋楼虽然十分壮观,但大多内里冷清。儿时,我家房东阿桂姆的大洋楼就一直只住着她一人。有时父亲差我到她的大洋楼送点什么,走进大楼,总觉得空荡荡的。众多的门窗像是没装好似的,风吹来咿咿直响,天黑下来后听了有点吓人。大洋楼幽暗,只有斜斜的阳光照见主人那岁月雕刻的面容,再就是来自南洋的'侨批'(民间汇款)跨过门槛时,大门内才亮一会儿。"类似的细节不仅鲜明地体现出泉州悠远的侨乡特色,而且对作品题旨的挖掘与深化起到了动人的艺术效果。可以说,集子中许多篇章都洋溢着一种诗性的深度,蕴含着思想的力量,让今天的读者深受启迪。正如作者所说:"我写历史的泉州,希望把老祖宗的遗产,以文学的形式捧出来,观照、启迪现实生活,为今日泉州的灿烂辉煌增光添彩。我还希望能发掘出这个宝藏蕴含的深邃哲理和浓郁的诗意,献给故乡和亲爱的读者。"由此我们不仅感受到一个老泉州人对家乡的爱之切情之深,更捕捉到了作者独特的审美发现和情感把握。

《沉吟》一书则以生活随笔为主,表现个人的人生经历,抒写人生感悟与生活况味,扫描时代、社会、人物等文化景观。作者说:"《泉州,泉州》出版不久,我突然觉得不应该把写泉州以外的散文丢在一边,于是又着手选编这一本散文随笔集《沉吟》。编入我近年创作的,以及从未编入作品集的作品一百篇、二十万字。分为表现个人的人生经历,时代、社会、人物等景象,对于师友亲人的怀念、人文方面的见解和一些现象的思考与评析等五个部分。"

可以说,《沉吟》书写的大多是作者自己最熟悉的身边人身边事,父亲母亲、妻子孙女、大哥大姐;还有一些师长朋友,如郭风、艾青、李灿煌等,充满了人情美,让人感觉十分亲切、温暖,而且很接地气。在写法上既朴实无华又独出机杼,许多篇章往往从一个小物件入手,或者是一块石头,或者是一本旧日记本,就引发了一段深沉的情感记忆。如《妻子的珍藏》写妻子还珍藏着当年作者送她的一本普通的日记本,没有记事,甚至在它的末页还印有"削价商品"四个字,"当年,我竟然将这样的礼物赠送她,而她竟然一直将这样的礼物珍藏着,天底下一对'傻子'"。在这些带点自嘲的文字中,读者分明读出了令人动容的伉俪情深。《寄自远方的一块石头》写友情,也是从友人寄自远方的一块石头入手,然后石头就成了书桌上纷乱手稿的镇纸石,成了作者退休后读书写作生活的温馨陪伴,结尾韵味隽永,冰冷的石头于是有了生命的温度。《手巾寮老宅里那个最小的房间》则以小房间为寄托,通过时代流变中人性美的抒写来表达人类共有的感情。特别是那篇《母亲啊母亲》,通过一连串平凡微小却温馨无比的细节,娓娓动人地诉说了母亲不知疲倦地抚育孩子的辛劳一生:"母亲养育了我们七个儿子女儿,协助大哥大嫂照顾七个孙儿孙女,还带过自己的弟弟、外孙外孙女,如果聚零为整,不亚于开办一个幼儿园。"于细微处见精神,字里行间不仅汩汩地流淌着作者对母亲的深深感恩之情,而且也鲜明地表现了母亲对生活的热爱情怀和忘我的牺牲精神,在讴歌人性美的同时也蕴含着某种哲理的昭示,十分感人。

著名散文家郭风说:"志泽同志的作品显得丰富多彩,又出现作家对于人生、社会以及文学创作等现象的哲理思考,这就使得他所作的各种文体均具有独特的深刻性,使得其所作具有一定的生命力。"著名文艺理论家孙绍振教授也曾评论陈志泽的散文创作:"我曾经在一篇文章中说过,在诗中的舒婷是理想化了的,在不断地进行着灵魂的升华的,而在散文中的舒婷却是一个世俗的、现实的舒婷。我本以为这是舒婷所特有的,但是在读了志泽的散文以后,竟然发现,志泽同样把他自己理想化的一面和现实性的另一面分配给了(散文诗和散文)这两种文体。这不是说他的灵魂与肉体发生了分裂,这两个侧面是统一的。"从两位大家的评价中不仅可以看出作为散文家和散文诗人的陈志泽具有鲜明的文体意识,如他自己所说:"散文创作要做到内敛、冷静、质朴,要让文体意识把握住作品的风格。"更可以看出陈志泽在散文创作中的生命追求和艺术追求,一方面,陈志泽以其对乡土亲朋的深情书写,传达出他充满乡情美和人性美的生命情怀,带给读者一种暖暖的生命温度;另一方面,陈志泽也以其对人生的独特审视和哲理思考,呈现他具有思想深度和历史感的审美追求,带给读者深沉的艺术力量。正如他在《沉吟》跋中所言:"我的散文随笔追求有自己对生活的观察、发现与体验,自己的语言、自己的个性、自己的味。"在陈志泽文学创作五十周年的时候,我曾在一篇评论中写道:"随着阅历的丰厚和对社会认识的透彻,这个时期的陈志泽已经是以一个哲学诗人的睿智在和读者对话,他引发读者去重新审视自己所处的环境和生活,去思考人应该怎么活着,其内涵是深邃和多元的,其艺术表现也显得比较大气和老辣。"如今十年过去了，我依然这样认为，而且随着时光的浸润，这些写于退休之后的散文随笔更多了一份岁月的凝重和生活的温暖，也给读者带来更多的审美熏陶和生命感动。

2023 年元月 20 日于寸月斋

（原载《福建文学》2023 年第 4 期）

在诗与散文的密契中铸造诗美

——陈志泽散文诗综论

崔国发

陈志泽是当代散文诗坛的一位高产丰产、诗论兼擅的著名作家,迄今已出版散文诗、散文诗评论、散文、诗歌集近三十部;也是当代文坛的一棵"常青树",年已八旬仍时有新作问世,充分地昭示了一位文坛骁将不绝如缕的艺术风采。他的散文诗以抒写人生感悟的哲思、描绘时代风云的嬗变、标举现实关切的精神、致力及物写人的体验、探究叙抒虚实的融合为显著特色。他在进行散文诗创作的同时,还写下了多部中外散文诗经典作品鉴赏的专著,并结合自己多年的创作体会,别具一格地提出了自己的散文诗观。他坚持不懈地认为,散文诗,它不是诗,也不是散文,散文诗是诗与散文最佳美学特点的融合。可谓斩钉截铁、铿锵有力、击中肯綮、言之成理,一语道出了散文诗文体特征与艺术真谛。在纪念中国散文诗九十年活动中,他被评选为"中国当代(十佳)优秀散文诗作家",真乃实至名归。

一、人生况味的品藻

陈志泽的散文诗,不是为艺术而艺术,而是艺术地观照人生,常常通过诗化的语言来反映人生的态度,阐发人生的价值,品藻人生的意味,表达人生的追求,字里行间潜移默化地给我们生活中光怪陆离的世界与五味杂陈或七彩缤纷的人生注入了更深广敦厚、更丰富华严、更有艺术活力、更具思想质感的内涵。他的一系列富有魅力的文本,在慰藉情感、启迪性灵、漱涤胸襟、澡雪心魄的深广上参赞化育、通透开悟,赋予散文诗以净化、教化与人生的艺术化、情趣化、理性化功能。

我们不妨读一下他的《有的声音》。诗人开头几节写"他的声音",也许像沉静的深潭、轰响的雷、奔进的江河,或是"在光天化日下绽放无数花朵,在暗夜里光辉出盏盏明灯",可谓摧枯拉朽、激浊扬清、慷慨激昂的文字,具有一种刚健雄浑而醒世的精神力量。紧接着,作者听到各种各样的声音:"有的声音微弱如丝,却藏着骨头、颤动着针尖。只能磕磕碰碰缓慢行走。/有的声音很艰难地包裹,还是泄漏。/有的声音没有声音,只在划过的瞬间,在空中烙下焦灼的痕迹。/有的声音若隐若现,令愚者茫然,令智者猛醒。/有的声音一层层累积在幽暗的深渊,一旦喷溅,亮光闪闪让世界睁不开眼……"(《有的声音》)每一种声音里,虚实相生,官能通感,从这些声音中,我们听到与感受到的,或是绵里藏针,或是欲盖弥彰,或是稍纵即逝,或是振聋发聩,或是眼花缭乱。作者将抽象的思想或各自不同的人生价值、人格心理具象化,人生命题艺术化,进而在声音的传递与勃发中引导读者对人性的省察、人生的态度与生命意蕴的思考。

陈志泽是一位营造通感意象的出色的高手。他的散文诗不仅悦耳动听,而且耀目传神,他善于运用五官开放和交流的通感性意象,通过听觉、视觉、味觉、触觉、嗅觉之间的沟通与转化,极大地激发了读者的想象,同样是用散文诗阐明人生态度,如果说《有的声音》是听觉感通的话,那么《阳光》则是基于视觉的交互,"阳光"本诉诸视觉,要么是从天上狂泻下来的"瀑布",要么是挥动的"光灿灿的刀子",但在作者的笔下,却有了"蜜的滋味""我大把大把地吃着又香又甜的阳光"(视觉转化为味觉);也有了嗅觉,如"鼻尖上,我闻到了天上人间真正的醇味";还有了触觉,如"在阳光稀少的时候,我也不放过飘闪的一缕,伸出双臂紧紧搂住。/阳光吃进我的骨骼里就铸入了钢。/阳光构筑的脊梁就有了足够的硬度""重金属的阳光砸破我的脑袋,我能抓起一把泥土涂抹伤口"(《阳光》)。更让我拍案叫绝的是,诗人通过五官感受力交流互通的意象写照传神,阳光的嬗变,使"做人要有骨气""人的脊梁须足够硬""有了伤疤的智慧更加圆满"等人生态度、人生智慧、生命内蕴有机地镶嵌其中,让散文诗的主题表达更加深刻,意境也得到了更大的升华。

陈志泽的散文诗,便是这样的挖掘人性内涵、思考人生哲理,透过形象传达出深刻的人生意义。如《挺起胸,行走》这一章,作者从女人挺起胸行走中阐发开去:"挺起胸,两朵丰满的灯辉耀生命之美。/挺起胸,高挑的身姿让山峰也低了下来。"这是写女人昂首挺胸行走的外在美。而"挺起胸,就是挺起一种自信,就是挺起一种深邃与纯净。/即使在重压下也不弯腰,/即使在诱惑下也不变异""让曲曲弯弯、阴晴变幻的人生坦坦荡荡、飞扬神采⋯⋯"(《挺起胸,行走》)句子中的"自信""深邃与纯净""坦坦荡荡、飞扬神采",以及身正腰直的挺拔姿态,则折射出女人内在的心灵美与人生的耽美,诚如台湾诗人绿蒂说:"诗歌是我对人生最美好的答复。"我们再看《降温》:"与其让暖风软化了骨头,不如潜入冰冷的江河,掇拾朵朵云影。/骄阳下枯干的树叶,就让夜阑湿润的月光抚平它的坎坎坷坷。/头脑渐渐降温了,祈祷可不能降温。/祈求声中,天上雪花飘洒,大地漫开亮晶晶的洁白⋯⋯"(《降温》) 乃是作者通过撷取日常生活经验,对人的生命体悟赋形摄神而写就的深邃华章,无论是"坎坎坷坷"的逆境还是"暖风"熏沐的顺境,都要保持头脑清醒,特别是顺境,要让头脑渐渐"降温",这就关涉到如何对待自然界的温暖与冰冷、人生的顺境与逆境的辩证法。在《一个诗人的自白》中,作者也写到关乎人生意味的辩证法:"两个我总在心窝里搏斗,两败俱伤或你中有我,我中有你。/爱的我,爱我爱的人,爱我所恨的人。恨的我,恨我所恨的人,恨我所爱的人。/分裂的我,统一的我,灵魂既强大又弱小,肉体既健壮又干瘪/所幸,总有一个应该的我在挤压着另一个不应该的我,主宰着一个两个我的我,让上帝的微笑透出了云影⋯⋯"这是"我与他人""我与自我"哲学思辨式的独白,触及通往自我认知的命题,体味生命意蕴,也就意味着哲学的自我追问,这是作者长期感受、品藻、体验与领悟社会生活的思想结晶。

二、时代精神的讴歌

陈志泽的散文诗,总是敏锐地感受时代脉搏的跳动,把握时代的发展大势,紧跟时代前进的脚步;始终倾听时代的呼声,吹响了新时代散文诗守正创新的号角。他以崭新的面貌、充沛的激情和一种深度介入的姿态,新颖、强烈而又忠实地记录时代、表现时代、见证时代、讴歌时代,在其文本中洞悉历史的底蕴和生活的本真,并打上了鲜明的时代烙印,深沉而独特地高唱着时代之歌、生命之歌、心灵之歌。

陈志泽不愧是时代的歌手,是新时代最忠实的代言人。他的散文诗是时代精神的映照,已成为时代的一面镜子,在更高的本质上表现时代的特征与风采。诗人曾经说过:"处身时代的浪潮中,特别是给中国的面貌和人民的生活带来巨变的改革开放大潮的激荡,我怎能无动于衷?按捺不住情感的冲动,我连续写出《这一个声音》《彩蝶》《船长》等一批反映改革开放以及现实生活的散文诗,直到现在,我还念念不忘这一重要题材的创作。没有什么人下达'任务',完全是良知和责任的驱使。"(《热土·乡音·人》自序,河南文艺出版社2012年版)"听,这一个声音——/太阳激越地唱和,格外辉煌""这是灼热的泪水汇聚成的巨浪。/这是鲜血和汗水谱写的乐章。/这是从未熄灭的希望之火熔炼的钢铁的迸射。/冲破了僵硬的禁锢。/荡涤着恼人的嘈杂。/融化着因袭的坚冰"(《这一个声音》),这是思想解放的声音,每一个音符都是炎黄子孙心底激荡起的彩色的波澜,时光向前,中国向上,改革开放掀起的时代大潮,仍激荡着汹涌澎湃而令人怦然心动的力量。

诗人在《开发区的红土》中充满深情地写道:"开发区的红泥土,永远燃烧着豪情的红泥土,故乡神圣的、寄托着乡亲们宏伟愿望的红泥土是我们的基础。是奋发的标志。是乡魂。"时势造就人,散文诗是时代精神的号角。开发区的建设是当代中国改革开放发生深刻巨变,国人踔厉奋发、勇毅前行的一个缩影。诗人满怀激情,奋笔疾书,在散文诗和时代精神之间找到了新的焊接点,透过他的作品,我们看到了时代铭刻的辉煌印记,文本之中也承载着作者对奋斗人生与未来发展的美好期待。

笔墨当随时代。这不禁让我想起白居易提出的"文章合为时而著,歌诗合为事而作",也让我回想起诗人闻一多说过的一句话:"诗是与时代共同呼吸的。"著名诗人艾青指出,诗歌艺术是伟大时代的产物,诗歌艺术应当真实地表现出这个时代的全部激烈冲突和时代特征,而在其内容表达和内容创造两方面应当是统一的、相辅相成的,而不应人为地割裂它们。他强调"每个日子都带给我们的启示、感动和激动,都在迫使诗人丰富地产生属于这个时代的诗篇"
"属于这伟大和独特时代的诗人,必须以最大的宽度献身给时代"(艾青《诗与
时代》)。著名诗歌评论家谢冕说:"时代呼唤着诗歌的关注和承担,也期待着这
一时代的精英通过他们个人的领悟,概括并展示这一时代动人的脉搏和心
跳。"(谢冕《今日诗意何处寻》)有鉴于此,陈志泽聆听时代诗意的呼唤,始终以
他的全部激情、火热的心灵和整个生命去拥抱时代,书写时代,尽情地讴歌时
代。诗人一任"长风从胸膛上掠过,山山水水从明眸里闪过",他伫立在车窗前
放眼远方,看加速的列车以最快的速度向前飞奔,一颗激动的心顿时掀起了巨
澜,仿佛自己也驾着时代的列车,在祖国的大地上纵横驰骋:"只有这样的快
速,才是我的步伐。只有这样的气魄才是我的豪情。列车是一把我最喜爱的尺
子,这样的尺子才能丈量祖国的博大辽阔;列车的呼吸,四野的宁静,令我思绪
飞扬,给我无限壮美的意境;列车让我阅读一部大书,一页页都写满烟云、写满
山河的沧桑,都生长着石的嶙峋、树的苍劲和花的绚丽。历史的身影时不时就
从它们中间闪过,来到我的视野里,来到我心海的波峰浪谷里;我求知的触须
随意地勘测眼前一片片陌生而爱恋的土地。江河湖泊的激滟波光、山岭的巍峨
雄姿,直至婆娑的树、闪烁的沙粒、摇曳的庄稼和庄稼脚下的泥土,都在触碰我
兴奋的神经。"(《驾着车飞奔》)诗人的这章散文诗,抒发着磅礴诗情和大时代的
新感触,凸显了新时代现代化飞速发展主题,是时代精神与审美理想的显现,
飞进的热情、新鲜的感觉、奔放的想象,熔铸在字里行间,在诗的经验提纯升华
方面有了新的创获与超越。

三、现实生活的审察

陈志泽的散文诗直面现实,扎根人民,带着自身的生命体验,以一种有温
度、可共情的方式与日常生活短兵相接,感悟更为博大的社会本相,领受现实
生活的丰富馈赠,在真实的人生中修炼诗意。

陈志泽的创作实践告诉我们:散文诗人不能变成不食人间烟火的神,不能
生活在真空中,不能拽着头发离开土地。散文诗人只有回到日常生活本身,回
到现实生活现场,才能发现一片迷人的风景,脚踏实地的现实生活才是创作的

源头活水。一个优秀的散文诗人,如果不到现实生活中采摘葡萄,就无法酿造出醇香的美酒。对此,陈志泽先生深有体会,他非常注重对于现实生活的关注,他说:"生活点燃散文诗作家的创作激情,怎能不捧出火的光焰(有时表现为水的形态,水与火的相融)。特别是经历了饱含人生五味的生活,有了深刻的体验,那是无法抑制的。"

我们不妨以他创作的《时间没去哪儿》为例。这是时间的去向问题,它引发了作者对现实生活的检视与思考。诗人采取"抽象的具象化"的写法,化虚为实,通过移步换景,如"时间从老人的身体里长到了儿孙们的骨骼血肉里""时间从年轻人的心上飞进接踵而来看得见、摸得着的一幅幅图景里""时间浇灌我们村庄那座山""时间顶住了摇摇欲坠的天""时间在我们村庄的那条河里喂养着星星,喂养着鱼虾""时间在一棵棵果树上画下数不尽五彩缤纷的浑圆,散发着丝丝缕缕芬芳的微笑""时间流进田野,就绿了,金黄了,摇荡出果实的铃声,唱起丰收的歌曲""时间汗水淋淋地为拼搏者送去喜讯,加入了一曲曲闪亮的凯歌"等八个生活空间的位移、场景设置与时空秩序的大幅度变换、蒙太奇式的拼接,使文本更贴近生活的真实与艺术的真实。散文诗中的意象皆与"时间去哪儿了"密切相关,作者根据情感脉络和联想的自由伸展,运用跳脱自如的艺术概括,多层次、多角度、多方位地回答了"时间去哪儿"的设问。结句"时间在变魔术似的生长着自己的梦想,在焊接一处处断裂、填补一处处缺憾",又由实转虚,据实构虚,深化了诗人的情思,促成了主题的升华,达成了现实生活的诗化,这种虚题实写、以虚映实法,正如清代方薰所言:"使笔生动有机,机趣所之,生发不穷。"

文学是照进现实的一道光,散文诗是现实生活的一面镜子。散文家林清玄说:"唯有我们抓住生活的真实,才能填补空白。"化现实生活为诗,既是陈志泽的美学追求,更是他观照人生的态度。他的《河长与河》便是来自现实生活的提纯,是一章深刻的寓言散文诗,是现实生活的寄寓之言。诗人对生活的理解与发现,往往不是通过干巴巴的枯燥说教表现出来,而是通过拟人化手法,借河、水与河长之间发生的故事,选取生态环保与河流治理题材,表达自己从生活中获得的新鲜思想和深刻哲理,使读者受到良好的教益。请看:"河长赤脚踩着泥泞,汗水滴洒,走近河岸,敲响了一路上的花岗岩石。/河醒了,兴奋地揉着万千惺忪睡眼。/河长的手握住水的手,触摸水的肌肤,探测水的步点,倾听水的声音。/河长时而大声说话,时而一言不发,只有天地间偶尔闪过的一两声鸟鸣划破空寂。河从倒影里看到一个板着的脸孔。"读到这里,我们不禁要问:河长何以紧锁眉宇、板着脸孔?再往下读我们就会找到答案,因为河长看到了河中"沉积的泥沙",看到了经常"潜入河的黑龙"。当它们被河长"捉出来,看准了脖子拧住"之后,河水复又"荡起细细软软的翠色的绸缎,让河边的居民们裁剪不尽。河看到的河长大笑起来,开心得像个小孩……"从河长"板着的面孔"到开怀大笑,从河水的污染回到清澈,我们领略到了寓言散文诗的魅力,感而能谐,婉而多讽,借此喻彼,引人入胜,深入浅出,以理胜人,在诙谐幽默的气氛中调侃世态人情,给人以启迪与警示。在场、注视、介入与审察,使陈志泽的散文诗有了扎实的根基和深广的内蕴与外延。

试问:"那种看似杂乱无序且又充满质感的现实生活,又如何物化为一种诗意化的视觉图景?"(孙承健语)什么是现实生活?普列汉诺夫曾指出,所谓现实生活不仅是指一个人对客观世界的事物和人们的关系,而且也指(一个人的)内心生活。由此可见,散文诗中所反映的现实生活,包含客观的现实生活和主观的内心生活。如果远离客观的现实生活是不可能写出精品的,凭空的虚构终究是无源之水和无根之木;同样,倘若停留于对现实生活摄像式的实录,不打通客观世界与精神世界的通道,不架设起沟通现实生活与内心生活的桥梁,同样也不可能写出优秀的散文诗来的。而令我们无比欣慰的是,陈志泽先生一直将现实生活当作散文诗创作的基石,而又能够诉诸灵魂,将对现实生活的形上思考与理性审察融入其中,从而构建出了一个富有辩证色彩的诗意世界。

四、及物写人的识鉴

陈志泽的散文诗,及物见事,识人立诚,追求物之理与人之情的完型统一。他深知文学是人学,也是物学,及物见心,及器见道,及事见理,及人见情。他的很多作品,都在人与物之间尽情地徜徉与用心地识鉴。他擅长以小见大,及的物或是"小物件";他关注芸芸众生,写的人不乏"小人物"。他一直推崇言可及义、言可及理、言可及物、言可及心的写作,并在其长期的文学实践中,创造出神来、气来、思来、情来的艺术华章。

陈志泽散文诗中的及物写作,摹状兴怀,物我相契,穷形尽相,遗貌取神,及物而不呆滞于物,传神以力求似其神,物性中见人情世理。一盏马灯、一朵小花、一个电梯、一支残烛、一间草庵,这些生活中的寻常物,或微小的事物尽可入诗,以小事物写大灵魂、大文章,以小感触写大胸襟、大道理,并透过事物的腠理,揭橥它们对于人的心灵所产生的微妙影响。

《周恩来卧室里的马灯》咏的是墙上的一盏马灯,一盏跳荡着明亮的灯火、精神抖擞的马灯。这盏曾"洞穿如铁的黑暗""撩破漫漫雨帘"的马灯,这盏曾"熔尽夜色、曙光从灯里跃上天边,弥漫全中国"的马灯,这盏像"一只流萤"闪烁、若"一颗星火"燎原的马灯,是伟人周恩来在峥嵘岁月与革命战争年代使用过的东西,因而对于今天的我们仍具有特殊的教育意义。这盏马灯的贡献在于,它曾"多少次探寻化险为夷的路径,开启了胜利的玄机;多少次照亮突围的缺口,映红军事地图上祖国的一角角江山……"诗人借周恩来卧室里的这盏马灯,深情地讴歌革命战争的光辉历程、中国革命的精神品格,讴歌驱散黑暗追求光明的理想情操。作者借物抒情,托物言志,通过歌唱这盏马灯所照亮的事物特性,来抒发自己深受鼓舞的炽热情感与光辉思想。

即使是一支残烛,在陈志泽的笔下,也能够生动地诠释着"卑微而崇高"的辩证法。缩在角落里、落满灰尘、似乎被人遗忘的残烛,在电的魔力之前,显得很"卑微",但一旦停电,它就能派上用场,就会在"瞬间开放出金灿灿的花朵",让人们"沐浴在光明之中"(《残烛》),燃烧自己只为照亮别人,残烛在这里又彰显出"崇高"的精神品质。在烛火的明灭闪烁之间,在黑暗与光明之间,诗人从残烛的物性中找到了表现主观情志的介质;作为寓意的载体,残烛也让诗人从其特性中捕捉心灵的闪光,把生活中美的发现不动声色地转化为富有感情与哲理的吟唱。"泪流满面"一词,既符合蜡烛燃烧时的状态,也契合人的心灵感动时的情态,虽是残烛但它在诗中闪亮登场,成为最默契的物我关系,自我和对象的同一化，于此成为有力的佐证。

电梯是生活中常见的事物，至多在医院住院部，它不漏过一个追赶时间的步点，或者在社区，它给老年人上下楼助一些力，似没有什么新异之处，但作者却从中产生了新的联想。其实，"在生活的每个角落，电梯都闪现着繁忙而沉稳的身影……/电梯是个极短暂的驿站，许多人刚刚赶来，没有交谈，没有对视，又急急忙忙奔向各自的念想。/电梯微小的按钮，因了不计其数的触摸而发光发亮。/电梯在不变的轨道可上可下、直来直去反复运行。/电梯总是精神抖擞、一丝不苟地繁忙着，牵动着一个宽广的世界……"（《电梯》），诗人却没有止于电梯功能的一般性叙述，而是透过现象看本质，对事物的特性做了深入的识鉴与发掘，赋予寻常的电梯以不平常的内涵，托物明志，以小见大，以实喻虚，将现实生活中的电梯一直乐于助人、忙于平凡的奉献的精神和盘托出。

一间茅草的房屋，作为草庵，它藏在深山人未识，这小小的"遗迹"，一旦被联合国教科文组织考察团"发现"，便能让朝圣的行者写满景仰的诗篇，"覆盖黑暗的光明将这座山的所有空间填满，柔美了人间，也沐浴草庵的洁净与温煦……"（《草庵》），写的是小小的房屋，却因为灵魂的观照使看似不起眼的草庵（自然物）赋予了明亮、柔美、洁净与温煦的神韵。一朵小花，"小到几乎可以忽略，点点白就是她的花了，绿叶的轻浪随时能将它淹没"，但此刻，"她的香承载起我思想的飞絮，击倒所有徒有华丽外表的张扬。/有时我突然闻到她的香，但四处找不到她的踪影。找到了，却不见她小小的花，哦，还没到她开花的时节……"（《深刻的小花》），在诗人的眼里，小花不小，它的深刻之处，就在于不露声色而有暗香，由此联想到人，真人不露相，他常常放低姿态，不事张扬，而内心却充盈着精神淡远的清香。诗人移情于物，由物喻人，"小花"或是某种人性的象征。

我们再来看看陈志泽是怎样写人的。他的散文诗，从灵魂的镜面里察看人性的赤诚与温厚。作为生活在泉州的作家，陈志泽先生有着浓郁的乡土情结，对这片热土上的人给予了高度的关注。在他的人物谱系中，海外赤子占有一定的位置。如他的散文诗《铜像》写的就是人称"侨领"的华侨："一片花岗岩石洁白、坚硬的大石埕上,阳光粼粼沐浴着一尊铜像。/异国他乡的风浪雕塑的、重担压出来的厚实的双肩。/储存了太多太多思乡的情与爱的宽广的胸怀。/智慧的头颅,像身旁故乡的山峰平静地朝向遥远的地平线。岁月漂染的银发,起伏着浮云。额头上奔涌着思想的江河,双眉挑起侠义的剑锋。"从这尊铜像中我们读出了这位华侨的爱国思乡情,读出了他铁肩担道义,读出了他的侠骨柔肠与充满智慧的诗思,读出了炎黄子孙博大的胸怀以及情系华夏的优良品格。

陈志泽切近生活,关注民生,念念不忘生活在底层的引车卖浆者流,以及城市边缘的"小人物"。陈志泽在谈及他的散文诗创作时说:"很难设想,没有人间烟火味的,不关人民群众的痛痒,只是宣泄个人小情绪的、令人产生隔代之感的作品,能为群众所欢迎、所喜爱。"请看他的《淘"宝"老人》。文中写一位赤膊驼背、走街串巷的拾荒者,他以"手中的棍子翻拣着生活的遗弃",为此他随时可能遭遇世人"丢过来的不屑目光",甚至"他从连接的高楼底下走过,高楼不看他一眼",他在人世间忍辱负重,为生计备尝艰辛,也感受着生活的酸甜苦辣。但作为一位从垃圾桶里淘"宝"、所获寥寥无几的老人,即使是再苦再累,他也有其坚强的信念、爱与责任作精神支撑:"指望着让自己的艰辛为儿子加油",相信"新的一天终究要从高楼顶上的天空红艳艳地升起","喜欢让南曲尾随着走街串巷……"苦难是人生的财富,信心赛过黄金。一位承受精神重力与困顿却不向生活低头、坚韧顽强地活着、爱着、奋斗着的拾荒老人的形象跃然纸上。坦率地说,诗人必须遵从写作的教养,关注弱势群体、关注民生、关心百姓疾苦,"用悲悯与良知抚触时代的疼痛"(灵焚语),在这一点上,志泽先生说到了、做到了,而且做得很好。

读陈志泽的散文诗总会有一种发自肺腑的感动。这感动来自他对人生、对时代、对现实生活、对大千世界的平常事物的深刻感悟与参透,来自他对生命价值、人格品质、文化学养与艺术尊严的看护与持守,来自他对乡土、对泉州、对亲友、对民生的情牵与梦绕,来自他对散文诗文体特征、诗意锤炼、意象创造、艺术构思、象征隐喻、语言风格的探索与追求。在他的笔下,我们见证了老一辈散文诗人通透的洞察力、旺盛的创造力、睿智的感受力与灵动的表达力。

陈志泽的写作,对我们如何在诗与散文的密契中铸造诗美上,提供了成功的范例。

2023 年 10 月 6 日写于安徽铜陵育秀园

(原载《朔方评论》2024 年第二期)

第二辑

~ 跫音·身影·心迹 ~

乡音·乡思·乡情

——喜读陈志泽的《相思树》

庄之明

我的家乡福建是散文的家乡，也是散文诗的家乡。家乡历来有着创作散文诗的优良传统，著名散文家冰心、郑振铎、许地山、郭风、何为等早已为广大读者所熟悉。在老一辈散文作家的悉心扶植下，如今，家乡出现了中青年散文作家群，青年作家陈志泽（侨眷）就是其中之一。他的散文诗集《相思树》由福建人民出版社出版以后，不仅受到国内广大读者特别是青年读者的喜爱，而且也受到海外侨胞的赞扬。书中的有些诗篇，被选入《散文诗六十年》《中国新文艺大系·散文卷》内。

《相思树》写的是福建侨乡和海峡两岸的风土人情。那令人神往的花灯的海洋，那催人陶醉的荔枝、龙眼的芳香，那撩人情思的乡音南曲，那使人遐想的"少女般妩媚、战士般威武的刺桐"……都饱含着作者对家乡的热爱和对生活的眷恋。读着这一篇篇充满诗情画意的散文诗，就像在翻阅一帧帧洋溢着浓郁的乡土气息的风俗画，感到格外亲切。

国家要统一，亲人要团聚，是13亿人民的共同愿望，也是海峡两岸亲人日思夜想的心声。《相思树》有不少篇章描写了台湾同胞对家乡、对祖国的热切思念，如《一个台湾船长的手记》一文中写道："大海彼岸的大陆是我情牵梦绕的家，那留着'摇篮血迹'的故乡是生我养我的根。雄伟壮丽的祖国呵，是我的生命，那统一的明天是我的灵魂！"

乡土乡音引起了诗人的乡思乡情。《相思树》在为人们织就了闽南地区一幅幅的绚丽的彩锦的同时，张开想象的翅膀唱着对"乡情"的赞美、对人生的探求。乡情是什么？"是故乡的亲情凝聚的永不干涸的雨露"，"是无形的细线牵连着飘飞在云天的风筝般的游子的心",“是祖国母亲的慈爱、温馨,是儿女永恒的记忆、梦中的诗……"多么美的意境,多么深邃的哲理啊！陈志泽的散文诗,题材广泛、开阔,情感激昂、真挚,具有诗的语言和节奏感。老作家柯蓝同志在为《相思树》写的序中称赞陈志泽"把他的全部身心,把他对他的家乡的情意,再现在这些散文诗之中了"。

(原载《华声报》1984 年 9 月 6 日;作者系中国少年儿童出版社原副总编辑)

游记集《温陵游》序

王仲莘

在中华人民共和国成立三十五周年前夕,晋江地区的同志,选编了这本游记散文专集《温陵游》,所选作品都是最近几年的新作。作者满怀激情,以多彩的笔调,描绘出一幅幅绚烂壮美的图画,展现了党的三中全会以来晋江地区的崭新面貌。我想,这本书的出版,将有助于海外同胞了解故土的变化,也有助于沟通和增进中外人民的传统友谊。自然,对发展旅游事业也不无裨益。

泉州是历史文化名城,是"海上丝绸之路"的起点,也是祖国东南著名的侨乡。这里有浩若繁星的文物古迹,有璀璨夺目的戏曲艺术,有驰名中外的建筑瑰宝,有目不暇接的山光水色,有十分丰富的宗教遗迹,也有许多出类拔萃的历史人物。正因为这样,泉州自宋元以来,一度成为中国实行对外开放,发展海外贸易的重要港口和基地;也正因为这样,泉州又曾经是中国人民同世界各国人民,特别是东南亚和阿拉伯人民扩大经济文化交流和友好往来的重要纽带。这里,不仅留下了中国明代著名航海家郑和的碑记,也留下了意大利著名旅行家马可·波罗的足迹。

今天,在实行对外开放的新形势下,泉州这座文明古城,重新焕发出它的青春活力。我祝愿泉州发挥自己独特的优势,早日实现经济振兴,为福建、为全国的"四化"建设做出新的贡献。如画的江山,沸腾的生活,呼唤着文学,我也祝愿泉州的文艺工作者和新闻工作者一道,锐意奋进,不断创新,在发展新时代的游记文学事业中,取得更加丰硕的成果。

1984 年 9 月 3 日

(原载《温陵游》,1984 年 10 月出版,陈志泽执行主编,泉州市作家协会成立后开展的第一项工作;作者系中共福建省委宣传部副部长)

洋溢乡情的风俗画

任凤生

陈志泽于 1943 年 8 月 29 日出生在中外闻名的文化古城泉州。古城胜迹、侨乡风貌、海峡情语在他幼小的心灵上留下了难忘的回忆,时时萌动,时时触发,成为他后来从事文学创作的独特题材。1962 年他从泉州五中毕业之后便考入福建师院中文系。大学毕业后,他当过中学语文教师。1972 年起开始从事文化工作,现为中国作家协会会员、中国散文诗学会常务理事、作协福建分会常务理事等。

他从小爱好文学,读高中时在《泉州报》上发表处女作《故乡的路》。进入大学后,即被选为中文系文艺刊物《闽江》的编委。"十年浩劫"期间曾中断写作,1972年起又提笔创作,粉碎"四人帮"之后,集中创作散文和散文诗,在《人民日报》《诗刊》《散文》《文学报》《解放日报》《福建文学》等三十几家报刊上发表了三百多篇作品,已出版散文诗集《相思树》,另编有两本选集正交付出版之中。其中《乡音》《云海》等多篇作品被选入《中国新文艺大系·散文集》《中国散文诗选》《六十年散文诗选》等。有些作品发表后被《新华文摘》等报刊转载。散文诗组《闽南乡音》获得《福建文学》1983—1984 年佳作奖。

他深深地热爱着家乡。生活在美丽而富饶的"闽南金三角"土地上,他对家乡的风物、家乡的变化和乡亲的思想感情,具有一种特殊的艺术敏感,并且经过概括提炼而化为动人的作品,因而具有鲜明的乡土特色,又富有强烈的时代感。他的作品凝聚着浓重的乡思、乡情,又流动着新时代人民对社会主义祖国的热爱之情。二者水乳交融,构成了他的创作特色。而篇幅短小精悍,形象鲜明,画面集中,或描述,或抒情,又给读者留下美好的艺术印象。老一辈散文家郭风这样评论:"就像翻阅一帧帧洋溢着乡情的风俗画,有一种特殊的亲切感……这一帧帧的乡土风俗画，表达了颇为广阔的题材领域、情感领域乃至对人生哲理的揭示和寻求；而最为难得的，是所有这些都比较强烈地洋溢着时代气息和人民的意愿，因此这些作品绝不是一般表达乡情的风俗画。"

他的作品又一个特色是深沉而凝重的历史感。描写故乡胜景，有多少内容可以入题，但如果泛泛而写，浮光掠影，留给读者的必将是模糊的画面，过目即忘。而他却十分注意通过对某一胜景的工笔点化，而后越过时空，攫取它的历史意义，把今与昔、现实与历史紧密结合起来，使之熠熠生辉。这类作品，翻开《相思树》，比比皆是。而《晨光里的对话》描写古塔古船，怀古却不伤情，抒写的是一种历史的骄傲、现实的激励，情调昂扬，回旋着故乡新时代的欢乐音符。

还有像《云海》这类作品，更多的是启迪人生的哲理，从此可喜他对创作领域的不断探索与开拓。这不到三百字的景物短章，不仅细致地描写黎明时分大自然景色的变化，而且有声有色地表现了阳光和云海之间力量的消长，从而揭示：一切像云一样的反动势力虽然可以喧嚣一时，但在党和人民的力量面前，终于暴露出的不过是一些轻飘飘的水汽而已。作者所领悟到的人生哲理和思想深处所受到的触动，都同鲜明如画的景色描绘交织在一起，构成完美的艺术意境。

陈志泽的创作"热情是充沛而真实的，语言是朴素的，也许还带一点稚气，但却使你感到它是出自一个人的心灵深处"(柯蓝语)。目前，他的创作已引起散文诗界的注目。我们祝愿他继续勤奋笔耕，让古城相思树日见葱茏、黄花灿烂、红豆夺目。

(原载《福建散文作家作品选介·绿的歌》，鹭江出版社 1985 年 10 月出版；作者系福建教育出版社原副编审，中国作家协会会员)

袅袅乡音　不绝如缕

——读陈志泽的散文诗《乡音》

王慧骐

　　陈志泽是目前中国散文诗界一位引人注目的诗人,他今年43岁,1966年毕业于福建师范大学中文系,现为中国作家协会会员、中国散文诗学会常务理事、中国作协福建分会常务理事、《晋江》文学丛刊主编。近几年来他利用业余时间勤奋创作,在《人民日报》《诗刊》《散文》《文学报》《儿童文学》等几十家报刊上发表了四百多篇散文、散文诗。其中有的作品发表后被选入《中国新文学大系·散文卷》,有的被《新华文摘》转载,还有的被选入《中国散文诗选》《散文诗六十年》等全国性的散文诗选集。1983年11月,福建人民出版社出版了他的散文诗集《相思树》,他的另一本散文诗集《绿风》,即将由漓江出版社出版。

　　陈志泽从小生活在美丽而富饶的"闽南金三角"土地上,故乡的风土人情、景物习俗,深深诱导和触发着他的创作激情,使他的笔触始终缠绕着那令人迷恋的乡思乡情,正如著名散文家郭风所评论的:读他的散文诗,"就像翻阅一帧帧洋溢乡情的风俗画,有一种特殊的亲切感"。而对侨乡风情的抒写,正构成了他别具一格的艺术个性,使之立足于日渐繁荣的当代散文诗坛,令广大读者瞩目。我们这里介绍给同学们的《乡音》,便是他描写侨乡风情的代表作。

　　在这章散文诗里,诗人极其动情地为我们讲述了一个美丽的小故事。这个故事的主人公就是那"海外生、海外长"讲"一口流畅的外国语"的小侨女,她第一次随同父亲踏上从未到过的故土,一切对于她都是那么新鲜、有趣和充满了诱惑力。她和乡里的孩子们到"望夫岩"上眺望大海壮美的景象,听那铿锵而雄浑的渔歌号子,她还去"那旧时的神庙,如今是壮观的石楼里",观赏"特色浓烈的舞狮",倾听沉郁的洞箫、清脆的响盏、欢快的唢呐……诗人把一幅幅富有闽南特色的诗意盎然的风俗画、风情画,借助于海外归来的小侨女那双好奇而纯真的眼睛,展示给了读者,使我们在感受到小主人公挚爱故乡的同时,得以到这风景如画的海边侨乡做一次神游。更令人赞赏的是,诗人所描写的这些生活场景,并非一般化、概念化的简单罗列,而是注入了强烈的时代色彩,写了新旧社会的对比,写出了十一届三中全会以后侨乡所发生的巨变,让"乡亲们幸福的谈笑"和"为迎接更加美好的未来而辛勤劳动的英姿",凸立于画面之中,使得作品所力图表现的主题思想获得新的升华。

这章散文诗,我觉得它最显著的特色是:结构精巧而缜密。作品一开始,写这位小侨女"能讲家乡话",但却"带着浓重的'洋腔'";而回乡没几天,"'洋腔'被渔歌号子荡走了,被银波碧浪洗尽了,被家乡南音携去了","像个真正的'唐山'人了",这前后的对比,生动地表现了故乡所特有的魅力。这魅力里固然包含着地理环境和语言环境的影响,但更重要的是,家乡对海外游子的强大吸引力,正是因为这股吸引力,使得寄居海外的父女不惧万里之遥,返归故土,与亲人团聚。作品的结尾部分,诗人用朴实的语言揭示了小主人公回乡才几天便成为"唐山"人的"谜底",由此而推出了一幅感人至深的画面,使我们看到那饱经沧桑的老父亲,在国外每日孜孜不倦教女儿学家乡话的情景。照应全诗来看,这几句绝非多余之笔,它说明中华民族的儿女虽身居海外异邦,但却时时眷恋祖国,刻刻不忘乡音。爱国恋乡之情在这里得到了畅快淋漓的宣泄。就总体结构而言,这样的结尾处理,显示了它的完整性和严密性,具有言已尽而意犹存的艺术效果。

还需要指出的是,这章散文诗所采用的反复咏叹的排比句式,对于表现侨乡风情这一特定的题材,起到了一种渲染情绪、增添韵味的作用。倘若慢慢读来,便会体味出其中那股回环往复的内在情韵,真切地感受到诗人如同海潮一般漫溢的感情潮汐。

(原载《和中学生谈散文与诗欣赏》,江西少年儿童出版社 1987 年 10 月出版)

描绘壮美的生活画卷

——记中年作家陈志泽

黄黎波　吕少蓬

陈志泽的名字和作品我们是早已熟悉的。在认识他之前,我们曾在《人民日报》《诗刊》《散文》《青年文学》《福建文学》等许多海内外报刊上读到他的散文诗、诗歌和散文,并从《文学报》《福建文学》《福建日报》《华声报》等报刊的评介文章中,知道他是中国作家协会会员、中国散文诗学会常务理事、中国作协福建分会主席团委员,在文学创作上取得显著成绩。

他的住所十分嘈杂和狭窄。他不得不常常在晚上、星期天、节假日到机关的办公室去读书、写作。他风趣地对我们说:"我常到那里去同我的情人约会。"他说的"情人"指的是文学。他曾为我们念了泰戈尔的诗句:"只要她是属于我的,给我地球的最小的一角,我就心满意足了。"我们深刻地感受到,因为有了这个"情人",他的生活充实而愉快。

陈志泽是市政协委员、文艺组副组长,又是《晋江》文学丛刊执行主编,担负大量的编辑和文学创作组织工作,几乎每一天都有业余作者找他看习作,要求辅导。他还经常应邀为一些文学社团举行创作讲座。这么多的工作,怎么还能写出许多作品呢?他说:"既然要搞文学,我心甘情愿吃苦头,得尽可能挤时间学习,挤时间深入生活,挤时间创作。"

陈志泽的创作确实是勤奋而又严肃的。1966年他毕业于福建师大中文系,"十年浩劫"期间他几乎停止写作。他说他真正写作还是这几年。短短的几年,他写下数百篇作品,引起文学界的重视。著名作家柯蓝在为他的散文诗集《相思树》所写的序言中称赞他,"把他的全部身心,把他对家乡的情意,再现在这些散文诗之中了。""志泽同志在散文诗中用昂扬的激情所描写的字句正同他热情地站在你面前,用亲密的微笑,在向你描述他家乡的可爱一样。"中国散文诗学会会长、福建省作协主席郭风誉他"表达了颇为广阔的题材领域、情感领域乃至对于人生哲理的描写和寻求,而最为难得的是,所有这些都比较强烈地洋溢着时代的气息和人民的意愿。因此,这些作品绝不是一般的表达乡情的风俗画"。著名作家、评论家刘湛秋在评价他的另一本集子《绿风》时,说他和福建的散文诗作家们"对福建那种不可代替的爱恋始终浮动于他们的笔波之中……"他还有两本尚未出版的集子,也一样体现着浓郁的乡土特色和艺术个性。

正因此,他的作品很难得地被选入《中国新文艺大系·散文集》,被《新华文摘》《人民日报》等报刊转载,编入《六十年散文诗选》《儿童散文诗选》《竹叶上的珍珠》《福建散文作家作品选介·绿的歌》等合集;他的谈创作的理论文章被编入《当代散文百家谈》《散文诗人谈作品的构思》等书籍。他的散文诗组《乡音》《第一把锄》等四件作品曾获《福建文学》等报刊优秀作品奖。去年,晋江地区行署为表彰他的工作成绩,给予晋升一级工资的奖励。

当我们问及他对当前文学创作的看法时,他说:"中国作协四次代表会后,我们国家文艺创作的黄金时代到来了,'创作自由'将带来文艺创作的进一步繁荣。但对于作者来说,任务却更艰巨,创作自由不等于每个作者都能进入创作的自由王国。我以为作为一个作者,一定要力求拿出像我们泉州的木偶头、漳州的片仔癀那样的'拳头产品'。我的才华很有限,只能锲而不舍,靠刻苦勤奋来弥补。我市文艺创作的希望在青年,我愿为青年作者的进步尽绵薄之力。"

我们祝愿陈志泽能够为泉州市的文学事业做出更多的贡献,为社会奉献更多的创作硕果。

(原载《泉州晚报》1986 年 4 月 29 日)

彩笔绘侨乡

——记侨眷作家陈志泽

万国智

最近,泉州市政协展出了侨眷作家陈志泽的创作成果,得到人们的好评。以为评论家看到作家用他的笔描绘了闽南侨乡的缤纷画卷,称赞他是"泉州古城里,长起一棵挺拔俊秀的相思树"。

"生活以她的优美令我陶醉,生活以她的壮阔令我振奋,生活以她的深邃令我遐思。"年过不惑之年的陈志泽以他的敏感,和对生于斯长于斯的摇篮血迹的爱心,深切注视着侨乡游子的泪,况味出那是"无色的血""滚烫的泪""欢笑的泉",沟通了彼此的灵犀。即使一个邮筒,在他的笔下,也闪烁着迷人的光泽,投进去"回答查询的侨音""约定归期的热望",投进去"光灿灿的一座侨办电站""绿油油一片片复活的茶岭"……无言的邮筒,多么富于人情味,向你叙说这故园的变化和游子的期盼。陈志泽还撷取不少台湾海峡的题材,而且在这些篇章中,无不寄托着他热烈的憧憬和冀望骨肉团圆的呼唤。

闽南侨乡多姿多彩的生活,特殊的环境和际遇,造就了陈志泽的幸运。他是侨眷,兄弟亲戚远在美国、新加坡、菲律宾等地谋生,岳父至今还在中国台湾。岁月酿就的眷念和怀恋,使他的体味非同一般。一次,姨母从南洋回来,对他讲到姨父少小离家说英语时乡音难改,常常惹得孩子们发笑。而小侄女回国探亲,不多久,"洋腔"竟掺和了"地瓜味"。陈志泽据此走笔成章《乡音》,发表之后,被选入《中国新文艺大系·散文卷》等几部作品集。

他就是以一幅又一幅的乡土风俗画,表达颇为广阔的题材领域、情感领域,乃至对人生哲理的描写和寻求,赢得读者的认可。仅仅数年间,陈志泽挽起袖子,甩出《相思树》《绿风》等几册散文诗集。他一次又一次登上全国和福建文坛的领奖台。他的散文诗发表在《人民日报》《诗刊》和菲律宾、香港等海内外六十多家报刊,作品被选入《中国新文艺大系》《六十年散文诗选》等书。

陈志泽现是中国作协会员、中国散文诗学会常务理事、泉州市文协副主席兼秘书长,事务纷繁,但他不断拓展自己的视野追踪故乡在新时代迈出的步伐。目前,他对笔者说:"海内外乡亲都在为建设和创造故乡生活尽心尽力,使人产生一种责任感去表现他们。我要不懈地描绘侨乡新的画卷,奉献给我们的时代。"

(原载《华声报》1989 年 6 月 9 日;作者系泉州市作家协会原副主席兼秘书长)

最动人情是乡恋

——读陈志泽散文诗集《绿风》随笔

王永志

每首诗都要有一个空间。没有空间的诗是不存在的。读了陈志泽新近出版的散文诗集《绿风》后，我顿时感到那一年四季都是绿的闽南，那拥有柔润和畅的海风的温陵，那飘飞在彩云间、漂流在水中，化入游子连绵思念故乡的梦中的东西塔，是他诗创作最称心的空间。他以细腻的笔触为我们描绘一幅幅具有乡土特色的风俗画，让人赏心悦目。

在《绿风》中，诗人以纯真的情感抒写自然与人生，寄寓了他对太阳，土地和人的挚爱。他是这样描写故乡的骄傲——榕树：

　　它高大，善良，常被狂风吹折枝丫，甚至击倒在地，但依然将残存的根扎进更深的地层并向四处延伸；

　　它在时常涨水的小溪旁，目击没有桥的过溪人的艰难，于是，每时每刻不忘用全力把自己的根向对岸伸长，一座有生命的活桥终于横跨溪面；

　　一些低矮的杂树都匍匐在邻近的低一些的山坡上，只有它独立在这个雄伟的山坡，并在强劲的山风中歌唱——别的树不愿到这里来，我又不愿去和它为伍，那么我当然就要更加努力生长，我独木也要成林……

这是对大自然中榕树的生命礼赞，也是诗人人格的诗化表现，甚至可以视为生活在这块土地上的人们的人生变奏曲和人格变奏曲。他在《闽南女》中热情地讴歌了"把地里的活全担在肩上，把家里的事全系在心上，再大的苦也吃得下"的海边女子，同时努力探索这些戴着黄斗笠、系着晃动的银链的普通人的内心世界,表现他们全部的希冀和情感。而凝聚在大海般翻来翻去的情感中的,有甜蜜的忧伤,有咸涩的祝福,更有对命运的抗争和超越。无疑,它比起单纯的赞美诗,就显得更有弹性和力度,更能慰藉行进在平坦通路上人们的心灵。

同陈志泽第一本散文集《相思树》相比,不难发现,《绿风》在题材上更加广阔,哲理感也增强了。他不仅仅写侨乡诗情、海峡涛声,还把长城、长江、梅园、古塔收进笔底,展现诗中;他不再局限于故乡胜景、游子的咏叹,而是融进自身的感触、思索,具有直面人生的独特声音。"激流在这里冲断了过路。而桥梁又长久地未能站起来。那么,我来织补这一段破裂吧!"《竹筏》在激流中曲折前行,它练就了坚忍和灵巧,每当等待搭渡的人们望见它时便把焦急和不安抛落到水中去,于是它满足——满足是它不竭的动力……没有豪言壮语的倾泻, 只有平实坦诚的流露。可就是在这简短、质朴的诗句中,情感主体与描述容体的水乳交融有力地撼动着人们的心灵;满足也是一种美德,当它甘于牺牲自己时。在《跑步曲》《台风》《过"一线天"》等篇章里,作者所顿悟的人生哲理和内心图景,与鲜明如画的景致交辉着,同样给人以启迪和美感效应。

从碧溶溶的相思树上,采撷一片片的绿叶,卷成悠扬的叶笛,吹奏出一支支迷人的南国小夜曲,这是故乡给诗的空间"便宜"所在,同时也不可避免地带来某种局限。在陈志泽的散文诗中,我们可以感触到"摒弃了烈日或冰霜,暴雨或寒风之后,对于宁静的宽舒的惬意"〔《相思树·南曲(三)》〕,但总觉得还缺乏大北方的那种黄埃飞扬的氛围,少有那种急音繁弦的多音部的交响乐。当然,我们不能苛求一个弹奏琵琶的同时可以演奏好吉他。因为所有这些同诗人立足的土地、生活、际遇和审美情趣有关。不过,在展望陈志泽新的创作历程,我们有理由要求并且相信它在光大业已初步形成的艺术特色的同时,能够深入乡土,超越乡土,廓大自己的艺术空间,开阔历史文化的视野,奉献出更深邃更炽热的吟唱。

(原载《安海月报》1989 年 4 月 30 日)

一本亲切的书

—— 读陈志泽的《绿风》

庄东贤

每每读陈志泽的散文诗,都有一种亲切的感觉。最近,继《相思集》之后,漓江出版社出版了他的第二本散文诗集《绿风》,读完之后,这种亲切之感也是那么强烈。

这不仅是因为志泽所写的田园河川、古迹名胜、风土人情乃至台胞、华侨,大都是我所熟悉的,属于我的故乡闽南所特有的题材,而更重要的,我认为是志泽的作品所表现出来的那种对故乡深沉而真挚的爱。正是这种纯真灼热的感情感染了我,使我读他的作品产出了亲切感。

文为心之声。真正的文学作品,无不都是发自作者肺腑之言或痛切之感。这点是虚假不得做作不得的。中国有句老话,叫"文如其人"。文章的风骨能体察出作者的为人处世和对生活的态度。

我对散文诗是门外汉。但我却爱读散文诗。我喜欢这种文体的玲珑隽永,既是诗,又是散文,飘逸自如。一首几十字上百字的好的散文诗,给人的艺术享受实在不亚于一篇洋洋万言的蹩脚的小说。文体没有等级之分。志泽自从走上文学之路,就一直辛勤经营着散文诗这块园地。虽不能说硕果累累,但成绩却是令人刮目的。

(原载《福州晚报》1987 年 12 月 16 日;作者系《福建文学》原编辑)

《神奇的土地》序

庄晏成

　　据我所知,出版本地作者的文学作品集,是泉州市作家、作者的愿望,也是文艺部门多年来的愿望。最近,诗、散文诗集《神奇的土地》在香港华星投资有限公司董事长、泉州喜盈门家私发展有限公司总经理邱季端先生的独力支持下,由邱季端先生、陈志泽副编审主编,海峡文艺出版社出版,海内外正式发行,这个愿望得以实现,这是十分可喜可贺的事!

　　邱先生是泉州人,他对故土、对母校泉州五中一往情深。对于他,人们的印象是深刻的,对于他给予泉州的教育、文化、体育以及许多公益事业的慷慨支持,人们是很感谢的,是不会忘记的。

　　翻阅《神奇的土地》,当一百一十二位诗人的诗作展现在我的眼前,当这些诗作显示出的浓郁的闽南乡土气息和文化古城泉州的风采, 显示出引人注目的魅力的时候,我喜悦和激动,我感到自豪,泉州有那么多的诗人和诗的迷恋者。编入集子的诗作有出自著名的和有相当影响的诗人, 有出自发表过一些作品的和名不见经传甚至有的是初学写作的诗作者,有老诗人、中年诗人,更有一大批年轻的诗人,还有不少的女诗人、诗作者。据说寄来应征诗作的诗人和诗作者远不止一百多位,作品比编入集子的要多出数倍。可见,泉州的诗群是壮观的富有生气的,是有广阔的发展前景的。收在这个集子里的作品题材比较广泛,有历史的踪迹,有现实的摄像,特别是不少描写泉州的作品,从不同的角度展示了泉州的风貌和历史,颇具特色。这些作品百花齐放,五彩纷呈,风姿各异,乡土的、探索性的、哲理的、历史的、当代的都有,整个集子给人以色彩斑斓、琳琅满目之感,给人以美的享受和哲理的启迪。泉州的诗歌创作这样的活跃和硕果累累,是这里的独特的富有诗情画意的生活所决定的,也是广大的文艺工作者和诗人、诗作者努力的结果。这是值得自豪的,又是值得我们继续努力和追求,用汗水和心血浇开更多更灿烂的诗花的!朱熹称古泉州"此地古称佛国,满街都是圣人"。我们什么时候可以说泉州"满街都是诗人"? 随着祖国的日益繁荣昌盛,诗人会更多,作家会更多,社会主义文艺事业必然取得更大发展,《神奇的土地》的出版,是泉州文艺创作丰硕成果的一个例证,又是对于泉州诗歌创作和其他文艺创作的很好促进。我觉得《神奇的土地》是泉州的历史的和现代的、富有特色的和闪耀着时代风采的画廊。读它,可让泉州和海内外的广大读者从艺术的角度加深认识泉州的绚丽而壮美的风貌。

诗的事业是美好而崇高的事业。文学事业是美好而崇高的事业。但愿泉州这一神奇的土地上的诗人、作家和文艺工作者都具有强烈的事业心和社会责任感,都能经常地深入火热的生活,与人民共呼吸,与人民同甘苦,汲取晋江、东海的乳汁,谱写侨乡儿女前进的足音,写出无愧于伟大时代、无愧于可爱故乡和哺育我们的侨乡人民的作品。我们期待着有更多贴近时代、贴近生活,有理想追求,又有艺术个性,有民族气派,又有探索精神,有地方特色的更多更好的诗和散文诗出现。我们期待着已经取得成就的、小有名气的老中青诗人捧出更有分量的新作、力作,我们特别寄希望于"小荷才露尖尖角"的青年诗作者的不断突破和进展。

1990 年 7 月于古城泉州

(原载《神奇的土地》,海峡文艺出版社 1991 年 11 月出版;作者时任泉州市委常委、宣传部部长)

陈志泽主编《神奇的土地》序

（中国香港）邱季端

去年我回到泉州参加母校泉州五中八十五周年校庆，见到许多老师和同学，十分高兴。难得在金泉酒家有片刻小憩，几位老同学在一起喝咖啡，谈笑风生闲聊，很是惬意！对于文学我似乎有点藕断丝连——1967年离开北师大以后是再也不同文学沾边了，但毕竟是旧情难忘，当年五中文科班的老同学坐到一起便聊到了文学。泉州人文荟萃，文化积淀深厚，这我在泉州五中就读时就有所了解，同学中间有些人在那时也已在文坛崭露头角，这以后家乡的文学事业乃至其他文艺品种都得到发展，我也时有所闻，然而，因为商务繁忙，少有顾及，了解的总是有限。我向泉州市文联副主席、老同学陈志泽问起泉州的作家、诗人，问起刊物和文学作品专集的出版情况。他告诉我家乡的文学事业这几年发展较快，但也面临某些窘况，建议我促成泉州作家文学作品集的出版。我觉得这个主意颇佳，后来我们商定出版这一本诗、散文诗集《神奇的土地》。能为家乡的文学事业尽自己的一份绵薄之力，我感到欣慰。

我喜爱这一本家乡诗人心血的结晶《神奇的土地》。在它编定之后，我特地复印一本带到香港，以便时常翻阅。

翻阅它，我觉得像是在翻阅着生我养我的故乡的画卷，翻阅美丽富饶的故乡的骄傲。

翻阅它，我又觉得像是在翻阅着故乡的历史和今朝，翻阅着我情牵梦绕的乡亲们的英姿、情怀和音容笑貌。

集子体现出现实主义的诗风和广泛汲取各种流派的诗歌营养的多样化。写人、纪事、抒情、咏物、象征，无不闪烁出互相映衬的七彩之光！我惊异于故乡诗人的才华,特别是对于故乡呈现着和蕴含着的美的敏锐发现和抒写,深深地打动了游子的心!

集子中一百多位诗人的诗和散文诗,或是厚重、质朴、空灵,或是绚丽,或是清新、隽永,或是酣畅淋漓,令人陶醉,令人满足。

当然,《神奇的土地》编入的诗章不可能篇篇首首都是无懈可击的精品,例如艺术个性的进一步加强、作品(特别是乡土作品)的哲理深度的进一步挖掘等方面,都还有待于诗人们不断地去探索和追求。相信在泉州市领导的重视和关怀下,在全市作家、诗人和文学工作者的共同努力下,泉州诗的事业、文学的事业,一定能取得更显著的成就。

泉州是历史文化名城,它的文化是这样的一脉相承、继往开来地向前发展着。今天,在时代光辉的照耀下,它闪射着更加夺目的光彩。

我们的故乡是诗的故乡,它必将日益走向更加壮美的诗的境地。

我诚挚地祝愿家乡的文学事业及其他一切事业更加繁荣昌盛。

为诚其事,特请我的老师、北师大中文系教授、全国书法家协会主席、全国文物鉴定委员会主席启功老师为本诗集题字。

1990 年 7 月 30 日于香港

(原载《神奇的土地》,海峡文艺出版社 1991 年 11 月出版;作者 1967 年毕业于北京师范大学中文系,香港著名企业家)

《爱的星空》读后

习 之

郭风称陈志泽的散文诗集《爱的星空》是"繁富、缤纷的文学花朵",概括了该书的特色。这本集子是作者在新时期的文学春天到来之后的第三本散文诗作品集。它的出版和发行,又恰逢20世纪90年代第一春,就更使人感到,它像迎春的花朵,鲜艳、芳香。

《爱的星空》精选了作者近年来创作的散文诗一百三十多篇。抒写爱情的散文诗,作者的前两个集子中未曾见过,《爱的星空》则编进了一些,使人觉得新鲜。细心地读了《等待》《握》等作品,可以发现更深一层的内涵,即超越了爱情题材的局限,同时也表达了对于理想、事业的钟情。《彩蝶》《船长》《这一个声音》等则明显表现出作者对于社会、自然和人生所蕴含的美的刻意追求。应该说,这是近年来整个散文诗界较为薄弱的方面,作者知难而进,或直抒胸臆,或情、景、理交融,或采用象征手法巧妙地概括了我们这个时代的本质特征。贴近生活,表现人生,展示人的心灵,使这本集子显得厚重、多彩,而又读来亲切。作者常常透过日常生活中一些习以为常的现象,发现其中的哲理,于是,抒发出别人"胸中有而笔下无"的东西,像《乘坐"波音"》《腌》等篇章便令人读后发出会心的笑。表现侨乡泉州的风貌是作者的一贯追求,像《红土地》《壮哉,闽南拍胸舞》《海峡浪》等这一类作品在书中占了比较大的篇幅。热爱美好故乡的诗人,笔下的故乡更美、更动人了,而美和动人又蕴含着引人遐想的哲理,这样的故乡、这样的泉州,就是异地的人们看了,也不能不爱!值得注意的是作者汲取西方现代派诗歌的营养(不是照搬),表现显示生活题材的努力。《古塔》《候车室里的读书者》《这一支歌献给你》等许多作品。细心的读者都可以发现作者较为自然地采用了"现代派"的超时空想象等创作技巧。

中国的散文诗历史不长。从 1918 年刘半农第一次在《新青年》上发表散文诗译作(印度)《我行雪中》算起，只有七十年(当然，从文学渊源看，中国的古典文学作品则早已有之)，但由于许多文学大家，如冰心、茅盾、巴金等都致力于散文诗创作，当代的郭风、柯蓝等老作家致力于散文诗创作的倡导，许多散义诗作家的努力，散文诗已逐渐成为独立的文体，方兴未艾。它以既有散文的飘逸，又有诗的凝练，既省去了散文和诗的一些"拖累"，又可发挥它们之长以及可以自由地表达思想等特点，正在受到读者(特别是青年)的欢迎。散文诗集在书店往往很快脱销就是例证。相信《爱的星空》是会受到读者的欢迎的，也相信专注于散文诗创作的陈志泽同志还会继续努力下去，奉献给我们的生活更多的鲜艳花朵。

(原载《泉州晚报》1990 年 2 月 18 日;《爱的星空》曾获华东地区优秀文艺图书奖)

一棵五彩缤纷的花树

——陈志泽主编《神奇的土地》评述

曾焕鹏

年初,在《海内外企业家文学家报》上读到陈志泽先生为《神奇的土地》一书所写的后记,我一半是敬佩,一半是欣喜。邱季端先生虽然商务缠身,却仍对故乡文学事业的发展倾注了一片真挚的爱心和热情,独办玉成了此书的出版。邱先生对家乡文学事业的慷慨支持,将随着不朽的墨香永远铭印在每一个读者的心屏上。可以确切地说,《神奇的土地》一书的编辑出版,在中华人民共和国成立后泉州文学的发展史上,有着十分重要的价值和地位,因为它是泉州的作家和诗人们第一次以群体的形式在正式出版社通力合作的第一本文学作品集。正因为这样,它实际上带有某种展示性和检阅性:它不仅从整体上形象地展示了泉州文坛壮观宏大、生机勃勃的创作诗群,检阅了泉州文坛诗歌创作队伍的实际水准,而且也从文学艺术的角度让海内外广大读者多侧面地进一步了解、认识历史文化名城泉州绚丽壮美的时代风貌。

因而盛夏时节,当我在《泉州文学》编辑部接过陈志泽先生亲笔题赠的诗集时,确实感觉到了这本诗集沉甸甸的分量,我捧着的,绝不仅是一本普普通通的诗集,而是一颗游子爱国爱乡的赤诚之心,是家乡一百多位诗人艺术心血的殷殷结晶。翻阅诗集,我深深地为故乡深厚的历史文化积淀而骄傲和自豪。是的,在这片神奇的土地上必定能生长出许许多多色彩斑斓的诗的花树的,必定会有"一树树绚丽的花朵/啜饮阳光的浓酒/开放得嫣红如火"(李灿煌《刺桐》)。翻阅诗集,"我觉得像是在翻阅着生我养我的故乡画卷,翻阅美丽富饶的故乡的骄傲。翻阅它,我又觉得像是在翻阅着故乡的历史和今朝,翻阅着我情牵梦绕的乡亲们的英姿、情怀和音容笑貌!"邱季端先生在序言里写下的这一段话,道出了我这个离别故乡二十多年的游子阅读此书的激动心情，也道出了海内外万千游子阅读此书的心声。

正像编者所期待的，《神奇的土地》一书以展示历史文化名城、著名侨乡泉州的地方风貌为主要色。假如我们把整个集子比喻为一棵五彩缤纷的树，那么开放得最为绚丽夺目的花朵，该是那些溢出浓郁的闽南乡土气息，显示出文化古城泉州特具的地域风采的景物诗。老诗人蔡其矫的《九日山头眺望》和《春节紫帽山》，或以拟人笔法写出了泉州人民对改革腾飞的渴望，或以柔丽的抒情表述人生意义的思索。故乡独特的名胜古迹是这样真切地唤起了诗人柔美的诗情和飘逸的想象。舒婷的《土地情诗》和《滴水观音》，或倾诉对"布满太阳之吻"的土地"永不变质的爱情"，或细腻地体验艺术品所藏孕着的历史意蕴："那一颗圆的智水/穿过千年，似有/余温"，仍然体现了女诗人感觉的锐敏和内省自我情感律动的深致。王永志的《塔与桥》超越了对自然物象的单纯写照，溶入了追求人格价值的人生深意："做人，就做千年长桥/联结此岸，联结彼岸/背负理解与不理解的脚印。"陈瑞统的《南国绿树吟》，注重诗句的选择与对称，在较为宏大深阔的意境中，极赞榕树为故乡的化身、乡情的结晶，表达了对故土深深的怀恋和思慕之情。万代辉的《洛阳桥》巧妙地把对洛阳桥辉煌历史的追叙与时代变迁的万般感慨糅杂在一起："每一块石头/是远古的象形文字/先贤编撰成虹"，而今"双脚走过是沉重/心走过/是流连//亭榭/栏杆/尽是耐读的章节"。诗句短促、有力，有一种让人警醒的历史思索溢出言外。陆昭环的《古沉船》、陈廷基的《刺桐花》、李立仁的《姑嫂塔》、万国智的《致东湖》、潘小雁的《清源山石》《泉州大桥》、叶海山的《清源掠美》、杨国昕的《东西塔遐思录》、吕峻的《古船的心》《紫帽山风情》等都拽住古城泉州富有魅力的风物走笔，都着力于对古城泉州呈现着的蕴含着的美的发现和抒写。但其中也不乏平庸之作。它们只满足于对抒写对象表层形态的状写，诗思狭窄，笔触粗钝，或至多在此之上加点人云亦云的情感类型化的思绪。但就总体水准而言，这些抒写古城泉州富有特色的地方风貌的景物诗，大都能超越抒写对象的具体表象，开掘出风物名胜所涵纳的文化积淀和哲学意蕴，并且赋予它们掺和着人生价值、生命体验、个性风采和情感本质的社会性情思。与此相联系的，还有一些值得重视的以侧重表现泉州这块富有特色的土地上多姿多彩的民情、习俗为主的"乡土诗"。陈志泽的散文诗《壮哉,闽南拍胸舞》,以一种华彩的语言、激烈的情感、奔放的句式,淋漓尽致地把闽南南拍胸舞那雄浑的声势、豪迈的舞姿、壮美的气魄绘声绘色地掬现在读者面前:

> 啪! 啪! 啪啪!
>
> 把那些贮藏的都拍打出来、召唤出来,让一切火热、欢怡、豪迈痛快淋漓地蹦跶、起舞、流淌!
>
> 把那浓缩的都冲泡出来,斟满亿万个金杯玉盏,任人津津有味地畅饮!
>
> 把那辑录的美景放映出来,展现绚丽的画卷,叫刺桐树迸发花枝、东西塔摇响铜铃,叫日月飞动、天地焕彩!
>
> 啪! 啪! 啪啪!

那拍打胸脯的汹涌澎湃的青春活力如同裂岸惊涛般奔突在字里行间, 那鼓荡着风浪、勇敢向前的美妙自的、音韵,如同天空深情的电闪,叩击着每一个读者的心胸。诗人就是这样将声色与形态、联忆和想象,包容着特定的文化气韵和情感体验,化为澎湃的波涛宣泄出来。蔡其矫的《梨园戏》把传统剧种所表现的永不断绝的人生希冀和时时破灭的人生理想所酿成的人生悲剧化为诗情, 以一个诗人的良知和热忱呼喊出久蕴心底的声音:"什么时候能老树抽新枝/成长为故乡欢乐与斗争的诗?""什么时候眼泪落入烈火中焚化/让眸子/永远叙述快乐而美好的故事?"舒婷的《惠安女子》以温婉可人又略带淡淡哀愁的抒情笔调,以人性关切的目光,发出了对那种畸形审美观的怀疑和愤慨,强调了"古老"的传统对于现代女性的束缚和幽闭。同样是写惠安人,欧阳慧聪的《惠安土匠》则以一种自豪自信而又铿锵顿挫的笔调,以诗行排列的错落别致,写出了当代惠安人"那与伟大齐名、同奇迹并誉的形象","我们,正以花岗岩的单纯和复杂,在祖国的版图上雕塑——雕塑那崇高而刚直的气质,雕塑那浪漫而雄伟的造型,雕塑那民族的尊严和骄傲……"王毓欣的《渔乡采风录》、黄良的《古城之晨》、丁洲的《围头湾剪影》、蔡和协的《东石风情》、周永强的《雨夜洞箫声》、伍棠的《备耕时节》等都注重捕捉最能体现民情习俗的意象入诗,同时又留意写出时代与文化的印痕。这些诗作或带有明显的传统民歌风味，或追求现代诗风潇洒、跳脱的情韵。但有些诗作失之思维轻浅，只重视情感的真实宣泄而缺乏一定深邃的美学内涵；有些诗作没能充分挖掘民情习俗的艺术潜在量，浮光掠影，浅尝辄止，致使诗思无法在历史与现实、物质与精神、主观与客观相融合得更为广阔的天宇里尽情地飞翔。

诗是最富有意绪性的文学样式，它理应精微细腻地表现出纷繁复杂的人生现象中人的各种美妙的情愫：乡情、友情、亲情、爱情以及爱国之情、尊师之情……表现出对崇高的精神境界和人格价值的严肃追求。这也正是《神奇的土地》一书总体上所体现出来的另一特色。吴凤章的《寄远》讲究以单纯的情境表现复杂的情感：“最怕思量，最常思量/当薄暮里鸟雀归林的时光”，“倚着门间，我默默地向海峡眺望/任凭记忆的溪流淌在心上”。作者留意将时空集聚为一体，让汹涌的内心波浪上升为一时的凝寂，以收取在无言之处却让读者品咂出无限丰富之内蕴的艺术效果。秋筱的《不泯的心迹》注意了诗歌形象的可感性：“那一句话，有如激荡的涛/涌到唇，却又成退回来的潮”，“我伸出双手，把脸庞捂住”，“怕羞红从指缝里漏出”。爱的柔情与甜蜜，不是空泛苍白的直呼，而是可感可触的具象。李灿煌的《别意》也特别注意将缠缠绵绵的抽象意绪，转化为具体可感的形象：“车轮缓缓转动了/乡情寸寸抽长了/丝丝的风啊/蒙蒙的雨/湿了长长的村路/印出一行深深的/心的轨迹。”同样是写别意，陈国清的《别》则把别离的最后一刻，写得更有内心震撼力：“最该倾诉的时刻/最好沉默。”奇特的诗行，不仅传达出强烈的节奏和突兀感，而且一字一顿的调子也造成了简短诗行中的凝重感。也许可以说，只有亲身经历了人生别离情感摧心折骨的煎熬后，方能写出这种含血的人生警句。李转生的《寄白云》将相思转化为淅淅沥沥的雨，“竟湿透了/这月光下轻轻的叹息”。诗思为较为轻巧和自然。在众多的描写乡情与爱情的诗篇中，郑其岳可说是风姿不凡。他将其平常的《过一线天》的短暂旅游过程，写得极富韵味和诗情：

　　入口处。你说，一进去就会被咀嚼成一则悲伤的故事。我说，大山只咀嚼女性的胭脂，不咀嚼男性的筋骨。
　　你一撅小嘴，扬起好胜的风帆。

两片石壁。你惨淡淡地说,是男女感情的裂缝,无法弥合又无法分离,忍受着永无休止的煎熬。我却乐融融地说,一片是你的华北平原,一片是我的江南湖面,同时代的双肩,导流着永不反悔的情感……

原本是短暂的物理时间的流逝,却揉入了心理时间的情感碰撞;原本是抒写主体的物象(一线天),却退居为心象(情感)的衬托物,加之作者有意一再采用对比手法的铺展,从相反相差中碰撞出感情的火花,作品也就在某种有意识增添进去的叙事性因素中丰满了诗意的花瓣。相比于郑其岳词语句式的有意对仗对比,骆汉木的《夜》用语用词则多了一点别出心裁的巧妙:

你眼光的灼热所燃起的情焰,烤焦了我的心,那苦味,你闻得到吧。
那时的羞怯,会突然扯一片树影捂住脸庞,但慌里慌张的脚步,踩断了蟋蟀的琴弦,刹那间,夜静得令人不忍心呼吸。

惯常语义的夸张表达,习见词汇的背离语法常规的独特搭配,构成了新美的富有弹性的语言组织。它超越了正常词汇与句式所能承载的语义容量,从而拉大了诗美情感的跨度。同样是抒发内心炽热的感情,方航仙的《乡镇上流传着这样的故事》和林轩鹤的《老校长》,追求的是强烈的情绪和平淡的词句之间的反差张力,即讲究的是内敛式的淡化效果。二者都有一叙事性的故事核贯串全诗,都在貌似平实的叙述语调下刻写人物平凡无奇而又艰辛坎坷的命运历程。这种表面上平实直白,实际上又更具诗的质感和量感的抒写格调,也许更能打动读者的心弦。此外,值得推崇的还有潇琴的《给妈妈》、王士华的《季节的回声》、洪泓的《海峡情韵》、任越的《相思的闽南》、蔡芳本的《鬼妹》、哨宇的《小提琴》、陈武的《桥的那头》、陈嘉平的《乡曲》等。这些诗作都能努力以强烈的意绪色彩和抒情性,真实灵动地在五色纷呈的光环里表现生命的热情和情感世界的繁富,透视出生命本质在特定环境中各色各样的生存形态,并且散发出浓郁的人情美的温馨。只是有些诗作流于言表的热情而失却诗艺的锤炼,有些诗作陷于平淡的语势而缺乏激溅心潮的诗思。

如果说《神奇的土地》一书里的景物诗是托举古城魅力独具的风物名胜而耀人眼目,言情诗是借助雨夜箫声而动人心扉,那么,诗集里还有相当一部分的述怀诗,则是将作者所发现的生活理趣化为绵绵细雨,滋润着读者的生命之树。陈纪明的《秋》从世人对秋天来临的两种截然不同的看法:"悲观"与"陶醉",引述出人生的两种不同处世的态度,给人一定的启示。潘向黎的《回眸》在凝练简洁的叙写中,抽取出令人过目难忘的哲理警句:"有时候错过了一瞬,就错过了一生。"确实,人生的情感阅历可能都有下列类似的体验:

　　　　一定有什么,在那个夜晚死去了。不然为什么,我不忍回顾,回顾时总是无望、总是哀伤。一定有什么,在那个夜晚留给了我。不然为什么,明明可以淡却,却依然沉重、总要思量。

　　这里所展示的,虽然是自我心境的剖诉,却体现了人们生活中普遍认同的一种情感体验,且此种情感体验的剖诉,是在宛若与友谈叙的自述中不动声色地流露出来的,作品因而增添了一层拂之不去的亲切感和真实性。与潘向黎的《回眸》静思式的扪心忆想略有不同,潇琴的《夜的情绪》少一点人世沧桑的愁苦味,多了点生命处于宁静时刻的愉悦感,窗外有雨,淡泊清凉的夜晚在唇齿间穿行,有沁心的滋味。看不见星星的夜晚,抒写亮色的诗。与黯淡的夜同行,每一回,都是一次亲切的旅程。情丝悄悄漫游,无边无际……最绚烂的朝霞,起源于夜的深处。心的天宇明净无尘,浮涌着无数"亮色的诗"。在这种不希望被谁想起的时刻,夜也奇妙地有了"沁心的滋味"。作者非常真切地以轻婉纤柔的诗绪、秀逸细微的笔致,再现了生命个体处于宁静空间的微妙情趣。史赋的《阳光浴》、康细民的《中国校门》、陈云南的《蝉之歌》、张权斌的《海峡云及其家族》、钟希明的《浴后》、庄青霞的《心绪泥泞》、陈薇的《那夜昙花开》、杨世膺的《情绪》等作,都以一种热烈的投入精神面对生活,或从心灵微波中抽绎出相当宏富的人生情思,或让深沉的思考化为浅显明了的哲思点示,表现出一种积极进取的人生意识和对整个宇宙的高格调思索。当然,还有一些诗作意象和心象组合得不够融洽,缺少生活小诗所应具备的一定的警策性和概括力。

《神奇的土地》一书可以说是泉州有史以来第一本泉州作家、诗人作品的选集,意义重大。它的编辑出版,是泉州文学界诗坛群英的一次大聚会,诗人们以他们对生活的热忱和广阔的艺术尝试,以他们迥异的抒情格调和开放的美学情趣,浇灌着植根于生活沃土的诗艺之花。虽然这里有清新和沉郁之分、显豁和含蓄之别、细腻和粗犷之异、质朴和绚丽之差,但大都诗作都具有历史的、心灵的穿透力,给人以难以平静的心弦撩拨。我留意到了集子里好似雨后春笋般冒出了一大批热恋诗歌创作的新生代,这一方面充分说明泉州文联对文学新人的重视和培植,另一方面也造成了这么一种情景的出现:在给诗集注入不可忽视的活跃生气的同时,也必定形成集中作品思想质量和艺术质量的参差不齐。这种参差不齐的总体缺陷,较突出地体现在意象的重复和诗绪的雷同上。具体一点说,在寻找意象的途径上,一些意象一再被轻易地取用,如"风""雨""海峡""黑夜""白云""泪珠""太阳""飘零的蓝叶""故乡的路"等。在主体诗绪的宣叙上,总跳脱不开运动与静止、瞬间与永恒、超越与现实、生存与死亡、相思与相聚等他人早已咀嚼过千百遍的话题。看来,在诗歌创作的实践过程中,真正找到自我心灵和社会生活的撞击点,找到确实完美地寄寓着主体诗绪的个性化意象,也许是泉州诗坛年轻的诗作者们亟待逾越的一个艺术迷津。

1992 年盛夏于漳州师院

（原载《泉州文学》1992 年第 4 期;作者系泉州师范学院文学院教授）

陈志泽传略

海 梦

陈志泽,当代诗人、作家。男。1943年9月出生于福建省历史文化名城泉州。古城胜迹、侨乡风貌、海峡风涛耳闻目染,时时萌动,时时触发,成为他后来从事文学创作的独特题材。1966年8月他从福建师范大学中文系毕业后到军垦农场锻炼,1970至1971年曾任泉州市德化县中学语文教师,1972年调任该县文化馆创作干部,从这时起开始从事文艺工作。粉碎"四人帮"后调任泉州市文化局创作室负责人、《泉州文学》主编。1987年5月泉州市成立文联,他即调任泉州市文联副主席、《泉州文学》执行主编、副编审,泉州市作家协会主席至今(1992年)。1979年起任中国作家协会福建分会常务理事、主席团委员至今。1984年起任中国散文诗学会常务理事、理事至今。1984年11月9日加入中国作家协会。1986年12月加入中国共产党。

他的处女作组诗《故乡的路》发表于1962年的《泉州报》,从此他以写诗为主,也开始抒写反映侨乡生活的散文诗在《福建侨乡报》上发表。1978年以后,他的散文诗创作占了上风,作品散见海内外主要报刊,创作题材广阔,表现手法多样,具有鲜明的乡土特色又富有时代感,注重心灵珍藏的开掘。许多作品被选编入《中国新文艺大系1976—1982年散文集》《六十年散文诗选》《十年散文诗选》《当代散文诗选》《中国百家散文诗选》等。其散文诗作品《拾贝(二章)》1987年1月获《中学生》杂志、语文导报社、浙江教育出版社联合举办的"献给孩子们·小天使铜像奖"征文优秀作品奖,《南国琵琶》散文诗一组1988年获菲律宾中华文学研究会、《福建文学》编辑部、《海峡》编辑部联合举办的"故乡水"征文二等奖,《闽南乡音》散文诗一组获《福建文学》1983—1984年佳作奖,散文诗集《爱的星空》

(海峡文艺出版社 1989 年 11 月出版) 在华东地区 1989 年度优秀文艺书籍评奖中获优秀奖。此外,还有歌词等作品获省级奖励多项。

陈志泽已出版的著作(含主编)有:

散文诗集《相思树》(福建人民出版社,1983 年 11 月出版),散文诗集《绿风》(漓江出版社,1987 年 3 月出版),散文诗集《爱的星空》(海峡文艺出版社,1989 年 11 月出版),散文诗集《阳光与灯影》(海峡文艺出版社,1990 年 12 月出版),散文、散文诗集《泉州漫笔》(福建人民出版社,1990 年 12 月出版),诗集《神奇的土地》(主编)(海峡文艺出版社,1991 年 3 月出版),民间故事集《姑嫂塔》(主编)(福建人民出版社,1982 年 4 月出版)。

陈志泽近年来除主要从事散文诗创作外,还从事文学评论、散文、报告文学等创作,曾任《中外散文诗鉴赏大观》编委,撰写大量散文、散文诗、诗评论文章。

〔原载《中国当代诗人传略(三)》,海梦主编,四川文艺出版社 1992 年 3 月出版〕

赏析陈志泽散文诗《这一个声音(外七章)》

齐丽娜

陈志泽的散文诗以描绘闽南侨乡特色浓郁的地方风情见长,路数宽广。他的作品重视炼意,思想深邃,意象丰满,富有哲理意蕴。

《这一个声音》是抒情的,又是象征的。一连串超时空的想象,写出"这一个声音"的强烈反响,壮美而新颖,继而转入"这一个声音从何而来"以及它带来的喜人变化的深沉阐发。以"这一个声音"象征改革开放、象征全国人民的心声,形象集中、鲜明、贴切,使作品不因抒写"大题材"而虚泛和枯燥。这是一首改革开放的动人颂歌。《黄河》则采用白描手法。作者把主观的对时代、对人生的强烈感受注入客观的意象,写出内心深处那种为崭新时代所感动的生命的律动。"金灿灿的铁水""沉甸甸的麦穗""夕阳残照""一望无边的死寂的沙漠""枯槁的面容""黄沙积成的田亩""遍地飘飞的枯叶""炎黄子孙肌肤的亮色""太阳""星月"以及"橙黄的灯光",一系列撒得开又收得拢的联想,融汇成富有历史感和现实感的气势恢宏的"黄河"的录像,十分动人!

作者生活在闽南侨乡,写过一些富有地方特色的抒情散文诗。《海峡水》想象十分丰富,从海峡水的"明晃晃"想到"多少眼睛在闪闪烁烁",想到它摄录下的各种图景,"饮上一掬"的各种滋味,想到它忍受痛苦熬煎迸发的惊涛,也想到它满怀希望的沸腾……精练的概括而又达到丰富的艺术体现的效果, 每一位炎黄子孙读到它,想必也会是心潮激荡、百感交集的。《游子泪》以泪为凝聚点,用三个选取了典型场景的片段和分别以"无色的血""滚烫的浪"和"欢笑的泉"警辟的作结,表现侨乡的历史和现实,感情起伏跌宕,语言精练铿锵,诗意浓郁动人。

散文诗的另一个重要功能是表现哲理,给人以启迪。《一瞬》是作者这一类散文诗的代表作之一。他从急驰的时光选取了"一瞬"定格,把它展示给读者,让读者感受到一瞬的威力和庄严,从而深刻地认识人生、思考人生,去正确地度过生命的时光。

(原载《中外散文诗鉴赏大观·现当代卷》,漓江出版社 1992 年 4 月出版)

献给故乡的礼物

——陈志泽散文集《泉州漫笔》

邵　珊

福建人民出版社在介绍他们出版的散文集《泉州漫笔》时,曾这样评价这本书:"作者以诗人、作家的深情目光看生他养他的泉州,以多彩的文笔描绘了古城的风景名胜、风土人情、宗教文化、地方艺术、名人名产……令人神往,给人美的享受。该书集知识性、文学性、趣味性于一身,实为富有魅力的独特之作。"评价是中肯的,道出了这本书的主要特点。

《泉州漫笔》计十万字,系陈志泽的一本专写泉州的散文专著。作者几年来写作了不少有关泉州的散文,在此基础上,他有意识地不断加以扩展、补充,写成了这一本较全面地反映泉州主要特色的集子, 让人一看就能大体了解历史文化名城、著名侨乡泉州而爱上她。

《泉州漫笔》从泉州作为"海上丝绸之路"的起点写起,接着写了与海外交通有着密切关系的泉州的桥梁、寺庙,泉州的各种宗教以及泉州著名的历史人物、当代人物;还写了泉州的山、湖、海岛,泉州的南音、梨园戏,泉州的风土人情及土特产、地方小吃等。这样,泉州的主要几方面几乎都写到了。难得的是,此书不同于以往一些主要从历史的角度介绍泉州的书。书中的文章既独立成篇,篇与篇又紧密相连。在写法上,既汲取了一些历史知识的精华,自然糅合进有关泉州的掌故、趣闻和传说,又力求具有文学价值。书中不少篇什曾先后在《旅游天地》《风景名胜》《华声报》《福建日报》《福建侨报》《泉州晚报》等报刊发表,可称得上诗意浓郁而又具有一定哲理意蕴的美文。作者展示出一条画廊,让人阅读此书如同进入到泉州的美好的天地中,真切地感受到泉州的神奇和美丽。《泉州漫笔》的出版对

于宣传泉州,增进人们对泉州的了解,无疑起到了积极作用。《泉州漫笔》是作者
献给故乡的一份礼物。

(原载《泉州晚报》1992 年 1 月 6 日)

别具特色的《论评·赏析·杂弹》

晓　林

《论评·赏析·杂弹》是陈志泽的一本文学评论、名作欣赏和谈文说艺的新著。陈志泽长期从事文学组织、编辑、辅导等工作，这本书可以说是他这方面工作的副产品，是其研究和谈论文学创作的另一种笔墨。

《论评·赏析·杂弹》又不同于专业文学评论工作者所著的理论书籍，它多从创作实际出发，结合作者自己的经验和体会，并以文坛前辈、文友的创作作为实例来参照，深入浅出地讲解涉及面广又突出散文诗、散文和诗歌的创造问题。作者还把散文引入文学评论，文章写得轻松富有文采和情韵。该书分作家、艺术家的素描及谈文说艺的"素描与散曲"，作家作品评论和赏析的"文苑赏花"，旨在表达艺术见解的散文和散文诗的"流水知音"，散文诗创作专题研究的"漫步在散文诗天地"等四辑。书中许多文章曾发表于《中外散文诗鉴赏大观·现当代卷》《福建文学》《作品》《华人之声》《泉州晚报》等报刊。该书还附录了郭风、柯蓝、孙绍振、叶公觉等评论作者创作的几篇文章，全书二十万字，内容十分丰富。读它，不但可以提高文学欣赏水平和创作水平，增长文学知识，而且对于了解新时期文学，特别是泉州市十年来文学创作的状况，众多作家和作品，也可获得帮助和借鉴。

著名学者、省政协常委、福建省作协顾问、福建师范大学中文系原主任俞元桂教授在为该书所作序言中认为陈志泽"论文谈艺持有鲜明的观点……所有这些观点，我以为都是文艺创作的康庄大道，也是包括作者在内的许多作家所走过的道路"。他认为，"这本书对读者的创作与欣赏有比较切实的帮助"，"对于青年读者显示出它的重要意义"。

（原载《泉州晚报》1993 年 7 月 2 日）

驰骋在文学的天地里

——记作家、副编审陈志泽

郭培明

两位登门求教的青年作者刚离去，我便见缝插针，与陈志泽聊起来。他略带歉意地笑着说："让你久等了，我这人的工作没有八小时内外之分。"在我的印象中，陈志泽是位名作家，从言谈中我觉得他更是位编辑。编辑，意味着甘为他人作嫁衣裳，也意味着熬夜、失眠和不间断的思考。一个称职的编辑，必须具有敏锐的艺术眼光、深厚的文字功底、丰富的文化知识和高超的"裁剪技术"。当编辑苦，然而陈志泽却十分钟爱自己的这份差事，酸甜苦辣，乐在其中。

陈志泽的编辑生涯可以溯源至20世纪60年代初念大学时的系刊工作。"文革"时期，他那双批批点点、修修补补惯了的编辑之手奇痒难忍。直至1972年，尽管春寒料峭，他那双手硬是呵护出《德化文艺》这棵幼苗，枝叶虽然羸弱，却不失有可人之处。一大帮文学发烧友终于拥有了一方学步的园地，著名学者孙绍振至今清楚记得，下放劳动期间他的诗歌处女作就是刊发于戴云山深处的这个小小刊物上的。

1978年底，当时已调到晋江地区文化局供职的陈志泽正在外地参加笔会活动，他敏感地觉察到文艺春天来临的气息，给当时的领导写信，建议创办地区文学刊物。他的美好构想得到上级的支持，《晋江》文学丛刊应运而生，几年后丛刊又衍变成公开发行的《泉州文学》，在如林的地市刊物中享有一定声誉。这其中，倾注了陈志泽的满腔热情和大量心血，选稿、改稿、划版、校对，甚至搬运、寄发，他都干，而且乐此不疲。他任执行主编十五年来，刊物保持着较高的文学品位，共发表了七百万字的文学作品，做到每期必有新人新作推出，并有多篇作品在全省文学评奖中获奖。这对一个人手缺乏、经费困难的地市级文学刊物来说，是十分不易的。陈志泽因成绩突出，名录被收录于《中国出版人名辞典》，多次被评为全省文联系统先进工作者。

"刊物对于作者如同舞台对于演员，太重要了。"陈志泽这话说得精辟。长期的文学活动练就了他非同一般的辨析能力，他善于从言谈、习作中去发现有培养前途的文学新人。德化一中有位学生，性格内向，沉默寡言，陈志泽却从"不显眼"中发觉他有良好的艺术感受能力和想象能力，便力荐他参加地区创作会议，开拓其视野，刊发其作品，加以悉心指导，这位学生不负师望，后来考取了一所名校的中文系，现正活跃在外交战线上，他在多次来信中动情地说，"那段难忘的日子"决定了他的一生。安溪县作者老李，勤于笔耕，但因缺乏生活体验，作品屡投屡退，于心不忍的陈志泽约见了他，耐心交谈，发现他有深厚的历史知识、丰富的民间文学素材，于是鼓励他试写历史小说。老李于迷惘中柳暗花明，豁然开朗，不久，当他捧着一大沓的手稿出现时，陈志泽又惊又喜，批阅之余随即协助联系出版。继这部长篇历史小说之后，老李又在病逝之前完成了第二部长篇，陈志泽深知成果来之不易，又再次为老李遗作的问世而奔走……

作为一名文学工作组织者，陈志泽把更多的时间花在书斋以外、办公室以外。他除了为出版社推荐泉州青年作家的作品，为他们的作品集撰写序言和评论外，还担任多所大中专院校文学社的顾问。几年来单是举办文学讲座就有几十场，并多次深入基层指导创作。不是说人活在世间需要点精神吗？陈志泽正是凭着对神圣缪斯的全身心热爱，充实地活着、忙碌着。

大家明白，在物欲横流的时空中，文学的生存是困难重重的，而发展更是举步维艰。在市场经济面前，巧妇难为无米之炊，陈志泽在这方面的思索或许比搞创作还伤脑筋。可喜的是，在他的主持下，泉州作家的诗集《神奇的土地》在海外人士的赞助下得以出版，"明培杯"青年散文大奖赛在菲律宾征航文艺社的支持下成功举办，《文学报》推出"泉州作家纪实文学专版"，《海内外企业家文学家报》设置宣传泉州经济建设的文学专版，《海峡姐妹》刊发"泉州女作者散文诗专辑"，泉州市文学创作辅导中心创办以来面授、函授了三百多名学员。

挑灯伏案，闻鸡起舞，偶尔为之其乐无比，长此以往则苦不堪言。就是在这长期的"苦不堪言"中，陈志泽让作品作了代言人。十年间，他先后有七部著作出版，

《文艺报》《文学报》《华声报》《海峡》《福建文学》《菲华时报》等报刊均以显著篇幅给予荐介。著名作家、学者柯蓝、郭风、俞元桂、孙绍振等人对其作品给予较高评价。俞元桂教授认为："不知他是否受到鲁迅精神的启发，我注意到他有意识地发挥自己的潜能。"陈志泽的文学创作既集中在某一两个门类，又涉猎较宽广的领域。诗歌是他从事创作活动的最早形式，他的儿童文学作品获得全国"献给孩子们"小天使铜像奖，他有三篇报告文学作品获得省级奖励，散文创作对他更是轻车熟路，在《人民日报》《散文》《散文天地》等刊物发表大量作品，引起评论界的关注。对他来说属于"副产品"的文学评论也搞得有声有色，近年来大有一发而不可收之势。广为海内外文坛重视的自然是陈志泽独具一格的，被称为"具有闽南乡土特色的风俗画"的散文诗作品。他在散文诗中拓展了广阔的天地，进行了深入的探索，得心应手，佳作迭出，先后入选《新中国文艺大系·散文集》《六十年散文诗选》《十年散文诗选》《中国百家散文诗选》《中国散文诗鉴赏大观·中国现当代卷》等数十部散文诗选集，不少名篇佳句为广大读者所传诵。

　　心血与汗水换来累累硕果，但最清醒的依然是他自己。他曾这样写道："依我看，还是扎扎实实进取，默默无闻追求，竭尽所能奉献，还是'宁静以致远，淡泊以明志'，否则一切皆空。"由此看来，既然生活选择了陈志泽，既然陈志泽选择了文学，他在文学天地里的驰骋就不会停歇……

（原载《泉州晚报》1994 年 9 月 8 日；作者系《泉州晚报》原副总编辑、泉州市文艺评论家协会主席）

"笔记散文"的新收获

——陈志泽部分近作读后

史　赋

　　"福建散文作家群"主干将之一的陈志泽前些年的创作主要以散文诗为主，这从他近年先后出版的个人作品集的文体比例即可一窥端倪（他所出版的个人作品集截至目前共八种，其中散文诗集五种）。不知是不是因了想多用一种笔法，多为这个群落增添辉光的缘故，近些年他在继续为我们奉献散文诗佳作的同时，还写了为数不少的笔记散文。这些笔记散文主要有两大类，一是游历祖国名山大川的所见所感，一是故乡风物客体描述多于主体倾抒的鉴赏、推介。去年刊发于《安海月报》的《惠安影雕》《德化瓷观音》《清源山上的弘一法师画像》《净峰寺》那是属于后者。

　　笔记散文是笔记的一种(另有笔记小说等)。笔记古已有之。据说始于魏、晋，盛行于北宋；以"笔记"为体裁名，则为北宋文学家宋祁所创定。作为笔记的一种，笔记散文的最大特征，是不拘定格，可涉及政治、历史、经济、文化、自然科学、社会生活等各个领域，也可以专门记叙或议论某一事物；笔记文学的作者，一般并不刻意为文，而是据其耳闻目睹之所得，信笔写来，故此常常表现出朴实自然、活泼清新、短小精悍等特点。赏读陈志泽的《惠安影雕》等篇什，我们即可清楚地知悉这一些。

　　所不同的是，作为卓有成就的散文高手，陈志泽在操持"笔记"这一文体时，除了得心应手地表现出"笔记"这一文体的最为基本的特征外，显然要比他人多具几分突破与超越的创新意识。比如说，在处理客体描述与主体倾抒两者的关系上，一方面，他十分清醒地倚重了前者以凸显这一文体的基本特征；一方面，他又十分机智地融注进了后者以表达作家心灵的激情，这就使得自他笔底涌出的文字,即便是叙写故上的风物,也具有了一种灵逸、鲜活的质素。且举两例,写惠安影雕,他赞叹:"惠安影雕因了青石板不朽而不朽。"写德化瓷观音,他沉醉:"我觉得从滴水观音手中的花瓶口滴落的水珠把我的心滋润⋯⋯"这些文字,将主体倾抒嵌附于客体描述中,使原本相对而言较为平板、直白的"笔记",平添了许多画意诗情,分明是作家对文体的一种变革。

作家多掌握一两种笔法以丰富自己的创作,颇值提倡。陈志泽涉足"笔记"的成功,或可视为一种有力的佐证?!

(原载《安海月报》1995 年 1 月 30 日)

把握历史 "重构"历史

——《泉州文学》"泉州历史小说征文专号"前言

洪辉煌

泉州地灵人杰、文化积淀深厚，它为历史小说的创作提供了十分丰富的题材。为发掘这一宝藏,促进泉州历史小说创作的繁荣发展,"古为今用",为两个文明建设服务,在香港灿利发展有限公司的支持下,泉州市作家协会举办了泉州历史小说大赛。泉州市作家、作者积极响应,在一年左右时间里,大赛征文办公室共收到中、短篇小说征文二十四部(篇)、四十多万字,成果是可观的。现在,《泉州文学》编辑部把征文评委会评选出来的部分得奖作品编为一辑,以专号的形式出版,这是继《辉煌的十年》报告文学征文之后,历史小说创作的新收获。发动和组织泉州作家、作者广泛搜集、选取自己故乡有价值的历史题材,进行历史小说创作,在满足人们的审美情趣的同时,又从历史人物的刻画和历史事件的描写中,认识泉州遥远的过去发生的一些不平凡的事件,认识泉州一些彪炳史册的历史人物,汲取新鲜、有益的启示。这一项工作是很有意义的,在泉州尚属首次。认真总结经验和不足,对于今后历史小说以至其他形式的文艺创作,对于不断发现和培养文学人才和贯彻党的"百花齐放,百家争鸣""古为今用""推陈出新"等文艺方针都将产生积极的影响。

作为历史小说,首先应是小说,是小说艺术,是以塑造历史人物的文学形象,展示历史人物的精神世界,写出活生生的"历史的人"为己任的。如果历史小说仅仅停留在叙说历史人物的生平经历,交代历史事件的起伏曲折,即使引出历史的经验教训,提供有益的借鉴和启迪,也还是不够的。历史小说又必须是历史的,在根本上要忠实于历史的精神和历史的本质。小说中大的方面不能违背历史的真实,而应与历史相吻合。次要的历史细节和历史人物允许进行合乎情理的虚构和夸张。这样,它要求作者要广泛地大量地搜集涉猎当时及后世有关的各种历史资

246

料、轶闻、故事,并且做出深入细致的分析、探索、揣摩和体味,把握历史合力交错而成的历史大环境及其发展趋势,为人物形象的塑造奠定坚实的基础,从而形成作者与描写对象之间双向能动的对话关系。应该说,这次征文的不少作品,特别是编入专号的七篇得奖作品掌握历史小说的基本特征是比较准确的。

《清源军外传》(吴展作)是以其对人物事件的从容驾驭和举重若轻的表现功力而在众多应征作品中脱颖而出的。作品表现的是五代时管辖现在的泉州、厦门、漳州的清源军军政区域三十年的历史,时空跨度较大。作者在有限的篇幅中展开了错综复杂的历史画卷,既正面描写了金戈铁马的斗争场面,又常常采用叙事手段,化烦冗为简洁,使这一篇作品既是凝重、深厚的历史小说,还有现代小说的独特韵味。作者根据史书记载又糅合自己对历史和人物的理解,有选择地吸引了一些野史轶闻作为小说的情节,塑造了留从效和陈洪进两位命运遭际截然不同但在骨子深处却有惊人相似之处的"同类人"形象,语言精练,有概括力。《戒石》(陈廷基作)截取王十朋治水的史实,并以"会七邑令饮作七绝诗"及修葺戒石诗等诗篇为依据进行联想和整合,提炼出具有现实意义的主题思想。小说一开始就将王十朋置于矛盾冲突之中,然后有层次地刻画其疾恶如仇、廉政勤政的艺术形象。文字简练、节奏明快、情节起伏跌宕。作者采用传统的现实主义创作手法又糅合一定成分的浪漫主义色彩。根据鲤城区新门街一堡"码头坟"中的"小姐坟"的传说,大胆地衡情推理,刻画了勇于牺牲的王十朋女儿王小芸这个人物,使其焕发光彩,也使作品的立意得以升华。当然,这个人物似有人为拔高的痕迹,其历史真实可信性也还可以讨论。《泪洒安平桥》(杜成维作)描写的是辛亥革命在安海从革命的发动到失败的全过程。作者以现实的角度去透视历史,对许卓然等一系列革命党人进行精心的塑造,或讴歌,或鞭挞,或拷问,反映了历史的本来面目,深化了作品的悲剧意蕴,让读者在审美过程中从反面认识到取得中国革命胜利的必由之路。作品时空交错的写法和浓郁的地方风情、历史文化氛围也增添了艺术魅力、加强了题旨。《俗缘好了》(潇琴作)以大量史实为依据,以李贽和黄氏的爱情故事为主线,描写了李贽坎坷一生的一些侧面,塑造了这一位历史名人的丰满的艺术形象,体现其反封建反假道学的"异端"思想和叛逆性格。小说结构严谨,注意展示人物的心灵世界。情景交融和意识流手法的运用,使作品的艺术感染力得到加强。《俞大猷蒙难记》(粘良图作)选取的不是抗倭名将俞大猷驰骋沙场的战斗生涯,而是他蒙冤受难的一段经历。然而,正因为作者把主人公置身于蒙受冤屈和危难的特殊环境中进行刻画和塑造,这就从一个独特的角度展现俞大猷的英雄本色及其阶级局限。作品揭露了封建统治阶层的昏暗,反衬主人公的性格光彩,也具有一定的警示意义。《李光地上疏》(杨炳华作)和《张瑞图装疯》(吴文作)各选取人物活动的富有内涵的独特片段,注重人物的精神面貌的描写和刻画,文笔自然、简练,情节集中、动人。这次比赛收到的其他作品也都各有特色。然而,由于作者创作主体与其所要反映的历史环境、历史人物存在着相当的时空距离,如何把握好历史的必然性和偶然性的融合、写实与虚构的统一,确是创作中的难题。有些作品在处理历史形象和文学形象之间的关系还有所偏颇,有的未能掌握和"吃透"更多的史料(或者还有不够准确的地方),还缺乏凝重的历史感和浓郁的历史氛围,这就影响了文学形象的塑造。有的作品虽然在历史形象方面下了较大的功夫,却又未能更好地遵循"文学是人学",历史小说应当首先注重塑造有血有肉的人物形象的基本要求,给人堆砌史料,人物形象不够丰满,情节的展开拖沓、松散的感觉。这次历史小说征文题材比较丰富,但由于从总体上看,作者对历史还不太熟悉,也未能进行更广泛的发掘,因而应征作品题材面还是不够宽广。例如十分重要的"海上丝绸之路"的题材就基本没有触及。

历时一年多的泉州市历史小说大赛很好地达到了预期目的,不仅老作家、作者显示了自己的创作功底和实力,一些名不见经传、鲜为人知的新作者,如吴展、粘良图等,更以令人刮目的作品给人们带来了实在的惊喜。它使我们有理由对原来一直被认为是泉州文艺界弱项的小说创作的突破充满了信心。同时大赛也给我们留下了有益的启示。文艺创作是充满创造性的个体精神劳动,积极的组织引导不仅可以更加激发作家作者的内在创作欲,而且能在群体性的创作实践中形成激励机制,为文艺精品的出现和文艺人才的成长起到推波助澜的作用。由此看来,文艺主管部门和文联及所属协会在这方面的工作还大有可为。

(原载《泉州文学》1996年第3期"泉州历史小说征文专号",陈志泽主编;作者时任中共泉州市委常委、宣传部部长)

本真和散漫

励　笙

　　散文不同于小说，不可能依托结构情节故事以及相应的操作行为求取一份"外包装"，它的可爱和引人处首先来自本真的袒露、感情的率真和朴实。读陈志泽新近出版的精短散文集《大地与履痕》，其中襟怀坦白的本真与不事雕琢的散漫，可以说是对时下那种浮泛玄虚、油腔滑调、贫血苍白而又"外表装修豪华"的散文的一种反驳。

　　认识陈志泽是从他的散文诗开始的。那个时候他的散文诗正受着散文诗界的关注。他的散文诗集《相思树》《绿风》，那简洁而颇富动感的文字，朗朗上口而又抑扬铿锵的音节以及那激越的情怀、激荡的旋律，妙如天籁的音响流动等，笔走龙蛇地构筑出的色彩斑斓的艺术空间和深沉蕴藉的艺术氛围，不仅有效而传神地勾勒出闽南泉州特有的风情画卷，而且其间充溢着的阳刚之美能给人以久久回荡的心灵震颤。这种散文独具的文化品位与诗的意境精灵，在精神向度上的某种高度契合所能进入的艺术化境，曾让陈志泽如醉如痴，同时也给他带来了相应的艺术声誉。在他的新著《大地与履痕》中，仍然有一些篇什是诗的散文，所不同的是，以这种方式来讴歌新生活。那些洞察世事、偶遇俯拾、练达人情、"一粒沙看一个世界"的感怀之作，挥洒自如、流泻天然，诸如《我家那一杆秤》《老同学》《诧异》《感受讣告》《教授轶事》《节水模范》等篇章，光看这些题目我们便能感受到那种对于炎凉世态、冷暖人情的直面观照，仿佛均在轻描淡写之中，却又能见出微言之大义。

　　有人说作家在进入中年以后，文化品格与修养、人生历练与眼光、为人操守与价值判断等都显得举重若轻了。这时，作家无论是怀念故旧、描写至亲、叙述旧事、日常有感还是沉迷名山大川的履痕,文化名人的故居故地的寻访以及种种闲庭漫步等等,便都能随心所欲,每每于不经意中便能透彻人生三昧,感悟出人生真谛。在陈志泽的这本散文中有关大地与履痕的文章,如《赤脚的履痕》《蟹缘》《买菜》《顾问》《家有小女》等,其袒露的本真能给人以一种朴素的感动,同时文章的魅力还出自生活情趣的张扬。

(原载《光明日报》1996 年 8 月 29 日)

涉笔成趣皆散文

励　笙

认识陈志泽是从他的散文诗始,那时他的散文诗正在受到散文诗界的关注,他的散文诗集《相思树》《绿风》等曾有多位著名评论家先后发表过评论,这里不想也不敢赘加评说,我只是想说他的好些散文诗曾经给我留下了难忘的印象,尤其是《壮哉,闽南拍胸舞》我至今印象深刻——那简洁而颇富动感的文字,朗朗上口而又抑扬铿锵的音节以及那激越的情如天籁的音响流动等,笔走龙蛇地构筑出的色彩斑斓的艺术空间和深沉蕴藉的艺术氛围,不仅有效而传神地勾勒出了闽南泉州特有的风情画卷,而且其间充溢着阳刚之美能给人以久久回荡的心灵震颤。这种散文独具的文化品位与诗的意境精灵在精神向度上的某种高度契合所能进入的艺术化境让陈志泽如醉如痴,同时也给他带来了相应的艺术声誉。在陈志泽的新著《大地与履痕》中,仍然有一些篇什是诗的散文,所不同的是,陈志泽以这种过去常说的"轻骑兵"的方式来讴歌新生活。在我看来实在是他自己给自己出的一道难题,其得不偿失也早经我们刚刚走过的文艺史所证明,当然此类难题中的优解——比如《爆炸》等,这种优解感人处还是来自情感的率真中流动着的一股阳刚之气。"脱掉镣铐跳起舞",书中那些洞察世事、偶遇俯拾、练达人情、"一粒沙看一个世界"的感怀之作,相形之下却是挥洒自如、流泻天然,诸如《我家那一杆秤》《老同学》《诧异》《教授轶事》《节水模范》等篇章,光看这些题目我们便能感受到闲适的散淡品味,其对炎凉世态、冷暖人情的直面观照,仿佛均轻描淡写之中,却又能见出微言之大义。这样从阅读接受的角度讲就不像前面说的自己给自己出的难题那样举轻若重,而是举重若轻了。诚然,举轻若重有时同举重若轻一样能出艺术效果。这里我只是想说,作家在进入中年以后,文化品格与修养、人生历练与眼光、为人操守与价值判断等都显得举重若轻了。这样,作家无论是怀念故旧、描写至亲、叙述旧事、日常有感还是沉迷名山大川的履痕、文化名人的故居的寻访以及种种闲庭漫步等,便都能随心所欲,不经意中便能透彻了人生三昧,感悟出人生真谛。可见冰冻三尺非一日之寒。后者也即书中有关大地与履痕的文章,便与我们经常看到的如地理教科书似的散文有着质的不同,而是眼观鼻,鼻观心,心念所动,笔底生情;前者诸如《赤脚的履痕》《蟹缘》《买菜》《顾问》《家有小女》等篇章,其袒露的本真能给人以一种朴素的感动,同时文章的魅力还出自生活情趣的张扬,比如《赤脚的履痕》让人想象着乡村少年赤脚在大路上行走,一路走来一路歌的情形便忍俊不禁;又比如《蟹缘》与《买菜》,恰好笔者也嗜海蟹,读着读着就止不住要流口水!海蟹还有那样买法那样做法,真是:美哉,蟹宴也!

被那些干巴巴却又动辄数千言的所谓散文折腾得够累,而今可以漫不经心地随手翻读这本大多只有数百字篇幅的精短散文集子,不仅时时能感到正与一智者对话,而且还能有想象中的"蟹宴"解馋以及想象打赤脚的乡村生活而带来的情不自禁的微笑,阅读的轻松能益智还健脑,甚至可能还治病……

这并不等于说陈志泽的散文就如何美轮美奂、篇篇锦绣,而是说陈志泽在亲近着散文本体的时候,由于行文的朴实和朴素,使他的散文成为生活的漫步同时也是思想的漫步,有时甚至是快乐的漫步。我们知道,散文的品性本来便散漫,散文的灵魂始终在本真,既然散文要散在骨子里,又何必搞得那么紧张还那么多花里胡哨的让人喘不过气来?

(原载《福州晚报》1996 年 3 月 25 日)

平淡中见深沉　激越里蕴哲理

—— 读陈志泽新著《岁月的回声》

吴瑞骋

在继《相思树》《绿风》《爱的星空》《阳光与灯影》《泉州漫笔》《大地与履痕》等散文集子之后，陈志泽于日前又由中国文联出版公司出版了《岁月的回声》。

《岁月的回声》收集了他的《心迹》《走不出故乡》《赤脚情结》等九十多篇散文。这些作品是岁月流逝过程中的回声，有他对生活独特感受记录下来的心声，有他从生活中细致观察而得的诗的意韵，有他发自肺腑对故土的情恋……

陈志泽在他的集子的代跋中说："最易最难是散文。"这是他的经验之谈。散文只要有一定文化程度谁都可以写，但要写好散文却难而又难，而最难的可以说是锤炼散文的语言。因为散文的语言，似乎比小说语言多几分浓密与雕饰，而又比诗歌多几分清淡与自然，它潇洒而又简洁、优美而又质朴，讲究比声调韵律更动人的情韵美。散文写到了平淡中见深沉，在激越里蕴哲理，可以说已登堂入室了。炉火纯青的散文功夫，是作家语言笔墨净化的标志。陈志泽以生命投入在辛勤耕耘的散文之路已多年，他是经过曲折的斩荆披棘历程的，他一直在努力克服着散文难写的重重关隘，如今再不见华丽辞藻堆砌和斧砍刀削痕迹，他的散文已逐步走向行云流水不着痕迹的自然天成境界。我想他竭力追求的这个境界，就是返璞归真的境界吧。志泽的散文语言有华而不俗、朴而不拙的功力，读他的散文诗如见衣着朴素的美人、烟月轻笼的鲜花，是真正的美在一种和谐的自然的形式中的流露。读着《岁月的回声》有一种悄悄的情韵从字里行间中来，我听到作者的心声与万物、情感与天籁融洽和谐的音韵，一种美的情调和气氛暗暗从文字中透来。

散文需要思想的精粹、意境的隽永和语言的美。志泽的散文很注意提炼精粹的思想,如他的《永远的光辉》,虽是写历史人物比干,却是一首充满阳刚之气的"正气歌",其文气磅礴、义理精确。"弄一车兵器,不若寸铁杀人",抓住一点阐发开去,谋全篇宏构,一句扣一句,一节连一节,句中无余字,篇中无赘言,我以为这就是精粹。

散文不讲声调,不求韵律,它的语言应是自然的天籁,在自然中透着情韵。如他的《我当理发师》写的虽是生活的小事,却意蕴着在人生沧桑感情长河中的一掬浪花。其生活的情趣、感情的波澜,在流畅的颇带幽默文笔下得以自然地流露,这不能不说是本书的一件精品。

说志泽的散文有精粹的思想,有些篇章是难以一言以蔽之,只能在情感上意会。如《走不出故乡》那种对故乡的眷恋和对现实的无奈,那种大鹏展翅恨天低和一步三回头的恋栈心理,是有机地交织在一起的,正是这种复杂的感情纠缠牵动了读者的心。志泽在语言句式上错落而谐调的配置,匠心安排字句的变幻多姿,使其文达到"仪厥错综"的潇洒风姿。

(原载《海品》,中国文联出版公司 1998 年 10 月出版;作者系中国作家协会会员、《泉州晚报》原副刊部主任)

凝视泉州文学

——访泉州市文联副主席、泉州市作协主席陈志泽先生

杨志文　高冰文　陈金玉

古城泉州作为一个具有悠久历史的名城，曾名扬于古今中外。而名城的泉州文化更是源远流长，极富地方色彩。然而这一切都凝聚着闽南文人的许许多多心血。

泉州市文联副主席、泉州市作协主席、《泉州文学》执行主编陈志泽先生便是其中一员，他在散文诗上所取得的优异成就更为泉州文化锦上添花。

日前，陈先生应中文系之邀，到我校作题为"关于散文诗创作"的文学讲座。笔者作为《中文月报》记者有幸与他进行一番交谈，获益匪浅。

精神抖擞、和蔼亲切是陈先生留给我们的第一印象。在交谈中他谈古论今，滔滔不绝，幽默风趣，不愧有学者的风度，当谈及泉州少有长篇巨著时，陈先生深入浅出地阐述了他的看法。他说："这和泉州的地理、历史、风俗、生活习惯、作家自身条件等有关。首先，文学在很大程度上受政治、经济的影响。而泉州地处东南一隅，离政治、文化中心较远，受到外界的影响及大作品的影响较慢。其次，在泉州的文坛史上，未涌现出影响巨大的本土作家，历史渊源较弱。再次，泉州的经济正处于蓬勃发展的上升阶段，经济的发展，使很多作家不甘于寂寞，或下海或参政，真正全身心投入文学创作的作家不太多；因而，泉州作家少有经历过多少大风大浪的磨砺，这对于震撼人心作品的出现也有影响的。"陈先生认为泉州文学比较活跃的是诗歌、散文诗，这是必然的。陈先生认为虽然当前泉州文学事业的发展面临困难，但"只要有更多的人关心、支持，创造良好的文化氛围，相信泉州的文学创作能走出泉州、走向全国"。他认为作为泉州文学重要组成部分的乡土文学闪耀着独特的光芒。但乡土文学发展到一定程度后，要注意不要受到自身的

局限,而要有所超越。改革开放后,特别是进入20世纪90年代以来,市场经济的浪潮迅猛,使泉州经济得到迅速发展,同时也给泉州文学创作的繁荣带来巨大的冲击力。文学能否商品化成为这一时期文学界的争论焦点。于此,陈先生持不太赞同的观点。他说:"文学是寂寞的,但不可怕。文学是活生生的艺术,是经过作家的创造性劳动创作出来的,有自身的发展规律。在市场经济条件下,文学难免带有一定的商品性,但文学不能商品化。它必须保持自身的相对独立性、纯洁性。"他还认为目前泉州文学界有喜有忧,有些作家因受市场经济及其他因素冲击,比较浮躁,在读书乃至深入生活、实践方面付出太少,他们进入文学的表层后就难以深入下去了。作家要克服浮躁情绪,甘于寂寞,要有为文学事业贡献毕生精力的精神。

谈话中,陈先生隐隐地流露出对泉州文学既一往情深、无怨无悔,又有着一些无可奈何的困惑。正如他在《走不出故乡》里表达的对故乡的矛盾而又缠绵的情绪。在谈及对历史文明古迹的保护力度不够时,陈先生深深地为之扼腕叹息。他又说,现在年轻人对古城历史文化、文明古迹了解甚少。这不但对自身的文化素质的增强不利,对于泉州文学是一种损失。泉州文学未来的发展靠的是现在的年轻人,年轻人要注意从历史文化中广泛地、积极地汲取有益营养,特别是有志于文学创作的年轻人更应从中发现历史文化的闪光点,深刻、丰富地更上一层楼。

最后,陈先生为我报签名题词:"热爱生活、热爱生命、热爱美。"寥寥数语,却表达了对泉州青年文学爱好者的殷切期望。

(原载泉州师范高等专科学校《中文月报》1998年第11、12期;杨志文、高冰文、陈金玉均系泉州师范高等专科学校学生)

泉州师专文学社记者访陈志泽老师

杨志文　高冰文　陈金玉

记者：陈老师请介绍一下你走上文学之旅的启蒙老师。

陈志泽：我就读福建师大中文系时，俞元桂、郑锹老师任课的时间长，教学效果好，我对他们讲授的《现代文选与习作》这门课兴趣浓厚，很受教益。走出校门后两位老师曾为我的集子写序、写评论，仍然对我关怀备至。课堂之外也有不少难忘的老师，如郭风、柯蓝，对我的散文诗创作给予很大帮助。原《福建文学》诗歌组组长陈钊淦，20 世纪 70 年代我还在山区工作时，几次点名要我参加全省创作学习班，当面给我指导。他审处作者的稿件热情而又严格、认真，这是对作者真正的爱护。

记者：请讲一讲你对语文课的印象。

陈志泽：我前面已说到了俞元桂、郑锹老师。我念凌霄中学初三年级时来了一位语文老师，他任课时间很短，我还来不及打听他的姓名他就调走了。他对我的作文总是给予较高的评价，在中考临近时要我为十几个作文题写构思的细纲，供全班同学参考，这对我的鞭策、锻炼很大。我念泉州五中高三年级文科班时，语文老师戴其兰时常评讲我的作文，并推荐到学校大门口的"好花共赏"大黑板上"发表"，给我很大的鼓励。中学时期作文课十分重要，教师讲评作文，充分肯定优点，指出存在的毛病，给学生的帮助可以说是终生难忘的。

记者：请讲一件你文学之旅最为激动的事。

陈志泽：大约是在 1979 年吧，在四川的《星星》诗刊发表了一组诗。这是我在省外、在全国性的报刊第一回发表作品。比起 1962 年在《泉州报》发表处女作、1974 年在《福建文艺》发表诗，更为激动和兴奋——原来我还可以走出福建，这使我信心大增。

记者：你什么时候开始散文诗创作？有何体会？

陈志泽：20世纪五六十年代我念中学时爱上了泰戈尔的散文诗。后来又受到柯蓝的影响，迷上了他的《早霞短笛》。接着还读到郭风的散文诗集《曙》和《叶笛集》，受到他的影响。我写作散文诗始于1962年，在《福建侨乡报》发了几篇。1974年在《福建文艺》发了《山区车队》。但真正开始是在1979年。1983年到现在我出版了五本散文诗集。在散文集中也收录了一些散文诗。散文诗是一种汲取了诗和散文的长处而又舍去二者某些拖累的优秀文体，能自由地表达感受，我会一直写下去。但光有写散文诗的一手是不够的，我还写散文、报告文学和文学评论文章。我从事文学组织工作和编辑工作，我把写评论看作是一种工作需要、一种责任，我似乎更珍惜这些文字，它寄托了我对于许多作家的关注。作家应专精一两种文学样式，但又不能太受局限。必要时要有别种笔墨。

记者：请你谈一谈散文诗的特性。

陈志泽：文学创作一定要有感而发，散文诗更是如此。鲁迅说，"有了'小感触'就写些短文，夸大点说，就是散文诗"。凝练而又飘逸，既有抒情又有哲理，既有个性又有时代感，这就是散文诗。它要求散文诗作者长期地进行思想、艺术和生活的积累，创作时要提炼，直到选准了角度，发现了"闪光点"才动手。创作过程中还要充分地发挥想象，使作品丰满起来。

记者：陈老师，请你告诉我们你的处女作。

陈志泽：我的处女作诗歌《故乡的路》发表于1962年2月23日《泉州报》，散文诗《早晨》发表于1962年10月8日《福建侨乡报》，散文《雨夜的灯火》发表于1965年4月22日《厦门日报》，小说《卖甘蔗的乐师》发表于1979年11月23日《厦门日报》。

（原载泉州师范高等专科学校《中文月报》1998年第11、12期）

陈志泽剪影

王一航

在泉州作家中,陈志泽也许是出版作品集最多的一个,从1983年出版了第一部散文诗集《相思树》以来,他已先后出版八部文学作品集,还有一部散文集尚待出版,平均两年便有一部作品面世。这些作品集,除了《论评·杂谈·赏析》是评论随感集,其余的都是散文集或散文诗集。

这三种文学体裁的创作构成了陈志泽写作的三大块。据他所言,他的写作主要缘于两方面:一是对生活的体验、认识,有感而发之作;一是他担任文学团体、刊物领导工作需要而做出的对青年作家"诚恳而认真"评介文章。尤其是前者,孕育了陈志泽笔下流淌而出散文诗及散文佳构。近年来,他偏爱散文,认为随着生活阅历、社会见识的增多,就越喜欢散文这种从容、散谈的文体。而散文的自由真诚、不加矫饰的特点也符合陈志泽一贯坚持的文风。当然,作为拿手好戏的散文,在以散文诗闻世的陈志泽心中仍占有不可或缺的地位,而且更加炉火纯青。他最近发表的散文诗《兽皮》《鼠之死》等就是其间代表,在这些作品中,作家以深邃的洞察力、洗练的语言表达了他对生活中美与丑、爱与憎的鲜明立场。中国散文诗学会会长柯蓝在编《中国散文诗》杂志时读到这两章作品后,认为在思想上、在语言表达上都比以往有明显突破。

过去的一年,陈志泽从事艺术活动主要是参与筹备福建省第五届作家代表大会,并在会上当选主席团委员,这是他第四次连任该职,也是泉州市唯一进入主团成员的作家。其余大部分时间,由他主持筹划举行了三次青年作家作品讨论会,关注新人的培养与成长,进一步活跃泉州市文学创作的氛围。

(原载《泉州晚报·海外版》1998年3月4日)

多姿多彩写泉州

——陈志泽新著《泉州随笔》

卓　雪

　　继《泉州漫笔》之后,该书作者陈志泽又由四川文艺出版社出版了《泉州随笔》。作者在后记中写道:"此书似可算作《泉州漫笔》的姐妹篇,希望它还能受到读者的喜爱。"

　　《泉州随笔》分为五辑,最后一辑是写泉州的散文诗,每则几百个字,意象鲜活、丰满,饱含作者对故乡的深情和哲思。前面的四辑中也有不少篇什既浓缩了泉州文史的精华,又从审美的层面上,以散文和散文诗的文笔抒写出泉州迷人的风姿和独特的魅力。作者从自己的感受和体验出发,或纵横捭阖全景式展示(如《泉州湾古船馆抒怀》《清源山:闽海蓬莱第一山》等);或选取某个细部、横断面,以小见大描绘;或从容不迫,娓娓道来;或不露声色只把泉州的珍宝默默呈现,其手法多变,挥洒自如。因而全书十五万字,读来不觉冗长、沉闷,而能得到美的享受,轻松愉快地获得历史文化知识和哲理的启迪。

　　据作者介绍,由于此书系应出版社几年前所约之专著,如何尽可能完整些、丰富多彩些,还要引人入胜,作者颇费了一番心思。作者以"海上丝绸之路"为主线,将泉州尽可能多的名胜、艺术、习俗等"珍珠"串了起来,每篇文章既相对独立又互相联系,形成系列,这就增强了对读者的吸引力。作者有时以导游的身份出现,有时又是一个普通的游客;有时是诗人,有时是艺术家,他在亲切自然地讲述着自己家乡的神奇和美丽,把读者带进了美好的境地,在美的长河中畅游。

　　《泉州随笔》中有一些文章文学成分少些,文史的成分多些,但这些文章仍然写得精练,有跳跃性,因而形成一定的张力。作者认为,有时不必强求主体与客体的结合,没有独特感受的主体勉强加入,给人画蛇添足之嫌;反之,将客体的特征,其历史文化的、美学的价值凸现出来挤干其他的"水分",可能更为扎实可靠,给人信任感。

《泉州随笔》的出版,不但为读者奉献了一本熔文史、散文与诗于一炉的,内涵深厚的旅游文化读物,对于泉州作者如何描写泉州,如何提高这一类专著的可读性也有参考价值。

(原载《泉州晚报》1999 年 2 月 25 日)

泉州散文创作的新收获

——《泉州散文新作选》序

洪辉煌

　　散文是泉州文学的强项。近三四年来,在世纪之交中国大事喜事多的大背景下,泉州的散文创作出现了一个丰收期。散文创作队伍人才辈出阵容整齐,中老年作家文思健旺笔耕不辍,新人新作如雨后春笋破土而出。与此相应,散文创作题材有了新的拓展新的突破,散文作者走出个人狭隘的小天地,自觉汇入时代生活的洪流,摒弃肤浅的抒情,拒绝类型化的表面认知,关注现实关怀人生,把现实的、历史的、人文情感的丰富与深刻凝聚于笔端。创作手法有了新的探索新的尝试,超越模式化的框限,走向了个性化多样化。文学阵地建设也有了很大的发展,在原有《泉州文学》《泉州晚报·副刊》基础上,又增添了《泉南文化》《石狮日报·副刊》等新园地,一些市、县拥有了自办的文学刊物。以之为依托,散文创作花团锦簇,蔚为大观。所有这些,在《泉州散文新作选》中得到了集中而又比较全面的展示。

　　《泉州散文新作选》主要选编了1997年以来具有代表性的泉州散文新作。龚书绵、陈志泽两位主编,都是散文家,同是泉州人,对散文创作有切身经验与体会,对泉州散文创作的状况了如指掌且又具选家眼光,由他们来主编这本书当然很合适。从入选的百余篇作品来看,我们熟知的老中年作家(作者)推出的是精心锤炼的力作,代表了泉州散文的当今水平;更多的却是青年作者的佳篇新构,昭示着泉州散文未来的希望。奖掖新人,激励后进,展示阵容,这当是选编此书的明确目的。应特别提及的是龚书绵女士,多年来往返海峡两岸,为家乡的文化教育事业尽心出力,此次又解囊资助,玉成美事,爱国爱乡情怀令人可钦可敬。

　　文化是民族精神的灵魂,文学是文化的重要组成部分。学习贯彻"三个代表"

的重要思想，建设泉州文化强市，很重要的一点就是要实现传统文化的现代转换，沿着建设有中国特色社会主义文化的方向，促进泉州文学事业的全面发展与繁荣。新时期泉州散文创作取得了可喜的成果，但要走的路仍很长，我们应以宏阔的胸怀气度审视自己、超越自己、发展自己。

要加强学习，拓宽视野。散文创作切忌目光短浅、自怨自艾，无论叙事、状物、抒情、绘人，务必与人民大众共通相融。散文作家(作者)要善于向生活向书本学习，在观察体验分析中丰富经验阅历，提高文学修养，拓宽创作思路，健全人文品格，既重视叙写现实生活中各种各样的"形"，更准确把握社会生活把握人物的"神"，反映世态，洞悉人情，表达心声，启迪思想。感性认知是散文的皮肉，理性思维是散文的骨骼神采，散文无情即无味，乏理即难以自立。不少散文大家，他们本身往往就是大学者大思想家，有大境界，才有大手笔。泉州的散文作家(作者)可以此为鉴。

要深入生活，把握生活。作家有职业的与业余的之分，但说到底，作家都是"业余"的。他们都要"自觉地在人民的生活中汲取题材、主题、情节、语言、诗情画意，用人民创造历史的奋发精神来哺育自己"，散文是非虚构文体，重的是真实、是真人真事真情实感，它虽也可以联想、想象，但不能完全背离生活真实而随意虚构。每一个作家都有自己的生活、工作、社交、文学圈子，这是他们坚实的创作基础，但是作为一个有责任感有使命感的作家(作者)，他决不能囿于自己的小圈子，孤芳自赏，矫情媚俗；而要主动与广泛的社会生活结合起来，在火热的现实生活中，认知社会把握人生，摸准时代脉搏，传递个人情感，表达群众呼声，反映时代前进的方向，始终站在时代的前列，做生活的主人，做文学的主人。

要勇于实践，锐意创新。文学别名叫创作，创新是其灵魂。作家每一次创作都要有新的体验新的思考新的发现。文学创作拒绝私语化、商品化、低俗化，更反对平庸化。作家既不应重复自己，更不能重复别人。一篇好的散文必须给人以独到的人生领悟，给人以新的思想新的感受、新的文学语言新的创作手法等。现实是丰富多彩的，现代审美意识也在不断更新，不断丰富其内涵，从政治群体意识到个体审美意识再到全球化语境中的大众化审美意识，它必然向作家提出新的创作要求。散文贵真尚美求新。泉州的散文作家，应当努力提高理性思辨能力和审美认知能力,在平凡的现实生活中发现不平凡,寻找美,创造美,多创作有深度有影响的为广大读者所喜爱的散文精品。

要组织引导,加强扶持。这些年泉州市文联、作协通过开展征文评奖、组织作家采风、召开创作研讨会、出版各种文学选本等活动,很好地激发了散文作家(作者)的创作热情,应该在总结中坚持提高。创作和批评是文学发展的双翼,泉州散文要有新的发展必须要有一批掌握马列主义文艺理论、有真知灼见的评论家,以实现散文创作实践与散文评论的良性互动。我们还要做好广大文学工作者的服务工作,给泉州的文学提供一个自由宽松的创作环境。相信经过共同努力,21世纪的泉州散文泉州文学创作必将是更加果硕枝繁、春色满园。

2000 年 7 月 18 日于泉州

(原载《泉州散文新作选》,华艺出版社 2000 年 12 月出版)

心灵的流泉 人生的画卷

——陈志泽主编《泉州散文新作选》序

（中国台湾）龚书绵

十年前,当我回到久别的泉州,便让故乡的人文风采给吸引。留恋的精诚,唤醒一腔热情,直在心灵深处汹涌。再仔细阅读各方馈赠的资料,就更加地了悟:仿佛自己进入时光的隧道,面临丰盛的宝藏,左顾右盼;又如漫游于青苍、浅翠的园圃中,喜迎丰收的景象。回溯过去,纵观现在,以至于憧憬未来,我信心满满,也庆幸自己,曾经生于斯、长于斯。虽然中间人为阻隔了大半生时间,毕竟小少时就已植根很深,吸取的养分受用不尽。人说水出源头、木生根本,面对故乡这一片水木清华,我终于回归了,看到此地充满着比恒河沙数更多的"人力资源",心中充盈着快慰和自豪。

这些年,因了思乡,也因了这优秀传统文化的激励,时常回泉州。家乡的一草一木、名山胜景、历史文物,以及风俗民情等,我都理性和感性地流连,曾被人称许是"故土情结"。是的,我从小就喜爱文学,闲居时偶尔也喜欢"舞文弄墨"——尽管作品是多么幼稚、多么不成熟,但它毕竟是自己心血的凝聚。我自知天资平庸,幼时瘁心困学,但故乡的人文环境,便是我早年学习的范本,在后来离乡背井的岁月中,在教学工作和家务之余,受到丈夫高逸鸿热心鼓励,开始起步,总算与文学有了更深的缘分!心灵深处那丝丝的"情趣",泉州的文学特别是散文创作呈现的可喜景观,使我滋生了支持泉州市作协编辑、出版这一本《泉州散文新作选》的动机。我欣然也有参与的荣幸,心中越发地感到高兴。

在中国,散文的历史十分悠久。先秦两汉时就出现同韵文相对的散体文章,经过不断发展,南宋末年,罗大经在《鹤林玉露》一书中,第一次提出"散文"的称谓;差不多也在这段时间,洪迈将他的读书笔记整理成册取名《容斋随笔》,也提出了"随笔"的称谓。散文(包括随笔)的创作可以说就像一条长河在中国的土地奔流不息。现代散文进入了一个鼎盛时期,产生了议论性的白话散文、杂感和叙事抒情的小品散文,出现了鲁迅、周作人、冰心、朱自清、俞平伯、郁达夫、钟敬文等卓有成就的名家。

当代散文在现代散文的基础上,又得到了进一步的发展,特别是近些年来,不但在国内而且在世界的华文文学创作的风景线上,散文所呈现的空前繁荣,呈现生气勃勃、五彩缤纷的态势,都令人心醉、令人兴奋不已。这就不难理解,作为历史文化名城的泉州,散文创作会那么普及、那么广泛,取得累累硕果。我想,除了从历史渊源、文化传统和积淀可以找到其原因,更重要的恐怕是取决于时代生活的丰富多彩和人们心灵的解放。我不但从泉州市文联、作协诸同仁那里,了解到这方面的情况,我自己也亲眼所见了家乡泉州因为改革开放引起的巨大变化和人们精神面貌的焕然一新。毫无疑义,作为现实生活的折射,散文创作就必然要有声有色,繁荣发展起来。我不但读过泉州许多作家、文友的佳作,我手头还拥有他们馈赠的他们的著作散文集达数十本之多。从陈志泽先生主编的这本散文选来看,尽管限制在近几年的新作,限制在以市作协主要从事散文创作的作者,但还是选编了九十五位共一百零一篇二十二万字的作品。这些作品的作者,分布在泉州各个县、市、区、管委会,他们在各种领域从事各方面的工作。他们中有文艺工作者、大中小学教师、工人、农民、编辑、记者,有官员、企业家,有男有女,有老中青不同年龄段、不同创作历史的作者。由于作家们反映了各自的生活和生活中的各种感受,因而题材就十分丰富和广泛,作家们抒写了多彩多姿的生活,在他们心灵中激荡起的波澜,这许许多多优美、生动的图画的汇集,便呈现出十分难得的时代和社会生活的动人画卷。也许,还不能说画卷中的每一幅图画都十分完美,但我以为它们是朴实而真诚的,思想灵动,文笔优美,因而,这些图画是鲜活而感人的,我愿把它们介绍给读者诸君。

《泉州散文新作选》的作品,以题材和思想内容划分,大体可分为六类。集子的目录把这六类分为六辑。这样的划分不一定十分科学,因为许多作品的题材和思想内容是交叉的和互相渗透的,但散文随笔最擅长抒写心灵和情感的历程,这是由它的真实性可以看出一定的脉络。散文随笔最擅长抒写心灵和情感的历程,这是由它的真实性和抒情性所决定的。这一类作品不啻是灵魂的独白。尽管它们所反映和抒写的不一定是什么大事，但它们从"小我"的角度描写自己所熟悉的生活，以及自己从生活中品尝到的各种滋味，恰恰具有感人的魅力。它的容易同读者产生感情上的共鸣，引起他们丰富的联想；它的能够得心应手运用散文的艺术手法，把思想和感情表达得细腻和动人，使它可能受到读者的广泛欢迎。这一类作品，往往把散文和随笔的功能糅合在一起。这是集子中的第一辑。

第二辑的作品和第一辑有共通的地方，但它们涉及的生活、涉及的人和事，可能更多些，叙事的成分大些，题材也大些，从散文和随笔的比重来看，这一辑散文作品多些。

第三辑是写人的散文。写真实的人，写他们的精神风貌、成就和品格。这一类散文较难写，既要纪实又要想象，虚实的结合十分重要，写得好，达到了审美的要求，给人留下深刻美好的印象。反之，只单纯纪事，挖掘和想象不够，感染力就较弱。收录了本集的这一类作品应该说大都达到较高的层次。

第四辑比较侧重写事。写社会、人生真实的故事，叙事性强而又不乏人生哲理的发现。

第五辑是写泉州的散文，以赞美和描绘为主，也有细致的观察和批评，可以说多方位地展现泉州的风姿，这当中有些作品注目和怀恋泉州的历史文化，有的还以崇高的文化精神观照我们今天的生活，作品达到一定的理性高度，这一类作品以熟悉故乡和历史文化、散发浓郁的乡土气息见长。

第六辑作品和第五辑作品有相通之处，取材于泉州以外乃至全国、国外的异域风情、文化、游记。它们往往融入当地的文明景观、人生哲理，在为我们展示旖旎风光的同时，撩拨读者的心弦，触发读者的联想，引领读者去神游外面的精彩世界。

《泉州散文新作选》的题材大至歌颂祖国，歌颂为自己祖国的独立与尊严而斗争的民族英雄，歌颂香港、澳门回归，小至我们身边的平常生活、平凡小事，真正体现了散文这一自由自在的文学样式的独特功能。

《泉州散文新作选》在艺术表现上体现了散文的朴素、自然、优美和细腻。著名散文家吴伯箫说："说真话、叙事实、写实物、实情，这仿佛是散文的传统。"集子中许多作品做到了这一点。有些作品还充分发挥了想象的功能,如同刘勰在《文心雕龙·神思》中描绘的:"文之思也,其神远矣,故寂然凝虑,思接千载,悄焉动容,视通万里。吟咏之间,吐纳珠玉之声;眉睫之前,卷舒风云之色。"

　　泉州的散文创作所取得的成绩,体现了历史文化名城在今天新的历史条件下,领导的重视,市文联、作协等机构的努力,体现了家乡泉州文学人才济济、俊彦多多,愿泉州的散文创作和其他各项事业一样更加兴旺、发展,愿这一本散文选的出版和其他推动散文创作的努力,能够为源远流长的中华散文,在今天更加发扬光大、焕发光彩,起到推波助澜的作用。

2000 年 6 月 10 日于台北

（原载《泉州散文新作选》,华艺出版社 2000 年 12 月出版）

播种文学的人

——记泉州市作家协会主席陈志泽

林轩鹤

洁净清雅的客厅里，一架长长的大书橱，使整个客厅洋溢着书香的气息。透过玻璃橱窗，可以看到里面整整齐齐地摆放着一排排书籍、杂志、手稿和文献。这里头有主人的十一部文学著作和自 1979 年以来的《晋江》文学丛刊，后更名为《泉州文学》。而书橱旁边的桌上还堆放着一大沓作者投寄的稿件，陈志泽正伏案编稿，他的目光透出睿智……

作为《泉州文学》副主编(执行)的陈志泽，他对这份刊物倾注了满腔心血。从策划、约稿、选稿、改稿到校对，甚至搬运、邮发，他都干。寒暑不避，风雨无阻，已经历了二十多个春夏秋冬。有一次，他踏着自行车到印刷厂，一个老师傅瞧了瞧他，说："我年轻时就看到你跑工厂，现在我老了，还看到你在跑工厂呀！"陈志泽笑了笑："你老了，我不也老了吗？老了更得多跑动。"是的，他也已年过半百。现在刊物"长大"了，可他仍用心血呵护着这份刊物茁壮成长。

在侨乡泉州，陈志泽是个资深的编辑。他的编辑生涯可以溯源至 20 世纪 60年代上大学时。在福建师范大学读书时，他是中文系系刊《闽江》的编委、《闽江论坛》的主编。1972 年，他在戴云山文化部门工作，一份带着油印墨香的《德化文艺》在他的培植下萌芽，并在戴云山深处生根、开花。

1978 年底，当时已调到晋江地区文化局工作的陈志泽正在外地参加一个笔会，作为作家的他敏感地觉察到文艺春天已经来临，他迫不及待地给宣传部领导写了一封热情洋溢的信，建议创办一份文学刊物，领导被他热爱文学事业之心感动了，他美好的设想得到支持，《晋江》文学丛刊应运而生。在如林的地市刊物中，《晋江》办出了特色。二十多年来，他一向注重刊物的艺术品位，并将优秀作品推向全国。在许多地市文学刊物停刊的情况下,《泉州文学》不仅生存下来,从未中断,而且越办越好。

一个优秀的编辑,必须拥有敏锐的艺术眼光,名家与新人并重。他在《泉州文学》里设置了"大手笔"介绍名家大作,同时又推出"未名星""新人新作"培养有潜力的新人;另一方面还根据侨乡的特色开辟"港台海外文学",介绍海外泉籍作家新作,联络乡情。一位作者还在读大学时短篇小说《丑丑》在《泉州文学》发表后获省文学奖,后来成为作家、新华社的名记者。许多新人从这块园地起步,逐步走向成熟。

多年来,他放弃了不少人求之不得的拥有"权力"的机遇。也有大企业要高薪聘请他,但他不为所动。他目睹文人变为官员的有许多,下海后变为大款的也不少,可他还是高兴留守在方格构筑的世界里,用手中的笔描绘真善美、鞭挞假恶丑。为人作嫁,当编辑苦,但他却在文学王国里将寂寞当作享受。他说,如果时光能够倒回去,他还是选择文学,他还愿当编辑。时光荏苒,岁月为证,他是对的,他找到了自己精神家园。

自 20 世纪 70 年代以来,陈志泽还主编过民间文学作品集《姑嫂塔》、诗集《神奇的土地》、企业文学集《群星璀璨》、《泉州散文新作选》和《乡情万缕》正式出版。他还担任《福建文学创作 50 年选》《泉州文学作品选(1949—1999)》《作家笔下的泉州》的编委,并编写《泉州文艺志·文学卷》、《泉州百科全书》的文学部分、《泉州作家成果录》。1988 年,他被评聘副编审,条目收录于《中国出版人名辞典》;1998 年,他经考核,获得国家新闻出版署的期刊主编合格证。

长期的文学工作练就了陈志泽非同一般的辨析能力,也使他成为一名出色的文学工作组织者。从业余作者成长起来的陈志泽,深知培养文学新人责无旁贷。他向出版社推荐出版数十位泉州中青年作家的作品集,为泉州作者的作品集撰写序言和评论达数十万字。他担任华侨大学兼职教授和多所大中专院校文学社的顾问,为莘莘学子授课,在菁菁校园里播撒文学的种子。

为发现和培养文学新人,他以文会友,结交、联络有识之士,与他们建立深厚的友谊,取得他们的支持。他于 1991 年组织"向建党 70 周年献礼"征文并荣获省委宣传部颁发的组织奖,1992 年组织举办"明培杯"青年散文大奖赛,1995 年组织举办"金鹿杯"青年散文诗大奖赛,1996年组织举办"辉煌的十年"报告文学征文和泉州历史小说征文。他还深入泉州沿海、山村,组织青年作家作品讨论会和创作笔会。他曾创办泉州市文学创作辅导中心,三百多名学员参加了面授、函授。对缪斯的挚爱,使陈志泽甘当烛火映晨晖,燃烧自己,照亮别人。经过他的精心组织,《文学报》《海内外文学家企业家报》《海峡姐妹》《厦门晚报》《散文百家》等报刊,都推出"泉州作家专辑"。与此同时,他重视发展会员,并积极向上级作协推荐,使泉州市的作家队伍不断发展壮大。

陈志泽是泉州市文联副主席、作协主席,他已出版十一部个人专著。创作是艰辛的,但创作又是一种财富。陈志泽把创作看成一种责任,深入厂矿、农村,甚至赴闽西、贵州一路风尘沿着红军走过的道路采风,了解百姓的喜怒哀乐,品味他们的酸甜苦辣。由于有了丰富的生活积累,创作灵感便犹如泉水汩汩涌出。他伏案面对孤灯奋笔疾书,让思绪从笔端流向方笺,许多优秀作品就这样频频在海内外重要刊物上亮相。

陈志泽的创作是多方面的,从诗歌、散文诗、儿童文学,到散文、报告文学、文学评论,他尽情地在文学广阔天地里翱翔。他的儿童文学作品获全国"献给孩子们"小天使铜像奖,散文诗集《爱的星空》获华东地区优秀文艺图书奖,散文集《岁月的回声》获省优秀文学作品奖,散文诗《承诺》荣获中国散文诗学会主办的征文奖……

他的作品卓有建树,先后入选《新中国文艺大系·散文集》《中华儿童文学作品精选》《中国散文诗鉴赏大观·中国现当代卷》《当代散文精品珍藏本》等。《文艺报》《文学报》《华声报》《海峡》《福建文学》等均以显著的位置,介绍其创作成绩。柯蓝、郭风等著名作家、学者对他的作品给予高度评价。1989年起他连续九年被评为全省文联先进工作者。

然而,陈志泽没有在掌声和鲜花中沾沾自喜。他的创作态度越发严谨、勤奋,因而,他必将奉献出更多更好的力作、佳作。

〔原载《海内外文学家企业家报》2000年11月20日、《泉州晚报》(海外版)2000年12月9日〕

历史与现实的交响

——读《散文百家》"泉州散文家作品联展"

曾焕鹏

　　《散文百家》2000年第11期以集束性的篇幅,一下子推出了泉州散文家陈志泽、万国智、施能泉、李灿煌、蔡飞跃、龚书绵、黄明定、潇琴、史赋、蔡丽双、陈国华、林轩鹤的十二篇作品,并在编后语中指出:"闽地向产散文大家,冰心、林语堂、郭风等等,皆出于此。而今福建的散文发展也并不后人,特别是泉州市的散文创作非常活跃成绩喜人……本刊理应特别关注。"据悉,作为具有全国影响的散文刊物,集中推出一个地区散文的作品尚属首次。《散文百家》的这一做法,热忱地传递了当代散文界对闽地散文创作真挚的关注目光,同时也为广大读者打开了一扇认识泉州散文创作风貌的形象窗口。

　　纵览这十二篇作品基本代表了泉州散文创作的态势,这就是:在历史与现实的交响中咏史怀古借物抒情感时议世,以表达一个散文家对历史超越时空的认识,对现实多彩思辨的感悟。

　　咏史之作是泉州这座历史文化名城创作取向的必然选择。万国智的《沉思接官亭》于朴实的记述中沉藏着嘲讽与激赏相交织的笔锋。作者一方面嘲讽接官亭"非常的职责",鄙夷下级对上级那种虚伪所谓"敬重";另一方面又激赏接官亭不可思议的文武官员的监督作用。对接官亭功用的这种明智的辩证思索,正是作者对历史清醒认识的体现。故此,文章显得厚实而耐读。同是领略历史遗迹,陈国华的《天尽头写意》告晓读者历史本来就是一种简朴和实在的东西,绝不以帝王将相的意愿为旨归,看重的则是传说故事的警世作用以及旅游景点的现实价值,也从辩证角度思索了历史留给后人的启示。施能泉的《李贽与故居》、李灿煌的《生命的极致》为评说历史人物的佳构。前者文笔简洁,别具张力而内蕴沉甸,作品的视角十分独特。先是写李贽的故居"最受冷落""不少人为之不平",接着一个转折写李贽"其实不喜爱他的故居",尖锐而深刻地道出了"李贽远离了世俗,世俗拒绝了李贽。李贽故居还将被冷落,一年复一年"。李贽"狂人捐者"的风骨及其命运便被刻画得入木三分。后者则侧重在剖析郑成功缘何"刀枪的威逼陡增其坚,名利的诱惑陡增其伟"的奥秘,昭示我们:国仇家恨是使一个血性男儿的短暂生命延升至永恒精神极致的内在动力,而"坚贞自持"则是其浩气励人的本质所在。

借物之身是泉州散文家创作的强项。陈志泽的《一棵树》涵盖对千年古桑蓬勃生命力的由衷礼赞、对人间沧桑的深刻反思,实则是一首故乡的赞歌、时代的赞歌。篇末:"我深信扎根于这块'四序有花长见雨,一冬无雪却闻雷'神奇土地的这一棵最古老而又最年轻的桑树,它开放过莲花。并且,今天因这片土地主人的虔诚和执着,因风和日丽、春光灿烂,它还会花开二度!"抒写出作者对新时代故乡再度辉煌的深情希望和坚信。作品饱含浓浓乡情,文势细腻多姿,笔底真情娓诉,充分发挥了散文的叙事与想象的功能。史赋的《注目石笋》,目光不仅巡视古人对雄性力量与生命创造的膜拜,而且评判今人刻意模仿的悲哀,表达了现代人对"更能体现时代精神,更具时代内涵"的城雕的期待心态。读此文,会有一种对比鲜明、语锋犀利的淋漓痛快感。蔡飞跃的《五里桥断想》与林轩鹤的《老船》,一个讲述天下第一长石桥艰辛的修筑历史,于中寄托海峡两岸"心海有虹桥相通"的祈盼,一个讲述中华人民共和国成立前渔民冒着生命危险支前的壮烈故事,吁请人们珍惜正被巨俗邪风吹淡的人与人之间的那份淳朴情感。两者都擅长借物遣怀,拓展文意。不同的是,前者文笔明丽中洋溢着对建筑美的真挚喜爱,后者笔调平实中潜涌着不动声色的议论思绪。

感时之文也在泉州散文家的笔下大批量地"生产"着。此次刊出的四篇作品恰好体现了泉州散文家于此范畴中三个颇为活跃的包作区域。一是抒写侨乡题材。黄明定的《阿丽婆》叙写一个侨乡妇女空守闺房数十载的辛酸人生,从中折映乡人那种难能可贵的蕴含彻悟人生后的冷静、忍耐和坚强的宽容精神,文笔朴质而平实。二是歌吟爱情亲情。龚书绵的《君家原在西湖畔》是典型的画家散文。在作者笔下,西子湖畔的杨柳荷田、明湖碧水、翠鸟鸣蛙,皆染画意诗情,但伊人已逝,美是独赏,悲自景生,漫浸全文。也即作者巧妙地以美景写悲情,让景与情形成强烈反差,以造成欣赏阅读的美感空间。而蔡丽双的《金秋时节》则给人一种爱意无边、亲情无价的阅读快感。作者记叙金秋时节合家出游的融融乐趣,于中点示深切的人生感悟。三是哲思生活琐事。潇琴的《岁月的牙齿》以一颗牙齿的拔与不拔的矛盾心理过程为行文主线,在貌似轻松调侃的笔调中灌注着朴实而又深刻的生活哲思。

一次散文作品的"联展"自然还不能体现泉州散文的全貌。也不应苛求这些作品从思想内容到艺术手法要达到成熟和完美的程度。但正如该刊在"联展"的编后语中指出的,"泉州散文家与全国的散文家一样,都面临着一个新的全面的突破",我以为,如何关注火热的现实生活,艺术上不断地探索、创新,恐怕是泉州散文创作取得更大进展的重要的"突破口"。

(原载《泉州晚报》2000 年 11 月 21 日;《散文百家》"泉州散文家作品联展"由泉州市作家协会推荐,陈志泽主编)

一抹淡绿

——访泉州市作协主席陈志泽

陈远宏

踏着"岁月的回声",我们走进陈老师的家,没有绚丽的装潢,没有妩媚的线条,没有现代派的"大手笔"。我环顾四周,简单纯朴,这便是市文联副主席、作协主席陈志泽的家。

"有一回出书,出版社计划为我出'豪华本',封面彩印,配有十张彩照。我赶忙声明:绝对不可……"陈老师侃侃地谈起做书、出书,淡淡地描绘生活,我们静静地听,细细品味,淡淡清茶,茶思萦绕。

"创作,首先是来源于生活,只有从生活中去挖掘,了解生活,了解普通人的喜怒哀乐,品味他们的酸甜苦辣,才可能做出好的作品。"陈老师深有感触地谈起创作。年轻时,他在戴云山区工作过,还深入厂矿、农村,甚至赴闽西、贵州,一路风尘沿着红军走过的道路采风,了解、挖掘平凡中的不平凡。由于有丰富的生活积累,创作灵感便犹如泉水汩汩涌出。

"我的手艺却是炉火纯青……我常常拿起剪刀上前就是一刀,这一刀有时在一侧,有时在后边,没准,搞得老婆很吃惊:'你这是怎么啦,哪有这样的剪法?我看人家都是从两边先剪……'我却自信地答话:'文无定法,开头随意,往往是大手笔……'"我不由想起陈老师《岁月的回声》中《我当理发师》的一段话。

原来,陈老师生活的过程便是创作过程,万事万物,往往最美的是过程。我有点释怀,明白了陈老师作品中所特有的超脱和永恒以及浓浓的乡情。

"好的作品,与一个人的修养、品质,息息相关,也就是人们常说的'文如其人'。"陈老师侃侃而谈,他的儿童文学作品获全国"献给孩子们"小天使铜像奖,散文诗集《爱的星空》获华东地区优秀文艺图书奖,散文集《岁月的回声》获福建省优秀文学作品奖,散文诗《承诺》荣获中国散文诗学会主办的征文奖……种种奖项,与他个人自身的修养不能不说没有关联。这期间,他放弃了不少人求之不得的拥有"权力"的机遇,也有大企业要高薪聘请他,但他不为所动。他就是这样,默默播种,播种文学,播种明天的希望,甘当烛光映晨晖。

手中的茶色越发淡了,在我眼前,忽然呈现一抹淡绿,淡绿的茶,淡绿的故事,我知道,这值得我们用一生的岁月去守候,用一生的爱去珍藏。

(原载《泉州师院报》2000 年 12 月 22 日;作者现供职于泉州黎明大学)

泉州才子寄书来

蔡　旭

新春时节,收到了友人寄来的书。一看包装上写着的"泉州"字样,心中就涌过一股暖流:陈志泽又出新书了!

陈志泽是泉州市文联副主席、作协主席,国内著名散文和散文诗作家。这次寄来的《泉州散文新作选》(2000 年 12 月华艺版),是由他和台北女作家龚书绵一起主编的。

是散文诗让我和志泽相识的。那是 1985 年 7 月的哈尔滨,我们一起出席中国散文诗学会的年会,同住一间房间。晚上我们一起去逛街,那时哈尔滨的夏夜还很冷清,我即兴吟出了这样的教文诗句:"两个南方人,在夜幕下的哈尔滨,寻找霓虹灯……"他的第一本散文诗集《相思树》,就是在哈尔滨当面赠我的。后来,我们又一起走访了内蒙古呼伦贝尔的草原与媒城,联欢晚会上他一曲《草原之夜》让我突悟了他的散文诗为何那样多情与美妙。

一晃十六年过去,我们只在 1986 年的乐山散文诗年会,及 1996 年我出差路过泉州时见过两次面,但我一直觉得我们来往很多,经常见面似的。原因就是于他的书。这十多年来,他每出一本新书都及时给我寄来。我跟他的"来往",其实只是跟他的书"见面"与"谈心"而已。他的书就站在我的书柜里,计有《绿风》《爱的星空》《阳光与灯影》《浪淘沙》《大地与履痕》《岁月的回声》《人生意象》。他的作品立意精深、诗意浓郁、语言洗练。我早就觉得泉州这座古城、这片侨乡,这个古代"海上丝绸之路"的起点港口,这扇当今改革开放的前沿窗口,几乎让他写遍了、写透了。可是过不了多久,他一本新书寄来,又是一派新的闽南风情、侨乡新貌,不由得不佩服他手中那支神奇的笔!

当然,这十多年来我出的十多本散文诗小册子及新近出的自选集《蔡旭散文诗选》,也同样礼尚往来,几乎无一遗漏地陆续寄到他的手中。

　　这十多年,我从南宁到海口,从报社到政府研究部门再回报社,我的地址和单位几经变动,业余创作也是时断时续。但我们的联系一直没有中断,我们由散文诗而联结的两位文友的交情,也随着收到的赠书的加厚而更加深厚了。

　　志泽长我两三岁。这二三十年来,他一直在写书、编书,诗情常在,诗作不断。而我近五六年来忙于报纸编辑,除写新闻与短论外,几乎已停止写作了,以至于国内各种散文诗选本中选我的都是近十年前的作品了。手捧志泽兄的新书,我不禁自惭形秽。我该重拾诗笔了,不然我拿什么去见这位同辈的散文诗友呢?

(原载《海口晚报》2001 年 2 月 10 日)

278

《散文诗选萃》序

(中国香港)秦岭雪

在读到陈志泽主编的这本书的文稿之前,很难设想:在泉州地区、在故乡文坛,有如此众多的成熟的散文诗作者。他们无疑接受过《叶笛集》和《早霞短笛》的滋润。但是,因为时代的赐予,他们吹奏出更加丰富的音调,他们笔下跳荡着更加绚丽的色彩。迄今为止,我所接触到的中外散文诗名篇的各种类别和风格,几乎都可以在这本集子里找到他们的踪影。我们的作者阅读范围之广、借鉴之精,不能不令人倍加叹赏。

散文诗是特别讲求体裁特征的文体。倘若不怕被人讥为"形式主义",那么,不妨大胆地说,在散文诗的创作中,形式的把握是至关重要的课题。所谓"增之一分则太肥,减之一分则太瘦",如何在虚与实、繁与简之间安排取舍？ 如何让思想的彩翼高飞而又把清词丽句提炼到近乎格言隽语的高度传颂不衰,垂之久远?如何始终保有玲珑的意象而又拒绝过于典雅、简古的语言?如何不露痕迹地运用诗歌的复合、排比、咏叹而又打破整齐单一的程式？ 等等。这一切都特别需要功力,都特别考究把握的分寸。我觉得,我们地区的散文诗作者大都有比较强烈的形式感。因而,大部分作品与汉赋式的平铺直叙无缘,与浪漫蒂克的滥情无缘,与"为赋新诗强说愁"的少年情怀无缘,与平庸、累赘、空洞苍白无缘,与单纯的文字表演无缘。

祝贺故乡文坛的朋友们在散文诗创作上取得的成就。期待着如鲁迅先生的《野草》既有电光火石般的睿思又有非常独特的个人风格的佳作面世。

辛巳夏月于香港

(原载《散文诗选萃》中国文史出版社2002年2月出版;作者系香港著名作家、诗人、书法家)

陈志泽：一辈子的走不出

罗 玲

　　和其他采访过的名流人物一样,陈志泽也不认为自己是名流。但他对名流所起的作用持肯定态度,"文化名流在社会上所起的作用是存在的, 现在的人们需要过一种有质量的生活, 需要一种有精神品质的生活。有的人物的确有引领作用,不管承不承认,他们的确对这个社会对人群有影响,包括我自己也受到潜移默化的影响"。

　　在陈志泽看来,精神生活应该高于物质生活,所以全社会都应该对提高精神生活的质量做努力,他也希望自己可以借自己的一支笔尽到一点的努力。

　　在泉州,不要说是在文学圈子里的人,提起当了十七年文联专职副主席、二十一年作协主席、主编《泉州文学》二十五年的陈志泽,百姓们对这个泉州著名作家恐怕也是熟悉得很,至少三不五时地可以从报纸上读到他那优美的文章。

　　如果要总结陈志泽作为文化人的几十年, 可以看出他的三个解不开也走不出的情结,将他牢牢地绑在泉州这个古老的文化名城中,写自己所写,爱自己所爱,乐自己所乐,活得舒展自如。

走不出的写作痴迷

　　陈志泽出生在泉州,父亲是受人尊敬的乡村医生。最早发现他有文学天分的是小学时候的语文老师。读小学二年级时,他有一回听到校长夫人即语文老师在和母亲聊天时,夸自己,"你这孩子造句很巧"!陈志泽牢牢记住了这句话,这也使得他对语文课的学习更来了兴头。到了小学高年级,他的作文便时常得到语文老师的表扬。

要说起他的文学引路人，则离不开他的大姐夫。陈志泽读初中时，他的大姐夫时任《泉州报》的编辑和记者，正热衷于创作小说，也写散文和诗歌，经常发表作品。这是陈志泽最早认识和熟悉的作家了。他开始仿效大姐夫，用零花钱订《人民文学》，去图书馆借书来读。初三时，他就被语文老师抓去给同学们写中考作文的提纲，贴在墙壁上。在陈志泽的记忆里，这也算是一次发表作品了，毕竟这是他的文章第一次被公之于众。

高三的时候，陈志泽选了文科，并学着一位同学开始写诗。他投了一组四首诗《故乡的路》给《泉州报》的"燎原"副刊，谁知道竟然发表了。这个日子——1962年2月23日，成了他一直铭记的日子。拿到生平第一笔稿费两元钱的他，决定把这钱花掉，"我潇洒地走进餐馆，点了一盘既好吃又实惠的炒米粉……"从花这两元钱开始，陈志泽便踏入了写作的河流，一生沉溺其中、不可自拔。

1962年，陈志泽如愿考上了福建师范大学中文系。

大学毕业后，他去了长泰农村的军垦农场，在繁重的农务劳动中，渴望读书，他偷偷带着自己喜欢的柯蓝散文诗《早霞短笛》和一本郭风的散文诗集《曙》。散文诗精短，可以利用很短的时间偷看。为了安全，他还把两本书都包上了牛皮纸，并且写上当时时髦的革命口号，常常利用午休的时间偷偷读。

写了几十年的文章，从散文诗到散文，又到评论，陈志泽的写作习惯有点怪，喜欢在小纸头上记录一些稍纵即逝的东西或者天马行空的联想。开无聊的会，汽车上，火车上，往往是掏出个信封或香烟盒，翻个面就写了。他还喜欢音乐，喜欢在写累了的时候听音乐，常放《梁祝》、贝多芬的《命运》，还有《二泉映月》。

读和写对陈志泽来说是唯一的，他对文字有着专一的爱，即使有机会赚钱，为企业写报告文学，他却都拒绝了。他说自己要追求和创作相适应的环境，不喜欢太嘈杂。从本地报纸评每年度的"优秀撰稿人"开始，他每一年都榜上有名。去年11月，他退了休，开始享受"自由撰稿人"的滋味，拿他的话来说，"职务可以解脱，但文字工作没办法解脱，已经成为生命的一部分"。他享受着其中的乐趣，尽管有人不理解。最近，他还预备出版一本自己这两三年来的新作选，其中收录散文诗的一本，计划在每一篇散文诗的后面加上创作谈，把写作的体会和读者交流。

总结自己的写作生涯，陈志泽有一句话，"幸好有文学"。他对生活要求简单，却不希望生存在精神的沙漠中，写作对他来说就是一种高品位有质量的生活。他自己在文章中这么写——

有时会有一个问题旋转于脑际。这就是，我和像我一样的一帮人守望在文学这一块贫瘠的土地，到底为了什么？可任你怎样旋转，我的回答都不会改变。真善美总在你的前方召唤，那绚丽和芳香转动你手中的笔，你能停止你的描绘和赞美吗？假丑恶也总在你身边推推搡搡，这无异于无情的鞭挞，你心灵的战栗，能不化作你笔下的波澜？文章憎命达。我非命达。我同荣华富贵无缘。我得过寂寞日子。这正好，寂寞是一棵默默生长的树，它能如期结果……假如时光倒回 40 年，我还是选择文学。我选择文学，几分为了使命几分为了自我——自我精神家园的充实和美好。

走不出的编辑情意

陈志泽曾在一篇文章中写道，"近几年有一种说法：'如果要惩罚一个人就叫他去办刊物。'我却是早在二十五年前就自投罗网——这是我在外地参加笔会时寄办刊报告给领导'讨'来的。几十年来，享受着工作着的美丽，也背负着尴尬和疲累，经费问题始终困扰着刊物的生存和发展，为了钱得违心地干许多不愿干的事，甚或当起'高级乞丐'"。

陈志泽当编辑的时间几乎和他开始写作的时间一样长。读大学时，他就编中文系的系刊《闽江》。在德化工作时，1973 年，迫不及待地做起文学梦的他递上了创办《德化文艺》的报告，很快被批准后，他就开始了伯乐的生涯。这本小小的刊物挖掘了一些作者，而正被下放的、后来成为著名学者的孙绍振的诗歌处女作居然也刊登在这本刊物上。

1978 年，陈志泽调回泉州工作。1979 年 4 月，他又办出了《晋江》文学丛刊·《泉州文学》的前身。这本刊物吸引了泉州地区的作者们，几年下来，在泉州文坛活跃的作家几乎都在《晋江》上发表过作品,并且邀请到了郭风、何为、柯蓝、舒婷等名家赐稿。陈志泽主编这本文学刊物直到退休,编了二十五年。

虽然是为他人做"嫁衣裳",但陈志泽享受着这种乐趣。他还陆续主编、出版了不少作品集,"为别人做'嫁衣裳',我至今不悔,何止不悔,总有当'新娘'的喜悦在心头!"就连退休后,他也没有赋闲,福建省作家协会和海峡文艺出版社要联合出版文学丛书,他被聘请为泉州地区文学丛书的主编。"刺桐花文丛"第一辑、第二辑、第三辑……一辑十本,如今编到了第九辑,系统地展示了泉州作家的阵容。除了当编者,陈志泽还当起了"写序专业户",几年下来,为五十多位本地和外地的作家著作写序近二十万字。还写评论,这都是苦差事,得先看作者的稿子,提炼观点才能下笔,因此劳心劳力。有些外地的报刊要评介泉州作家,都直接找到他约稿。他写评论不拘谨,而是从作者的创作实践展开,以散文笔法来写,所以读来比较轻松。

"从1972年在德化文化馆工作算起,到现在从没离开文化这一行。中间有过各种机会,但也都放弃了,我一直沉浸在一种文化的田园耕耘的普通劳动者的快乐之中。"而香港著名作家秦岭雪是这么写他的,"志泽还是一位有奉献精神的园丁,他深情地注视着温陵文坛,他的许多议论文字评说的不是巨匠经典而是故乡文坛崭露头角的新人。分享他们的喜悦,同时以自己丰富的经验弥补他们的不足,给予种种的鼓励"。

走不出的故乡眷恋

陈志泽很热爱家乡泉州,曾有过两次调离的机会,他都放弃了。为此,他曾写过文章《走不出故乡》来描述这种情结。

"是的,故乡的日子千真万确人间难寻,朱熹赞叹'此地古称佛国,满街都是圣人'。唐诗人韩偓以为'四序有花长见雨,一冬无雪即闻雷',着实美丽宜人。是不是佛国,是不是满街圣人不管它,在古城,豪爽、仗义似乎成为一种传统,讲义气的朋友是多。父母亲都是大家族,亲戚也就越来越多,夸张点说一走出门就能碰上几个,聊上两句家常,别有亲情滋味。古城有山有海,物产丰富理所当然，想要山货或是海产，菜篮子一提，走几步路就到了菜市场，什么新鲜东西买不来……家乡的气候确是最好的，从蓝色的海湾吹来的海峡风把你抚摸得既清又爽，那么庄重的榕树也惬意得时时起舞婆娑。那一对名闻遐迩的古塔就从树影里闪现，成群的燕子爱煞了，在飞檐下筑起千百个小巧的巢长住下来，不肯离去。说真的，别说离乡背井，就是离开十天半月都觉得难熬，总想着能早些回来。若是从南面归来，大老远就伸长脖子巴望那双塔的金葫芦塔尖从云影天光中显露出来，巴望着庄严而亲切的宝塔从灿若云霞的刺桐花和含情脉脉的相思树丛里耸立起来。这是母亲召唤游子的高高招摇的手臂啊，故乡的一草一木总关情，故乡的胜迹风物都牵系着她多情儿女的魂魄哟。"

　　他写了许许多多关于故乡风土人情的优美文章，东西塔、承天寺、开元寺、清源山……都在他笔下化为动人的诗篇。著名学者孙绍振就评说，"在志泽的散文诗中，那最能博得读者欢心的正是他在心灵中'熟透了的'乡土生活，自然，也是经过他的心和手顺利地净化了的生活。那侨乡的祭奠仪式，那三合土的陵墓、横抱的琵琶、泣血的响盏，那荔枝手帕的民间爱情故事，那在归侨心中回荡的月下的南曲，那漆篮上描绘着的传统戏曲人物并不是本来就有这么多艺术情趣的，这一切明显是经过了点化，是作者赋予了艺术的生命"。泉州有着让陈志泽着迷的故土人情，这气息让他觉得熟悉亲切，是他感情的另一种寄托。他的文章之所以动人，与这种故乡情结密不可分。

（原载《海峡导报》2006 年 5 月 26 日）

读泉州

——读陈志泽新著

（菲律宾）林炳辉

菲律宾华文作家协会掀起一场散文诗创作热潮的时候，笔者收到了一本还散发着浓浓墨香的散文诗和散文的结集《读泉州》。

这是文友陈志泽的一本新著，也是一本十分精致的美文集。

全书七十五篇美文，写的都是泉州，泉州的风景名胜、历史人物。但它又完全不同于一般的介绍性的书或游记集。作者着意写故乡的风土人情，但如著名散文诗作家郭风一段评语所讲的"不仅仅满足于使作品里充满着泉州地区的色彩、情调和声响等，而且更重要的是他在表现独特的乡土生活的同时，也贯注了深刻的思索，许多作品达到情、景、理的交融"。

《读泉州》一书，与其说是一册散文，还不如说是一本散文诗更确切。诗的语言，诗的意境，睿智的议论，丰富的韵味，"颇为隽永的人生的况味和文化思考"（孙绍振语）。

读这样的书，不仅仅能让泉州籍的菲华人，再一次感受故乡的山水人物，重温儿时的梦，更能得到一种极为美好的艺术的欣赏。

记得文友王宏榜在某次新书的发行式上说过，"现在菲华文学的文学色彩浓烈得多了……"文学色彩是文学作品需要做到的、很重要的方面。

菲华是个十分典型的商品社会，但文学不应是商品。一个人素质的提高，也应有一个艺术境界的提高。读书、读美文精品，是一种最好的途径。

如此，《读泉州》一书无疑是泉州籍华人华侨的一种精神营养。

《读泉州》一书，清丽简洁，雅俗共赏，十分好读。有些文章看似平淡，认真细嚼，别有一番滋味。平淡中见深厚，质朴中隐蓄着真善美。"南音是一条溪……溪有多长,它的源头有多遥远""一棵树就是一个蓄水池,清源山六百多种树……"像这样的比喻、这样蕴涵丰富的描写,书中俯拾皆是,怎不令人百读不厌,给菲华散文、散文诗作者一种启迪与参考!

〔原载《泉州晚报》(海外版)2007 年 9 月 18 日〕

陈志泽荣膺中国当代(十佳)优秀散文诗作家

记　者

　　为纪念中国散文诗诞生九十年,由中国现代文学馆、文艺报等主持评选出十位"中国当代(十佳)优秀散文诗作家",福建省散文诗作家陈志泽入选。著名作家郭风同时获得中国散文诗终生艺术成就奖。

　　根据纪念中国散文诗九十年评奖条例,中国当代(十佳)优秀散文诗作家是"新时期以来以散文诗创作独领风骚,赢得散文诗界同仁广泛认可的作家"。获得此项奖的散文诗作家还有刘虔、王尔碑、王宗仁、钟声扬、王猛仁、喻子涵、莫独、敏歧、蔡旭。日前在北京中国现代文学馆举行的隆重颁奖会上,中国作协党组成员、书记处书记、副主席陈建功对散文诗在中国文学中的地位给予肯定。

　　福建是散文诗创作重要阵地。陈志泽1963年发表散文诗处女作,1983年由福建人民出版社出版第一本散文诗集《相思树》,作品曾发表于《当代》《诗刊》《新华文摘》《人民日报》《散文诗世界》等报刊,多次入选《全国年度最佳散文诗选》及《六十年散文诗选》《中国散文诗90年(1918—2007)》等,出版散文诗集及散文、散文诗合集多部,散文诗集《爱的星空》曾获华东地区优秀文艺图书奖,散文、散文诗合集《岁月的回声》《守望·走不出故乡》获福建省优秀文学作品奖。其主编泉州诗歌、散文诗集《神奇的土地》《散文诗选萃》《散文诗精品》等,产生广泛影响。

　　　　　　　　　　　　　　　　　(原载《厦门商报》2007年11月26日)

飘逸美与凝聚美的结晶体

——陈志泽新作散文诗集《容易被遗忘的花朵》读后

陈国华

一天下午,我正坐在客厅沙发上一边看电视一边等电脑师傅上门服务,忽然门铃响起,我以为是电脑师傅来了,赶紧起来开门:嘿! 来人不是电脑师傅,而是散文诗师傅——老朋友陈志泽。

志泽进门,一坐下来就从提包里抽出一本已签名的书递给我:"这是刚出版的散文诗集,还没有送过任何人,你是第一个。"又说,"这是我近年来散文诗的创作水平! "还一边打开书页一边解说:这封面、这版式,连同这字体的选定都是我一手操弄的……

不愧为散文诗名家高手。长期以来,志泽一直坚持以创作实践来实现和发扬散文诗的两大美学特点:散文的飘逸美和诗的凝聚美。他认定"真正独立于散文与诗歌之间"的散文诗文体,"是关系到散文诗创作、散文诗事业能否繁荣发展的至关重要的方向性的大事",于是下意识提防自己的散文诗出现嬗变,即过分散文化或过度诗化而失去散文诗的独立个性。他运用其独特的散文诗视觉,从平常生活和周围事物中,寻找和发现人们司空见惯或视而不见、隐藏于事物的那一星点亮光,再以灵动的语汇金钥匙,去打开散文诗的意绪或意境的大门,开拓出清新、鲜丽的散文诗内在美,以哲思的眼光和脑电波,去点化散文诗的主题,同时用暗示手法回避直白直露,将意涵隐匿于画面之中或字面背后,从而留给读者偌大的思考余地和想象空间,诱导他们还原生活、感动现实,认知比生活真实本身还要真实的文学真实,从而提升他们对现实生活的兴趣与热情,兴高采烈地与诗人一起激动、一起欢悦、一起满足。

现在,先拿他的两首新作来品读一番,也许能一目了然,见识到诗人还原生

活、感动现实的操弄功力,即通过他的笔和脑细胞,创造出一个散文诗文学真实的亮丽光圈——散文的飘逸美与诗的凝聚美的结晶体:

撑起一个小小的天地,行走在雨里。

有些珍珠在伞上跳。有些花朵在伞上盛开。有些穿着高跟鞋女孩在伞上跳踢踏舞。

头顶潮涨的时候,就有瀑布挂前川的风景环绕在我的四周;有时是飘零的雨丝,软软的,痒痒的,不时拂过眼脸,为燥热降温。

雨网过滤之后的风一尘不染。她一路追随着我,时不时牵扯我的衣角,慢些,慢些……

空中的雨,浸泡了我思想的种子,冒出了一些芽眼……

——《雨中散步》

这应是诗人撑伞在雨中行走的实景真情。它既有真实、客观的生活画面,又有触景生情生发而出的那种实时感受,或联想,或想象,或叙述,或抒情,或感悟,或呼喊,但都毫不例外,如风中的流云轻涌、云中的飞鸟翱翔,自由自在,飘飘洒洒。此种情与景,既水乳交融,又有随心所欲,正好展现其特点之一:散文的飘逸美。而散而不乱,且情节的铺展有所约束,语言的舞蹈有所规范,相对集中,显得出一定的凝聚力,也就是坚持以"雨滴"为主轴、为中心,一切形象思维、逻辑思维皆围绕这些"空中的雨"来进行,"雨滴"没有失散,而是大珠小珠落玉盘,汇集、凝聚在主题之中,所以虽是尽情欢歌,或跳传统的秧歌舞,或蹦现代的迪斯科……但万变不离其宗,总是顺着诗人的设计走向而演绎而尽兴,要么衍化成盛开在伞上的花朵,要么变成为穿着高跟鞋在伞上跳踢踏舞的女孩……让人觉得心里"软软的,痒痒的",有趣地再现了一种令人迷醉的诗的暖暖的爱意,也就是诗的凝聚美。

没有门槛的门庭无限宽广,可让舟船自由进出、信步溜达。

数点星斗是屋顶上的灯盏,永不熄灭。

落地窗不挂窗帘,没有任何遮拦,海风浩浩荡荡地吹,大海花园的花朵总是接连开放。

——这样神奇的建筑师是谁？上帝。

——《崇武海湾》

这应是写诗人无数次在崇武海边听海浪、吹海风、观海鸥、看海船的真实感受和诗意的激动，虽说只有四行、寥寥八十多字，然而其想象空间之宽之广、之深之远，无与伦比，一言难尽。也就是说，诗人主体的眼见、脑思，既随意，又刻意，自然而然，美轮美奂，升华为客体的灵光，巧妙地体现出散文诗所具有的散文的飘逸美与诗的凝聚美两种美学光彩，不愧为一首既精短又精美的散文诗佳作。尤其是将大海比喻成"没有门槛的门庭"，将天海之间那爿透明的天幕，想象为一个"不挂窗帘"的"落地窗"，更是神来之笔，既有"建筑师"设计学的神奇，又有散文诗作家文学创意的绝技，真是叫人折服，让人情不自禁地为其赞叹，接着当然就是大鼓其掌了。

而志泽将他的新集子起名为《容易被遗忘的花朵》，这是诗人的自谦之辞。因为"容易被遗忘的小花甘心在遗忘中开放"，"不断开放"，开放成"花之魂"（《自序———一些小花》），既然成为"魂"，就不会轻易消失，而是"闪烁在天地间……"所以说，收录于集子的篇章，虽然都很短，大多在一二百字之间，甚至只有几十个字，似乎都是不折不扣的"小花"，但又都是诗人自己生存的切身体验，大彻大悟，而且是经过他的脉络思维，多少次过滤，多少次升华，最终才凝聚而成的绚丽的文学"小花"，美极了！读者怎能将其"遗忘"？绝对不能！因为这些短章，既有绚丽的时代色彩，又有哲理的雅致芬芳，正是人们"梦里寻他千百度，蓦然回首，那人却在灯火阑珊处"的那些绚丽的花朵。而这些绚丽的花朵又是诗人力求解决当前散文诗独立文体所面临的两大难题："散文与诗的完美结合之难"和"散文诗作家自身审美偏爱所造成——厌倦于诗的某种拖累，对于高度精练、快节奏的'规范'的诗歌已产生审美疲劳，但还是特别钟爱诗意美"（《强化散文诗的文体意识》）。他就是这样勇敢而执着地迎难而上，攻坚克难，说他是奋进也好，是挣扎也行，反正诗人在下意识"摸着石子过河"，而且实实在在地向前跨出了一大步。也就是说，这些散文诗新作是诗人对"诗的某种拖累"而产生"审美疲劳"之后，没有，也不甘心放弃的一个有力证据,是他在努力实践,让"散文与诗完美结合"的一种尝试、一种破浪前进。现在,再借用他集子里的四首短章来进一步领略他破浪前进、抵达彼岸的一些令人仰慕的可喜收获。

> 雄狮的雕刻。发亮的釉。张大的口,挺着的大肚。
> 如此大的缸,威严矗立,装什么用的?
> ……
> 权力的缸,能容多而又多的难容之物。
> 权力的缸,小心盖紧洗刷得特别干净的、严密的盖子,可还是露出缝来。
> 权力的缸,终于爆满(或被敲破),成为一地碎片……
>
> ——《权力的缸》

给抽象以形象,这是诗人的基本功。但形象化的操弄是否切中主题?效果是否显著,会不会画蛇添足?这不能一概而论,而是因人而异,各有千秋。诗人在这里将抽象的"权力"形象化为一个具象的"缸"、一个张大贪婪大口的"缸"、一个挺着"大肚"等着进贡的"缸",而冠上"权力"二字,形象的现实艺术效果马上彰显出来,一下子将读者所有的思维细胞的积极性调动了起来,进而满头毛发跟着竖直了起来。这种"立竿见影"的艺术功力来自诗人的暗示手法,也就是借"缸"的"大口""大肚"等物质特点,装东西的特殊用途,有效地暗示出:贪官如"缸",嘴巴大、胃口大,贪得无厌,没法满足,同时用"缸盖",提醒人们"小心"贪官捂盖子的本能和伎俩。因为贪官善于伪装,总将盖"洗刷得特别干净",紧紧盖上,给人"清廉"的错觉。但事与愿违,他们的伎俩最终还是免不了露馅,被揭发,受惩办,"终于爆满(或被敲破),成为一地碎片……"诗人对贪腐的疾恶如仇全隐匿在暗示之中,不用空洞的口号式语言,全是生动的画面,留给读者大大的诗意的想象空间,令人回味无穷。

> 一股热气。从铮铮瘦骨里生长,向上发射。冲力越大越是无法拐弯——
> 当生成它的骨头受到压迫,发出了金属的响声。

听从天空的召唤,投进太阳的烈焰、月亮的清光!

——《正直》

"正直"一词是抽象思维,诗人却用"瘦骨"赋予它能够触摸得到的实感,而这"瘦骨"还能"向上发射""一股热气",似乎是死而复生,这时,抽象的名词也就有了具象,有了生命的活力,给人以"路见不平,持刀相助"的勇气和作为。所以,当它受到某种外来势力的"压迫"时,就会毫无顾虑地挺身而出,发出掷地有声的"金属的响声",或抗议,或抗争,一心讨回公道。这是在自动发飙?还是听"天空的召唤"? 似乎不重要,重要的是"投进太阳的烈焰的月亮的清光",为弱者鸣抱不平,驱散笼罩人间的黑云压顶……

这里一样是使用画面来暗示的艺术手法,同样给人以散文的飘逸美和诗的凝聚美的享受与欢快。

饥肠辘辘的旅人从喧嚣的酒店门口走过,身后有追来的声音:回来,回来! 给你美酒佳肴,我可签单……

旅人没有回头,他害怕听到这样的声音。

很瘦的诗人,月光下,散乱的脚步踩出铮铮诗行……

——《人格》

人格,听得见,摸不着,然而它却是货真价实的无价之宝,一个发人深思、令人必须为之付出代价却又能扬眉吐气的"名牌"语汇。诗人对这一"名牌"语汇的解读,不用逻辑思维,而是让形象站出来说话:"从喧嚣的酒店门口走过"的"饥肠辘辘的旅人",对身后传来的"回来! 给你美酒佳肴,我可签单……"的呼喊声,不是饥不择食,而是不动声色,连头也不回一下,甚至"怕听到这样的声音",怕它损害到自己的尊严。所以,尽管诗人"很瘦",但在"月光下",他变得高大壮实、堂堂正正,连那"散乱的脚步"也能踩响铮铮的"诗行"。也许这是诗人的一次境遇、一个自我写真。不管是写实,还是写意,其中闪现出来的诗意和哲理,一样感动人、激励人,起到了扶正压邪的艺术效果。这就是诗人向读者示范的"人格"!

风光与热闹,让骨头酥脆;淡泊与冷隽,才使人格坚挺、智慧深厚。

可总是寂寞又太清冷,长此以往,吹不进一丝暖风,头脑儿欲冷却,筋骨儿欲僵硬。

寂寞应是一件衣服,热了,解开几个纽扣,或干脆脱了;冷了,穿上。如此往返,生命在自由与宁静里蓬勃向前……

——《寂寞应是一件衣服》

一帆风顺,容易使人"骨头酥脆";面临逆境,有骨气的人,不会陷入困惑,只能展现不屈,不随波逐流,更加清醒,不但"人格坚挺",而且还能学到风顺时见不到或视而不见的"深厚""智慧",为人处世的高深学问。这就是"坏事变好事"的真理、哲理,人生的格言。而将寂寞比喻为"一件衣服",形象,富有生活气息,因为"热了,解开几个纽扣,或干脆脱了;冷了,穿上",这些都是生活中的普通又常见的一些手段,然而却蕴含着诗人深奥的人生哲学。这些大道理,不是靠口号喊出来的,而是借助生动画面和蕴含于画面中的波澜来起伏来展现的,容易感人肺腑、启人心智。实是不可多得的散文诗。

通观以上六首新作,管中窥豹,足见全集之一斑。其已经翔实、生动、具体地折射出诗人努力尝试、提高散文诗独立文体意识的显著成效,让读者看到诗人为我们造化出来的一个个靓美的人生景观和一片片亮丽的人性灵光。具体地说,就是诗人善于寻找、捕捉生活细节,构思、布局诗意的画面,营造、强化文学氛围,既扬弃了诗的快节奏那种瞬时的冲动与激情,又把握好诗的意趣与意境,进而让散文的飘逸融化其中,成为一种有别于诗与散文的独立文体。这就是这部散文诗新作的成功所在。回过头来,我们又发现,这种成功没有尽头,还在继续发扬与光大。因为志泽退休已多年,随其对退休生活的心理适应进入良性循环,他的散文诗创作也就进入最佳时期。作为一个诗人,又曾担任过市文联副主席和市作协主席(尽管市文联和市作协是清水衙门)的他,离权力远了,这不是坏事,而是大好事,因为他可以摆脱在位时的工作压力和难于避免的各种人际困扰,有更多属于自己的空间和时间可以支配,自由地体验生活,深入地思考人生。也就是说,他离生活和真实近了，真情实感也就多了。这样一来，他可以开采到更多的创作原矿石，再用他不熄的生命炉火去冶炼、去锻造，尽情地抒写喜怒哀乐，写出来的东西必然会更加"丰满"、更加"甘甜"……

2009 年 10 月 23 日

（原载《刺桐花·读书报》总第 16 期，2010 年 1 月号；作者系福建省作家协会会员、散文诗作家、泉州卫校原校长）

打造泉州本土文化品牌

——陈志泽主编"刺桐花文丛"引起反响

林轩鹤

以致力于出版优秀文化作品而著称的海峡文艺出版社,不久前出版了"刺桐花文丛"文学系列作品数十种,较为全面地展示了泉州作家的创作实力。

去年底,福建省作家协会和海峡文艺出版社联合下达关于由海峡文艺出版社出版文学丛书的通知,并由海峡文艺出版社直接聘请泉州市作家协会主席陈志泽担任泉州地区文学丛书的主编。这是一项浩大的文化工程,经过努力,如今"刺桐花文丛"已出版四辑,共四十六部。

第一辑有陈国华的《行程与心迹》、赖玲玲的《观音韵》、陈文章的《柚香当浓》、浪行天下的《情海泅渡》、连玉基的《什么是生命的美》、徐亮的《细星集》、陈永焕的《生命极品》、吴纪培的《状元井畔碎梦录》、张秉雄的《四堡人语》、蔡永哲的《蔡永哲诗选集》,共十部。

第二辑有戴冠青的《文本解读与艺术阐释》、史赋的《呼啸行进》、蔡飞跃的《红尘笛韵》、梁燕丽的《中西方文学审美漫步》、吴瑞骋的《月亮河边》、王海铭的《碧螺苦丁》、林炼金的《收藏快乐》、杜成金的《杜成金诗文集》、张鞍红的《告别春天》、苏淑勉的《心泉》、林树丹的《求索》、何琳的《人镜》,共十二部。

第三辑有颜年安的《行走的小伞》、卢希德的《糕凹》、王建设的《明弦锦曲觅知音》、周永强的《山溪漂流》、蔡丽双和汪义生的《冰雪情思》、吴永雄的《并非无病呻吟》、杨碧蓉的《散散淡淡的时光》、陈华发的《扯淡》、紫芹的《静寂的角落》、钟叶青的《浅耕》,共十部。

第四辑有楼兰的《无人之境》、吴谨程的《蝴蝶花园》、吴文安的《生活的色彩》、林文滩的《深夜的脸庞》、陈仲初的《行思集》、柯友珊的《神灵的指向》、蔡永哲的《蔡永哲文选集》、黄炳元的《面对历史与风俗》、苏金茂的《华庆堂文集》、郁玫的《爱做泉州"狼"》、圣月的《斑驳的透明》、邹振惠的《浪花集》、陈炜潘的《徘徊》、张弈相和黄炳瑜、连力东合著的《前黄风情》,共十四部。

"刺桐花文丛"出版后,引起泉州乃至福建省文坛的关注,反响十分热烈。

日前,记者采访了这套文丛的主编陈志泽先生。陈志泽先生说:"编这套文丛需要耗费巨大的精力,但我几十年都在搞这一行,一种长期以来生成的职业性的热爱,我还是很乐意地接受了下来。事情的发展还真的像我预料的那样顺利。很快地我就主编好第一辑十本作品集交由泉州晚报印刷厂印刷。海峡文艺出版社收到样书后给予很高的评价。这就一发而不可收了,接着第二辑、第三辑、第四辑接连不断编下来。"

陈志泽先生接着说,他主编过五十多本书,编辑过一百多期《泉州文学》,他为此觉得欣慰,比在文学创作方面的收获更为快慰。能不断为广大作者缝制一件件"嫁衣裳",不断为广大读者和文学爱好者奉献精神食粮,是一种从事崇高事业无可替代的精神享受。

近年来泉州文学创作的势头很好,本地作家的创作热情高,涌现出一批好作品。说到泉州本地文学创作,陈志泽先生说,泉州本地文化的发展,在一定程度上促进了文学创作,其古老而深邃的文化,给文学创作增添了不少灵气。中华人民共和国成立初期,泉州文学作品只有两本书,现在就不同了,作家的创作热情被高度调动,他们的努力使泉州每年都有十多部到二十多部作品出版,数量上大大超过了中华人民共和国成立初期。出现这种局面,可能和现代人的文化环境有关,文化环境的改变给文学创作提供了够大的空间,作家有充分的素材可供挑选,从而打造出经得起检验的作品来。近几年来,泉州作家不断有作品在全国比较有影响的刊物上发表,而且产生了一定的影响。虽然,泉州本地文学创作要走出泉州还有一段很长的路要走,但泉州本地文学创作的后备力量还是相当厚实的。

文化是社会发展的动力,是衡量人类文明的标准。一个民族需要有自己的文化,没有文化的民族缺少那种立足于世界民族之林的底气;一个城市同样也需要有自己的文化,没有文化的城市缺少那种包容五湖四海的宽容。没有文化的城市是不完美的城市,这已日渐成为侨乡泉州人的共识。

时任丰泽区作家协会副主席任剑锋认为:泉州"刺桐花文丛"的正式出版,打造出泉州本土文化品牌。目前市场经济的大潮浩浩荡荡,文学读物无一例外地要接受读者的选择并经受市场的检验;另一方面,一向神圣崇高的文学在经济大潮的面前又必须坚持操守,保持自身的品格与立场。在"媚俗"文学作品"畅销"的情况下,创作文学精品,打造自己的文化品牌十分重要。

时任鲤城区作家协会理事贺彦豪对记者说:目前泉州作家正经受考验。什么样的文学才是真正有价值有意义的文学?文学作品出版的目的何在?注重受众面就一定会丧失文学品位吗?我们该如何评估今天读者的文化素养?我们又该如何面对当今文学创作与出版所面临的市场选择? 这是侨乡泉州人特别是泉州作家面临的问题。

说起泉州文学如何走出泉州,许多泉州作家都认为,应从本地的文学创作做起。泉州本地文学要走出泉州,需要每个作家付出更多的心血、花费更多的精力。只有这样才能使更多的本地作品在全国产生影响, 更多的本地作家融进全国创作大军之中。

〔原载《泉州晚报》(海外版)2004 年 6 月 7 日,"刺桐范文丛"编至十二辑,共出版一百零八部〕

志泽兄素描

(菲律宾)温陵氏

早有写志泽兄的念头,奈何其时彼官居泉州市文联副主席、泉州市作家协会主席、泉州市政协委员,恐有"拍马屁"之嫌,就像想称一声"志泽兄"也怕有抬高自家身价之虑。如今志泽兄无官一身轻,可以称兄道弟,畅所欲言了。

初识志泽兄是在 1989 年秋后,我随菲律宾宿务天主教访华团来到北京,受到时任副市长何鲁丽的高规格款待,尔后又出席时任福建省委副书记贾庆林的盛宴,之后我陪代表团团长、宿务著名侨领吴声敬到南安县蚊香厂参观,追踪《从洪濑小镇飞出的金鹿》,受到"赶鹿人"张华安的热情接待。握别时,张厂长送给我一本散文诗集:《爱的星空》,作者陈志泽,中国作家协会会员、中国散文诗学会常务理事。小册子的印刷装帧虽粗糙,然文体风采旷逸多姿,我珍藏至今。从书中我看到了一个追求真善美的人类灵魂工程师。其时志泽兄已是泉州市文联副主席,《爱的星空》是继《相思树》《绿风》之后的第三部散文诗结集。他至今已出版了十六部文学作品集。

第一次和志泽兄见面是 2004 年 5 月,旅菲泉籍作家鼎安兄策划的菲中作家联谊活动在泉州举办的座谈会上,由任泉州文联专职副主席十七年、泉州市作家协会主席二十一年的志泽兄主持,从此打开了菲中华文作家交流的大门。志泽兄题赠一部印刷精美的散文随笔集:走不出故乡的《守望》,同时又获泉籍作家陈国华、李建民、任剑锋、苏淑勉、杨新辉、陈惠明(作曲家)、林鼎安等的赠书。尽管行李超重,我扛在肩上硬是带回菲律宾,我十分珍惜来自故乡的精神食粮。

掀开《守望》,发现走不出故乡的志泽兄也曾"开始眺望前方的路,渴盼着走出故乡",可是这时候常梦见母亲。母亲站在家门口送别儿女。母亲在催促:"再不走,天就晚了。"多情的志泽兄为了母亲、为了妻儿"双脚很难迈出故乡,它已生下了根","他又坐到那一块石头上,眯着眼望。他伸出手摸小布袋里的烟丝,划亮了火柴点他的烟却仍目不转睛地美滋滋望着前方",始终守望的"故乡的日子千真万确人间难寻"(陈志泽《守望》)。读志泽,我想起了三十多年前跨出家门口时母亲的眼神和站在罗湖桥头回首眺望国门瞬间的心情,不禁百感交集泪沾襟。

近几年来我常回家看看,只要鼎安兄也在故乡,总会安排与诸友餐叙。"风声、雨声、读书声,家事、国家、天下事"尽在"一壶浊酒喜相逢"中……有一次志泽对我说:"最近常见你发表文章,我的评论只有四个字:情真意切。""生意淡时文章多——在商业社会,经商和为文两者的位置不容颠倒,而年纪愈大恋国思乡之情就愈炽热……"我酒后吐真言。

月初,《世界日报》"大广场"一连三日连载了志泽兄洋洋万字之宏文《晴窗随想录》,好个晴窗随想!打开天窗说亮话也!给人一种豁然开朗的感觉。志泽兄说:"应该是人民的儿子、人民的公仆,却大言不惭自称是'父母官';明明是衣食父母,却被看成'子民'……任你把道理讲得再透,某些当官的还是把'谁是谁的父母'弄颠倒。明明是执政为民的共产党干部,偏偏要倒退为封建官吏。不是因为'弱智',是病得重了,头脑发昏。"以官论官,一身正气,这就是我眼中的志泽兄,诚如耿林莽先生的评价:"志泽是一个热情的人,或亦有其矜持和严肃。他的散文,风格多取平易近人的陈述,有长者风范。但偶露忧患情思,偶出幽默反讽,偶寄隐喻之意,却分外深沉,常常能入木三分或扣人心弦。"

"泉州民谚'站起来是东西塔,倒下去是洛阳桥'完全可以作为人生的座右铭。此一民谚特别深刻之处是,它把'站起来'和"倒下去'连在一起。"志泽兄借此与人共勉,我不由想起"顶天立地"四个字。

(原载《世界日报》2007 年 6 月 21 日;作者系菲律宾《商报》"中国作家作品选粹"专版主编)

做文与做人

蔡飞跃

陈志泽先生是我的师长，也是我的朋友，我是在知道他的名字多年后认识他的；如果没有那次非洲之行，我对陈志泽先生也许永远停留在"只知其名"。原因很简单，我是盖房子的，理论上与文学像是两条平行线。援建贝宁共和国棉纺织厂的那两年，头儿不让我们晚上迈出大门一步，百无聊赖之中，我被迫重拾中学时代就喜欢的文学梦。回国后，我把非洲观感整理成系列散文，竟占了省外几家刊物的版面。再后来，我向陈志泽先生投稿，《泉州文学》1995年第1期有了我的作品。就这样，两条直线出乎意料地交叉了，我顺理成章地与陈志泽先生交往。

直呼姓名闽南人谓之不恭，与陈志泽先生第一次见面，我就喊他志泽师，从此没改过口。志泽师是南人北相，年轻时的照片阳光、帅气，挺愉悦观众眼神的。一接触，他为人热情和作家特有的率直打动了我。也许他这份率直不对有的人的味，但我与他一见如故，亦师亦友。

十六年来，我们保持着一两周见一次面。最初晤面，清茶一杯，谈的都是文学。我并非文学科班出身，难免有点心虚，常常听得多，说得少。交往久了，话题不再局限于文学，也谈家事。每次到他家，客厅正中那一幅大型书法总是令我注目。这是著名书法家陈奋武先生题赠屈原名句"路漫漫其修远兮，吾将上下而求索"的墨宝，精湛、大气。"十几年前陈奋武先生要送我书法，问我写什么好，我说就写屈原这两句。"志泽师介绍说。这就是他人生追求的最好诠释了。抬眼与之对视，我亦每每受到激励与鞭策。

大家都知道志泽师为人严肃，其实他童心不泯。2002年的一天，我到他家，只见他"腰佝佝"的。我关切地问："腰疾又犯了？"他竟眉飞色舞地拉开话匣子。原来,市直机关运动会举行,单位动员他参加铅球比赛。同场竞技的人全都比他年轻得多,两轮下来,他排名第七,也就是说,眼看着与得奖无缘。要知道,他年轻时参加铅球比赛可是每赛必奖,哪能受这窝囊气？第三次登场,他不顾老腰疾拼尽吃奶力气猛推,把个年轻"勇将"名次推到后面,得了个第六,但付出的代价是腰疾复发。他比画着讲述,开心得像个孩子。一个对文学评奖不感兴趣的人,居然如此在意一个小小的奖项,这就是志泽师的性格。

志泽师不但会敲键盘,还会理发,为了节省开支和在梳剪中享受天伦之乐,他摸索出一套"陈氏梳剪法",他的理发店开在家里,不对外开放。两个孩子长大后不愿意再充当顾客,唯独他爱人直到现在还买他这个老师傅的账。他当爱人的专职理发师,拿起剪刀、推子,依旧得心应手。

(原载《泉州晚报》2011 年 9 月 27 日)

作家陈志泽侧影

蔡飞跃

在福建文学圈,陈志泽先生绝对是挺知名的作家,在泉州文学界,没有见过他的人甚少。

我是在知道他的名字多年后认识他的:原因在于我是盖房子的,理论上与文学像是两条平行线,罕有交叉的可能。如果没有那次非洲之行,我对陈志泽先生也许永远停留在"只知其名"。援建贝宁共和国棉纺织厂的那两年,远离故土,时间充裕让我重拾中学时代就喜欢的文学梦。回国后,我把欧非观感整理成系列游记,分别投给省外的几家刊物,承蒙编辑的厚爱,竟占了人家的版面。再后来,我向陈志泽先生寄稿,《泉州文学》1995 年第 1 期有了我的作品。就这样,两条直线出乎意料地交叉了,我顺理成章地与陈先生交往。

闽南人对直呼其名认为不尊敬,与陈先生第一次见面,我就喊他志泽师,从此没改过口。志泽师长得南人北相,更重要的是,他为人热情,保持着作家特有的率直。也许他这份率直不对有的人的味,但我与他一见如故,亦师亦友。

近十六年来,我们保持着一两周见一次面。最初晤面,清茶一杯,谈的都是文学。我是学建筑的,并非文学科班出身,常常听得多,说得少。交往久了,话题不再局限于文学,也谈家事。前几年我儿子考上省外一所大学,他发自内心的高兴。入学前,我特意带儿子登门拜访。孩子大了,不再对父母言听计从,反而对认为该崇拜的更加崇拜。多年后儿子对我说,他没有忘记志泽师的临别赠语,该做的事尽力做好,不该做的事坚决不做。看来,文学名人的效应有时超越文学!每次到他家,客厅正中那一幅大型书法总是令我注目。这是著名书法家陈奋武先生题赠屈原名句"路漫漫其修远兮,吾将上下而求索"的墨宝,精湛、大气。"十几年前陈奋武先生要送我书法,问我写什么好,我说就写屈原这两句。"志泽师介绍说。这就是他人生追求的最好诠释了。抬眼与之对视,我亦每每受到激励与鞭策。

志泽师以为作家只靠作品说话,不靠别的。有作家在文章中写他:"我总感觉,在这样的时代和氛围里,他自知、自制、自尊,心无旁骛,坚持不懈,一生只钟情一种事业,一生只挖一口井,直至清泉汩汩涌出,连绵不绝……"我完全赞同这样的叙写。这就不难解释,为什么他不同意有关团体为他开作品研讨会,为什么他不同意经费都已准备好了的、为他六年中主编百部文学书籍举行的座谈会,为什么一些风光的场合看不到他……

大家都知道志泽师为人严肃,其实他童心不泯。2002 年的一天,我到他家,只见他"腰佝佝"的。我关切地问:"腰疾又犯了?"他竟眉飞色舞地拉开话匣子。原来,市直机关运动会举行,单位动员他参加铅球比赛。同场竞技的人全都比他年轻得多,两轮下来,他排名第七,也就是说,眼看着与得奖无缘。要知道,他年轻时参加铅球比赛可是每赛必奖,哪能受这窝囊气?第三次登场,他不顾老腰疾拼尽吃奶力气猛推,把个年轻"勇将"名次推到后面,得了个第六,但付出的代价是腰疾复发。他比画着讲述,开心得像个孩子。一个对文学评奖不感兴趣的人,居然如此在意一个小小的奖项,这就是志泽师的性格。

志泽师不但会敲键盘,还会理发:为了节省开支和在梳剪中享受天伦之乐,他摸索出一套"陈氏梳剪法",他的理发店开在家里,不对外开放。两个孩子长大后不愿意再充当顾客,唯独他爱人直到现在还买他这个老师傅的账。他当爱人的专职理发师,拿起剪刀、推子,依旧得心应手。

志泽师仿佛是为文学而生的,他从 1962 年开始发表诗歌、散文诗,1984 年加入中国作协,对文学从来不抛弃、不放弃。20 世纪 90 年代起,他基本结束在诗歌中不短的一段跋涉,登高壮观天地间,逐渐走向散文、随笔,还热情关注泉州的文学创作,为六十多位作家写过序跋与书评。他的散文诗历经近五十年的磨炼,写得益发炉火纯青。而 2007 年 11 月他被评选为"中国当代(十佳)优秀散文诗作家",则是他文学创作的一个醒目句点。

志泽师文学方面的辛劳,倘若仅仅以创作成绩来概括,是不全面的,他创办与编辑文学刊物,担任泉州市文联副主席十七年、泉州市作协主席二十一年,现任中国散文诗研究会副会长,省作协主席团委员,市作协名誉主席。了解他承担创作之外那么多工作的人,都会由衷感到他出版十九部个人文集的不容易。

我的写作历史不算长,偶尔也想放松文学创作这根弦。后来能坚持在纸上构建另一种"美厦华楼",志泽师是我仰望的标杆。他是我文学行当的良师益友、前行的动力。

(原载《刺桐花·读书报》2012 年 1 月号)

道一声安好

——读陈志泽散文诗新著《热土·乡音·人》

（菲律宾）王　勇

6月底在泉州又和著名散文诗人陈志泽相聚，这是我们今年的第二次见面，他题赠我其散文诗新著《热土·乡音·人》(河南文艺出版社 2012 年 10 月出版)。

一般看书我必先看序跋，同样的，志泽这本我也先读他的自序和书后的附录《生命与心灵的投影——陈志泽文学创作笔谈》。

志泽认为，"散文诗具有诗的本质或曰诗的内核，体现在它具有诗的凝练、诗的构思、诗的想象、诗的意境或意象、诗的象征、诗的跳跃性或断层以及自然糅入一定的诗的语言等，只不过它们中某些元素是同散文的美学特点融合了的"。这段话说得真精准。

以前我曾很认真地读过志泽的散文诗，发现其中有的竟然可以当成诗意"微型小说"(或"闪小说")来阅读，即他有的散文诗写出故事性。比如《午夜，手机在响》《打工者(三章)》《父亲的听诊器》《女外科医生》《喧闹的静夜》《法院院长与"纸条"》《老书记与扇子》《乡音》《夜饮》等，这些是我从《热土·乡音·人》之中挑选出来的。

如果他能精选出版一本或向这方面入手写出更多具有人物、故事的散文诗，也许还能更加独树一帜呢？

志泽是一位懂得感恩的人，他感恩《福建文学》和《福建日报》等报刊至今仍经常刊登他的作品，感恩他在主编《泉州文学》时给过他帮助的海外文友……

我们见面，总是匆匆，没有时间深谈，但也够了，彼此知道生活平安、创作不辍就够了。

"志泽君可谓右手写诗、散文诗，左手写散文、纪实文学，还不时腾出双手写儿童文学、写评论。他目光四射,视野开阔,多付笔墨,不拘一格。既能'咬定青山不放松'有所坚守,又能'登高壮观无地间'放眼远望。"福建省作协原主席章武对他的概括言之有理。

遇上远方的文友,道一声安好,是最真诚的祝福!

(原载《东南早报》2013 年 8 月 3 日)

作家·编辑·文学组织者——陈志泽

沈墨彻

陈志泽,出生于 1943 年 9 月,泉州市鲤城区人。1962 年就读泉州五中高三年级时开始发表文学作品。1979 年创办《泉州文学》杂志,执行主编二十五年。主编"刺桐花文丛"十二辑一百零八部,由海峡文艺出版社、北方文艺出版社、青海人民出版社、大众文艺出版社出版。1984 年创建泉州市作家协会,任主席二十一年。参与筹建泉州市文联并任专职副主席十七年。泉州市政协第五、六、七、八届委员,文史委副主任。现任中国散文诗研究会副会长、福建省作家协会主席团成员、泉州市作家协会名誉主席、华侨大学文学院兼职教授。1984 年加入中国作家协会。1983 年起陆续出版《相思树》《爱的星空》《岁月的回声》《守望》《热土·乡音·人》等文学作品集十九部,其中《爱的星空》荣获华东地区优秀文艺图书奖,《岁月的回声》《守望》荣获福建省优秀文学作品奖。2007 年被评选为"中国当代(十佳)优秀散文诗作家"。

陈志泽 1959 年至 1962 年就读于泉州五中高中。1966 年福建师大中文系毕业后,参加"文革"以及军垦农场劳动,1970 年起历任德化一中语文教师、德化县文化馆创作干部、泉州地区文化局创作室负责人、泉州市文联副主席。新时期到来后,他的文学创作由最初的诗歌渐渐扩大到散文、散文诗、儿童文学、报告文学、文学评论等。在诸多文学样式中,他的散文诗与散文创作成果最为显著。有著名作家、学者将他列入"与柯蓝、郭风两位老诗人积极呐喊并努力探索"的"辛勤的耕耘者"。中国散文诗学会会长郭风认为他的作品"显得丰富多彩,又出现作家对于人生、社会以及文学创作等现象的哲理思考,这就使得他所作的各种文体均具有独特的深刻性,使得其所作具有一定的生命力"。孙绍振教授评价他抒写闽南侨乡散文诗"之所以令我欣赏,不仅仅由于我长期在闽南人中生活,在情感上已经归化了,而且也由于,那平凡的甚至琐碎的闽南生活,在他笔下升华了,上升到了艺术境界……志泽的乡土情结,并不是初始的感知的原生的表露,他的情绪、感觉、知觉、情趣都经过他的想象诗化了"。他的散文诗、散文作品发表于《诗刊》《新华文摘》《当代》《儿童文学》《人民日报》《文艺报》《文学报》《新民晚报》《福建文学》《福建日报》以及美国、菲律宾等国的海外报刊,入选《中国新文艺大系1976—1982散文集》《六十年散文诗选》《十年散文诗选》《中外散文诗鉴赏大观·现当代卷》《中国散文诗90年(1918—2007)》《影响当代中国人的散文精品/当代阅读经典》《当代散文精品珍藏本》《中国精短美文100篇》《福建文艺创作60年选·散文》《〈福建文学〉创刊六十年作品典藏1951—2011散文卷》《新中国60年文学大系·散文诗精选》等典籍。数十次入选《中国最佳散文诗年度选》《中国年度散文诗精选》等年度选本。他的散文《武夷归来说柳永》发表于《散文百家》2006年9期,被选为数十个中学、大学的学生试卷和高考模拟试题。

陈志泽的儿童文学作品入选《中国儿童文学名家名作典藏书系·散文卷》《中国当代儿童文学精品库·散文卷(1949—2009)》《中华儿童文学作品精选1977—1991》《中学生文库散文诗选》《福建文艺创作60年选·儿童文学》等。荣获全国《献给孩子们》"小天使"铜像奖。作为一位资深编辑、主编与优秀的文学组织者,他还从工作需要出发,应邀为60多本作家的著作作序、撰写文学评论,共三十多万字,出版文学评论集《论评·赏析·杂弹》。他的文学评论作品与学术论文发表于海内外重要报刊。其中,《强化散文诗的文体意识》发表于《散文诗世界》杂志2008年第10期,作为跋选入《2008年中国散文诗精选》。《简析散文诗文体的四种认识》等数十篇文论与赏析文章发表于《文艺报》《文学报》《福建文学》《散文诗世界》等报刊,入选《中外散文诗鉴赏大观·现当代卷》等权威选本,被称为"学者型作家""以散文诗作家为主体的评论家型"作家。他既创作大量优秀文学作品,又长期卓有成效地从事文学期刊与文学书籍的编辑、主编工作和文学组织工作,三位一体,十分少见。

陈志泽的文学创作引起当代文坛的关注,许多报刊发表了名家的评论文章给予推介。他的大学老师俞元桂教授评介他学术文章的《作家的另一种笔墨》发表于《福建日报》1993 年 4 月 1 日。李标晶教授的论著《二十世纪中国散文诗论》以专门的章节《从家乡起步的歌者——陈志泽的散文诗》对他的散文诗做出论述。孙绍振教授的评论《诗的散文　散文的诗》发表于《福建文学》1983 年 5 期。郑锹教授的评论《浓烈而明丽的诗情》发表于《福建师范大学学报》1984 年 1 期。评论家叶公觉的评论《好一棵相思树》发表于《文学报》1985 年 5 月 16 日。耿林莽的评论《品味"回声"》发表于《福建文学》1999 年 11 期。戴冠青教授评论他四十年文学创作的《生命与心灵的投影——陈志泽文学创作成果评述》发表于《文学报》2002 年 9 月 26 日。翟大炳教授的评论《聆听音乐与召唤结构——读陈志泽散文诗札记》发表于《美与时代》2011 年 9 月下半月,总第 440 期。

陈志泽对于本职工作认真负责,富有创意。1979 年春天,他参加《福建文艺》编辑部在平潭举办的一个笔会,听到了一个关于解放思想的学术讲座,感受到文艺的春天已经到来,未等笔会结束就给中共泉州市委宣传部写信,建议创办晋江地区的文学刊物。1979 年 3 月,晋江地区首家文学刊物《晋江》("地改市"后易名为《泉州文学》)在他的一手操办下创刊。好些年,刊物从策划、约稿、选稿、编稿到校对以及每期出版后的搬运、邮发,都他一人承担。由于《泉州文学》坚持正确的办刊方向,办出较高水平,十年后终于被批准公开发行。二十多年来,由于他的编辑工作与作家协会的组织领导工作,以及个人与文学爱好者的交往,他培养和指导了一大批泉州文学青年与作家,成为大家熟知的文坛佳话。他连续九年被评为福建省文联系统先进工作者。

陈志泽长期在工作条件较为艰苦的文化部门工作。1987 年他担任泉州市文联专职副主席,一干就是十七年,还因属于公务员编制,按规定不能参加职称和专家津贴的评定,但他从来不在乎个人职务的高低和待遇的厚薄,多次放弃到省里工作的升迁机会与谢绝企业的高薪聘请,甘于淡泊,乐于奉献,全身心投入他热爱的文学事业。他为人低调,喜欢简单、宁静的生活,艺术上却追求高标准。他常说一个"磨"字,体现他严肃认真与不断创新的写作态度。

(原载《桂坛骄子》,福建教育出版社 2013 年 11 月出版;作者系泉州三中原校长、泉州五中校史研究室原负责人)

我心目中的作家陈志泽

贝 奇

一

已经很久没有这样读书。

一位作家的十余部文学作品捧读了近半年，一本丰富精美的散文诗可以读到深更半夜。

炎炎夏日，书房里随时开着空调，给人一丝丝凉意。将电脑关机，全然不理会手机信息和微信，手捧着泉州著名作家陈志泽先生的书，废寝忘食。

近日读的是志泽先生寄来的新作：《热土·乡音·人》，我一口气将书读完。

今晚再回首，细细品读书中最吸引我的、最精美的几个篇章：《泉州东西塔交响曲》《走过洛阳桥》……

我不由得想起自己曾多次寻访泉州东西塔、洛阳桥的情景。随着时光的流失，闽南的山川、乡音和朋友在我的记忆中渐渐有些模糊。如果不是通过微信询问我的朋友，今天差一点就将作家笔下的洛阳桥，以为是晋江安海的五里桥。感谢志泽先生，是他的书籍将我带入了让我常常思念的第二故乡泉州、晋江、石狮；带入了我十多年前回到石狮写作《石狮百人》时，在友人的陪同下走过的闽南山山水水。

无论是在"天下无桥长此桥"的安平桥，还是在蔡襄主政修建的洛阳桥；无论是泉州开元寺的千年古桑，还是神奇的东西塔，我都曾在友人的陪同下，留下过自己作为仰慕者和朝拜者的足迹。

往事历历在目。我一边回想，一边阅读。一边阅读，一边回想。文学与记忆，互相渗透、互相融会……

二

对一位作家、一部作品的喜爱，往往取决于初识这位作家或初读其作品时的感受。

假如一个作家的人品或他的作品感动了我，引起我的共鸣，使我回味、深思、流泪或欢笑，他的作品能引发我对自己曾经熟悉的城市、山川、人物、事件产生一种深深的怀念或追忆，我就会认为他是一位好作家，他的作品就是好作品。假如一个作家在他的作品里让我们看到他自己灵魂的真实呈现，这样的作家我尊敬，这样的作品我喜欢。

当然，有时候，个人感情上的偏爱也许会影响我们理性地阅读或科学地分析一篇作品的成败。或许这时候，我们对一个人或一篇作品的评价就很可能不准确、不公正。今天我很放任自己。当我写这篇拙文时，我对自己说，我仅仅是一个敏感的读者，而非客观的评论家。我只说我自己想要说的话。

我与陈志泽先生1983年秋相识于泉州，至今已经整整三十年。

那时，志泽先生已加入中国作协，已经是有成就的散文作家，担任《泉州文学》主编。可由于生活的动荡，我离开泉州后竟然长久地和他失去联系，直到2012年冬才又相逢于新浪博客网。记得那是2012年12月4日，我在新浪浏览网页时看到一个以泉州"丰泽"命名的博客——丰泽斋，博主的头像虽然很小看不太清楚，但是当我打开他的网页，突然感到一阵惊喜。原来丰泽斋就是作家陈志泽的博客。我立即给志泽先生留言："问候志泽先生！偶然路过，想不到丰泽斋竟然是您的博客，非常欣喜！已加关注，请容我慢慢拜读先生大作，谢谢！祝好！贝奇。"几小时之后，志泽先生在他的博客回复我的留言："谢谢！常在挂念中。祝安好。"自此以后，我就常常来到志泽先生博客，读他的博客文章，从文字中了解到志泽先生这些年来的创作及生活情况。只要有感，我就留言。2012年12月23日，我在志泽先生《二十五年的人生寄托——我与〈泉州文学〉》博文留言：

拜读志泽先生的这篇文章,令我非常感动。二十五年,在时间的长河中不过如白驹过隙,转瞬即逝。但就集编辑、作家、诗人于一身的陈志泽先生的人生而言,二十五年就意味着漫漫长路,意味着为文学献身。陈志泽先生为《泉州文学》,为泉州这片文学艺术的沃土付出了自己的艰辛和汗水,付出了自己宝贵的时间和生命——读《二十五年的人生寄托——我与〈泉州文学〉》志泽先生对文学和编辑工作的执着和献身精神令我肃然起敬。

　　《泉州文学》不仅是历史文化名城泉州的一个"标志性建筑",它还是泉州这方土地上众多作家、诗人和业余作者发表作品的摇篮和阵地。无论对于专业作家还是业余作者来说,最要紧的不仅仅是他手中的那支笔,同样要紧的是他们必须要有一个发表作品的阵地,要有一个赖以依存的家。而《泉州文学》就是闽南作家自己的家园。尽管当年我是旅居石狮的四川人,但我的文学道路起步之时也曾从《晋江》得到过志泽先生许多热诚的帮助和鼓励。而这样热诚的帮助和鼓励不仅对于我,甚至对所有的文学创作者来说,都是非常需要非常重要的。我要深深谢谢《泉州文学》,感谢主编陈志泽先生在我蹒跚学步时给了我最需要的关心、体贴、温暖和帮助。至此《泉州文学》创刊三十三周年之际,我在遥远的四川,谨向《泉州文学》致以最热烈的祝贺和祝福! 谨向《泉州文学》的创造者和耕耘者志泽先生致以最崇高的敬意! 衷心祝愿《泉州文学》明天更加辉煌!

　　以上这些话,虽然是在志泽先生的博客文章后的留言,但却是我的肺腑之言。我非常感谢志泽先生当年对我的支持、鼓励和帮助。我曾在 2007 年的一篇博文《感谢网络　怀念晋江》中,发有志泽先生主编《晋江》文学丛刊 1985 年第 3 期的两张照片。还有这样一段话:"1985 年 3 月,在离开福建一年后,我第一次回到泉州回到晋江。去看望作家陈志泽先生,应他的邀请,为他所主编的《晋江》文学丛刊 1985 年第 3 期写了《海,晋江的海——献给栖息养育我的晋江》这篇文章。多少年后看到这篇文章,仍然觉得这是我怀念福建、怀念晋江、怀念石狮的一份最深情、最真挚的文字表达。"

与志泽先生重逢于网络后，有幸得到志泽先生寄赠的散文作品共计十多部，每每深怀感激。我深知，耗费志泽先生半个世纪人生的心血和精力所写成的这些作品，都是他的孩子、他的生命。

于是，很认真读志泽先生的书，从中我获益匪浅。至情言语即天声。我喜欢志泽先生书中那些优美的散文诗篇章，喜欢那些关于生命、爱情、人生、哲理、日常生活以及对文学创作、作家作品的思考，喜欢那些精神与情感的丝缕。

志泽先生抒写自己家乡泉州的散文和散文诗作品，之所以特别吸引我，引起我强烈的共鸣，也许在很大程度上在于我对作家陈志泽先生本人的认识和了解，也在于我对曾经栖居的古城泉州、晋江、石狮久远的回忆、长长的牵挂和深切的怀念。

早在1978年至1981年年间，我曾带着孩子从侨乡小镇石狮搬到泉州后城古街巷兵马司桥附近居住。记得那时巷两边古老的民居鳞次栉比。巷傍宋罗城壕沟，上有祖师巷桥、百源桥、清真寺桥、兵马司桥与涂门街相勾连，壕沟上有巨榕参天。小桥、流水、古宅、古榕，相益成趣。我们一家在那儿整整居住三年。在这三年中，我曾多次带着我的孩子乘坐小小的人力车，去到古树参天的泉州开元寺，深深怀念家乡四川的我，却久久地仰视着泉州古老的东西塔。

那时，我虽然已经开始写中篇小说《一个女性的遭遇》，却无缘结识泉州作家陈志泽先生。我那时甚至不知道泉州有文学刊物，所以我的文稿第一次邮寄不是寄到本市，而是寄往遥远的京城。

我和志泽先生相识于1983年秋季泉州文联召开的一次会议。那时，我的第一篇短篇小说《桥》在晋江《星光》刊物首发，并同时要在福建人民出版社《海峡》大型文学刊物上正式发表。而我的第一个中篇小说也已经确定在北京《当代》发表。

陈志泽先生是我在泉州文学界认识的第一位老师辈的文友。

1983年底我带着孩子回到家乡四川后的很长一段时间，到1988年至1991年我到北京读书之时，我和志泽先生有较多的信件往来。正是通过信件，我认识了一位像兄长一样真诚、厚重、善良、热情的朋友陈志泽。

前日清理从文几十年我所珍藏的上千封文友书件，其中有十来封信件来自福建泉州,发信人是陈志泽。

在一封写于1985年1月10日的书信里，志泽先生对当时身处逆境的我给予了莫大的理解和同情。字里行间,他的关心和关怀让我直到今天依然感动。我的先生张秀岩今早外出旅游,临走前一再嘱咐我,在写到作家陈志泽先生这个人时,一定不要忘记写下志泽先生的原信原话,借此表达我们对志泽先生的感激。

志泽先生在信中这样写道:"贝奇,您好!因开政协会未能及时回信请谅。得知你病了,十分挂念,不知现在情况如何?路途实在太遥远了,要是近一些应该去看你。请好好疗养,暂且把别的事搁在一边,切勿牵挂太多!如身体恢复,盼春节后回来走走,这边不少人想念你,这次晋江地区改为泉州市,开政协会有人想请你当委员,后来知道你去了四川,只好作罢。你的文章别处愿转载更好,哪会不同意呢?今日同时寄去四件刊物(分四件),平寄,请查收。不要寄书款来,这是送你的。信上说到将来或许可由我写你的小说集'序',这使我害怕,但你的心意我领了。我这一段女孩病了两个多月,又,省文联来函调我,这边不放,不免考虑将来的去向,又忙,心灰意懒的,苦也!你身体一定多多保重。祝健康!志泽。"

今天,再次读到这封二十多年前的来信,我依然十分感动。读志泽先生的书信,一个真实、真诚的作家,一个热情善良的长者形象一下子矗立在我的面前。

三

志泽先生的《热土·乡音·人》是一本很有特色、很优美的现代散文诗集。书中最美的篇章是《走过洛阳桥》和《泉州东西塔交响曲》。我在其间读到的不仅仅是散文诗,更是作家陈志泽先生的胸怀、气魄、思想和文采。

泉州开元寺石塔(东西塔)建于唐代,是中国古代石构建筑瑰宝。从石塔的建筑规模、形制和技艺等方面来看,都可以说得上精妙绝伦。东西塔不但在中国石塔中堪称佼佼者,在世界上据说也是首屈一指的。东西塔既是中世纪泉州海外交通鼎盛时期社会空前繁荣的象征,也是泉州特有的标志。

泉州开元寺的创建已经过去了一千多年的历史,这遥远的历史早已化作泉州民间的传说而得以流传。而作家陈志泽借助民间的传说和史家提供的线索,驰骋自己的艺术想象,宏伟地再现了一千三百多年前的泉州,再现了从黄氏桑树园到莲花寺到开元寺的美好传说;再现了泉州人民与印度僧人历经二十二年,艰苦卓绝巧夺天工建造东西塔的不朽伟业。

我曾数次寻访拜谒泉州开元寺。最早是在 20 世纪 80 年代初,那时我居住在泉州。最近的一次是去年元旦。我回到石狮。一位友人特意带我去开元寺朝拜那一棵曾经开过莲花的桑树。古老桑树的围栏前,在一块条石上用红字写道:"此树生莲垂拱之年。"我恭恭敬敬地向这棵已逾一千三百多岁高寿的树老深鞠躬以致敬。随后我们去到就近的檀越祠,在这座始建于唐,奉祀施主黄守恭禄位的檀越祠,友人向他的老祖先深鞠躬虔诚叩拜,我也向这位献地结缘建造莲花道场的黄守恭老人深致敬意后离开。

自己有了这样一番经历,今天读到志泽先生的文章自然倍感亲切。

志泽这位看似矜持严肃的作家,在描写东西塔的建造时笔底却有热情如火——

　　把石山切割成条条块块,一双双手是最锋利的刀。

　　二十二个春秋,一条接连不断的路,一条向上流的汗水之河。

　　二十二载寒暑,一座塔,又一座塔。

　　"莲花寺"的一侧耸立起东西二塔——

　　傍着不谢的莲花,向上的信念高高托举。

　　傍着神秘的创造,壮丽的构想扎根生长。

东西塔就以世界最高石塔的称号耸立在一部部"世界之最"的经典。

写泉州东西塔的文章我已经读过多篇。志泽先生的这组《泉州东西塔交响曲》长达二十个乐章,是我所读到的关于泉州开元寺和东西塔的最完美的叙述、最恢宏的乐章。

题材出于一时一地,但思考必定穿越时空限制,历史背景,世风民情,文化积淀,人性善恶,皆附丽于事件而做统一的思考,以求一个合乎历史真实,具有历史哲学和美学意味的结论。

我喜欢《泉州东西塔交响曲》这组史诗般的乐章。

这是作家陈志泽先生献给家乡泉州最美的诗篇之一。

四

泉州洛阳桥,又称"万安桥",在泉州市区东北郊洛阳江入海处。

泉州洛阳桥是举世闻名的梁式海港巨型石桥,为国家重点文物保护单位。

洛阳桥由当年泉州郡守、宋代大书法家蔡襄倡导兴建。蔡襄曾两度出任泉州知府。时泉州东北方有万安渡,乃南北交通孔道,但此处江海交汇,水深流急,商旅往来极畏其险。为了便利交通,洛阳桥于皇祐五年(1053)开始建桥。蔡襄到任后,积极筹款,招募民工和工匠,立石为梁,主持建造了跨海梁式大石桥——洛阳桥。桥建成后,蔡襄亲笔写下《万安渡石桥记》。

人类创造历史,不仅表现于创作的当时,而且表现于后天的描述。

在作家陈志泽的笔下,古老洛阳桥的修建是那样的激动人心,惊心动魄。

大地是在哪一刻断裂的,在这泉州与惠安的交界处?

只有江海交融,翻滚着诡诈险恶,让《泉州府志》痛入骨髓:"旧设海渡渡人,每岁遇飓风大作,沉舟被溺死者无算。"

饥饿的洛阳江张着无数舔食、吞咽的大口,舟船樯辑摧,人或为鱼鳖……

桥,桥!是哀鸣,还是梦呓?是呼号,还是召唤?百姓泣血的嗓音也被卷入江底。

一个人,远在京都为官,却听到了。声声钻进心窝。

如泣如诉。可歌可泣。《走过洛阳桥》十五章,章章精致,字字珠玑。

作家陈志泽先生气势磅礴的诗文强烈地震撼了我。

在这夏日的黑夜,志泽先生的散文诗像一阵风,把我带到一个开阔的海域;海域上,有一片美丽的星空。

我看到许多星座的闪耀。

我读着星空,读着星空里近千年前修建洛阳桥的捐助者名字:卢锡、王实、许忠、浮图、义波、宗善……

　　洛阳桥头,蔡襄亲撰的文、书、镌"三绝"的两方《万安桥记》默默站立着,看洛阳江潮起潮落,看世人碑前来回,行色匆匆……

《万安桥记》记录了十五位捐助者的名字,光荣榜上却唯独没有主政者蔡襄。志泽先生写道:"慷慨的建桥人,吝啬的大诗家蔡襄,自己竟逃出十五人之外,遁入谦谦君子的天高云淡。"

万安桥碑记至今仍站立着,而洛阳桥却躺下了。一躺就是一千年。也许还要躺一千年。

　　躺下并不比耸立逊色。躺下,是一种牺牲,也是一种境界。躺下的洛阳桥虽已老迈而闲置,但海内外第一桥就是海内外第一桥,它的价值永远飘扬!

所有的历史和光明,都活跃在这里,依然是那么鲜明、生动。

在作家陈志泽如椽的笔下,有雷雨闪电,有江海咆哮,有呼号,有梦呓,有大义,有谦卑,有雨中彩虹,有天上的桥……

我读着志泽先生笔下的洛阳桥,不止是在读着历史的遗产,我也在读着信念,读着坚贞,读着开拓,读着无畏,读着崇高,读着我们民族源远流长、永不衰竭的伟大生命!

五

作家陈志泽不仅写千年古寺开元寺,写东西塔,写洛阳桥,他还写关于泉州的一切。

古城泉州的一切景物都在志泽先生的笔下:泉州雨、泉州风动石、泉州府文庙、九日山、老君岩、紫帽山、古城小巷、刺桐树、燕尾的屋脊、牌坊、古沉船、郑成功墓、安平桥、真武庙、崇武古城、崇武海湾、清净寺、清源山、弘一法师塔、崇武岛、李贽故居、蔡氏古民居、石狮柯顺公园、蚶江对渡碑、闽南大鼓吹……

古城泉州的一切历史和现实人物也都在作家的笔下活灵活现：蔡襄、俞大猷、郑成功、施琅、弘一法师、何朝宗、李尧宝，著名作家郭风、柯蓝以及他的父亲、母亲、妻子、二姐……

他的散文、散文诗涉及寻常人、寻常事，惠安女、女外科医生、老农、老华侨、"坏名声"的女人、看街景的老人、踮起脚跟看风景的外孙……作家陈志泽写不尽古城泉州，写不尽他心中对家乡泉州的热爱。

陈志泽说："我的散文诗创作一开始就同乡土散文诗结下了不解之缘。我写于既要写出一个泉州人对于故乡的感受与感觉，恰当融入文史的精华，还要有审美的艺术表达；既要写出泉州的韵味，还要写出泉州深层次的蕴含。这是我的追求。"

古城泉州，是志泽先生一生都走不出的故乡。

生活在泉州这样一座有着悠久历史和众多名胜古迹的城市，自然是散文诗作家陈志泽的幸运。

志泽先生认为，乡土是所有人生于斯、长于斯的神圣的土地。乡土是家园，是母亲，是不能磨灭的记忆。乡土的美——包括自然与人性的美，是难以言传的真美、大美。

作家描写社会生活的真切程度，也总是与对其所描写的生活领域的熟悉程度为转移的。志泽先生熟悉家乡泉州和生活在泉州的人，这是天助其成。乡土是作家生命的根基，是作家创作的命脉与源泉，是每一个有成就的作家离不开的创作母题。志泽先生说："我的故乡泉州是历史文化名城，'海上丝绸之路'的起点。泉州是百分之八十台湾同胞的主要祖籍地，泉州旅居海外的华侨超过现在泉州七百多万人口，是著名侨乡。泉州与台湾只一水之隔。写泉州，需要写出地域的浓厚特色，需要融入多年来积累的感性认识，融入古城文史的精华、哲理的思考。在我翻阅自己散文诗作品中的这一类作品后，我又一次深深体会到泉州乡土散文诗创作确实不易，近三十年，可以过自己这一关的竟只有一百来篇。"著名评论家孙绍振先生评价陈志泽先生写泉州的乡土散文诗时说："他的作品，之所以能令我欣赏,不仅仅由于我长期在闽南人中生活,在情感上已经归化了,而且也由于,那平凡的甚至琐碎的闽南生活,在他笔下升华了,上升到了艺术境界……志泽的乡土情结,并不是初始的感知的原生的表露,他的情绪、感觉、知觉、情趣都经过他的想象诗化了。"

文学评论家孙绍振先生、潘旭澜先生及其他几位散文大家如郭风、柯蓝等人的"意外的激励和鼓舞",把陈志泽的创作向前推进了一大步。他毫不倦怠地继续在这条文学之路上大步行走。

王安忆说:"文学在现在的社会是很奢侈的事。"所幸志泽先生生活在远离京城和大上海这样繁华喧嚣的地方,他能在家乡泉州这样的历史文化名城安安静静写自己的文章,很淡然地面对人世间的许多烦恼和诱惑,很坦然接受像我这样的文学后进的仰慕和尊敬。

从事散文诗创作五十年,创作成就斐然的陈志泽先生,如今已然是散文诗的名家、大家。在散文诗领域,陈志泽先生可谓文名卓著。至目前为止,陈志泽先生已经出版了近二十部文学作品。除了少数几部作品侧重写自己的一生之外,其余大部分散文和散文诗作品写的都是名城泉州的历史、人物和人文景观。这些泉州气味浓郁的散文诗集和散文集演奏着一部很厚重、很经典的"泉州交响曲",是多么动人心弦!

六

志泽先生自传体的长篇传记文学《一路走来》我阅读时间最长,受益最多,看得最仔细。

1943 年 8 月 29 日,在福建晋江磁灶的一个叫"大厅"的平屋,一位伟大的母亲自己为自己接生,生下了一个她最疼爱的孩子。

这个孩子几十年后被人们称为先生,尊为作家。他自 1983 年起陆续出版文学作品集十九部,主编出版文学书籍一百零八部、《泉州文学》杂志一百零八期(两个一百零八,这是一个巧合。他说他喜欢这个吉祥数字),他的作品《爱的星空》荣获华东地区优秀文艺图书奖,《岁月的回声》《守望》荣获福建省优秀文学作品奖。2007年他被评选为"中国当代(十佳)优秀散文诗作家"。他为故乡母亲泉州写下了最美丽的散文诗篇,写下了最恢宏的"泉州交响曲"。

他,就是伟大母亲的孩子陈志泽。

(原载《石狮文艺》2013年第 3、4 期;作者系自贡电视台原记者,小说、散文作家)

乡土,养育我与散文诗

——陈志泽访谈录

张　明

张明:陈老师,您是知名作家,请问您是怎么走上文学道路的?

陈志泽:说来很有趣,最早要追溯到我读小学三年级的时候。有一回,我无意中听到我母亲在家门口跟教我语文课的校长夫人聊天,校长夫人说"你孩子造句很巧"。很普通的一句话给我的激励竟然十分巨大,读毕业班的时候,又碰上一位师范刚毕业的洪庭坚老师,语文教得好,因此我对语文学习的兴趣更浓厚了。我的初考作文已经开始运用一点虚构。进入初中,很幸运地碰到一位"下放"到我们学校的"右派"老师,还有一位何景钊老师,他们都教得很好。读初三时,教语文的黄祖谦老师有一天突然给我十多个作文题目, 让我把写作提纲分别写出来给全班同学作为参考。他这是在抓中考的作文题目,为大家的中考做准备。初生牛犊不怕虎,我竟然很爽快地接下这个任务。几天后,我就把写出来的提纲交给黄老师,黄老师立即贴到教室墙上。我读泉州五中,高三时教我们文科班的戴其兰老师经常在课堂上讲评我的作文,有一次我的作文《藐视困难,战胜困难》被他选中,抄写在学校大门口的"好花共赏"黑板报上。之前享受这个待遇的是外校的陈章武,他的一篇高考满分的作文就被"转载"在这里。我很受鼓舞,一日看三回。没想到我们那年高考的作文题目叫《说不怕鬼的故事》,我就把这一篇《藐视困难,战胜困难》改了改完成了,为语文科的成绩奠定了基础,也为我考进大学立下汗马功劳。应该说,我之所以走上了文学道路,与小学、中学的语文老师的培育关系很大,这些记忆到现在还很深刻。除此之外,我高中阶段开始接触泰戈尔,一下子就喜欢上他了,对他的热爱一直保持到现在。

张明:上大学以后,应该是更广泛地接触文学领域了,哪些作家对您的影响比较大呢？

陈志泽：我是 1962 年上大学的，当时"现代文选与习作"课的老师先是俞元桂，后是郑锹，都是名师，又都是作家，给我的教益太多了。课外阅读开始接触柯蓝，他的《早霞短笛》是 1949 年后第一部散文诗集，极大影响了我。"文化大革命"时，我在军垦农场锻炼违反纪律带上这本散文诗集，为防备万一被发现好狡辩，我把封面包上牛皮纸，还写上"毒草铲除，可以作为肥料"。也差不多是在这个时候我开始读郭风的散文诗，孙绍振教授说我的散文诗受郭风的影响很大，但比他浓艳，郭风比较清淡。我 1963 年开始在《侨乡报》发表散文诗处女作，诗歌、散文也开始尝试。我的文学创作后来主要是受我两个姐夫的影响，大姐夫颜松和，与蔡其矫是好友，同为归侨，来往甚密，当时在《泉州报》当编辑，写小说。他经常挑剔我写作的问题，让我很不舒畅，其实这是难得的帮助。另一个是三姐夫潘旭澜。他对我影响最大的一句话是："反复修改，直到实在改不下去。"他在复旦大学教现当代文学，他跟我谈中国现代文学史，也谈到福建、泉州的作家。他说一个作家一定要有产生影响的力作、代表作。他这个观点一直影响着我，我养成了反复修改的习惯，即使是已经发表的作品，有时还是再拿出来改。在很多场合，我跟文友们提到一个字："磨。"文学作品一定要"磨"，很多作品是赶出来的，因为写作不等同于生活，要变形，要提高，得一改再改。齐白石说"太似为媚俗，不似为欺世，妙在似与不似之间"，画画与写作是相通的，形象思维让文学作品富有韵味，一定的朦胧、空灵是必要的。孙绍振也有一句名言，那就是"换一种说法"，这跟潘旭澜所说的"反复修改，直到改不下去"的道理是一样的。1966 年大学毕业后教了不到两年书，我就很快地改行从事文化工作。"四人帮"粉碎后的 1978 年，我从德化县文化馆调到泉州市文化局，工作给我许多学习的机会。我创办《泉州文学》、创建泉州市作协，参与筹建泉州市文联，做了很多实际工作，并且在其中提高了自己。在市文联的长期组织工作中，我接触了很多作家，有很多机会向他们学习。

张明：2013 年第 6 期卷首语当中有提到您的《站着的东西塔与躺下的洛阳桥》。

陈志泽：泉州民谚"站起来是东西塔，躺下去是洛阳桥"，之前还没有人用文学语言去好好阐释它，我这组散文诗就是要做这个尝试。我给你的稿子里有两组,每组都删掉了一些,怕太长,但在我自己的书里就都编进去。我总共写了三十五章,约一万五千字,给你的稿子节选了二十二章。我试图发挥文学的审美与审智的功能,以丰富的文学想象阐释一种独特的文化内涵与精神境界,让这一著名民谚更深入人心。

张明:您的创作量很大,现在已经出了十九本书。可以这么说,您是从诗歌开始走出来的,后来又写散文诗。

陈志泽:实际上,我在写诗的同时也写散文诗和散文。1962 年在《泉州报》发表一组诗,1963 年一组抒写建设中华侨大学的散文诗发表在《侨乡报》,1963 年在建瓯的社教中写了一篇散文《雨夜的灯火》发表在《厦门日报》"海燕"副刊。诗歌写了较长一段时间,几次《福建文学》组织的创作学习班都是叫去写诗。以后改以散文诗为主,前期出版的几本书都是散文诗集。1990 年开始,又有一段时间比较集中地写散文,2007 年被散文诗界重重地关怀了一下,评我为当代全国十佳优秀散文诗作家,又转而投入它的怀抱,直到现在还不能自拔。但去年以来我又拣起诗歌,写了数十首,已发表了两组,但还没有完全恢复过来。几种文体的轮回可以互相弥补、互相渗透,好处明显。

张明:如此说来,您更多的时间是花在散文和散文诗上,以这两者见长。听说您的作品曾被收录教科书,您在长年的创作过程中,对自己的散文和散文诗最满意的有哪些作品?

陈志泽:我有一篇《南音这条溪》受到多方面的肯定,这篇散文不再重复"乡音"等没有深度和写烂了的东西,而是选取人民性的角度,以人民性作为它的灵魂,又注意从艺术表达上写出它的韵味。有些散文影响较大,但我自己说不上满意。比如有一篇《武夷归来说柳永》曾发表在《散文百家》,并不是最好的,没想到这几年许多省市,二十几所大、中学将它作为赏析题选入试卷,还被作为高考模拟考题、辅导教材。类似情况的还有散文《读黎刹》、散文诗《云海》,都被作为好几个学校文科考题。散文诗《乡音》被选入《中国新文学大系》,一直被人看成我的代表作。我至今没有出版过一本自己满意的散文集,而散文写得最多。我想什么时候挑选二十多篇,出版一个精选本。省文联组织编写的福建《散文志》把我和章武、朱谷忠等列为乡土散文家,我乐意接受。我认为一个作家最厚重的作品应该是乡土的，乡土是作家生存的根基，既然生存在这块土地，必然要以这块土地作为书写的对象。所以我也劝一些泉州的作者，特别是从外地来的作者，要融入泉州，以此来写好泉州的乡土作品，但要写好不太容易。许多人以为我写得多、写得快，其实相反。没有饱满的情绪是写不好的，写一篇作品所付出的代价很大，我现在年纪大了，一天写两个小时就差不多了。有时候我开玩笑地说，这跟晚年患病的巴金一样慢。在《泉州文学》发表的那篇《在远方，在故乡》写了很久，质量还不错，许多地方转载，后来又发表在《世界日报》《散文诗世界》。前面说过的《站着的东西塔与躺下的洛阳桥》我自己看得比较重要。写写停停，前后写了三年。我希望产生影响。作家是靠作品存在的，我甘愿寂寞一点，专注写作，蔡芳本说我"纯"，但愿真的做到。现在一些作家喜欢搞一些形式的东西，都是没用的，创作出成功的作品才有价值。作为文学组织者，我做了一些工作，还给六十多位作者的书写序、写评论，真诚希望更多的作者走向成熟，拿出精品力作。

张明：散文诗是五四时期出现的，您在泉州身体力行地倡导和推动散文诗的创作，培养了不少这方面的作者，您怎么看待散文诗这种文体的？

陈志泽：其实有很长一段时间我已不大写散文诗而侧重散文，我不想吊死在一棵树上。因为2007年，我被评为全国十名优秀散文诗作家之一，又鞭策我去写，人家还没忘记我，我不能停下，所以最近这五六年，我又重新以写散文诗为主。我认为散文诗是一种很优秀的文体，优秀在于它既有散文的美也有诗的美，在一种文体里把两种美融合在一起，无论是诗歌还是散文，都不如它表现手法的丰富。当然这不是说散文、诗歌不好，散文有它广阔的发展空间，诗歌有独特的世界。最早以散文诗获得诺贝尔文学奖的是印度的泰戈尔，此后还有几位写散文诗的外国作家获得诺贝尔文学奖。但在中国许多人不太承认散文诗。比如，鲁迅文学奖没有设立散文诗奖项。这其中的原因有几个，第一，中国的散文诗还比较弱，没有像散文与诗歌那样取得那么大的成就，还没有产生出让大家都理解、都接受的杰出作家。鲁迅的《野草》之后，没有出现超越它的新的里程碑式作品。但因此否定中国散文诗毫无道理。现在还有人否定中国散文诗的历史，这同样无理，也很无知。不能以现在的标准去否定过去的成果，一条河流是从涓涓细流慢慢汇聚而来的，历史不能割断。这几年的散文诗存在的问题我以为有这么一些：第一，缺少思想,不够厚重、深刻。思想是一篇文章的内在灵魂,这是不可或缺的。第二,散文化严重。同时又开始出现另一个极端——过分追求"诗化"。散文诗就是散文诗。它不同于诗歌,更不同于抒情散文。理论问题不解决导致散文诗长期以来在质量上提不高,不能确立它独立文体的地位,要么把它归为散文,要么把它归入诗歌,没有自己的门户。我很坚定地认为散文诗是散文和诗歌的完美融合,太偏于诗歌或者太偏于散文都没能很好地运用这种文体的功能。比如写泉州,你的散文诗太诗化了,散文的叙事功能派不上用场,融不进文史的精华,作品的表现力就降低了。

张明:您认为泉州现在的散文诗创作是一个什么样的状态?

陈志泽:泉州的散文诗创作队伍大、起步早,如果从我1983年出版第一本散文诗集《相思树》(福建人民出版社出版)算起,至今也有三十年了。李海波、浪行天下等人曾表示,因为受这本书的影响才开始散文诗创作,无非那时很少看到散文诗。三十年来,泉州的散文诗创作队伍大、成绩显著。不足之处是:路子还较窄,大多只写抒情散文诗这一类,叙事、哲理散文诗少人问津,究其原因,恐怕是担心削弱诗意,不够"诗化"。过于"诗化",过于向诗歌靠拢,在需要进一步表现具体内容时就只好避开了,散文性的细节融不进去,未能很好表现需要扎实些表现的题材。还有,思想性和艺术性都有待于不断加强,这当然是需要长期艰苦努力的,全国都一样。有个著名学者在三十多年前就说过泉州的散文诗队伍正在形成,三十多年过去了,这支队伍逐渐壮大,新人辈出,不断走向成熟。

张明:我记得,您早年编过几本散文诗的书。

陈志泽:我在编《泉州文学》的时候就开设了散文诗栏目,因为我认为它是一种优秀的文学体裁,也希望别人能热爱它。这种文体对人情感的陶冶,可以起到很好的作用,特别是在当代,生活节奏很快,散文诗短小,可以让读者在短时间内就感受到美,受到感染。1991年,我争取到老同学邱季端先生的资助出版诗、散文诗合集《神奇的土地》。后来我又筹集经费,出版两本泉州作者的散文诗选集,一本是秦岭雪先生捐资出版的《散文诗选萃》,另一本是前几年蔡丽双女士捐资出版的《散文诗精品》,我不编小说、散文,而编散文诗,是想抓住泉州散文诗这个强项,支持它更快发展。顺便说及,后来散文上了规模,我取得龚书绵女士的资助出版了散文集《泉州散文新作选》。

张明：您提到泉州是"散文诗之乡"，但也有人说泉州是"散文大市"，您怎么看呢？

陈志泽：泉州的散文与散文诗都不错，说泉州是"散文诗之乡"和"散文大市"都不过分。泉州的散文作家在全国已经有影响的有好几位，但重要的是发展，哪怕还有不足，比不发展的趋于成熟更值得关注。譬如姚雅丽的《香水与爱情》，不是没有缺点，但无论是对她自己，还是对泉州的散文创作来说，都是一个突破，这就特别值得关注。散文诗一直是泉州文学创作的强项，各种散文诗刊和每年的年度选基本上都有泉州作者的作品。我以为创作好不好主要看在全国的报刊发表和入选权威选本的情况，这是我判断一个地方或一种文体在全国是不是有影响的一个主要标准。作家也一样，如果一个作家多年没在高档次的报刊发表过一篇作品就需要调整创作状态了，要查找原因，予以解决。当然实在不行也不能勉强，作家到一定时候写不出了不足为奇，可多做铺垫和服务工作。

张明：您长期担任泉州市作协主席，是什么情况让您萌生了发起成立泉州市作协的想法？

陈志泽：1984年创建泉州市作协是因为1979年已经创办了《泉州文学》，队伍已经形成，《泉州文学》在培养泉州自己的队伍上，功不可没。另外，改革开放以后，全国已经形成很浓厚的新时期文学的气氛，各地都在开展文学工作，大家都在为了文学倾注心血，我感觉条件已经具备，就向上级主管部门提出建议，上级也很支持，就很顺利地成立了。

张明：当时有多少会员？请谈谈有关活动等情况。

陈志泽：开始时叫"文学工作者协会"，大概几十人，老一辈的作者都参加了。后来迅速增加。当年泉州市作协曾开展了几次比较有影响的活动。1992年举办"明培杯"青年散文大奖赛，明培是一个菲律宾华侨，以他的名义举办这个征文活动，牵线人是寒冰先生。征文作品送到省里，请郭风、章武、袁和平、蔡海滨等人评审，郭风等人还专程来泉州出席了颁奖会。李孝琴、赖玲玲、李海波等人都是在这次大奖赛中出现的。1995年举办一次"金鹿杯"青年散文诗大奖赛，出现了吴晓川、廖伏树等人。1996年秦岭雪先生捐款举办泉州历史小说大奖赛，也出现一些作者。洪辉煌是当时的宣传部部长,参加了颁奖会,还写了评论。2004 年为扩大泉州市作协的影响还取得蔡丽双的资助与《福建文学》联合举办初出茅庐"柯顺杯"征文活动,林筱聆等人得了奖。

张明:我也在编《泉州文学》,《泉州文学》是不能不提的。那时的《泉州文学》还叫《晋江》,从创刊到申办刊号都是您亲自完成的,其中的甘苦肯定只有您自知。请问在创办《泉州文学》的过程中,您是怎样扶持培养作者,怎样带动、提振泉州文学界的氛围的?

陈志泽:《泉州文学》2012 年第 12 期中有一篇《25 年的人生寄托》,是我为庆祝《泉州文学》二十五周年而写的,其中已经说到了这些情况。我喜爱写作,也兴趣办刊。在福建师大读书时,我参与编辑中文系系刊《闽江》。在德化工作时,我办《德化文艺》,那时"文革"还没有结束,竟然得到领导的同意。1979 年我兴致勃勃创办《泉州文学》。处在那样的历史节点上,作为一个国家干部,我承担这样的重任应该说又是一个难得的机遇。凭着自己从文学新人走来的体会,我从心里认定扶持与培养泉州作者——特别是文学新人至关重要,便开辟了"晋江新帆"栏目,后来易名为"新人新作",没想到收到良好的效果。数年后则更上一层楼增辟新栏目"未名星",把走向成熟的新人进一步推出并约请名家评论配合,加大推介力度。实践证明,几年下来,这些"新人"成长的速度明显加快。那时虽是一个人办刊,事情多而杂,但我注意及时处理、发表来稿,不能采用的稿件也给作者写信,指出不足,需要修改的稿件则时常同作者面谈。与市作协联合举办的文学创作辅导中心采用以通信的形式给予作者具体指导,优秀的作品一批批在刊物上发表。而坚持不照顾"关系"是我一贯坚持的原则,作者来稿达不到要求我热情帮助而不是一概满足,关系密切的老朋友也不例外。再就是注意特色,头脑中时常给自己发出信号:泉州特色越浓越好。除了优先采用有泉州地方特色的作品,下力气倡导外,还开辟"山川·风物·传说""风物志""泉州文史""文化视角"等栏目,发表一定数量泉州特色的随笔与具有一定文学性的文史小品。为了进一步繁荣发展泉州文学创作的强项与锻炼本土作家而开辟的"散文诗"以及"泉州小说家""泉州散文家""泉州诗人"等栏目,推出泉州作家,树立泉州品牌,取得较好效果。刊物还举行年度评奖,及时奖励优秀作品。刊物把全区的作者吸引过来,紧密团结在一起，让活跃在泉州文坛的作家和文学新人以家乡的文学刊物作为自己文学创作的平台，迅速成长。

张明：那时候文学挺兴盛，很多人宣称爱好文学。

陈志泽：是有很多人在写，文学还是体现一个人的价值的。因为文学创作取得成绩受到重视并不罕见。我就碰到过，组织部门考核干部特地找我确认这个干部是否真如他自己说的曾在《泉州文学》发表过作品。二十多年下来不少人离开了文学队伍，这很正常，不少人成绩平平，这也正常，爱好文学不等于就能出好作品，特别是眼睛老是看着别的，不愿做出牺牲，是一定不可能取得成就的。文学既多情（对于执着追求者）又残酷（对于三心二意者）。但总体上出现的新人更多，取得的成绩十分显著，这是很可喜的现象。

张明：主编"刺桐花文丛"您倾注了相当多精力。

陈志泽："刺桐花文丛"是2003年的事，首先是海峡文艺出版社与省作协联合下文给泉州市作协，聘请我当泉州地区的丛书主编，我欣然接受，那时我已临近退休。"刺桐花文丛"历时六年，推出十二辑共一百零八本书。说来很巧，《泉州文学》我编了一百零八期，"刺桐花文丛"我编了一百零八本书，没有人为的设定，纯属偶然。在佛教里一百零八是个吉祥数字，我不是佛教徒，但我喜欢这个数字。当时出书难，很多作家都想加入"刺桐花文丛"。2009年出版了最后一辑。出书难的问题这几年基本上得到了缓解，我也不想在这上面花费太多精力了，就此结束。现在还时常有些人找上门谈出版的事，我只好把他们介绍给其他搞出版的人，在我的编辑生涯中，除了刊物还有这套丛书，这是计划外的事。丛书作者许多是中国作协会员、省作协会员，有大学教授，有政府官员，有相当大的覆盖面，这在全国范围来讲，也是很少见的。

张明：泉州当代作家里，除了您自己的创作，其他人情况怎样？

陈志泽：这不大好说。这几年的小说进步很大，人数多，质量明显提高。对比过去的弱，小说的发展步伐比其他文体快。散文方面我只谈历史文化散文的创作。很不客气地说，泉州写历史文化还较薄弱，很多泉州人对泉州的文化、历史吃不透，没能用文学形式把它表现出来。在这方面，老作家万国智、李灿煌，中青年作家蔡飞跃、郑剑文等人都做出努力，取得较好成效。散文诗创作一直保持旺盛，许多人走向全国。我以为,一个作家要在全国有影响才算有影响,在省内有影响还不够,要衡量他的影响,要看他在省级以上刊物发表多少作品。在泉州,经得起这样推敲的人还不多,即使在已经是中国作协会员的作家里也还不多。我们的文学评论偏激一点说要贯彻"艺术至上",评论家写评论不能只说思想内容不说艺术,这种评论文章不行。思想是靠艺术体现的,评论分析作品一定要分析艺术,这样的评论才有助于作者创作的提高,可惜的是现在有的评论甚至把缺点当优点,连文体也搞错,把一般文章当成散文,这是误导。

张明:您有好几本书对表现泉州历史文化下了功夫。

陈志泽:我做出一定的努力,比如《泉州漫笔》《泉州随笔》《读泉州》,这些书销路不错,几次再版,说明读者还能接受。里面的文章表现乡土题材,但许多够不上散文,以后我编散文集的时候会精选几篇出来。泉州的散文创作文体意识不够强,拔尖的还不够多。比如写散文不像散文,像写文史文章,甚至罗列资料。历史文化要"化",真正消化为自己的营养,加以文学的表达与表现,才能成为作品。齐白石说,"妙在似与不似之间",值得我们咀嚼,要有艺术上的提升才有艺术感染力。我曾多次主张文史界要与文学界结合,来个互补,不知什么时候可以做到。

张明:挖掘文史资料,用文学语言写作,这确实是有难度的,您是怎么做到的?

陈志泽:要立足于文学创作的需要,从艺术表现出发,从文史当中吸收精华。

张明:有些文史作家写的文章,没多少文学性,基本上是比较平白的语言铺陈,读的人也是云里雾里的,很少给人以美的愉悦、美的感受。

陈志泽:文史是从知识的传播去考虑的,而文学就要提炼主题,提炼语言,感染人。要进行剪裁,要选择视角。语言上要有形象思维,要表达情感。文学讲究的是艺术表现,文史就不太需要这些。我以前在很多报刊上发表的小文章许多是介绍性的,不是严格意义上的散文,将来要编散文集,这些都不能算。

张明:您对泉州的作家影响很大,帮助也很大,我也很期待您的精选散文集能尽快出版,让我们一睹为快。

陈志泽:不会很快,我希望真正选出精品。散文诗已出版了《热土·乡音·人》,可以算一本。散文还不敢出。散文最容易写也最难写,我曾写过一篇谈散文创作的文章《最易最难是散文》。最易,是许多人误解了,认为随便一篇文字都是散文,初懂文字的人都能写;最难,是散文跟一个人的修养、学问、品德、文学功底有关。一看作品,就可以看出有没有对生活的观察与发现,有没有散文的语言。搞了这么多年文学,我的体会很多,实话实说,但不一定对,不妥之处,恳请大家多多包涵。

(原载《泉州文学》2013 年第 8 期,《泉州作家访谈录》,海峡文艺出版社2015 年 1 月出版;作者系泉州文学院院长、泉州市作家协会副主席)

根植文化沃土　创作厚重作品

陈智勇

散文诗是散文与诗的完美融合

"散文诗是散文与诗的完美融合,这是中国散文诗九十多年的经验总结,虽然也有不同看法。"陈志泽说,散文诗应将诗与散文尽可能完美地融合与熔炼,从而产生诗、散文不可替代的独特的艺术魅力。

陈志泽是泉州文坛的常青树,他以写诗走进文坛,以写散文诗而闻名遐迩,继而以散文随笔广受瞩目。如时任福建省文联副主席、作家协会主席章武所说:"志泽君可谓右手写诗、散文诗,左手写散文、纪实文学,还不时腾出双手写儿童文学、写评论。"在诸多文学样式中,他的散文诗与散文创作成果最为丰硕。

"我将更加努力,让散文诗这棵寂寞的树结出的果实更丰满些、甘甜些。"在荣获"中国当代(十佳)优秀散文诗作家"称号,陈志泽发表获奖感言时这样表示。

"散文诗如若一味追求诗化而拒绝散文的融入,必然将散文诗逼进一条狭窄的小胡同,大大削弱散文诗的丰富性与多样性,降低散文诗的艺术表现力。"陈志泽说,2013年至今,他应《散文诗世界》杂志社邀请主持"佳作赏析"专栏,就尽可能挑选多样化的作品,展示散文诗的广阔空间。

乡土是作家离不开的创作母题

乡土情结是一种与生俱来的普遍的人类基本感情,是作家生命的根基和创作的命脉与源泉,是每一个有成就的作家离不开的创作母题。这一点在陈志泽身上体现得更加充分,他出版的十九部作品大部分与家乡泉州有关,《泉州漫笔》《泉州随笔》《读泉州》《守望·走不出故乡》等作品深受广大读者喜爱,唯其"走不出故乡"而走遍了全国各地,乃至在东南亚华侨华人中都甚有影响。例如2009年陈志泽创作的二十章《泉州东西塔交响曲》,先后在菲律宾的《世界日报》、中国的《福建文学》《散文诗世界》等报刊上发表;而后陈志泽又创作十五章的《走过洛阳桥》,完成了他以散文诗诠释民谚"站起来是东西塔,躺下去是洛阳桥"的夙愿。"乡土散文诗在我的散文诗创作中占有较大的比重。"陈志泽说,乡土是所有人生于斯、长于斯的土地,乡土是家园,是母亲,是不能磨灭的记忆。乡土的美——包括自然与人性的美,是难以言传的真美、大美。

他说:"许多年过去了,我的乡土散文诗创作追求既是乡土的又是超越乡土的——在乡土的描画与演绎中升华思想与哲理,使乡土散文诗既是多姿多彩的艺术图画,又展示思想与哲理的深刻与光彩。"

1989年,时任中国散文诗学会会长郭风在为其作品《爱的星空》作序时说,陈志泽的泉州乡土散文诗"在表现独特的乡土生活的同时,也贯注了深刻的思索,许多作品达到情、景、理的交融"。

吸收文史精华创作大文化散文

"泉州是国务院首批公布的历史文化名城,也是'海上丝绸之路'起点城市,曾为'东方第一大港',2013年又当选中国首个东亚文化之都,文化底蕴十分深厚,是文学创作的沃土。"陈志泽说,泉州土壤最肥沃的就是文化,要将文学与文史结合起来,青年作家要扎根这块肥沃的土地,充分吸收养分,然后慢慢沉淀,最后融入作家的学问和性情当中,才能够创作出真正的好散文。

他的散文作品《南音这一条溪》被选入《〈福建文学〉创刊60年优秀作品选》,《武夷归来说柳永》发表于《散文百家》2006年9期,被选为数十个中学、大学的学生试卷和高考模拟试题。同时,他还有多篇散文被选入袁鹰主编的《中国新文艺大系1976—1982散文集》和贾平凹主编的《影响当代中国人的名家美文欣赏》

等文集中。

在陈志泽眼里,泉州不少青年作家起点高,文学潜质很好,可以多举行一些读书会、作品研讨会和采风活动,帮助他们更快成长。

(原载《泉州文化人访谈》,上海文化出版社 2015 年 11 月出版;作者系《泉州晚报》文化记者)

人文晋江

(菲律宾)蕉　椰

　　陈志泽老兄的《晋江人文风情》一书,共分五辑:"作品论谭""作家印象""人物记叙""诗美晋江""岁月如歌"。

　　涉及菲华的篇什还真不少,依次列下:《喜读〈王勇诗选〉》《〈王勇小诗选〉序》《触发·熔炼·深化——读王勇〈世界日报〉专栏文章》《一本沉重的书——读菲华纪念抗战胜利60周年文选〈激情岁月〉》《爱的歌吟——读丁德仁、默云合著〈相濡以沫〉》《心中的大海——记晋江籍菲华作协名誉会长丁德仁先生》《读林海〈春天·太阳·友情〉》《游子的恋情——晋江籍作家寒冰先生印象》《凝望默云飘远》《读黎刹》《"四名"奇才——记晋江籍文坛名家施颖洲》《赤子情——晋江籍慈善家吴长榆先生印象》《老华侨传统美德的一个来源》《火热的情怀　动人的歌吟——寒冰和他的诗》。数一数,竟有十四篇之多,而且选入的仅是晋江籍诗人、作家、慈善家。

　　志泽是一位严谨而认真的人,也是一位坦诚而仗义的人;他无论是写作、撰评、编书、待人,无一不是严己律人、刚正不阿;他的这种作风、性格必定容易得罪人,当然,被他得罪的人中大多数反而感激他、感念他,因为他直言促使对方进步、提升;除非有的人被说中却放不下,那是极少极少。

　　志泽对晋江文学怀有深情,他最先提出的"晋江文学现象"已然形成。他认为晋江是一块神奇的土地,在那里的生活成为他后来直到现在农村题材、侨乡题材创作的一个重要源泉。

　　志泽选入书中所写的几位菲华作家,有的几乎已停笔,可能连他们自己都忘了有写自己的评文,而志泽却宝爱地珍藏着,珍藏着他对菲华文学、菲华文友的关注与关爱。

　　我俩每年总会有两三次的聚首、聚餐,但都很短暂,无法深谈。彼此却铭记在心。感谢他关心我的创作,常在发言时深入剖析,给予肯定与鼓励,我知道,这是他对后学的支持!

（原载菲律宾《世界日报》2016 年 7 月 29 日）

诗散文诗

（菲律宾）蕉　椰

散文诗对菲华文坛来说，实在是个难题，这种诗文体一直未能受到一丁点的重视，倒是 20 世纪军统前的菲华诗人，许多都写过出色的散文诗，但当时他们是当成诗收录集子的。

曾经与热衷写散文诗的温陵氏文友一起合作，力推过散文诗，甚至还一度为中国大陆的大型散文诗刊《散文诗世界》组过多个东南亚国家的华文散文诗专辑。

我对散文诗抱持中立态度，原因是这种诗文体处于很微妙的状态，即许多散文诗作者并没有真正理解散文诗，不知道所写是不是散文诗；光是把文句写得精美、简短就完事了，没有写出诗意、诗性来。

泉州著名作家陈志泽是散文诗的高手，他是用几十年磨一剑的功夫来磨炼散文诗的，这种精神本身已经值得钦敬。最近获赠他于 2016 年 1 月由团结出版社出版，列入张艾子、汪志鑫主编的散文诗文库的散文诗集《泉州写意》，这里面不但有他倾注对散文诗的心血，更有他对泉州乡土永恒不变的爱恋。

志泽是一位率直的汉子、真诚的作家。

中国当代评论大家孙绍振教授认为"在志泽的散文诗中，那最能博得读者欢心的正是在他心灵中'熟透了的'乡土生活"。"正是在诗的想象领域中，志泽有了可喜的创造。当情采和文采取得比较统一的时候，他就写出了他最好的散文诗。""每当志泽写到家乡风习、山川名胜时，也许是情动于衷而溢于言吧，这时他常常有奇妙的想象。"

孙教授一言即击中重点：强调想象、可喜创造、奇妙想象。这些都是写诗的要求。通过以上简单三点,其实足证散文诗的前提是诗,散文形式只是它的外衣,它的真身应该是不折不扣的诗。

在此,我提出"诗散文诗"来加强对散文诗定位,这四个字读起来有点"怪",但却又明确强调"诗的散文诗或诗的散文的诗"。

说老实话,不少散文诗读起来比散文还乏味,但志泽的散文诗却能把阅读者带入诗境与小说的诗意场景。志泽的散文诗是有独特魅力的。

(原载菲律宾《世界日报》2016 年 8 月 12 日)

乡音乡韵最关情
—— 读陈志泽的《读泉州》

(中国香港)徐国强

翻开内地作家陈志泽先生的散文和散文诗名作《读泉州》,迎面扑来闽南大地晋江两岸浓得化不开的乡情和泉州古城悠远厚重的乡韵。

从泉州市内的幽街僻巷,到滨海小渔村蟳埔的蚵壳厝;从豪放壮烈的泉州拍胸舞,到万人空巷的踩街闹元宵。山,有清源山、紫帽山、九日山、戴云山……水,有泉州湾、崇武岛、后渚港、蚶江村……还有,惠安女的大海。古代音乐活化石"南音这一条溪",在他的笔下汩汩流淌;现代闽台缘博物馆的中轴线,在他的思索中从历史走来。东西塔与他对视倾诉,刺桐城为他灿若云霞。民族英雄郑成功,在复船山上得到告慰;思想家李卓吾,故居里依然弥漫着氤氲的书香……

他,在泉州这方肥沃坚实的土地上扎根,饱吸家乡母亲河的乳汁,又把自己的睿智和赞美奉献给家乡和家乡的人民。"读不尽的泉州",写不完的家山,成就了他乡土文学上的一块丰碑。

志泽兄笔下泉州的山山水水、一草一木、一砖一石,不仅灵动秀美,而且蕴涵厚实。而更重要的是他把自己对这片土地深沉的爱和执着,在他的笔下源源流泻。他的文字不仅借景抒情,情景交融,让诗意奔放;许多时却一任感情的洪流汹涌澎湃,不可遏止,因而具有感人的力量。他把自己对历史和文化的思考,不着痕迹地融会于他那朴实无华的文字之中,使他的散文和散文诗,升华到更高的艺术境界和思想深度。

他在夜阑时竟然听到东西塔在对话和叹息!他认为"最撩拨人心弦的也许要算从晋中平原向它瞭望。辽阔平坦的晋中平原为一帮从南面归来的游子展开了无遮无碍的视野。近乡情怯,更哪堪此刻东西塔深情远迎,默默注视……"从游子归来第一眼看到家乡的象征就是东西塔，笔者概括了他与东西塔多少次对视和心灵交谈的肯定和疑惑：

> 乡关的标志，这就是东西塔吗？
>
> 人格的象征，这就是东西塔吗？
>
> 无穷的美的创造与挺立，百读不厌的大书，亲密诚挚的朋友，这就是东西塔吗？

最后，笔者不得不承认，"但直到如今，我只能从心里感叹，还是说不清、道不透东西塔静默的无尽……"

从游子的角度写故乡风物，动人心弦。既表明东西塔的内涵丰厚，"说不清、道不透"；东西塔在泉州人和广大游子心中的地位，也是"说不清、道不透"的（《与东西塔对视》）。

他对东西塔特别情有独钟。最近在《世界日报》上读到他长期积累、构思和反复修改的长篇散文诗《耸立》，更是受到深深的感染与震撼。这是一组多方位、多侧面而又深沉抒写故乡风物的作品，作者既写出东西塔的审美与审智的特征又赋予人生的思考、生命的体验，可谓抒写东西塔的鼎力之作和鸿篇巨制。我还从来没有读过这样有分量和富有艺术魅力的关于东西塔的作品。

从唐垂拱二年（686）桑树开莲花建寺写起，到堆土建塔；从耸立、静默、对视、仰视、眺望，到塔门、塔影、风铃、夜晚、时间，文章几乎全方位多角度地讴歌东西塔"耸立"的风骨和生命的热烈。最后一节用"一位老华侨的话"，写东西塔是游子"生命生长的根部"，是"故乡母亲无限柔情招摇的双臂"，游子"紧紧依偎，任凭母爱潺潺，荡洗我心的每一个褶皱"……把东西塔之魂写到极致，把澎湃的激情推到最高潮也最深沉。

他还继续一贯善用拟人化的手法，对景物注入生命和活力，从而表达自己的感情和哲思。如他写刺桐树。"她那么绚丽，那么妩媚，枝柯上却长着密集的刺！"从这些刺，作者突然话锋一转："泉州民间传颂的关于她英勇抗敌的传说故事（笔者注：指刺桐树参加沿海民众抗击倭寇的战斗），令我感动，令我心喜！"描述性的文字注入了富含传奇的色彩,有力地印证了"刺桐树又是令人叹为奇观的神奇的树"(《刺桐、刺桐城和泉州》)。他写清源山的树。作者说到一棵洋蒲桃树时,很自然地联想到:"两百多年前施琅将军从台湾将它移植过来。它在这儿生长得很好,这里的气候土壤本来同台湾没多大差别。一道海峡水滋润着紧紧相连的土地。"在这里,景物、历史、现实和情感的交会,达到了水乳交融的高度统一,增强了文字的深度和张力(《清源山手记》)。他在戴云山满怀喜悦地走向红豆杉林,"任凭它们斑斓枝叶的摩挲,体味它们快乐的战栗和深情的倾诉"(《戴云山风水》)……

像这样的文字和神来之笔在志泽兄的散文和散文诗中比比皆是。《读泉州》,不仅给人一片故乡神奇的山川人文,而且让人们得到美妙的精神享受,也增长不少历史的和现实的知识。就说那些蚵壳厝吧,年纪大一些的人见得多,但总会以为那是先人们因地制宜,用家乡的蚵壳砌成的房子,殊不知那是千百年前的宋元时期泉州开始兴盛的"海上丝绸之路"以及后来的郑和下西洋,船工们在回程时为了增加船的重量以抵御海上的风浪,用异乡的蚵壳压舱一船船从遥远的地中海沿岸或非洲海岸运回来的。

正如中国散文诗学会原会长、福建作家协会原主席、已故著名诗人郭风先生评价说:"志泽同志不仅仅满足于使作品里充满着泉州地区的色彩、情调和声响……而且更重要的是他在表现独特的乡土生活的同时,也贯注了深刻的思索,许多作品达到情、景、理的交融,这是十分难得的。"又说:"志泽同志的作品显得丰富多彩,又出现作家对于人生、社会以及文学创作等现象的哲理思考,这就使得他所作的各种文体均见有独特的深刻性,使得其所作具有一定的生命力。"这些评价十分中肯。

乡音乡韵最关情。在家乡的一片片土地上行走,他说:"我的目光与太多太多的神奇相遇,惊喜之余,我不能不承认,我读不尽泉州。""读不尽而读,我乐此不疲。"那就是爱和执着了。于是,四十年的"守望"和探索,四十年的"寂寞"和耕耘,终于结出了灿烂的文学硕果。

我从香港文友处知道了志泽兄的名字,而后结识,见面时又知道他还是我读书时的凌霄中学和泉州五中的学长,感到格外亲切。志泽兄是一位颇有建树的优秀作家,多年来已出版有《泉州漫笔》《泉州随笔》《陈志泽作品选》《容易被遗忘的花朵》及《守望》等多卷本文学作品近二十部。他现在是中国散文诗学会常务理事、福建省作家协会主席团成员、泉州市作家协会名誉主席、华侨大学兼职教授等。他谈吐文雅诚挚，中肯而又有独立见解，使我有相见恨晚的感觉。他告诉我读书要读原文，并鼓励我写散文诗。他认为鲁迅的《野草》就是散文诗的典范，但也不隐瞒自己的一些观点。他还对时下文坛中的浮躁之风不以为然，但却也不为已甚，显现了当下一个既有扎实功力又有一定成就作家的大度和胸襟。

2007 年 11 月，志泽兄被由中国现代文学馆、文艺报、中外散文诗学会、河南文艺出版社联合主办的纪念中国散文诗 90 周年活动中评选为"中国当代（十佳）优秀散文诗作家"。他在颁奖大会上发言说："散文诗是寂寞的，因为寂寞，得饱尝艰辛。但正因为寂寞，她终究要走向成熟。寂寞的树将如期结出果实。"

祝愿志泽兄的文学之树硕果累累！

2010 年 4 月

（原载《世界日报》；作者系香港作家、诗人、评论家）

印象陈志泽

蔡 旭

一

想写一篇陈志泽印象，可写的东西太多，又不知道从何下笔。因为这个"印象"太特别了。

应该印象很深。我们认识三十三年了，而且一直保持密切联系。

其实印象又很浅。我们一共才见过四次。

1985 年哈尔滨一次，1986 年乐山一次。距第一次十一年后，1996 年泉州一次。又十一年后，2017 年北京一次。现在又一个十一年过去，似乎应该又见一次的，却未能实现。

好在代替我们见面的，是我们各自散见在报刊上的散文诗作品，是在信件、邮箱、短信、博客与微信的问候与交流，还有，他出版二十多部散文诗集、散文集、评论集，几乎无一遗漏地立在我的书架上。当然，我的同样数量的作品，也在他的书房里有同样的待遇。

二

我们的第一次见面，是 1985 年 7 月的中国散文诗学会在哈尔滨举办的第一次年会。我们同住一间房。他比我长两三岁，创作也比我早两三年，我就这样得到了一位长兄。更巧的是，他的姐夫正是我在复旦大学的老师潘旭澜教授，而我也算得上是潘先生喜欢的学生,这样我们就更觉亲近起来。

对于创作,对于生活,我们都有许多共同语言,于是无所不谈,相识恨晚。会内会外,我们形影相随。晚上,就一起到街上闲逛。当时冰城的夜晚很冷清,天一黑店铺就关门了。他在福建泉州,我在广西南宁,这时热闹的夜生活刚刚开始呢。于是我信口念出了一句散文诗:"两个南方人,在夜幕下的哈尔滨寻找霓虹灯。"

随后,我们又在中国散文诗学会柯蓝会长的带领下访问呼伦贝尔大草原。我们一路同行,在师友们拍下的合影中,总有我们并肩的身影。我们到了大雁、伊敏河、扎赉诺尔三座煤城,每到一处都有联欢晚会。令我意外的是,志泽兄以歌手的面目登场,展露了他少为人知的另一项才华。他的拿手好戏是独唱《草原之夜》和《敖包相会》,他那奔放又柔情的歌声就这样在蒙古包与篝火旁飘荡,在我三十多年的回味中飘荡。

第二次见面来得很快。1986年9月,中国散文诗学会在四川乐山举行第二次年会,中国散文诗学会的另一位会长郭风也来了,志泽兄把我介绍给郭风先生,还一起合影留念,这样他的老师也成了我的老师。我与江苏青年散文诗人兼评论家王慧骐的第一次见面,也是志泽兄介绍的,这一点,似乎志泽与慧骐都印象淡薄了,而我作为受益者是很容易记得的。

第三次见面很匆促。1996年,中国晚报协会的年会从福州开到泉州与厦门,我们便在泉州久别重逢了。他带我走了石板街,听了南音演唱,让我品味了他的散文诗中一再吟唱的闽南风情。

第四次是领奖。2007年11月,中国散文诗诞生九十周年的纪念与颁奖大会在北京中国现代文学馆举行。令人高兴的是,我们同样被授予"中国当代(十佳)优秀散文诗作家"。我们一起站在领奖台上,接受散文诗对我们多年奋斗的肯定与激励。这么多年来,我一直把志泽兄作为追赶的目标,值得庆幸的是,我毕竟还不算掉队。这次相会,留下了一张合影。我们尽管参与集体照次数不少,但两人的合影,似乎就只有这一张,因此显得分外珍贵。

这时,我们都告别了编辑生涯,我摆脱了报纸编务,他退下了市文联、作协与杂志的岗位。但我们似乎心有灵犀,不但没有告别创作,反而有更多时间与精力来继续我们的散文诗跋涉。

三

我知道志泽兄开始发表作品是 1962 年，当时是福建师范大学中文系学生。在我认识他以前，他在散文诗与散文界已小有名气。他出版了散文诗集《相思树》，1984 年加入了中国作家协会。让我羡慕的是，他的作品还选进了《中国新文艺大系·散文集》。他是走在我前面的人。

此前，他当过国垦农场农工、中学教师、文化馆创作员、泉州地区文化局创作室负责人。认识他时，他是泉州地区文学刊物《晋江》的主编。后来，他又当了福建省作家协会主席团成员、泉州市文联副主席、泉州市作家协会主席，至今仍是中国散文诗研究会副会长、中国散文诗作家协会副主席。

他主要写散文诗，同时写散文、评论，还有诗歌。我大略计了一下，这三十多年，他又出了散文诗集《绿风》《爱的星空》《阳光与灯影》《散文诗与创作谈》《容易被遗忘的花朵》《热土·乡音·人》《泉州写意》等，评论集《散文诗艺术技巧例话》，散文集《泉州漫笔》《大地与履痕》《岁月的回声》《读泉州》《泉州随笔》《牵你的手》，诗集《人生》，诗文集《守望·走不出故乡》《守望·论评与歌吟》《守望·一路走来》《晋江人文风情》。除了主编刊物，他还主编了百余部文学作品集。

我读过他数不清的散文诗作品。他的大量作品，以他的家乡泉州的风物、景物、人物为题材，几十年如一日地抒写他对泉州的深情与爱。他把家乡看成生命的根基，当作创作的命脉与源泉。笔下一幅幅美丽的画图、一页页悠久的史篇、一幕幕动人的故事、一个个非凡与平凡的人物，使泉州这座历史文化名城、东亚文化之都、"海丝"起点、著名侨乡、台湾同胞主要祖籍地，如诗如画、可歌可泣地呈现在读者与世界的面前。在我的感觉中，似乎没有别的人像他那样歌吟过泉州，甚至也很少有人以毕生的精力用笔歌吟过一座城市。他是泉州的当之无愧的歌手、泉州最佳的代言人。

他在表达对这座家乡名城的美与爱的时候，并不只是一般的抒情与赞美，而总是能写出一定的高度与深度、新意与深意，有他独特的表现与把握。正如郭风老师所评价的："他在表现独特的乡土生活的同时，也贯注了深刻的思索，许多作品达到情、景、理的交融,这是十分难得的。""而最为难得的,是所有这些都比较强烈地洋溢着时代气息和人民的意愿,绝不是一般表达乡情的风俗画。"这方面,他近年的作品更显新鲜与厚重,除了情景交融之外,更有情理交融,不乏隽永的哲理,从而多了耐嚼的味道。

他用大量作品写了日常生活,从身边的平淡的生活中发现诗意。他把生活转化为形象,把生活实感升华,从习以为常的场景中揭示生活的意义与人生的哲理。既接"地气",又诗化了生活。令我尤感兴趣的,是一些叙事性、带情节的作品,他充分发挥了散文诗在叙述、描写以及议论的优势,把散文的写实与诗的想象很好地结合起来,真正地体现了散文诗是诗与散文完美结合这一特点。他用作品表达的这一理念,与我的散文诗观大体相同,而他的这类佳作,也为我的写作提供了范例。

志泽兄的散文诗,厚重,隽永,文字干净而流畅,许多佳作是精致而完美的艺术品。这是我所欣赏与学习的。

四

志泽兄在从事散文诗创作的同时,很注重对规律的探讨与理论的研究,多年来在对散文诗的普及与推广中, 写了不少鉴赏的文章。我在同他多年交流中,得到过许多指点。而一本《散文诗艺术技巧例话》的出版,是他近年的一个重要成果。

事情始于 2012 年。此事我也从侧面"参与"了一下。《散文诗世界》约他写"佳作赏析"专栏,出于身体与精力的考虑,他一时拿不定主意,便征询我的意见。我深感到他对我的信任,立即给他打气。一方面,他有几十年的创作经验与厚实的理论功底,而且多年来一直乐于从事散文诗的推广与辅导,请他写点评再合适不过,《散文诗世界》找人找对了。另一方面,散文诗坛也确实需要这样的鉴赏文章,对散文诗的普及与提高都很有好处。

这一干就是六年。当中他曾因身体不适,考虑是不是能够长期坚持。我请他在保重身体的前提下,如无大碍,就继续坚持下去,说不定几年下来,还能出一本这样的书呢。

几年过去,事实证明他干得很漂亮。他的点评到位,分析细致,见解独到,无论是作者还是读者,都能从中得到启示与点拨。我是忠实读者,也经常受到教益。

现在,这本书果然出来了。正如此书的内容提要中所说:"本书编入一百一十一篇以当代、现代、外国的散文诗精品佳作为例,讲解诸如立意、构思、想象、叙事、意象、通感、比兴、细节、跳跃、断层、白描、象征、暗示、荒诞、朦胧、语言以及简洁、繁富、陌生化、吸取文体之长等散文诗艺术技巧的文章,既是中外散文诗作品的精选,又是散文诗理论研究和写作精彩、独到的解读。"

荣幸的是,在这一百一十一篇例作中,竟意外选入了《过称》《大雨冲刷的大街》两篇拙作。

他对拙作和我的创作特点的肯定,对我是极大的激励与鼓舞,让我增加了探索的自信。而他的过誉的评价,又成了我继续努力的目标。事实上三十多年来,对我每次给他寄去的新书,他都会及时阅读,给予指点。除了祝贺,他会有具体的分析与评点,对优点与进步会有鼓励,对不足会有打中要害的指正。我经常想,有这样志同道合的良师益友,真是一种幸运。

五

写着写着,写回到本文的题目提到的"印象"。

才发现脑海中总摆不脱的最美的"印象",是他在草原上放歌的身影。我曾经两次用散文诗写过。

一次是 2009 年,我在写《散文诗的师友们》系列时,有一章《听陈志泽唱〈草原之夜〉》:

> 每当想起草原之夜,就想起你的《草原之夜》那悠扬的歌声。
>
> 那是 20 世纪 80 年代中叶一个夏夜,歌声在呼伦贝尔辽阔的原野上飘荡,在篝火旁手把肉的喷香中飘荡,在蒙古包泡着欢声笑语的奶茶中,飘荡……

飘出了散文诗的激荡与舒放、深情与细腻、韵味与回甘。

我们的结缘就是由散文诗开始的。此前的哈尔滨散文诗年会上，我们就同居一室。

呼伦贝尔的散文诗之旅，一曲《草原之夜》，把两个同代人连得更紧。

散文诗人的歌喉真该像你嘹亮而动听，散文诗就应这样奔放又柔情。

岁月的秋风，不动声色地翻过了二十四本挂历。

这些年我们在报刊上惊喜地相见，用一本本散文诗集交谈。

又一次在散文诗会相聚时，我们都成了退休老人。

不过你显得比我年轻，是因有歌声做伴吗？

你却坚持比我长两三岁。不像一些本来比我年长的人，后来又比我年轻了。

一曲《草原之夜》！又把二十多年的时空一笔省略。

宣告着一群散文诗友，永难忘怀的友谊。

诉说着你，一位散文诗人，源源不断的诗情。

2018 年 7 月，我来到内蒙古乌拉盖天边草原，眼前又出现志泽兄在草原歌唱的一幕。于是又诞生了一章《忆友人在草原唱〈草原之夜〉》：

也是在这么沉静的夜色。

也是在这么辽阔的草原。

也是坐在蒙古包旁边，有星星眨着媚眼，有野花飘着暗香……

"美丽的夜色多沉静，草原上只留下我的琴声。"

一曲《草原之夜》从你的胸间流出，你悠扬的歌声穿过蓝天白云，惊喜了远道而来的一群散文诗人。

那是三十三年前的呼伦贝尔草原之行，你的款款深情同这个难忘的夜晚，就深藏进了我的心间。

自此，我们在散文诗的跋涉中披风沥雨，一路同行。

这一晚，我同又一批散文诗友，坐在天边草原的夜色里。

已经"草原上送来春风"，也有"姑娘来伴我的琴声"。

只是同行中少了你，多了一位惠安女，你的泉州同乡。

她讲起你在散文诗的成果、贡献及对年轻人的关心。

我给她讲你的歌唱，讲那支被联合国教科文组织评定的"东方小夜曲"。

于是，马头琴的伴奏顷间响起，你的歌声翩然而至。

我们相隔千里，却一起沉浸在令人心驰神往的草原，沉浸在——

草原之夜的恬静与深远之中……

我知道，草原的夜色与歌声之所以这样难忘，是因为这迷人的夜色与歌声中，环绕着一个难忘的人，我三十多年的好友志泽兄！

2018 年 11 月写于珠海

（原载《中外散文诗精品解读》，作家出版社 2018 年 12 月出版；作者系《海口晚报》原总编辑、海南省作家协会原副主席）

全国百家散文诗人访谈

——陈志泽访谈录

李俊功

李俊功：您何时开始热爱散文诗并创作？

陈志泽：1962 年我念高中三年级时，第一次在学校图书馆读到泰戈尔的《游思集》，开始对散文诗产生浓厚的兴趣并试写散文诗，当年 10 月 8 日在福建的《侨乡报》发表散文诗处女作《早晨》(外一章)。

李俊功：您对中国散文诗创作现景的看法？

陈志泽：中华人民共和国成立以来，特别是新时期以来，中国散文诗的创作从较为单一的牧歌式赞美生活走向多角度表现生活、思考生活；从继承传统的艺术表现方式走向勇于吸取外来的艺术表现手法，增强艺术表现力与多样性；从题材的狭窄走向宽广，从轻浅走向厚重，从保守走向开放，善于吸取其他文体之长和一切先进文学的营养，提高艺术质量，从较为简单的感情抒写，呼唤真善美，走向更为丰富、深刻地反映社会人生、鞭笞假丑恶以及由此引发的心灵震颤。理论著作也填补了很长时间的空白，许多散文诗前辈与名家捧出了理论研究的硕果。本人也不揣浅薄出版了《散文诗艺术技巧例话》《中外散文诗精品解读》两书。

李俊功：您认为古今中外哪些散文诗作家或者作品值得推崇？

陈志泽：这个问题不好回答。当然，研读外国散文诗名家作品、察看中国散文诗百年历史，轨迹清晰，有章可循。中国散文诗百年历史长河波涛滚滚，后浪推前浪，优秀的散文诗作家与作品层出不穷、百花齐放、姹紫嫣红、星光璀璨。

李俊功：您经常读的书都是哪些？对您有什么指导意义？

陈志泽：除了过去读过的中外散文诗经典作家的作品，现在还时常阅读外，更多的是阅读几种主要的散文诗期刊与收到的散文诗年度选、散文诗作家寄赠的散文诗集,这些书刊给我带来新鲜、亲切的气息和参考、借鉴的裨益。

李俊功:如何加强散文诗理论建设?

陈志泽:一是散文诗团体和刊物要加强组织倡导工作;二是要扩大散文诗的评论园地;三是避免空谈,多研究散文诗创作面临的实际问题。

李俊功:您认为当前散文诗创作从思想、内容、技巧等需要警惕哪些?

陈志泽:就我阅读的散文诗而言,当下不少散文诗其实属于抒情小散文或过分"诗化"、几近诗歌的作品。散文诗文体意识不强明显制约了创作的繁荣发展,影响了散文诗独立文体的强化与发展。需要特别提及的是,本来散文诗的文体特征(特别是在具有诗的品质的同时,融入一定散文性细节)使它具有更细腻、更深刻表现现实生活,反映伟大时代的独特功能,可是因为害怕"诗化"的削弱而拒绝散文元素的融入,真正符合散文诗文体要求的散文诗精品还不是太多,散文诗独立文体的地位迄今未能真正确立。

忽视深入和表现多姿多彩的生活,将散文诗看作凭借艺术技巧就能摆弄好的小玩意儿的创作,导致内容"贫血"。当今散文诗创作中存在的"形式大于内容"的现象应该努力克服和避免。中国散文诗如何更好反映现实生活,有创新、有气魄、有担当、接地气,真正成为人民群众喜爱的精神食粮,值得散文诗作家们认真思考、努力进取。

李俊功:缺少诗性和现代性,是散文诗精品缺失的主源,您认同这样的观点吗?

陈志泽:缺少诗性的散文诗作品不能称之为精品。但目下散文诗精品不多的主要原因因人而异,不好以"缺少诗性"一概而论。例如,生活体验与感受不深就很有可能从根本上失去出精品的重要条件。再如缺失思想支撑的作品,或许具有诗性,还是不能成为精品。散文诗的现代性如果指的是现代散文诗应该反映与表现现代生活,不但完全应该而且必不可少。但如果以"现代性"取代散文诗的艺术表现的不断探索,取代继承优秀的传统并不断发展、创新和实践散文诗艺术形式的多种多样则不太全面。

李俊功:请您重新给散文诗一个定义?

陈志泽:我个人认为,散文诗是吸取诗与散文的长处并完美融合,为了弥补诗与散文艺术表现的某些不足与适应作者抒写心灵的独特需要而产生的独立文体。

李俊功：您的散文诗创作观？

陈志泽：散文诗是有别于诗、散文的独立文体。有散文美的诗还是诗，不是散文诗，有诗意的散文还是散文，不是散文诗。散文诗必须吸取与融入诗和散文的长处，舍去某些对于散文诗而言的短处，丰富自己的艺术表现力，成为一种不可替代的、独特的文学样式。

李俊功：请选取一章您满意的散文诗（五百字以内），供大家欣赏。

陈志泽：好的，我选一章自己比较偏爱的习作《阳光》。

2019 年 8 月 10 日

（作者系河南省散文诗学会副会长、著名散文诗作家）

人生诗学

（菲律宾）王　勇

一个人一生只专心做一件事,很少没有不成功的。泉州的中国著名散文诗人陈志泽,去年 11 月由菲律宾博览传播公司出版了诗集《人生》。志泽便是一位一生坚守文学这一样志业的践行者。他出生于 1943 年,1962 年开始发表作品,1984 年加入中国作家协会。曾长期担任福建省文联委员、泉州市文联专职副主席、泉州市作家协会主席、《泉州文学》执行主编。现为中国散文诗研究会副会长、中国散文诗作家协会副主席、福建省作家协会主席团成员、华侨大学文学院兼职教授。2007 年被评选为"中国当代(十佳)优秀散文诗作家",2017 年获《诗潮》2016 年度散文诗单项奖等。至今已出版个人散文集、散文诗集、诗集、文学评论集和长篇传记文学等二十四部,《人生》是其中一本诗集也是唯一一本由海外出版社出版的著作。

回溯志泽的诗创作,起始于 1962 年,超过半个世纪。《人生》一书收录了 20 世纪六七十年代发表并经筛选保留的一小部分, 以及新时期以来的一百四十多首诗作,共分六辑。其中早期创作的"民歌体"诗,恰如记录一个时代印记的"文物",颇值玩味。《人生》抒写着广阔的社会生活、人生百态与作者的人生体验与人生感悟,充分展示出不同年代的特点。

志泽《人生》一书还给菲华文友提供了一个极佳的范例,即他对作品创作与刊登日期的重视。因为特定时代有特定时代的语言,没有标注日期,对当下的阅读者而言会造成时光错乱之感。

志泽是以散文诗与散文扬名文坛的,同时他还是一位诗人,《人生》的出版为我们召唤一位诗人的回归。请读他 2017 年发表于《石狮日报》的《钟,突然停了》:

"谁也无法预测/谁也没有意料/钟会在哪一瞬间/停了/慢吞吞的时针/与急急跳动的秒针/无声立定/钟注入了新的动力/就又踏踏行走/要是钟再也不动/那是它决定/要睡个够。"钟也会有走累想休息的一刻,如果时间累了,也想停下来,有这个可能吗?作者发现钟停下来不走了,想到的不是钟坏了或电池没电了,而是钟要睡个够,这一意念转换就产生了诗意。

(原载菲律宾《世界日报》2018 年 3 月 12 日)

不仅仅是工具书

（菲律宾）林鼎安

学问研究要有工具书。研究散文诗，想写好散文诗，该找什么样的"工具书"？陈志泽的新著《散文诗艺术技巧例话》和《中外散文诗精品解读》，是两部很有分量很有内涵的、具有欣赏和写作指南价值的既是散文精品集，也是散文诗理论文集。

陈志泽是菲华作家的老朋友了。菲律宾华文作家协会代表团访问大陆时，时任泉州市作家协会主席的陈志泽给予盛情的接待。他长期从事散文诗创作与研究，曾任蜚声海内外的文学杂志《散文诗世界》"佳作赏析"栏目的主持。现为中国散文诗研究会副会长、中国散文诗作家协会副主席。2007年被评选为"中国当代（十佳）优秀散文诗作家"。这两部书前者编入一百多篇以当代、现代、外国的散文诗精品佳作为例，在立意、构思、想象、比兴、细节、跳跃等方面给予解读，重在汲取散文诗之艺术技巧；后者编入九十五篇解读中外散文诗精品的文章。后者是前者的延续和丰富，更具国际性和历史感。难怪成为当前上架的两本畅销书，很受海内外散文诗爱好者的青睐。

菲华读者不妨找来一读。这两本书不能仅仅视为"工具书"。有位作者说，他要把这两本书放在案头，像辞典时常翻看——这显然是不够的。细读，反复读，深入领悟，才能窥见这两本书的精髓。像陈志泽那样，结合自身写作实践和时代语境的变化，挖掘发现经典作品的独特价值，入心、入情、入理、入智、入美地精读，才能在书中找到赏析与创作散文诗的"钥匙"，真正在艺术美的特质中获得心灵的文化滋养，从而提高了自身的创作水平。

有人说志泽主持的"佳作赏析"是《散文诗世界》杂志的风向标，我说这两本书更是散文诗创作的风向标。

(原载菲律宾《世界日报》2019 年 10 月 14 日;作者系《世界日报》专栏作家)

陈志泽老师印象

叶常银

文学的天地广阔无边,道路漫长而曲折。

有一位作家从福建师范大学中文系毕业后,除了教书育人一年半,其余所经过的单位和部门都是与文学有关……提起这位孜孜不倦追求文学的人,很多人耳熟能详,泉州文学界更是无人不晓,他就是陈志泽老师。

陈志泽老师是中国作家协会会员。他长期担任福建省文联委员、福建省作家协会主席团委员、泉州市文联专职副主席、泉州作家协会主席。1979年他创办了《晋江》文学丛刊(即后来的《泉州文学》)并主编二十五年,直到退休。现任中国散文诗研究会副会长、中国散文诗作家协会副主席。

爱写作的人都辛勤,陈老师是个辛勤的人,他坚持不懈地积累生活素材,勤奋地凝铸文字金字塔,不辞辛劳地精雕细琢。在一分耕耘一分收获中,他用文学在人生留下印记,已出版文学评论集、散文集、散文诗集、诗集等二十五部;作品入选《新中国散文典藏》《中国散文诗百年经典》;获得多项奖项,被评选为"中国当代(十佳)优秀散文诗作家"。从青春到暮年,他把青春年华及大半生都奉献给了文学,把毕生心血献给文学事业。我认为他堪称文学大师,但他坚决不认可,"称我老作家就很够了",他微笑地这样回答我。

我一直希望能听到他的一堂文学课,终于有机会到他家,聆听他随意讲解文学,虽不是在大场合听他的讲座,但让我感觉更难能可贵。

冬日的午后阳光懒洋洋地照着,笔者来到他的住所,我们聊着、聊着话题聊到文学。茶随意喝,书随意读,一窗阳光透过窗户随意氤氲……陈老师讲起文学看似随意却很严谨,处处流露大作家的魄力与气质。

他讲散文诗的写作技巧:好的散文诗就像人一样有骨头有灵有肉有灵魂。呈现立体感,写出语言的力度彰显文章的底蕴。他教笔者尝试写作散文诗,"你有些具有诗性的散文,如去掉对于散文诗来说不必要的枝节而融入浓郁诗意,很可能成为好的散文诗"。他不忘亲切鼓励我……

陈老师接着说:好文章是改出来的,努力将自己不满意的地方一字一词地改,一句一段地改,甚至整篇文章推倒重来……散文诗的文字要求特别高,要力求形象、简练、准确,要立意新颖、意象丰满……作者要在创作实践中,结合读书学习逐步提高。

他侃侃而谈,一席话让我对文学有了深刻的理解。读他妙笔生花的散文诗,言语细致、隽永的文字之美给人美的想象。他以我笔写我心的散文诗《胸怀》,我一遍遍细读,似有难以解读的隽永诗意,走不出的诸多感觉。他的大作《我与郭风先生》,展开了一段不平凡的经历和文学之路上的探索精神。他的大著《中外散文诗精品解读》收录了鲁迅、冰心等人的精品并被他一一析解,成了一本难得的写作教科书。

坐在客厅沙发上的他,讲到此起身续上茶看了一眼窗外,随着他的目光,我仿佛看到阳光透过窗户而入,又仿佛嗅到一种充满知性的文学气息、书香味道……

人生的美妙旅途他用文字浸润,文字中他把作家与写作、作品与区域等联系在一起,串成一条条珠光宝气的文学珠链;文学的魅力给他带来快乐的时光,陪伴他走出大学校门,来到教书育人的三尺讲台,进入文学殿堂。他大步迈进福建省作协,跨入中国作协,他用文字书写人生,找寻童年的回忆、友情的记忆……在文学的宏伟长廊里感受风和雨,在一字一世界间与文学形影不离、血肉相融,并享受文学带来的无穷力量且成为泉州地区的文学坐标。

年过七旬的陈老师鹤发童颜、英俊挺拔的身材,长期的文学熏陶使他散发书卷气,睿智的目光,眉宇间锁着一股倔强。正是这股倔强使文质彬彬的他敢怒敢言,对错误观点敢直言相对,他讲起一些与欺压他的人与事抗争并赢得人格尊严的往事,让我和在座的朋友感动不已……

讲写作少不了谈读者,陈老师说他的太太齐老师是自己的顾问也是他的第一位读者,每次作品完稿都会要她先看看,并让她提出宝贵意见。他们这一对举案齐眉的夫妻原是福建师范大学中文系的校友,后又在同一个县教过书,有着共同的爱好和许多共同的友人及学生,熟识他们的人说起他们都是赞声一片。世界很大可有时又很小,大到天涯海角,小到抬头就可看见对方,陈老师与他的夫人是泉州古城人们可以时常见到的可亲可敬的"熟人"。

(原载菲律宾《世界日报》2021 年 2 月 25 日;作者系菲律宾《世界日报》专栏作家)

想读懂泉州吗

（菲律宾）林炳辉

你想要了解泉州、读懂泉州、知道泉州的历史吗？请翻开菲华孝道学会泉州分会顾问，中国著名散文、散文诗大家陈志泽新著《泉州，泉州》。

陈志泽，对于菲华作家和许多读者，似乎并不陌生。他原是泉州市文联驻会副主席、市作家协会主席，现任中国散文诗作家协会副主席、中国散文诗研究会副会长、泉州市文联顾问、泉州市作家协会艺术指导。这位资深的老作家，以十分凝练、深沉、老到的笔触，满怀眷恋、激情书写泉州——著名侨乡。

《泉州，泉州》系作者从改革开放以来散文创作泉州题材的作品选编而成，分为"穿越辽远的时空""游目骋怀""捧接或掇拾""美的佳酿""致敬杰出的乡亲""家乡的风味"六辑，三十二万字，可谓泉州方方面面之浓缩、作者心血的结晶。该书的代序引录了郭风、何少川、孙绍振、潘旭澜、翟大炳等对于作者散文创作的评论，作者在后记中深情写道："我写历史的泉州，希望把老祖宗的遗产，以文学的形式捧出来，观照、启迪现实生活，为今日泉州的灿烂辉煌增光添彩；我还希望尽可能发掘出这个宝藏蕴含的深邃哲理和浓郁的诗意。"

作者把泉州的"世遗"一个个、一点点都写到了，既重现了泉州宝贵的历史遗迹，又展示了中国改革开放后的辉煌。作者从内心深处激发对故土的无限热爱，又切入社会焦点，贴近现实，很接地气。在洋洋洒洒的六辑中，《致敬杰出的乡亲》和《家乡的风味》尤受海外读者的喜爱，亦勾起了海外游子的绵绵思恋……

《泉州，泉州》，有人说是泉州历史的一本教科书，也有人说是旅游者随身必带的《游记》，笔者还要说，这是一部真正的散文精品！

（原载菲律宾《世界日报》2022 年 7 月 18 日）

春风三月读好书

杜跃进

窗外，春霖一阵又一阵，把三月的花树滋养得鲜活艳丽。在这个万物竞长的季节，处处不乏诗意的氛围，如果不去读一本好书，真的是辜负韶光了。

天从人愿，案前《散文诗艺术技巧例话》的清样，就是一本好书，作者是陈志泽先生。三十多年前我已熟知志泽先生的大名，那时我正在泉州上学深造，是一名来自农村的学生，对于比自己年长的作家有一种发自内心的敬仰。在求知的学生时代，志泽先生的散文诗、散文、评论陪伴我度过那段青春时光。

走出校门，我依然热切地关注志泽先生的作品。读书如读人，志泽先生的文学佳作，让我深深感受到他对文学的担当。他的散文诗、散文洋溢着亲情、友情和家国情，并把爱诠释得淋漓尽致，不少触及社会百相的作品，呈献给读者积极向上的人生观和价值观。更可贵的是写了不少评论文章，培养了不少年轻作家。

世界真细小，前两年，我从丰泽区的政府部门调到区委宣传系统工作，于是与志泽先生有了更多的接触，也对他有了更深入的了解。我感觉，志泽先生虽然长期担任福建省文联委员、泉州市文联专职副主席、泉州市作家协会主席，退休后任泉州市作家协会名誉主席，但不摆架子，乐于帮助别人，凡是丰泽区文联、丰泽区作家协会组织的文学活动，他都拨冗参加，每每都有建设性的意见提出。丰泽区文艺事业能有今天的光景，也有他的一份功劳。

我虽然不是文学创作的实践者，但我喜欢文学，是文艺事业的拥趸。当看到《散文诗艺术技巧例话》的清样时，眼睛顿时一亮。这本散文诗赏析集，可读性强，美学价值高。一百多章当代、现代与外国的散文诗名篇佳作，一章一析，生动讲解各章不同的艺术技巧。志泽先生的这身本领，得益于长期致力于散文诗的研究和评论,和主持由中外散文诗学会主办的《散文诗世界》的"佳作赏析"栏目。他不愧是中国散文诗研究会副会长、中国散文诗作家协会副主席,所选的散文诗眼光独到,解读透彻、精彩。读过他的赏析文章的读者,肯定能或多或少吸取散文诗艺术技巧的精髓,提高散文诗的赏读水平。

透过这本文集,我发现到志泽先生对待他的事业的执着——他灵活运用学识和经验,孜孜不倦地帮助读者提高欣赏和创作水平。在"当代精品""现代名篇""外国经典"等三辑中,他既重名家,不仅赏析鲁迅、冰心、周作人、波德莱尔、屠格涅夫、纪伯伦、泰戈尔、郭风、柯蓝、耿林莽等中外名家的散文诗艺术,也不薄文学新秀,评析中青年作家的散文诗的文章也占相当大的比重。我以为,这本文集可以作为文学精品来读,也可以当作工具书使用,志泽先生做了一件功德无量的大事、好事。相信出版后将受到大、中、小学的学生、文学爱好者和作家们的喜爱。

2007 年,河南文艺出版社出版了《中国散文诗 90 年》(1918—2007),有关单位组织举办中国散文诗九十周年庆典活动,对于散文诗的发展起了积极的推动作用;而今年,恰逢中国散文诗一百年,《散文诗艺术技巧例话》的出版,对于泉州乃至全国的散文诗发展具有里程碑的意义。借此机会,向志泽先生表示热烈的祝贺! 我敢肯定,这本文集将给予包括我在内的丰泽区文艺工作者一种启迪:志泽先生年逾古稀,年年依然有不少文学精品问世,丰泽区的文学艺术工作者应该以他为榜样,提高精品意识,撸起袖子加油干,创作出更多更好的文艺作品!

2017 年 3 月 20 日

(原载《东南早报》;作者系泉州市丰泽区委宣传部副部长、文联主席)

陈志泽的散文

（菲律宾）王　勇

出席第二届晋江诗歌节系列活动，欣喜地与中国著名散文诗人、作家陈志泽相逢，巧的是座位刚巧安排在紧邻；更高兴的是获赠他题签的新书：2015 年 7 月由福建海峡书局出版的散文集《牵你的手》，列为福建师范大学文学院文学创作丛书之一。

志泽是我素来敬重的前辈作家之一，首先还不是其文，而是其为人，率直、刚正、诚恳；再外化成其文，则是文如其人、人如其文，人文不二。

福师大这套由"文学创作与研究基金"支持的丛书分为三大系列：教师系列、知名校友系列和学生作品系列。陈志泽和戴冠青是泉州入选唯二，列为知名校友系列。

做人认真的志泽，为文处事当然也很认真；那天研讨会他坐在我身旁发言，声音与话语都让我震撼、感动。那份对文学、对创作、对发表、对培养新人的真情表露，见证一位文学老将的不老情怀。

当时我就想，这是一种什么的文学精神？志泽长期担任泉州文联专职副主席、作协主席，执行主编《泉州文学》和编辑不少文学丛书，春风化雨润无声，感恩者自当铭记在心！

读《南音这一条溪》《在乡下吃润饼》《在远方，在故乡》《月是故乡明》《故乡的色彩》《印象泉州》《旧茶》《护士长当了一回"副市长"》《外祖父的长叹》《父亲的教诲》《母亲是"桶箍"》《背负海峡的人》《读黎刹》等精品文章，作者的心摊在阳光下，情流动在光阴里。

志泽的眼睛离不开家乡，人也舍不得走出家乡，他曾用一本书来留守故乡，即《守望·走不出故乡》。故乡有什么好？许多人往往身在故乡不知福,远离了回望,才望出故乡的独一无二、不可替代。可志泽不是,他是全身心感受着身在故乡之福,虽说故乡不一定带给他全然的满意!

志泽在该书后记结尾处有句老生常谈:"我将为文学创作的不断进步而努力,再努力。"老生常谈往往是最实在、最有力量的。

谢谢志泽老兄赠我的书,赠我的题词;文学让我们永远相聚!

是的,文学让我们天涯咫尺、天涯如握!

(原载《东南早报》2017 年 7 月 27 日;作者系菲律宾菲中友好协会副理事长,著名诗人)

读陈志泽老师散文诗札记

朱 彪

一

　　陈老师在文章中旗帜鲜明地指出,散文诗要有诗与非诗的成分,这种提醒很关键。散文诗中不可或缺的,是散文成分和诗歌成分。但是长期以来,没有人这样明确提出来,以至于读写散文诗时无所适从。陈老师的"苦口良药",纯天然不加添加剂,对怎样写散文诗具有实在的指导作用。比如散文诗的化实为虚,化虚为实,增强了诗意。比如对外国散文诗只能借鉴,不能照搬。比如散文诗不能过分变形、晦涩,要让人看得懂。此外,散文诗的留白、哲理,散文诗的叙事,散文诗的诗与非诗成分的"契合点",这些知识点来自陈老师的长期的生活积累,是对散文诗真正意义上的"把脉"。这样的实话实说,对于有些浮躁的好高骛远的散文诗爱好者来说,弥足珍贵。陈老师宝刀不老,散文诗和散文诗理论与时俱进,已经在《散文诗》《散文诗世界》《星星·散文诗》多次发表作品,在散文诗爱好者和读者中产生了巨大影响。散文诗是陈老师生活的一个重要组成部分,感谢陈老师一直陪着散文诗的成长,并让我们看到散文诗真正的希望。陈老师的散文诗两次获"柯蓝杯"全国散文诗大赛特别奖,证明了陈老师的作品已经到了炉火纯青的境界。这与陈老师深厚的理论功底有关,也是他六十年创作生涯的又一次必然呈现。作为散文诗爱好者,首先要学习他在创作的过程中不断学习,不断吸收新的写作手法,与时俱进,写作的过程中把握到一个舒适的"度",使散文诗的形式与内容得到完美的体现。

二

时间很抽象,看不见摸不着,写起来容易乏味。陈老师笔下的时间却很具体、形象,得益于化虚为实手法的运用,于是时间像变魔术般变化,可以浇灌群山,可以飞进图画,可以焊接断裂,可以填补缺憾。让不可能变成了可能,不可以变成了可以,这就是化虚为实的作用,意境就在虚实转换的过程中产生了。《躺下是一种美的极致》,令我想到散文诗的出路。在散文诗是纯诗的偏执思维指导下,许多作品离现实越来越遥远,语言越来越玄虚。陈老师的散文诗,把诗和散文的元素进行了一个中和,在诗的境界里融合了人间烟火味,我认为这是散文诗的一个发展方向。许多散文诗只能在圈子里的园地生长,不能走向更广阔的天地,就是因为脱离了社会与现实,导致散文诗表面上的繁荣而事实上的贫乏。陈老师写洛阳桥,写出了意境,写出了老百姓身边的生活气息,也写出了象征。散文诗要百花齐放,不要一枝独秀。走向社会、走进时代,才是散文诗的正确方向。作为一个散文诗爱好者,我读过不少散文诗和散文诗评论。通过广泛的阅读,越发感觉到无论是阅读还是写作,都需要一个正确的导向。我曾经迷恋过那种朦胧和花哨的"散文诗",后来发现那是一个死胡同,根本走不出来。没有一点实在内容,语言文字又玩玄幻,读者群越来越稀,只有一种圈子里的孤芳自赏。陈老师受过柯蓝、郭风等散文诗大师作品的熏陶,深知散文诗离不开现实生活的土壤,深知散文诗不是空中楼阁,需要扎根大地。在另一个方面,陈老师也很关注散文诗的诗的意境,他苦口婆心地强调散文诗散文细节,只是想让散文诗的内容与形式,得到健康完美的呈现。作为一个散文诗爱好者,我感觉到散文诗如果没有读者是没有未来的,散文诗成为哑谜是没有明天的。正因为如此,我才越发感觉到陈老师理论文章的意义所在。感谢陈老师,让我们走近散文诗,让我们看到扎根大地的散文诗,坚信它走向春天的明天。

三

　　陈志泽老师的《一把老锄头》,是一篇借物写人的出彩之作。成功原因有三:一是生动形象。退出田野,就被扔在墙角。牙齿全部脱落,岁月磨砺的光亮褪尽。二是理想追求。坑坑洼洼的动荡让它不住地腾跃,身子骨越加结实坚硬。三是诗的意境。它透彻农活密密麻麻的经络,熟悉作物翠绿的呼吸,它在耕耘的字里行间游刃有余。由此可见,散文诗形象要生动贴切,主题要积极向上,意境要虚实结合。散文诗不是散文。意境和文字要有诗意。陈志泽老师的《底层》,同样深深打动了我。这章散文诗,可以借鉴四点。一、题目的象征意味。底层既是潮湿阴暗的杂物间,也指那些蜗居在杂物间奋力拼搏的人们。二、结构的散文形式。短句与长句相间,形成一种的建筑美。三、语言的诗情画意。散文诗应该有诗的意境。如:城市里最底层、最小的屋子,人来人往,脚印滋养着多少人生存的渴望。脚印滋养渴望,虚实手法的灵活运用。四、内容的市井气息。如:吊在床顶的小电风扇不停地唉声叹气,而随心所欲的鼾声却回荡不息。小电扇的叹息与鼾声的轻松对比,凸显处变不惊、淡定从容的人生态度。有情节的散文诗,往往更有人情味,也更接地气。陈志泽老师的《锯木头》,也是一篇这样的佳作。该诗很简洁,古庙前,惠安女锯木头。作品巧妙之处有三:一是细节的诗化。枯燥的劳动本来没有诗意,但诗人写成:"一把特大的锯子,将日头从东边拉到了中天",诗的美感就蕴含在其中了。二是古庙的拟人化。古庙是锯木头的地点,但诗人用比拟手法,化静为动。古庙瞪着眼睛看,表情的变化,丰富了内容,生动了画面。三是思想与哲理的自然升华。"应对冥顽的木头只能是利器的深入以及韧劲与隐忍的修炼",文字紧扣劳动的场景,自然过渡到一种诗的哲理里。陈志泽老师的散文诗《陶》,也是一章精美之作。陶有品相,这种品相不见人工的痕迹,应该说是大自然的馈赠。她是开在陶碗上不谢的窑火,也是杯盏间轻轻流过的民谣。陶有品质。这种品质既有自然的,也有人间的。山光水色,照着人来人往,土地的粗犷与质朴融入其里。陶有品位。那些埋在岁月里的残片,会在哪一天冒出锐利的尖角。已经埋没,却不失青云之志。质朴粗犷之外,更有一种铁骨铮铮。

四

　　陈老师的散文诗，把具有地方特色的民俗，写出了画面感，写出了诗的意境。散文诗里融入了历史，也融合了时代感。陈老师的散文诗内容丰富，取舍得当，自然流畅。这与他长期锲而不舍的创作韧劲有关，可谓功到自然成。拟人化使物具有了人的动作和思想，使画面由静态转为动态，也使画面具有了童话色彩、诗的意境。作品的选材，虽然很小，但是体现的绿色环保、青山绿水的时代主题。以小见大，与时俱进，表现出一个作家的才情，更重要的是体现出一个作家的格局与担当。无论是写作技巧，还是主题思想，都有值得学习与借鉴的地方。从陈老师的许多作品可以看出，他虽然也经历过"十年动乱"，也曾经到军垦农场劳动，但是他的作品给我的印象，总是有一种正能量在文字里流露，与某些作家沉迷在个人得失里顾影自怜，形成了鲜明对比。散文诗是散文与诗的完美融合，不是简单的罗列、机械的摆放，也不是一半对一半。散文诗的叙事，叙事中带着诗意。散文诗的细节，往往承载着作品的灵魂，以及超时空的想象、化虚为实的转换。这些写作技巧，结合散文诗原文认真品味，真是受益匪浅。陈老师的散文诗题材丰富，连电梯和社区大门也成为他写散文诗的素材。在散文诗里，写物与写人其实是很难分开的，当物赋予了人的动作甚至精神状态时，我们感觉到了一种意境，作者没有明确告诉我们，我们却隐约感觉到这暗示着、象征着什么。陈老师写散文诗《电梯》，细心的读者不难看出，这里其实是借物写人，歌颂的是一种人的精神。陈老师在他自己的点评中特别提到"电梯精神"，结合散文诗来细读，可以感觉到散文诗的品质由此得到了升华。《铁轨的自白》，明写铁轨，其实也是在写人。"突如其来的暴风骤雨不能拆散我们"，"无怨无悔承受重如山的碾压"，这里不仅仅是写人，还有一种象征意味，产生了一种张力，有了一种厚重感。陈老师的散文诗《小屋》，以独特的视角道出了打工者的艰辛，以及生活自信。开始的几个意象，迁徙的鹿、拍打云朵的雁、蒲公英的降落伞，使单调的漂泊平添了一种诗的意境。后面的特写镜头，开小店的打工者，使散文诗区别于一般的打工场景，从全新的角度写出了漂泊者的奋斗精神。"编织新生活的网，打捞梦里的鱼。"一种不亢不卑、自强自立的形象,跃然纸上。散文诗应该远离缠绵悱恻的顾影自怜,汇入磅礴的时代大潮,用一种精神为散文诗注入坚强的"钙质",在低谷和挫折中寻找曙光,扎根于现实生活,成为一种美的呼唤,成为一种鼓舞人心的号角,这是陈老师散文诗的主旋律,也是我们这些散文诗爱好者努力的方向。《沉默的人》,写的是一种沉默寡言的人生,这是一种脚踏实地、不屑于夸夸其谈的人生。写的是有思想有追求的人,"你的沉默是根的延伸",短句的复沓意味深长,形成了旋律,也形成了张力。散文诗《二泉映月》中,陈老师把二泉想象成琴弦,将拉二胡想象成锯黑暗,这是新颖的意象创造。节奏方面,在散文诗中起作用的,还是词语(字)的复沓。如"锯""黑暗"等。"阿炳的手在颤抖,琴声在颤抖",由实至虚,别具诗意。散文诗中酝酿诗意的,也就是陈老师所说的虚实转换。"阿炳的锯子有时被黑暗咬住",把"黑暗"赋予人的动作。有了虚实的转换、意象的出新,有了行云流水的节奏,就有了散文诗的耐人寻味。

五

陈老师曾经说过,常见的景象,发现不寻常的诗意和哲理,并且很好地加以体现,作品就可能成为难得的佳作。短短的一句话,很实在地总结了散文诗的创作技巧。种过田的人,特别珍惜田里长出来的庄稼,因为只有他知道,从播种到收获,是怎样一个艰辛漫长的过程。没有亲身经历的人,是很难理解其中的甘苦的。短时间的坚持,也不容易,何况六十个春秋。在通往山顶的山路上,没有一个台阶是可以缺少的,每一个台阶,都是从山脚下开始的,越往高处,台阶越陡峭,视野也更加开阔。真正的文学爱好者,会从陈老师开辟的"山路"上,得到某些启示,找到努力的方向。散文诗是不是独立的文体,散文诗的两个飞翔的翅膀是什么,散文诗要不要细节,中国散文诗与外国散文诗的关系,哲理在散文诗中的作用,散文诗中"留白"的效果,"阳春白雪"与"下里巴人"的契合点,这些在陈老师的"散文诗微语"中,都有明确的答案。从散文诗爱好者的角度来说,散文诗微语不微,值得收藏与认真品味。陈老师指出,接地气的散文诗,离不开细节,离不开叙事,比单纯的诗化,诗意有所减弱,但因为面向社会,面向大众,在广大读者中受欢迎的程度要广泛得多。这一点我深有同感。许多面向广大读者的副刊,作品都有叙事或细节,真正纯诗化的散文诗,有时难免晦涩难懂,发展与推广都受到极大的局限。"化实为虚"和"化虚为实",是散文诗的重要手法。没有这些,散文诗的诗意必然缺失。陈老师的话语重心长,散文诗爱好者应该认真体会。"留白"可以区别于散文,"细节"可以区别于诗歌,两者结合可以区别于散文与诗歌,从而确认散文诗是独立的文体。读到陈志泽老师的散文诗《被折断的巨石》,颇有感触。这里没有生僻的文字,没有让人头疼的文字迷宫。"如果你柔软些,或者适时地弯弯腰;如果你不是最高、最大,或者有时变换一下姿势,做片刻的歇息,你不会被折断在地。你被折断在地,还是挺直的两截。"这就是散文诗,有散文的叙事,也有诗的意境。文字通俗易懂,但意思却不是字面那样简单。它有一种"言在此而意在彼"的效果。

六

作家出版社正式推出陈老师的《散文诗艺术技巧例话》《中外散文诗精品解读》两本书,堪称散文诗爱好者、散文诗作者走近散文诗的"眼睛"。它既是中外散文诗作品的精选,又是一把切实可行打开散文诗奥秘的"钥匙"。认真阅读,可以帮助提高散文诗的欣赏水平,在散文诗的创作过程中少走弯路。作为一名散文诗爱好者,我有切身体会。郭风老师的作品《夜雁》,陈志泽老师做了精彩的评析。其中提到"人字形的雁群",是吸取诗的美学特点创造的意象。象征有理想、有追求的人。陈老师用了"创造"一词形容意象,说明意象是经过艺术加工的。经过艺术加工的意象,具有美感、动感和深刻的寓意。柯蓝老师的《守林人》,很多年前就读过。散文化的语言,诗的意境,词语复沓手法的运用,使散文诗有了一种山鸣谷应的音乐美。读了《中外散文诗精品解读》《散文诗艺术技巧例话》,对《守林人》的理解加深了不少。其中印象深刻的是陈老师着重点出了"化虚为实""化实为虚"两种手法的运用。"不让一切可疑的阴谋,从这里通过,在森林里躲藏。"(化虚为实)"他从他自己的眉毛和胡须上的冰霜,知道了树木的寒冷。"(化实为虚)这样的句子朗朗上口,有一种唯美的意境。我很喜欢陈老师这样深入浅出的解读,他让我不会错过真正的散文诗。在这个意义上,我认为解读文章的作用,不亚于散文诗本身。陈志泽老师的散文诗创作谈《形式与内容》,在我心中留下了深刻的印象,主要体现在以下三个方面:第一,明确了什么是散文诗。关于散文诗的说法众说纷纭,陈老师的解读意思明确。散文诗是散文和诗融合而成的新品种,不是散文也不是诗,它是由散文和诗的优点融合而成。第二,指出了散文细节与诗的表现形式之间的关系。目前有一种诗化的写作倾向,否定散文细节的作用。这样的散文诗,只有诗的表现手法,没有实际内容。陈老师曾经多次在文章中提出防止散文诗一味诗化的倾向,他的呼吁言简意赅,指出内容是散文诗的基础,形式是在此基础上运用的诗的表现手法。第三,突出了散文诗中切入点的作用。散文诗的切入点如同十字路口的路标,其重要性不言自明。散文诗的切入点也是情感爆发点。内容和形式都是为这个切入点准备的。选好切入点,在散文内容的基础上采用适当诗的表现方式,才有可能达到一种散文诗的意境。这篇文章说清楚了什么是散文诗,它不是散文,也不是诗歌。它是融合了两者优点的基因组合,是诞生的一个新的生命。陈老师的创作谈,对于散文诗爱好者和作者来说,是不可多得的教材。比如,检查构思(切入点)是不是新颖,虚与实(诗意)的结合效果如何,意象(意境)是不是站得住。形式(诗的手法)与内容(散文细节)的契合度怎么样,是不是妙在"似与不似之间"。陈老师的散文诗与散文诗理论,值得认真学习用心品读。读散文诗不宜心浮气躁,她需要有一颗宁静的心灵,需要"走心"。时辰到了,诗意就会像茶香一样沁人心脾。

2023 年 11 月整理

(作者系江苏如皋人,自由撰稿人)

陈志泽先生其人其事

廖伏树

第一次见到陈志泽先生时，我才二十多岁，是一个青涩的文学青年。那时，他主持一个名为"金鹿杯"的全市性散文诗大奖赛，拙作《脚手架之歌》忝列二等奖，他给我颁的奖。其他情形都忘了，但他的挺拔、英俊、帅气倒是震撼了我，让我在心里直呼"玉树临风，此之谓也"，我们的友谊也从此开始。我不喜广交朋友，我只相信机缘巧合和志同道合，与志泽先生的交游大概属于这种情况。随着岁月积淀，我对他的敬重与日俱增。

志泽先生是个真诚率真的人。他不是心直口快那种类型的，正如他的文章一样，他说话是经过思考的，许多是深思熟虑的，但他爱讲真话、敢讲真话。我教了十来年书后欲转行，他知道后着急，打电话给我，明确地表达了反对意见。他说，你的本质是诗人，你在文学创作上颇具潜力，放着好端端的未来教授、作家不做，跑到党政机关来做什么？其时，我俩相识不到半年，他的真诚让我感动。后来，看到我机关工作忙碌之余仍坚持文学创作，他写信给我："你现在写作的文体是多样的，有工作需要的各式各类的公文，文学创作方面当然不宜长篇巨构，但散文诗、散文、随笔等应该坚持，也有条件坚持，特别是散文诗，哪怕只言片语，不成篇章，先写下来，日积月累，终有收获。"其关爱与期望之情溢于字里行间。2009年我出版第一部散文集《阅读人生》，心怀忐忑邀他作序，他竟一口答应，序中他肯定了我天马行空的想象力和洒脱不羁的浪漫情怀，使我在诗性、抒情性一路上初步具备了散文的美质和独立的品格，我知道，那是一个长者对后生的勉励和鞭策；然后他笔锋一转，犀利地指出"散文的叙事是你的弱项，要进一步加强；散文诗艺术表现手法比较单一，需进一步丰富"，真是一针见血。后来我的叙事散文

《大学授业恩师速写》获得"第二届汪曾祺散文奖"并入选大学教材；散文诗《晨曦》《晚霞》《武夷山三题》《永春佛手禅茶赋》《读棋》《树》等在全国性赛事上获得大奖；随笔《走进古城—寄文友》等接连上了新华网、中央广播电视台、中宣部"学习强国"，应当说离不开志泽先生的点拨。有一次，我和他谈论文学需要兴趣、热情、感悟、天赋等话题，他说"培养兴趣和挖掘潜质是两回事，像某某某搞文学是如虎添翼，某某某搞文学纯粹是浪费青春，而某某某想以写作为稻粱谋简直是天方夜谭"，其直率程度让我大吃一惊。又有一次，我向他推荐第四届鲁迅文学奖获得者、泉州籍作家潘向黎，谈她的《白水青菜》《相信爱的年纪》《局部有时有完美》等作品，谈她写作的优势优点，也说了一些不足。他静静地听，不插一句话，末了，他说"潘旭澜是我姐夫，潘向黎是我外甥女"，让我尴尬了好一阵子。

志泽先生是个随和谦卑的人。在他面前，我们这些小字辈的文友，可以无拘无束地互相谈笑，可以海阔天空与他神聊海吹，因为他没有作协主席或资深作家的架势，从不摆谱。他甚至经常说，同一题材的创作，不少青年作者写得比他好，奖次比他高，他发自内心地高兴。他写了大量的作品鉴赏和评论文章，经常放下身段阐述自己的见解，征求作者的意见；他主编多种丛书、文集，有兼容之心，无门户之见，使得那些无名的作者特别是年轻作者的佳作得以跻身其中；他多次谈到写作的不易，说自己不是那种下笔千言一挥而就的作家，"也有一气呵成的，但大部分是熬出来的。有时写到一半，灵感枯竭，搁置一边，不管它了。有时赶任务，焦急，稿子未完成，或质量不满意，夜不能寐，经常躺下，又起身，改了一遍又一遍"。志泽先生著作等身，不是偶然的，是才气加努力的结果。读他的文章，包括晚年的文章，可以感受到他始终以一个初学者的严谨姿态，以一种虔诚的目光、感恩的心灵向庄严的文学、向纯净的文字深深致意，正所谓"谦谦君子，卑以自牧"，难怪乎，其深邃的哲思、精辟的识见，还有那不可多得的神来之笔，在他的散文随笔甚至很短很短的散文诗中也屡见不鲜。现象学的奠基人胡塞尔讲过，通过无止境的批判和自我否定，人们能够不断地突破自身的局限、超越自身，打开一片又一片新的思想天空。观诸志泽先生其人其文，信哉斯言！

志泽先生是个重情重义的人。这棵文学的不老松，浓荫下隔三岔五聚集着一些人，当然主要是文学艺术界的青年人，有来请教的，有慕名拜访的，甚至还有来专门与他辩论的,志泽先生来者不拒,以礼相待,以人格魅力吸引人,不少人与他很快就成了忘年交,不少年轻作者在创作上得到了他的扶掖和帮助。其实,他的重情重义在作品中体现得最为淋漓尽致。他关注家乡和故人,闽南童谣、闽南游艺、闽南民俗、乡土文化,还有那些具有浓厚地方特色的传统艺术,在他长达六十年的创作生涯中不曾或缺,永不消逝。他写南音、相思树、黄奕缺木偶头、李尧宝刻纸、惠安雕艺、永春纸织画、德化陶瓷、安溪茶叶等,角度新奇,视野开阔,个性鲜明,充满劳动的幸福、丰收的礼赞,有人性的光辉、爱的魂魄,其韵其味,令人难以释怀。正如他磊落的处世风格一样,他的作品,弘扬主旋律,充满正能量,在他笔下,和谐的音符弥漫在泉州城市的每一个角落:鲜花盛开,希望写在山区人的眉梢;灯火璀璨,自豪洋溢在古城人的心田。对与这座城市耳鬓厮磨、休戚与共大半个世纪的他来说,感受是真切的,情感是真实的。

志泽先生是个执着纯粹的人。在《〈阅读人生〉后记》中,我这样写道:"陈志泽先生是我迈向文学殿堂的引路人,我习惯称呼这位忠厚的长者为'陈老师'。我总感觉,在这样的时代和氛围里,自知、自制、自强、自尊,心无旁骛,坚持不懈,一生只钟情一种事业,一生只挖一口深井,直至清泉汩汩涌出,连绵不绝,是怎样一种难能可贵的纯粹啊。印象中,陈老师就是这样一个纯粹的、一生似乎只干文学一件事的人,他对文学一以贯之的热爱,他对文学青年满腔热情的扶掖,深深地感染了我,尽管我于文学用心不专,耕耘不勤,收获甚菲。"十五年过去了,我对志泽先生的看法好像还不过时。面对社会上形形色色的诱惑与压力,志泽先生浑然不知不顾吗?也不是,他在文章中总是不断思考、拷问,特别是他晚年的作品,精悍精辟,力透纸背,有很大的张力和丰富的内涵。关键是,志泽先生痴情于文学,执着于散文诗,矢志不渝,自我感觉幸福满满。从志泽先生身上,我分明看到,每个人快乐的程度,多半是自己决定的。或许志泽先生不懂股票,不会炒房,不擅应酬交际,不会长袖善舞,但他从文学中寻到的乐趣,那怀揣在心间的敬畏感、神圣感,那乐此不疲的执拗劲头,那伴随永不停歇的梦想,真的是别人难以体味的。由此又回到了我与志泽先生引以共鸣的一个话题,也是我在一篇文章中的一段话:"文学是需要信仰的,文学的事业肯定是艰难困苦的事业,不仅需要禀赋、悟性和机遇,更需要意志、毅力和牺牲。一个人选择了文学,就选择了才情与热情,选择了创新与创造,选择了春天与鲜花;但同时,也就选择了清苦,选择了寂寞,选择了严冬与落叶。所以说,文学既属于体验丰富的人、智慧勃发的人、灵感泉涌的人,更属于生活纯粹的人,勤于磨炼的人,板凳甘坐冷、十年磨一剑的人。"

康德说过:"每当我静静地伫立,仰望那浩渺深邃的蓝色天空时,一种永恒的肃穆和生命的崇高庄严便油然而生——仿佛上天在叩响自己的额头,一个神秘而伟大的授意如波涛汹涌而来。"志泽先生无疑是泉州文学浩瀚天空的一颗耀眼之星,其人其事启谕文学人特别是年轻作者:必须永远保持对文学的敬畏,时常仰望文学的星空,让文学的信念与精神引领自己,在心灵根底竖起理想的坐标,才能支撑起文学的一片蓝天。

写于 2023 年 11 月 15 日

(作者系泉州经贸职业技术学院党委书记、研究员,中国作家协会会员,中国散文诗研究会理事)

爱如春雨润文坛

温秀清

柔和的灯光为会议厅增添愉悦的色彩，散发着温馨的氛围。人们兴致正浓地谈论着有关文学的话题。一位文友匆匆走到我身边说："请你赶紧到后面去见一下志泽老师，他问起你呢。"我立刻起身往文友所指的方向走去，虽然未曾与志泽老师谋过面，但知道在会上为大家做文学讲座的前辈就是他。

我忐忑地走近他。他指着《丰泽文学》中的一篇文章，正与几位文友交谈着。我向他打招呼，并主动做自我介绍。他竟然站起身子，握着我的手说："你就是小温啊，祝贺你在征文中获大奖！我不曾见过你，应该也是丰泽作协的新人吧？"我连忙点头并应答着。"一进作协就能拿奖，很有前途啊。"他继续亲切地说道。那平易近人的谈吐、和蔼可亲的笑容，让人激动得一脸火辣。这是我第一次见到陈志泽老师的情景，那天正在举行丰泽区作家协会第三次会员代表大会。也是在这次大会上，从陈老师的讲座中，我第一次听到了"散文诗""散文""诗"如此专业的名词，了解了这三种文体之间的联系与区别。那时，我才加入丰泽作协三个多月，也刚好有幸参加作协举办的丰泽区"砥砺奋进的五年"主题征文比赛，并侥幸获得一等奖，荣幸地受到陈老师的关心厚爱。

2017年秋的一天，泉州市作协在清源山恒谦学堂举行读书交流会，我作为丰泽区作协会员有幸参加。那天清晨，天空下起了一场雨，学堂周围的树经过雨的洗礼，绿得发亮，周围盛开的三角梅，娇艳如火，美丽极了。一股凉意袭来，顿时觉得清爽舒畅。学堂的主席台上坐满了人，陈老师的身影再次出现在眼前，我为之一喜，他总是来做文学讲座的，今天又有福了，我心里默念着。这次的读书会还是以《丰泽文学》2017年夏季刊会员专号为评析文本。陈老师从散文的选材、立意、细节、结构、语言等方面向我们娓娓道来，朴实的话语、生动的事例，让我们听着如沐春风、如浴秋雨。他告诉我们，写作不能随便，要有敬畏之心。"写作要有敬畏之心。"这一点，对于一个初学写作的我来说，真的是如醍醐灌顶，受益匪浅。平时，我对文字的使用总是很随意，所写文字皆任凭喜好和情绪左右，还常常自以为是地认为是文采。殊不知，我这样做，最多只能算是一个文字爱好者，我的做法是对文字的大不敬，对写作是非常不利的。如果说出发时，和文友们欣赏沿途的美丽风景，享受的是一场视觉盛宴，那么学堂里聆听讲座的学习便是一顿丰盛的精神大餐。这是我第一次倾听如此专业的写作讲座，这次的学习，我重新认识和定位自己，心存敬畏。走出学堂，天空依然飘着细细的雨丝，眼前的百香果藤舒展着绿色的身姿，欢快地吮吸着久违的甘露，而这一场秋雨，也滋润了我追求写作梦想的心田。

一位央视名主持人说过："所有的相遇都有其独特的意义，正如冷遇见暖会有雨水，春遇见冬会有岁月，天遇见地会有永恒，而人与人之间的相遇则构成了生命的丰富多彩。"我在生活中遇见了陈老师，就与写作结下了美好情缘。像人在生活中离不开油盐酱醋茶一样，与陈老师的聊天，从不离开文学话题，偶尔会拉点家常。有一次，他在微信上发给我一张图片，那是一个德化生产的白瓷商务杯，上面印着"德化文化馆"几个红色字样。原来，陈老师年轻时，曾在德化文化馆工作，夫人齐老师是德化一中的语文老师。这让从德化来泉州的我，有种"他乡遇故知"的感觉。我们之间的距离瞬间拉近了许多，话题也更随意。陈老师说，德化是他的"第二故乡"，他对德化有着挥之不去的故乡情结，我就如从他故乡而来的一位远房亲戚。从此，他就如兄长一样关注、关心我。我们从德化的饮食、人文以及在德化生活的经历聊起，再到德化的糯米红酒、苦菜汤、笋干等特产，他都非常熟悉。他还学会了酿糯米红酒工艺，这使我非常惊讶。酿酒是一门技术活，很多人都是从小耳濡目染，然后从祖上的手中传承下来。陈老师竟然能学会这一传统酿酒手艺，他对生活的关注与融入可想而知。每次聊着聊着，无论话题跑多远，都会被他牵回文学与写作这条主线上。

陈老师对人的关心总是让人出乎意料。有一次，我去参加采风活动，蔡主席突然叫住我，递给我一本《散文诗艺术技巧例话》。接过书翻开扉页，陈老师的亲笔签名和红色印章映入眼帘,他在我的名字后面谦逊地用上了"女士雅正"四个字。这突如其来的大礼,使我受宠若惊。我如获至宝,迫不及待地翻开目录。这本书分三辑:"当代散文诗精品""现代散文诗名篇""外国散文诗经典",共一百一十二篇。不用说书中的内容,单看目录,就让我喜欢不已。回家后,我仔细地翻阅着每一篇作品,那些经过陈老师精挑细选的散文诗,形象生动又蕴涵哲理,每篇作品的后面都有陈老师的精妙绝伦、出神入化的解读和点评。这是我读过的第一本专业的文学创作指导书,甚感美好。

后来发现,陈老师不但写文章的数量惊人,出版作品的速度也如雨后春笋。和他相识只有几年时间,他的书却一本接一本地出版,他也一本接一本地赠我新书。《人生》《散文诗与创作谈》《中外散文诗精品解读》《泉州,泉州》《沉吟》……读着相识作者的文章,就像直接与老师对话。尤其是《泉州,泉州》,不但带着我游遍泉州二十几个世遗景点,还让我穿越辽远的时空,了解泉州历史,认识泉州名人,品尝泉州美食,感受泉州乡情,真的是一书在手,泉州看透透。很有意思的是其中一篇《掌瓜》,写的是德化赤水特产。我司空见惯的寻常之物,被他写得撩人心弦、不同寻常。后来,我渐渐了解到,陈老师爱书如命。他曾经说过:"书非爱不能读也。"只有自己喜欢的书,才会认真去阅读。如果你随意送,人家又不喜欢,不但浪费资源,还会占用别人家里的空间,让人弃之不舍、放之无益。陈老师的这番话,我觉得非常有道理。同时,他也在侧面引导我要珍惜这些作家用心血撰写出来的书籍。他还常常鼓励我,要多读一些不同体裁的书籍,多看一些名家的作品,好书要认真阅读,有所思考,有所收获。因此,我也不敢怠慢。

"认识一位好老师,胜过读万卷书。"其实,陈老师本身就一本书,是一本读不完的"文学巨著"。不信,你可以去踩踩他的写作后花园——丰泽斋博客。从博客里贴的一篇篇文学作品,就可看出他是如何笔耕不辍的。也许,别人逛街时,他在写作;别人喝酒时,他在写作;别人在追剧时,他还是在写作。如果这还不能说明什么,那我们就去逛逛他的微信朋友圈。热爱文学的人,心灵更柔软,他认识和思考世界时,就会多一双文学的眼睛。因此,阅读陈老师的朋友圈,犹如逛他生活大观园,参观他的文学殿堂。他以生活为纸,眼睛为笔,一花一草、一石一木、一人一物、一颦一笑,都能在其笔下呈现。千字短文,倚马可待;生活话题,情动于衷,几千字,上万字,洋洋洒洒,滔滔奔泻。他执一支瘦笔,拥一怀美善与慈悲,有啥写啥,记录着真善美。偶尔出门品一餐美食,就会在圈上晒上一篇色香味俱全的《海蛎煎》《在乡下吃"润饼"》;到小区溜达一趟,就能长出一首《花瓣与草叶》、绘下一幅《社区小景》、审一桩《树的冤案》;刮一次台风,就能见到他笔下的《半截大树》《台风》;过个夏天,就能打一场《战蚊子》大仗;开一次业运会,就出一辑十几篇有关运动竞技的系列:《射箭》《长跑》《鞍马》《饼的味道》《栏,拦不住》……过年了,他就来一章《村庄,在火之上跳跃》;看一场戏,就留下《触摸岁月》的高甲戏唱腔;听一曲南音,就弹奏一曲《南音这一条溪》;最让我感到有趣的是,他去买一次杨梅,也能发一条"十六个杨梅十五元(正好一斤),应了泉州话'一桩钱一桩货',味好个大。与杨梅告别了,明年再会"。如此年轻的心态,隐藏不住一颗有趣的灵魂。阅读着他的朋友圈中的文章,你会感受着他散文诗的富有哲理、充满诗意。他的散文朴实无华、行云流水、耐人寻味,语言又不失幽默诙谐,让人读了常常掩面窃笑。他的朋友圈,记录着他对生活独特的审视和哲理思考,也呈现出他具有思想深度和历史感的审美追求,带给读者深沉的艺术力量。在他笔下,生活仿佛只剩下美好,没有了忧愁与沧桑;人情只留下温馨,没有了冷漠与凄凉。这些艺术作品,熏陶和练就了他豁达的人生,也在某些方面影响了我。

他常常跟人说自己年纪大了,视力下降,眼睛不好使了。可我却发现,他在微信朋友圈中的活跃程度堪比十八少年。只要我一有在某个报纸发表小文章,分享到我的微信朋友圈,或者发一条动态,他都能很快地点赞或评论,有时甚至是第一时间点赞。为了鼓励我,他总是想方设法从文章中找出一个优点来夸奖一下,然后有针对性地指导点拨,最后还会不忘加上一句:"小温,你能发表文章,比我自己发表还高兴。"他那兄长式的关注与关心,真的让我无比感动,倍感温馨。我原以为,他可能有德化情结,只是对我才如此关注。久而久之,我在和他共有的文友微信朋友圈中,同样看到他对初学写作的文友的关注与点赞率一样非常高。一位知名老作家,关心一些文学爱好者的成长,这不足为奇,可像陈老师这样关注着一群晚辈文学爱好者的发展,真的不多见。

认识陈老师的人都知道,他真的是痴迷于文学的人。文学就是他的生活,生活也是他的文学。人们常常感叹,时间都去哪了?可是他却与众不同,曾写下《时间没去哪了》一文,表达着在他眼里,时光充实,日子丰盈,人生有趣。2023年春,他的六十年创作目录在微信朋友圈上晒出,立刻引起文坛众文友的关注,大家不禁被他创作的年限和数量惊呆了。六十年的坚持,这是用生命去热爱。他不但自己热爱,还把这种热爱传递给晚辈,引领着无数爱好文学创作的人逐渐成长,向前发展。我很幸运,我就是其中的一位受益者。

"师爱如春风化雨,润物细无声。"陈老师的关爱,如春雨,滋润了我热爱文学的心田,也滋润着一批批新进文学圈的文学爱好者。陈老师曾说过:"让创作的生命燃烧不熄。"我也想接上一句:"他对文坛的影响绵延万里。"

(作者系福建省作家协会会员、泉州市丰泽区作家协会副秘书长)

陈志泽六十年文学创作笔谈（九篇）

写在前面的话

《泉州文学》编辑部

在陈志泽六十年文学创作笔谈之前，让我们首先简要介绍这一位著名作家。

陈志泽1943年9月出生于泉州。1962年发表处女作，1984年加入中国作家协会。曾长期担任福建省文联委员、福建省作家协会主席团委员、泉州市文联专职副主席、泉州市政协委员兼文史委副主任、泉州市作家协会主席、《泉州文学》执行主编，现为中国散文诗研究会副会长、中国散文诗作家协会副主席、泉州市文联顾问、泉州市作家协会创会主席、华侨大学文学院兼职教授。

陈志泽先生六十年文学创作从不间断，成就是多方面的。他的散文发表于《人民日报》《散文》《福建文学》等，入选《中国新文艺大系1976—1982散文集》《影响当代中国人的散文精品/当代阅读经典》《新中国散文典藏》《〈福建文学〉六十年散文选》《人民日报2017年散文精选》，多次获福建省优秀文学作品奖；散文诗发表于《人民日报》《散文诗》《散文诗世界》《当代》《诗刊》《星星·散文诗》《新华文摘》（转载）等，入选《新中国六十年文学大系·散文诗精选》《中国散文诗一百年大系》《中国散文诗百年经典》，曾获华东地区优秀文艺图书奖、首届及二届"柯蓝杯"全国散文诗大赛特别奖，被评选为"中国当代（十佳）优秀散文诗作家"；文学评论发表于《文学报》《文艺报》《福建文学》等，入选《散文诗的新时代》（理论部分），出版评论集三部，撰写泉州作家作品集序言、评论三十多万字；诗歌发表于

《星星》《福建文学》《福建日报》等，入选《2023 中国诗歌年选》《2023 中国诗歌年选·小诗卷》，出版诗集《人生》；儿童文学发表于《少年文艺》《儿童文学》《中学生》等，获"小天使铜像奖"，入选《中华儿童文学作品精选（1977—1991）》《福建文艺创作 60 年选·儿童文学》《中国儿童文学名家名作典藏书系·散文卷》。他笔耕六十载，始终与时代同步，扎根于现实生活，自觉肩负文学的使命，以执着的信念、澎湃的激情创作了二十七部作品集，对于泉州文学创作产生深远的影响。

2023 年 7 月 2 日已经由泉州市作家协会主办，泉州市作协散文诗创作委员会等承办，举行了陈志泽文学创作六十年座谈会，现在我们又在《泉州文学》辟出"陈志泽六十年文学创作笔谈"专栏，评介陈志泽六十年来的文学创作成就，都是为了进一步推动与促进我市广大的作家和文学工作者，投入新时代的文学创造，谱写更多更好的华彩篇章。

在陈志泽先生六十年文学创作之际，让我们向他表达诚挚的敬意，送上深深的祝福。

永远在路上

蔡飞跃

人的一生，大半的时间在路上。陈志泽先生在前行的道路上乐而不疲地探索着、耕耘着、收获着，相当多的心血奉献文学事业。

1962 年，对于当时还是高中生的陈志泽先生来说，绝对是不寻常的一年。这一年的 2 月 23 日，他的诗歌《故乡的路》（外三首）在《泉州报》发表。紧接着，当年的《侨乡报》又两次发表他的散文诗。小试牛刀却一鸣惊人，他由此建立自信，也确立了前行的目标，我曾多次想象他当时激动的情景。

日子在岁月中穿行，不经意间，四季轮回，春天悄然而至，又悄然溜走。然而，奋进的方向一旦确立就不会迷失，志泽先生从"故乡的路"启程，六十年"一路走来"，不停地写作，不停地得奖，他创作的体裁涉及面甚广，既写诗，写散文诗，写散文，又写报告文学，写评论，出版个人文集达二十七部，还编了一百多期《泉州文学》，主编一百多位泉州作家的作品集，并主要负责泉州市作家协会二十多年的组织协调工作。可以说,这一辈子他从来没有离开文学这个行当。

六十年笔耕不辍,精神是何等可贵!为致敬志泽先生对泉州文学事业的贡献,泉州市作家协会举办了漫谈泉州散文诗暨陈志泽文学创作六十年座谈会,与会作家一致表示,陈志泽先生不懈追求文学艺术,创作与理论研究并行,诲人不倦培养新人的精神值得全市作家学习。三个月后,在泉州市作家协会第六次会员代表大会上,当志泽先生接过"泉州市作家协会创会会长"荣誉证书时,全场掌声雷动。可以说,泉州文学界对他取得的成就所表达的崇高敬意,他当之无愧。

我与志泽先生认识近三十年,关于他前五十年的人生际遇,大都是从与他的闲聊中,或者从他的文章中知道的。2003 年,志泽先生年方花甲,他的长篇自传体散文《守望·一路走来》由作家出版社出版,这部文集可以说是他对六十年人生经历的回顾和四十年文学创作的反思,翔实地再现志泽老师所经历的愉快或不愉快的往事,也回漾着志泽老师欣喜与遗憾,从中可以捕捉到志泽老师对于文学创作的痴迷。

在认识志泽先生之前,他的作品就润物无声地影响了我。那时我整天在建筑工地奔忙,他的《泉州随笔》等著作陪伴我度过一个个枯燥的夜晚,也为我日后创作散文提供了样板。

近三十年来,我与志泽先生建立起亦师亦友的关系,他对文学的执着为我树立了榜样。

在我看来,文学路上的志泽老师古道热肠,他不遗余力地推介作家、诗人的作品,仅为泉州作家的作品集写序、写评论达百篇以上。最近几年,他又致力于中外散文诗人的作品评析,在文学界和社会各界引起良好的影响。

在我看来,文学路上的志泽老师很重感情。觉得惭愧的是,与他交往的这三十年,我并没有做什么,他却在不同的场合以及多篇文章为我美言。其实,有关他的评论文章,我写得少之又少,仅应《泉州晚报》之约,写了一篇千字短文《做文与做人》;后来,又添加几百个字易名《作家陈志泽侧影》在《刺桐花文学报》刊发。对比之下,志泽先生对我的关心和培养却是无微不至的。他任泉州市作家协会主席时,经主席团同意,增补我担任第二届理事会副秘书长,有机会协助组织市作协的几场活动,组织能力得到了锻炼和提高;他主编《泉州文学》时,邀我协助编过几期的刊物,让我掌握了不少编辑技巧。在创作上,他更是对我期望殷切。

甚多的人知道,我喜欢写散文,但很少人知道,我写散文诗是在志泽先生敦促和鞭策下开始尝试的。我写散文诗不多,精品亦少,但志泽先生还是对我的《非洲热风吹皱我的心湖》《麦秋怀想》《风中咏叹》等篇章以专业的眼光、精准的语言加以评析。相关评析文章我读后如醍醐灌顶,鼓励的词语即使寒冬里都觉得温暖。为作者写序需要耗费不少心神,甚多的作家选择尽量少写,志泽先生却为我的两本散文集写过序言。每每想起,总是感激不已。

记得志泽先生为我的第八本散文集所作的序言《捧出心中的故乡》写有这样一段话:"蔡飞跃散文集《心抵万里》中乡土题材的作品占有很大的比重,也是最出色的部分……对于一位成熟的作家而言,刻骨铭心的故乡生活转化为笔下的文字,就显出独特的风韵与深刻的体验,呈现出一种敦厚、温润的品质和清纯明丽的亮色。"其实,他的《走不出故乡》《南音这一条溪》以及《泉州,泉州》等一大批有关乡土的文学佳作,不知感染了多少人。我对于散文创作的取向,何尝不是受到他的影响呢?

什么是幸福?幸福不能言传,但它与生命的形式有关,在志泽先生的心目中,将灵感淬炼为满意的文学成品也是一种幸福。

古人说,人无癖好,不可深交。阅读与创作是志泽先生的最大癖好,这也是我与他情谊不变的唯一理由。志泽先生年纪越大,对于文字更挑剔,对于作品的精品意识有增无减。当没有文学,志泽老师还有没有人生乐趣?显然,这一点好奇,未免是多余的。

翻阅着一本本志泽先生签名的文集,立即有了天马行空般的联想,在这个万籁俱寂的冬夜,竟然感到了一股股暖意。

今后的日子可以预期,志泽老师将会一如既往在路上,而他脚下的路,依然是鲜花和荆棘并存的文学路!

(作者系中国作家协会会员、福建省作家协会主席团委员、泉州市作家协会主席)

榜　样

蔡芳本

　　一辈子的坚持,一辈子的探索。有诗的语言和意象,一直都在表达自己的发现。

　　他忘我地投身到中国散文诗的事业,真正地活出了文学的自己。

　　中国散文诗的榜样。中国散文诗的骄子。

　　越老越有自己的思维,越老越有生脆的语句;

　　越老越写出自己的况味,越老越显出自己的价值。

　　写风景,写自然;写人生,写社会;写生活,写市井;写失意,写欢喜,一切都在他的眼光里徜徉,一切都在他的心坎里蒸腾。他的眼光映出的更多是故乡的光辉。家乡的纠葛,难舍难分,情深意长,家乡的父老兄弟。家乡的古老,家乡的美丽。

　　高大匀称的身姿,俊朗的面孔,少年时肯定是个帅哥,老来时依旧玉树临风,像诗一样紧致,像散文一样轻松。一个谦谦君子,以他温和细密的心思,带出文学子弟,一批批,风华正茂,活跃在文坛的边边角角。

　　中华人民共和国成立以来,泉州本地极少出现有影响的作家,他的到来,填补了这个空白,弥补了文学的一个遗憾。

　　泉州文坛的领军人物,中国十大散文诗人,当之无愧。

　　这是我在泉州文化人系列中,为陈志泽老师写的一段文字。我觉得我写得并不过分,而是写得恰如其分。我写出了一个真实的陈志泽,我概括了陈志泽老师的成就及他的精神风貌。在泉州文学界,他确实有许多值得我们学习的地方,比如他的文学造诣,比如他的文学成就,比如他的文学坚持,比如他的编辑思想,比如他的扶持后学。应该可以说,如果没有他,泉州的文学事业就会逊色许多。在百废待兴的年代,陈志泽老师几乎是用一人之手,扶住了泉州的文学事业,推进了泉州文学事业。这样说好像有点夸张,其实在那个年代刊物少、作者少,更遑论什么作家,能是一个作家是多么了不起的事情,哪怕是福建作家协会的会员。

我那时刚刚从高中毕业,也是文学爱好者,也有强烈的作家梦。我急于寻找领路人。写了一封信给文化馆,文化馆派恩师黄清琪亲自到我农村家里找我,把我感动得不知所以。黄清琪是文化馆美术老师、画家,可惜我不是美术的料,根本就没有真正跟黄清琪老师学习,而利用机会是跟起了文学,因为我更爱的是文学。那是我就觉得,文化馆好像经常有些文学人在高谈阔论,认我羡慕不已,可惜我没资本加入。后来,我才知道,这里头有王钦之、王毓欣、林鼎安、黄必成等当时的文学前辈,陈志泽老师是他们当中的一个。我在文化馆打边鼓,要跟他们说上说一句话很难,我觉得他们太高大了。大学毕业以后,我写了一些东西,也在县级市级刊物上有所发表,现在看来都不忍卒睹。无意中我发现了《晋江》这文学杂志,我觉得这才是我进军的目标。虽然我还不怎么知道文学,可我觉得这时候的《晋江》大气有分量,能代表泉州作者的创作水平,能上这本刊物是一种荣耀。跟许多文学新手一样,我怯生生投了稿,没想到收到了回信,信上写的啥忘了,信末署名是“陈志泽”三字却永远没忘。自此,我一再给《晋江》投稿,终于发表,还一整页。在一次文学聚会上,见到了陈志泽老师,他还夸了我,让我都不好意思了。后来我想,他肯定也是像夸我一样夸其他初出茅庐的作者,不然,何以有那么多人都在感激他,都在点赞他?他像扶持我一样扶持了许多文学新人,这个功劳是谁也无法抹去的。认识了陈老师以后,我就想跟他多接触,每次进城总想去他家里坐会儿。那时进一趟城不容易,又不知道他在不在,碰碰运气也好,不为什么,只想沾沾他的文气,听听他的教诲。我记得他家先前住在南俊巷一座古屋的廊房,很狭小,有点挤,不敢坐久,能说几句话就很知足了。每次陈志泽老师都很客气大方,面带笑容,反而显出我的扭捏小气,在文学大神面前,我真不敢造次。

陈志泽老师为我做了许多,我能为他做些什么呢?我只能为他写作以上那段小文,表达我的敬意。我敢说,这是我内心的表达,一点都没例行公事的叙说。现在我也老了,许多文学作者面前面后也说我对他们有所帮助,我自己知道,没有前辈的言传身教,没有陈志泽老师他们做榜样,我就不是现在的我。

（作者系泉州市作家协会、泉州市文艺评论家协会顾问,泉州市校园文化促进会副理事长、少年文学院院长）

神奇土地上的文学长青树

林轩鹤

在书房的书架上,找到陈志泽先生主编的泉州诗人作品合集《神奇的土地》,这本诗集 1991 年 11 月由海峡文艺出版社正式出版。

冬日的阳光从窗口投射进来,书桌上诗集的封面依然熠熠闪光。

我和胞兄林凌鹤 20 世纪 80 年代分别发表于《福建日报》的诗作《老校长》和《福建文学》的诗作《遇台湾渔人》荣幸入选其中。

在改革开放新时期十年深远恢宏的背景中,我的家乡崇武文坛激起一阵阵文学浪潮,惠安诗群在此时形成。这期间,泉州市著名作家陈志泽和著名作家、诗人、评论家、教授谢冕等时常来到崇武,与当地作者座谈。一时,煮酒听潮,品茗论诗,热闹非凡。时任泉州市作家协会主席的陈志泽老师,关注惠安的文学创作,对惠安文学作者给予扶持。崇武乃至惠安作者的许多作品,在陈志泽老师主编的《泉州文学》上得以发表。

20 世纪 80 年代初,在崇武的一次文学活动中,我见到仰慕已久的陈志泽老师。对于我们这些文学后辈,他的话并不多,但总面挂微笑,主动伸手相握。他的手宽厚有力,带着温润的温度,给我留下深刻的印象。在品茗闲谈中,我深感他的大家风范。他夸赞我的作品,在那个年代,对于一个爱好文学写作的青年来说,倍感荣幸。

在以后的岁月里,陈志泽老师对我的写作一直默默地关注着。每次与陈志泽老师见面,他都鼓励我说:"最近看了你在报纸和杂志上发表的文章,写得不错。" 1988 年,我创作的诗歌《中国砖》在诗刊社主办的全国诗歌大奖赛上获得一等奖,陈志泽老师知道后,大加赞赏,这极大地鼓励着我。后来,陈志泽老师给我的散文集和诗集作序,令我十分感动。

陈志泽老师曾对我说:"文学,喜欢爱好很容易,坚持很难。"在以后的岁月里,我的写作经历使我对陈志泽老师的话有了深刻的体会。

可以说,陈志泽老师从事文学创作六十年,是坚守文学的六十年。陈志泽老师 1984 年加入中国作家协会,曾任福建省文联委员、福建省作家协会主席团委员、泉州市文联专职副主席、泉州市作家协会主席、《泉州文学》执行主编,现为中国散文诗研究会副会长、中国散文诗作家协会副主席,出版二十七本个人著作。陈志泽老师是泉州散文诗创作的开拓者,其中创作有散文诗集《相思树》《绿风》《爱的星空》《阳光与灯影》《浪淘沙》《容易被遗忘的花朵》《守望》《泉州写意》《热土·乡音·人》,散文诗评论集《散文诗与创作谈》《散文诗艺术技巧例话》《中外散文诗精品解读》等,散文诗作品曾选入《新中国六十年文学大系·散文诗精选》《中国散文诗一百年大系》《中国散文诗百年经典》等书,曾获华东地区优秀文艺图书奖、福建省优秀文学作品奖、福建省委宣传部征文奖、《福建文学》优秀作品奖、首届及第二届"柯蓝杯"全国散文诗大赛特别奖、《诗潮》2016 年度散文诗单项奖、"创造杯"散文诗(2020—2021)双年奖。2007 年 11 月在纪念中国散文诗九十周年活动中,被评选为"中国当代(十佳)优秀散文诗作家"。

陈志泽老师六十年来追求文学艺术,创作与理论研究并行,同时诲人不倦,培养新人。

一方水土养一方人。泉州是片神奇的土地,泉州历史悠久、文化内涵丰富,闽南文化、海丝文化等颇具乡土特色的文化艺术形式,延续着这座名城的历史文脉。同时,乡风、乡俗、乡音、乡貌,也无不浸润着鲜明的地域特征,甚至成为人们生活的精神寄托和城市发展的智慧结晶。

陈志泽老师则是这片神奇土地上的文学常青树,著作等身,荫泽后人。

陈志泽老师是泉州文学创作的一个标杆,这个标杆上的刻度,时刻丈量并鞭策着在这片土地上从事文学创作的人。

文学作品是时代与社会的缩影,不仅代表文学工作者个人的专业素养,其品位更能够凸显时代风貌、引领时代风气。古往今来,那些历经磨砺而愈显珍贵、大浪淘沙而更加醇香的传世经典,无不源于大众,而后又被大众所传颂。如今新时代,更需要有血肉、有情感、有梦想的作品,来观照现实、温润心灵、滋养精神。

我们要像陈志泽老师一样,扎根于大地泥香之中,勇于创新,勤耕不辍,从火热社会中发掘素材,从群众生活中发现选题,更好地用手中的笔为时代放歌、为人民抒写。

(作者系中国作家协会会员、福建省作家协会全委会委员、泉州市作家协会副主席兼秘书长)

恩师与榜样

王炜炜

今年是陈志泽老师从事文学创作六十周年,首先,我要向陈老师表达我的祝贺与敬意!

陈老师从事文学创作六十周年,创作了大量的文学作品,特别是散文诗上取得的非凡的成就,在全国散文诗界占有一席之地,非常了不起。陈老师自1962年开始文学创作,经过半个多世纪的文学实践与不懈地探索与创新,他的作品,无论是在结构、语言和意蕴上,都有着时代和心灵的风采、深沉的文化底蕴和哲学内涵,是对人生的解读、对命运的展示,也是对家乡滋养的回报。从事文学创作整整六十年,这是生命的一个长度、文学的一个高度,是朴素的,也是豪华的。文学创作是一场马拉松,有的人跑着跑着就停下了脚步。六十年的坚持来自他骨子里的对文学执着的热爱,同时他又将这份执着与热爱传给读者。他的文字让读者在内心感受文学的美妙、思想的愉悦、内心纯粹的欢快,他的文字也激发了许多文学爱好者的文学的梦想不断地开花结果,这是一个优秀的作家除了作品之外,带给这个世界的另一份美好!

我是不善言辞的人,借此机会,我要慎重地对陈老师说一声感谢,感谢您一路扶持与提携!

陈老师是泉州文学爱好者的指路人,多年来,他甘于奉献,甘当人梯,培养了大量的文学人才。在文学创作上,他是我的榜样,更是恩师。

2003 年春暖花开的季节，我随着工作的调动，来到了"满街皆是圣人"的历史文化名城泉州。听说我调到了泉州工作，时任三明作家协会主席的高珍华老师非常热心地把我推荐给泉州市作协。当时，手握高主席的推荐信，心里忐忑不安，在此之前，我虽然加入了福建省作家协会，但还没有参加任何一次文学活动，也不认识几个作家，作协在我眼里是非常神圣而遥远的，就像远在天边的星辰。犹豫了很久，我才拨打了时任泉州市作协主席陈志泽老师的电话。电话那头传来的声音慈善温和，缓解了我紧张的情绪，他对我的到来表示欢迎并邀请我参加市作协举办的文学活动。

几天后，在作家林居真《五十一年之心声》首发式会场上，我第一次见到陈老师，和我想象中一样，气质儒雅，待人和善，与人交谈时总是面带微笑。斯文的样子、温柔敦厚的性情让我想起影片中民国时期的大学教师。他一点都没有作协主席的架子，热情地把我介绍给泉州文学界的朋友们。从此，在泉州作协这个大家庭里，我认识了许多志同道合的良师益友，与他们的交往与交流，给我文学创作打开了一个更加广阔的空间。

我来泉州二十年了，在我文学创作的每个重要节点上都能得到陈老师中肯的指点与热情的鼓励。在来泉州之前，我出版了自己的第一本散文集《橙色的天空》；来泉后不久，我的第一部长篇小说《漂亮不等式》由花城出版社出版。我把书送给陈老师，请他指教时，他非常高兴。正值泉州市政府征集第三届刺桐文艺奖的作品，在陈老师力荐下，《漂亮不等式》荣获第三届刺桐文艺奖小说二等奖，这对我来说，是极大的鼓舞。

陈老师根据我创作的特点，建议我把主要的精力放在小说创作上。我后来又出了两部长篇小说、一部短篇小说集，这些成绩的取得与陈老师鼓励与帮助分不开的，恩师之情，铭记于心。

每有新书出版，我都会在第一时间，送书给陈老师。我的几次新书发布及研讨会，陈老师都会亲临现场，写下专业、有指导性的发言稿。我时常满怀感恩地想，自己是一个很幸运的人，在文学创作路上，遇到许多像陈老师这样的良师益友，他们像一盏盏明灯，照亮我的文学之路，也给了我继续写下去的决心与勇气。

最后是真诚地祝福。时光不老,文学不老,祝福陈老师健康长寿,创作出更多更好的作品!

(作者系中国作家协会会员、福建省作家协会全委会委员、泉州市作家协会副主席)

蜕变自六十开始

李建民

泉州市作家协会创会主席陈志泽先生从事文学创作迄今六十周年,六十年来他先后出版各种文艺书籍二十多部,可谓著作等身。尤其在散文诗创作方面造诣很高,是中国散文诗研究会副会长,第一、二届"柯蓝杯"全国散文诗大赛特别奖获得者。六十年来,在他的辛勤组织带动下,泉州市成为全国散文诗创作重镇,至今已经拥有一支近百人的散文诗创作队伍,每年有很多作品发表在《散文诗》《星星》《诗潮》《福建日报》《福建文学》等报刊,并入选年度各种散文诗选本。对此,他功不可没!

如果说,早年陈志泽先生的创作,是由诗入文,再由文而诗(这时的"诗"当就是"散文诗"),是制约于时代的局限的。20世纪六七十年代革命的口号几乎掩盖了文学作为艺术创作的审美功能,代之以"高、大、全"的创作理念。那是一种谁也不能或免的时代症候,但也由此培养一批时代的鼓手和与时代共呼吸的底层写作。那时正在德化山乡插队的年轻陈志泽,怀抱文艺梦想,时不时地为文艺宣传队写下一批说唱材料,也从此练就与时势共振的驾驭能力。可以说这一切既是代价,也是能力的培养;既是某种耽误,也是一种收获!之后那样的政治气候没有了,但情感的纯粹也缺失了。比方对文学的热爱与执着,多少人因时因地位的改变,再也不"狂热",以至于把文学作为晋升和转行的"敲门砖"。而陈志泽没有,几十年如一日,似乎生之为文、为诗是他一辈子的梦想。

他沿袭的是老一辈文学家走过的道路,如郭风、柯蓝等。既是作协主席、文学刊物主编,又是创作者。这种行政、编辑、创作三职兼于一身,是一直以来过去文学界的一个好传统。说它好是业务精通、内行，能培养作者，创编结合。当然最重要的是有一颗带动一批文学爱好者投身生活与创作之中的心。不把文联当衙门，不把作者当陌生人，不把文章作交易，完全是一种无私，一股赤诚，一片冰心在玉壶。二十年当了两届的作协领导，带出了数百位作者，协助出版数百本文学专著，主编二十几年的文学刊物《晋江》(后改名为《泉州文学》)，收获了一个个荣誉，无疑是让人钦佩的。于他本人无怨无悔，于一个地区的文学事业却是一大功德！不是说文学没有谁不行，但换一个人可不一定是这个样子，无数的现实告诉人们：文学事业更需要奉献精神，更需要长久的专注与真诚，更需要与作者亦师亦友的联系与呵护，更需要坚持与耐力，不是吗?！

六十年慨而当歌。最让我感到欣慰的是陈志泽老师退休之后的文学上的"衰年变法"。我小陈先生十来岁，我望七，他届八。我们交集在20世纪80年代中期，紧邻在20世纪90年代初期。可以说他在20世纪"文化大革命"期间就进入了文学爱好的行列，那是一段极"左"思潮盛行的年代，文艺多数徘徊在"假大空"上。不用忌讳，没有谁能脱离那样的社会政治影响，也没有谁能独立于世外，所以说陈志泽那一段时间的创作以及之后的作品，很大一部分是受"主题先行"观念影响的。哪怕是一些很唯美的诗和散文诗，也在审美的功能上深受概念的左右，不禁让人唏嘘。那时的散文诗结构单一，大多精心虚构一种偶然或特遇，然而以一触即发地发掘所谓的内涵与发见，从而简单地得出一种启示或哲理，如出一辙。如此鲜明而单薄，奇巧而做作，少了意境也失意趣，所以我们常常为一代的文学感到可惜！话说回来，进入新时期，随着文学为政治服务功能的衰减，文学性、艺术性、审美性都在致力于文本意识的提高，一个时代的文风有了很大的扭转。此时的陈志泽更像一个久旱逢甘霖的赤子，立即投入文学观念的更新和新思维的接受之中。尤其退休之后，他的散文创作可谓面貌全新，脱胎换骨，给人以清新、老辣兼容印象。我庆幸陈志泽先生：固然人不能选择时代，但可以审视历史、反思现实，拥抱当下和明天，及时地调整自己，让丰盈的内心去悟透人世间的一切，包括我们一生执着的文学。从《相思树》《爱的星空》到《守望》《岁月的回声》，我看到了激情之后的沉淀以及喧嚣之后的冷峻，更看到了行文的从容与文本的成熟，看到了青涩之后的回甘与一种无羁的开阔和一往情深……

似乎他的文学自六十开始,他的蜕变也在此时,这本无憾,这本已足矣。更何况耄耋之年还在笔耕,这是多少人望尘莫及的!

(作者系中国作家协会会员、泉州市作家协会顾问、泉州市文艺评论家协会顾问)

永远的少年

姚雅丽

像一口汩汩冒出灵泉的深井,似一株四季常青、不断抽枝长叶的参天大树,如一支徐徐散发出温暖光芒的蜡炬。在人世间行走,在文字中跋涉,在晚生后学前行的路途中,他迈着青春的舞步,左手牵星,右手擎月,如翩翩少年,御风而行。

"高大挺拔""英俊潇洒""玉树临风"等词都是贴在志泽师身上的标签。当然,这些是外在的。他的魅力所在和影响力根源,在于其内在深邃广博的学养和傲然挺立的风骨。他是一面猎猎飘扬的旗帜,更是泉州文坛的一根标杆,代表了泉州作家创作的思想深度和艺术高度。

和志泽师话仙,是件舒心畅快的事。因为同住丰泽新村,得天时地利之便,我常有机会拜访志泽师,与他天南海北地神聊。在他家堆满了书的客厅里,志泽师的夫人齐老师笑语盈盈,忙着沏茶倒茶,志泽师舒展惬意地坐于沙发上。茶是老茶,沙发是老款式,话题却是常谈常新,天马行空,最终绕不开文学与人生。他乐呵呵地说着他所欣赏的人和事,那种欣喜溢满眉梢、嘴角。他会为某个冒尖的新生代作家而欢呼雀跃,也会为某个昙花一现的作者扼腕叹息,而那些沽名钓誉者,根本入不了他的法眼。"我在泉州文联、作协工作了几十年,人生百态都见过,得失荣辱也尝过。"说起文坛掌故,志泽师如数家珍。那些过往的情节,如在眼前。说到眉飞色舞处,你只需乖乖听他独角戏,偶尔配合剧情"嗯、哦"一下就行。齐老师如果忍不住插话,志泽师会立马不悦地阻止。他会像小孩子一样嘚瑟自己发表在《人民日报》《文学报》等权威报刊上的文章,也会为自己看不惯的人事而拍案而起,言辞之激烈,语调之高亢,满是书生意气,挥斥方遒。他就是这样率性、真实,谈吐掷地有声,思绪纵横捭阖。你在他的语言和灵魂里,找不到一丝世故、圆滑,更找不到一丝衰老的迹象。纯净如赤子,炽热如光焰。

我在写作上有一点小成绩,离不开志泽师一向的提携与鼓励。我第一篇在省外刊物发表的文章是志泽师指导、推荐的,我第一篇入选《散文精品集》的文章是他给的机会,我出版的第二本散文集是他主编的"刺桐花文丛"……我的文章,志泽师很少提批评意见,倒是有一星闪光点他就无限放大,这无疑给了我极大的勇气和信心。后来我负责丰泽区作协的工作,偶尔会吐槽事情多、工作累,他也只是笑笑,轻描淡写地说起自己长期主持市作协工作的甘苦。"泉州市作家协会从无到有,从默默无闻到发展壮大,一开始事无巨细,大都是我一人在忙乎。常常得利用自己的人脉开展活动,得挖掘自己的资源为作协活动拉赞助。外地来的名家也我自己掏腰包接待。包括《泉州文学》的出版印刷,也要我自己组稿、审稿、编印、联系作者、寄送书刊……"我一听,就不敢再吱声了。的确,志泽师像母亲哺育婴儿一样,把泉州作协、《泉州文学》一口一口地喂养大。

在文学创作和协会工作上,志泽师是我的良师益友。对很多在写作上矢志耕耘的文友们,他也不吝鼓励和扶掖。文人相轻,在他这里找不到。而文人之间真诚的帮助、欣赏、赞美在他身上则体现得淋漓尽致。"写文章一定要一遍遍地改,改到不能改为止。每一个词都要安放妥帖,每一句话都要干净准确。""文章刚写好不要急着拿出来,先放一放、晾一晾,隔一段时间再去看,你会发现自己存在的许多问题。"在读书会上,在研讨交流会上,在创作分享中,志泽师除了把他六十年的创作经验掏心掏肺悉数传授,还时时不忘提醒我们:"年轻人不要太拼、太累,身体健康排第一!"而每次参加活动,文友们出于敬仰,不由得要伸出手搀扶他,每每都被他甩开。"我自己走得好好的,不需要别人搀着扶着呀!"志泽师说这话时,铿锵有力,中气十足,透着少年家的倔。没错,人家是少年家,永远的少年。

在丰泽新村,我和志泽师是老街坊、老邻居。三不五时会在小街上、校门口、小店旁、菜摊前打个照脸。有时会开心地聊几句,有时只是隔着车隔着人远远地打个招呼。虽然总是匆匆忙忙,但都能感受到志泽师身上那种平和、温雅的气度。那些接送孩子上下学的宝爸宝妈们与他擦肩而过,他们并不知道,这个在晨光中、在暮色中步履稳健、笑容可掬的帅气长者,是泉州文坛泰斗。我步履匆匆地赶着去上班,志泽师也赶紧赶慢去买菜、去丢垃圾、去散散步,我喊一声:"志泽师!"他仿佛没听见,或者根本是视而不见。他沉浸于市井烟火里,乐滋滋地翻检着写作的素材。社区卫生院的医护人员、后坂小街上卖海鲜的鸱鸪姨、洗发店的小老板、送快递的小哥,甚至一只流浪的小猫、一朵开在天桥上的三角梅,都自在出没于他的文章中。他像一个好奇宝宝,自觉地融入百姓生活中,也在融入中切割、提炼着,在沙砾中淘洗金子,在风浪中打捞珍珠。

我每天习惯性地浏览志泽师的微信朋友圈。看他每天更新的美文。文章韵致丰赡,格调高远。有时凌厉如刀,有时绵柔似水;有时深沉如酒,有时炽热似火。几乎天天有新的文章上线,你惊叹于志泽师创作的量,沉醉于他独特的语言魅力里,更为他不断呈现出来的鲜活与明快所折服。这样的创作速度与激情,分明就是满腔热血、青春飞扬的少年。他一直在挖掘、吸纳,也不停地创新、产出。在不懈的追求中成就了自我的文学人生,也铸就了一座文学宝藏,凝成了一种宝贵的精神力量,让年轻一代的作家们不敢懈怠,追光向暖,逐梦前行。

"写作就是一场长跑,不在于瞬间的速度,而在于持久的耐力。"一句看似简单的话,却有着某种神奇的力量,在晚生后学心中开出绚丽的花朵,继而蔓延成一个姹紫嫣红的锦绣春天。志泽师就是那个催开一树繁花的春的信使。这个春的使者,也在春光中奔跑着,是曾经的那个少年,永远的少年。

(作者系中国作家协会会员、福建省作家协会全委会委员、泉州市作家协会副主席、丰泽区作家协会主席)

守林人

陈志传

想给志泽老师一帧速写很难,他其实是个很难定义的人:老作家、老编辑、文化学者、慈厚长者等等,但又不完全准确。他辛勤耕耘文学园地一甲子,著作等身事实俱在,文学成就也已早有定论,创办泉州市作家协会等功劳也无须赘述,更难得的是他对泉州文学青年的关爱和扶持,如雨露如涓流,如大江如海洋……此刻,我蹦出脑海的词汇便是:"云山苍苍,江水泱泱,先生之风,山高水长!"

如果非要用一个意象来形容的话,我想应该是守林人。我对"守望"这个词一直存有偏爱,既有坚守又有希望,前路虽漫漫但有星光做伴,不至于渺茫生悲。守林人的心境应是非常宁静憩和的,他长年与各种树木为伍,熟悉它们的生活规律,悉心照顾着它们不受外来侵害,守望着它们茁壮成长。与守林人相伴的,都是些松鼠、野兔、麻雀之类最单纯的生命个体,日巡群山,夜望云天,守望的生活自然使得守林人心明眼亮不染尘嚣。

记得 2002 年,志泽老师应邀参加惠安县青年作协换届活动时,得知我刚有一组诗在《星星》诗刊发表,大为高兴,便叫我把诗稿发给他。没曾想过后不久,他竟然写了一篇赏析文章对我多有褒扬,并叮嘱我要及早把诗作结集出版。在此之前,我因为个人原因停止创作达八年之久,重新开始写作正当迷茫之时,极需要有人指明方向。

当我把薄薄的诗集稿交到他手上时,他立马帮我校对书稿、联系出版社、挑选照片设计封面,并写了序言《情海中摇曳的焰光》发表在《福建日报》上。那一年,我的这本诗集《情海泅渡》获得了福建省第十八届优秀文学作品奖,是那届唯一的诗歌奖。

正是志泽老师的鼓励,似露珠流过干草尖,似甘霖唤醒旱涸地,让我重拾文学信心,轻装前进。

志泽老师待人极诚恳,从不摆老资格,特别是对待文友他尤为谦逊,经常在朋友圈上默默地为文友们点赞鼓劲。2020 年初,我因为连续两年申请中国作协会员均铩羽而归,在朋友圈上发了点牢骚,他马上回复叫我不要气馁,鼓励我说早晚会加入的。志泽老师算是看透了我,狂劲浪劲的背后其实是深层次的自卑,常常稍受挫折便一蹶不振。如果没有他的鼓劲,第三年我会不会继续申请还在两说。

翻开志泽老师的创作年表,密密麻麻的记录(他自谦为"脚印")让我心生惭愧,他总是在自己的森林王国里辛勤地耕作着,拾掇星光、鸟鸣、落叶、蛩声等,谱成大自然的交响曲。在许多人的心目中,"理想""信仰""灵魂生活"都是过时的字眼,但是通过志泽老师言传身教,我更加坚信,人的灵魂生活比外在的肉身生活更为本质,每个人的人生质量首先取决于他的灵魂生活质量。

我突然想起了跟志泽老师的第一次"邂逅",那是他1983年出版的《相思树》。1984年我初中毕业暑假期间,在一个同学的家里见到它,翻开读了两篇便爱不释手,觍着脸向同学借阅了两个月,还是在他的再三催要下才还回去的。这应该也是我的文学启蒙之一吧?泉州的散文诗创作在全国享有盛誉,不久前又获颁"中国散文之乡"荣誉称号,志泽老师是当之无愧的带头人!

今年(2023年)收到志泽老师文学创作六十周年座谈会邀请函时,便构思着要如何发言,谁曾想那天,恰好中国诗歌学会王山书记和省作协林秀美秘书长要来惠安考察创建"中国诗歌之乡"情况,我必须陪同汇报。座谈会是去不成了,对志泽老师的愧疚之感,便成了根柔软的刺,梗留在嗓子间,刚好借此机会清清喉咙,并表达我由衷的感激之情!

(作者系中国作家协会会员、泉州市作家协会副主席、惠安县家协会主席)

文坛常青树　激情不老松

王忠智

冬日暖阳特别可爱,他以慈祥的暖意,抚慰冷寂的心灵。因而冬阳是诗,是天使,是温暖的神祇。当我踏进主人客厅那一刻,我注意到太阳正斜照在主人的额头,泛起一片智慧的涟漪,闪闪烁烁。主人即是享誉全国散文诗界泰斗、泉州文坛的领军人物陈志泽老师。

一辈子遇到的老师不会少,但可遇不可求的是恩师。显然,恩师是发自内心的称呼,是对自己人生旅途有特殊帮助的老师的尊称。志泽老师便是我一生中值得尊敬的恩师。笑容像往常一样不可拒绝、亲切地迎了上来,刚落座,我们开门见山,就像久别重逢的朋友,无拘无束地聊了起来。聊着,聊着,他的音量不断升高。原来,他得知最近散文诗的文体问题的争论激烈,"诗歌论"以有独占鳌头的样子。"散文诗的文体归属早在鲁迅、柯蓝、郭风等老一辈散文诗作家就已经奠定了独立的地位。"那声音坚定自信、毋庸置疑。嗓音越来越大,"现在有些人,故意混淆概念,这对我国散文诗发展事业是很可怕的"。耿直、坚定、自信的态度,不难看出一位老作家强烈的使命感、责任感。我因担任泉州市作协副秘书长兼散文诗创作专委会主任,有过多次探讨,跟他是一致的。多年来,他一直呼吁,在全国报刊网站频频发表学术文章,因此也深深影响我的创作方向和理论水平。我曾先后三次召开泉州市散文诗创作研讨会,邀请他参加,并做主题演讲,他深入浅出,务真求实,观点新颖,成为引导我市散文诗作家创作的风向标。

有人说,荷尔蒙与激情与寿命有直接的正相关,我更加相信这一点。你看志泽老师年届八十,依然容光焕发,谈笑风生,中气十足,思维敏捷,逻辑清晰。文学这股清泉给他滋润,他又给文学田园回流灌溉。"1962 年我在《泉州报》发表组诗,到去年,我突然发觉一眨眼六十年过去了。"白驹过隙,六十年在历史长河是一瞬间,但在这历史长河中能留下几朵闪光的浪花,大多是做不到的。他的散文入选《中国新文艺大系 1976—1982 散文集》《新中国散文典藏》《人民日报 2017 年散文精选》《〈福建文学〉六十年作品典藏·散文卷》等,出版了《大地与履痕》《岁月的回声》《守望·走不出故乡》《牵你的手》等专著,其中《岁月的回声》《守望·走不出故乡》获福建省作家协会举办的年度优秀作品奖。出版《相思树》《绿风》《爱的星空》《阳光与灯影》《浪淘沙》《散文诗与创作谈》《容易被遗忘的花朵》《热土·乡音·人》《散文诗艺术技巧例话》《中外散文诗精品解读》等散文诗专著,作品曾获华东地区优秀文艺图书奖、福建省优秀文学作品奖、福建省委宣传部举办的征文奖、《福建文学》评选的优秀作品奖、首届及第二届"柯蓝杯"全国散文诗大赛特别奖、《诗潮》年度散文诗单项奖、"创造杯"散文诗(2020—2021)双年奖。2007 年11 月在纪念中国散文诗九十周年活动中,他被评选为"中国当代(十佳)优秀散文诗作家"……

无疑,志泽老师对中国散文诗事业的贡献是巨大的、有目共睹的。我认为:一是创作风格的独特不可替代的。作品以浓郁的散文诗语言,汲取散文与诗歌长处形成自成一体的散文诗风。二是思想性与艺术性兼容,纵观他的作品,文风正,格调高,唤起人们对生活的热爱和对革命事业的奋发有为。三是内容与形式的完美结合,他的作品既有形式上的美,又贴近生活,内容丰富而生动,看似白话,实则耐人寻味。四是强烈的文体意识。当有些人有意识将散文诗边缘化、散文化、诗歌化，他总是勇敢面对，振臂力争。五是坚持创作与艺术探索相结合。一以贯之的散文诗独立的文体意识，注意汲取散文的叙述、描写、铺垫等，又主动接受诗歌的诗意美、凝练美，诗歌的隐喻、象征、通感一系列手法。大胆实践波德莱尔的灵魂的动荡、梦幻的波动、意识的惊跳等散文诗的典型艺术特征。连续五年应邀担任《散文诗世界》"佳作赏析"栏目主持人，融合他的散文诗观，推介大量散文诗精品，对促进全国散文诗队伍的建设和提高创作水平起到不可估量的作用，中国的散文诗史应该留下他辉煌的一笔。

志泽老师以一位长者大度的风范，如沐春雨滋润一棵棵幼苗长成参天大树。我原来是写诗歌和散文的，有一次我带着稿件让他提修改意见。刚看几行，突然抬起头来看着我，"你好像更适合写散文诗"。一种文体向另一种文体转变，对作家来说是需要勇气、魄力，意味着要付出代价。因此如果说我这辈子的写作生涯取得点收获，尤其是散文诗创作上取得一点点进步，跟志泽老师点拨不无关系。当然还有潇琴、耿林莽、邹岳汉、海梦等老一辈散文诗作家的精心指导。这些恩师的浓浓师恩永生难忘。

"写散文诗就像挖井，找准一个点，深挖自然就会冒出清澈的甘泉。"这是志泽老师很早就跟我说过。最近泉州的中国散文名家座谈会上，有一位散文大家也说出类似的话，何其相似。在他的笔下，自然界万事万物皆有灵性，一石一岩、一木一草都获得了生命。我获得中国地市报新闻副刊二等奖的《山之魂》就是受到此启发的。他还跟我说过"一部作品要让读者感动，首先要能够感动自己，任何作品都必须具有浓烈的感情"。在创作《童年的阳光》的选材上，我从心灵的高地选择"母爱"这一情感最真切的题材，果然获得了当年中国当代散文奖。在纪念吴鲁状元逝世一百周年爱国主义全国征文获得一等奖的《倾听吴鲁》一文，将浓烈的爱国激情赋予吴鲁这个特殊历史人物，塑造一个爱国主义者光辉形象等。在志泽老师的指导和影响下，散文诗这条创作之路，铁定了心。创作激情喷发出无穷尽的火焰，燃烧了理想天边的云霞，先后出版《独坐秋山》等四部散文诗专著，作品在《散文诗》《星星》《诗潮》《中国诗歌》《文艺报》《福建日报》《福建文学》频频见报。耿林莽、邹岳汉、海梦、伍明春、李需、陈志泽等一大批中国散文诗界大家都对我的作品赏识推介。回想起来跟陈老师的影响是分不开的。

从某个角度来说,志泽老师也是泉州散文诗作家的恩师。很多散文诗作家都是在他直接和间接指导下成长起来的。一有机会大力推介泉州散文诗作家,在他主持的《散文诗世界》佳作赏识栏目就有十多位泉州散文诗作家作品通过他的笔下走向全国。每次见面都会谈到泉州散文诗作家创作情况,诸如又有哪位新秀作品在全国某大刊亮相了,兴奋之情言溢于表。

冬日的暖阳已占据了客厅大半,与志泽老师的相会总是过得飞快,一眨眼,对面墙上的时钟指向十二点,我该起身告辞了,每次总会留到下次的话题。志泽老师的眼光依然那么慈祥、那么深邃、那么富有灵性。冬日的阳光照亮了主人的客厅给这六十年的笔耕带来暖色,志泽老师又通过他的笔尖传递给无数读者不尽的兴奋激情。予我的感受还是今年7月2日我主持召开的泉州散文诗漫谈暨陈志泽文学创作六十年座谈会的总结:"陈志泽老师追求文学艺术创作理论研究并行,诲人不倦的精神值得全市作家学习。"我们愿志泽老师这"文坛常青树,激情不老松",激情永驻,文学长绿,健康长寿。

(作者系中国作家协会会员、中外散文诗学会理事、泉州市作家协会副秘书长兼散文诗专委会主任)

〔《陈志泽六十年文学创作笔谈》(九篇)原载《泉州文学》2024年第二期〕

陈志泽散文诗点评

孙绍振等

云　海

陈志泽

要不是我的手扶着身旁的绿树，要不是我的脚踏着坚硬的岩石，我真怀疑，我也被卷入波涛翻滚的大海了，云浪把群山都席卷了，把树木都淹没了，正在涌向天际……

突然，东边透出了亮光，什么时候，太阳庄严地撒下了万束金线，云海平静了，浪，仓皇地逃遁了，只遗落一些碎片。本来威武的峰峦，站起来了，依旧那样威武，本来俏丽的丛林闪现出来了，依旧那样俏丽！万种神奇复苏了，顷刻间仿佛更加充满了灵性，神采焕发。我，也从迷茫中归来了……

我轻轻一笑，这一夜聚集的轻飘飘的水气，它有什么力量呢？

（选自《羊城晚报》1982 年 12 月 24 日）

孙绍振点评：

陈志泽的《云海》我以为可以列入为散文诗上乘之作。

这好像是散文的写实，没有诗的想象，也没有直线上升为象征，全都是那么实在。第一节是云海淹没了一切。第二节是阳光驱散了云浪，好像太平淡了，然而不平淡，这表现在对比中显示向相反方面的迅速变化，更不平淡的是，作者的心灵也迅速地被触动了一下。第三节把这微妙的秘密揭示了。这是以写实的散文为形式来抒写内在的、默默地变化着的感情,就感情表现的精致,就语言形象的呼应来说是诗的。每一节每一句都因另外一段、另外一句的存在而变得深刻,变得更加重要,不可移易。就笔法来说也是诗一样缜密的。这里的形象,并不像散文那样浮在字面上,而是在字里行间,或者叫作"象外之象"吧。

此类作品比之想象性的有更广阔的天地,同时需要更多的生活实感,也要求比较切实的表现。没有对生活的奥秘微妙的领悟,没有对心灵微波的真切体验,光凭想象的变异和绚丽的文字是不成的。一个散文诗的作者,应该在写实和想象两个方面都是能手。而且(也许是我的偏爱),写实性的散文诗,似乎有更广阔的发展余地。

(原载《论散文诗》,《福建师范大学学报》1983 年第 3 期)

一　瞬

陈志泽

你不易觉察到它。它悄悄地从你身旁疾驰而过,一瞬、一瞬……

或许只有当蓓蕾在不经意间突然在枝头上绽开红花,

流星倏地划亮天空,导火索燃烧到了尽头,

闪电猛然撕开雨夜的帷幕,

只有当球桌上那最后的决赛,决定胜负的成功的一击,

凌空的横杆上那令人震惊的矫健的一跃……

你才突然感觉到一瞬的绚烂、一瞬的威力、一瞬的庄严、一瞬的宝贵!

啊,这急驰的时光的一闪……

你不易觉察到它。它悄悄地从你身旁驰过,一瞬、一瞬

它在一笔一笔地写着你的历史——平庸或者璀璨;

它在一丝一丝地带去你的年华——去编织壮美的锦绣或者随风飘散……

(选自《散文》1983 年第 11 期)

周恩来的马灯

陈志泽

墙上一盏精神抖擞的马灯，还同当年那样等待着随时紧跟主人突进驰骋……

伤痕累累。风雨雷电肆虐疯狂，却掐不灭一朵跳荡的灯火。

一只流萤洞穿如铁的黑暗。

一颗星火撩破漫漫雨帘。

这一盏周恩来的马灯，多少次探寻化险为夷的路径，开启了胜利的玄机，多少次照亮突围的缺口，映红军事地图上祖国的一角角江山……

熔尽夜色，曙光从灯里跃上天边，弥漫全中国。

这一盏周恩来的马灯啊，灯油早已燃尽，灯光却永远明亮。

我放慢脚步走近，仰视着这一盏马灯，轻轻捧接它的一缕光辉，珍藏心头……

（选自《人民日报》）

李福登点评：

陈志泽的散文诗我是第一次读到，包括他的名字。但这并不妨碍我喜欢他这组散文诗。在《散文诗世界》2011 年 6 月号的建党九十周年特别专栏里，他的作品摆在首位。而这章《周恩来的马灯》便是他这十章散文诗中的主打。

诗人以周恩来总理常用的马灯切入,用伤痕累累来突出马灯不凡的过往,这过往里,虽然风雨雷电是多么疯狂,但马灯没有被掐灭,因为它有着不败的信念——这源于它的主人对革命的坚定与执着。而正是这伤痕累累的经历,令人对马灯的主人周恩来所走过的革命旅程充满了钦敬与仰望——那"如铁的黑暗"里,总理用他那流萤一般的灯火,点燃更多更远的散布于中华大地的革命火种,点燃中国革命路上的每一个转折点。这一盏马灯,对于总理,对于中国革命,对于水深火热中的中国人民,不亚于一枚耀目的太阳。诗人陈志泽以区区两百字的短小篇幅,为我们再现了一个为国为民鞠躬尽瘁的人民好总理的光辉形象,也赋予了原本在中国民间最为普遍的马灯以特殊的意涵。

窃以为,陈志泽这一章散文诗,精悍中见神韵,简约里有风骨,因此忍不住写下这读后的文字。

(原载网络平台)

海岛林带

陈志泽

车进侨乡,归侨父女兴奋地对话——

女:爸爸,那是什么? 像是飘动在海岛的颈脖上一条翠绿色的围巾,那么轻盈、柔曼!

父:是的,是的,千百年来那累累荒冢可不是坚固的甲胄,海岛只披着那衰草和枯树编织的破烂衣衫! 她抵挡不了凛冽的风沙,她经受不了彻骨的寒冷,面容憔悴,奄奄一息……啊,系上了这翠绿色的围巾,她才全身暖透了,变得像你们少女一样地青春焕发、壮健美丽……

女:真好! 爸爸,你听那海浪也为她唱着动人的情歌!

父:是啊,你看,大海捧出了让她梳妆打扮的明亮的宝镜!

女:啊,那巧夺天工的针织师是谁呀?从哪儿学来的本事呀,爸爸?

父:哦,他们是你很快就能见到的乡亲,千百年的苦难熬炼出他们无穷

403

的智慧……

（选自《儿童文学》）

佚名点评：

这篇作品的构思相当巧妙。作者并不直接向读者描绘侨乡风景，而是通过归侨父女的对话，侧面揭示侨乡的沧桑巨变，从而谱写了一曲侨乡颂歌。

开篇只用一句简洁的旁白，即把归侨父女推到幕前，然后集中笔墨写这一老一少的对话。这是借用戏剧舞台的表现手法，写来亲切自然，却又那样诱人遐想。

显然，女儿是初次归来，她对故土海岛的往昔和现在都是一无所知。因此，当她乍见海岛上那"翠绿色的围巾"似的一抹林带，不禁惊异而兴奋。而父亲，作为深知海岛历史的老一辈归侨，他的记忆却是不无辛酸的。"累累荒冢""衰草和枯树""凛冽的风沙"，这就是他对海岛往昔的印象。也许正是不堪这块土地的荒寒和贫瘠，当年他才背井离乡，远适异国去寻找生计。现在，当他带领女儿重返故土时，看到的却是像少女一样"青春焕发、壮健美丽"的海岛，怎能不感慨系之、兴奋喜悦呢！于是，父女两代人都为海岛的今日感动不已，女儿从海浪听出了"动人的情歌"，父亲从大海看到了让海岛"梳妆打扮的明亮的宝镜"。"观山则情满于山，观海则意溢于海。"（刘勰《文心雕龙·神思》）这一对父女俨然如诗人般意兴盎然，出语不同凡响！尤其绝妙的是最后那一问一答，由物及人，蓦然托出了海岛人民的坚韧、勤劳和智慧；而这些用灵巧的双手为海岛编织"翠绿色的围巾"的人们，正是归侨父女回来探望的"乡亲"，可以想见他们对于故乡亲人该有多么深挚的情意和敬佩。

通篇没有一句作者的赞美之辞，然而他对如诗如画的侨乡之赞美，以及对侨乡人民的歌颂，却流溢于字里行间。作者从作品中隐退了，但是，他的情感却赋予作品中的人物。"不着一字，尽得风流。"这就是作品从巧妙构思获致的含蓄隽永的抒情效果。

（原载《古今中外散文诗鉴赏辞典》）

当对得起每一声心跳

陈志泽

静夜里，猛然听见自己的心跳声，这是上帝在重重地叩击我的灵魂。

心脏每分每秒这样下大力气坚忍不拔地跳动，这是上帝不变的恩赐。

只有生命的列车到站了，轰鸣的发动机才寂静下来。

心跳每一声都迸溅着血，都激荡着血的波澜，都催促着生命的车轮滚滚飞驰。

那么，毫无疑义，当对得起每一声心跳……

一鸥点评：

生命是上帝的恩赐。但是上帝并非将生命白白赐予人，他每时每刻都在"重重地叩击人的灵魂"。诗人陈志泽在静夜中听见自己心跳所引发的联想，让读到《当对得起每一声心跳》的每个人不由得一惊。感恩生命的来之不易，反思生命存在的价值，将属于个人的生命，推向更加深远的人类生存意义，陈志泽的这首短章，在文字之外有着太多的潜台词，足以让我们一再咀嚼。

(原载《冯站长之家》"一日一诗")

一句话

陈志泽

一句话，穿越岁月的九重天，降落在我的心中。那是从天堂里投射的一缕慈爱的亮光。

一句话，似幻还真。那是从一个肺腑里升起，直抵我灵魂的一丝羞涩的风。

一句话，是一串震天的雷，在我的心底炸开永不凋谢之花。

一句话,能点燃一场火,能带来绵绵春雨,能融入我行走的步点,能吹送我飞上长空。

一句话,早已飘失在岁月的烟尘里,却又在某个时刻突然响起。

羸弱的人生,幸亏常有一句话扶一扶,走一程……

一鸥点评:

不就是一句话吗?作者却想象出那么多情景。不同的一句话具有不同的象征义,作者却只有微妙的暗示并不道明,因而独特和有味。

"从天堂里投射的一缕慈爱的亮光"也许指的是已去了天堂的父母亲曾经的一句充满爱的话。"一丝羞涩的风"似乎来自一位女性,也许是情话,而"一串震天的雷"是不是一句强烈的振聋发聩的开导? 还有其他的能导致"火""春雨",能指引"我"行走或高飞的一句话……在作者笔下都很神奇,很耐人咀嚼、耐人体味。细想,每个人何尝没有这样的永生难忘的"一句话",作者正是从人人"心中有"的一句话,抽绎出"笔下无"的哲理,给人以思想的启迪和真善美的感染。

作品的结尾升华了题旨,一句话竟然能为"羸弱的人生""扶一扶,走一程",它的宝贵与美好不言而喻,化虚为实的手法平添了浓浓的诗意。

(原载《冯站长之家》"一日一诗")

诗词一束

墙上的时钟转了一圈
——访老作家陈志泽

叶志如

透明的空气与明亮的吸顶灯，
暖暖地散发舒适温馨的光芒。
我们捧起这一段美好的日子，
时间分分秒秒都弥漫着芳香……

如何有流泉叮咚，
加入了一群人的欢笑与畅叙？
草木也在摇曳着优雅美妙的旋律。
话语声声怎说得尽人生？
词汇的拘谨与规范，
已化作起伏的波浪。
而这一切，
都回旋飞舞在一张不大的书桌上，
每一只铁观音的杯盏也发出清脆的声响……

那些传播人类灵魂的书籍遍布居所，

文房四宝蛰伏在靠窗的地方。

老人的矍铄与睿智，

吻合着我们的想象，

不经意，

墙上的时钟转了一圈……

（原载《海丝商报》2019 年 3 月 25 日；作者系福建省作家协会会员、中学语文高级教师）

散文诗境抒豪情

吴捷秋

散文诗境抒豪情，文学诗思启性灵。

著作等身亲笔政，文风郁郁蔚菁菁。

乙亥花朝书赠泉州作协主席志泽同志

（原载《容易被遗忘的花朵》，大众文艺出版社 2009 年 9 月出版；作者系著名戏剧家、诗人、书法家）

赠中国散文诗学会常务理事陈志泽作家

（中国香港）蔡丽双

钦乡贤志泽，持携新秀总倾情。

循循善诱，频频利导，深衷教诲妍精。

浩博文魂闽水淌，遒昂诗魄笛声腾。

春风萦化雨，勤犁沃土喜长恒。

龙飞远境，凤翥征程。

大略良韬在手,气象宏开日蒸蒸。

匠手知勤奋,力作胜瑶瑛。

墨馥殷殷恭致意,尤仰止,敬祝康怡珍品与时增!

2020 年 11 月 3 日

(原载《绚丽风华》,香港文联出版社 2023 年 10 月出版;作者系香港文联主席)

七绝·贺志泽老师文学创作六十年

王炜炜

执笔勤耕六秩芳,弦歌不辍奏华章。
等身著作倾桃李,璀璨文坛美誉扬。

蝶恋花·致敬陈志泽先生

陈绿山

橡笔著书书几许?作品齐身,旗帜飘环宇。中外散文诗论处。宝刀依旧迎风雨。

甲子经年丰玉树。特奖柯蓝,创造杯高举。开卷泉州香满路。诗兴常有惊人语。

致敬陈志泽先生

苏良煜

笔耕不辍逾甲子,立言最爱散文诗。
等身宏著堪垂范,誉满杏坛斐凤池。

2023 年 7 月 2 日

陈志泽先生（中华新韵，七律二首）

李立仁

一

故土难离认古城，临风玉树变皤翁。

高中作品投豪敢，党报词园入热腾。

妙笔执持多顺手，期刊登载够严能。

散文诗好传播广，海内十佳赞朗声。

2021 年 9 月 17 日

二

《相思树》挺闽高峰，办《晋江》刊毅力恒。

除旧布新春色绽，守文持正位阶登。

引经据典良言助，染翰操觚倡序成。

系列丛书出费事，百花齐放赖东风。

2021 年 9 月 18 日

附 录

思念磁灶，怀想晋江（二十三章）

陈志泽

晋江怀古

伫立水边放眼望，那浪千叠里，写着多少诗行？迷蒙之中，流动着什么？

狼烟里的中原走出浩浩荡荡离乡背井的队伍，艰难的跋涉，踩出历史的长卷……

奔流不息的晋江，温情脉脉；四季如春的异乡闽南，胜似家园。

丛丛篝火，舔净了血迹，染红了寥廓的江天，烘暖了僵冷的躯体，照亮了前面的路程……

战火烧不灭的悠悠天籁，无法践踏的大地不朽之花……中原古文化的瑰宝，也同逃难的衣冠士族一起沿江而居、扎根萌发、繁衍茁壮！

以"晋"得名的江啊，从此涌动着诗意的交融、深邃的和谐、不竭的生机！

晋江的波涛呼唤着逃难晋人的追寻。

永载史册的脚步声灿烂了晋江的奔腾。

捧一掬晋江水啜饮，能不尝出晋江的甘甜、晋江的温热、晋江的滋味？

草 庵

茅草的房屋，居住的光明不灭。

小小的"遗迹"，叫联合国教科文组织考察团"最大发现"的惊呼在石碑上落定,叫世界的目光纷纭集聚。

摩尼佛像,依五彩石壁而琢。莲花座上涌溢缤纷。前方是万石梅峰的腾跃,背后有光芒的弥漫。

石刻的门联上,弘一法师笔端流出的殷殷关切,脉动着、温暖着。

门前的老桧树因崇敬而匍匐,每一杆枝叶都举起不褪的绿光。

寺旁弯弯小石桥,行者的步履重重,写满景仰的诗篇。

那一只"明教会"的黑釉碗,破裂的声响穿越时空隐约传来,瓷碗上完好无损的字迹却格外清晰明亮,闪耀在宋的云雾里。

覆盖黑暗的光明将这座山的所有空间填满,柔美了人间,也沐浴草庵的洁净与温煦……

伫立在磁灶窑址

童年,赤脚走在红土路上,从泥土里冒出来的陶片刺痛我的娇嫩,却磨砺出我脚底下一层厚茧。

长大后我才知道,这一条条红土路竟是陶瓷的路,通向四面八方的声名大噪,通向"海上丝绸之路"的森森云水。

我的故乡,一个以陶瓷得名的古镇磁灶。

我走得再远,也走不出她那起于西晋的陶瓷史的幽深与遥远。

岁岁年年,从祖祖辈辈乡亲们勤劳智慧的基因里,从古镇磁窑的胸怀里,一批批情意滚烫的陶瓷,走进海内外人们的渴望……

而今,当我伫立在金交椅山磁灶窑址跟前,仿佛又亲近了昔日的窑火、烟雾和人声鼎沸的波浪,叠印着梅溪风光的陶器载满一辆辆独轮车,在村道上一路落下辙痕的花朵……

金交椅山的传奇

一座荒凉的山,只长黄土,却赋予一个黄金的名字:金交椅。

这不是历史的误会,古来晋江人双手痒痒的,非得到山上制造金子。

他们千辛万苦牵来条条龙,令其心悦诚服伏下,源源不绝传子生孙。

磁灶窑就这么自南朝、唐、五代到宋、元、清,在磁灶敞开胸怀的山山岭岭驻扎。

岁月无情地搬走了许多金子,掐灭了许多花朵,一部传奇还是遗留下余味无穷的残章。

去看看金交椅山窑址的四条龙窑遗址和一处作坊吧,去聆听一支条石与方砖砌筑的交响曲吧。

如果还要问:那些瓷碗、罐、军持、瓶、盏、注子、碟、盒,如今何处找寻?请到民间深处走走,兴许会遇见映照你眼眸的惊喜。或且去问问日本古老的樱花,去问问东南亚星罗棋布的海岛,岁月将它们跨山涉水融入那里的万家灯火,闪亮在欢声笑语间……

你将咀嚼不尽一种人类前所未有的创造之美。

《晋江县志》汹涌着磁灶古陶

翻开乾隆《晋江县志》,汹涌的大缸、大盘、军持、龙瓮、花插、罐、钵、瓶、碗、壶……差点把我淹没。捞起一件件端详,质朴而雄浑,简洁而精致,轻扣之则金属般的声音袅袅!难怪能胜任繁杂生活的良伴,经得起咸辣酸碱的容纳。那一人高的大缸可是酿酒、腌菜、储水用的?眼前似觉闪过家庭主妇忙活的影像;想象花插与亭亭玉立鲜花相互映衬的优雅,无诗也能迫……

从地下古陶瓷堆积层返回人间的磁灶古陶,细说着《晋江县志》的实录。工艺惊人的老到,色彩和装饰竟然依旧那么清晰;根植于平民情调的土壤,划花、印花、堆花、绘花多种多样;散发百姓思绪的芬芳,龙纹、缠枝花纹、莲瓣纹、牡丹花纹活灵活现。

跨过千百年的暗夜,磁灶古陶跨进了"世遗"的册页。

面向金交椅山窑址,我的耳畔响起"瓷器出晋江瓷(磁)灶乡,取地土开窑,烧大小钵子、缸、瓮之属。甚饶足,并过洋"的画外音,心跳的阵阵和鸣……

安平桥

千钧重石一块块从水中浮起,铺排出五里长桥。

八百年岁月之水漫流不息,涟漪的游鱼在石板上轻漾。从不间断的脚步,蹚着时光的波浪穿行,磨砺出石板光亮如镜……

不必细说安平桥是世界上中古时代最长的梁式石桥,也不必称颂它是中国现存最长的海港大石桥,望一眼这"天下无桥长此桥"的杰作,想象宋时此地海内外繁荣昌盛在桥上穿梭,谁不心潮澎湃、血脉偾张?

肆无忌惮的恶浪撕扯不了桥墩的牢固,随心所欲的雷电炸毁不了岩石的坚硬。

什么样的风云没有从桥上滚过?战马的铁蹄、百姓的赤脚,商贾、渔人、农夫、"过番人"的笑声抑或泪滴不曾在桥上印染?

安平桥是一架巨无霸的琴,八百年弹奏着多彩的旋律。

安平桥是劳动者双手安放的壮丽通道,今日沐浴着新时代的阳光,人间的欢乐随意通行……

五里桥石板

八百年岁月之水漫流不息,涟漪像鱼在石板上游。而从不间断的纷繁的行人的脚步蹚着时光的波浪哗哗穿越,磨出一块块石板光亮如镜……

急雨还在不期而遇溅落。舒张延伸五里长的躯体——石板桥全身心承接天上来之水,绽放出来的花朵再也不谢,在石板上牢牢生长,日光的亲吻下逸出缕缕芬芳。

说是难免的风化,实是花岗岩把风生水起图景传神的镂刻!那些粉碎了的石的颗粒随风而去,飞上天空,化入大地,融进桥紧紧连接的、比五里之外更遥远的角落。

恶浪曾在五里桥石板上肆意冲击出自己的起伏,雷电也曾肆无忌惮劈开石的坚硬,将平坦篡改成为坎坷,宋以来朝代的更替,什么样的脚步的水没有从桥上通过? 惊天动地抑或寂静无声,五里桥每一块裸露着的石板,最大限度接受世界与人生的所有赠予,并在它竹简似的古朴书页上记录下象形文字……

村　口

——到外地去都得走出村口

少年的我,每次离家都不情愿。

走到村口朝前望,一片迷茫,那一道赤土的坡像洪流硬是将我冲了下去,坡上的老榕树颤抖的手抓不住我的衣袖……

随着洪流漂游,就到了古石桥。桥把我托了起来,让我从她身上走过,高一脚低一脚走向远方的学堂。

每次走出村口,都是心的磨砺。

不情愿也得走。

村口是我人生的驿站,从那里我游过一道道必不可少的洪流,穿越一座座必经的桥……

后来我回乡,村口的赤土坡不见了,老榕树不见了,古石桥也不见了,家的吹烟不知何时飘入岁月的时空……

我的心空落落,不情愿走出村口。

不情愿也得走。

发黑的石桥

——到外地念书那几年每周穿过晋江苏垵古石桥回磁灶……

石桥上什么都走过,逃难的乡亲,荣归的番客,土匪和剿匪的部队,独轮车和牛,花轿和棺材……石桥慢慢就承载不起了,驼了背,跛了脚。

石桥是侨乡史册的一页,虽已残破,可重重叠叠写满沧桑,发黑了。

石桥下的溪水却不老。溪水挨着石桥潺潺流过。溪水漂不白石桥,却带去石桥上星星点点古老的文字——在水波里泡开了,就是一些关于山村的故事,溪边田亩里劳作的乡亲,总也听不够溪水的讲述;老人们常掬起一把流过石桥的溪水啜饮,抖颤着胡子一迭连声赞叹"有味"……

黄土地与诗人

——退休后专程重返磁灶

黄土,还是黄土。房屋和瓷窑也是黄土的雕塑。

黄土里沉积着黄土煅烧的陶瓷的碎片和陶乡世世代代的残梦。

一棵长生不老的风水树,俯瞰着村庄,给村庄带来绵绵福荫。它在高高的黄土山坡上注视着人世间的风云变幻。

横贯村庄的宽广的大道就像一段定格的黄河。阳光下格外耀眼,明丽而坚实,令独轮车一路印着辙痕急驰,挑着重担的农人快步如飞……

故乡的黄土地哺育的千千万万儿女中的一位,人们称他诗人。

当年呱呱坠地,啼哭声从龙眼宅的山坡下一处低矮的土屋里飘入乡村,后来渐渐萌发出一些文字,化作人生旅途上的脚步声、欢笑声和沉重的叹息……

像一件运送四方的陶具——陶具里的一尾鱼,他游离了故乡。但他沾着故乡黄泥土的芳香,沾着故乡陶窑火焰的温热;他常在梦中揉捏着黄泥土的陶罐或"海碗"……他的诗也就陶一样粗犷、朴素和明亮。

诗人重返故乡已是两鬓星霜。

他一头扑进村庄却走投无路。他四顾茫然,思绪汹涌澎湃……

昔日的风水树不见了,故乡的风水可好?

土地上耸立起密集的富饶,包装了斑斓的华丽。所有的空间都被占满,所有的黄土都被覆盖。诗人多想打开长街的一个缺口寻找他的"摇篮血迹",但他纷乱的目光得不到一丝提示,只有陌生的风在戏弄他的衣角,嘲笑他的愚钝……

突然,远处山岭的凝望和微笑映亮他的眼睛,溪流从富饶和华丽的缝隙里闪现出一截碧绿……长街的蜿蜒告诉他当年村道的走向、曲折和起伏！

诗人终于找到了儿时的老屋、学堂和千百次赤脚行走的小路；找到了粉粒颗颗橙黄的黄泥土和黄泥土里永不变质的裸露的陶片……

土地终究是土地啊，土地上不断演绎着崭新的风景，但它绝不轻浮、浅薄！它永远深厚宽广——连同它的柔美与峭奇、静穆与坚忍，它的跌宕与起伏！

寻找童年

回到故乡，寻找童年。

就是从那个窗口飘出我人生的第一声啼哭，破旧的房屋装满了我没有规矩的德性，瓦片上的狗尾巴草朝我摇头。

在那个瓷窑的遗址，我闻到了我们埋进滚烫沙粒里的红薯的香味，看见了大家狼吞虎咽的吃相。

在那个大操场上，我栽倒在"跳火群"的火堆里，一骨碌爬起来，拍落火的纠缠，一蹦三尺高。

那个与我唱男女声二重唱的女同学在哪儿？眼前，只有她的歌声亭亭玉立。

就在那条通往城里的路上，在三轮车上，母亲的身旁，我一路撒下的歌声开出的花朵现在还艳着呢，三三两两在村道上向我眨眼。

那一棵梨树已被高楼覆盖了。当年我猛咬一口偷摘的梨，酸涩得难以吞咽，我凭着梨子的味亲近了它的影子。

我的童年是一只爬树的猴子。掏鸟窝、摘果子的树都不见了，不知它们在哪里喊：老伯，老伯，我们认得你……

大洋楼
——在晋江侨乡，大洋楼随处可见

西洋的建筑风格，耸立在天空。

众多门窗灌进了南洋吹来的风、"过番人"的梦呓；飘散出观音塑像前望夫归的妇人那缕缕心香……

庭院深深深几许? 深居楼中的"番客婶"呵, 青丝扎成的小辫眨眼间变成的散乱白发有多长?

门扉总是紧闭着。静夜里如泣如诉的南曲还是泄出一道道缝隙, 漂洋过海;

大洋楼幽暗, 幽暗。只有斜斜的阳光照见主人那副岁月风雨雕成的面容, 只有跋涉千山万水的"侨批"偶尔叩开厚实的木门, 越过高高的门槛, 抚慰那泣血的琴弦!

大洋楼足够寄存番客婶日渐枯槁衰弱的躯壳, 收藏没有尽头的泪水浸泡的日子, 却难栖息一颗滴血的心!

灵源山

高耸的山, 竟能"时涌灵源", 这样一座山能不饱含生命的液汁, 充满灵性?

千年时光漂洗的宋时记载, 于今褪色否?

问灵源山湿润的每一寸泥土、亮泽的每一块岩石、洁净的每一枚沙粒;

问遍山青翠欲滴的林木, 林木葱茏勃发的枝叶、柔韧婆娑的身姿;

问隐居在林木幽深里, 却憋不住倾吐珍珠的惬意的鸟……

回答显然多余。

宋代宰相曾公亮所言"灵山好作西天界, 源水能通南海潮"妙哉! 灵源山呵, 灵之源在潜流, 在奔涌, 引多少儒生俊杰四面八方追寻而来。

唐首开八闽科第的欧阳詹三载山中读书, 读透日月读透学问, 读出一页闪光史册。

宋进士林知读书终老此山, 长眠这世间难寻的福地, 裔孙林外也接踵而来, 紫云室里飘出紫气的书声、传世的诗章。

明黄克晦、王慎中、陈让、张瑞图、苏浚……足迹历历可数, 激情的咏叹撒向每一片山岩、每一道沟壑, 绽放旷古烁今的芬芳花朵。

天设地造抑或灵心秀手,步云关、望江石、石镜道人之塔、紫云室、灵泉井、七星墩、公婆石、狮仔石、灵壶天……苍茫灵源山间,点缀个个诗眼。

灵之源滋养着山的血脉、山的骨骼,强壮着山的体魄。

灵之源孕育着山的灵性、山的人文,洗亮了山的美景。

灵源茶饼

从一个人日夜兼程的苦苦修炼里, 从晨钟暮鼓的虔诚撞击声里, 从救苦济世、为民解除病痛的神圣使命里,从一个人乃至许多人的梦想里,从灵源山深广的土地蒸腾飘逸的地气里,从山中畅饮灵之源自由生长的百草里,涅槃……

灵源茶饼在一部起伏跌宕的传奇里萌发、生成。

灵源禅寺里落发为僧的张定边——释大迦,人生之路大转折,生命价值的追求却矢志不移。

悄悄潜行,苍山如海里,仍有浪的搏击。

你的战舰,从元的云烟里,从鄱阳湖水战的急浪翻卷里,开进了"菩提丸"制作的海域。

你的双脚踏遍青山——探寻是你的战舰崭新的航线,曲折、漫长。

你的双手深情触摸一株株红茶、鬼针草、飞扬草、爵床、青蒿、墨旱莲……灵源草药尝遍,智慧与心血凝聚的"寺中一宝"从此万里飘香……

居家良药、馈赠的礼品,小小"菩提丸"——灵源茶饼,浓缩着灵源山深切的祝福,走进山下曾林、灵水村民的怀抱,走进继往开来的延续与创造,走进了人性的渴望。

君不见——

寻常人家,八仙桌上泡一壶,老人孩子那个神清气爽的模样;

漂泊游子,乐呵呵怀揣它,脚踩风云奔四方……

紫帽山

陡峭,令人身躯缓缓升高;

曲折,令人脚步稳健刚强。

从细细的石径蜿蜒而上,寻觅每一块岩石——岁月已有太多的沉淀,岁月又将一些痕迹抹去。寻觅每一棵草木——烟雾中有山花哔剥燃烧,古树的枝丫从幽暗里伸出,拥抱灿烂的阳光。

山的紫气隐隐约约就在身旁弥漫、飘逸……

凌霄塔是高耸的灯座,在山的顶上照亮云海;凌霄塔是流丽的巨笔,在宇宙间抒写大块文章;凌霄塔是灵敏的避雷针,随时将惊雷化为柔霞,释放人间灾祸。

紫帽山寻觅,翻阅着一部人生的启示录。

紫帽山刻有"心"的岩石一百处。一百颗心,已搏动千年。一百颗心,亮光闪烁。心雕刻在岩石上,岩石不朽,心就永不衰竭。一个个象形文字,诠释着浅显而又深奥的哲学——这里是"心"的中间少一点,虚心是一片辽阔的境界,连接着天光云影;那里的"心"是三点都靠到上面去了,多心的重压最沉重,大地也发出战栗!这里是"心"中间的一点倒过来躺到下面去了,放心了,烦恼便化为乌有;那里的"心"是一点悬浮在高空,危险将随时跌落……

一颗颗心在交响,偌大一座山,才如此生机勃勃!都说是谁找到了这一百颗心,谁就能成仙。我说,真切地经受一百种心的历练,比神仙还要神仙!

安海龙山寺

寺前半月形大池微波荡漾——信众的期盼连绵;明镜映照天光,映照海峡彼岸寻根者的汪汪泪眼。

正殿石柱上飞龙的爪中,石雕的鼓磬叩之铿然有声,神异的感叹,掠过耳际,在辽远的时空传响。传说用一棵发出灵光的巨樟雕成的千手观音就在近前,头上的花冠集拢芬芳百花,莲花座上,俯察人间疾苦。一只只手,戴手镯,持书卷,握钟鼓器乐、珠宝瓜果……预备着随时济世安民。

史载，在台湾，历代移居的安海人，为怀念故土仿照它建造寺庙四百四十九座。我说同胞梦乡里矗立的美好殿堂更多、更多。

虔诚信仰的灵光照耀乡邦。

听，天竺梵钟每一天透过晨曦明晃晃一百零八下，声声撒播着平安吉祥……

古檗山庄

离乡背井的漂泊之上，汗水长流之上，艰难困苦的磨难之上，银圆滚滚而来。

滚滚银圆之上，至善至美的梦幻之上，一座古园林的山庄、私家墓园矗立。

孤苦伶仃的黄秀烺。巨富。卓越的艺术设计师。

四方圆角形的山庄，左右对称，楼与楼对称，宁静与宁静对称，美与美对称，蓝天与绿地对称。

中轴线串起山门、正门、半月形水池、黄秀烺家族茔墓十座，"景行""瞻远山居""景庵""檗荫楼""息庐"东西南北布局。谁说只有帝王陵才有这样的规格，黄秀烺心目中，生命的归宿再美也不为过。

一百八十多位名家硕彦，一百九十余方题咏石刻，行、草、楷、篆、隶齐全，序、记、铭、赞、词、跋、联皆备。孙中山、康有为、梁启超的雄健气息，梅兰芳的京剧韵律，陈宝琛的帝师风范……字里行间飘逸流淌。

"异日百岁之后，归骨于此，吾子孙祭于斯，奠于斯，绵绵延延，守而不失"。黄秀烺的寄托凝聚的家族团聚之所——夜阑"佳城"里促膝谈心，月下大草坪闲庭信步，环植的桂花秋冬飘香，青青柏树千年陪伴……艺术天地的怀抱，长眠人温馨的梦乡！

古街五店市

店铺五间。石头路窄窄。砖和石高高低低的墙承托起燕尾屋脊的五间张、三间张……

五花十色、五味飘香的街市,老老少少的牌匾,精湛书法的传芳,商贸史书的诗眼与标点。

石头与砖不烂,落下的脚步也就永不磨灭,一直铭记着繁华与困顿的曲折与生动。

官邸与民居,不经意地生养着本地本土的人文,落满沧桑,斑驳而苍劲。

南曲的缠绵、戈甲的锣鼓随时溢出小街的河床,酒令、茶香、算盘敲打着讨价还价的铿锵,马蹄踏着四季的春光,各式的商品随意流淌。

过了正午,阳光斜斜而入街巷,瘦而金子般贵重。摩肩接踵的生意人,眼睛里的光亮渐渐融入灯火。

是必然或是意外?一代代繁衍,百子千孙,五店市蜿蜒延伸,就成了一条奔腾的长龙。

五店市

缓缓流来,一条五彩斑斓的河。

古老的闽南建筑群。"皇宫起",红砖白石双坡曲,出砖入石燕尾脊,从平民百姓手中矗立,比皇宫更怡人更绚丽,焕彩流香。可是上帝看中了这里的人杰地灵,将天堂里的一些构造抛下?如此美妙地散落!规则中的不规则,对称中的不对称。质朴中的绚丽,错落中的有致。

不老的番仔楼站立在云天下含笑环视侨乡沧桑,敞开雕窗迎接南洋的来风,叙说着今朝的情怀。

古厝里,南曲声声是古莲花的绽放、八骏马的闲游,是月的阴晴圆缺、人的悲欢离合。檀板的铿锵拍击,将九曲回肠的叹息溅落到听者的心坎。

舞台上,化丑为美的高甲戏、变幻莫测的木偶戏搬演古往今来的辛酸与风流,激荡起生活的笑声。

缓缓流来,一条文化的河,从唐开元年间流来,从明清、民国流来,从蔡氏五人在青阳生意火爆的五间饮食店流来,从晋江人"五店市"深镌的记忆里浪花纷呈流来。

青阳苍翠、石鼓喧声、桃花叠浪、雁塔地灵……昔日风景添新彩;香火长盛不衰、分炉不断的石鼓庙依旧繁衍着,遍布四方的蔡氏宗祠和庄氏家庙,前来寻根谒祖的脚步不息……

缓缓流来,一条历史的河,延伸着海内外晋江人的根脉,起伏着古老民俗的多姿多彩,叙写着一个现代都市古老而崭新的传奇……

济阳楼大门上的炮仗花

金灿灿的炮仗花分不出一朵朵了,团团簇簇堆起一座山岭。

红艳艳的炮仗花激情澎湃朗诵着春天与爱情的诗篇。

在晋江园坂村济阳楼的大门上,我第一次看到炮仗花,看到这一种奔腾不息的花、美丽浓烈的花、歌唱不止的花。

我的惊喜与震撼也像炮仗花盛开在胸膛。

一阵乍暖还寒的风告诉我,这一栋小楼里一直居住着一位海的子民永不沉寂的诗魂。

为了在这一块诗的净土里舒展灵魂的向往,为了卫护诗人永远的祈求,为了陪伴波浪的汹涌,为了流淌禁锢不住的真情,炮仗花来到这里——炮仗花在这里呈现最美的姿态……

在这里,炮仗花噼噼啪啪燃放的鞭炮迎接明媚春光的到来。

在这里,炮仗花笑盈盈开放在济阳楼大门上,迎接每一个诗的信徒经由这花的凯旋门进入小楼,熏沐诗人蔡其矫诗歌永不凋谢的色彩与芳香。

人们从炮仗花的山岭登临,欢跃着与蹦蹦跳跳的炮仗花一样的脚步,应和着炸响鼓点的炮仗花一样的脚步,到诗的海洋里尽情游弋……

海浪中站立的施琅

施琅在海浪中站立,宏图大略总让海浪欢跃不息,施琅在海浪中站立,雪白的海浪泛着缕缕血红。

而捷报万千叠,更比这深沪湾的海浪涌。

出鞘的长剑垂直于海面,一双巨手安放于剑把。

施琅倚剑而立,目光如此明澈锐利,穿越风云雾霭,穿透关山万重,四周,滚滚的波涛簇拥着你起舞。落满刀光剑影的战袍微微漾动,高耸的盔缨凛凛然指向苍穹。

刀切一般,一方巨大的丰碑与脚下的大地紧紧相连,浑然一体。海浪映衬着将军戎装上的铠甲——海浪与铠甲所向披靡,什么强盗的野心不能淹灭?

《恭陈台湾弃留疏》字字句句的热气融合在蒸腾的海浪中,一字字和着海浪的呼喊回响在海的巨页之上。

祖国宝岛的神圣归属镌刻在历史的天空,南天铜柱的靖海侯施琅将军,永远雄伟地站立在波涛激荡的海疆……

深沪海底古森林

海听到了你的想望,卷起波浪降落。你——未曾死去的故乡深沪湾的一座海底森林,就来到人间……

海的风浪雕塑了你的扭曲,你却把扭曲里积淀的坚硬展示出来,海亿万年切割你的躯体,你却从灵魂里伸出瘦骨嶙峋的手来直指天空,点开了一片彩霞。

每天你都要站立到海的胸膛,眺望四方……

"沉东京、浮福建"的传说将你沉浮——沉浮是你不死生命的宣叙。

把人间的美景存储在心的皱褶里,你又要沉下去了。

海又升了起来。潮水奔涌而至,搂抱着你回到你的宿命。

你又回到深渊、回到暗夜——泥沙的掩埋是你温暖的被褥,苦涩的激荡是你特殊的营养……

围头,围头

急驰的岁月在围头的心坎上猝然刻下一个日子:1958 年 8 月 23 日。

炮弹在海峡的头顶飞闪;炮弹撕裂了海峡的胸膛。

炮弹的燃烧交织成火网,布满了不再辽阔的海空。

炮弹压下了围头所有的言语、涛声和鸟鸣。

炮弹席卷了围头的绿树红花,粉碎了围头人的居所,岩石和泥土,让最漂亮的"毓秀"大洋楼千疮百孔,让安业民的英魂难以安歇……

直到有一天,岁月转过身来。

当年炮弹的爆炸、战士的呐喊、紧急的号令,全都逼真地录入了模拟的资料。在围头,美丽的贝壳攀缘上和平公园高大的支柱,日夜聆听彼岸飘来的每一个音符。

炮弹以丰满果实的形态,在大地上长成一种独特的饰物。

炮弹全都凝定肃立,朝向天空祈祷。

两岸的船只千帆竞渡,激荡起骨肉同胞鱼水相亲的柔美浪花。

(原载《人民日报》《散文诗世界》《文学报》《文艺报》等)

我当"出版社社长"

陈志泽

阳光从北窗抵达客厅的书橱,那满满两层的"刺桐花文丛"一片金黄。我常常抬眼望去,目光加入阳光的抚爱……

大约是 2003 年 5 月吧,海峡文艺出版社与福建省作家协会联合聘请我在泉州地区主编丛书,交由海峡文艺出版社出版,在泉州晚报印刷厂印刷。当时泉州还没有出版社,作家出书难不言而喻,有此机会为家乡的文学事业做点自己高兴做的事,我很乐意接受,即着手"刺桐花文丛"的组稿、编辑、出版工作。不少人戏称我"出版社社长"。可笑的是这个"出版社"没有社址,只有大提包一个置于自行车车篮,走到哪里,"出版社"就在哪里。我这个"社长"充其量,只能说是作者、印刷厂、出版社三家的协调员或调度员,就说正式任命的"主编"头衔吧,其实也是挂名的,书稿得经出版社三审,通过了才能办理出版手续,出版社要删、要改、要退,我是挡不住的,权力还不及他们的责任编辑。发生过几次书稿通不过的事,都是出版社出于行业要求或其他原因,下大力气争取,还是不能通融,只好同意退回,给作者赔不是。也有要求修改封面和文字的,作者能理解、接受,算是幸运。碰到个别坚持己见的,就苦了我这个必须承担责任而没有实权的"主编"了,好说歹说,直到照改了事。

编辑出版"刺桐花文丛"虽说不上有太多的艰辛,可工作量不少。一边干一边想着应该结束这退休后生出来的负担了,心想,服务也服务了,泉州作家出书难已经缓解,该卸任了。可总是经不起作者中一两位熟人、朋友的劝说或恳求,结束不了。听听这样的话:"不出这本书评不了职称,你不干了,我找谁出书?"我这人就是心太软,也有点"风神气",面对期望的、恳切的目光,我真的很难说出一个

"不"字。一辑，再一辑，竟然出了十二辑！截至 2009 年 9 月，一千六年，先后在海峡文艺出版社、北方文艺出版社、青海人民出版社、大众文艺出版社出版泉州作家散文、散文诗、诗歌、小说、文学评论以及文史、艺术等专著一百零八部。"一百零八"可是个吉祥的数字，这么巧，我编辑《泉州文学》一百零八期，也是"一百零八"，看来我从事编辑出版工作是做得对了。"刺桐花文丛"的作者来自各行各业，有中国作协、省作协会员，有市、县作协负责人，有老作家，更有文学新人。出书的人多了，新闻媒体做了数十次报道，丛书中有好几本还荣获福建省优秀文学作品奖，"刺桐花文丛"也就名声在外了，相识和不相识的人找我出书，一直没有停止过。

一边是出书的要求不断，一边是主编丛书的难度在加大——出版社根据上级指示，要求越来越严格。怎么办？繁忙、艰难与尴尬没停止提醒我：该休息了。终于坚决做到。

开始婉辞书稿。但我尽可能帮助找到婆家。

我确实难忘当"出版社社长"这六年的生涯，客厅书橱里那满满两层的"刺桐花文丛"是不会撤下的，它们会一直站立着，在我的目光下呈现丰硕与静美……

（原载《泉州晚报》2020 年 8 月 4 日）

二十五年的人生寄托

——我与《泉州文学》

陈志泽

一

1979 年,大自然的春天明媚妖娆,文艺的春天也逐渐呈现出莺歌燕舞、百花齐放的复苏景象。《福建文艺》(即后来的《福建文学》)编辑部紧跟形势在平潭举办笔会,邀请一些作者到会创作、修改,落实一批作品。我应邀参加了那次笔会。就在那次笔会上,我听了福建师大中文系孙绍振先生一个讲座。孙绍振的大胆与解放令人惊异并且极富煽动性,这在当时对我来说是一次难得的思想启蒙。在文艺的大好形势鼓舞下,我这个早在大学期间就办过学生刊物,20 世纪 70 年代在德化工作期间——那时"文革"还没结束,就创办过《德化文艺》的"办刊爱好者"立即手痒痒起来。未等笔会结束,我就抑制不住激动与兴奋在平潭给中共晋江地委宣传部的领导写信,建议创办旨在繁荣文学创作、培养文学人才的地区文学刊物,回来后紧接着又打了报告。我的办刊报告恰逢文艺复苏的时宜,我所在的单位晋江地区文化组和主管的地委宣传部一路绿灯给予大力支持。当时地委宣传部分管文艺工作的副部长庄火明同志对这件事关怀备至,当面对我说:"要赶快办,要办好。"还补充一句:"要发稿费。"我建议刊名就叫《晋江》文学丛刊,那时地区叫"晋江地区行政公署","晋江"既表明地区的名称又是晋江地区的母亲河晋江的名称,含有江河一般奔腾流淌、生气勃勃之意,得到领导的同意。办刊的事很快鸣锣开张,编辑部就设在市区庄府巷地区行政公署大院内地区文化组的办公室。迅速组稿之后,《晋江》于 1979 年 3 月创刊,由福建省晋江地区文艺创作组编辑出版。季刊,大32开本。创刊号为诗歌专辑,77个页码。因为还来不及组织创作,大部分作品以选刊的形式编辑,很快就编好了。但印刷却大成问题。那时泉州市区的印刷厂只有泉州印刷厂(即现在的泉州晚报印刷厂)一家,因为业务太挤无法承接《晋江》的印刷,再怎么说都白搭。只好通过关系和晋江县印刷厂联系,得到同意后,赶快把稿件送去,几天后开始校对。时任晋江地区文化组副组长(即后来的文化局副局长)、《晋江》分管领导的郑国权先生亲自同我一道去晋江完成校对。到了中午,有人挑着碗糕、马蹄酥之类东西到印刷厂叫卖,我们便买了几块吃,权当午饭,直到活儿干完才打道回府。刊物很快出版,可是每期得跑几趟晋江终究麻烦,印了几期还是找本地的泉州印刷厂好言相求,他们的印刷业务正好也开始有所缓解,终于同意承接《晋江》的印刷,但每期还得费好大力气催促才能避免拖拉。

二

《晋江》创办伊始谈不上有什么明确的办刊宗旨。凭着自己从文学新人走来的体会,我从心里认定扶持与培养泉州作者——特别是文学新人至关重要,便开辟了"晋江新帆"栏目(后来易名为"新人新作"),没想到收到良好的效果。(数年后则更上一层楼增辟新栏目"未名星",把走向成熟的新人进一步推出并约请名家评论配合,加大推介力度。)实践证明,几年下来,这些"新人"成长的速度明显加大。那时虽是一个人办刊,事情多而杂,但我注意及时处理、发表来稿,不能采用的稿件也给作者写信,指出不足,需要修改的稿件则时常同作者面谈。与市作协联合举办的文学创作辅导中心采用以通信的形式给予作者具体指导,优秀的作品一批批在刊物上发表。而不照顾"关系"是我一贯坚持的原则,作者来稿达不到要求热情帮助而不是一概满足,关系密切的老朋友也不例外。名家的来稿如不合适也客客气气退回。再就是注意特色,头脑中时常给自己发出信号:泉州特色越浓越好。除了优先采用有泉州地方特色的作品下力气倡导外,还开辟"山川·风物·传说""风物志""泉州文史""文化视角"等栏目,发表一定数量泉州特色的随笔与具有一定文学性的文史小品。为了进一步繁荣发展泉州文学创作的强项与锻炼本土作家而开辟的"散文诗"以及"泉州小说家""泉州散文家""泉州诗人"等栏目,推出泉州作家,树立泉州品牌,取得较好效果。刊物还举行年度评奖,及时奖励优秀作品。刊物把全区的作者吸引过来,紧密团结在一起,让活跃在泉州文坛的作家和文学新人以家乡的文学刊物作为自己文学创作的平台,迅速成长。为了提高刊物的质量,增强它的凝聚力和影响力,我凭借多年来与文坛师友建立的联系约请一些名家为刊物赐稿,郭风、何为、柯蓝、蔡其矫、舒婷、潘旭澜、曾华鹏、楼肇明、纪鹏、邹荻帆、黎焕颐、刘湛秋、章武、樊发稼等,都曾热情支持。1983 年 6 月 11 日,著名作家、现任中国作协副主席蒋子龙到泉州,我送给他《晋江》并请他为《晋江》题词。他欣然答应,题写了:"地灵人杰,文学繁荣。"1984 年夏天,丁玲、楼适夷、秦兆阳、马烽、魏巍、杨沫、陈明、陈登科等著名作家到泉州。在座谈会上,我向丁玲一行分送《晋江》并汇报泉州地区文学创作的情况,令我深受鼓舞的是丁玲特别赞赏《晋江》办得有特色,她阐述了文学刊物对于繁荣创作的重要意义,鼓励我们把刊物办得更好、更有地方特色。丁玲的鼓励更坚定了我将刊物办出泉州特色的决心与信念。

三

《晋江》1981 年第 1 期(总第 9 期)起,改为 16 开本。因晋江地区改为泉州市,1986 年第 1 期(总第 27 期)起《晋江》更名为《泉州文学》。但刊物从策划、约稿、选稿、编稿,到组织封面、内文款式的设计,发排、校对以及出版后的搬运、邮发,还是基本上我一个人干。不是不想进人,而是不可能进人——1989 年后有了编制,可以进人了,却物色不到合适的人选,不好的不能要,好的不好找,找到了,人家也不愿来。曾谈好一个安溪作者,领导也同意,但很快就变卦了,因为住房问题无法解决。人手太少工作吃力,每一天神经都绷得紧紧的。不知不觉我早年犯下的神经衰弱又缠上了,常常是三更半夜突然想到刊物的事就再也睡不着。大样中好像还有差错漏改,那位作者的稿件还有地方要改,该组织一批重点稿,找谁谁谁……越想越多。与其辗转反侧不如一骨碌爬了起来,写下"备忘录"。上班后即匆匆骑上自行车直奔工厂,即使是风雨大作,也无法阻拦……一次,一大早赶到印刷厂电脑车间,不一会儿泉州海交馆馆长王连茂先生也到了。他也负责一个《泉州海外交通史研究》。"你这么早?""你不也是?"寒暄了几句相互吐"苦水":"半夜里想到什么,就再也睡不着,一早就赶来了。""哎呀,我也是,怎么这样相像,我们'致同症'!"当时开始流行一个说法:若要惩罚一个人,就叫他去办刊物。我不是被惩罚来办刊物的,是自己讨来的,高兴来的。繁忙中干自己喜欢的事,我从来不觉得苦与累而乐此不疲。

编辑部设在地区行政公署大院内的文化组,明显不合适,但只能如此。大量的来稿都寄到这里,每天得有人到机关收发室取回,文化组人秘科一位年轻人负责这件事,但她不太在意,有时因为事情多,常常没能及时去取报纸信件,甚至上午拖到下午,今天拖到明天,我就代她去取,时间长了,我取信的次数比她还多,她也乐得省事。没想到人秘科一位会计看在眼里——他是党支部组织委员,喜欢摆出"领导"的模样,有一天我眉开眼笑取回一大摞稿件,他却走了过来正色对我说,以后你不能去取信了,这件事不是你负责的,不符合岗位责任制……我说明了缘由,他听不进去,还出言不逊,争吵就发生了。这一次争吵给我造成的伤害延续了好些年。

刊物在困难中也得到多方的支持和帮助。文化局的同事,文友与作者们的"友情出演"让我感动。本单位的黄金升,他是学美术专业的,我请他设计封面和内页配图,他不但不觉得负担,还因为自己的专业得到发挥而高兴,一干数年。后来封面设计改由林剑仆、罗立人等人担任,罗立人设计封面长达十来年之久。刊名的字体最先采用"鲁迅体",接着是蔡展龙、林剑仆、吕文俊、丁明镜、王乃钦的书法,最后是丁明镜先生换了几次,最好的一次书法固定下来,一直用到现在。业余摄影家翁志荣不知拍过多少刊物需要的照片,还有杨湘贤,都是随叫随到的热心人。那些记录泉州文事的"黑白照",今天看来显得格外朴素、厚重、有气质,令人回味无穷。编辑方面,我向领导提出聘请业余编辑,也得到领导的理解与支持。我记得,先后担任《泉州文学》特约编辑的有:吴瑞骋、戴冠青、叶梓赋、万国智、陈廷基、蔡飞跃、陈君平等。根据情况随时聘请,可能时干长些,不可能时打短工,我按时把稿件分发给他们,他们认真选编,按时"交账",协调、默契,不亦乐乎。我那时采用灵活多变的方式开掘"作者"资源,还真是不笨。这一"创举"一直沿用到今天。

我所在的工作单位是文化组(后来改为文化局)。领导的概念,文化局主要抓戏剧工作,刊物放在文化局办已是破例。能给一定经费办刊应该知足。《晋江》不自卑。"只此一家别无分店",重要性日显。有些活动以《晋江》的名义来搞还搞得有声有色。1982年2月7日至9日,我为省文联组织过一个由《福建文学》编辑部与《晋江》文学丛刊联合举行的新春文学创作座谈会。省文联副主席、省作协主席郭风,省文联副秘书长张贤华(后任省文联副主席、党组副书记,主持省文联工作),著名作家单复、蔡其矫,《福建文学》副主编魏世英,编辑张是廉、陈钊淦、章武(后任省文联副主席、省作协主席)、庄东贤、叶斯禾、金筱铃、黄锦铭、郑征泉,福建人民出版社编辑陈金水、高农,厦门日报社副刊编辑王者诚、陈慧瑛、王松荣及泉州地区文化局副局长郑国权等领导、作家、作者七十多人参加会议。这是一次直到现在都再也达不到的产生深远影响的高规格会议。

1987年,中宣部新闻出版局刘国雄副局长一行到泉州市检查报刊整顿情况,《泉州文学》无疑将接受一次严格的审查,决定前途与命运。我那天被通知向检查组汇报情况难免紧张。但我的紧张遇上了刘副局长的和蔼就风消云散了。不久,看到刘副局长的结论:"《泉州文学》从编排到内容还是比较严肃的,对培养作者,推动文学创作可以起到很好的作用。"〔见中共泉州市委宣传部《宣传动态》(2),1987年5月20日〕更是心花怒放。这一次检查成为《泉州文学》1988年被批准公开发行、获得刊号的重要环节和依据。十年磨一剑,《泉州文学》经历十年的磨砺与考验取得了正式刊号,进入了一个新的阶段。

四

谁会想到,刊物拿到正式刊号,却办不下去。

1987年5月23日,泉州市文联成立,我从文化局调任专职副主席,《泉州文学》也"调"了过去,改由市文联主办。1989年6月10日,经泉州市编委核定《泉州文学》编辑部为科级事业单位,泉州市委宣传部任命我为编辑部主任。很长时间当着"责任编辑""负责人",后来挂了个"副主编",都是"口封"的,没有实际"名分"与待遇,现在有了,应该高兴吧?我却感觉不出有什么不一样。只是,一种下了红头文件的庄重与信任让我觉得责任的分量。偏偏刊物改由文联来办以后,财政下拨文联的经费当中没有专项的办刊的经费。刊物眼看着就要停办。当时有一种说法:有饭吃就不错了哪有办法吃菜? 意思是:能保证大家的工资和一点办公费用已经很不容易了,政府有困难,不可能多花钱,事情能做就做,不能做就不做,谁也不怪。我是《泉州文学》的直接负责人,如何挽救局面首当其冲。我想起了两位热情爽朗的企业家老朋友:南安金鹿蚊香厂厂长张华安和德化酒厂厂长黄文德。一经联系,两位厂长都理解刊物的困难,立即给予支持。菲律宾文化人、企业家,平时交往密切的王宏榜先生也接着多次伸出援手。另外,我们创办了文学创作辅导中心,邀请泉州作家担任辅导员,为许多文学爱好者上课,批改"作业",也增加一些收入。《泉州文学》刊物于是起死回生。我们每期向财政寄去刊物,申请经费的报告一次次打,终于得到市财政一定经费的支持,但还是入不敷出,只能自己"想办法"。为了节省开支,在相当长的一段时间,《泉州文学》先后由两家小印刷厂印刷。小印刷厂印刷费是节省多了,但印刷质量明显地低了。有一段时间,省新闻出版局报刊处抓紧对刊物质量的检查,对《泉州文学》的印刷质量提出批评。他们甚至警告说,这样下去要评你们的刊物为三级刊物,如果连续两年被评为三级刊物,就要吊销刊号。省新闻出版局报刊处还有明文规定,刊物出版的周期不能随便改变,更不能暂停,否则,中断两期也要吊销刊号。真是举步维艰啊!刊物稍纵即逝,只要停办两期,就要像许多地市刊物那样倒下……然而,《泉州文学》终于没有倒下。

《泉州文学》坚持出刊,但解决经费问题一刻也不能松懈。我改变方式,利用市政协委员、文史委副主任的身份在"两会"期间写了一次关于落实《泉州文学》办刊经费的提案,接着又向财政写了一次措辞较重的报告。我在草拟这份报告时,除了阐述办刊对于两个文明建设,对于培养文学人才的重要意义外,我还着重说明,一个历史文化名城如果没有一个刊物是个怎样的形象,而现在省委宣传部、省新闻出版局已批准给了我们公开发行的刊号,这是极不容易的,如果没有下达办刊经费——不能按规定提交下达专项办刊经费的证明,省委宣传部、省新闻出版局将认为泉州不具备办刊条件,取消我们的刊号……一边果断结束在不正规的小厂印刊物的历史，改由泉州晚报印刷厂印刷，印刷质量得到明显改观。一边继续争取社会赞助，进一步解决经费问题。组织作者采写报告文学，取得采写对象的赞助与支持是行之有效的办法之一。我记得那几年我写过不少报告文学，突然"兴趣"起报告文学来，其原因不言而喻。随着改革开放的深入发展，在上级主管部门的关怀下，《泉州文学》的办刊经费有所增加，生存条件得到一定的改善，逐渐成为全省一家引人注目的地市文学刊物，保持正常出版。1998年第1期（总第69期）起改为双月刊。

五

一晃，十几二十年就过去了。印刷厂的师傅、工人几乎都熟悉我这个老顾客，大约他们觉得奇怪，印刊物的顾客变换的不少，怎么这家伙老干这事。有一次，一个老师傅忍不住对我说："我年轻时就看到你跑工厂，现在我老了，还看到你在跑工厂！"我笑了笑回答："我干不了别的呀！"我坦然。人活一世能干一件自己喜欢干的事不容易。我把《泉州文学》的事干到老，不也是一种美好的归宿？我不但坦然，简直心安理得。当然，别人也许不这样看。香港著名诗人、书法家秦岭雪有一次回乡，他到编辑部找我，看我在那么简陋的办公室里编稿，到处堆着稿件和杂志，一把生了锈的电风扇吊在天花板上摇摇晃晃地扇，扇不走满屋的酷热……禁不住脱口问我："志泽，多少年了你就这样下去，一直编你的《泉州文学》？"我明白他的话意，可我只说了一句："要不然呢？"其实，说我一点动摇都不曾有过是言过其实了，两次调省工作，一次某大企业高薪聘请并答应负责向市里落实有关手续，还是都让我考虑了一阵子的——就在我最后一次考虑要不要出走的当儿——1998年临近春节，忽然接到省新闻出版局报刊处通知，举办主编培训班，学习一个月，取得"主编合格证"才能持证上岗，否则刊物不能"通行"。我决定去学习而不是出走——我终于走不出故乡，走不出泉州文联，走不出《泉州文学》。学生时代结束数十年之后我还又当了一回老学生！抛妻别子一个月到省委党校紧张读书、考试的日子真苦啊，夜夜被附近歌舞厅鬼哭狼嚎的"卡拉OK"吵得不能入睡，天天听老师正儿八经上课（经常熬不住要打瞌睡），考试、写论文，成绩达标才能"毕业",不能含糊。终于气喘吁吁把"通行证"扛了回来。记得,那一天培训班"毕业"回到泉州,已是黄昏时分,一副家家户户忙洗尘的"年兜"将至的景象……

酸甜苦辣镌入我记忆的深处,令人鼓舞的关爱与奖赏更载入我心灵的史册。1988年,我的副编审高级职称,未经初级、中级职称评定,直接获省出版专业高级职务评委会通过,由福建省人事局颁发了证书。这是上级主管部门给予我《泉州文学》编辑工作的肯定。1989年起,我连续九年被省文联授予——1998年那一次还郑重其事由福建省人事厅与福建省文联联合下文授予"全省文联系统先进工作者"称号和奖牌,言明可享受本地区"劳模"待遇。这其实也是对我《泉州文学》工作的肯定,虽然我一直担任着市文联和市作协的工作,但《泉州文学》的工作更是实打实的和大量的。评定职称和授予称号是组织上对我的关怀与信任,让我感动和欣慰。

《泉州文学》2004年第4期(总第108期)是我经手的最后一期刊物。二十五年过去,撞上《泉州文学》并且紧紧拥抱,永远难忘的经历,随着时间的推移让我倍加珍重,愈是怀念。二十五年过去,我为工作中许多主、客观原因造成的欠缺而遗憾而惭愧。二十五年最宝贵的一段人生给了《泉州文学》,这是历史的机遇与历史的责任,我不但无怨无悔,还觉得荣幸。二十五年,我在这所学校里学习、锻炼、提高,这一段长长的行走与跋涉成为我文学人生的一笔难得的财富。

截至2012年12月,《泉州文学》已走过了三十三年的历程,出版两百期。在各级领导的重视与关怀下,在改革开放巨大成果的滋养下,在编辑部全体同仁与全市老、中、青作家与作者的共同努力下,《泉州文学》正在阔步前行,我衷心祝福她一路奋发、一路凯歌!

(原载《泉州文学》2012年第12期)

难忘那些年那些事

——我与泉州市作家协会

陈志泽

时间与人

仿佛是昨天的事。1984 年 5 月 23 日上午,在泉州市区承天巷泉州艺校,出席晋江地区文学工作者大会的代表陆续抵达。晋江地委委员、宣传部部长庄晏成,地委宣传部分管文艺的副部长庄火明,地区文化组副组长陈成义、庄文彬等领导到会指导。庄晏成部长做了重要讲话。作为晋江地区文学工作者协会筹备工作的牵头人,我简单做了一些说明,会议就进入选举议程。候选人名单用粉笔一个个竖写排列在黑板上。计票人洪江凌,将每个候选人的得票情况用"正"字一画一票表示。大家都是监票人。很快地选出万本培、万国智、王钦之、王毓欣、庄文彬、刘永乐、刘玲卿(秋筱,女)、陈志泽、陈世哲、陈瑞统、李肖男(女)、李灿煌、杜成维、陆昭环、林鼎安、黄远、黄明定、潘伟亚、戴冠青(女)共十九人为理事。未设常务理事。理事长庄文彬(后因工作变动离任),陈志泽为副理事长兼秘书长。陈瑞统、李灿煌、万国智、戴冠青(女)为副理事长。

文协顺利成立了。成立之前的筹备实际上费时五年。

1979 年我经晋江地区文化组批准、地委宣传部同意,创办了《晋江》文学丛刊("地改市"后更名为《泉州文学》),通过刊物发表作品、评奖,发现了许多作者,联系和组织了初具规模的作者群,加上我时任福建省作家协会常务理事、晋江地区文化组创作室《晋江》文学丛刊编辑部负责人,油然而生一种驱动力,牵头逐步筹备成立晋江地区文学工作者协会和完善首批会员名单、准备协会章程等事宜,在终于正式成立了晋江地区文学工作者协会。

时隔六年半,第二届泉州市作家协会代表大会于 1990 年 12 月 29 日在泉州市区中山路原泉州市文联会议厅举行。这次大会选举陈志泽为泉州市作家协会主席。副主席为万国智、叶梓赋(史赋)、李灿煌、陈瑞统、戴冠青(女)。常务理事万国智、方航仙、王毓欣、史赋、李灿煌、苏淑勉(女)、陈志泽、陈廷基、陈瑞统、郑其岳、黄明定、戴冠青。秘书长万国智(兼),副秘书长:王毓欣、李孝琴(潇琴,女)、陈廷基、张水龙,(蔡飞跃、刘志峰、林轩鹤2004 年 9 月 11 日增补为副秘书长)。截至这一届, 泉州市作家协会先后聘请了大力支持协会工作的德高望重的顾问:(菲律宾)王宏榜、(中国香港)秦岭雪、(中国台湾)龚书绵(女)、(中国香港)邱季端、(菲律宾)寒冰(1998 年 10 月 2 日聘请)、(菲律宾)丁德仁先生、(中国香港)蔡丽双(女,2004 年 9 月 11 日聘请)。

我在工作报告中表示:"泉州作家短短几年从稚嫩走向思想与艺术的逐渐成熟。"是的,这几年,出版了《双镯》(陆昭环)、《龙虎风云》(王钦之)、《南蛮魂》(魏献宗)、《袈裟情缘》(潇琴)等,还有即将出版的《"赤脚宰相"李光地》(李树砥)。此外还有即将出版的泉州市一百多位诗人的诗歌、散文诗合集《神奇的土地》(邱季端、陈志泽主编)等诗歌、散文诗、散文作品集数十部。陈志泽儿童散文诗、万国智散文等获得全国性创作奖。陈志泽散文诗集《爱的星空》获华东地区优秀文学书籍优秀奖。陆昭环、秋筱、万国智、方航仙的作品在省作协举办的优秀文学作品评奖中获奖。陈志泽、秋筱、曾阅、蒋维新的作品获《福建文学》佳作奖。陈廷基、万国智、陈志泽、史赋、陈钢龙、任越等报告文学获省级创作奖。

翌日下午,新当选的四十多位理事在文联会议室举行全体会议。泉州市委常委、宣传部部长庄晏成到会做了重要讲话。市文联主席许在全,副主席郑国权、施定其到会祝贺。会上,庄晏成还与四十多位理事促膝相谈,言语中,不乏勉励与期望。

第二届泉州市作家协会的担子仍落到我的肩上。直至 2005 年 11 月 26 日换届终止。我在第三次会员代表大会的工作报告中回顾了两届协会的主要工作,表示十五年来泉州作家出版个人作品集的数量与质量非常壮观, 许多作家的作品获得国家级、省级的奖项。大量的散文作品发表于《散文》《美文》《散文家》《散文百家》《中华散文》《散文天地》《文汇报》《文学报》《福建文学》《散文选刊》。泉州诗人的作品频繁地发表于《诗刊》《星星》《诗神》《诗潮》《诗选刊》《散文诗》《散文诗世界》等著名报刊。县级市晋江的诗歌群体"晋江诗群"在全国产生一定影响。

从1984年5月23日至2005年11月26日二十一年半时间,我经历了两届泉州市作家协会主要负责人的平凡而又不平凡的岁月。

时间里的日子刻在泉州当代文学事业庄重起步的史册上,发出奇异的亮光。

时间里的那些人在通往泉州文学灿烂未来的道路上,留下了永不磨灭的足迹。

行　走

晋江地区文学工作者协会成立后,第一件事就是征集稿件,编辑出版游记作品集《温陵游》,这在当时反响极佳。

得天独厚,我负责一个刊物、一个协会,可以让它们"穿一条裤子",协会依托《晋江》文学丛刊,《晋江》文学丛刊得到协会组织的优秀来稿,相得益彰。

1984年夏天,丁玲、楼适夷、秦兆阳、马烽、魏巍、杨沫、陈明、陈登科等著名作家到泉州。在座谈会上,我向丁玲等一行分送《晋江》并汇报泉州地区文学创作的情况,受到他们的热情鼓励。那么多的大作家,这样的小刊物,竟然碰出美丽的火花,这让我一想起就乐颠颠的。

《晋江》文学丛刊举办优秀作品年度评奖,分不清是刊物的事或是协会的事,虽然奖金很低,但获奖者受到鼓舞还真不小。

也许因为过去多次参加全国、省、市的文学创作征文,获过一些奖,体会到被推动、促进不可替代的意义,我相信举办征文一定收效巨大。我主持的两届泉州市作家协会,在没有财政经费支持的困难条件下,以文会友争取有识之士的资助,多次举办征文大奖赛。1992年9月,在菲律宾寒冰先生引来的资助下,举办了泉州市"明培杯"青年散文大奖赛。1995年9月,在金鹿集团总裁张华安先生的资助下,举办了泉州市"金鹿杯"青年散文诗大奖赛。1996年9月,在香港秦岭雪先生的资助下,举办了泉州历史小说征文大奖赛。2004年6月,我们把征文大奖赛的规模做得更大,在石狮籍香港实业家、作家蔡衍善、蔡丽双伉俪的资助下,与《福建文学》杂志社联合举办了"柯顺杯"初出茅庐征文大奖赛。在这中间,还承办了泉州市中国共产党成立七十周年献礼的征文比赛,庆祝泉州地改市十周年《辉煌的十年》报告文学征文并荣获省委宣传部颁发的组织奖。此外,还承担了一、二、三届泉州市刺桐文艺奖文学类的评奖工作。

我以为选编、出版泉州作家、作者的优秀文学作品是推动、促进创作繁荣的有力措施,除协助市委常委、宣传部部长洪辉煌主编《1949—1999泉州文学作品选》三卷本的选编工作外,我们依然以文会友,争取到有经济实力的热心朋友的资助,出版多部泉州作家作品集。如香港邱季端先生资助的诗歌选《神奇的土地》,香港秦岭雪先生资助的散文诗选《散文诗选萃》,台湾龚书绵教授资助的散文集《泉州散文新作选》,香港蔡丽双博士资助的散文诗选《散文诗精品》等。为检阅泉州作家的创作成果,激励泉州作家的创作积极性,还在中华人民共和国成立五十周年前夕出版了《泉州作家成果录》。

我们注重利用著名作家到泉州参访的机会,"雁过拔毛",请他们给泉州作家讲课。印象中,有丁玲一行、邹荻帆一行,有郭风、柯蓝、孙绍振、林兴宅等许多。其中郭风、柯蓝的讲座给泉州散文诗作家乃至全国散文诗界印象最深。先是柯蓝到泉州(考察石狮),郭风闻知特地赶来,我请他们一起为泉州作家讲座,他们立即答应,于是,中国两位散文诗泰斗不辞辛劳为我们举行了一次影响深远的文学创作讲座。

举办经常性的文学创作座谈会、研讨会是增强协会活力、提高创作水平的好办法。泉州市作协在东湖茶艺苑、晋江文化馆、惠安崇武、鲤城大酒店、泉州市文联会议室举办过李孝琴、赖玲玲散文、晋江诗群诗歌、叶逢平诗歌、(中国香港)秦岭雪诗集《明月无声》、(中国香港)林居真传记文学《五十一年的心声》、蔡飞跃与陈娜娟散文等作品座谈会或研讨会。多次协同晋江、石狮、泉港、安溪、德化等地的文学组织举行创作座谈会。

组织作家深入生活,举办征文、笔会等活动。经常性地组织协会主席、副主席、有创作经验的作家到大中院校以及县、区、市举行文学讲座。创办文学创作辅导中心,分期分批聘请泉州作家以书信的形式指导文学新人的创作,为他们的作品提出修改意见更是我们的家常便饭了。

泉州市作协还多次联系、组织,在《文学报》《散文百家》《海峡姐妹》《海内外文学家企业家报》等报刊发表泉州作家作品专版或专辑,紧密团结了会员,发展了作家队伍,扩大了泉州作家作品的知名度。截至 2005 年 11 月,泉州市作家协会已有市作协会员近五百人,省作协会员一百五十余人,全国作协会员五人。为泉州队伍的壮大和取得显著创作成果奠定了坚实的基础。

2004 年创办的《泉州作家》简报,辟有"文学风景线""佳作推荐""作家言谈""上架新书""新书评介"等栏目,已出版 7 期。起到交流创作经验、增强信心、互相促进的作用。

自 2003 年 5 月起,海峡文艺出版社与福建省作家协会联合聘请陈志泽主编泉州地区作家文学作品集丛书"刺桐花文丛",交由海峡文艺出版社出版,后来继续联系其他出版社,截至 2009 年 9 月,共出版"刺桐花文丛"十二辑,出版泉州作家散文、散文诗、诗歌、小说、文学评论以及文史、艺术等专著一百零八部,为缓解泉州作家出书难起到良好效果,帮助许多作者凭着出版一本书加入了省作协,有力推动了泉州文学创作的繁荣发展。

回　报

从建立泉州市作家协会(首届,晋江地区文学工作者协会)到第二届,我主持工作超过 20 年,该是可以用得上一句俗话"没有功劳也有苦劳"。但我更体会到有付出就有回报。

长期的工作中,我接触来自海峡两岸及香港、澳门名家,还有苏联、美国、法国、意大利、波兰、黎巴嫩、日本、泰国、菲律宾、马来西亚、澳大利亚、加拿大等国家和地区的作家、艺术家,泉州本土的作家、文学爱好者,时常感受浓浓的文学氛围,也潜移默化得到许多教益。说是收获了不少"副产品"其实是不够的,应该说是得到了丰厚的赠予。例如,那些年我认识了郭风先生,他是福建省文联副主席、福建省作家协会主席,我是泉州市文联副主席、泉州市作家协会主席,上下级关系、工作关系密切,"近水楼台先得月",他曾为我的散文诗集《爱的星空》写序,为我的散文诗、散文作品写过评论。我得到他的指导之多,毋庸赘言。再如柯蓝先生,1983 年他代表《红旗》杂志考察石狮,市委宣传部指定我全程陪同,从此他成了我散文诗创作的引路人。1983 年他为我的第一本散文诗作品集《相思树》写序给我莫大鼓舞,后来时常来信关怀指导。再如 20 世纪 70 年代我在德化工作期间就与当时"下放"的孙绍振老师相识,成为好友。我回泉州工作,特别是担任泉州市作协主席那些年,因为认识与了解较多,孙绍振教授给我的散文、散文诗集写了许多序言与评论,给我很大激励。我参与接待过许多来自四面八方的参访团、采风团。特别是改革开放初期,我负责具体工作常常为安排住宿跑断腿,但由于他们中有"缘分"的作家给我的影响与指导,我的创作吸取了不少营养与动力。

作协是个大学校。不说文学创作辅导中心招生、聘请辅导老师,为"学生"批改"作业",很正规的学校样子,只说协会举办的经常性的讲座、研讨会、座谈会那种教与学或互相学习、互相交流、取长补短的做法,独特的学习取得的效果,从某种意义上说,实在像是进了一个文学的学校,大家都觉得有收获,几年下来文学创作水平得到提高。

作协是个大家庭。虽说难免有时会有个别因为加入省、市协会或评奖等产生误会的磕碰,但大家关心、支持、爱护作协,特别是副主席、秘书长、副秘书长以及常务理事、理事,对于协会工作都很协助、支持,会员们把作协看作自己的家一样关爱。让我感动的是,我离开作协的岗位,直至退休多年的现在,许多当年的会员(不少早已是小有名气的作家)还一直记得我,见面时嘘寒问暖,给我关怀。让我深感我当那些年的主席当得值了。

我不再担任协会主席后,在泉州市文联的指导下,泉州市作家协会先后聘请我担任名誉主席、艺术指导等职务。2023 年 10 月 29 日上午,在泉州湖美大酒店举行的泉州市作家协会第六次代表大会上——在我已经退休整整二十年的时候,授予我泉州市作家协会的"创会主席"称号,发给我荣誉证书。文联与作协没有忘记我,大家没有忘记我,让我深受感动。

2023 年 11 月 6 日

关于成立泉州市文联

陈志泽

新时期到来后,泉州的文艺工作拨乱反正,各个领域都逐渐呈现出新的面貌。

1978 年 1 月我从德化县文化馆调入晋江地区文化组 (即后来的泉州文化局)文艺创作组工作。那时地区还没有文联,有些原本文联的工作只好放在文化组,分派到文艺创作组,最后成了我一个人的事。感受到那时文艺春天到来的气息,1982 年 2 月 7 日至 9 日,我组织过一个由《福建文学》编辑部与《晋江》文学丛刊(《泉州文学》前身)联合举行的新春文学创作座谈会。省文联副主席、省作协主席郭风,省文联副秘书长张贤华(后任省文联副主席、党组副书记,主持省文联工作),著名作家单复、蔡其矫,《福建文学》副主编魏世英,编辑张是廉、陈钊淦、章武(后任省文联副主席、书记处书记、省作协主席)等,福建人民出版社编辑陈金水、高农等,厦门日报社副刊编辑陈慧瑛、王者诚等,地区文化组领导以及作者七十多人参加会议。这是一次高规格的座谈会,对于刚要起步的地区文学工作产生巨大的推动力。不久,省文联党组书记杨滢到泉州检查指导文艺工作,又促进地区文艺工作开始上轨道。几年下来,地区文艺工作者深感成立文联的重要,我是做具体工作的干部,更感到没有文联开展文学工作的困难,多次向领导建议尽快成立文联。可是那时全省除了"文革"前已成立的厦门市文联等很少的几个地市外,其他地市都还没有建立文联。新时期到来后,文联的体制该是怎样?编制、级别等该如何定?没有文件规定,文联该如何成立心里没底。晋江地委宣传部领导向时任省委常委、宣传部部长的何少川同志汇报过成立晋江地区文联的事,得到他的支持与重视。何部长将地市文联需要解决的编制、级别等问题在省委常委会上提出来研究,形成文件下达各地市,为晋江地区文联以及全省各地文联的成立开通了道路。晋江地区文联筹备组随即成立。不久,由我牵头于1984年5月23日成立了作家协会,其他几个协会也陆续成立。可是,很长时间过去了,文联还是没能在此基础上成立。何部长了解到这个情况,十分关心,每次到泉州都要询问筹备成立文联的进展,催促要抓紧,切勿错过时机。深感文学工作的困难和成立文联的紧迫性,作为晋江地区文联筹备组成员,我利用后来(地改市后)担任泉州市政协委员、文史委副主任之便,在政协一年一度开大会之机,为泉州市文联成立的问题两次写了提案,没想到还真起了一定作用。《泉州市政协志》,在第三章"重要活动纪略"的第二节"提案办理"中提及:"政协泉州市第六届委员会以来,共收到六百五十八件提案。六届一次会议期间,陈志泽委员再次提出'尽快成立泉州市文联'提案,希望市府解决福利和经费等实际问题。在市政府的重视下,市文联筹备组抓紧筹备工作。市编委批给人员编制,市财政拨款一万元作为筹备经费,先后成立文学、戏剧、音乐、美术等六个专业协会。1987年5月23日市文学艺术工作者代表大会召开,文联正式成立。"我当时读到这一段文字真是又惊又喜,十分欣慰。"文化大革命"造成了我们的许多事业遭受劫难,新时期伊始,积重难返的文艺工作面临一些艰难不足为奇,泉州市文联的成立经历了一些周折可以理解,在各级党委的领导下,在广大文艺工作者的努力下,终于克服了困难顺利完成了成立文联的历史使命。首届泉州市文艺工作者代表大会简朴而隆重,福建省委常委、宣传部部长何少川,市委书记张明俊,市委常委、宣传部部长庄晏成,市委常委傅圆圆等市领导出席并讲话,省文联书记处书记张贤华、厦门市文联主席陈照寰、漳州市文联副主席黄坚、龙岩地区文联主席张惟出席并致贺词,市政府、市人大、市政协、市纪委、军分区负责人出席大会,市工会、青年团、妇联、侨联等部门负责人出席大会。大会选举许在全为文联主席(兼职),郑国权等五位为专职、兼职副主席。这是泉州文艺史上的一件大事,泉州文艺界欢欣鼓舞。

值得一提的是,泉州市文联成立后,在泉州市文联和泉州市辖下有关县、区、市党委、政府的重视下和努力下,晋江市、石狮市、南安市、安溪县、德化县、惠安县、永春县、鲤城区、丰泽区、泉港区、洛江区——整个泉州市所有县、区、市的文联也都陆续成立,无一缺失,充分体现改革开放后,泉州文艺事业崭新局面。

〔原载《百年泉州(晋江)文教史话》,泉州市社会科学界联合会、泉州市孔子学会等编,2021 年 6 月出版〕

一位值得感恩的文坛师长

刘志峰

我时常跟身边的文友说，陈志泽老师是一位值得感恩的文坛师长，尤其是值得晋江文坛敬仰的师长。这也是我建议促成晋江市社会科学界联合会编辑出版这本《爱的光焰——陈志泽的文学人生》的最主要动因和情感底色。

作为作家的陈志泽老师，不但以其散文创作闻名于福建文坛，还长期致力于散文诗的创作和探索，是著名散文诗人、散文诗理论家，并在纪念中国散文诗九十年之际荣膺"中国当代（十佳）优秀散文诗作家"，在中国当代文学史上写下不可磨灭的一笔。

作为文学组织工作者的陈志泽老师，从 20 世纪 60 年代就读大学时开始业余从事编辑工作，到 20 世纪 70 年代初在德化县文化馆创办《德化文艺》，到 20 世纪 70 年代末在泉州市文化局、文联创办《晋江》文学丛刊（为《泉州文学》前身）、泉州市作家协会，并长年在此岗位上孜孜矻矻、敬业奉献，其泉州文坛宗师、伯乐的地位更不可撼。

此生有幸，在我的人生路上，得遇李灿煌老师，二十多芳华年岁即提携到晋江市文化馆任职。进而又入陈志泽老师法眼，深聆教诲。再进而为黄文山老师看中，调《福建文学》杂志社，继之在福建省文学院、福建省作家协会工作至今，成了"走出故乡的刘志峰"。这辈子，文学情缘终将相伴。而其实，我又何尝不是像陈志泽老师一样"走不出故乡"？

这些年，我把大部分的时间和精力，甚至花费了许多的物力和财力，用来整理晋江的文学史。经手成书的已有《蔡其矫研究》《李灿煌研究》《许谋清论》，以及《晋江诗群与晋江文学现象论》《晋江诗人论》等各类文集，也包括《晋江文库》整理出版工程中的晋江文坛先贤著述。

早在 2016 年,我就提议晋江市文学艺术界联合会将陈志泽老师写晋江的散文、散文诗、诗歌作品以及评论晋江文艺现象和晋江籍作家的作品,汇编成《晋江人文风情》,列入"晋江艺文论丛",由海峡文艺出版社出版。

　　在该书后记中,陈志泽老师一再表露:"晋江磁灶可以说是我真正的故乡,这样的情结,我一辈子无法割舍。""我的家离开晋江后,我与晋江还是藕断丝连,特别是 1978 年 1 月我到泉州工作以后。由于我先是在泉州市文化局工作,文联成立后又调到文联,与晋江文化部门的工作关系一直特别密切,加上晋江的朋友时常热情邀请,我到晋江的脚步一直没有断过。退休后我还曾多次自己一人或携带家人、海内外亲戚到磁灶造访。""晋江是一块神奇的土地,我在那里的生活成为我后来直到现在农村题材、侨乡题材创作的一个重要源泉。晋江文化部门多次邀请我去参观或采风,让我有机会吸取晋江时代生活的丰富营养。"

　　因为这样的情结,而且关系密切,晋江文坛一直受到陈志泽老师的注目。2000 年 11 月,他倡导召开晋江诗歌研讨会,并发表专文《关于晋江诗群》,铿锵有力地宣布,"完全可以认定:晋江诗群已经形成"。此后,他屡屡在泉州市的创作会议上介绍晋江诗群的发展情况,在福建省作家协会主席团会议上通报晋江诗群的喜人势头和经验。他在《晋江诗群丛书》总序中说:"这是一个因了众多诗的信徒的虔诚追求,经过长期努力、发展,逐渐走向成熟的充满希望的诗歌群体,人数多、水平高、发展快,值得人们为之鼓与呼!"

　　这也就为后来,从"晋江诗群""晋江散文现象"到"晋江文学现象"乃至"文学的晋江现象"的出现,奠定了理论基石。

　　晋江文坛感恩陈志泽老师,而陈志泽老师也在感恩这晋江这块神奇的母土。他曾在 2011 年《星光·创刊百期典藏》中的《捧起星光》一文中写道:"长期以来,我确实把晋江的事看作自己的事,把晋江的文友看作可以推心置腹的朋友和兄弟。只要是我能做到的,我从不推辞。""这一辈子做的事实际上也就是文学一件事了,能为晋江的文学事业添砖加瓦我觉得荣幸!"

　　多年来,陈志泽老师不但为《新时期晋江文学作品选》等文集写过评论、作过序,为晋江包括晋江籍作家写印象记、作评作序更是不在少数。我读过的就有本土的李灿煌、洪辉煌、许谋清、陈雷、林文滩、王忠智、张励志、叶海山、蔡安阳、黄俊、伍棠、吴金表,旅居中国台湾的龚书绵,旅居中国香港的林居真、王金标,旅居菲律宾的施颖洲、王勇、丁德仁、默云、林海、寒冰、吴长榆等。蒙陈志泽老师恩惠,我也受其见赐《感受纷繁多姿的现实世界》《审美与审智的深度融合》和作品赏析多篇。

在陈志泽老师的众多作品中,我们可以读到李五、施琅、王彬、黎刹、蔡其矫等晋江先贤,可以读到围头湾、深沪湾、紫帽山、灵源山、安平桥、龙山寺、草庵、古檗山庄、五店市等晋江胜迹,可以读到灵源茶饼、安海土笋冻、安海"桔红糕"、衙口花生、侨乡路亭、出砖入石等晋江风物,可以读到跳火群、侨批、读书室等晋江精神文化遗存,甚至可以读到晋江市花白玉兰等。

他对磁灶镇念念不忘、再三咏叹。在《晋江散文选萃》序中,陈志泽老师说:"我是在晋江出生的,很长的一段时间,我的家一直都在晋江磁灶。可以说,我的血脉里流淌着在这块土地上生成的血。我曾在散文和散文诗作品中抒写过青少年时期对于这块土地的印象和感受。"仅一个磁灶镇,就有《古镇陶魂》《磁灶和磁灶窑址》《大洋楼·小别墅》《红土地上的大埔村》《谒俞大猷墓》《情系故土》《我在晋江磁灶念小学》以及散文诗组章《磁灶古窑址畅想曲》(《伫立在磁灶窑址》《金交椅山的传奇》《〈晋江县志〉汹涌着磁灶古陶》)等的大书特书。

在《古镇陶魂》文中,陈志泽老师慨言:"我的童年在磁灶度过,最深刻的印象是这个乡村遍地都是破碎的陶片。就是这种破碎的陶片磨砺了我的赤脚,磨掉我的娇嫩。"他正是从磁灶这片赤土埔出发,踩着磁灶的陶片,走上了他文学人生的辉煌之路……

晋江市社会科学界联合会近年来积极开展晋江地域文化与文学史的辑录和研究工作,由其编辑出版的"晋江人文社科丛书"已蔚为大观。这本《爱的光焰——陈志泽的文学人生》,实为又一大成果。

我们在研究这位值得感恩的文坛师长的同时,更要祝愿他的文学人生站在新时代新的出发点上,创造更丰赡的价值,给予我们更多的精神启迪!

2024 年 3 月 9 日

(作者原供职于福建省作家协会,一级文学创作)

编后语

尹继雄

刘志峰先生提议并着手策划和编审"晋江人文社科丛书"之八《爱的光焰——陈志泽的文学人生》，同时得益于多位文学同人的热情参与、倾心支持，最终促成了这部研究成果集正式出版面世。

这个过程，既是我们向曾经生活于斯、成长于斯、辛勤耕耘于晋江这块热土上的文学前辈、文学名人的一次致敬之举，又是透过一百多位文学名家、评论家的笔触，向晋江乃至泉州文学发展历程的一次深情回望。

陈志泽先生 1943 年出生于晋江磁灶，在这里度过了他快乐的童年，他几乎跑遍了磁灶的山山岭岭；在磁灶小学、凌霄中学求学，度过了他人生中最为宝贵的时光。他对晋江这片土地有着深厚的感情，退休后还三次专程回到磁灶寻找当年的记忆。他用自己的文字，记录下对晋江的思念和怀想，展现了一个文学前辈对第二故乡的深情厚谊。特别值得一书的是，陈志泽先生于 2000 年 11 月倡导召开晋江诗歌研讨会，并发表《关于晋江诗群》的重要文章，谈到"完全可以认定：晋江诗群已经形成"，为晋江诗歌、晋江文学的发展和推广，发出了铿锵有力的鼓与呼，持续影响和推动了一批晋江作家、诗人的成长。

《爱的光焰——陈志泽的文学人生》分为两辑，共一百二十一篇。第一辑"论陈志泽的文学创作"共六十篇，主要从陈志泽先生的创作思想、艺术风格、作品主题等方面，全面而深入地阐述了他在文学创作上的成就与贡献。从不同角度，对陈志泽的文学作品进行了深入剖析和解读，展现了陈志泽先生在文学领域的独特魅力和深远影响。第二辑"跫音·身影·心迹"共六十一篇，重点阐述陈志泽先生的生活经历、思想轨迹、文学理念等等。这些文章通过评论、研究、序言、访谈、回忆等多种方式，生动地呈现了陈志泽先生的人生轨迹和文学道路，让读者能够更加深入地了解这位文学前辈的内心世界和文学追求。

本书汇编的一百多位文学名家、评论家和文学界同仁的文章，创作时间跨度从 20 世纪 80 年代初到现在，不仅展现了陈志泽先生在不同时期的文学履痕、创作成就和影响，也为我们研究晋江乃至泉州文学发展历程提供了宝贵的参考资料和有益的借鉴启示。在完成本书编辑出版的此时，谨以致谢！

2024 年 5 月 9 日